Dominique
Fernandez

Porporino

oder
Die Geheimnisse
von Neapel

Roman

Deutsch von
Rita und Edmond Lutrand

Rowohlt

Die französische Originalausgabe erschien 1974
unter dem Titel: «Porporino ou Les Mystères de Naples»
bei Bernard Grasset, Paris
Schutzumschlagentwurf von Owen Wood
Typographie von Werner Rebhuhn

1. Auflage September 1976
© Rowohlt Verlag GmbH, Reinbek bei Hamburg, 1976
«Porporino ou Les Mystères de Naples»
© 1974, Éditions Grasset & Fasquelle
Alle deutschen Rechte vorbehalten
Gesamtherstellung Clausen & Bosse, Leck/Schleswig
Printed in Germany
ISBN 3 498 02031 5

Inhalt

Vorbemerkung des Verlegers 9

ERSTER TEIL
San Donato

Verkehrte Welt 19
Wer war ich? 24
Sein kleines, mädchenhaft zartes Ohr 31
Eine Straße ist eine Straße 39
Das Brot und das Messer 49
Neue Unruhe in San Donato 55
Ein archäologischer Fund 64
Erste Vorhersagen und ihre Richtigkeit 75
Blut unter dem Mond 79

ZWEITER TEIL
I Poveri di Gesu Christo

Ein blendendweißer Hof und eine Palme 93
Flammen und Feuer 108
Naschlust 118
Der kleine Ritter 135
Frömmelei, Spötterei 147
Verschwörung, Vorahnung 161
Ein merkwürdiges Mißverständnis 179
Ein mißglücktes Debüt 193
Das Geheimnis der grauen Perücken 202
Eine Leidenschaft 218

Dritter Teil
Neapel

Kastrapolis 243
Träume
Das schneidende Schwert
Dido und Policinell
Wozu Statuen dienen
Ruhm und Niedertracht
Ein schwieriger Fall
*Eines Freimaurers taktlose, an einen Kastraten
gerichtete Rede über Hunde*
Vater und Sohn
Ein Paar
Der gescheiterte Sokrates
Fische
Fleisch
Die Niederlage der Vernunft
Die Söhne der Sirene
Achilles auf Skyros 287
Die Spaghetti des Königs 308
Ein Mann am Fenster 316
Orpheus 334
Die zweite Taube 350
Alles oder nichts 357
Gott und Tier 376
Epilog 386

*Neapel und Paris –
die einzigen Weltstädte*
STENDHAL

Vorbemerkung des Verlegers

Mich hatte eine ganz andere Angelegenheit nach Heidelberg geführt. Aber der Besitzer des Schlosses, das flußaufwärts am Neckar liegt, hatte erfahren, daß ich Verleger war und aus welchem Land ich kam; und deshalb bestand er darauf, mir ein Manuskript zu zeigen, das vor kurzem in seinen Kellergewölben aufgefunden worden war. «Im Keller, wie interessant! Nicht auf dem Dachboden!» Das war meine erste, unüberlegte Bemerkung. Der Graf wiederholte seine Bitte, obwohl er selbst des Französischen mächtig war. Also begann ich flüchtig in dem Manuskript zu blättern. Es umfaßte drei dicke, von Bindfäden zusammengehaltene Oktavhefte. Die feine, regelmäßige Handschrift ließ nicht auf eine ausgeprägte Persönlichkeit schließen. «Memoiren aus vergangener Zeit», sagte ich zum Grafen. Sein Ahnherr hatte sich eine Hofkapelle, das heißt ein Orchester mit Instrumentalisten und Sängern gehalten, wie es damals in Deutschland üblich war. Der Verfasser, ein italienischer Sänger, war in hohem Alter am Hofe dieses Ahnherrn gestorben. «Nehmen Sie doch alle diese Aufzeichnungen mit, und sehen Sie zu, ob sich nicht irgend etwas damit anfangen läßt», sagte der Graf liebenswürdig und kam so den vielen Einwendungen zuvor, die mir auf der Zunge lagen.

Ich nahm das Manuskript mit, las es und ließ es von anderen lesen. Ein Sänger! Wußte der Graf, um welche Art Sänger es sich handelte? Oder hatte er mir die Überraschung nicht verderben wollen? Ich hielt ein seltenes, ja, ein einmaliges Dokument in Händen! Ob es nun dem Vordringen der Aufklärung (und insbesondere der Propaganda der Freimaurer, die in diesem Buch an mehreren Stellen angegriffen werden), oder der Prüderie zuzuschreiben ist, die sich mit dem bürgerlichen Zeitalter über Europa ausgebreitet hat, es ist eine traurige Tatsache, daß sich Anfang des neunzehnten Jahrhunderts ein allgemeines Schweigen über die großen Kastraten der neapolitanischen Schule gesenkt hat. Scarlatti,

Händel, Mozart, Haydn, Gluck und Rossini hatten sich von ihnen zu einigen ihrer schönsten Werke inspirieren lassen; die Berühmtheit, die heutzutage eine Callas genießt, ist nichts im Vergleich mit solchem Ruhm; die Menschen waren hingerissen, ja außer sich, wenn sie ihnen lauschten. Und doch haben sie die Bühne dieser Welt auf Zehenspitzen verlassen, in den Erinnerungen ihrer Zeitgenossen werden sie nur flüchtig erwähnt, es gibt einige Anekdoten, aber keine einzige Biographie. Vergessen oder wohl richtiger: einer Zensur anheimgefallen. Alle wollten nun zeigen, daß sie um einer etwas strengeren Moral willen bereit waren, jene Quelle unendlicher Lust versiegen zu lassen. Sie schämten sich nachträglich des übergroßen Genusses.

Die Zeiten haben sich geändert. Heute würden wir diese Männer, deren Stimme wir nicht mehr beurteilen können, brennend gern ausfragen, denn infolge ihrer Verstümmelung wären sie unvergleichliche Zeugen für die Bestätigung gewisser Theorien. Sie hatten nicht nur den Komplex, für sie war es Realität. Aber leider ist der letzte von ihnen 1861 gestorben, und Freud war damals erst fünf Jahre alt . . . Dies mag als Hinweis darauf genügen, welche Gefühle mich bei der Lektüre dieses Manuskriptes bewegten, das in den Kellern eines Schlosses bei Heidelberg, der Wiege der deutschen Romantik, aufgefunden wurde.

Vor allem: Wie war seine Echtheit zu beweisen? Kein Sänger namens Porporino ist in die Geschichte eingegangen. Die Archive des Konservatoriums San Pietro a Maiella in Neapel enthalten nicht den geringsten Hinweis auf ihn. Das ist nicht weiter erstaunlich, denn viele Seiten des Textes geben hierfür eine einleuchtende Erklärung. Wir müssen uns damit abfinden: die einzigen schriftlichen Äußerungen über Leben, Ausbildung, Sitten und Erlebnisse dieser Menschen wurden uns von keiner hervorragenden Persönlichkeit, sondern von einem zweitklassigen, um nicht zu sagen von einem gescheiterten Sänger überliefert. Wie die Stifter, die auf den Fresken in Florenz im Vordergrund, außerhalb der gemalten Szene knien, hält er sich am Rande des von ihm beschriebenen Bildes. Man hat fast Lust, ihn mitten zwischen seine Personen zu stoßen. Warum ist er so schüchtern? Wie konnte er sich nur so folgsam dem frühen väterlichen Urteil beugen! Man möchte ihm übelnehmen, daß er sofort darauf verzichtet hat, ein großer Sänger zu werden. Ja, wenn es die Memoiren eines Farinelli gewesen wären! Und doch – vielleicht erfahren wir von einem mittelmäßigen Sänger mehr über die wirklichen Lebensbedingungen seines Milieus und seines Berufs als von einem Star. Einem bescheidenen Zeugen ist eher zu trauen, sein Urteil wird gewiß nicht durch egozentrische Beweggründe verfälscht.

Aber wie dem auch sei, alle Namen der Orte und der zitierten historischen Persönlichkeiten sind überprüft worden. Die berühmten Reisenden, die der Autor erwähnt, sind wirklich in der beschriebenen Zeit in Neapel gewesen. Es waren die Jahre um 1770, wie sich aus einigen Stichproben beweisen läßt. Der Fürst von Sansevero hat wirklich gelebt. Wenn auch alle Spuren seiner sonstigen Aktivitäten verschwunden sind, so ist doch die Totenkapelle erhalten geblieben, die er für seine Familie ausschmücken ließ. Noch heute ist sie in der Via Francesco de Sanctis Nr. 17, nahe bei der Piazza San Domenico Maggiore, zu besichtigen. Die Grabdenkmäler, die Statuen und – für den, der den Mut hat, eine kleine Treppe hinaufzusteigen und in eine Art verstaubten Verschlag einzutreten, wo sie in zwei wackeligen Schränken hinter Glas verwahrt werden – auch die grausigen Ergebnisse seiner anatomischen Versuche.

Was Antonio Perocades anbetrifft, der ebenfalls eine große Rolle in unserem Bericht spielt, so steht sein Name an der Spitze der Jakobiner in der Parthenopeischen Republik, unter deren Führung sich Neapel der Französischen Revolution anschloß. Sie setzten den König Ferdinand ab und wurden schließlich als Opfer der monarchistischen Reaktion auf der Piazza del Mercatore gehängt.

Daß Feliciano Marchesi auf der Bühne des San Carlo gesungen hatte, war ebenso bekannt wie die Tatsache, daß seine Karriere blitzartig, jedoch kurz gewesen war. Warum so kurz? Das war ein Rätsel geblieben. Das vorliegende Manuskript bringt hierfür eine erschütternde Erklärung.

Die letzte, Zweifel erregende Frage betrifft die Sprache in der dieser Text abgefaßt ist. Daß es Französisch war, mochte noch hingehen, denn so wie Italiens musikalische Fachsprache sich über Europa verbreitet hat, so hat die literarische Ausstrahlung Frankreichs damals viele Menschen angeregt, Französisch zu schreiben. Aber was für ein Französisch? Wie sollte man sich erklären, daß der Sohn eines kalabrischen Bauern sich manchmal in einer gehobenen Sprache ausdrückt, die einem am Hofe erzogenen Edelmann wohlangestanden hätte? Besonders die beiden ersten Seiten stimmten mich zunächst bedenklich. Welch pompöse Sätze, über die der Verfasser sich dann selbst lustig macht! Dann aber sagte ich mir, daß die Erinnerungen aus der Zeit um 1820 stammen, als der Schreiber siebzig Jahre alt war. Ein betagter Mann, der fern von seiner Heimat lebte, kein Schriftsteller und darum geneigt, durch gewollt literarische Wendungen zu beweisen, welch weiten Weg er seit seiner armseligen Kindheit auf dem Lande zurückgelegt hatte. Ich fand es schließlich ganz einleuchtend, daß er sich gerade am Anfang seines Berichts, gewissermaßen als Vorbereitung auf die Beschreibung seines Heimatdorfes und seiner bettelarmen Eltern verpflichtet gefühlt hat, die Trompete zu blasen, anstatt sich mit der bescheidenen Hirtenflöte zu begnügen. Der Stil wird übrigens sehr schnell einfacher und der angeborenen Bescheidenheit des Autors angemessener, Humor und Ausdrücke aus der Umgangssprache treten an die Stelle der wortreichen Formulierungen des Auftaktes. Er schämte sich seiner bäuerlichen Herkunft nicht mehr, nachdem er einmal bewiesen hatte, daß er sich wie ein Rousseau auszudrücken wußte. Und ich möchte hinzufügen, daß Rousseau als erster diese edle, tönende Sprache gebraucht hat, weil auch er sich von einer dunklen Herkunft distanzieren mußte, und man danach, um ihm den Mund zu verbieten, nicht mehr geltend machen konnte, daß er nur der Sohn eines armen Genfer Uhrmachers war.

Als die Echtheit des Manuskriptes für mich einwandfrei feststand, beschloß ich, es zu veröffentlichen.

Die Beschreibung des Lebens in San Donato, die das erste Heft füllt, schildert Sitten und Gebräuche, von denen manche in den abgelegenen Teilen des Mezzogiorno noch heute lebendig sind. Es ist unglaublich, daß die vordringende Aufklärung und die vereinten Bemühungen eines Perocades und der Freimaurer aller Art wohl die Kastraten, nicht aber den Geist vertreiben konnten, den die Kastraten verkörperten: den Geist der absoluten Freiheit, der sich gegen jedes einengende Gesetz, jede einschränkende Definition auflehnt. Noch heute begegnen wir in diesem Winkel Europas, der mit den Oleanderbäumen und den Büffeln des Volturno beginnt und im hintersten Sizilien endet, einer Welt, in der die strengen Regeln der modernen Gesellschaft noch fast unbekannt sind. Wie Porporino könnte auch der moderne Reisende durch die offenen Türen der Behausungen jenen althergebrachten Austausch von häuslichen Produkten und Küchengeräten beobachten, den die streng unterteilende und abgrenzende bürgerliche Wirtschaftsform ausgerottet hat. Wie Porporino könnte er bei gewissen Festen erleben, daß Menschen, die mit Tieren und Pflanzen noch in magischer Verbindung stehen, ihrer Zugehörigkeit zu einem bestimmten Geschlecht und ihrer Identität weniger sicher sind als die Bewohner der Städte, die unter den starren Gesetzen der kapitalistischen Welt leben müssen. Nichtabgegrenzte Geschlechtszugehörigkeit, ‹offene› Konzeption des Lebens, Ablehnung allzu genau definierter individueller Bestimmungen – wenn die neapolitanische Oper auch am Ende des achtzehnten Jahrhunderts gestorben ist, so scheint es doch, als seien die Sehnsüchte, denen sie entsprang, noch heute nicht ganz verschwunden!

Auf den letzten Seiten seiner drei Hefte zieht Porporino unter dem Einfluß der verträumten, romantischen Umgebung – der kleinen deutschen Stadt mit ihren rötlichen Häusern und den dunklen Tannen – einen unerwarteten Vergleich zwischen der Welt der Kastraten und ... doch halt! Enthüllen wir nicht vorzeitig einen so glücklichen Einfall! Wer aber wird nicht sofort an das auffälligste soziale Phänomen unserer heutigen Zeit denken, das inmitten der industriellen Imperien als Reaktion auf deren Tyrannei entstand, ich meine friedliche Revolution der jungen Menschen: die Macht der Blumen, die Unisex-Mode, das jugendliche Vagabundieren, die Liebe zur Musik und die Liebe zur Liebe? Junge Männer mit langem Haar, Mädchen mit schmalen Hüften – es ist, als ob die Suche nach dem archaischen Paradies, in dem es nur undifferenzierte Geschlechter und Freiheit gab, in ihrer Morphologie zum Ausdruck käme. Ja, es wäre verführerisch, eine Verbindung zwischen dem Protest der Hippies unserer Tage und der Begeisterungswelle für die Kastraten eines früheren Jahrhunderts herzustellen!

Aber kommen wir auf die Kapitel über San Donato zurück. Aus

jener geheimnisvollen Verwandtschaft zwischen den Zeremonien der Oper und den vom jungen Porporino beobachteten jahrhundertealten Bräuchen folgt, daß die neapolitanischen Kastraten nicht etwa die morbide Laune einer frivolen, dekadenten Aristokratie, sondern einige jener tief wurzelnden Sehnsüchte verkörperten, die gewissermaßen zum ewigen Bestand der menschlichen Seele gehören. Die allgemeine Ablehnung, mit der man nach der Französischen Revolution auf Kastraten reagierte, hatte einen ganz präzisen Grund: man warf ihnen vor, sie symbolisierten durch ihre Anomalie alle Auswüchse des Ancien régime, die Extravaganzen der untätigen Klasse, ihre schamlosen und unnatürlichen Sitten. Wie falsch, wie dumm und willkürlich ein solcher Vorwurf war, geht mit aller Deutlichkeit aus diesem Manuskript hervor. Die Vorliebe für Kastraten war nichts anderes als der vorübergehende Ausdruck eines tiefen menschlichen Bedürfnisses, das ewig und unauslöschlich im Gedächtnis der Völker schlummert und hie und da, oft erst nach jahrhundertelanger Unterbrechung und in den unterschiedlichsten Teilen der Welt, erwacht und in einer Institution oder in einer Mode seinen Ausdruck findet, wie es schon vordem geschah und immer wieder geschehen wird.

Nichts liegt mir im übrigen ferner, als das Leben in Neapel zur Zeit des Königs Ferdinand herabsetzen zu wollen. Auch in diesem Punkt widerlegen Porporinos Memoiren skandalöse und ungerechte Behauptungen. Wenn es je eine vergnügte und anregende Stadt gab, in der die Adeligen durch die Vielfalt ihrer Begabungen alle Privilegien vollauf rechtfertigten, dann war es die Hauptstadt des Königreichs beider Sizilien in den Jahren, die ihrem plötzlichen und schrecklichen Verfall vorausgingen. Die zukünftigen Historiker werden einem so kostbaren Zeugnis Beachtung schenken müssen! Wir besitzen in ihm ein umfassendes Dokument, einen Beweis für das reiche Leben der Stadt, das seinen Höhepunkt erreichte, als die spanischen Bourbonen Neapel zur Hauptstadt der Oper, zu einem der aktivsten Zentren der barocken Künste gemacht hatten, zum Treffpunkt der fortschrittlichsten Geister Europas, zu einer Metropole, die durch den Zustrom der Besucher, den Glanz ihrer Feste, die Entwicklung von Handel und Industrie, den Fortschritt der reinen und der angewandten Wissenschaften und durch ihre geistige und politische Aktivität nur noch mit London oder Paris vergleichbar war.

Und was die Frage betrifft, ob es verbrecherisch war, die Unversehrtheit junger Knaben auf dem Altar des Belcanto zu opfern, so wird der Leser, nachdem er den Text aus der Hand gelegt hat, mit mir übereinstimmen, daß viel Fanatismus dazugehört, um in Bausch und Bogen eine Praxis zu verurteilen, die wenigstens einen Menschen glücklich gemacht hat.

ERSTER TEIL

San Donato

Verkehrte Welt

Ich war zehn, vielleicht auch elf Jahre alt, als alles entschieden wurde. Einer meiner Brüder oder ich begleiteten den Vater immer zur Feldarbeit. Das Dorf lag langgestreckt auf einem Bergrücken, hoch über zwei tiefen Tälern. Ich saß rittlings hinter meinem Vater auf dem Esel, der sich stolpernd seinen Weg über den steinigen Hang suchte. Wir banden ihn an den Stamm eines mächtigen Olivenbaums, der einsam auf dem kahlen Feld stand.

Mein Vater stieß mich ständig herum; nur knapp entging ich seinen Ohrfeigen. Und auch das nicht immer. Von morgens bis abends schwitzte er Blut und Wasser, der Staub machte ihn fast blind, und obendrein vergalt ihm die karge Erde all seine Plackerei gar zu schlecht.

Was für ein Mensch mag jener Reisende gewesen sein, der schrieb, er habe südlich von Salerno beim Anblick der bergigen Küstengebiete Kalabriens verwundert feststellen müssen, daß in diesem für seine Fruchtbarkeit berühmten Landstrich weit und breit nur brachliegende, von einer trägen Bevölkerung vernachlässigte steinige Hänge zu sehen seien?

Ach, verehrtester Herr aus Venedig, der Ihr an Eurem Aufenthalt im einstigen Großgriechenland nicht die Freude fandet, die Ihr erhofft hattet, nehmt zur Kenntnis, daß Ihr dem dümmsten und ungerechtesten Vorurteil aufgesessen seid! (Diese Tirade mußte sein. Uff! Etwas Pathos tut gut.)

Seit sich die ersten griechischen Siedler hier niedergelassen und das Land urbar gemacht haben, war unsere Gegend nicht nur zweitausendfünfhundert Jahre lang fremden Invasionen und räuberischen Übergriffen ausgesetzt, verehrter Herr, sie ist zudem von Naturkatastrophen heimgesucht worden, von Erdbeben und Waldbränden solchen Ausmaßes, daß die Flüsse austrockneten, die Quellen versiegten, der Regen ausblieb, die Pflanzungen verdorrten und die Bevölkerung dazu verdammt wurde, unter Mühen und

Qualen die Steine fruchtbar zu machen. Und Ihr behauptet, wir seien arbeitsscheu!

Ich muß mich noch glücklich schätzen, daß unter all den Opern mit Themen aus der römischen Geschichte, die ich im Laufe meines Lebens gesungen habe, keine war, in der ein wohlgenährter, wohlgekleideter Hofdichter im vollen Bewußtsein seiner Überlegenheit als Mann des Nordens, als Mann Eurer Art, sich bemüßigt fühlte, das große Theaterpublikum mit diesem Vorurteil zu amüsieren, sonst hätte auch ich eine Verleumdung wiederholen und weiterverbreiten müssen, die von jeder einzelnen meiner Kindheitserinnerungen widerlegt wird.

Alle Felder gehörten dem Fürsten von Sansevero, der einmal im Jahr aus Neapel angereist kam. Er blieb nur einen Tag, gerade lang genug, um die Huldigung seiner Untertanen entgegenzunehmen, die Abrechnungen zu überprüfen und seinen Zins einzusäckeln. Mittags schritt er an der Spitze einer Prozession durch die einzige Dorfstraße. Abends sah er von seinem Balkon aus dem Feuerwerk zu, das zu seinen Ehren veranstaltet wurde, und sobald der Morgen dämmerte, rollte er in seiner wappengeschmückten Karosse davon. Männer, Frauen und Kinder, alle standen wir dann auf dem freien Platz nahe am Steilhang und verfolgten mit den Augen die gefährliche Abfahrt des Gespanns so lange, bis die Pferde plötzlich losgaloppierten. Danach konnte man inmitten einer großen Staubwolke nur noch hie und da die goldenen Verzierungen in der blassen Sonne aufblitzen sehen.

Um den tiefen Eindruck zu verstehen, den mir dieses Bild gemacht hat, muß man sich die Armseligkeit des täglichen Lebens in San Donato vor Augen führen. Keiner der Bauern besaß auch nur den kleinsten Gegenstand von Wert. Und das Wasser war so kostbar, daß man den Kindern verbot, sich über den Brunnenrand zu beugen, um in der Tiefe die Spiegelungen der dunklen Wasseroberfläche zu beobachten. Nach altem Aberglauben konnte ein begehrlicher Blick die Quelle zum Versiegen bringen. O geheimnisvolles, in der Tiefe der Erde verstecktes Schimmern! Du hast mich stärker verzaubert als die schönsten Geschmeide, die je bei einer Galavorstellung im San Carlo gefunkelt haben!

Der Fürst, der, wie ich bei der Prozession gesehen hatte, mit seinen feinen Spangenschuhen achtlos in den Schmutz getreten war, der Fürst, dessen schmales, ernstes Gesicht ich als Chorsänger in der Kirche hatte beobachten können, während er andächtig zu den Heiligenfiguren hinauflächelte, dieser Fürst ließ sich von grausamen Aufsehern vertreten, die sich auf uns stürzten, sobald die Karosse verschwunden war, und uns anschrien, wir sollten uns wieder auf die Felder scheren.

Mit teuflischem Spürsinn durchstreiften sie auf ihren Pferden die Gegend. Wehe dem, der glaubte, er sei allein in der Einsamkeit und könne sich ungestraft ausruhen, das Werkzeug aus der Hand legen und im kühlen Schatten einnicken. Bevor der Unglückliche wieder richtig wach war, fuhr ihm ein brennender Peitschenschlag über die Hände, über den Körper oder über das Gesicht.

Ich konnte in meinem Alter bei der Feldarbeit keine große Hilfe leisten. «Nichtsnutz» war wohl das sanfteste der Schimpfworte, die sich über mein gehorsam gesenktes Haupt ergossen. Meine Aufgabe bestand vor allem darin, auf den Hufschlag eines Pferdes zu horchen oder nach einer Staubwolke Ausschau zu halten, die es von weitem ankündigte, und meinen Vater zu warnen, wenn er, von Sonne, Trockenheit, Erschöpfung oder auch dem Abscheu vor der kargen Unendlichkeit ringsum übermannt, in der Nähe des Esels zu Boden gesunken war, erdrückt von der Last seines Elends, überwältigt von einer unsäglichen Hoffnungslosigkeit.

Wie oft habe ich so die Ruhe meines Vaters bewacht, von seinem schweißbedeckten Gesicht Schwärme kleiner Stechfliegen verjagt, während meine Ohren auf das leiseste Geräusch lauerten und meine Augen geblendet wurden von dem grellen Licht, das über den weißen, sich endlos hinziehenden Hügeln lag. Ich tat es, ohne mich über seine Härte oder über seine Feigheit zu beklagen; im Gegenteil, ich war erfüllt von Liebe und Mitleid und zugleich beschämt, daß ich ihm keinen besseren Dienst erweisen konnte. Es wäre mir soviel ruhmreicher vorgekommen, von einem aufrecht vor mir stehenden Vater gescholten und geschlagen zu werden, als auf seinen zu meinen Füßen liegenden Körper herabzublicken.

Es war wirklich eine verkehrte Welt! Ich mußte an das Bild denken, das in unserer Stube über dem Bett an der Wand hing, die Arbeit eines Vagabunden, der durch das Land streifte und in den

Dörfern die Prophezeiungen einer Sekte verbreitete. Das Gemälde war in zwölf kleine Szenen unterteilt, von denen eine an Absurdität die andere übertraf, um jedem Betrachter deutlich vor Augen zu führen, wie schnell die durch eine starre Hierarchie scheinbar gesicherten Verhältnisse sich in ihr Gegenteil verkehren ließen – wie leicht das Leben aus allen Fugen geraten könnte.

Da sah man zum Beispiel drei Schweine, die einen Schlachter abstachen und in einem Trog das frische Menschenblut umrührten; einen Maulesel, der auf einem eleganten Edelmann ritt; Gänse, die einen Koch brieten; einen Zug von Hasen, Rehen und Wildschweinen, die mit großem Pomp den Sarg des Jägers zu Grabe trugen; einen ganzen Baum, der mit all seinen Wurzeln an leuchtend roten Äpfeln hing; einen Soldaten, der im Frauengewand neben einer als Soldat gekleideten Bäuerin am Spinnrocken saß; einen Kornsack, der einen Esel zur Mühle trieb; einen Löwen, der von einer Schnecke verschlungen wurde; einen Leiterwagen, der vor zwei Ochsen gespannt war; und so fort ...

Und doch, dachte ich und versuchte dabei, meine müden Augen durch die Erinnerung an die leuchtenden, mit arglistiger Naivität aufgetragenen Farben zu erfrischen: das Zinnoberrot des Blutes, das Sonnenblumengelb des von den Gänsen geschürten Feuers, das Scharlachrot der Äpfel – und doch, dachte ich, hätte der Maler es nicht nötig gehabt, sich so unwahrscheinliche Szenen auszudenken. Er hätte nur einen Jungen darzustellen brauchen, der seinen starken und herrischen Vater vor den Fliegen und vor der Grausamkeit der Aufseher zu schützen sucht, um anzudeuten, daß in einer Welt, in der die Kinder geben, anstatt zu nehmen, und wachen, anstatt bewacht zu werden, jede Ausschreitung, jede noch so verbrecherische Gewalttätigkeit möglich ist.

Ich muß jedoch hinzufügen, daß ich nicht die geringste Vorstellung hatte von dem Schicksal, das mir bevorstand. Unter all den Unmöglichkeiten der Natur, die durch eine Störung des Weltalls, durch Gottes Zorn oder den Wahnsinn möglich werden, beschäftigte mich nicht eine Sekunde lang diejenige, die ich selbst erdulden sollte. Wäre ich nicht mit Blindheit geschlagen gewesen, hätte mich eine der kleinen Szenen, die ich eben geschildert habe, mehr als alle anderen beschäftigen müssen. Aber so war es nicht, und deshalb schien mir die Rache der Tiere an ihren Herren das eindrucksvollste Beispiel für einen grotesken Rollentausch und die Umkehrung der Verhältnisse zu sein.

Mit unendlicher Befriedigung sah ich in Gedanken vor mir, wie das Blut aus der Kehle des Schlachters rann und wie eines der Schweine die rote Flüssigkeit im Trog rührte, um daraus Blutwurst zu machen, zugleich aber mischte sich in meine Befriedigung die geheime Angst, daß unser Esel, der friedlich ausgestreckt in der Nähe lag, mit einem sozusagen natürlichen Schnauben auf den Rücken meines Vaters steigen könnte, um sich im Menschentrott zu seinem Verschlag tragen zu lassen.

Ich fürchtete und ersehnte diesen Augenblick aus einem Grunde, den ich kaum einzugestehen wage: Weit entfernt davon, mich für alle Schläge und Erniedrigungen zu rächen, die ich anstelle der Zärtlichkeit und des Verständnisses, die ein Kind erwarten kann, von meinem Vater empfing, wäre ich an seiner Seite geblieben, um ihm seine Last tragen zu helfen und um ihm zuzurufen, daß ich ihn nicht im Stich lassen würde. Wie schade, daß mein Vater nie die Ergebenheit seines Sohnes an der Rebellion seines Esels hat ermessen können!

Weit in der Ferne, am äußersten Ende von San Donato, auf einem Felsvorsprung, der das Dorf überragte, konnte ich die düstere Silhouette der Festung des Fürsten sehen. Wenn wir unter den immer noch stechenden Strahlen der viel zu langsam untergehenden Sonne nach San Donato hinaufstiegen, kamen wir an eine Stelle, wo der Schatten, den diese Festung auf die Rückseite der Bergkuppe warf, über unsern Weg fiel. Mein Vater stieß dann einen Seufzer der Erleichterung aus, als sei er in ein Bad mit frischem Wasser gestiegen.

Ich aber schickte, während wir die letzte, plötzlich schattig gewordene Geröllhalde des Tals hinaufklommen und ich das Schloß mit seinen schwarzen Mauern vor mir aufragen sah, manchmal ein Dankgebet zum Himmel, daß er uns unter einem Fürsten leben ließ, ohne dessen Schutz wir sicherlich keine Arbeit und kein Auskommen gefunden hätten. Manchmal aber zog sich mein Herz auch wie unter der Vorahnung einer unsichtbaren Gefahr zusammen – unsichtbar und unverständlich, denn der Esel war ja auf seinen vier Beinen mit der doppelten Menschenlast auf dem Rücken losgezogen. Und mein Vater war nach der lähmenden Feldarbeit wieder der Vater geworden, den ich liebte: starrköpfig, bitter und herrisch.

Wer war ich

Wer war ich? Ließ die Tatsache, daß ich Vincenzo, Vincenzo del Prato, hieß, den Schluß zu, ich sei jemand? Ich wußte doch sehr gut, daß die Eltern meinen Taufnamen nicht gewählt hatten, um damit das besondere Wesen zu bezeichnen, das ihnen in mir geboren worden war. Ich hieß Vincenzo, weil ich als ihr zweites Kind den Vornamen meiner Großmutter väterlicherseits bekommen hatte, die Vincenza hieß. Mein älterer Bruder Giuseppe war Giuseppe genannt worden, weil er als Ältester den Vornamen seines Großvaters väterlicherseits bekommen hatte, der Giuseppe hieß.

Die Vergabe der Vornamen nach der Reihenfolge der Geburten war in San Donato unumstößlicher Brauch. Und es waren nicht einmal die Eltern, sondern Pate und Patin des Neugeborenen, die darüber zu entscheiden hatten. Die Hauptaufgabe der Paten bestand darin, sich nach allen Vornamen der Vorfahren und Verwandten der Familie zu erkundigen, um dann mit mathematischer Genauigkeit den Namen des neuen Kindes zu bestimmen. So war man sicher, daß keine Mutter unter dem Einfluß einer Schwangerschaftslaune oder eines eindrucksvollen Traums statt des unpersönlichen, traditionsgebundenen Namens einen persönlichen, von Zärtlichkeit inspirierten wählen konnte. Das erstgeborene Kind wurde nach dem Großvater väterlicherseits, das zweitgeborene nach dessen Frau benannt, das dritte und vierte nach Großvater und Großmutter mütterlicherseits, das fünfte bekam den Namen des ältesten Bruders des Vaters und so fort.

Als meine Mutter ihr fünftes Kind, meine zweite Schwester, erwartete, setzte sie sich eines Tages im Frühling mitten in eine Wiese voller Margeriten. Der Anblick dieser kleinen Blumen, deren Fülle um so märchenhafter wirkte, als sie innerhalb einer Nacht aus dem dürren Boden geschossen waren, die ungewöhnliche Wärme der Jahreszeit und der Gesang der Vögel erfüllten die Seele meiner Mutter mit fröhlicher Sehnsucht. Sie schlug die Hände zusammen und wünschte sich, das Kind möge ein Mädchen werden, damit sie es Marguerita nennen könne. Eine Marguerita, so meinte sie, würde so kräftig, schön und glücklich werden wie dieser Frühlingsmorgen. Als sie aber nach Hause zurückkam und meinem Vater von ihrem Wunsch erzählte, schickte dieser sie lediglich zu der zukünftigen Patin, die einen strengen Blick auf meine Mutter warf und sagte:

«Du bist wohl nicht aus San Donato?»

«Aber Giulia!» rief meine Mutter erschrocken.

«Und nicht nur das, du hast wohl auch noch nie Kinder bekommen?»

«Giulia, bitte!»

«Dein Mann hat wohl auch keinen älteren Bruder?»

«Giulia!»

«Er hat weder einen älteren Bruder, noch sonst irgendwelche Angehörigen, nicht wahr?»

«Giulia, um Himmels willen!»

Wie raffiniert hat sie meine Mutter gequält! Man muß wissen, daß dieses Verhör zu einem genau festgelegten Ritual gehörte, ebenso wie der Spott, der aus jedem Wort sprach, und die grausame Ironie der Unterstellungen. Die Fragerin gab vor, sie glaube der Mutter, die ihr Kind außerhalb der Tradition taufen lassen wollte, daß sie nicht genug Verwandte habe, um dem Brauch Genüge zu tun. Und während Giulia meine Mutter scheinbar von Herzen deshalb bedauerte, zwang sie die Arme, so etwas wie ein Verbrechen zu gestehen. Denn wenn meine Mutter sich weigerte, dem fünften Kind den Namen des Schwagers zu geben, dann tat sie so, als gäbe es meinen Onkel nicht. Anders ausgedrückt hieß das nach unserer Denkart, daß sie ihm den Tod wünschte, ihn töten wollte, und daß jeder im Dorf wissen würde, daß sie den Tod dieses

Schwagers und auch den Tod aller Schwestern ihres Mannes herbeiwünschte.

Die arme Frau verlor völlig die Fassung. Schließlich erbarmte sich die Patin und fragte nun sanfter:

«Du hast doch gewiß nicht vergessen, wie der älteste Bruder deines Mannes heißt?»

«Paolo», hauchte meine Mutter.

«Paolo, wie hübsch!»

Die Patin hatte erreicht, was sie erreichen wollte. Ihr Patenkind würde Paolo heißen. Oder Paola, wenn es ein Mädchen wurde. Und nun begann sie mit dem Ritual der Versöhnung.

«Oh, meine Liebe, wie bin ich froh über die Gewißheit, daß du wirklich aus San Donato bist, daß du schon vier Kinder hast, daß dein Mann wirklich einen älteren Bruder hat und daß dieser Bruder Paolo heißt!»

Ich kannte diese Geschichte, und ich wußte, daß mit dem Vornamen Paola kein bestimmtes Mädchen gemeint war, so wie der Vorname Vincenzo, mein Name, nicht wirklich die Person bezeichnete, die ich war. Hätte ich nicht gelebt, wäre mein Name dem nächsten Kind meiner Mutter gegeben worden, einem anderen kleinen Vincenzo oder einer kleinen Vincenza. Hielt ich mich also nur an meinen Namen, so war ich nichts. Ich war kaum ein Mann, denn das Unglück hatte es gefügt, daß der Name meiner Großmutter auf mich gefallen war. Mir, einem Jungen, hatte man für das ganze Leben einen Namen gegeben, der einer Frau gehört hatte, ja, der noch immer einer lebenden Frau gehörte, und das nur, weil ich als zweiter geboren war!

Ich beneidete meinen Bruder Giuseppe, den Enkel seines Großvaters Giuseppe. Er konnte mit Sicherheit davon ausgehen, daß er seinem Geschlecht angehörte. Seltsamerweise waren die kleinen Mädchen, die einen Männernamen trugen, in meinen Augen ihrem Geschlecht enger verbunden als ich dem meinen. Von einem Paolo den Namen Paola zu bekommen, das war nicht das gleiche wie nach einer Vincenza Vincenzo genannt zu werden. Ihre Weiblichkeit wurde gleichsam verstärkt durch das Einwirken des männlichen Fluidums, das bei der Taufe auf sie übertragen wurde, während sich meine Männlichkeit unter dem Einfluß der weiblichen Essenz derer, die schon vor mir mit meinem Vornamen gelebt hatte, nur auflösen konnte. So jedenfalls empfand ich es.

Ich wußte auch, daß meine Eltern nicht miteinander verheiratet waren, weil sie Gefallen aneinander gefunden oder weil sie den gemeinsamen Wunsch gehabt hatten, ein eigenes Heim zu gründen. Nein, sie hatten geheiratet, weil die Heirat in einem bestimmten Alter ebenso unumgänglich ist wie in einer späteren Zeit Haarausfall oder Tod. Übrigens hatten sie gar nicht nach eigener Wahl geheiratet, sie waren von Heiratsvermittlern verheiratet worden. So wie Vincenzo kein Beweis für meine eigentliche Existenz war, ja, kaum als ein Hinweis auf mein Geschlecht gelten konnte, so haftete auch meiner Geburt etwas Unpersönliches an, denn ich konnte sie nicht auf den ausdrücklichen Wunsch meiner Eltern zurückführen, ein Kind, also mich, zu zeugen.

Wer war ich? Diese Frage quälte mich, und ich lief der kleinen Luisilla nach, weil ich ihr das Geständnis entreißen wollte, daß auch sie nicht mehr Individualität besaß als wir alle.

Ich hielt sie fest, zwang sie stehenzubleiben und überfiel sie mit der Frage: «Wer bist du?»

«Ich bin Luisilla, die Tochter von Pietro, und wenn du mich nicht losläßt, dann sag ich meinem Vater, daß er dich verhauen soll.»

«Du bist das wievielte Kind in deiner Familie?»

«Ich habe sechs ältere Geschwister, das weißt du doch.»

«Warte. Wieviel Geschwister hat dein Vater?»

«Zwei Schwestern.»

«Und deine Mutter?»

«Oh, meine Mutter hat viele Geschwister.»

«Ich wette, daß der älteste Bruder deiner Mutter Luigi heißt.»

«Da hast du aber was entdeckt! Das weiß doch jeder!»

«Du lügst, ich hab es nicht gewußt.»

«Luisilla», fügte ich schnell hinzu, um sie zu beruhigen, denn sie wurde richtig böse, «ich mag dich, weil du nicht genauso heißt wie dein Onkel.»

Sie sah mich an, als ob ich verrückt sei, und rannte davon. Es ist wahr, ich zog sie den anderen vor, weil sie mit Vornamen Luisilla hieß und nicht Luigia; deshalb schien sie mir mehr Eigenes zu haben als alle übrigen kleinen Mädchen im Dorf, und ich fühlte, daß ich in ihrer Nähe etwas mehr ich selbst wurde. Ich sehnte mich danach, sie liebzuhaben und von ihr geliebt zu werden. Das von ihr auf eine ganz bestimmte Art ausgesprochene «Du» sollte mir eines Tages beweisen, daß ich etwas mehr von der Identität gewonnen hatte, die mir fehlte. «Du, Vincenzo», oder noch besser, ein ganz einfaches «Du». Unvorstellbar müßte es sein, wiedergeboren zu werden dank der Willenskraft eines kleinen Mädchens, das von mir fordern würde, ich solle etwas Besonderes für sie sein. Allerdings fürchtete ich auch, zurückgestoßen zu werden und verschob darum diese Möglichkeit, ein Mensch zu werden, der wirklich ich sein würde, auf eine spätere Zeit.

Ich dachte oft an meine kleine Schwester Paola, die man um ihren Margeritenduft, ihre Blütenkrone gebracht hatte. Als ich nach Neapel kam, wollte ich mir, wie man so sagt, einen Namen machen. Gott weiß, wie unsinnig mir dieser Ehrgeiz heute erscheint! Ein einziger Grund aber mag als Entschuldigung dafür gelten, daß ich ihn einige Zeit lang – oh, es war eigentlich nur eine kurze Zeit! – gehegt habe: Es war der Wunsch, meine kleine Schwester für das Unrecht, das man ihr angetan hatte, zu rächen. Sie hätte etwas Einmaliges sein können, sagte ich mir, die herrliche Blume, die nur einmal in der Wüste blüht. Dagegen würde sie mit dem Namen ihres Onkels, so schien es mir, niemals wirklich sie selbst werden können, sie war ja nur Paola, die Nichte von Paolo, dem Enkel von Paolo, und besaß nicht das geringste Kennzeichen, an dem man sie von einer anderen unterscheiden konnte. Jeder aus der Familie hätte ihren Platz ebensogut einnehmen können, das heißt ebenso anonym. Sie war mit ihrem Onkel verbunden, der seinen Namen vom Großvater väterlicherseits bekommen hatte, so wie ich mit meiner Großmutter verbunden war, die ihren Namen von einem der Brüder ihrer Mutter erhalten hatte, der seinerseits ... Dachte man darüber nach, so konnte einem schwindlig werden, denn man wurde sich darüber klar, daß es seit Urzeiten in San Donato keinem Menschen gelungen war, allein für sich zu existieren, d. h. außerhalb ebendieser Verbundenheit mit allen anderen, die ihn seiner selbst beraubte.

Ach, hätte ich doch nur gewußt, daß gerade darin das Glück besteht! Sie lebten, da ihnen die allzu klar umrissene, vom Besitz eines eigenen Namens verliehene Identität unbekannt war, in der wohltuenden Unkenntnis ihrer eigenen Grenzen und lebten darum unauffällig, ohne Mühe, ohne Lärm, ohne besonderes Aufsehen – wie soll man es anders bezeichnen – als freie Menschen. Sie wären nie auf den Gedanken gekommen, einen Unbekannten zu fragen: «Wie heißt du?» Eine in ihren Augen sinnlose Frage. Sie wußten mit dem wunderbaren Ahnungsvermögen ihrer ständig allen Dingen des Universums offenen Seele, daß die Freiheit dort aufhört, wo die individuelle Bestimmung anfängt.

In Wirklichkeit war ich der einzige in San Donato, der sich darüber den Kopf zerbrach, daß der Name, den er trug, ihn nur vage bezeichnete. Luisilla hatte über das Glück, nicht Luigia zu heißen, nie nachgedacht. Abends, wenn wir noch draußen umherliefen, nahm ich ihre Hand und wies mit ihrem Finger auf einen Stern.

«Siehst du den Stern da?»
«Welchen?»
«Welchen? Siehst du ihn denn nicht?»
«Aber Vincenzo, es gibt doch Millionen von Sternen!»
«Und doch kannst du keinen einzelnen sehen!»

Sie kniff die Augen zusammen und versuchte, den Punkt zu fixieren, den ich ihr am Firmament zeigte, aber sie wurde schnell müde und gab achselzuckend auf. Ich zeigte ihr, wie man einen Ausschnitt des Himmels so lange beobachtet, bis eine Sternschnuppe wie ein Blitz vorüberhuscht.

«Da! Bist du jetzt zufrieden?»
«Aber Luisilla, sie ist verschwunden!»

Das Lichtermeer flößte mir wirklich Angst ein. Es war, als zwinkerten Millionen Augen, hinter denen ich kein Gesicht entdecken konnte. Ich legte mich auf den Rücken. Luisilla setzte sich neben mich und kaute auf einem Grashalm.

«Versuch einmal, einen Stern so genau anzusehen», sagte ich nach kurzem Schweigen, «daß du ihn morgen oder auch nur in fünf Minuten noch mit Sicherheit wiedererkennst!»

«Komm, laß uns heimgehen, das ist mir zu langweilig.»

Um diese Stunde stellten in San Donato alle ihren Stuhl vor die Tür, um mit den Nachbarn zu schwatzen. Seite an Seite saßen sie längs der Straße und beugten sich von Zeit zu Zeit nach rechts oder nach links, um einander zu berühren und sich zu vergewissern, daß wirklich alle zusammenhielten. Zwanzig Vornamen genügten, um drei- bis vierhundert Personen zu bezeichnen. Es ließ sich schnell ausrechnen: wenn jemand im Dunkeln eine Tür öffnete und rief: «Vincenzo» oder «Paolo!» oder «Giuseppe!», dann hätten fünfundzwanzig Stimmen antworten können. War es nicht das, was sie wollten, war es nicht diese alle verbindende Gemeinsamkeit der Vornamen und die dadurch erzielte Zusammengehörigkeit, die sie glücklich machte? Jeder Vincenzo war zugleich die anderen vierundzwanzig Vincenzos, und alle zusammen nahmen am Leben jedes einzelnen Vincenzo teil, so wie die Sterne, die über ihnen strahlten, sich mit einem Einanderzublinken und einer anonymen Zusammengehörigkeit begnügen und sich darin wiedererkennen.

Wie friedlich und ruhig sie wirkten! Wie erstaunt wären sie gewesen, hätte man ihnen erzählt, daß der Ehrgeiz, sich seinem Nebenmann gegenüber zu behaupten und selbst jemand sein zu wollen, am Hofe König Ferdinands, kaum fünfzig Meilen von unserem Dorf entfernt, unaufhörlich Unruhe stiftete! Weder mein Vater noch meine Mutter noch sonst jemand in San Donato wäre so verrückt gewesen, sich mit jener dem Städter eigenen Besessenheit zu fragen, ob ihrer Person Bedeutung zukomme oder nicht. Und als sie im Namen der in der Hauptstadt neu aufgekommenen Ideen eben dazu aufgefordert wurden, hat man erlebt, welch energischen Widerstand sie dem vermessenen Kanzelredner entgegensetzten.

Warum also war ich der einzige, der sich selbst zu ergründen suchte? Warum lag mir soviel daran, die meine Individualität bestätigenden Grenzen abzustecken? Warum genügte mir der beruhigende Gedanke nicht, mit fünfundzwanzig oder dreißig Vincenzos oder Vincenzas verschmolzen zu sein, die meine Person und mit mir ihre Person auf ein winziges Blinken inmitten der unendlichen Harmonie des Weltalls reduzierten? Warum bat ich Luisilla so flehentlich, sie möge mir einen anderen Namen geben, irgendeinen, wenn er nur von ihr erfunden war?

Nun, Gott hat mich eben mit einem ausgeprägten Sinn für die Problematik von Persönlichkeit und Selbstbewußtsein ausgerüstet und mich dadurch befähigt, über mein Schicksal nachzudenken, seine ungewöhnliche Entwicklung zu begreifen und die Lehren, die ich daraus gezogen habe, in diesem Bericht hier niederzulegen. Es ist der Bericht eines Mannes, der zunächst geglaubt hat, er gehöre, nachdem er unter grausamen Umständen die Beweise seiner Identität verloren hatte, zu den Geächteten dieser Erde, bis er unter gewissen Einflüssen eine dem größten Teil der Menschheit unbekannte Form von Glückseligkeit kennenlernte.

Der Weg war lang, dornig und hart. Wie oft habe ich in Neapel, besonders aber hier in Heidelberg oder auf meinen Reisen nach Dresden, Wien oder London, die gar nicht einmal immer in böser Absicht gestellte Frage hören müssen: «Wer sind Sie eigentlich? Als was würden Sie sich selbst bezeichnen?» Wenn ich jetzt daran zurückdenke, so weiß ich, daß ich den Fragenden als Antwort darauf von San Donato hätte erzählen müssen und von den Bräuchen aus meinem Heimatdorf. «Ihr täuscht Euch und versucht vergebens mich zu beschämen, wenn Ihr mich fragt, welchem Geschlecht, welcher Art Menschen ich zugehöre. Denn das liegt doch Eurer von fünfzig Jahren freimaurerischer und jakobinischer Propaganda beeinflußten Frage zugrunde. Soll ich Euch die Wahrheit sagen? Weisheit und Glück beginnen erst dort, wo das Bewußtsein des eigenen Status aufhört!»

Ist es nicht erlaubt, dieses und jenes und auch noch etwas anderes zu sein? Ein Problem, mit dem ich mich mein Leben lang beschäftigt habe ...

Sein kleines, mädchenhaft zartes Ohr

Ich hatte die schönste Stimme von San Donato.

«Viel Ruhm und viel Geld könnte er Euch einbringen», sagte Don Sallusto zu meinem Vater, «viel, viel Geld!»

Den Sinn dieser Worte verstand ich nicht, und ich begriff auch nicht, warum Don Sallusto, sooft er dies sagte, tief aufseufzte, und warum mein Vater, wenn er Don Sallusto so reden hörte, sich nicht freute, sondern seinen Umhang fester um sich zog und mit einem gequälten Gesichtsausdruck davonging.

Ich hatte immer Angst, der Geistliche könnte sich über das Ungestüm der kleinen Gruppe von Musikschülern, die er am Samstagabend um sich versammelte, beschweren. Wir waren bei seinem Unterricht wirklich nicht sehr aufmerksam. Don Sallusto hatte früher in Neapel einen Kirchenchor geleitet und verwandte nun seine Mußestunden auf die Erforschung der lokalen Geschichte und auf unsere musikalische Ausbildung. Ich schwor mir, in Zukunft besser aufzupassen, wenn ich auf diese Weise meine Eltern im Alter unterstützen konnte. Aber es handelte sich offenbar um etwas, bei dem mein Wille keine Rolle spielte, denn niemand kam auf den Gedanken, mich vor einer so wichtigen Entscheidung zu Rate zu ziehen.

An jenem Tag erwähnte Don Sallusto, daß der Fürst in drei Monaten wieder nach San Donato kommen würde. Mein Vater fuhr zusammen und warf dem Geistlichen einen finsteren Blick zu, wie ein Mann, der Genugtuung für eine Beleidigung fordert. Don Sallusto sagte, es sei also Zeit genug, alles in Ruhe zu bedenken. Er strich mir dabei über das Haar und murmelte beruhigend, jedenfalls könne ich, wenn die Antwort positiv ausfallen sollte, gewiß sein, das ganze Leben lang meine schönen blonden Locken zu behalten, und das sei ein Vorteil, der den Verlust alles übrigen eines Tages aufwiegen werde. Er fügte diesen geheimnisvollen Worten nichts hinzu und ging meinem Vater nach, der nicht auf ihn gewartet hatte und steif wie eine Marionette davongeschritten war.

Zwischen der hageren, sehnigen Erscheinung meines Vaters mit seinem kahlen Schädel, den behaarten Händen, der dunklen Haut, den hervortretenden Muskeln und der schwer zu beschreibenden Gestalt des Geistlichen bestand ein seltsamer Kontrast, der sogar mir schon aufgefallen war. Don Sallusto hatte eine rosige, glatte, weiche Haut wie sonst niemand in San Donato, eine auffallend hohe Stimme, die manchmal unerwartet ins Falsett umschlug, langes, weiches, zurückgekämmtes Haar und kühle Hände, die feucht und leicht verquollen waren, als hätte er sie zu lange Zeit in kaltes Wasser getaucht und keine Zeit gehabt, sie abzutrocknen.

Sein schütterer Bart bestand aus wirren Haaren, die auf der einen Seite dichter wuchsen als auf der anderen, und obendrein war das eine seiner beiden Ohren klein, fleischig und zierlich wie die Ohren von Luisilla, das andere hingegen normal entwickelt und knorpelig.

Ebenso erstaunlich war die eigenartige Verteilung seiner Fettpolster. Sie saßen so prall auf Nacken, Wangen und Kinn, wie man es bei einem bekannterweise mäßig lebenden Menschen kaum für möglich gehalten hätte; sonst aber war Don Sallusto kaum beleibter als andere. Ein runder, dicker Geistlicher hätte den Dorfbewohnern von San Donato übrigens nicht mißfallen: mager und hungrig, wie sie waren, wäre es ihnen nie in den Sinn gekommen, einer würdevollen Korpulenz den Respekt zu versagen. Aber daß Don Sallusto nur im Gesicht und am Nacken fett war und daß er dieses erreicht hatte, ohne von ihrer aller Lebensart abzuweichen, weil er aus Tugend so mäßig lebte, wie sie zu leben gezwungen waren, darüber konnten sie sich nicht genügend verwundern.

Dabei wirkte er unsicher und gehemmt. Wenn er mit jemandem sprach, richtete er es immer so ein, daß er Kinn und Wangen in seinen Händen verbarg, aber auch dieser seiner feuchten, geschwollenen Hände schämte er sich. Was machte ihn nur so verlegen? Jeder wußte, daß er wenig aß und wenig trank und daß er alles Geflügel, das er geschenkt bekam, unter die Armen verteilte. Für die Frauen sah er aus wie ein Heiliger, und sie sagten ihm wundertätige Kräfte nach. Was ihn von andern unterschied, das gerade faszinierte sie, insbesondere die Ungleichheit seiner Ohren und der launenhafte Haarwuchs. Sein üppiges Kopfhaar und der karge Bart standen im Gegensatz zu dem, was sie an ihren Männern beobachten konnten. Sie begrüßten Don Sallusto stets mit einem tiefen Knicks. Der Saum ihrer Röcke – sie trugen mehrere übereinander – war immer grau von Staub. Meine Mutter hatte eine unvergleichliche Art, diese Reverenz auszuführen, sich danach auf der Stelle herumzudrehen und majestätisch davonzuschreiten. Wie groß und mächtig, wie stark und Ehrfurcht gebietend sie wirkte! Ich liebte sie, weil sie so ganz Mutter, meine Mutter war und etwas von der kreidigen Erde in den schwarzen, bis zum Boden reichenden Falten ihrer Röcke davontrug!

Don Sallusto konnte die Frauen nicht davon abhalten, seine

Hand zu küssen, auf der der geistliche Ring blitzte. Wenn sie aber den Arm ausstreckten und darum baten, er möge sie das kleine, mädchenhaft zarte Ohr berühren lassen, dann wehrte er sanft, aber bestimmt ab und schob ihre Hände beiseite.

Es war ein Jammer, daß ein Mann, der Bücher lesen konnte und sogar ein ganzes Bord voller Bücher besaß, so schlecht gekleidet war. Der Saum seiner Soutane war ausgefranst, der blankgescheuerte, fadenscheinige Stoff fleckig. Da er des öfteren die von seinen Beichtkindern eifrig angebotene Hilfe ausgeschlagen hatte, mußte man wohl daraus schließen, daß er seine Kleidung mit Absicht vernachlässigte. Des Abends, wenn Tag und Nacht ihre Lichter und ihre Schatten vereinen wie Algen, die sich im Brunnen locker umschlingen, sah man ihn manches Mal allein und unbeweglich oben an der Straße nach Neapel stehen und schwermütig in die Ferne zur Hauptstadt blicken. Wenn dann seine Finger unruhig die weichen Polster von Kinn und Nacken kneteten, hätte es keiner von uns gewagt, ihn in seinen Träumereien zu stören oder ihn nach seinem traurigen Geheimnis zu fragen.

Seit er mit meinem Vater jenes Gespräch über mich geführt hatte, forderte er mich häufig auf, ihn bei seinen Gängen durch das Dorf zu begleiten. Sie führten ihn von Haus zu Haus; hier erkundigte er sich nach dem Zustand eines Kranken, dort nach dem Verlauf einer Schwangerschaft. Durch ihn lernte ich zahlreiche Einzelheiten der Sitten und Gebräuche meiner Heimat kennen, die mir sonst entgangen wären. Ich spürte dunkel, daß er etwas im Sinn hatte, wenn er mich mitnahm und meine Aufmerksamkeit auf die kleinen Besonderheiten des Lebens von San Donato lenkte. «Mach die Augen auf, Vincenzo, später wirst du gern an all das zurückdenken, was du gesehen hast!»

Ich verstand nicht recht, warum ich mich um das kümmern sollte, was später mit mir geschehen würde, aber Don Sallusto hat mir nichtsdestoweniger stillschweigend allerlei beigebracht, was meine Zukunft sicher erträglicher gemacht hätte, wenn überhaupt irgend etwas mir die ersten Jahre in Neapel hätte erleichtern können.

So schob er mich beispielsweise vor sich her in ein Haus, in dem eine Frau ein Kind erwartete. Sie empfing mich, ohne auch nur einen Gruß an mich zu richten mit den unfreundlichen Worten: «Warum hast du so schmutzige Finger?» Ich blickte erschrocken auf meine Hände. «Oh, es wird ein Mädchen, Gott sei gelobt!» rief sie aus, als sie sah, daß ich die Handflächen nach oben hielt.

«Hättest du ihr die Handrücken gezeigt», sagte Don Sallusto beim Hinausgehen, «hätte sie gesagt: ‹Oh, es wird ein Junge, Gott sei gelobt.› Ein Junge ist natürlich immer willkommen, weil er arbeiten wird, verstehst du? Da man aber auch gern ein Mädchen hätte, macht man es, wie du eben gesehen hast: man fordert den ersten besten Besucher auf, seine Hände vorzuzeigen. Er hat keine Zeit zum Nachdenken und hält sie hin, so oder so. Auf jeden Fall zeigt sich in der Geste des Besuchers der Wille Gottes. Also dankt man Gott! Gelobt sei Gott, wenn es ein Junge wird, gelobt sei er auch, wenn es ein Mädchen wird! Ja sogar, wenn es ...»

«Sogar wenn es ...?»

«Er sei immer und überall gelobt, was er auch mit uns armen Wesen vorhaben mag!»

«Aber warum wird es ein Mädchen, wenn ich die Handflächen zeige, und ein Junge, wenn ich die Handrücken zeige?»

Don Sallusto schwieg, aber ich sah, daß er rot geworden war und mit seinen dicken Fingern sein Kinn bearbeitete. Ohne es zu wollen, hatte ich an sein Geheimnis gerührt.

Manchmal rief man ihn in die Küche. «Don Sallusto, werft bitte die Spaghetti in den Kochtopf», baten die Nachbarinnen, die der werdenden Mutter zu Hilfe gekommen waren. Und ich erfuhr, daß auch dies ein Mittel war, ihre angstvolle Erwartung zu erleichtern. Blieben die Nudeln aufrecht stehen, konnte man auf einen Jungen rechnen, fielen sie zusammen, wurde es ein Mädchen. Don Sallusto hatte eine geschickte Art herausgefunden, die Nudeln so durcheinander in den Topf zu werfen, daß es unmöglich war, eindeutig festzulegen, ob sie aufrecht blieben oder zusammenfielen. Die Umstehenden lachten herzlich darüber, denn sie hatten gewußt, daß Don Sallusto die Spaghetti so werfen würde, und sie hatten ihn gerade deshalb in die Küche geholt. Sie konnten nicht von dem Gedanken loskommen, daß die Geburt eines kleinen Mädchens eine wirtschaftliche Belastung wäre, und achteten darum ängstlich auf alle Vorzeichen, wie es die Alten früher vor einer Schlacht getan hatten. Don Sallusto aber zogen sie zu Rate, um dem Orakel zuvorzukommen. Wenn die Spaghetti weder aufrecht bleiben noch zusammenfallen wollten, so war damit erwiesen, daß das Geschlecht des zu erwartenden Kindes keine so große Bedeutung hatte.

«Hast du gesehen», fragte er mich hinterher, «hast du gesehen, wie zufrieden sie waren?»

Man zeigte ihm auch die Neugeborenen. Er untersuchte sie sorgfältig, und wenn er irgendeinen roten Fleck auf ihrem Körper entdeckte, so wies er mit seinem Zeigefinger auf die Mutter und sagte zur Freude aller Anwesenden mit gespielter Strenge zu ihr:

«Gute Frau, Ihr habt wohl Lust auf Erdbeeren gehabt, als Ihr schwanger wart. Nun hat sich Euer Wunsch auf dem Bein Eures Kindes eingeprägt. Seid froh, daß Ihr nicht Lust auf Kohlen hattet, um es Euch warm zu machen! Sonst hätte Euer Kind jetzt einen unauslöschlichen, schwarzen Fleck!»

Diese Besuche bei den Wöchnerinnen mochte ich besonders gern. Die Frauen warteten auf Don Sallusto und ließen ihn raten, wonach sie sich während ihrer Schwangerschaft wohl gesehnt hätten. Man zeigte ihm den nackten Säugling, und er mußte herausfinden, ob sie Lust auf Erdbeeren, Himbeeren, Kirschen oder Brombeeren gehabt hatten. Und er ging nicht nur auf das Spiel ein, sondern er zerstreute mit poetischen Umschreibungen ihre mütterlichen Ängste. Je nach der Jahreszeit, in der diese Früchte zur Reife kommen, sagte er etwa:

«Im April wird die Kirsche auf der Wange Eures Kindes aufblühen!»

Oder auch:

«Die Junierdbeeren werden sich immer wieder auf dem Bein Eures Jungen zeigen! Und es wird wunderhübsch sein, jedes Jahr zu sehen, wie der schöne rote Fleck frisch, farbig und appetitlich wird.»

«Ist das wahr, Don Sallusto?»

«Gut, daß Ihr keinen Appetit auf einen Apfel gehabt habt. Ein gelber Fleck wäre nicht so hübsch gewesen!»

Dadurch, daß er in meiner Gegenwart so sprach, lehrte mich Don Sallusto, Beziehungen zwischen weit auseinanderliegenden Dingen zu erkennen. Oh, wenn wir nur in all den sichtbaren und unsichtbaren Flecken, die wir insgeheim mit uns herumtragen, einen verdrängten Wunsch unserer Mutter erkennen könnten!

Je näher der Tag kam, an dem der Fürst zu Besuch kommen sollte, um so mehr fiel mir auch bei meinem Vater eine nicht zu übersehende Veränderung auf. Er hatte es immer eiliger, vom Feld zurückzukommen, er schlug heftiger als sonst auf den Esel ein, er schlang seine Suppe und seinen Kanten Brot im Nu hinunter, und seine Augen funkelten, wenn er meine Mutter anstarrte. Meine Mutter versuchte demütig und ergeben seinen Wünschen zuvorzukommen, um seine Unruhe zu mäßigen. An diesen Abenden wurden wir früh zu Bett geschickt.

Ich wußte recht gut, was dann geschehen würde, spielte sich doch das Leben der ganzen Familie bei Tag und Nacht in einem einzigen Raum ab. Ich hatte das Tun der Eltern stets mit einer Mischung aus Neid und Furcht belauscht; der Neid ließ mich meine zu große Jugend verwünschen, und die Furcht ließ mich hoffen, sie würde ewig dauern. Mein Unbehagen hatte sich aber verstärkt, seit ich die brutale Zudringlichkeit meines Vaters, das Funkeln in seinen Augen, die ängstlich ergebene Eilfertigkeit meiner Mutter, seit ich all diese dunkle Heftigkeit mit der Naivität der kleinen Auseinandersetzungen zwischen Luisilla und mir vergleichen konnte.

Es ist eigentlich seltsam – möchte ich hinzufügen –, daß ich schon als kleines Kind im Verlauf einer einzigen Nacht, wenn ich auf den wilden, schließlich in Seufzen und Stöhnen ausklingenden Tumult lauschte, den gleichen erregenden Wechsel der Gefühle gespürt habe, den ich später wiedererkennen sollte, den Wechsel von tiefer Verzweiflung darüber, daß mir das Leben eines Mannes versagt war, zur höchsten Glückseligkeit, weil mir dies alles erspart blieb.

Mein Vater erreichte sein Ziel nicht einmal, sondern mehrere Male, bevor er einschlief und meine Mutter in Ruhe ließ. Man hat soviel Unsinn über diesen Aspekt des Lebens in den ländlichen Gebieten des Südens geschrieben, daß ich die Gelegenheit wahrnehmen möchte, um zu versichern, daß nichts Niedriges oder Egoistisches, nein, auch keinerlei dumme Protzerei meinen Vater zu einer so maßlosen Anwendung seiner Kräfte trieb. Was ihn veranlaßte, meine Mutter mit seinen unersättlichen Forderungen zu quälen, waren einerseits sein Ehrgefühl und die nach dem ungeschriebenen Gesetz des Königreichs bestehende Verpflichtung jedes Mannes, seine Kraft, sooft er es konnte, unter Beweis zu stellen. Andererseits aber hing seine Gier mit seiner Armut zusammen, mit dem Bedürfnis, das einzige Verlangen, das er befriedigen konnte, das sein elendes Dasein ihm zu stillen erlaubte, bis zum letzten auszukosten. Ehre und Elend, diese allen Männern von San Donato gemeinsamen Gefühle, fochten in der Seele meines Vaters, der von Don Sallusto dazu aufgefordert worden war, um meiner schönen Stimme willen eine so wichtige Entscheidung zu fällen, einen verzweifelten Kampf aus.

Wenn wir morgens die Dorfstraße hinaufgingen, sahen wir immer einige Frauen, die mit steinernem Gesicht vor der Tür saßen. Sie bewegten sich kaum, hoben nur gerade den Kopf ein wenig, um Don Sallusto einen flehenden Blick zuzuwerfen oder ihm eine bittende Hand entgegenzustrecken. Die Verehrung, mit der sie ihm begegneten, galt nicht nur seiner geistlichen Würde, das hatte ich inzwischen schon an der fetischistischen Bewunderung gemerkt, mit der sie sein nicht ganz ausgewachsenes Ohr betrachteten. Diese Zusammenhänge sind mir erst viele Jahre später klargeworden, wenn ich auch damals schon bemerkt hatte, daß seine Haare und sein Bart nicht wirklich männlich waren, wie denn überhaupt von seiner ganzen Person etwas Undefinierbares ausging. Er verkörperte eine andere Art des Männlichen, etwas Mildes, ein persönliches Entsagen, das ihn zum Beispiel von meinem immer ungeduldigen und heftigen Vater unterschied. Wenn ich heute an meine Mutter und an die anderen Frauen denke, die ich in San Donato zurückgelassen habe, dann kann ich mir unschwer vorstellen, was sie jedesmal unbewußt ersehnten, wenn sie die Sanftheit ihres Geistlichen mit der krampfhaften Gier ihrer Männer verglichen.

Aber wer weiß, ob nicht auch diese tausendmal lieber in einer Welt mit weniger grausamen Gesetzen gelebt hätten, in der sie niemand dazu zwang, ihre Männlichkeit so herauszukehren? Ist es wirklich der geheime Wunsch eines Mannes, herumzustolzieren wie ein Hahn und unentwegt auf seine männlichen Vorrechte zu pochen? Diese Frage habe ich mir oft gestellt, seit ich hier in Baden lebe und von den Schloßfenstern aus die Studenten beiderlei Geschlechts am Ufer des Neckar entlangschlendern sehe. Sie lesen Gedichte, sie träumen und pflücken Blumen, die sie sich gegenseitig schenken. Sie wären wahrscheinlich sehr überrascht, wenn man ihnen sagte, daß nach den jenseits der Alpen herrschenden Sitten die eine Hälfte von ihnen sich auf die andere wie auf eine Beute stürzen müßte! Ich möchte denken, daß die Zärtlichkeit zwischen Jungen und Mädchen, deren erste Anzeichen ich heute bemerke, in zweihundert Jahren, wenn Gott mir die Gnade zuteil werden ließe, mich dann wieder zum Leben zu erwecken, Allgemeingut sein wird. Ich stelle mir Gemeinschaften von jungen Leuten vor, die durch Girlanden miteinander verbunden sind, und junge Männer, die den Mädchen ähneln; beide Geschlechter mit den gleichen Attributen – mit gleicher Haartracht zum Beispiel oder gleicher Kleidung –, die sie aus ihrer einseitigen traditionell vorgeschriebenen Rolle befreien... Aber das ist wohl ein Wunschtraum, denn der erste, der von einer solchen Entwicklung profitieren würde, wäre ich und mit mir die Gefährten meiner Art, die man dann nicht mehr wie seltene Tiere anstarren, sondern vielleicht sogar beneiden würde... Welch ein Sieg über alle die Fanatiker, die für eine strikte Trennung der Geschlechter eintreten, für die individuelle Verantwortlichkeit und die puritanische Monogamie!

Don Sallusto ging lächelnd seines Wegs. Er wehrte all die nach seinem Ohr ausgestreckten Hände ab, weil es eine gottlose Geste war, aber er tat es ohne Zorn, weil sich in dieser Geste ein rührendes Geständnis verbarg.

Eine Straße ist eine Straße

‹Die Besucherinnen›, anders wurden sie bei uns nicht genannt. Niemand kannte ihre Namen; man wollte sie auch gar nicht kennenlernen, denn sie blieben immer nur kurze Zeit und wechselten zu oft. Seit wann hatten sie unser Dorf in ihre Rundreise aufgenommen? Sie fuhren mit der Postkutsche von einem Ort des Königreichs zum andern. Und da die Kutsche nicht bis nach San Donato hinaufkam, stiegen sie bei der nächstliegenden Poststation aus und ließen sich von einem Maultiertreiber abholen. Er brachte sie geradenwegs auf den Dorfplatz zu einer verlassenen, dem Pfarrhaus gegenübergelegenen Hütte. Sie kamen, seitlich auf ihren derben Reittieren sitzend, bei Anbruch der Dunkelheit, einen Kreppschal über die Schultern geworfen, um den Kopf ein gelbseidenes Tuch mit langen Fransen, eine Rose hinter jedem Ohr, Sandalen mit hölzernen Absätzen an den Füßen, einen Zweig Goldraute zwischen den Fingern, eine Hand keck unter den Gürtel geschoben. Sie blieben ein oder zwei Nächte lang im Dorf, ohne sich blicken zu lassen, und zogen dann zur gleichen Stunde, im gleichen Aufzug wieder davon. Es hieß, sie würden einem Mann, der ihnen gefallen hatte, eine der Rosen schenken. Aber in den Händen eines Bewohners von San Donato hatte man eine solche Trophäe noch nie gesehen. Junge und weniger junge Männer verschwanden nach Einbruch der Nacht in der kleinen Hütte; auch mein Vater ging regelmäßig dorthin und ebenso manch anderer Familienvater. Sie blieben – Hin- und Rückweg eingerechnet – nicht länger als eine halbe Stunde fort und brauchten als Entgelt nicht mehr als einen Kanten Brot oder ein Bund Zwiebeln mitzubringen.

Don Sallusto stand dieser Sitte, die es in San Donato schon vor seiner Amtszeit gegeben hatte, nicht feindlich gegenüber. Er hatte nur eine einzige, ebenso eigenartige wie kategorische Bedingung gestellt: Nicht der kleinste Lichtschein durfte aus der Hütte nach außen dringen. Und bei der Baufälligkeit des Häuschens mit der aus losen Brettern flüchtig zusammengenagelten Tür und dem durchlöcherten Dach bedeutete dies, daß drinnen weder eine Lampe noch eine Kerze angezündet werden durfte.

Nur die Leser, die meinen Lehrmeister und die Motive, die seine Handlungsweise bei dieser und allen anderen Gelegenheiten bestimmten, noch nicht durchschaut haben, werden seiner Rechtfertigung Glauben schenken, daß man auf diese Weise einen Skandal vermeiden, den guten Ruf von San Donato schützen, die Neugier der Kinder ablenken und die Weihe des Kirchplatzes erhalten könnte. Für uns Kinder aber war der Zweck jener Besuche kein

Geheimnis, uns beschäftigte ausschließlich die Frage, warum sie im Stockdunklen stattfinden mußten.

Heute ist es mir verständlich. Wenn er den ‹Besucherinnen› untersagte, ihr Gesicht zu zeigen, dann wollte er auf diese Weise verhindern, daß die Männer sie sehen und bestimmte Gesichtszüge mit dem Genuß, den diese Frauen ihnen gaben, in Verbindung bringen konnten. Es war verboten, sich für eine von den Frauen besonders zu interessieren oder sich gar in sie zu verlieben. Der sexuelle Instinkt, dessen Kraft Don Sallusto nicht unterschätzte, sollte dunkel und anonym bleiben – wie ein unbestimmtes Sehnen, das sich in der Weite des Universums verliert –, jede Wahl sollte ausgeschlossen sein. In Don Sallustos Vorstellung von erotischen Beziehungen gab es fast keinen Raum für das, was einen Mann und eine Frau dazu drängt, einander in die Augen zu sehen und sich gegenseitig herauszufordern. Für ihn war Liebe für zwei von Natur aus gegensätzliche Wesen die Möglichkeit, ihre Verschiedenheit aufzuheben und wieder ein gemeinsames Ganzes zu bilden – worin er konsequent der Auffassung folgte, die ihn auch dazu trieb, bei den werdenden Müttern die Nudeln auf seine besondere Art in den Kochtopf zu werfen, um im Geist der jungen Frauen die Unterschiede zwischen Jungen und Mädchen zu verwischen.

So lebte in einem verlorenen Dorf des italienischen Mezzogiorno in der Person eines Geistlichen der antike Mythos vom Hermaphroditen fort. Und alle Beteiligten kamen dabei auf ihre Kosten, sowohl die ‹Besucherinnen», die mit ihren Rosen hinter beiden Ohren wieder verschwanden, als auch ihre Kunden, denen das Dunkel dieser Zusammenkünfte dazu verhalf, das Elend ihres täglichen Lebens in einem großen wirbelnden Sternennebel zu vergessen.

Es wäre unkorrekt, wollte man behaupten, daß die Frauen von San Donato, Ehefrauen und Mütter, den alten Brauch der ‹Besucherinnen› nur geduldet hätten: nein, sie nahmen diese Mädchen sogar in Schutz! Das zeigte sich deutlich, als der junge Priester aus Neapel zu Besuch kam. (Priester ist er übrigens nicht lange geblieben!) Er sagte in seiner Predigt, ein sittenloses Volk gehe nicht nur der Gnade Gottes verlustig, sondern es verliere vor allem seine Selbstachtung. Der dies sagte, war kein anderer als der große Perocades, der sich damals – wie er mir selbst, über das Fiasko seiner lang zurückliegenden Predigten lachend, viele Jahre später erzählte – in die Seelsorge verirrt hatte und noch unglaublich naiv war.

Von der Kanzel herab erklärte er uns an einem Sonntagmorgen in heftigen Worten, daß Gott jedem Menschen die Pflicht auferlegt habe, in sich die Einheit von Körper und Seele zu wahren. Jeder Verstoß gegen diese Moral, rief er aus und warf dabei zornige Blicke auf die Bänke der Männer, müsse als eine Verletzung der ursprünglichen Integrität des Menschen gewertet werden.

Eigenartigerweise erwähnte er die heiligen Bande der Ehe kaum. ‹Gott› schien für ihn lediglich eine Konzession an das Priesterkleid zu sein, das er trug, und mit ehelicher Treue schien er wohl mehr den schottischen Ehevertrag zu meinen, den die Freimaurer dortzulande eingeführt haben. Er warf mit uns unverständlichen Begriffen um sich, die auch im übrigen Königreich völlig unbekannt gewesen waren, bevor sich in Neapel die ersten Freimaurerlogen gebildet hatten: er sprach von den Rechten und Pflichten des Menschen, von Gleichheit, von individueller Würde und Selbsterkenntnis. Er sprach mit der Arglosigkeit und der Arroganz eines jungen zwanzigjährigen Dogmatikers, der, wie sich später in Neapel herausstellen sollte, ein gelehriger Schüler von James Anderson und Friedrich Münter war. Der geistliche Habitus stand ihm ausgesprochen schlecht, ich meine die Haltung, das Gebaren eines Priesters, denn was das Äußerliche, die Eleganz anging, so trug er eine gutgeschnittene Soutane und blütenweiße Spitzenmanschetten, die zu Don Sallustos nachlässiger Kleidung in auffallendem Gegensatz standen. Er war bewundernswert sauber und gepflegt, aber wenn er geglaubt hatte, auf diese Weise die Sympathie seiner Zuhörer zu gewinnen, so hatte er sich geirrt und eher das Gegenteil erreicht. Seine Kleidung fiel ebenso aus dem Rahmen, wie sein Ton uns auf die Nerven fiel.

Im übrigen mußte man schon besonders schlecht über die Zustände in unserer Provinz unterrichtet sein, wenn man von Menschen, die noch nicht einmal eine genaue Vorstellung von ihrer Identität besaßen, verlangte, sie sollten nach den Regeln der individuellen Verantwortlichkeit leben. Die Sünde bestand seiner Ansicht nach nicht darin, die Ehefrau zu betrügen, sondern darin, daß es blindlings geschah, wahllos, mit der Nächstbesten, wie es der Zufall fügte, ohne die ausgesprochene Absicht, sie zu betrügen, ohne Überlegung und ohne den Mut, eine neue Bindung einzugehen. «Ihr müßt wenigstens wissen, was ihr tut, wenn ihr sündigt! Wenn ihr gegen die gelobte Treue verstoßt, dann tut es mit offenen Augen!» Die Bauern von San Donato, die sich untereinander kaum durch die Namen unterschieden, die ihre Frauen heirateten, ohne sie selbst auszuwählen, waren wohl die letzten, die für solche Worte zugänglich waren. Im Hinblick auf das, was sich in der Hütte gegenüber der Kirche abspielte, denn darum handelte es sich in dieser Predigt, war Don Sallusto ihren Wünschen eigentlich nur entgegengekommen, als er ihnen nahelegte, ihr Glück wahllos bei irgendeiner der Besucherinnen zu suchen. Es war ihnen ganz gleichgültig mit wem sie sich zusammentaten, wenn sich die Tür erst einmal hinter ihnen geschlossen hatte – falls sie nicht überhaupt angelehnt blieb. Nichts konnte ungeschickter und unpassender sein, als ihnen dauernd vorzuhalten: ‹Ein Mensch ist ein Mensch›, und ihnen zu predigen, sie müßten sich in jeder Lage ihres Tuns deutlich bewußt sein.

Keiner der an jenem Tag in der Kirche anwesenden Gläubigen verstand von dem versteckten Sinn der Predigt mehr als ich, aber es war ihnen allen klar, worauf der Geistliche hinauswollte. Ich wundere mich, daß die Männer, die aufgefordert wurden, auf ihren einzigen Zeitvertreib zu verzichten, nicht selbst mit ihm abgerechnet haben. Nur ihre Trägheit und die Gewohnheit, alle Entscheidungen ihren Frauen zu überlassen, hinderte sie, dem jungen Schnösel übel mitzuspielen und ihn mit einem festen Griff um seinen zarten, weißen Hals in einen ihrer dunklen, feuchten, fensterlosen Wohnräume zu zerren. Dort hätte er ihnen erklären können, wie sie, von den älteren Kindern beobachtet und das große Bett mit mehreren von ihnen teilend, einige intime Minuten hätten finden sollen, um ihre Ehe dem Pakt gemäß zu führen, der – um die unverständlichen Wendungen des neapolitanischen Predigers zu benutzen – zwei Wesen, die sich bewußt gewählt haben, in ihrem gegenseitigen Respekt und ihrer Achtung festigt.

Er mußte es gemerkt haben, daß man ihm nur mit Mühe folgen

konnte, denn er kehrte bald wieder zu einem vertrauteren Thema zurück.

«Worin würdet ihr euch von den Tieren unterscheiden, wenn ihr nicht die Gabe hättet, eure Triebe zu bändigen?» Seine Stimme hatte nun einen versöhnlicheren Klang. «Der Hund sucht die Hündin, aber ein Mensch, der dieses Namens würdig ist, gibt nur solchen Wünschen nach, die er mit den Neigungen seines Herzens in Einklang bringen kann: Er folgt den Einsichten seines Verstandes und den Bedürfnissen seiner Seele.»

Sein Vergleich mit den Tieren war schlecht gewählt, denn mehrere der Frauen, die seiner Predigt beiwohnten, trugen Spitznamen wie ‹die Henne› oder ‹die Ziege›, so wie man bestimmte Bauern Wolf, Eber oder Fuchs nannte. Und diese Spitznamen hatten keineswegs etwas Herabsetzendes, ganz im Gegenteil, ihre Träger waren besondere Respektspersonen. Man achtete sie als magische Wesen, die sich nicht ganz mit der normalen menschlichen Natur begnügten, sondern auf die Tierwelt übergriffen, der sie etwas von der geheimnisvollen Kraft verdankten, die unter dem Fell der Tiere pulsiert. Diese Dinge hatte ich selbst entdeckt, dazu brauchte ich Don Sallustos Erklärungen nicht. Von einem Mann in San Donato zu sagen, er habe ein Auge wie ein Luchs, er habe krauses Haar wie ein Schaf oder eine Adlernase, war eine große Ehre und ein Zeichen höchsten Respekts. Je weniger zu erkennen war, wo sein Menschsein aufhörte und wo sein zweites animalisches oder pflanzliches Leben begann, um so mehr Respekt brachten wir ihm entgegen. Die Greise mit einem Widder- oder Rabenprofil, deren Haut runzlig wurde wie die Schale eines zu lange am Baum hängenden Apfels, oder sich verhärtete wie die Rinde uralter Olivenstämme, diese Greise wurden von allen verehrt. Man sah in ihnen übernatürliche Wesen, die auf geheimnisvolle Art mit allen Säften, allen Essenzen, allen verborgenen und unfaßlichen Kräften des Universums verbunden waren. Glücklich das Kind, dessen Wange durch ein rotes Muttermal gezeichnet war, das in jedem Frühjahr wie eine Erdbeere aufblühte! Glücklich die Auserwählten, in denen die Triebkraft des Baumes, der Lebenswille des Tieres wieder hervorbrach!

«Ja, liebe Brüder», fuhr der Prediger fort (und aus dem, was er sagte, und aus den Beispielen, die er wählte, um uns zu überzeugen, hätte man erraten können, daß er insgeheim Freimaurer war), «ja, meine Freunde, vergeßt nicht, daß ein Mensch ein Mensch ist! Ihr habt Pflichten und Verantwortungen. Gott hat euch vor allen Kreaturen ausgezeichnet, indem er euch in der universellen Harmonie einen festen Platz zugewiesen hat. In seiner unermeßlichen Weisheit hat er euch eine Anzahl von Rechten und Pflichten vorgeschrieben und euch mit einem Gewissen ausgestattet, mit dessen Hilfe ihr erkennen könnt, daß die Pflichten gerecht und die Rechte notwendig sind. Ihr habt vielleicht von der wunderbaren Entdeckung der beiden Städte gehört, die vor langer Zeit unter der glühenden Asche des Vesuvs begraben wurden? Heute kann ich euch über eine andere Entdeckung berichten, die noch viel wundersamer ist als die Wiederauferstehung von Herkulaneum und Pompeji, und die den Ruhm Neapels noch weiter in die Welt hinaustragen wird. Am Strand von Castellammare di Stabia ist ein äußerst seltenes Exemplar einer Art Lebewesen aus der Meeresfauna gefunden worden, die man für ausgestorben hielt, wenn sich auch alle Wissenschaftler darüber einig waren, daß es sie in prähistorischen Zeiten gegeben haben mußte. Es handelt sich um den *anfioxus lanceolatus.* Verzeiht, daß ich euch nur den lateinischen Namen nenne, die Zoologen, denen dieser Fund gelang, bezeichnen ihn vorläufig so. Dieses kleine Wesen ist weder ein Weichtier noch ein Fisch, es steht zwischen den wirbellosen Tieren und den Wirbeltieren oder besser gesagt, es ist, wie man genau nachweisen konnte, das historische Bindeglied zwischen den wirbellosen Tieren und den Wirbeltieren. Es ist weiß und winzig, im Sand fast unsichtbar, schwierig aufzuspüren und noch schwieriger zu fangen. Es besitzt einen kleinen knorpeligen Schwanz, die erste Andeutung der Wirbelsäule aller späteren Tierarten bis hin zum Menschen. Alles in allem ist es das erste wirbellose Tier, das sich gegen seine träge, undifferenzierte Existenz als Weichtier aufgelehnt und sich für eine Wirbelsäule entschieden hat, das erste wirbellose Tier, das ein Rückgrat haben wollte. Welch wunderbare Lehre für euch alle, liebe Brüder! In Neapel, am Strand unseres Königreichs, hat sich aus dem gestaltlosen Chaos, aus dem unsere Welt hervorgegangen ist, zum erstenmal die Form eines Rückens abgezeichnet, lange bevor es Menschen gab! In Neapel hat das bis dahin lymphatische Leben zum erstenmal einen Ansatz von Festigkeit gefunden! Wolltet ihr diesem kleinen Tier an biologischer Kraft unterlegen sein? Wolltet ihr nicht mit einer ebenso großen moralischen Kraft der unendlichen Güte Gottes danken, der unser Königreich für die Schöpfung seines ersten Wirbeltieres auserwählt hat? Wolltet ihr einem solchen Beispiel gegenüber beschämt zugeben müssen, daß es euch an Rückgrat fehlt?»

Er redete und redete. Wörter wie Verpflichtung und Verantwortung nahm er immer wieder auf, er sprach von Reife und von der Verwirklichung des Menschen. Es waren eigenartige Sätze für den Jungen, der in wenigen Wochen jene männliche Würde, zu der diese Predigt aufrief, für immer verlieren sollte! Und es war gut für uns alle, für den Prediger, für meinen Vater, der in seinem augenblicklichen Zustand die ungewollte Anspielung hätte übel aufnehmen können, und auch für mich, der ich meilenweit davon entfernt war zu ahnen, welche quälenden Gedanken mich während meiner ersten Jahre in Neapel verfolgen würden, es war gut, meine ich, daß nur ein Teil dessen, was er sagte, in unsere Köpfe eindrang. Und obendrein sorgten die Ereignisse, die auf seine Predigt folgten und seinem Besuch auf die unerwartetste Weise ein Ende setzten, dafür, daß die Erinnerung an die schönen Phrasen, die wir gehört hatten, wie Spreu im Winde verflog.

Die in ihre schwarzen Tücher gehüllten Frauen waren während der Predigt unruhig geworden und hatten einander immer häufiger Blicke zugeworfen. Ihnen war klargeworden, daß der junge Geistliche ihr Dorf von den Rundreisen der Besucherinnen ausschließen wollte und daß sie jeden Abend mit ihren Männern allein fertig werden sollten. Was ging ihn das an? Ihre Vorstellungen von der Ehe stimmten mit der Auffassung dieses Grünschnabels ganz und gar nicht überein. Da bedurfte es keiner langen Beratung. Noch bevor er die Stufen der Kanzel heruntergestiegen war, hatten sie sich am Kirchenportal versammelt. Der naive Prediger ging, vielleicht in dem Glauben, einen tiefen Eindruck gemacht zu haben, arglos durch das Kirchenschiff. Er ahnte noch nicht, daß die bleibende Erinnerung, die er in San Donato hinterlassen würde, das Bild eines schmächtigen jungen Kerlchens sein sollte, das am Kirchenausgang von den Händen einiger robuster Matronen gepackt wurde.

Sie hoben ihn hoch und trugen ihn im Laufschritt bis zu der nach Neapel hinabführenden Straße. Die Männer lachten, blieben aber zurück und diskutierten untereinander. Wir Kinder liefen juchzend hinter den Frauen her und warfen dem Unglücklichen Kieselsteine nach. Er wurde mit Gewalt auf den Maulesel gesetzt, der ihn ins Dorf gebracht hatte, wurde mit einem Seil am Sattel festgebunden und unter Spott und Hohn davongejagt. So machten die Frauen von San Donato mit den fortschrittlichen Ideen kurzen Prozeß und vertrieben den monogamischen Kult samt seinem Verfechter.

Ob Don Sallusto die Sache geschürt hatte, läßt sich nicht mit Sicherheit sagen. In den darauffolgenden Tagen sah man ihn unruhig vor der Kirche auf und ab gehen. Mehrere Personen hörten ihn voller Zorn ausrufen: «Fehlendes Rückgrat!» oder auch: «Ein Mensch ist ein Mensch!» Aber das Folgende verlor sich dann in undeutlichem Gemurmel. Er hielt sich die Hand vor den Mund und errötete wie ein Kind. Wenn er mich zufällig bemerkte, änderte sich sein Verhalten sofort.

«Ich werde es nicht zulassen!» erklärte er dann entschlossen und winkte mich zu sich heran. Ohne wirklich zu verstehen, was diese geheimnisvollen Worte eigentlich besagen sollten, hatte ich doch den unbestimmten Eindruck, er wolle mich beschützen. Er rief mich nun immer öfter zu sich, und ich glaube, daß er sich von diesem Zeitpunkt an systematisch um meine Ausbildung gekümmert hat.

Traf er zwei oder drei Leute, die zusammen plauderten, blieb er bei ihnen stehen und legte seine Hand auf meinen Kopf. Und wenn er auch immer wieder auf das Thema zurückkam, das ihn offenbar unaufhörlich beschäftigte, so gelang es ihm doch bald, alles ins Lächerliche zu ziehen.

«Er hat vom Vesuv gesprochen», spottete er. «Man könnte meinen, er habe noch nie einen Vulkan gesehen! Die Straßen von Neapel sind meist eng und schnurgerade, und nach drei Jahrhunderten spanischer Regentschaft ist es auch nicht schwer zu sagen, warum das so ist. Aber seht euch den Vesuv an! Eine Straße ist eine Straße, aber ein Berg ist nicht einfach ein Berg. Ein Berg kann auch ein Vulkan sein, die Erde kann auch aus Feuer sein, man muß wirklich keine Augen im Kopf haben, wenn man diese Dinge nicht begreift und mechanisch wie ein Papagei daherplappert: ‹Eine Straße ist eine Straße›!»

Er schien sich immer wieder darüber zu freuen, diese Formel gefunden zu haben: ‹Eine Straße ist eine Straße, aber ein Berg ist nicht nur ein Berg›. Bald sagte er nur noch ‹Eine Straße ist eine Straße›, als wäre es das Absurdeste, was man je gehört hatte. Und er brachte es fertig, bei diesen Worten seine Stimme so komisch ins Falsett umschlagen zu lassen, daß alle Leute mit ihm lachen mußten. Im Dorf kursierte bald die Redensart «eine Straße ist eine Straße» als Bezeichnung für etwas Lächerliches und Unwahrscheinliches, und niemand dachte noch daran, daß dieser Satz gar nicht von Perocades stammte.

Waren wir dann wieder allein, gab Don Sallusto mir einen freundschaftlichen Stoß und meinte: «Mach dir nichts draus, Vincenzo!» Woraus hätte ich mir etwas machen sollen? Ich wußte es wirklich nicht, besonders seit mein Lehrmeister seine gute Laune wiedergefunden hatte. Anstatt verschämt vor sich hin zu murmeln ‹Ein Mensch ist ein Mensch›, verkündete er bei jeder Gelegenheit mit lauter Stimme: ‹Eine Straße ist eine Straße›!»

Eines Tages aber begegneten wir Don Pietro, der zweimal im Jahr nach San Donato kam, um für den König von Neapel die Steuern einzutreiben. Er war einer von den wenigen Personen – zu ihnen zählten auch der Arzt, der Anwalt und einige im Schloß wohnende alte Schützlinge des Fürsten –, mit denen sich ein an der lokalen Geschichte interessierter Dorfpfarrer über etwas gelehrtere Themen unterhalten konnte.

Der Steuereinnehmer sprach Don Sallusto an und fragte ihn sehr respektvoll, was er von der Entdeckung des *anfioxus lanceolatus* halte. Don Sallustos Reaktion war ebenso unerwartet wie verblüffend. Er blickte den Fragenden starr an, als sei er zutiefst in seiner Selbstachtung getroffen, stammelte einige unverständliche Worte und drehte ihm dann, ohne zu antworten, schroff den Rücken zu. Don Pietro, der während seiner kurzen Aufenthalte mit ihm immer nur über die neuesten Nachrichten oder über einen Artikel aus der neapolitanischen Zeitung gesprochen hatte, zuckte mit den Achseln und vergaß das Ganze. Ich erklärte mir das Verhalten von Don

Sallusto mit der Enttäuschung, daß ihn jemand im Lateinischen, in der klassischen Bildung, also auf seinem Lieblingsgebiet, an Wissen übertroffen hatte. Aber gab es nicht noch einen anderen Grund dafür, daß er, ohne sich umzudrehen, bestürzt davonging, das Kinn in seinen Händen vergrub und diese dann mit dem gleichen sonderbaren Ausdruck betrachtete, den ich manches Mal in seinen Augen gesehen hatte, wenn er mich wortlos musterte? Ich spürte, daß Don Pietros belanglose Frage ihn in den geheimsten Tiefen seines Wesens getroffen hatte. Man durfte mit ihm – und das alles hatte mit seinem Ruf als Gelehrter nichts zu tun – nicht über das kleine Tier sprechen, das sich einen knorpeligen Schwanz gegeben hatte, weil es kein weiches, wirbelloses Tier sein wollte.

Das Brot und das Messer

Eines Morgens kam ich wie ein Anfänger, der seine erste eigene Leistung vollbracht hat, voller Stolz vom Kirchgang zurück: es war mir gelungen, Luisilla hinter der großen Kastanie auf dem Dorfplatz zu küssen. Ich überfiel meine Mutter mit der Neuigkeit, in der festen Überzeugung, sie werde froh sein über meine Wandlung vom Kind zum jungen Mann und den Stolz ihres Sohnes uneingeschränkt teilen. Sie aber warf mir einen so merkwürdigen Blick zu, daß von diesem Tag an ein Schatten über unser beider Zärtlichkeit lag.

Ich war an manch Seltsames gewöhnt und hätte das Geschehene eigentlich gelassen unter die vielen anderen Widersprüche einreihen müssen, aus denen in meinen Augen das Leben bestand. So schützte uns beispielsweise die Gunst des Fürsten vor dem Verhungern, nicht aber vor dem Elend; sein Schloß warf gnädig etwas erfrischenden Schatten auf unseren Weg, aber es war der drohende Schatten eines Raubvogels; zu den Wappen seiner Karosse und den kostbaren Schnallen auf seinen feinen Schuhen gehörten für mich das

Geschrei seiner Aufseher und das Sirren ihrer Peitschen; und wenn mir mein Lehrmeister Ruhm versprach, so klang es, als sei dies ein unheilvolles Geschenk, für das ein unmäßig hoher Preis zu zahlen war.

Dennoch hat die Erkenntnis, daß die Liebe meiner Mutter nicht grenzenlos, sondern Berechnungen und Einschränkungen unterworfen war, mir einen unbeschreiblichen Schock versetzt.

Meine Mutter trug, wie ich schon gesagt habe, mehrere Röcke übereinander auf ihrem schon runden, dicken Leib, und ich meine, sie tat dies nur, weil sie die Falten des warmen, dunklen Stoffes vermehren wollte, in denen jedes ihrer Kinder gern seinen Kopf verbarg, denn es wußte, daß es zwischen den mütterlichen Knien immer ein Versteck, die Sicherheit eines Zufluchtsortes, die Stille eines Gefängnisses, die Wärme eines Leibes und die Dunkelheit einer Höhle finden würde.

An jenem Tag sah sie mich zum erstenmal forschend an, bevor ich mich in ihren Röcken vergraben durfte.

Vorsichtshalber hatte ich verschwiegen, daß ich mit Luisilla gleich nach der Messe davongelaufen war; meine Mutter konnte also nicht argwöhnen, ich hätte, von schlechten Gedanken abgelenkt, den Gottesdienst vernachlässigt. Und außerdem war es, wenn ich mich mit den anderen Jungen meines Alters verglich, längst Zeit für mich, mit Luisilla das zu tun, was ich getan hatte. Alle hatten sie schon eine ‹Braut›. Die Ehrauffassung, die in unserer unter spanischer Regentschaft stehenden Region herrschte, gebot uns kleinen Männern, so früh wie möglich auf unser Recht zu pochen.

Meine Mutter konnte auch nicht ahnen, mit welcher Leidenschaft ich Luisilla an mich gepreßt hatte und wie heftig die Gefühle waren, die in mir aufwallten, während ich sie küßte. Es mag mir hier einmal erlaubt sein zu prahlen, hat mir doch das Schicksal nie wieder erlaubt, etwas Derartiges zu erleben! Das Ungestüm, das mich immer wieder zu Luisilla trieb, die Wildheit meiner Küsse: waren sie vielleicht – fast möchte ich es glauben – angefacht durch die Vorahnung dessen, was mir bevorstand? Das Einsamsein, der Kummer, nie geliebt werden zu können – diese Empfindungen sollten bald für mich an die Stelle der unbefangenen Fröhlichkeit treten, die der Jugend vorbehalten ist. Das Vorgefühl der Freuden, deren Ausmaß ich nur durch das Unglück, von ihnen ausgeschlossen zu sein, kennenlernen konnte, machte mich wild und ungebärdig: es fehlte nicht viel, und meine noch kindlich impotente Begierde hätte über einen außergewöhnlichen Sprung der Natur meine Organe gezwungen, ihr Befriedigung zu verschaffen.

Als ich einige Monate später nach der Operation die Augen aufschlug, hörte ich Doktor Salerno, während er sich in rötlichem Wasser neben meinem blutigen Leib die Hände wusch, murmeln: «Es war allerhöchste Zeit!» Daran kann ich mich noch gut erinnern. Und Don Giuseppe war ein so berühmter Arzt, daß er es nicht nötig hatte, seine Verdienste herauszustreichen, wie es vielleicht irgendein Quacksalber getan hätte, der gern einen schwierigen Fall auf die Liste seiner Erfolge setzen wollte.

Frühreif war ich gewesen, aber leider nicht frühreif genug, um meinem Schicksal zu entgehen. Ich habe Luisilla an den Baum gepreßt, ihr Gesicht und ihren Hals mit Küssen bedeckt, ich wäre am liebsten mit ihr zusammen in den Baumstamm eingedrungen, um die unendliche Kraft irgendwo loszuwerden, die ich in mir spürte, die überall in meinem Körper wuchs, die das Blut schneller durch meine Adern trieb und nach einer Erfüllung drängte, von der mir die Küsse nur einen eher schmerzlichen als beruhigenden Vorgeschmack geben konnten.

«Idiot, du zerdrückst mir mein Kleid», hatte sie gesagt. Oh, hätte sie mir doch vorgeworfen: ‹Du tust mir weh!› Dann hätte ich begriffen, daß ich ein Mann geworden war, so aber klärte mich die Besorgnis um ihr Kleid nur darüber auf, daß sie eine Frau war.

Meine Mutter hatte in der letzten Zeit ihr Verhalten mir gegenüber völlig verändert. Wenn sie mich küßte, zog sie mich nicht mehr wie früher zwischen ihre Knie oder an ihre Brust. Sie nahm vielmehr mein Gesicht in ihre Hände, hielt es auf Armeslänge von sich fort und ließ erst ihren Blick über meinen ganzen Körper gleiten, ohne ihn irgendwo ruhen zu lassen, aber doch so, daß mich nach und nach ein großes Unbehagen überkam. Am liebsten wäre ich schnell verschwunden, um nicht weitergemustert und geprüft zu werden, als wäre ich nicht der Sohn, der liebevoll auf den Gutenachtkuß seiner Mutter wartet, sondern ein Dieb, der in die

Hände eines Gendarmen gefallen ist, der ihn verdächtigt, eine Waffe unter den Kleidern versteckt zu haben, und sich anschickt, ihn von oben bis unten zu durchsuchen.

Ich frage mich sogar, ob meine Mutter sich nicht mit aller Kraft zurückhalten mußte, um nur ihre Augen über mich hingleiten zu lassen. Hätte sie nicht lieber flink die Hände zu Hilfe genommen? Mitunter vergaß sie, daß sie mein Gesicht umfaßt hielt, dann begannen ihre Hände zu zucken, und ihre Finger bohrten sich in meine Wangen. Einmal hat sie mein Ohr gepackt und so heftig daran gezerrt, daß ich einen Schrei nicht unterdrücken konnte. Da ist sie sofort wieder zu sich gekommen, hat mich zwischen ihre Knie gezogen und mich leidenschaftlich geküßt. Aber trotz der Erleichterung, meine geliebte Mutter wiedergefunden zu haben, blieb mir noch lange jene Verstörtheit in angstvoller Erinnerung, die einen Augenblick lang ihre Zärtlichkeit verdrängt hatte. Ihre Umarmung zeigte mir, daß ich immer noch ihr geliebter Sohn war, aber hatte die unwillkürliche, heftige Bewegung ihrer Finger, die an meinem Ohr zerrten, nicht auch ihre Bedeutung gehabt, eine beängstigende Bedeutung, wie alle Bewegungen unserer Seele, die sich unserer Kontrolle entziehen?

Daß ich ihr bei den kleinen Hausarbeiten helfen mußte, wenn einer meiner Brüder den Vater aufs Feld begleitete, war selbstverständlich. Aber nun begann sie mich zu plagen, mich wegen belangloser Kleinigkeiten auszuschelten. Hatte ich, wie ich meinte, alles wunschgemäß ausgeführt, so mußte ich nachträglich erfahren, daß ich ihr einfach nichts recht machen konnte. Hatte ich das Geschirr eingeräumt, war alles am falschen Platz: die Teller gehörten auf die linke Seite und die Gläser nach rechts. Vergoß ich beim Umfüllen des Weins in eine andere Flasche auch nur einen Tropfen, so riß sie mich zur Strafe schmerzhaft an den Haaren.

Was wollte sie eigentlich von mir? Wie gern hätte ich ihr die kleinen Hausarbeiten abgenommen, um ihr die mühsame Versorgung von acht Personen zu erleichtern. Aber ich hatte immer wieder den Eindruck, ich müsse für einen mir nicht bewußten Fehler büßen, und gegen dieses niederdrückende Gefühl wehrte ich mich mit einem stillen Groll, der meine Unsicherheit nur noch schlimmer machte.

«Anstatt so unnütz herumzusitzen, könntest du doch schon Brot schneiden, ohne daß ich es dir erst sagen muß!»
Meine Mutter buk selbst. Sie formte den Teig zu länglichen Broten, die, wenn sie fast schwarz aus dem Ofen kamen, wie ein dickes, borkiges Holzscheit oder wie die Mittelpartie eines dunklen Thunfischs aussahen. Sie fand diese Form praktischer als die runden Laibe, die in unserer Gegend gebräuchlicher waren, denn Brot war abends unsere Hauptnahrung, und auf diese Weise konnte sie es bequem in ebenso viele gleich große Stücke schneiden, wie hungrige Münder um den Tisch herum zu versorgen waren. Aus Angst, derjenige, der das Schneiden übernahm, könne ein Extrastück für sich beiseite bringen, hatte sie bisher keinem andern diese Aufgabe anvertraut. Um so mehr wunderte ich mich, daß sie es zu kurzerhand von mir verlangte; noch überraschter und erschrockener allerdings was ich über den bitteren, ärgerlichen, herrischen Ton, in dem sie mir vorwarf, daß ich nicht von selbst daran gedacht hatte.
Folgsam tat ich, wie sie mir geheißen hatte, aber ich war ungeübt und darum wahrscheinlich langsam und ungeschickt. «Los, los, schneid doch schneller!» rief sie und ging merkwürdig aufgeregt um mich herum. «Zeig, was du kannst. Ich habe das Messer extra geschliffen. Ach, dieser Junge, er kann in seinem Alter noch nicht einmal richtig mit einem Messer umgehen!»
War es verwunderlich, daß meine Hände zu zittern begannen, als sie mich mit harter und zugleich klagender Stimme antrieb, mit einer Stimme, die mich bald zu einem nichtswürdigen Wesen erniedrigte, bald dem Gejammer eines Klageweibs glich, das bei einem Leichenzug sich die Haare rauft und die Kleider zerreißt? Aufgeregt schnitt ich drauflos und brachte nichts Vernünftiges zustande.
Als das Brot zur Hälfte aufgeschnitten war, fuhr sie dazwischen, riß mir das Messer aus der Hand und stieß mich so heftig beiseite, daß ich rücklings aufs Bett fiel. Als ich mich aber schüchtern hinter sie schlich, um von ihr zu lernen, mußte ich entdecken, daß sie die Arbeit, die ich so schlecht begonnen hatte, keineswegs sorgfältig, zu Ende führte, sondern mit zerstörerischer Wut an dem Brotlaib herumsäbelte. Die Stücke lagen auf dem Tisch umher wie die noch zuckenden Teile eines frisch geschlachteten Tieres.

Je mehr sich mein Verhältnis zur Mutter trübte, um so häufiger suchte ich Trost bei Luisilla. Ich verstand nicht, warum kein Schatten über das Gesicht meiner Mutter huschte, wenn der Vater mit einem gewissen genießerischen Gesichtsausdruck das Haus eilig verließ und zu allem Überfluß sagte: «Ich bin in einer halben Stunde zurück», mein Fortgehen aber, dessen Ziel sie genausogut kannte, Anlaß zu Szenen gab, in deren Verlauf meine angebetete Mutter sich – wie an dem Tage, als sie unter meinen entsetzten Blicken das Brot mißhandelte – in ein rachsüchtiges Gespenst verwandelte.

Hätte ich gemerkt, daß nicht meine Mutter, sondern Vater über mein Zusammensein mit Luisilla ärgerlich war, hätte ich sicher augenblicklich darauf verzichtet. Hier möchte ich einen Gedanken einflechten, der mir oft durch den Kopf gegangen und der doch so lächerlich ist, daß ich ihn besser nicht aussprechen sollte: Jedesmal, wenn ich mich anschickte, Luisilla zu treffen, hatte ich das unbestimmte Gefühl, meinen Vater herauszufordern oder vielleicht auch die Hoffnung, er würde wieder mit mir spielen, wie früher, als ich noch klein war. Damals nahm ich ihm zum Spaß den Stock weg, und er spielte den bösen Wolf, sprach mit einer tiefen grollenden Stimme und verfolgte mich, der ich nie recht wußte, wo bei ihm der Spaß aufhörte.

Natürlich hätte ich, wenn ich wissen wollte, wie groß der Platz war, den ich noch in seinem Herzen einnahm, seine harten, bösen Worte als Gradmesser nehmen können, und die Schläge, die ich oft bekam, wenn wir zusammen auf dem Feld draußen waren. Aber die wahren Gründe, warum er so mit mir umsprang, das ahnte ich wohl, waren viel mehr in dem Gefühl seines Elends zu suchen, in dem Bedürfnis, durch eine autoritäre Handlung für einen kurzen Augenblick den ständigen Demütigungen seines Daseins entrinnen zu können, und nicht so sehr in dem Wunsch, dem Sohn durch einen Blitzschlag aus dem Himmel der väterlichen Majestät ein Zeichen persönlichen Interesses zu geben. Ich bedeutete ihm nichts, ich zählte in seinen Augen nicht, auch jetzt nicht. Es war mir nicht gelungen, zum Rivalen meines Vaters zu werden.

Warum fragte er nicht mit zornig gekrauster Stirn nach meinen Eskapaden? Ich hätte bereitwillig die Gelegenheit ergriffen, ihm zu beweisen, daß ich jedes seiner Gebote bedingungslos befolgen würde. Aber der Vater kümmerte sich nicht um mich, es interessierte ihn nicht, warum ich mich nachts hinter den letzten Häusern des Dorfes herumtrieb, er erlaubte mir nicht, ihm durch das Opfer des Kostbarsten, was ich damals besaß, meine Ergebenheit zu bezeugen. Wie schön wäre es gewesen, wenn er mir gezürnt und gedroht hätte, daß er so etwas nicht dulden werde! Ein solches Donnerwetter hätte in meinem wirren Kopf wie die Stimme von tausend Vätern geklungen! Aber leider konnte ich ihn herausfordern, soviel ich wollte: er spielte nicht mehr mit mir.

Neue Unruhe in San Donato

Schwer war es, sich in San Donato zurechtzufinden. Nicht nur, weil die einzige Dorfstraße sich längs des Hügels hinschlängelte, ohne dem Auge feste Anhaltspunkte zu bieten, sondern auch, weil alle Häuser gleich aussahen und die Haustüren keine Nummern trugen. Ein Fremder, der mit einer Botschaft im Ort erschien, kam in größte Verlegenheit. Vor jeder Tür mußte er stehenbleiben und fragen, ob der Empfänger hier wohne. Es war unmöglich, den Gesuchten rasch zu finden, denn die Zahl der Familien war zwar klein, doch gab es viele Einwohner mit ein und demselben Nachnamen und nur eine kleine Auswahl an Vornamen.

Eine andere Eigenart San Donatos war, daß man zahlreiche Häuser in unfertigem Zustand belassen hatte. Auch wenn man jene nicht mitrechnete, die nur vier Wände besaßen, aber kein Dach, oder ein Dach, aber nur ein gähnendes Loch anstelle der Tür, Häuser also, die nie jemand bewohnt hatte, auch dann gab es praktisch kein Gebäude, das einen fertigen Eindruck machte. Hier wartete eine nackte Ziegelwand noch auf den Verputz, dort zog der Rauch anstatt durch einen Schornstein seitlich durch ein Rohr ab. Man hatte sich im übrigen so sehr an diesen Zustand gewöhnt, daß niemand einen Unterschied machte zwischen einem vollendeten und einem noch unfertigen Haus. Don Sallusto erklärte mir, was dies alles auf sich hatte.

Bekam jemand Lust zu bauen, so bestellte er den Maurer. Die erste Bezahlung war nach Errichtung der vier Außenmauern fällig. War dann noch genug Geld oder, was häufiger der Fall war, der Gegenwert in Korn, Gemüse und Geflügel verfügbar, so wurde das Dach gebaut, das meist aus einer einfachen Terrasse bestand. Für ein Suppenhuhn gab es die Tür. Die Kühnsten wagten sich an ein zweites Stockwerk, zu dem man über eine Außentreppe gelangte. So konnte der Maurer – manchmal über Jahre hin – seine Ziegel setzen oder aufhören sie zu setzen, arbeiten oder aufhören zu arbeiten, je nachdem, ob der Besitzer, der zu ebener Erde mit seiner Familie wohnte, zahlen konnte oder nicht. Die Ränder der flachen Dächer waren wie gespickt mit unregelmäßig überstehenden Mauersteinen, den Wahrzeichen künftigen Wohlstandes, den zu erreichen bislang nur etwa zehn Dorfbewohnern gelungen war.

Ein Fenster zierte die wenigen Häuser, die ein zweites Stockwerk hatten. Dieses Fenster war ein Luxus, der den Troglodyten des Erdgeschosses versagt blieb. Als Zeichen unglaublicher Verschwendung ragte hier und dort vor diesem Fenster ein Balkon heraus; oder wenigstens eine waagerechte Platte, allerdings ohne Geländer und von keinerlei Nutzen, denn niemand hätte sich die Dienste eines Schmiedes leisten oder ihn auch nur aus der Stadt kommen lassen können. Was die Häuser betraf, denen bis auf Grundmauern und Dach alles fehlte, so hatten ihre Besitzer keineswegs die Hoffnung aufgegeben, sie eines Tages fertigzustellen. Manche hausten ein Leben lang in überfüllten Räumen zusammen mit Eltern oder Geschwistern, voller Zuversicht, sie könnten den Bau eines Tages weiterführen.

«Ich werde mir später», sagte ich einmal unbesonnen, «ein großes Haus bauen lassen mit einem oberen Stockwerk, einem Fenster und einem richtigen Balkon, so wie der vom fürstlichen Schloß, der sich über der Tür plustert und spreizt wie ein Täuberich.»

Don Sallusto fuhr mich hart an: «Schweig, davon verstehst du nichts. Du hättest allen Grund, den Balkon, von dem du träumst, zu verfluchen! Die Vorfahren des Fürsten sind vor langer Zeit aus einem fernen Land jenseits des Meeres nach San Donato gekommen. In San Donato gab es damals weder ein Schloß noch einen Balkon, und die Felder gehörten allen Einwohnern gemeinsam. Die Fremden kamen mit ihren Maurern und ihren Schmieden, aber auch mit bewaffneten Männern und Soldaten, weil sie weder beim Bau ihrer Schlösser noch bei dem, was sie mit unseren Feldern vor hatten, gestört werden wollten. Und . . .» hier wurde seine Stimme unsicher, und sein Kinn begann zu zittern, «und sie brachten noch anderes, Schlimmeres mit. Gerade dir, Vincenzo, kann ich das alles nicht so rasch erklären, aber glaub mir eins: laß dir nie einfallen, ihnen in ihrem Tun und Trachten nachzueifern, du könntest es ihnen niemals gleichtun. Sie waren Spanier, verstehst du, und auf einem bestimmten Gebiet sind sie unerbittlich . . . Ein Mann ist für sie . . . nein, ihr Ideal ist wirklich nichts für dich! Du würdest daran zerbrechen und zermalmt werden, ja, sieh her, mein Junge, so würdest du zermalmt werden», und er preßte seine Faust zusammen, daß ich die Gelenke knacken hörte.

Um den Eindruck zu verwischen, den diese unwürdige Rede und seine unbestimmten Drohungen auf mich gemacht hatten, fügte Don Sallusto lachend hinzu, ich hätte eigentlich viel Glück. Und als ich, ohne zu wagen, nach dem Warum zu fragen, ihn groß ansah, sagte er, ich solle in das Innere der Häuser sehen, an denen wir vorüberkamen, während wir die Dorfstraße hinaufschlenderten.

Ich folgte seinem Rat, sah indessen durch die offenen Türen (sie wurden nur nachts geschlossen, wenn man schlafen ging, und oft nicht einmal dann) nichts, was ich nicht schon hundertmal gesehen hatte, und ich verstand nicht recht, warum ich jede Behausung von neuem inspizieren sollte. Die Einrichtung war immer die gleiche: ein riesiges Bett mit Messingkugeln und einer Steppdecke; eine Kleidertruhe am Fußende des Bettes; Tisch und Stühle in einer Zimmerecke; ein Geschirrschrank, dessen Türen auch nur selten geschlossen waren, mit dem immer gleichen Geschirr und den gleichen Küchengeräten auf den Borden; schließlich der Herd. Nie ein anderes Möbelstück oder auch eine andere Anordnung der Möbel, die allenthalben zum Verwechseln ähnlich und austauschbar waren.

Schlug die Uhr zwölf, füllte sich die bis dahin menschenleere

Straße mit Leben. Einen Wasserkrug auf dem Kopf, kehrten einige Frauen vom Brunnen zurück. Andere, die den Morgen damit verbracht hatten, zu nähen oder Teig anzurühren, traten auf die Türschwelle und riefen einer Nachbarin etwas zu. Die kleinen Mädchen kamen aus den Seitengassen angelaufen, um den Müttern zu helfen. Don Sallusto bestand darauf, daß ich alles gut beobachten solle. Die Frauen, die das Wasser gebracht hatten, füllten es in kleinere Krüge, nahmen diese mit beiden Händen auf und trugen sie in eines der Häuser auf der anderen Straßenseite. Sie traten unverzüglich ein, ruhig und bestimmt, ohne an der fremden Tür zu zögern, ohne an den Türpfosten zu klopfen oder um Erlaubnis zu fragen. Und sie kamen sogleich zurück, die eine hatte eine Schüssel Tomatensauce, die andere eine kleine, mit weißem Streusalz gefüllte Papiertüte in der Hand.

Ich sah auch meine Mutter. Sie trug einen Topf in unsere Behausung, der nicht aus unserm Haushalt stammte. Aber ich erkannte ihn wieder: er gehörte Luisillas Mutter. «Wieviel Umwege wird dieser Topf wohl noch machen», flüsterte mir Don Sallusto als Antwort auf meinen Ausruf zu, «bevor er wieder bei seinen Besitzern anlangt?» Meine Mutter setzte den Topf auf das Bett, ergriff die Korbflasche, die ich unter soviel Gefahren für meine Haare und meine Ohren gefüllt hatte, und ging wieder hinaus, trat in ein anderes Haus und kam alsbald mit einer Flasche Öl unter dem Arm wieder zum Vorschein.

Während alledem sagte sie kein Wort. Auch durch die anderen Türen sah ich in emsigem, schweigendem Hin und Her die Frauen ein- und ausgehen und Geräte und Vorräte tauschen, bevor sie sich an den Herd stellten.

Etwas weiter oben hatte man auf offener Straße einen Holzkohlenofen aufgestellt, und einige Leute waren eifrig dabei, die Glut zu schüren. Mir schien es sonderbar, daß man jetzt, da der Herbst gerade erst begann, schon ein Feuer machen wollte. Nur bittere Kälte konnte im allgemeinen die Leute dazu bewegen, die Öfen hervorzuholen. Ich beschleunigte meine Schritte und sah zwei Männer, die auf einer Matratze einen ausgemergelten Greis herbeitrugen und neben dem Ofen auf den Boden legten. Seine Hände klammerten sich an den Rand der Matratze. Der Kontrast zwischen seiner leichenhaften Blässe und dem wilden schwarzen Bart, der sein Gesicht umwucherte, beeindruckte mich tief. Seine Augen waren geschlossen, seine Zähne zusammengebissen, und er atmete mühsam.

Ich kam nicht dazu, mich zu erkundigen, warum man den Kranken herausgeschleppt hatte, anstatt ihn drinnen in der anheimelnden Wärme neben dem Herd zu lassen. Eine Frau stürzte Don Sallusto entgegen. Sie hielt ihm ein Messer hin und flehte ihn an, er möge ihrem Vater das Sterben erleichtern. Und als Don Sallusto, ohne ihre eindringlichen Bitten zu beachten, kehrtmachen wollte, um die heiligen Sakramente zu holen, lenkte sie seinen Blick auf die verkrampften, knochigen Finger des Sterbenden.

«Er selbst bittet darum, Hochwürden, er kann nicht mehr sprechen, seine Hände bitten darum!»

Da nahm Don Sallusto das Messer, kniete neben dem reglos daliegenden Greis nieder und trennte eine Naht der Matratze auf.

«Das konnte ich ihnen nicht abschlagen», sagte er zu mir, während wir, begleitet von den Klagen der Frauen, die sich um den Sterbenden drängten, zur Kirche eilten. «Sie meinen, der Tod sei nun weniger schwer, die Seele könne durch die Öffnung, die ich geschnitten habe, leichter aus dem Körper entweichen. Dieser Mann hat nur noch wenige Stunden zu leben. Er wird beruhigt sterben.»

Don Sallusto schien froh darüber zu sein, daß er durch einen kleinen heidnischen Verstoß gegen seine Religion den Tod dieses Mannes erleichtern konnte.

Ich kannte die Familie des Greises als eine der ärmsten von San Donato. Einige Wochen vorher hatte ich zum erstenmal in meinem Leben an einer Beisetzung teilgenommen. Ein ehemaliger Erzieher des Fürsten, der sich schon vor vielen Jahren auf das Schloß zurückgezogen hatte, war beerdigt worden. Vom Schloß bis zur Kirche hatte man den schwarzen, goldbeschlagenen Sarg durch das Dorf getragen.

«Wie sollen sie die Kosten für das Begräbnis bestreiten?» dachte ich, doch ich wagte nicht, diese Sorge laut auszusprechen. Don Sallusto aber erriet meine Gedanken und sagte:

«Er wird nackt auf dem Friedhof begraben werden. So hat man es in San Donato immer gehalten. Ja, Vincenzo, du mußt wissen, daß die Särge erst gleichzeitig mit den Balkonen in Brauch gekommen sind. Gott allein weiß, warum die Spanier ihre Toten zwischen vier zusammengenagelte Bretter legen.»

An jenem Tag sagte er auch noch dies:

«Nur Geburt und Tod sind wichtig. Was dir auch später zustoßen mag», und bei diesen Worten blickte er mich bedeutungsvoll an, «erinnere dich daran, daß nur Geburt und Tod wichtig sind. Anfang und Ende des Lebens sind offen . . .»

Der Zufall wollte es, daß unsere Aufmerksamkeit kurz danach auf einen anderen Brauch gelenkt wurde, der seit ältesten Zeiten in San Donato herrschte, wenn sich auch nur selten Gelegenheit bot, ihn wieder zu Ehren kommen zu lassen.

Es war kaum ein Monat nach dem Besuch des Abbé Perocades verstrichen. Die Unruhe, die sein Auftreten und mehr noch seine Vertreibung hervorgerufen hatten, war gerade jetzt abgeebbt, und die Wogen hatten sich wieder einigermaßen geglättet, als zwei Frauen aus zwei verschiedenen Familien fast gleichzeitig in die Wehen kamen. Zwei Geburten auf einmal! Diese Begebenheit mußte gefeiert werden, war sie doch so selten, daß man nicht fürchten mußte, der Ausnahmezustand, der sich bei dieser Gelegenheit im Dorf ergab, könnte zur Gewohnheit werden, was zweifellos geschehen wäre, wenn man die seltsamen Freiheiten, die sich die Dorfbewohner hierbei herausnahmen, bei weniger seltenen Anlässen geduldet hätte.

Am Abend vor jenem denkwürdigen Tag belud mein Vater den Esel bei der Heimkehr vom Feld mit Schaufel und Hacke und all den andern Geräten, die wir gewöhnlich in dem hohlen Olivenstamm zurückließen, und als wir näher ans Dorf kamen, merkte ich, daß die andern Bauern das gleiche getan hatten; man sah Schaufeln, Hacken, Sensen und Spaten auf den Rücken der Tiere. Aber wie groß war erst meine Überraschung, als ich sah, daß sie alle, anstatt zu ihren Häusern zu gehen, ihr Handwerkszeug auf dem Dorfplatz abluden. Ich sollte besser sagen, daß sie es dort hinwarfen, wie es gerade kam, als wollten sie es so schnell wie möglich loswerden. Waren sie entschlossen, das Werkzeug nie wieder zu benutzen? Der Anblick der übereinanderliegenden Griffe und

Schneiden erinnerte an einen Abfallhaufen.

Am nächsten Tag kamen im Abstand von einigen Stunden beide Kinder zur Welt, das erste mitten in der Nacht, das andere bei Morgengrauen. Sobald die Neuigkeit sich herumgesprochen hatte, sammelte mein Vater alle Messer ein, die wir besaßen, stapelte sie zu einem kleinen Haufen und schob sie unter das Bett. Er tat dies nicht etwa hinter dem Rücken meiner Mutter, sondern so auffällig wie nur möglich. Dann legte er sich in seiner ganzen Länge auf das Bett, verschränkte die Arme über seinem Leib und blieb in dieser Haltung regungslos liegen. Ich wartete darauf, daß meine Mutter ihn bei den Schultern packen und ausschelten würde, weil die Sonne schon hoch am Himmel stand. Aber nichts dergleichen geschah. Und ich? überlegte ich, sollte ich den Esel anschirren? Auf den Platz laufen und das herumliegende Gerät wieder einsammeln? Auch stellte ich mir vor, einer der Verwalter vom Schloß könnte, wenn er gemerkt hatte, daß die Männer nicht bei der Arbeit waren, bei uns mit seiner Peitsche auftauchen. Aber weder meine Mutter noch mein Vater schienen einen Gedanken an diese Gefahr zu verschwenden. Während mein Vater, die Arme immer noch verschränkt und die Augen halb geschlossen, unbeweglich auf dem Bett liegenblieb, schlüpfte meine Mutter in ihre Holzpantoffeln, nahm einen Korb, warf einen Schal um und ging hastig hinaus.

Ich lief hinterher. In der Straße sah ich nur Frauen, alle gleich angezogen, fertig hergerichtet, um aufs Feld zu gehen. Doch zunächst eilten sie zu den Häusern, in denen die Kinder geboren worden waren. Zu meiner Überraschung erschien auf der Schwelle des ersten Hauses die junge Mutter, den Schal um den Kopf, am Arm einen Korb, aber so bleich und so schwach, daß sie kaum die Holzschuhe vom Boden heben konnte. Frauen umringten sie und halfen ihr, so gut es ging. Mit unendlicher Vorsicht bewegte der Zug sich auf die Felder hinaus. Ich lief zu der anderen Gruppe. Auch hier hatte sich die Wöchnerin, von allen Seiten gestützt, auf den Weg gemacht. Sie war noch schwächer als die andere und schien einer Ohnmacht nah, und doch merkte man deutlich, daß sie bei aller Hilfsbedürftigkeit um kein Gold der Welt darauf verzichtet hätte, ihren Korb selber zu tragen und in den schweren Holzpantoffeln einen Fuß vor den anderen zu setzen, und daß die Freundinnen ihr auch nicht angeboten hätten, sie zu tragen. Der eine Zug gesellte sich zum andern, und man kann sagen, daß an diesem Morgen außer den Ammen, die bei den Neugeborenen zurückbleiben mußten, alle Frauen unter der noch heißen Herbstsonne zur Arbeit hinausgezogen sind.

Als ich mich schließlich umwandte, sah ich Don Sallusto, der gestikulierend auf mich zukam. Wir gingen, wie jeden Tag, die Straße entlang, aber diesmal bot sich uns wirklich ein ungewöhnlicher Anblick, als wir durch die offenen Türen spähten: in jeder Wohnung lag der Familienvater auf seinem Bett in der gleichen Haltung, in der ich meinen Vater gesehen hatte: die Hände über dem Leib gekreuzt, die Augen halb geschlossen. Ich meinte zuerst, sie schliefen. In Wirklichkeit aber konzentrierten sie alle ihre Kräfte auf eine Tätigkeit, die sie sehr anzustrengen schien, denn als ich sie eine Weile beobachtete, sah ich, daß sie von Zeit zu Zeit die Augen öffneten und tief aufseufzten, als ob sie Atem schöpfen müßten, bevor sie sich von neuem einer schweren Arbeit hingaben.

Schließlich kamen wir zu einem Haus, das dem Vater eines der Neugeborenen gehörte. Dieser lag nicht ausgestreckt auf dem Bett, sondern kauerte auf dem Boden neben dem Bettpfosten wie ein Huhn, das man beim Brüten überrascht. Er bewegte sich nicht, rührte keinen Finger. Und doch konnte man an dem Schweiß, der ihm über Stirn und Hals rann, und an den Fältchen in den Winkeln seiner festgeschlossenen Augen leicht erkennen, daß er alle Kräfte einsetzte für ein Unterfangen, das eine außergewöhnliche Willensanspannung erforderte. Seine Messer hatte er nicht unter das Bett geschoben, er hatte sie hoch oben auf den Geschirrschrank gelegt, wo man sie nur mit Hilfe eines Stuhls erreichen konnte. Die Spitzen der Schneiden waren der Wand zugekehrt, ich sah nur die geschnitzten Griffe über das Bord hervorragen. War er verrückt geworden, um einer Laune willen, die so gar nicht zu seinen neuen Familienpflichten paßte, die gewohnte Ordnung und die Rolle, die jedem einzelnen zukam, auf solche Weise umzustoßen? Neun Tage lang, sagte mir Don Sallusto, würde er in dieser Stellung am Boden hocken. Neun Tage lang würde kein Mann im Dorf arbeiten oder auch nur ein Handwerkszeug anrühren. Außerdem dürfe keiner ein

Messer benutzen, und dieses Verbot gelte für alle männlichen Mitglieder aller Familien.

Die jungen Leute konnten umhergehen, wer aber Vater war, blieb Tag und Nacht liegen. Und wenn auch die Aufgabe, mit der sie im Halbdunkel beschäftigt waren, von ihnen nicht so viel Intensität verlangte wie dies bei den beiden Hauptpersonen der Fall war, so brauchte ich doch nur irgendwann einen Blick durch irgendeine Tür zu werfen, um an der Art, wie die Männer die Hände auf ihren Leib preßten und tiefe Seufzer ausstießen, festzustellen, daß sie sich alle ohne Unterlaß ihrer geheimnisvollen Tätigkeit hingaben. Übrigens verweigerten sie auch den Gebrauch von Gabeln. Man mußte ihnen als Nahrung weichen Maisbrei einlöffeln. Die Frauen kehrten abends mit Körben voller Gemüse und Früchte vom Felde heim. Und als genüge diese Last nicht, brachten sie auf dem Kopf noch ein riesiges Reisigbündel mit. Erst nach neun Tagen würden die Männer, befreit von dem geheimnisvollen Zwang, dem sie sich mit soviel unnützer Leidenschaft unterworfen hatten, wieder aufstehen, die Frauen würden an den Herd zurückkehren und die Messer von neuem auf den Tischen liegen. Das Einerlei von San Donato würde wieder beginnen, als ob nichts geschehen wäre.

Mit Schrecken wartete ich darauf, daß die Aufseher des Fürsten zornig würden auf die Männer, die zu dieser Zeit hätten pflügen und säen sollen, und daß sie in die Häuser stürzen und ihrer Brutalität freien Lauf lassen würden. Aber statt dessen schlenderten sie ruhig durchs Dorf. Sie konnten es sich natürlich nicht versagen, einen Blick in das Innere der Häuser zu werfen, entweder, um sich zu vergewissern, daß alle ihre Männer vollzählig zur Stelle waren, oder aus dem tief eingewurzelten Bedürfnis zu inspizieren. Nichts aber ließ darauf schließen, daß sie eingreifen wollten oder den ungewohnten Zustand auch nur mißbilligten. In meiner ganzen Jugend habe ich sie nur dieses einzige Mal außerhalb des Schlosses ohne ihre Peitschen umhergehen sehen.

Ein archäologischer Fund

Perocades hatte in seiner Predigt, deren Text er mich später lesen ließ, gesagt:

«Vor mir, links vom Mittelgang, der das Kirchenschiff in zwei Teile teilt, sehe ich die Männer eurer Gemeinde versammelt, rechts die Frauen. Warum will Gott, daß die Gläubigen sich ihrem Geschlecht nach trennen und zwei deutlich voneinander geschiedene Gruppen bilden? Einmal, weil jedes Geschlecht die Gelegenheit haben soll, sich ein höheres, deutlicheres Bild von der Verantwortung zu machen, die ihm speziell zukommt, und weil jeder sich dieser Verantwortung immer von neuem bewußt werden muß. Zum anderen, weil ER deutlich machen will, daß es zwischen Mann und Frau eine Schranke gibt, bis eine gemeinsam getroffene, auf Achtung und gegenseitigem Verständnis beruhende Wahl sie treibt, ihren jeweiligen Platz zu verlassen, und sie einander bei der Hand nehmen, um sich im Angesicht Gottes zu vereinen. Gott hat euch getrennt, weil ER euch Zeit geben wollte, eure Wahl zu treffen, damit die Eheleute nicht blindlings, der Kraft des ersten Impulses folgend, vor den Altar treten, sondern bewußt und nach reiflicher Überlegung handeln.

«Bewundert mit mir, meine Brüder und Schwestern, wie das Gesetz unseres HERRN in der wohldurchdachten Bauweise dieser Kirche zum Ausdruck kommt. Die durch den Mittelgang erreichte Teilung der Gläubigen in zwei nach Geschlechtern getrennte Gruppen bringt deutlich zum Ausdruck, wo die Pflicht jedes einzelnen liegt. Möge jeder junge Mann abwägen, ob das junge Mädchen, das er liebt, auch alle Tugenden besitzt, die er von seiner zukünftigen Frau erwartet! Möge jedes junge Mädchen sorgsam und in der Abgeschiedenheit des Gebets prüfen, ob derjenige, den sie sich zum Manne wünscht, auch allen Anforderungen gerecht wird, die sie an ihren Lebensgefährten stellt! Gäbe es dieses sichtbare Symbol des trennenden Mittelganges, des zu überschreitenden Grabens nicht, wären die Geschlechter blindlings durcheinandergemischt, wie könnte man sicher sein, daß eine Ehe die Frucht reiflicher Überlegung, ja eines Entschlusses ist, der auf dem gegenseitigen Einverständnis zweier wissender Herzen beruht, und nicht das zufällige Ergebnis einer flüchtigen Täuschung der Sinne?

Achtet darum, liebe Freunde, die durch Gottes weisen Ratschluß verfügte Teilung. Aber das ist nicht alles. Der Gang, der Männer und Frauen voneinander scheidet, ist nicht nur eine Schranke, die es euch ermöglicht, euch kennen- und schätzenzulernen, indem sie euch trennt. Dieser Gang ist auch der Weg, der zwei von euch vereint, sobald sie beschlossen haben, ihr Leben gemeinsam zu führen; er ist der Weg, der sie vor den Altar führt, wo Gott ihre Verbindung segnet.

Nun könntet ihr mir entgegnen: sind die meisten von uns nicht schon verheiratet? Warum sollen wir uns unter der Kirchentür trennen, wenn wir draußen doch wieder zusammenkommen? Ja, liebe Gemeinde, dies bedarf wirklich einer Erklärung, denn wir haben es hier mit einer der wichtigsten, wenn auch gemeinhin unbekannten Bedeutung des allwöchentlichen Mysteriums der Messe zu tun. Ja, es ist so: jedes Paar muß sich am Eingang der Kirche trennen, als ob es nicht verheiratet wäre. Mann und Frau, jeder muß auf seine Seite gehen, denn der Gottesdienst soll beiden zur Besinnung dienen. Möge jeder während der Dauer der Messe in der Tiefe seines Herzens die Gründe für seine Wahl, die Gründe für seine Ehe, die Gründe für seine Treue wiederfinden und sie mit neuem Leben erfüllen! Möge diese allwöchentliche Besinnung verhindern, daß euer Zusammenleben zur bloßen Routine wird, möge sie euch die Erkenntnis bringen, daß der Erfolg und die Dauerhaftigkeit eurer Verbindung von eurem persönlichen Willen abhängt.

Und damit ihr das Symbol des Ganges voll in euch aufnehmt, damit euch ganz klarwerde, daß die vorübergehende Trennung, die er von euch fordert, euch in eurer gegenseitigen Liebe und Achtung festigen soll, bitte ich euch, kommt heute nicht getrennt zur Kommunion, wie es der Brauch euch fälschlicherweise gelehrt hat: die Frauen zuerst und danach die Männer. Gebt dem Mittelgang, der zum Altar führt, wieder die symbolische Schönheit eines wirklichen Weges. Kommt zu zweit, wie Pilger, die zusammen wandern und abwechselnd die Last des gemeinsamen Gepäcks tragen, kommt paarweise zur Kommunion, als Mann und Frau, die ihr Gelöbnis erneuert haben und stolz sind, vor dem HERRN Zeugnis abzulegen, daß ihr Bund seine Beständigkeit weder der Gewohnheit noch dem Zwang verdankt. Ist es nicht wahr, daß ihr den Bund zweier Erwachsener, die wissen, was sie tun, in diesem Augenblick in der Tiefe eurer gereinigten Herzen erneuert?

Liebe Brüder, liebe Schwestern, tiefe Freude erfüllt mich bei dem Gedanken, daß jeder von euch sich dank dieser Trennung auf sich selbst besonnen hat und – ob Mann oder Frau – inniger und bewußter zur Hälfte eines Ganzen geworden ist, das sich nun zum größten Lob Gottes wieder zusammenfügt. Amen!»

Einige Wochen nach dieser denkwürdigen Predigt schien es, als würde nur noch die erheiternde Erinnerung an die kühne Tat übrigbleiben, mit der die Matronen von San Donato den Verkünder dieser eigenartigen Überlegungen zum Schweigen gebracht hatten. Aber es war doch spürbar, daß es ihnen, indem sie ihn im Laufschritt zu seinem Maulesel trugen und ihn rücksichtslos den Hang hinunterstießen, nicht gelungen war, die Aufregung, die seine Ermahnungen hervorgerufen hatte, ganz zu vertreiben. Natürlich würde ich übertreiben, wollte ich behaupten, die beiden jungen Mütter hätten ihre Entbindung aufeinander abgestimmt und beschleunigt, um das Fest, das ich beschrieben habe und in dessen Verlauf die Bauerngemeinde dem freimaurerischen Ideal der Arbeitsteilung der Geschlechter eine gehörige Abfuhr erteilte, möglich zu machen. Aber die Einschränkung «ich würde übertreiben» ist eigentlich nur eine Floskel, denn nach all den Jahren, die ich beim Fürsten verbracht habe, und nachdem ich einige seiner Versuche und seiner erstaunlichen Entdeckungen als Zeuge miterleben durfte, bin ich fest davon überzeugt, daß unsere Hoffnungen, unsere Wünsche und manche anderen psychischen Einflüsse direkt auf den Körper wirken können. Ja, ich möchte fast so weit gehen zu behaupten, daß die Doppelgeburt in San Donato und die aus diesem Anlaß zelebrierten Bräuche eine unbewußte Antwort auf die letzten Worte der Predigt waren. Jeder Mann sei immer nur Mann, jede Frau sei immer nur Frau, komm uns damit nicht noch einmal, Priesterlein!

Don Sallusto jedenfalls war weiterhin auffallend unruhig. Ich merkte wohl, daß er sich den Kopf zerbrach, um eine passende Antwort auf die ungeschickte Frage zu finden, die ihm Don Pietro gestellt hatte, und um ein für allemal mit der These fertig zu werden, die sich auf den Fund des winzigen Tiers mit dem gelehrten Namen stützte. Er sprach nie wieder mit irgend jemandem über diesen Teil der Predigt – über die andern Themen allerdings auch nicht –, obwohl ihm das alles, wie ich an seinem plötzlich wechselnden Gesichtsausdruck, an dem so charakteristischen Zittern seines Kinns, an den fahrigen Bewegungen seiner Hände wohl merkte, ständig im Kopf herumging. Traf er eine der wenigen Personen aus San Donato, die mit ihm eine Unterhaltung über diesen Gegenstand hätten führen können, so lenkte er das Gespräch stets in eine andere Richtung. Im Grunde wartete er, das ist mir später klargeworden, auf eine Gelegenheit, um seine Autorität im Dorf wiederherzustellen, ohne einen Zipfel des Geheimnisses lüften zu müssen, das seine Person umgab.

Eines Abends nach der Singstunde mußten wir uns auf sein Geheiß vor der Tür des Pfarrhauses in einer Reihe aufstellen. Schweigend gab Don Sallusto jedem von uns etwas in die Hand; ich bekam einen kleinen Schaber, mit dem ich ebensowenig anzufangen wußte wie die übrigen Jungen, die auch so ein Instrument bekommen hatten. Zwei meiner Kameraden mußten kurze dicke Kerzen tragen, und meinem kleinen Bruder gab Don Sallusto einen illustrierten Folianten, dem ein massiver Einband ein ehrwürdiges Aussehen verlieh. Der Pfarrer selbst nahm den großen rostigen Kirchenschlüssel in die Hand, setzte sich an die Spitze unserer kleinen Prozession und zog mit uns, immer noch schweigend, um die Kirche herum bis vor das Hauptportal.

Es war eine dunkle Nacht. Der Wind trieb dicke Wolken über die schmale Mondsichel. Wir mußten vorsichtig mit den Füßen den Boden abtasten, um nicht in ein Loch zu treten oder über einen Stein zu stolpern. Dennoch hätten wir wohl der Versuchung, umherzulaufen und Verstecken zu spielen, nicht widerstehen können, wenn nicht die geheimnisvollen Gesten von Don Sallusto und sein beharrliches Schweigen der ungewohnten Szene etwas Feierliches gegeben hätten.

Vor dem Portal angelangt, steckte Don Sallusto den Schlüssel in das Schloß. Die Türangeln ächzten. Vor uns lag kalt und düster das große Kirchenschiff; der rote Schein des Ewigen Lichts, das am Altar brannte, ließ das Ende des Ganges kaum ahnen. Wir zündeten die Kerzen an. Durch unsere Geschäftigkeit angelockt, kamen einige Neugierige zum Eingang, aber Don Sallusto drängte sie sanft zurück und erklärte ihnen, er sei einer Entdeckung auf der Spur.

«Ich hoffe etwas zu finden. Aber wir wollen es Kinderhänden überlassen, die Wahrheit an den Tag zu bringen.»

Dann schloß er das Portal, und wir standen, sechs oder sieben Jungen, eingeschüchtert vom ungewohnten Anblick der im Dunkeln so viel größer wirkenden Kirche um ihn herum; die Worte Don Sallustos hatten uns eher verängstigt als beruhigt. In dem flackernden Licht der Kerzen sah man nur die von einer schwärzlichen Schmutzschicht überzogenen Sockel der ersten beiden Pfeiler rechts und links vom Mittelgang.

Don Sallusto nahm meinem Bruder das Buch aus der Hand, befeuchtete seinen Finger und blätterte eine Seite um, dann noch eine, hielt ein, blätterte weiter und schien in Berechnungen versunken, die wir weder durch eine Frage noch durch eine Bewegung zu stören wagten. Jeder hielt den Atem an. Don Sallusto ging weiter ins Kirchenschiff hinein und tastete einen Pfeiler nach dem anderen etwa in der Höhe seiner Hüfte ab. Bald konnten wir ihn nicht mehr sehen, die Stille wurde nur von dem gleichmäßigen Geräusch seiner genagelten Schuhe unterbrochen. Dann aber kam er wieder zu uns zurück, schüttelte den Kopf, nahm das Buch abermals zur Hand, fing wieder an, unter Zuhilfenahme seiner Finger zu zählen und beugte sich schließlich, einer plötzlichen Eingebung folgend, zu dem ersten rechten Pfeiler vor, an dessen Sockel eine der beiden Kerzen sich flackernd gegen das schmelzende Wachs wehrte, das die Flamme zu ersticken drohte. Don Sallusto betastete den Stein, und plötzlich fand er etwas. Er ging gebückt zum linken Pfeiler hinüber, befühlte ihn in gleicher Höhe und hatte auch hier Erfolg. Nun richtete er sich auf und sagte laut, als habe er bisher nur nicht zu sprechen gewagt, um den für das Gelingen seiner Untersuchung notwendigen Zauber nicht zu zerstören, wir sollten uns in zwei Gruppen teilen und auf jedem der beiden dicken Pfeiler eine bestimmte Fläche, die er uns zeigte, mit unseren Schabern sauberkratzen.

Eine Viertelstunde lang waren wir mit Kratzen und Schaben beschäftigt, bis wir in einer Art rechteckiger Vertiefung deutlich eine eingravierte Inschrift erkennen konnten. Sie bestand aus einem Wort. Don Sallusto ließ uns zunächst die Buchstaben einzeln abtasten, dann mußten wir einer nach dem andern die Buchstaben lesen und laut wiederholen. Und so las ich: HOMBRES. Wir alle buchstabierten und lasen das Wort ohne große Schwierigkeiten, obwohl der Sinn uns nicht klar war; unseren Kameraden aber, die den andern Pfeiler gegenüber bearbeitet hatten, fiel es schwer, ihr Wort zu entziffern. Don Sallusto mußte es mehrere Male wiederholen, bevor es ihnen gelang, MUJERES richtig auszusprechen. Wir warteten auf eine Erklärung, was die Wörter bedeuteten und was diese Entdeckung für einen Wert haben sollte, die, gemessen an dem Geheimnis, das sie umgab, sehr wichtig sein mußte. Aber Don Sallusto war wieder verstummt. Nachdem er die Kirchentür sorgfältig verschlossen hatte, drückte er jedem Knaben wieder den Gegenstand in die Hand, den dieser beim Kommen getragen hatte, und ging, gefolgt von der kleinen Schar frierender, verstörter Jungen, wieder zum Pfarrhaus zurück.

Er versuchte nicht, sofort Nutzen aus seinem Erfolg zu ziehen, denn er war sicher, daß seine Schüler, vom ungewöhnlichen nächtlichen Abenteuer beeindruckt, das aufgedeckte Geheimnis im Dorf schon ausplaudern würden. Er selber aber hütete sich, zu schnell seinen Triumph über den Abbé Perocades auszukosten: Die Leute hätten sich, wenn er sich so eifrig zu verteidigen suchte, vielleicht neugierig gefragt, was es eigentlich mit gewissen Eigenheiten von Don Sallustos Äußerem auf sich hatte? Er gab denen, die ihn auf die Geschehnisse jener Nacht hin ansprachen, ausweichende Antworten und schüttelte jedesmal lächelnd den Kopf, wenn der Arzt oder der Anwalt ihn fragten, ob er die bei jener Gelegenheit gemachte Entdeckung für wert halte, in die Archive von San Donato aufgenommen zu werden.

In Wirklichkeit hatte er sich vorgenommen, Don Pietro ins Vertrauen zu ziehen. Zunächst einmal, weil er sein Ansehen in den Augen des Mannes wiederherstellen wollte, dem er auf die Frage nach dem *anfioxus lanceolatus* nicht hatte antworten können, dann aber auch, weil Don Pietro, der nur zweimal jährlich ins Dorf kam, nicht wirklich am Leben von San Donato teilnahm. Er wußte nichts von den kleinen Problemen der Einwohner. Vielleicht hatte er sogar noch nie darauf geachtet, wie die einzelnen Untertanen beschaffen waren, bei denen er die für den König bestimmten Steuern einkassierte. Und deshalb würde Don Pietro wohl auch nicht auf den Gedanken kommen, er, Don Sallusto, habe sich bei einer wissenschaftlichen Untersuchung von einem uneingestandenen persönlichen Interesse leiten lassen.

Mein Lehrmeister ergriff die erste sich bietende Gelegenheit. Er richtete es so ein, daß er mit seinem Besucher auf dem Dorfplatz erschien, als die meisten männlichen Einwohner nach der Tagesarbeit hier in der Abendkühle beisammenstanden, und er sprach laut und deutlich, damit er rundum verstanden werden konnte. Hier, in dieser Runde, lief er nicht Gefahr, als ein Mann zu gelten, der über eine Sache ausführlich spricht, um eine andere zu verschweigen; hier hielt man ihn für einen belesenen Mann, ja, für einen Gelehrten, der einen gebildeten Besucher mit einer klugen Anekdote erheitert.

«Wissen Sie übrigens, was ich entdeckt habe? Ich hatte schon gleich den Verdacht, nachdem ich den ‹historischen und kritischen Bericht› des Kanonikers Arteaga gelesen hatte, von dem ich mir ein Exemplar aus Neapel mitgebracht habe. Ich muß es Ihnen gelegentlich einmal zeigen... Wenn wir alle die Hinweise überprüfen könnten, die darin enthalten sind, könnten wir die Geschichte des Königreichs unter neuen Gesichtspunkten schreiben... Eine ganz unbedeutende Einzelheit kann ich jedenfalls jetzt schon beisteuern... Oh, es ist vielleicht völlig belanglos... Aber wie dem auch sei: stellen Sie sich vor, was ich beim Abkratzen der beiden ersten Pfeiler unserer Kirche gefunden habe, ich meine die beiden Pfeiler gleich hinter dem Portal rechts und links vom Mittelgang, die beiden Pfeiler, die gewissermaßen die Ecken der Bankreihen bilden, und an denen auch die Weihwasserbecken angebracht sind. Ich habe da, deutlich sichtbar, zwei Inschriften gefunden, zwei spanische Inschriften, die man nur von ihrer Schmutzschicht zu befreien brauchte: HOMBRES und MUJERES, eine auf dem linken, die andere auf dem rechten Pfeiler. Es ist gar nicht so lange her, verstehen Sie, daß sie deutlich vor den Augen der Gläubigen standen, die sie nicht übersehen konnten, wenn sie zu ihren Bänken gingen, HOMBRES auf die eine Seite, MUJERES auf die andere ... Ist das nicht seltsam, Don Pietro?»

Natürlich stand ich in der ersten Reihe der Neugierigen, die sich um Don Sallusto drängten. Und der Geistliche zwinkerte mir, während er sprach, liebevoll zu, als wolle er mich in besonderem Maße an der Entdeckung, von der er dem Steuereinnehmer berichtete, teilhaben lassen. Warum wohl?

Nachdem er Don Pietro Zeit gelassen hatte, durch ein interessiertes, aber auch ratloses Lächeln kundzutun, daß er nicht ahne, was nun folgen solle, wohl aber den Sinn der beiden Wörter kenne, die er mit reinstem kastillianischem Akzent wiederholte, fuhr Don Sallusto, als handele es sich nur um einen nebensächlichen Zusatz, in gleichmütigem Ton fort:

«Manche behaupten, die Trennung von Männern und Frauen im Innern einer Kirche zu beiden Seiten des Mittelgangs ginge auf die Anfänge des Christentums zurück, sie entsprechen einem Gebot der göttlichen Weisheit, und die Trennung der Geschlechter mache die Pflichten deutlich, die jedem Mann und jeder Frau obliegen ... Oh! Ich werde die Ehre, mich mit Ihnen unterhalten zu können, nicht dazu ausnutzen, um Sie mit einer Theorie zu verwirren, die durch meine kleine Entdeckung ad absurdum geführt wird ... Sie verstehen, was ich meine: die spanische Besetzung des Königreichs hat erst im fünfzehnten Jahrhundert begonnen. Es ist ganz klar: Als die Spanier in San Donato ankamen, fanden sie Sitten vor, die ihrem Ehrenkodex so widersprachen, daß sie die beiden Inschriften in Stein schlagen ließen: HOMBRES, MUJERES! Befehle waren es, ja, gebieterische Vorschriften ... Die einen nach rechts, die andern nach links ... militärische Disziplin ... Was hätten wir dagegen tun sollen? Standen wir Bauern nicht arm und unbewaffnet vor gutausgerüsteten Soldaten? Mehr will ich dazu gar nicht sagen, aber man soll mir doch, bitte, nicht kommen und die Schmach jener Zeiten der Unterdrückung wieder wachrufen, indem man dem damaligen Zwang, der heute zu einem einfachen Brauch geworden ist, eine falsche Bedeutung unterschiebt.»

Don Sallusto, der mich unbedingt in die Unterhaltung mit hineinziehen wollte, obwohl schwer einzusehen war, was ich mit alledem zu tun hatte – wenn man von der Rolle, die ich mit meinen Kameraden in der besagten Nacht gespielt hatte, einmal absieht –, Don Sallusto war inzwischen eingefallen, wie er mich mit dem, was er Don Pietro berichtete, enger in Verbindung bringen konnte, damit es sich mir in aller Deutlichkeit einprägen konnte.

Er winkte mich zu sich.

«Sehen Sie, dieser Junge hier ist in San Donato geboren», sagte er zu Don Pietro, während er mir die Hand auf den Kopf legte. «Er heißt Vincenzo. Er stammt aus einer Familie, die seit undenklichen Zeiten in San Donato ansässig ist, und dennoch trägt er nicht den Namen eines unserer Heiligen. Sie werden hier niemand finden, der nach Gaudioso oder Proculo, den beiden kalabrischen Heiligen, genannt ist, nach den zwei Märtyrern, die, in Kalabrien geboren, in Reggio im vierten Jahrhundert gekreuzigt wurden und zweifellos die beiden größten Figuren unserer religiösen Geschichte sind. Nein, unsere kalabrischen Heiligen sind von den spanischen entthront worden, darüber gibt es keinen Zweifel. Ich habe nichts gegen den spanischen Vincenzo Ferrerio, Gott behüte! Ich stelle nur fest, daß es ein spanischer Papst, Calixt III., war, der ihn schon 1455, noch nicht einmal vierzig Jahre nach seinem Tod, auf Betreiben eines andern Spaniers, Alphons von Aragonien, heiliggesprochen hat. Papst Calixt war übrigens, nebenbei bemerkt, der erste aus dem unseligen Stamm der Borgia, und Alphons von Aragonien hat sich das Königreich Neapel auf eine nicht gerade feine Weise angeeignet. Wie hätten unsere bescheidenen Provinzheiligen sich gegen ein Bündnis zwischen einem spanischen Papst und einem spanischen Herrscher behaupten können? Vincenzo ist an die Stelle von Proculo und Gaudioso getreten. Sein Kult wurde in Neapel und im Königreich eingeführt, und er wurde populär. Man sagt das so: populär. Das Gemälde, das die wichtigsten Ereignisse im Leben des Vincenzo Ferrerio darstellt und das Sie gewiß in Neapel in der Kirche San Pietro Martire bewundert haben, wo dem Dominikanermönch aus Valencia eine Kapelle geweiht ist, dieses Bild stammt aus dem fünfzehnten Jahrhundert. Wenn Sie aber erfahren haben, wer mit Vorliebe diese Kapelle besucht, wer vor diesem Bild gekniet, ja das Bild vielleicht sogar in Auftrag gegeben hat, dann werden Sie mir zustimmen, daß der spanische Gewaltakt offenkundig ist: es war die Königin Isabella, die Frau von König Ferrante, des natürlichen Sohns und Thronfolgers von Alphons von Aragonien... Ja, der Wille dieser Herrscher, die von jenseits des Mittelmeeres zu uns gekommen waren, hat sich in vielen Bereichen zu unserem Nachteil durchgesetzt. Ich wünschte, wir wüßten mehr darüber...»

Don Pietro nickte und seufzte resigniert. Aber man konnte ihm anmerken, daß es Don Sallusto wohl gelungen war, in dem Steuereinnehmer Bewunderung für seine Gelehrsamkeit, nicht aber Kummer über das Unglück der heiligen Gaudioso und Proculo zu wecken.

Sie bogen langsam, freundschaftlich untergehakt, in die kleine dunkle Straße ein, die zur Kirche führte. Ich hörte Don Sallusto noch sagen:

«Heute freut sich das Volk, weil wir nun wieder einen echten König haben anstelle der Vizekönige, die nur im Interesse von Madrid regierten und alle unsere Reichtümer auf den vergoldeten Galeonen von Karl V. oder Philipp II. über das Meer abtransportieren ließen. Weil Neapel die Hauptstadt eines unabhängigen Königreichs geworden ist und Seine Majestät, König Ferdinand, den Mantel seiner unendlichen königlichen Großmut und Güte über uns ausbreitet. Sie wissen, Don Pietro, mit welchem Eifer ich meine Gemeinde dazu anhalte, für ihn zu beten, und daß ich sie nicht minder eifrig dazu auffordere, ihre Steuern zu entrichten, weil nun das Geld, das in die Staatskasse fließt, zum Nutzen aller Untertanen wieder verwendet wird. Aber das ist, unter uns gesagt, auch die einzige Veränderung, denn wir sind immer noch in spanischer Hand! König Ferdinand selbst, den ich bewundere und verehre, könnte es gar nicht ändern, er ist ja selbst ein spanischer Bourbone! Ist er nicht der Enkel des verstorbenen Königs von Spanien, Philipp V., und der Sohn von Karl, der hier in Neapel unter dem Namen Karl VII. regierte, bevor er seinem Vater in Madrid auf den Thron folgte, den er nun als Karl III. innehat? Die spanische Vormundschaft ist nicht mehr so brutal, aber sie hat all unsere Sitten beeinflußt, unsere Art zu fühlen und all unser Tun... HOMBRES! MUJE-

RES! Die Männer auf die eine, die Frauen auf die andere Seite ...
Eine militärische Ordnung ... Niemand konnte sich den Weihwasserbecken nähern, ohne zur Ordnung gerufen zu werden. So forderte es die *Ehre* der ersten Aragonen, so verlangt es die *Ehre* der spanischen Bourbonen. Da möchte ich doch wissen, ob Gott wirklich ...»

Das weitere konnte ich nicht mehr hören, und ich müßte lügen, wollte ich behaupten, ich hätte verstanden, worauf er hinauswollte. Aber ich hatte im Vorübergehen das Wort *Ehre* aufgefangen. Don Sallusto hatte es spanisch ‹honor›, ausgesprochen, das Wort deutlich vom Artikel getrennt und das h hören lassen, im Unterschied zum italienischen, für musikalische Ohren milderen ‹onore›. Und weil dieses Wort, auf die härtere Art ausgesprochen, eine besondere Rolle in San Donato spielte, weil es mehr als einmal als Entschuldigung für eifersüchtige Ehemänner gedient hatte, die blutige Rache genommen hatten; weil wir es sogar in unserem Alter schon wie einen Talisman weiterreichten, um uns zur Eroberung der kleinen Mädchen anzustacheln, und weil es die Angst überwinden half, die ihr Geschlecht uns einflößte – darum geht vielleicht meine erste Ahnung, es könne eine geheimnisvolle Verbindung zwischen den scheinbar unveränderlichen Bräuchen und den Wechselfällen der Geschichte geben, auf diese rätselhaften Worte Don Sallustos zurück. Wir verhielten uns wie kleine Spanier, ohne zu wissen, daß wir einer viel älteren Kultur angehörten! Welche Normen hatte man uns aufgezwungen? Und wenn man sie uns aufgezwungen hatte, was war dabei in uns zerstört worden?

Ach, Don Sallusto, wie oft habe ich später in Neapel dieser Worte, die Ihr an jenem Tag sagtet, gedacht, wie oft habe ich darüber nachgegrübelt ... Wie glücklich wäre eine Zeit, wie schön eine Welt, in der das gleiche Unglück nicht die gleichen Leiden nach sich zöge und in der, anders als bei uns, ein Mensch glücklich werden könnte, der heute nur grausamen Demütigungen ausgesetzt ist.

Erste Vorhersagen und ihre Richtigkeit

Je näher der verhängnisvolle Zeitpunkt heranrückte, um so schwerer wurde es meinem Vater, sich zu beherrschen. Er konnte sich im Hause über ein Nichts aufregen und machte um jeder Kleinigkeit willen eine Szene. ‹Der Herr im Haus bin immer noch ich!› schien er dauernd verkünden zu wollen. Saßen wir beim Abendessen rund um den Tisch, sah er uns der Reihe nach an und zwang uns, den Blick vor seinen rotunterlaufenen Augen zu senken. Und weil keiner von uns auf den Gedanken gekommen wäre, ihm eine Autorität streitig zu machen, die er gegen Gott weiß welche uns unbekannten Gefahren mit so wilder Entschlossenheit verteidigte, konnte es geschehen, daß sein Blick bei Tisch die Runde machte und nur auf folgsam gesenkte Köpfe traf, so eifrig waren wir darauf bedacht, ihm zu gehorchen.

Er stieß dann lärmend seinen Stuhl zurück, sprang auf und stürzte hinaus, um draußen überzeugendere Beweise für das zu finden, was man ihm, wie er glaubte, schuldig war. Die zu leicht gewonnene, gewissermaßen bedingungslose Ergebenheit seiner kleinen Familie konnte ihm die Angst nicht nehmen, daß er für die Entscheidung, die zu treffen er sich anschickte, zur Rechenschaft gezogen werde. Auf der Straße suchte er Streit mit dem ersten besten, und jeder Vorwand war ihm gut genug, um laut zu verkünden, er lasse sich von niemand an die Wand drücken. Sei es, daß die Dorfbewohner von Don Sallusto diskret informiert worden waren, sei es, daß die Neuigkeit sich von selbst verbreitet hatte: alle, die zufällig den Herausforderungen meines Vaters begegneten, gaben eilfertig nach, so daß er seine Streitsucht nicht abreagieren konnte und vergeblich weiter nach einer günstigen Gelegenheit suchte, sich von seiner Qual zu befreien. Den Umhang kühn über die Schultern geworfen und jederzeit dazu bereit, Feinde, die es nicht gab, mit einem Streich niederzustrecken, oder sich für Beleidigungen zu rächen, die nur seinem Bedürfnis entsprungen waren, vor sich selbst besser dazustehen, ging er mit großen Schritten durch die Straße. Ein- oder zweimal wäre es fast zu einer Schlägerei gekommen, aber die Nachbarn verhinderten es. Mein Vater hat niemals erfahren, ob sich hinter dem Schweigen, das ihn umgab, während sein Entschluß heranreifte, Verachtung für die schmähliche Entscheidung verbarg, derer er sich schuldig machen würde, oder Verständnis für die seelische Not, die ihm jeder ansehen konnte.

Am Ende entlud sich, was ihn bedrückte, über meinem Haupt. Dann warf er nicht mehr mit den erstbesten Ausdrücken um sich, die ihm in den Sinn kamen, und nannte mich nicht mehr einen Taugenichts. Nun hieß es: «Nie im Leben wirst du etwas taugen! Niemals!» Und sein drohender Blick und die Art, wie er die Wörter langsam nacheinander aussprach, als ob er sich Zeit nähme, sie sorgfältig zu wählen und abzuwägen, die Bedachtsamkeit, mit der er das letzte Wort hervorhob, als sei es ein nach reiflicher Überlegung gefälltes Urteil, alles dies verwandelte jene gewohnte Schelte, die mir seit langem vertraut war, in eine schreckliche Vorhersage, die mich mit Entsetzen erfüllte.

Besonders wenn ich die hastigen, manchmal widersprüchlichen Befehle, die er mir in seinem Zorn zurief, falsch ausführte, konnte ich sicher sein, daß er schließlich, nachdem er das Werkzeug aus der Hand gelegt hatte, um seinen Worten mehr Gewicht geben zu können, sagen würde: «Nein, aus diesem Jungen wird niemals etwas werden!» Er verlangte die Hacke, ich hielt sie ihm hin. «Nein, du Dummkopf! Die Schaufel!» Diese Szenen wiederholten sich immer häufiger, begleitet von bitteren Kommentaren wie: «Du könntest wenigstens aufpassen, wenn ich dir etwas sage», oder von unbestimmten, so eigenartig formulierten Drohungen, daß ich weder eine Antwort darauf wußte, noch verstand, warum mein Vater eigentlich derart aufgebracht war. «Das ist alles deine Schuld!» oder «Ohne dich würde es alles das nicht geben!» Was würde es nicht geben? Um welche Schuld handelte es sich? Ich fühlte mich seinen Forderungen gegenüber um so hilfloser, als der einfache Anblick meiner Person offenbar schon ausreichte, um meinen Vater in seinem unerbittlichen Urteil zu bestärken.

Schaufel oder Hacke, was ich auch tat, war falsch. Es gelang mir nicht mehr, ihm irgend etwas recht zu machen. Es stimmte also, daß ich zu nichts taugte. Ich gewöhnte mich an diese Überzeugung, ja, ich identifizierte mich so sehr damit, daß ich ein- oder zweimal bei der Ausführung eines Befehls absichtlich einen Fehler machte. Ich hatte genau gehört, daß er die Schaufel verlangte, und hielt ihm dennoch die Hacke hin, um ihn in der Meinung, die er von mir hatte, zu bestärken. Wenn es mir schon nicht gelang, sein Urteil über mich zu revidieren, konnte ich ihm zumindest die Genugtuung verschaffen, daß er sich im Hinblick auf mich nicht geirrt hatte. Auf diese Weise hoffte ich, den Zugang zu seinem Herzen wiederzufinden. In meiner Angst, ich könnte etwas tun, was beweisen würde, daß ich doch zu etwas nütze sei, brachte ich es so weit, jede Erfolgschance mit Sicherheit zunichte zu machen; zum Beispiel, indem ich die Gegenstände fallen ließ, die ich ihm zureichen sollte. Ich will nicht behaupten, daß ich sie in der bestimmten Absicht, die Verwünschungen meines Vaters auf mich zu ziehen, fallen ließ; die Gegenstände glitten mir einfach aus der Hand, und sobald ich ihn verächtlich sagen hörte: ‹Du wirst es nie im Leben zu etwas bringen›, wußte ich, daß ich gerade dies gewollt hatte, dieses absolute, endgültige Verdammungsurteil. War ich schon nicht fähig, in den Augen meines Vaters meinen Platz wiedereinzunehmen, so tröstete mich wenigstens die Gewißheit, daß ich es ihm ermöglichte, seine schlimmsten Vorhersagen bestätigt zu sehen. Denn auch das war ein Mittel, seine Autorität anzuerkennen und vielleicht wieder in Gnaden aufgenommen zu werden, jedenfalls aber ihm zu Füßen meinen Platz als gehorsamer Sohn wiederzufinden.

Ich machte bei dieser Gelegenheit noch eine andere, ungewöhnliche Erfahrung: ich bemerkte, daß die einfache Handlung, einen Gegenstand fallen zu lassen, mir Vergnügen bereitete, auch wenn mein Vater nicht dabei war, und ich folglich keinerlei Nutzen daraus ziehen konnte. Ich hielt eine Pfanne, einen Löffel oder sonst irgend etwas in der Hand, und plötzlich, bevor ich mir darüber klar wurde, was geschah, lag das Gerät zu meiner größten Erleichterung vor mir am Boden. Worin diese Erleichterung bestand, hätte ich wohl kaum zu sagen vermocht. Weder die Wichtigkeit des Gegenstandes noch der Lärm, den sein Fallen auslöste, spielten bei dem in mir hervorgerufenen angenehmen Gefühl eine Rolle. Ich hielt den Gegenstand fest in der Hand und war entschlossen, ihn vom ich ihn geholt hatte, heil und sicher zum Herd zu tragen, um ihn dort abzusetzen. Die Art der Freude, die ich zu beschreiben versuche, ähnelte in keiner Weise dem, was ein Kind fühlt, wenn es aus Trotz oder aus Zorn, jedenfalls aber vorsätzlich, getrieben von dem Zwang, sich behaupten zu müssen, sein Spielzeug vor sich auf den Boden wirft. Ganz im Gegenteil. Ich versuchte um jeden Preis, ein Fallenlassen zu verhindern; ich krampfte meine Hände um die Henkel des Topfes; ich widerstand, so gut ich konnte, der Versuchung, die mich auf halbem Weg überfiel: und wenn schließlich die Finger nachgaben, dann hatte ich das Gefühl, mich bis zum letzten gewehrt und einen Kampf verloren zu haben, bei dem ich nur zufällig der Schwächere gewesen war.

In den meisten Fällen hatte ich natürlich keine Gelegenheit, an all dies zu denken. Ich griff mechanisch, im Zustand absoluter Sorglosigkeit nach dem Gerät, und erst wenn ich es vor mir liegen sah, ohne zu wissen, wie es meinen Händen entglitten war, erst dann begriff ich, daß ich nicht das gleiche Gefühl der Erleichterung verspürt hätte, wenn es ganz normal an seinen Bestimmungsort gelangt wäre.

«Du wirst mir doch nicht weismachen wollen, daß es wieder anfängt», sagte meine Mutter. Der Lärm einer herunterpolternden Pfanne, die jetzt vor dem Herd am Boden lag, hatte sie angelockt, und angesichts meiner ehrlichen Überraschung rief sie mir eine Episode aus den vergangenen Jahren ins Gedächtnis, an die ich mich gar nicht mehr erinnerte. Vor fünf oder sechs Jahren, so erfuhr ich von ihr, war ich das Sorgenkind meiner Eltern gewesen, weil ich überhaupt keinen Gegenstand mit meinen Händen festhalten konnte. Sie hatten mir einen Holznapf geben müssen, und mein Vater hatte sich sogar die Arbeit gemacht, aus Olivenholz einen Becher für mich zu schnitzen. Ich war zunächst geschlagen worden, aber der zu Rate gezogene Arzt hatte jeden bösen Willen meinerseits ausgeschlossen und meine Ungeschicklichkeit mit schädlichen Einflüssen erklärt, die auf der Suche nach einem Opfer im Land umhergeisterten. Eine solche Entschuldigung, sagte meine Mutter streng, wäre heute nicht mehr zulässig.

Ich war von diesem Bericht beeindruckt, wurde doppelt vorsichtig und vermied es ganz besonders, Gegenstände in die Hand zu nehmen, die beim Fallen zerbrechen konnten. Eines Tages aber – war es Leichtsinn, wollte meine Mutter mich auf die Probe stellen, oder hatte eine innere Stimme mir zugeraunt, ich solle den Versuch wagen –, eines Tages also nahm ich einen Stapel Teller, um sie in den Geschirrschrank zu räumen. Bevor ich um Hilfe rufen und mich gegen den Impuls wehren, ja, bevor ich ahnen konnte, mit welcher Macht er mich zwingen würde, ihm zu gehorchen, war das Unglück schon geschehen. Die Scherben stoben sternförmig vor meinen Füßen auseinander. Ohne sie aufzulesen, blieb ich wie gelähmt eine lange Weile über die Scherben gebeugt stehen, als sei mein eigenes Bild in tausend Stücke gegangen. Ich weiß nicht mehr, ob meine Mutter sich auf mich stürzte, um mich zu schlagen, oder ob sie Mitleid empfand bei dem Gedanken, daß die geheimnisvollen Mächte nach einigen Jahren zurückgekommen waren, um sich ihrer Beute zu bemächtigen und mich nun von neuem in ihrer Gewalt hatten. Ich erinnere mich nur, daß ich stumm und bewegungslos dastand und ebenso bestürzt wie entzückt auf das Unglück starrte.

Blut unter dem Mond

Auch wenn sich alle jene Vorfälle nicht ereignet hätten, wären mir die letzten Wochen vor der Ankunft des Fürsten noch genauestens in Erinnerung, denn kurz bevor ich San Donato verließ, ereignete sich etwas für mich sehr Denkwürdiges.

Es geschah in einer hellen Mondnacht. Luisilla hatte ausdrücklich verlangt, ich solle mich nach dem Abendessen hinter der Kirche an unserm gewohnten Treffpunkt unter dem Kastanienbaum auf dem Dorfplatz einfinden.

«Du darfst um nichts in der Welt heute abend fortbleiben», hatte sie gesagt und mich dabei bedeutungsvoll angeblickt. Und ich hatte leichthin geantwortet:

«Wie du willst», denn ihr feierlicher Ton hatte mich geärgert. Ich wollte mir die Gelegenheit, da sie so großen Wert auf dieses Treffen zu legen schien, nicht entgehen lassen, um mich für die vielen Male zu rächen, bei denen sie nicht ernstgenommen hatte, was mich so sehr beschäftigte.

«Heute abend ist Vollmond», fuhr Luisilla fort. «Wir müßten einen vollen Monat warten, bis sich wieder solch eine Gelegenheit bietet. Schwör mir, daß du um neun Uhr unter der Kastanie bist, es ist sehr, sehr wichtig.»

Während ich mich nach dem Essen aus dem Hause fortschlich, mußte ich daran denken, daß Luisilla eigentlich in letzter Zeit recht seltsam geworden war. Unverhofft konnte sie hell auflachen, dann wieder vergrub sie ihr Gesicht in beiden Händen und lief fort. Sie sagte nicht, was ihr durch den Kopf ging, aber man konnte sehen, daß ihre immer wie aus heiterem Himmel kommenden Launen nicht mit dem zusammenhingen, was die Person getan oder gesagt hatte, vor der sie plötzlich davonlief, um ihr Gesicht zu verstecken. Beim Spielen legte sie ein Selbstbewußtsein an den Tag, das man nur durch das Wissen um ein Geheimnis erlangt, aber wenn ihre Launen sie wieder überkamen, ließ sie alles stehen und liegen. Mit mir war sie sprunghaft und schwierig. Ich konnte nie ahnen, ob sie mich stürmisch umarmen, oder ob sie angeekelt das Gesicht abwenden würde. War letzteres der Fall, durfte ich mich zwar neben sie setzen, sie aber um keinen Preis berühren. Sie saß dann zusammengekauert da, die Knie bis zum Kinn heraufgezogen, die Arme um die Beine geschlungen. Ich fragte mich, wie sie mich wohl heute abend empfangen würde. Sehr wahrscheinlich hatte sie mich so dringend aufgefordert zu kommen, weil sie mir etwas Wichtiges mitteilen wollte, das Klarheit zwischen uns schaffen würde.

Keine Stunde wäre für die Feierlichkeit einer Aussprache besser geeignet gewesen. Der Mond stand hoch und strahlend über der menschenleeren Landschaft. Jenseits der Schlucht sah man die Hänge der endlosen Hügelketten, die im weißen Licht wie Felder voller Steine oder Gebeine aussahen. Neben mir zeichneten sich die letzten Häuser des Dorfes ab, als sei es hellichter Tag, und doch waren sie unwirklich wie alle nächtlichen Erscheinungen. Die Bewohner von San Donato mochten sie nicht, diese hellen Nächte, die eigentlich keine richtigen Nächte waren: Der deutliche Wechsel zwischen Tag und Nacht, zwischen Arbeit und Schlaf war eine der wenigen Sicherheiten, auf die man sich verlassen konnte, es sei denn der Mond vertrieb einem ebendiesen Schlaf, indem er durch die Ritzen der Türen drang. Außerdem mußte man immer fürchten, eine Natter könne in den Stall schlüpfen, sich an das Euter der Ziege hängen und ihr nicht nur die Milch, sondern auch das Blut bis auf den letzten Tropfen aussaugen.

Luisilla wartete unter dem Baum auf mich. Alle Hunde fingen an zu bellen, als ich zu ihr kam.

«Setz dich da hin, aber rühr mich ja nicht an.»

Sie saß in ihrer Lieblingsstellung, das Kinn auf die Knie gestützt, um die sie ihre Arme geschlungen hatte.

«Hör zu», fing sie an, «mir ist eine große Ungerechtigkeit zugestoßen, wenn auch andere an meiner Stelle vielleicht sogar stolz darauf gewesen wären.»

Sofort sprang ich auf und beteuerte, ich sei bereit, auf der Stelle alle denkbaren Abenteuer zu bestehen, um ihr zu ihrem Recht zu verhelfen.

«Darum geht es nicht», sagte sie. «Ich kann dir nicht einmal sagen, worin die Ungerechtigkeit besteht, und dir auch nicht andeuten, was ich jetzt gerade ertragen muß.»

«Laß mich daran teilhaben», rief ich. «Du wirst sehen, zu zweit ist alles, was es auch sein mag, leichter zu ertragen.»

Der Wind bewegte das Laub über unsern Köpfen, und im Mondlicht, das über ihr Gesicht huschte, konnte ich sehen, daß sie ein Lächeln unterdrückte.

«Darum hab ich dich ja kommen lassen, Vincenzo. Aber du wirst selber nie eine solche Ungerechtigkeit, wie sie mir zugestoßen ist, am eigenen Leibe erleben, das ist unmöglich. Übrigens ist es in meinem Fall doppelt ungerecht.» Sie sagte das so heftig, als sei ihr in diesem Augenblick ein weiterer Grund für ihren Groll eingefallen. «Es ist schon ungerecht, daß es mich trifft, und doppelt ungerecht, daß es dich ganz gewiß nie treffen wird.»

«Bist du wirklich sicher?» warf ich zögernd ein, um sie zu besänftigen.

Sie zuckte nur verächtlich die Achseln.

«Aber vielleicht wird das, wovon du sprichst, gar nicht so lange

dauern, wie du fürchtest?»
«Wenn diese Köter doch nur einen Moment still wären!» rief sie, ohne mich überhaupt einer Antwort zu würdigen.
«Sie bellen, Luisilla», sagte ich ärgerlich, «weil sie nicht mehr wissen, ob Tag oder Nacht ist. Dieses Durcheinander von Schatten und Helligkeit macht sie unruhig. Wie sollen sie sich da zurechtfinden?»
«Schön gesagt!» gab Luisilla ironisch zurück. «Du versuchst dich in einen Hund zu versetzen, doch was in mir vorgeht, davon hast du keine Ahnung! Du mit deiner Manie, dir den Kopf über deinen Namen zu zerbrechen oder dich in dem Sterngewimmel zurechtzufinden!»
«Du mußt zugeben, daß ich heute abend nicht der einzige bin, der sich Gedanken macht. Sogar die Tiere möchten offenbar wissen, woran sie sind.»
Sie unterbrach mich heftig:
«Denk mal, es gibt Situationen, wo man nur zu gut weiß, woran man ist. Und man wäre besser dran, wenn man es nicht wüßte.»
Ich wurde immer verwirrter: «Kannst du dich nicht etwas klarer ausdrücken?»
Sie stützte sich auf ihre nach hinten gestreckten Arme, hielt aber die Knie weiterhin fest an die Brust gepreßt und beobachtete das Spiel des Mondlichts auf den Kastanienblättern, ohne auf meine Bitten einzugehen, als ob sie mir bedeuten wollte, daß der erste Teil unserer Unterhaltung nun beendet sei. Ich wußte nicht mehr als vorher, sie aber hatte alles gesagt, was sie mir zu diesem Thema sagen wollte.
Ich versuchte ihre Hand zu fassen, aber sie warf sich zur Seite, außer Reichweite.
«Ich hab dir doch gesagt, du sollst mich nicht anrühren», rief sie mit schriller Stimme, «das ist ein striktes Verbot, merk dir das, und es gilt für die ganze Nacht!»
«Aber Luisilla, du hast mir doch gesagt, daß du mich brauchst», stammelte ich, «und daß du auf meine Hilfe rechnest.»
«Was denkst denn du! Ich hab zwar Grund, mich über die Ungerechtigkeit des Schicksals aufzuregen, das die einen trifft und die andern verschont, aber ebensogut könnte ich mit dem, was mir

zugestoßen ist, prahlen und dich bedauern, weil du noch ein Kind bist, dem manche der wichtigsten Dinge verborgen sind und auch weiterhin verborgen bleiben!»

Das Mondlicht war weitergewandert und beleuchtete nun ein Stück der niedrigen Mauer am Rand des Steilhanges. Luisilla flüsterte hastig:

«Sieh nur! Ich vertrödele deinetwegen meine Zeit. Wir dürfen keine Minute mehr verlieren. Ich werde dir jetzt sagen, warum ich dich herbestellt habe. Du mußt mit ja oder nein auf meine Fragen antworten.» Und nach einer kleinen Pause fragte sie:

«Willst du mit mir einen Geheimbund schließen?»

Verdutzt nickte ich mit dem Kopf. «Nur wir beide?» fragte ich.

Sie hörte mich offenbar nicht, denn sie war schon aufgesprungen und bis an den Rand des Steilhanges gelaufen. Das Mondlicht hüllte sie nun ganz ein. Ich folgte ihr und stützte mich auf die Mauer, wagte es aber weder, sie anzurühren, noch sie nach des Rätsels Lösung zu fragen, denn ich hatte Angst, sie von neuem zu verstimmen. Die Hunde im Dorf bellten noch immer. Das unter dem Mondlicht erstarrt zu unseren Füßen liegende Land schien wie ausgestorben. Wäre das Rascheln des Laubs nicht gewesen, hätte ich glauben mögen, wir seien unserer menschlichen Hüllen ledig und schwebten nun, in Geister verwandelt, hoch über Feldern und Wäldern.

Luisilla nahm aus ihrer Tasche einen kleinen länglichen, spitzen Gegenstand, der in ihrer Hand glänzte.

«Erkennst du das?» fragte sie.

«Das ist ja eine Nähnadel, Luisilla.»

«Meine Mutter hat noch heute morgen damit die Hose von meinem Bruder Ernesto geflickt», sagte sie und fügte unwillig hinzu: «Sie war von oben bis unten zerrissen.»

Nach diesen Worten kniff sie die Lippen zusammen und stieß mit ihrem Fuß heftig gegen die Mauer, als wolle sie mir zeigen, daß die Dinge, ginge es nach ihr, ganz anders geordnet wären. Was paßte ihr nicht; der Ungehorsam des unbändigen Ernesto oder die Duldsamkeit ihrer Mutter, die es so eilig gehabt hatte, den Schaden zu reparieren? Sie nahm die Nadel zwischen Daumen und Zeigefinger und warf sie mit aller Kraft über die Mauer, dorthin, wo der geröllbedeckte Hang talwärts abfiel. Und ohne den über den Abgrund ausgestreckten Arm zurückzuziehen, sagte sie feierlich:

«Ich schwöre, daß ich jeden Monat, wenn Vollmond ist, zur gleichen Zeit zurückkommen will, um eine Nähnadel wie diese in die Schlucht zu werfen. Mein Bruder Vincenzo hier soll der Wächter meines Schwures sein.»

Ich stand neben ihr; stolz, daß ich bei dieser Zeremonie eine Rolle spielte; unsicher, weil ich nicht wußte, ob ich auch den Arm ausstrecken und den Schwur wiederholen sollte, um mich des Vertrauens würdig zu erweisen, das sie in mich gesetzt hatte, aber auch voller Unruhe, denn sie hatte ihrer Mutter die Nadel gestohlen, und sie hatte sich vorgenommen, dies jeden Monat von neuem zu tun, und ich würde, wohl oder übel, ein Helfershelfer dieses kleinen Diebstahls sein. Aber kaum hatte sie den Schwur ausgesprochen, griff Luisilla wieder in die Tasche, zog ein kleines Taschenmesser heraus und klappte es auf. Die Klinge blitzte im Mondlicht.

«Jetzt mußt du beweisen», sagte sie, «daß du mit mir in den Geheimbund eintreten willst. Leg deine linke Hand auf die Mauer und mach den Zeigefinger grade.»

Ich gehorchte, machte eine Faust und legte den Zeigefinger auf die Mauer.

«So nicht! Du läßt ihn ja schlaff hängen; ich hab doch gesagt, du sollst ihn ausstrecken!» sagte sie und begleitete ihre an sich schon seltsame Forderung mit einem Auflachen, das mich zum erstenmal in meinem Stolz traf. Sie war bisher zwar recht willkürlich mit mir umgesprungen, aber mich hatte dabei nur verletzt, daß sie mir nicht anvertrauen wollte, was ihr durch den Kopf ging. Nun aber war es, als hätte sie an mir eine lächerliche Eigenart entdeckt, die mich irgendwie unfähig machte, die Rolle, die sie mir zugedacht hatte, auszufüllen.

Fest entschlossen, sie um jeden Preis von ihrem Irrtum zu überzeugen (aber nicht, ohne mir insgeheim zu versichern, daß sie mir keineswegs gesagt habe, ich solle meinen Finger ausstrecken: sie hatte einfach verlangt, ich solle ihn auf die Mauer legen), machte ich mit allen Kräften meinen Zeigefinger steif. Und wenn das Blut nicht stürmisch in die Adern strömte, wenn mein Finger nicht vor unseren Augen zusehends anschwoll, dann nur, weil es nicht in unserer

Macht steht, allein durch eine Willensanstrengung unsere Wünsche zu erfüllen.

«So ist es gut», meinte sie, offenbar zufrieden. «Ich lege das Messer jetzt auf die Mauer, du nimmst es mit der rechten Hand und schneidest dir so tief in den ausgestreckten Zeigefinger, daß wir Blut fließen sehen.»

Ich brannte darauf, mich bei ihr wieder in ein gutes Licht zu setzen, und ergriff hastig diese Gelegenheit. Ich schnitt mit der kleinen Klinge so schwungvoll in meinen Finger, daß das Blut hervorschoß und auf die Mauer tropfte. Luisilla beugte sich vor, um die Wunde zu prüfen, richtete sich wieder auf und sagte feierlich:

«Schwör mir, daß du dir jeden Monat bei Vollmond so wie heute abend eine blutende Wunde beibringen wirst.»

«Ich schwöre es», sagte ich, den Arm über die Schlucht ausgestreckt.

Und nun erklärte sie mir den Sinn des Geheimbunds.

«Weißt du, daß die Erwachsenen sich alle Mühe geben, um uns je nachdem, ob wir ein Junge oder ein Mädchen sind, zu unterschiedlichen Aufgaben zu zwingen, von denen sie behaupten, daß wir sie unbedingt zu erfüllen haben? Wir müssen versuchen, uns dagegen zu wehren. Und der Geheimbund nimmt ihnen wie eine Zauberformel die Macht, uns unter ihren ungerechten Willen zu beugen. Du, der Junge, wirst durch die an diesem Ort dir zugefügte Wunde an mein Mädchenschicksal gebunden; durch sie wird etwas von den weiblichen Elementen unter die typischen Merkmale deines Geschlechts gemischt. Darauf kommt es an ... Wir müssen soviel Gemeinsames wie möglich auf unsere Seite bringen, damit die Erwachsenen uns nicht in zwei Lager spalten können.»

Ich nickte eifrig, wagte aber nicht zu fragen, durch welches Wunder die wenigen Blutstropfen, die ich vergossen hatte, mich aus den Grenzen meines Geschlechts herausreißen und mit den Vorzügen des ihren durchdringen sollten.

«Wenn der Zauber wirksam bleiben soll», fuhr Luisilla fort, «müssen wir ihn jeden Monat bei Vollmond erneuern.»

«Hab keine Angst mehr!» sagte ich. «Sieh nur, wir sind ganz weiß. Wir sind gerettet!»

Ich war aufs höchste erregt, als hätte ich den entscheidenden

Beweis für die Richtigkeit ihrer Behauptungen gefunden. Ich wies auf unsere im Mondlicht weißschimmernden Kleider, auf unsere bleichen Hände. Wäre es nicht herrlich, nie wieder in die Welt der Erwachsenen zurückkehren zu müssen, ihren willkürlichen Befehlen und grausamen Gesetzen auf immer zu entkommen und bis an das Ende aller Zeiten, so wie heute abend, auf wunderbare Weise von unserer irdischen Hülle und unserem menschlichen Gewicht befreit, in dieser unwirklichen Helligkeit über den schlafenden Feldern und Tälern zu schweben?

Mir kam der Anfang unseres Gesprächs wieder in den Sinn, und ich wollte mich vergewissern, daß Luisilla ebenso berauscht war wie ich. Es konnte nicht anders sein, davon war ich überzeugt, der kleine Blutfleck auf der Mauer war der Beweis. Ich wollte sie gerade fragen, ob sie die heilsame Wirkung unseres Schwurs verspüre, als plötzlich, unüberhörbar deutlich und vertraut, vom anderen Ende des Platzes die rufende Stimme meiner Mutter zu uns herüberschallte.

Ich konnte mir lebhaft vorstellen, was inzwischen zu Hause vorgegangen war! Beim Abdecken des Tisches war mein Verschwinden zunächst unbemerkt geblieben. Meiner Mutter mußte es jedoch schnell aufgefallen sein, und unter dem Vorwand, die Tischdecke auszuschütteln, war sie vor die Haustür getreten und hatte nach links und rechts bis zum Ende der Straße hinuntergeblickt, um zu sehen, ob sie mich noch zurückrufen könnte. Unterdessen tobten meine Geschwister um den Tisch herum, während mein Vater den Werkzeugkasten hervorholte, um ein wackeliges Stuhlbein zu reparieren.

Meine Mutter kam wieder zurück, zwischen den Zähnen ein Stück des Tischtuchs haltend, um dieses sorgfältig in seine Falten zu legen. Der in der Stube herrschende Lärm und die Gleichgültigkeit meines Vaters diesem Treiben seiner Kinder gegenüber machten sie rasend: sie versuchte den ersten besten ihrer Söhne zu packen, aber die Jungen liefen alle weg und flüchteten hinter den Tisch. Die Mutter mochte sie verfolgen und dunkle Drohungen ausstoßen, sie wurden nur noch ausgelassener und entwischten ihr unter großem Gelächter, was ihren Zorn noch mehr anfachte. Wehe dem, der ihr nun in die Hände fiel! Er würde mit der Tortur, der seine Ohren ausgesetzt wären, nicht nur für die Frechheit der kleinen wilden Horde zahlen müssen, sondern auch für die Unzufriedenheit, die Bitterkeit und den Kummer, die mein Verschwinden im Herzen meiner Mutter ausgelöst hatte. Die Kinder aber nutzten den Moment, wo sie nahe der Rückwand auf der anderen Seite des Tisches vorbeilief, um aus der Tür zu huschen und wie die Spatzen davonzuschwirren.

Danach blieb ihr nichts weiter übrig, als sich verbittert gegen ihren Mann zu wenden und ihm seine zu große Nachsichtigkeit vorzuwerfen. Und das tat sie gerade in dem Augenblick, als ihm das Stuhlbein vollends zerbrach. Er blickte verdutzt auf das enttäuschende Ergebnis seiner Anstrengungen, ließ sein Werkzeug am Boden liegen, stand auf und reckte sich. Dann erklärte er, in diesem Hause müsse man wirklich auf das Schlimmste gefaßt sein. Vielleicht sagte er dies, weil er wußte, daß er damit meine Mutter zum Schweigen bringen konnte, vielleicht aber auch, weil er sich die Gelegenheit nicht entgehen lassen wollte, um etwas auszusprechen, was ihm ständig im Kopf herumging, wenn er auch nicht allzuoft ein Wort darüber verlieren wollte. Meine Mutter ahnte sofort, worauf er hinauswollte. Sie bereute, daß sie ihn herausgefordert hatte, und gab sich nun alle Mühe, ihn abzulenken, bevor er seinen Gedanken weiter ausführen konnte. Sie nahm die Tischdecke auf, die noch vor ihr auf dem Tisch lag und beim Herumtoben der Kinder wieder in Unordnung geraten war, strich sie mit den Fingern glatt und legte sie in den Schrank. Dann begann sie mit dem Geschirr zu hantieren und die Küchengeräte wegzuräumen, um zu zeigen, daß sie sich wieder beruhigt hatte und der Zwischenfall für sie erledigt war.

Mein Vater aber, einmal bei seinem Lieblingsthema angelangt, war nicht mehr aufzuhalten. Er begann damit, den Himmel anzuklagen, der es wirklich nicht gut mit ihm meinen könne, wenn er ihm nicht einmal erlaube, als Ausgleich für sein schweres Leben ein wenig Trost in seinen Kindern zu finden. Und ohne zu merken, daß meine Mutter sich voller Entsetzen schnell über dem Herd bekreuzigte, weil er wahllos den Himmel beschuldigt hatte, fuhr er fort und verkündete, daß ich zu gar nichts gut sei. Von Anfang an habe er das gemerkt, von Anfang an! Ein solcher Sohn könne nur Unheil über die Familie bringen. Meine Mutter rang die Hände; sie schob ihre eigenen Vorbehalte gegen mich und auch ihren Groll wegen meiner nächtlichen Eskapaden beiseite und versuchte, mich vor den immer drohender werdenden Prophezeiungen meines Vaters zu beschützen. Und da er, vielleicht in dem Bedürfnis, vor sich selbst für den mich betreffenden, insgeheim schon gefaßten Entschluß eine Entschuldigung zu finden, immer heftiger wurde, bedrückte sie sein hartes Urteil über mich so sehr, daß sie nur noch den einen Ausweg sah, mich zu suchen und ihren langen Ruf in die Nacht hinauszuschicken. Dies machte ihr gleichzeitig die Angst erträglicher, die sie bei dem Gedanken überfiel, daß ich mich jeden Tag ein wenig mehr von ihr entfernte, und linderte das abergläubische Entsetzen, das angesichts der ihrem Sohn vorausgesagten Zukunft ihr Herz umklammert hielt.

Der Schrei meiner Mutter brachte mir alle die schrecklichen Szenen, die es in den letzten Wochen zwischen meinen Eltern gegeben hatte, wieder ins Gedächtnis. Fast hätte ich gewünscht, ich wäre zu Hause geblieben und nicht zu der Verabredung gegangen, nur um nicht mit anhören zu müssen, wie der Ruf mit dieser klagenden Heftigkeit durch die Dunkelheit drang. Und ich glaube, ich wäre sofort ins Dorf zurückgerannt, ohne Luisilla einen Kuß zu geben, hätte ich nicht Angst gehabt, es könne lächerlich wirken, wenn ich jetzt, wo ich ihn gerade erst verdient hatte, auf meinen Lohn verzichtete. Den Schnitt an meinem Finger hatte sie ganz bestimmt nicht nur von mir verlangt, um mich zu zwingen, meinen Mut zu beweisen: Wenn ich noch einmal an alles zurückdachte, was sich zwischen uns in dieser Nacht abgespielt hatte, dann wurde mir klar, daß Luisilla noch auf etwas anderes aus war als nur auf das Vergnügen, mit Hilfe von Prüfungen, denen ich mich auf ihr Geheiß hin gern unterworfen hatte, den Platz zu bestimmen, den sie in meinem Herzen einnahm.

Jetzt war aber nicht der richtige Moment, um mir über die seltsamen Hintergründe einer solchen Zeremonie den Kopf zu zerbrechen. Es gab außerdem noch so viele andere Dinge, die des Nachdenkens wert waren! Warum schienen sich seit einiger Zeit alle mit dem gleichen Problem zu beschäftigen? Der Abbé Perocades hatte gesagt, der Mittelgang der Kirche zwinge die Männer und

Frauen, verschiedene Plätze einzunehmen, und in dieser deutlichen Raumeinteilung zeige sich Gottes Wille. Don Sallusto war es dann gelungen, das Gegenteil zu beweisen, indem er den spanischen Eroberern einen Brauch anlastete, der nur ihrer Sucht entsprungen war, alles zu trennen, alles zu beherrschen. Und nun hatte auch Luisilla meine Aufmerksamkeit auf die Teilung der Menschheit in Mädchen und Jungen gelenkt!

Warum wurde ich, ohne es zu wollen, immer als Zeuge angerufen? Was konnte ich schon antworten? Welche Beziehung gab es zwischen Don Sallustos Entdeckung und dem geheimnisvollen Abenteuer dieser Nacht? Warum sollte gerade ich von einer Welt träumen, in der die Trennung der Geschlechter nicht so scharf wäre wie in der unseren?

Konnte ich ahnen, daß ich von Zeichen umgeben war, die mir ein wohlwollender Gott sandte, um mich auf das Drama vorzubereiten, das mein Leben von Grund auf verändern würde?

Der Schrei meiner Mutter erscholl von neuem, näher und schrecklicher. Luisilla sah mich, über die Unterbrechung verärgert, unfreundlich an. Welche der beiden Frauen würde ich mehr erzürnen, indem ich der andern nachgab? Gern hätte ich mit Luisilla die Keuschheit unseres unter dem Mond geschlossenen Paktes genossen, aber würde ich nicht meine Freundin enttäuschen und ihr wieder Gelegenheit geben, über mich zu lachen, wenn ich meinen Erfolg nicht mannhaft ausnutzte? Mehr von dem Gefühl getrieben, ich sei es meiner Ehre schuldig, als von dem wirklichen Bedürfnis, sie zu liebkosen und zu küssen, machte ich einen Schritt auf sie zu. Sie trat hastig zurück und rief, wie am Anfang unseres Treffens:

«Ich hab dir doch gesagt, daß du mich nicht anrühren darfst und daß dieser Befehl für die ganze Nacht gilt!»

Sie brauchte mir das nicht zweimal zu sagen, ich ließ sie unter dem Baum stehen und rannte zu meiner Mutter.

ZWEITER TEIL

I Poveri di Gesu Christo

Ein blendendweißer Hof
und eine Palme

Die jungen Burschen, die über die Piazza dei Gerolomini liefen, um in den Gassen der Nachbarschaft Brot auszutragen, pfiffen vergnügt, sooft sie unter den Balkonen ihrer Liebsten vorüberkamen. Wenn ich zwischen zwei Übungen Melissengeist trank, um meine angestrengten Stimmbänder geschmeidig zu halten, hörte ich sie deutlich und sagte mir voller Verzweiflung, während ich auf die Palme vor meinem Fenster starrte: ‹Du selbst wirst die Liebe niemals kennenlernen.› Ich war fünfzehn Jahre alt, als diese Anfälle von Melancholie anfingen, mir die kleinen Freuden befriedigter Eitelkeit zu vergällen, die ich den zu meinem neuen Leben gehörenden Privilegien verdankte.

Das Konservatorium, das sich in der Albergo dei Poveri befindet, hat einen blendendweißen Hof, in dessen Mitte eine einzige Palme steht; es liegt an der Piazza dei Gerolomini, der Kirche gleichen Namens gegenüber.

Fünf Jahre lang hatte es mir genügt, an die Vorteile zu denken, die ich meinen Schulkameraden voraus hatte, um vollkommen zufrieden zu sein. Es gab zwei Sorten von Schülern bei uns: die Unbeschnittenen, die zukünftigen Komponisten, und die Kastraten, die zukünftigen Sopranisten.

Der Tageslauf war für alle hart. Um halb sieben: Wecken und gleich danach eine Unterrichtsstunde oder die Wiederholung der am Vortage gelernten Übungen. Halb acht: Gottesdienst in der Kapelle. Acht Uhr: ein Imbiß aus Milch und eingebrocktem Brot. Halb neun: Kontrapunkt unter Anleitung des Maestro. Halb zehn: Literaturkunde. Halb elf: Gesangsübungen vor einem Spiegel, im Beisein des Maestro. Halb zwölf: Instrumentalunterricht oder Chorproben. Halb eins: Freizeit. Mittagessen um ein Uhr. Dann bis zum Abend: eine Stunde Literatur oder Geschichte, eine Stunde Geschmeidigkeitsübungen für die Stimme und je eine Stunde Inter-

pretations- und Kompositionsarbeit. Um sechs: Andacht in der Kapelle. Unterricht in Akustik, Schönschrift, Haltung und guten Manieren füllte die Abendstunden bis zum Nachtessen um neun Uhr. Danach Freizeit bis zur Nachtruhe, die um halb elf begann.
Es gab einen Maestro für Gesang und einen für Kompositionslehre. Wenn einer von ihnen den Hof betrat, läutete der Hausmeister. Wir mußten beim Klang der Glocke herbeieilen und die Lehrer am Fuß der Treppe mit einem Handkuß begrüßen. Unsere Maestri waren Antonio Sacchini für Kontrapunkt und Giuseppe Aprile, der erste Sopranist des San Carlo, für Gesang.
Jeden zweiten Tag übernahm einer der fortgeschrittenen Schüler, *maestrino* genannt, den Unterricht. Die Schüler, die sich auf die Komponistenlaufbahn vorbereiteten, schrieben ihre Arbeiten auf Schiefertafeln, die sie ihrem Lehrer alle zwei Tage vorlegten. Sie arbeiteten bei unbeschreiblichem Lärm, denn, obwohl jeder ein anderes Instrument spielte, wurde immer zusammen geübt. In den vier Ecken des Raumes, der ihnen auch als Schlafsaal diente, lärmte jeder für sich. In der einen Ecke die Violinen, die Cembalisten in der anderen – eine einzige Kakophonie. Ich fand unter ihnen bald einen Freund, Cimarosa mit Namen, der Domenico oder Mimmo genannt wurde. Wir hatten genau das gleiche Alter. Er war unbeschnitten und dennoch schon dick und rund. Lärm störte ihn überhaupt nicht, er komponierte seine ersten Melodien auf seinem Bett liegend, ohne auf den Radau zu achten.
Wir kleinen Sopranisten, die man nur für den Gesang ausbildete, schliefen ebenfalls alle zusammen, aber unsere Schlafsäle wurden geheizt. Und da unsere Stimmen empfindlich waren, übten wir auch in eigens dafür eingerichteten kleinen Räumen. Als ich vierzehn Jahre alt wurde, bekam ich dank der Bemühungen des Fürsten von Sansevero eines der zwei Einzelzimmer. Feliciano, ein Protegé des Herzogs von Stigliano, bewohnte das andere. Sieben Jahre lang lebten Feliciano und ich Tür an Tür.
Das normale Schüleressen bestand aus Salat, Thunfisch und Sardinen. Die Kastraten hatten zusätzlich Anspruch auf Eier, Huhn und Wein, und Cimarosa bat mich immer, ihm etwas Hühnerbrust oder Wein aufzubewahren. Ich brachte ihm meine Vorräte heimlich, er aber breitete sie mitten zwischen den im Luftzug umherflat-

ternden Notenblättern auf seinem Bett aus, aß und trank ungeniert und schrieb dabei mit vollen Backen weiter. Eines Tages suchte er das Tintenfaß, und als er sah, daß er sich aufsetzen und die Arme bis zum Fußende ausstrecken mußte, um es zu erreichen, tauchte er die Feder in die Karamelsauce des Puddings, den ich ihm mitgebracht hatte. Er verschmierte das ganze Notenblatt, aber es gelang ihm, die Melodie zu Ende zu schreiben, ohne sich aufrichten zu müssen.

Zusätzlich zu den Unterrichts- und Übungsstunden mußten wir beim Hochamt in der Kirche dei Gerolomini als Ministranten aushelfen und bei besonderen Festen und Prozessionen singen. Hierfür wurden wir bezahlt, und von dem Geld, das wir dem Konservatorium einbrachten, konnte ein Teil unseres Unterhalts bestritten werden. Wir wurden zum Beispiel als Engel verkleidet, um in zwei Gruppen von je vier Knaben, die sich alle halbe Stunde ablösten, an Kindersärgen zu wachen. Die ganze der Totenmesse vorangehende Nacht knieten wir abwechselnd neben dem offenen Sarg und beteten. Ein mit Pailletten besticktes Band glitzerte in unserem Haar, und Flügel aus echten Federn hingen von unseren Schultern herab.

Auch Feliciano wurde einmal zu diesem Dienst bestimmt. Ich weiß nicht, wie er erfahren hatte, daß wir im Kerzenlicht wachsbleich und unheimlich aussahen. Jedenfalls brachte er es fertig, sich Lippen und Wangen mit einer rosa Puderschicht leicht zu färben, nicht zuviel und auch nicht zuwenig. Weiß der Himmel, auf welchen Wegen er sich den Puder beschafft und wer ihm beigebracht hatte, sich so geschmackvoll zu schminken! Seine Kameraden knieten auf dem Teppich des Salons, Feliciano aber hatte sich einen Gebetsschemel geben lassen und kniete die ganze Nacht, mit erhobenem Kopf betend, unbeweglich auf dem Samtpolster, ohne sich ablösen zu lassen, wenn seine Ruhezeit gekommen war.

Der Herzog von Stigliano, dessen Neffe im Kindesalter gestorben war, kam im Laufe der Nacht mehrmals in den Salon. Felicianos Gesicht leuchtete im Licht der Kerzen, seine blonden Locken quollen unter dem glitzernden Stirnband hervor. Der Herzog war derart beeindruckt von der Schönheit, der Haltung und der Kühnheit dieses zwölfjährigen Jungen, daß er beschloß, sein Gönner zu werden. Schon am nächsten Tag durfte Feliciano in das teure, vom

Herzog bezahlte Einzelzimmer umziehen.

Was meinen Gönner betrifft, so wurde mir an gewissen Anzeichen bald klar, daß es nicht unbedingt ein beneidenswertes Los war, zum Hause des mächtigsten Herrn von Neapel zu gehören. ‹Don Raimondo di Sangro, Fürst von Sansevero› – mancher unterdrückte nur mit Mühe ein leichtes Schaudern, wenn dieser Name fiel. Auch in San Donato hatte man Angst vor dem Fürsten gehabt, aber dort wußte man wenigstens weshalb: ihm gehörten die Ländereien, von ihm hing unser Geschick ab. Waren wir nicht seinen Aufsehern ausgeliefert? Hier aber, in Neapel, warfen mir Leute, über die er weder direkt noch indirekt Macht hatte, eigenartige Blicke zu, sobald sie erfuhren, wer meinen Unterricht, mein Zimmer und meine Kleidung bezahlte. Die meisten bekreuzigten sich sogar heimlich, wenn sie den Fürsten erwähnten. Die Meinungen über ihn gingen im übrigen weit auseinander. Mit welch geheimnisvollen Dingen beschäftigte er sich so intensiv? Wozu diente der unterirdische Arbeitsraum im Keller seines Palastes?

«Wieso? Wissen Sie denn nicht, daß er eine der Leuchten der parthenopeischen Wissenschaft ist?» – «Wenn ich das schon höre: parthenopeische Wissenschaft! Der verrückte Stil von Don Raimondo scheint auf Sie abzufärben, lieber Freund!» – «Lesen Sie doch die Briefe, in denen er den Gelehrten ganz Europas seine Versuche aufs genaueste beschreibt. Alles, was man gegen seinen Stil sagen kann, ist, daß er sich manchmal reizend altmodischer Wendungen bedient.» – «Das mag sein, aber Sie müssen zugeben, daß er für einen Gelehrten absurde Ziele verfolgt.» – «Absurd? Ist die Druckpresse, die er dem König zum Geschenk gemacht hat, und mit der man gleichzeitig in mehreren Farben sowohl Seide wie auch Papier bedrucken kann, absurd? Oder das Papier für Patronenhülsen, das unsere Artillerie nun benutzt und das weder brennt noch Funken wirft, sondern sofort verkohlt? Ist der Stoff absurd, den man dem Regen aussetzen kann, ohne daß er durchnäßt wird, der sogar unter dem heftigsten Gewitterregen vollkommen trocken und leicht bleibt, so daß der ganze Hof sich daraus Jagdumhänge hat schneidern lassen?» – «Na, na, von dergleichen Dingen haben wir nicht gesprochen. Diese kleinen Spielereien dienen dem Fürsten nur als Alibi. Er arbeitet an weit weniger unschuldigen Erfindungen.» – «Verleumdungen, mein Lieber, nichts als Verleumdungen!» «Sie müssen zugeben, daß man gern wüßte, wo und auf welche Weise er sich manche der Ingredienzien beschafft, die er für seine chemischen Mixturen nötig hat.» – «Ohne kühne Ideen bringt man es zu nichts.» – «Und wozu hat Ihre Leuchte der Wissenschaft es bisher gebracht? Soviel ich weiß, konnte sie, oder vielmehr er, noch keinen seiner großen Pläne zu einem erfolgreichen Abschluß bringen.»

Der Verteidiger des Fürsten hob die Schultern. «Erfolg! Erfolgreicher Abschluß! Wenn Sie an so etwas denken, werden Sie Don Raimondo nie verstehen.» – «Möglich. Aber sagen Sie mir, was zwingt ihn dazu, nachts zu arbeiten?» – «Seltsame Frage! Sie möchten wohl gar, daß der Fürst von Sansevero die Arbeitszeiten einer Gemüsefrau einhält?» – «Man hat einen eigenartigen Lichtschein aus den Luken seiner Kellerräume dringen sehen.» – «Sie erwarten doch nicht etwa, daß er in den Keller hinabsteigt, um dort seine Zeitung zu lesen.» – «Phosphoreszierende Funken, groß wie Murmeln, sind kürzlich auf die Straße gesprungen und auf dem Pflaster umhergehüpft wie ausgerissene Katzenaugen.» – «Weibergeschwätz! Der Fürst würde herzlich darüber lachen.» – «Antworten Sie mir jetzt nur mit ja oder nein: Haben Sie nie einen seiner Lampenschirme gesehen? Haben Sie nie etwas darüber gehört, aus welchem Material diese Schirme gemacht sind?» – «Schweigen Sie, Unglücklicher!» – «Antworten Sie mir gefälligst: Wissen Sie, wie man sich in Neapel das Verschwinden all der Personen erklärt, die eines schönen Tages wie vom Erdboden verschluckt sind und von denen man keine Spur wiederfindet?» – «Ich bitte Sie, machen Sie keine Scherze!» – «Ich jedenfalls würde niemals zu seinem Arzt Giuseppe Salerno gehen, lieber stürbe ich.»

Mit welchem Recht sprachen sie über Don Giuseppe Salerno? Wer außer mir kannte noch jene Mischung aus Faszination und Abscheu, die mich an meinen Henker band? In der ersten Zeit nach meiner Operation kam er regelmäßig zur Untersuchung in den Schlafsaal. Er legte mich dann ausgestreckt auf das Bett, nackt, und seine Finger betasteten meine Hoden. Ich mochte mir noch so oft wiederholen: Du mußt diesen Mann hassen! Ich konnte ihm nichts nachtragen. Jedesmal, wenn er den Schlafsaal betrat, erfüllte mich eine unbegreifliche Zärtlichkeit, und ich war versucht, mich in seine Arme zu werfen. Ich wartete auf die Berührung seiner kurzen, breiten Hand, die, ohne weh zu tun, einem dicken Tier ähnlich, mit wunderbarer Geschicklichkeit auf meinem Körper umherwanderte. Ich habe Euch verehrt, Don Giuseppe, oder habe ich Euch gehaßt? Ich weiß es nicht mehr. Ihr hattet meiner Kindheit ein Ende gesetzt, aber ich spürte deutlich, daß sie dank Eurer Intervention ein zweites Leben begann, das nie enden, das ewig sein würde. Nie wieder konnte ich derjenige sein, der der kleinen Luisilla nachlief: welch ein Kummer, sich das sagen zu müssen. Aber auch welch eine Erleichterung, welche Freude, im tiefen Frieden mit sich selbst zu leben! Zu fühlen, daß man die heiligste aller Verpflichtungen eingehalten hat. Um welche Verpflichtung handelte es sich? Um welchen Frieden? Was bedeutete dieser Satz, der mir abends im Kopf herumging: ‹Du bist in die ewige Jugend eingetreten›? Don Raimondo, Ihr habt mich mit diesen Worten empfangen, ohne Euch herabzulassen, sie genauer zu erklären. «Du bist nun in die ewige Jugend eingetreten», hatte er leise zu mir gesagt und dabei träumerisch seine Hand auf meine Locken gelegt.

Einer, dessen Gesicht mir gar nicht gefiel, war der Baron Roccazzurra, ein Mitarbeiter des Fürsten. Er war spöttisch, verschlagen, jovial und grausam. Er fand es witzig, mir, als er mich das erste Mal sah, zu sagen:

«Nur vier Wochen später, und die Verheerungen der Zeit hätten vielleicht den kleinen Schatz zerstört, den du in deiner Kehle trägst!»

Der Fürst selbst flößte mir eigentlich keine Angst ein, obwohl ich nie so recht wußte, woran man eigentlich mit ihm war. Er bemühte sich, wenigstens solange ich ein Kind war, mein Vertrauen zu gewinnen. Vergebens, denn alles machte auf mich einen unheimlichen Eindruck: sowohl sein Ruf und sein herrlicher Palast, als auch seine geheimnisvollen Arbeiten und der nächtliche Feuerschein, dessen Flackern ich einmal mit eigenen Augen hinter den Fenstern seines Kellerraums gesehen hatte. Immerhin schützte mich der Fürst vor den Scherzen des Barons. Als ich begann, in seinem Palast ein und aus zu gehen, war er Tag und Nacht mit dem Plan beschäftigt, den Naturgesetzen das Geheimnis der immerwährenden Lampe zu entreißen. Ich durfte den Fürsten in seinem Arbeitszimmer besuchen, aber um dorthin zu gelangen, mußte ich an zwei Reihen fackelntragender, unbeweglich dastehender Lakaien vorbei durch eine Flucht von Prachträumen gehen.

Dieser Weg schüchterte mich so ein, daß ich es nicht wagte, mich umzublicken. Ich ging hastig auf das Arbeitszimmer des Fürsten zu, setzte mich, dort angekommen, in eine Ecke und hob die Augen kaum vom Boden. Im Grunde kannte ich Don Raimondo nicht besser als zu der Zeit, da er vor seinem Schloß in San Donato aus seiner wappengeschmückten Karosse gestiegen und mit seinem feinen, schnallenverzierten Schuh in den Schmutz der Straße getreten war. So wie damals, als ich in der Kirche sang und ihn nur wenige Meter entfernt im flackernden Kerzenlicht vor mir sah, war auch hier sein Gesicht von den vielen Lichtern, die auf seinem Tisch zwischen Flaschen, Glasröhren, Waagen und Messern brannten, von einer leuchtenden Aura umgeben.

Zu unseren auswärtigen Verpflichtungen gehörte auch die *frottola*, eine Art Gesang, den wir zu zehn oder fünfzehn Knaben ausführen mußten, während wir bei den großen Prozessionen am 4. Mai und am 19. September im Laufschritt vor der Statue des heiligen Januarius herliefen. Am 19. September 1763 strömte das Volk unzufrieden in die Kathedrale, denn das Blut des heiligen Januarius wollte nicht fließen. Der Erzbischof, noch neu im Amt, bekam Angst vor der unruhigen Menge. Schimpfworte wurden laut. Da bedeutete uns Giuseppe Aprile durch ein Zeichen, daß wir auf unserem Platz bleiben sollten; er selbst verschwand hinter dem Chorgitter. Einige Sekunden später stiegen aus dem Hintergrund der Kathedrale herrliche Koloraturen auf, und der unvergleichlichen Stimme, die so oft im San Carlo die Begeisterung der Zuschauer bis zur Raserei gesteigert hatte, gelang es, die Aufmerksamkeit der Menge so abzulenken, bis der Erzbischof die kleine Phiole erwärmen konnte ...

An manchen Abenden halfen wir im San Carlo beim Chor aus, und die Schüler nutzten diese Gelegenheit, um mit den Sängerinnen des Theaters Freundschaften anzuknüpfen, die unser strenger Direktor nicht dulden wollte. So wurde mein Freund Cimarosa, der neben seinen sonstigen Gaben auch eine hübsche Tenorstimme besaß, hinter einer Pappsäule des babylonischen Palastes beim recht intimen Umgang mit einer der Jungfrauen aus dem Gefolge der Semiramis überrascht. Der Direktor vertuschte zwar den Skandal, weigerte sich aber von da an, dem Theaterchor unsere Stimmen zur Verfügung zu stellen. Und Mimmo tröstete sich, indem er sich von Feliciano und mir – unsere Gönner hatten für uns eine Ausgeherlaubnis erwirkt – Cremetorten von Startuffo mitbringen ließ.

Feliciano und ich durften im eigenen Anzug ausgehen, alle andern aber mußten die Schuluniform tragen: die rote Soutane mit dem blauen Überwurf, das Kleid der Armen in Jesum Christum. Es war dies eine Überlieferung aus dem XVI. Jahrhundert, einer Zeit der Not und der Epidemien, als elternlose Kinder hungernd durch die Straßen irrten. Mönche, die mit einer Glocke in der Hand durch die Straßen gingen und ‹für die Armen in Jesum Christum› Almosen sammelten, hatten diese Kinder aufgelesen und als erste Zöglinge in der Albergo dei Poveri untergebracht, die später, als die Zeiten sich geändert hatten, in ein Konservatorium verwandelt worden war. Die Soutane aber war geblieben. Die Leute lachten hinter unserem Rücken, wenn sie uns in diesem Aufzug über die Straße gehen sahen. Als Doktor Salerno die vom Fürsten erwirkte Erlaubnis, im eigenen Anzug auszugehen, überbrachte, bin ich ihm vor Freude um den Hals gefallen ...

Unser Abgott war Farinelli, der damals schon zurückgezogen in seiner Villa in Bologna inmitten seiner Cembali und seiner Tabakdosen lebte. Wir verbrachten einen Teil unserer Studien damit, die Technik zu erlernen, die ihn unsterblich gemacht hatte. Der große Porpora, der Maestro für Gesang war, als Farinelli auf dem Konservatorium lernte, hatte ihn fünf Jahre lang nach ein und demselben Notenblatt arbeiten lassen, auf dem er alle möglichen, alle nur erdenklichen Arpeggien, Koloraturen, Triller und Verzierungen zusammengestellt hatte.

Wir kannten Farinellis Geschichte auswendig, er gehörte zu den Helden, die man im Geschichtsunterricht durchnahm wie Aeneas, Cäsar, Achilles, Xerxes oder Alexander. Als er dreißig Jahre alt war, hatte Elisabeth Farnese, die zweite Frau von Philipp V., ihn an den spanischen Hof holen lassen. Der König litt an Schwermut. Er stand nicht mehr auf, interessierte sich für nichts mehr, die Regierung war in die Hände von Intriganten gefallen. Am ersten Abend sang Farinelli, hinter einem Vorhang verborgen, vier Melodien. Bezaubert von der unbekannten Stimme, erwachte der König aus seiner Lethargie. Am zweiten Abend kleidete er sich an, nach einer Woche hatte er die Staatsgeschäfte wieder in die Hand genommen. Zehn Jahre lang ließ er sich jeden Abend die gleichen vier Melodien vorsingen. Nach dem Tod Philipps V. blieb Farinelli noch vierzehn Jahre im Dienst seines Nachfolgers, Ferdinand VI., der auch ein Melancholiker war, und für den er die gleichen vier Melodien singen mußte. Er wurde mit dem Calatrava-Orden ausgezeichnet, der sonst spanischen Granden vorbehalten ist, er wurde Geheimer Erster Minister, Besitzer eines riesigen Vermögens und nach dem Tod Ferdinands von unserem König Karl VII. (dem zweiten Sohn Philipps V. und späteren spanischen König Karl III.) nach Italien zurückgeschickt. Diese Namen waren mir alle geläufig, hatte ich sie doch von Don Sallusto an dem Tage gehört, an dem er Don Pietro, dem Steuereinnehmer, gegenüber den spanischen Einfluß der Bourbonen beklagte.

«Er trägt schon das goldene Calatrava-Kreuz um den Hals», sagten wir, wenn wir uns über einen Schüler lustig machen wollten, dessen Übereifer uns ärgerte. Wir gingen übrigens nicht gerade sanft miteinander um. Jene düstere Härte des Neapolitaners gegen sich selbst, die den vom blauen Himmel irregeführten Fremden immer wieder verwunderte, hatte unsere Herzen schon verdorben. Um die besondere Stimmung zu beschreiben, die in den Schlafsälen der Kastraten herrschte, jene Art vergnügter Hoffnungslosigkeit, die nur Menschen unserer Art kennen, möchte ich hier wenigstens ein Beispiel geben.

Die offizielle, in unserem Geschichtsunterricht gelehrte Version der Ausweisung Farinellis durch Karl III. lautete so: Karl wollte, als er den Thron bestieg, einen Pakt mit Frankreich schließen, Farinelli war dagegen; seit vierundzwanzig Jahren hatte er den spanischen Herrschern von einer solchen Politik abgeraten. Über diesen Bericht wollten wir uns totlachen. Wir kannten die Wahrheit, wir erzählten sie uns triumphierend, während wir abends auf den Betten herumtobten, daß die Federn flogen. König Karl hatte einfach gesagt: «Ich wünsche Kapaune nur auf meinem Tisch zu sehen.»

Dieses Bonmot, das wir genau verstanden, machte uns einen Heidenspaß. Wir hatten eine gewisse bittere Freude daran, uns selbst als Kapaune zu bezeichnen. Der Kastratenwitz war die Quintessenz neapolitanischen Humors: Bewußtsein der eigenen Lächerlichkeit, Stolz auf dieses Bewußtsein, Selbstverspottung und die Weigerung, sich etwas vorzumachen. Wir hätten die Knie des so grausam ironischen Monarchen küssen mögen.

Der Fürst von Sansevero aber lachte nicht über die Anekdote mit dem Kapaun, er wurde zornig: «Von einem Spanier, der Sohn eines Spaniers und obendrein ein monogamer Ehemann ist, überrascht mich gar nichts. Stell dir vor, in Neapel ging er jeden Abend in Pantoffeln den endlosen Korridor entlang, der sein Zimmer von dem seiner Frau trennte, um dieser häßlichen Person seine Aufwartung zu machen. Nein, ich ziehe das Wort ‹häßlich› zurück, weil du mich mißverstehen könntest. Selbst wenn die Königin von überwältigender Schönheit gewesen wäre: wie kann man nur so phantasielos sein!»

Diese im Brustton der Verachtung ausgesprochenen Worte des Fürsten brachten mir jene nächtliche Unternehmung wieder ins Gedächtnis, bei der wir Dorfkinder unter der Anleitung von Don Sallusto im flackernden Kerzenschein die spanischen Inschriften in der Kirche freilegten. Auch Don Sallusto hatte sich damals in wenig schmeichelhaften Worten über die Spanier geäußert. Aber diese Unterhaltung war eine der ersten, die der Fürst mit mir führte, und so schwieg ich, war ich doch viel zu schüchtern, als daß ich es gewagt hätte, die Gedankengänge meines erhabenen Wohltäters mit einer kleinen Erinnerung aus dem Leben in San Donato zu unterbrechen.

Seit drei Jahren lebte ich im Konservatorium, als der Direktor, eine unnahbare Persönlichkeit, die wir nur zweimal im Jahr zu Gesicht bekamen, eines Tages den Schlafsaal der Kastraten betrat. Er teilte uns mit, daß die Zeremonie des Namenswechsels in einer Woche stattfinden würde. Wir sollten uns darauf vorbereiten, für immer den Namen abzulegen, den wir von unserer Familie bekommen hatten. «Die Wahl eines Künstlernamens ist im Leben eines Sopranisten ein entscheidender Augenblick», sagte er. «Ihr müßt wissen, daß Farinelli mit richtigem Namen Carlo Broschi hieß und daß er von drei Musikliebhabern adoptiert wurde, von den Brüdern Farina, die ihn aus seinem Dorf herausgeholt und ihm zwölf Schuljahre in Neapel bezahlt haben. Caffarelli hieß eigentlich Gaetano Majorano, bevor ein Musiker namens Caffaro ihn inmitten einer Schar im Straßenschmutz spielender Bauernkinder entdeckte. Ihr seid aber nicht verpflichtet, den Namen einer lebenden Person zu wählen. Euer Maestro, Giuseppe Aprile, wählte zum Beispiel den Monat seines Debüts im San Carlo. In einer Woche sollt ihr mir, wenn wir im Hof um die Palme versammelt sind, eure Wahl mitteilen.»

Ich berichtete dem Fürsten getreulich, was der Direktor gesagt hatte, und fragte ihn um Rat.

«Die Brüder Farina ... Ein Musiker namens Caffaro ... Es ist immer die gleiche Geschichte!» rief er und stampfte mit dem Fuß auf.

«Welche Geschichte, Exzellenz?»

«Warum setzt man euch nur solche Dummheiten in den Kopf? Was hast du von dem behalten, Vincenzo, was der Direktor euch gesagt hat?»

«Exzellenz, die meisten wollten sich dankbar erweisen gegen diejenigen, die es ihnen ermöglicht hatten, Gesang zu studieren.»

«Genau, wie ich es mir gedacht habe! Ich bin sogar sicher, daß der Direktor als erster davon überzeugt ist, daß es so war! Er hat nichts begriffen! Stell dir vor», fügte er, an den Baron gewandt, hinzu, «er will sie glauben machen, daß sie den Namen nur wechseln sollen, um ihrem Wohltäter Dankbarkeit zu erweisen!»

«Schreiben Sie Ihre Abhandlung», gab der Baron kühl zur Antwort.

«Ja, ja, ich werde sie schreiben. Du mußt verstehen, Vincenzo, daß der Wunsch, auf einer Bühne mit einem Namen aufzutreten, der dir nicht gehört, nichts mit Dankbarkeit oder Vorteil zu tun hat. Aber sag mir, du hast doch auch diesen Wunsch, nicht wahr?»

Vincenzo, Vincenzo del Prato: ich hatte mir auf meinen Namen nie etwas zugute gehalten. Ich nickte, ohne zu antworten.

«Ein Farinelli und ein Caffarelli unterscheiden sich von dem Rest der Menschheit eben dadurch, daß sie sich nicht mehr gehören.

Indem sie ihren Namen ändern, verzichten sie auf einen Teil dessen, was an ihnen noch zu sehr etwas Eigenes, Individuelles ist. Es ist ein weiterer Schritt zur vollständigen Befreiung ...»

Der Fürst hatte die letzten Worte in Gedanken versunken vor sich hin geflüstert. Nach einer Weile aber besann er sich.

«Nicolo Porpora ist kürzlich gestorben. Was meinst du, Vincenzo, willst du dich Porporino nennen?»

Auf dem Heimweg erinnerte ich mich an die Zeit, da ich darunter gelitten hatte, Vincenzo zu heißen, einen Namen zu tragen, der mir so wenig eigene Identität gab. Der Fürst schien nun sagen zu wollen, daß der Name, den man von den Eltern erhalten hat, immer noch ein zu deutliches individuelles Erkennungszeichen sei. Porporino? Eine schmeichelhafte Wahl. Der große Porpora würde in mir wiederaufleben. Zu hören, wie meine Kameraden und meine Lehrer mich Porporino nannten, hat meine Eitelkeit lange Zeit zutiefst befriedigt.

Die Zeremonie fand mittags im Hof statt. Wir stellten uns im Kreis um die Palme herum auf und hielten einander bei den Händen. Das intensive Sonnenlicht und die weißen Mauern blendeten so, daß wir die Augen schließen mußten. Der Direktor rief uns einzeln auf. Wie die andern nannte auch ich meinen Künstlernamen. Danach mußten wir aus dem Kreis treten und uns unter den umliegenden Arkaden in den Schatten stellen.

Die meisten hatten aus Tradition, Mangel an Phantasie oder Unterwürfigkeit den Namen ihre Wohltäters gewählt, und sie hatten im Schlafsaal nicht verschwiegen, daß sie sich einen längeren Aufenthalt und mehr Geld von diesem Beweis ihrer Ergebenheit erhofften. An die Mauer im Hintergrund der Arkaden gelehnt, dachte ich daran, daß der Fürst traurig wäre, wenn er dies erführe. Zum erstenmal war ich beim Gedanken an Don Raimondo betrübt. Die Träume, die er in der Abgeschiedenheit seines Arbeitszimmers hegte, entsprachen nicht ganz der Wirklichkeit.

Als Feliciano an die Reihe kam, machte mein Herz einen Sprung. Er hatte mit niemandem über sein Vorhaben gesprochen. Er sagte einfach: «Ich will Marchesi heißen.» Dann ließ er die Hand seines Nachbarn los und ging auf das Portal zu. Aber warum öffnete er jetzt seine Augen nicht? Er streckte die Arme vor sich her wie ein

Blinder. Alle Blicke waren auf ihn gerichtet. Marchesi? Dieser Name hatte alle überrascht, er bedeutete nichts, erinnerte an niemand. Wir beobachteten erstaunt Felicianos schöne, verschlossene Züge, die langen Wimpern, die tastend ausgestreckten Hände, den verlorenen Ausdruck auf seinem jungen Gesicht. Kurz bevor er die Arkaden erreicht hatte, warf er mir zwischen den gesenkten Lidern hindurch einen verschmitzten Blick zu, den nur ich wahrnehmen konnte. Aber, Komödie oder nicht, Don Raimondo würde gefallen, was Feliciano eben getan hatte, dessen war ich sicher, denn es war ihm gelungen, der Zeremonie etwas Geheimnisvolles zu geben.

Der Unterricht in Geschichte und Literatur machte mir große Freude. Heute, da die ‹Herren Philosophen›, wie man sie im Palazzo verächtlich nannte, dank der Verleumdungen, die sie über meinesgleichen verbreitet haben, unsere Art zum Aussterben verurteilt haben, heute möge es mir erlaubt sein, mit aller Energie gegen einen ihrer unbegründetsten Vorwürfe zu protestieren. ‹Nachtigallen›, ‹Musikautomaten›, ‹Hohlköpfe›, ‹Analphabeten› ... so nannten sie uns, und das waren noch die harmlosesten Beleidigungen, mit denen sie uns überschüttet haben. Wußten sie, daß wir zehn Jahre lang jeden Tag zwei Stunden lang die Antike studiert haben, und außerdem Mythologie, schöne Literatur, Latein, italienische Grammatik und die französische Sprache? Wer kannte sich je besser aus in den Taten des Herakles als wir? Neun Zehntel aller Opernlibretti gehen nach wie vor auf die Verse des Metastasio zurück. Jedes Jahr komponierte ein anderer Musiker eine «*Verlassene Dido*», einen «*Cato in Utica*», einen «*Alexander in Indien*», eine «*Semiramis*», einen «*Artaxerxes*», einen «*Demetrius*», einen «*Demophon*», eine neue «*Clemenza di Tito*», einen «*Achilles auf Skyros*», einen «*Themistokles*», einen «*Re pastore*», eine «*Zenobia*», eine «*Olympiade*», einen «*Attilio Regolo*», eine «*Hypermestra*», einen «*Romolo ed Ersilia*», eine «*Niederlage des Dareius*». Wir kannten die Geschichte einer jeden dieser Hauptfiguren bis in alle Einzelheiten und auch die Städte oder Königreiche, in denen sie gelebt hatten. Wir waren mit Homer, Vergil oder Ovid vertraut, mit den griechischen und lateinischen Historikern von Herodot bis Pausanias, von Apollodoros bis Dio Cassius, von Valerius Flaccus bis Sueton, von Statius bis Justinus.

Als ich im San Carlo debütierte, spielte man den fünfzehnten *Cato*, die sechzehnte *Olympiade*, Alexander hatte sich schon achtzehnmal dem König von Indien gegenüber großmütig gezeigt, Dido war zweiundzwanzigmal verlassen worden, Semiramis hatte sich fünfundzwanzigmal als Mann verkleidet. Den absoluten Rekord aber hielt Achilles: Das Theater wurde am 4. November 1737 mit einer denkwürdigen Achilles-Aufführung eröffnet, und seither hatte dieser Held achtundzwanzig verschiedene Partituren inspiriert. Am Abend jenes 4. November 1737 war die Rolle des Achilles von einer Frau gesungen worden. Die Komponisten der achtundzwanzig folgenden Opern aber hatten die Rolle alle für Sopranisten geschrieben. Wir hatten unser Recht zurückerobert und es nicht mehr aus der Hand gelassen.

Achilles auf Skyros: Achilles, der sich auf eine der kleinen Inseln der Sporaden zu den Töchtern des Königs Lykomedes rettet... wer von uns hätte nicht davon geträumt, eines Tages in dieser Rolle auf der Bühne zu stehen? Zur Erinnerung: Als die Griechen anfingen, Krieger für den Trojanischen Krieg zu sammeln, erfuhr Thetis durch das Orakel, daß ihr Sohn sterben würde, wenn er an diesem Feldzug teilnähme. Sie verkleidete ihn darum als Mädchen, schickte ihn auf die Insel Skyros zum König Lykomedes und befahl ihm, sich unter die Prinzessinnen zu mischen. Der kluge Schachzug aber scheiterte an der noch größeren Schlauheit des Odysseus. Dieser landete als Händler verkleidet auf Skyros und breitete vor den Töchtern des Lykomedes Geschenke auf dem Boden aus: Armbänder, Halsketten, Riechwasser und... ein Schwert. Achilles konnte sich nicht länger beherrschen, er griff zum Schwert, zeigte sein wahres Gesicht, beschwor Odysseus, er möge ihn mit in den Krieg ziehen lassen, und ging dem Tod entgegen, der unter den Mauern von Troja auf ihn wartete.

Wie oft hatten wir diese Episode mit Begeisterung gelesen. In unserem Exemplar der *Ilias* war diese Seite mit einem roten Wollfaden gekennzeichnet! Wenn einer von uns später Achilles auf der Bühne darstellen, Frauenkleider anlegen, die Haare bis auf die Schultern fallen lassen und die Leier schlagen durfte, so war er von dieser Rolle nicht darum bezaubert, weil er schöne Kleider anlegen und sich schmücken konnte – mögen unsere Verleumder dies auch behaupten! –, nein, diese Episode des Trojanischen Kriegs mit der unheimlichen Vorhersage des Orakels, der mütterlichen List und Achills Verkleidung in ein Frauenzimmer hatte uns von jeher tief beeindruckt. Wir hatten oft und lange über diese erfolglose Verkleidungslist nachgesonnen. Anstatt wie ein Pfau umherzustolzieren, hätte ich nacheinander jedes der von Homer erzählten Geschehnisse nacherlebt: die Ungeduld des Helden, die religiöse Furcht vor dem Schicksal, den unbedachten Griff nach dem Schwert, die begeisterte Fahrt dem Opfertod entgegen.

Feliciano allerdings verbarg bei dem Gedanken, er könne schmuckbeladen vor dem Publikum erscheinen, seine Freude nicht. Er fragte mich, ob eine junge Prinzessin der Sporaden ihm wohl ein Diadem aufsetzen würde. Er hatte nicht vergessen, welche Wirkung das paillettenbesetzte Band auf das Herz des alten Herzogs von Stigliano ausgeübt hatte. Cimarosa, der uns zugehört hatte, versprach Feliciano, er werde eine Oper über die Hochzeit von Herakles mit Omphale für ihn schreiben.

«Herakles, den die Königin von Lydien zum Sklaven erniedrigt hat, wirft sich, als Frau verkleidet, vor ihr nieder. Bei dieser Gelegenheit kann ihm die Königin ihr Diadem aufsetzen.»

Feliciano war von dem Plan begeistert, aber er meinte:

«Mimmo, du bist zu faul, um auch nur eine einzige Oper zu schreiben.»

«Ich werde vierzig Opern schreiben, eben gerade weil ich faul bin. Und ich werde mich beim Schreiben beeilen, damit ich es bald hinter mir habe.»

Einmal in der Woche machte Giuseppe Aprile mit allen seinen Schülern einen Ausflug. Die beste Übung sei es, so meinte er, in der Nähe einer Mauer zu singen und dem eigenen Echo zuzuhören. Wir brachen also auf und suchten nach Mauern. Meine schönsten Erinnerungen sind mit den Bootsfahrten verbunden, die uns über das Meer an den Fuß des Hügels von Cumae führten. Ich hatte mit Hingebung die Verse des Virgil gelesen, wieviel größer aber war ihr Eindruck angesichts der Grotte der Sybille! Der Maestro schickte uns einzeln weit in die unterirdischen Höhlen hinein. Von der Erhabenheit des Ortes eingeschüchtert, zitternd vor Kälte, entsetzt von der Lautstärke des Echos, hörte ich meine Stimme, die von einer Wand der Grotte zur andern zurückgeworfen wurde wie ein den Höllengeistern entgegengeschleuderter, gotteslästerlicher Ruf...

Flammen und Feuer

An Monsieur l'Abbé Nollet
Akademie der Wissenschaften, Paris
Neapel, den 15. März 1766

Monsieur,
pünktlich möchte ich das Versprechen einlösen, das ich Ihnen in meinem Schreiben vom vergangenen Monat gab.

Sie sollen also wissen, Monsieur, daß ich, nachdem ich mich im Monat Juli des vergangenen Jahres in der Absicht, einige physikalische Experimente anzustellen, mit einer chemischen Arbeit befaßt hatte, die mich schon nahezu vier Jahre lang beschäftigte, gegen Ende November des gleichen Jahres zu nächtlicher Stunde im geheimen Arbeitsraum im Souterrain meines Palastes weilte und durch ein Kellerfenster den Obelisken betrachtete, den meine Mitbürger zur Erinnerung an die vielen während der entsetzlichen Epidemien der vergangenen Jahrhunderte gestorbenen Kinder auf dem Platz vor meinem Palast errichtet haben. Der Anblick des Obelisken erinnerte mich daran, daß viele aufgeklärte Geister in Neapel und im besonderen Don Antonio Perocades, der hier eine hohe Wertschätzung genießt und mir ein guter, zuverlässiger Freund ist, mir immer wieder den Vorwurf machen, meine Untersuchungen und ebenso diejenigen meines lieben Arztes und Freundes Giuseppe Salerno seien völlig unnütz. Ich will Ihnen nicht verhehlen, Monsieur, daß die Erinnerung an die Pestepidemien, die unsere Stadt heimgesucht haben, mich nie dazu veranlassen konnte, ein Mittel zu suchen, das eine Wiederkehr solcher Landplagen verhindern könnte, obwohl mir jedesmal, wenn ich den Obelisken betrachte, eine Menge bizarrer und unheilvoller Gedanken in den Sinn kommen, so wie an jenem Abend gegen Ende des Monats November, eine Stunde nach Sonnenuntergang.

Mit einem tiefen Seufzer wandte ich mich vom Fenster ab, um meine Experimente wiederaufzunehmen. Fast mechanisch öffnete ich vier Glasbehälter, die auf einem kleinen Tisch standen, und da ich prüfen wollte, in welchem Zustand sich die Substanz befand, die ich darin aufbewahrte, kam ich zufällig mit der brennenden Kerze, die ich in der Hand hielt, zu nah an einen der Behälter, und die darin befindliche Substanz, eine viertel Unze weniger sieben Gran, entflammte sich plötzlich. Sie brannte mit einer schönen, lebhaften Flamme von leicht gelblicher Färbung. Ich war so überrascht von diesem Zwischenfall, daß ich in meiner Verwirrung eilig mein Taschentuch hervorzog, um den Behälter, ohne mich zu verbrennen, in die Hand zu nehmen und ihn auf einem Nebentisch abzusetzen, denn ich fürchtete, die Flamme könnte sich, wenn der Behälter, wie zu erwarten stand, zerspringen würde, über den Tisch ausbreiten und auch die Substanz erreichen, die sich in den übrigen drei geöffneten Gläsern befand.

Ich glaubte also, als ich den Behälter anfaßte, er sei sehr heiß, aber ich fand, daß er kaum mehr als warm geworden war; ich hatte keinerlei Schwierigkeiten, ihn ohne Taschentuch in der Hand zu halten. Ich ließ die Substanz brennen, um zu sehen, wie und in welchem Zeitraum sie sich aufzehrte; aber nach sechsstündigem Brennen war die Flamme noch ebenso lebhaft und kräftig wie zu Anfang. Ich wollte sie nun löschen, bevor ich mich schlafen legte, und als ich sie mit dem Glasstöpsel erstickte, mit dem der Behälter verschlossen wird, mußte ich aufs äußerste überrascht feststellen, daß dieser die gleiche laue Wärme behalten hatte, die mir aufgefallen war, als ich ihn vom Tisch aufgenommen hatte.

Am nächsten Morgen erhob ich mich in bester Laune, erfüllt von unzähligen Überlegungen, die mich über Nacht beschäftigt hatten. Welch seltsamer Zufall hat es wohl gewollt, so fragte ich mich, daß gerade in dem Augenblick, da ich meinen Blick von jenem Obelisken abgewendet hatte, der an das Leiden der kleinen, von der Pest dahingerafften Opfer erinnern soll, welcher Zufall hat es gewollt, daß meine Kerze nach vier Jahren unfruchtbarer Versuche gerade in diesem Augenblick die leblose Materie weckte, die in dem Glasbehälter ruhte? Nachdem ich die Nacht mit diesen und zahlreichen anderen Gedanken verbracht hatte, eilte ich unverzüglich in mein Laboratorium, öffnete meinen Glasbehälter und versuchte, die Substanz wieder anzuzünden, was mir absolut unmöglich war. Und als ich mir einfallen ließ, sie mit einem elfenbeinernen Ohrlöffel umzurühren, gab es eine kleine, nur einen Moment aufzüngelnde Flamme. Ich machte alle erdenklichen Anstrengungen, um die Substand wieder zu entzünden, aber vergeblich. Nach all diesen Versuchen bemerkte ich, daß die Substanz sich offenbar gar nicht verringert hatte. Ich stellte sogar fest, daß sie von genau der gleichen Konsistenz war wie vorher, das heißt wie weiche Butter bei sommerlichem Wetter. Daraufhin verlangte es mich, ihr Gewicht nachzuprüfen; und ich entdeckte zu meinem äußersten Staunen, daß sie nicht ein Milligramm von ihrem ursprünglichen Gewicht eingebüßt hatte.

Was sagen Sie dazu, Monsieur? Fängt die Sache nicht an, merkwürdig zu werden? Aber das ist erst der Anfang!

Die wunderbaren Ereignisse, die ich Ihnen berichtet habe, beeindruckten mich derartig, sie erfüllten meinen Geist mit so vielen und so verschiedenartigen Erwägungen, daß ich drei oder vier Tage lang an nichts anderes zu denken vermochte. Ich schloß mich darum während dieser Zeit entweder in meinem Schlafgemach ein und blieb dort, sitzend oder stehend, ohne auch nur eine Stunde lang Ruhe zu finden, oder ich flüchtete in den einen oder anderen Raum meines Palastes, nachdem ich Sorge dafür getragen hatte, daß in allen Stockwerken Wand- und Kronleuchter in großer Zahl angezündet worden waren. Ich hatte nämlich die Idee, daß die gewöhnlichen Flammen, die durch Verbrennung von Wachs hervorgebracht werden, der anderen, phantastischen, übernatürlichen helfen könnten, sich wieder zu zeigen; aus demselben Grund hütete ich mich, in mein Kellergewölbe hinunterzusteigen, denn ich hatte Angst, zu häufige Besuche oder sonstige Störungen könnten die geheimnisvolle Geburt des Feuers aus dem Leib meines Glasbehälters verhindern; ich beschränkte mich darauf, über das Geschehene nachzudenken und mir tausenderlei Sorgen um das Gelingen dieses im wahrsten Sinn des Wortes unerhörten Ereignisses zu machen.

Werden Sie mir nun, Monsieur, auf dem Weg meiner Gedanken folgen wollen? Es ist außerordentlich bedauerlich, daß das Vorurteil, mit dem Ihre große Nation allein dasteht, Sie daran hindert, die Studien in ihrem rechten Licht zu sehen, die ich zusammen mit Doktor Salerno an der Person eines jetzt in der Pubertät befindlichen Knaben vornehme, der einst seinen Eltern abgekauft, auf mein Geheiß kastriert, dann im Konservatorium der Albergo dei Poveri untergebracht wurde und, so Gott es will, dazu ausersehen ist, den Ruhm der Schule von Porpora und Farinelli weiterzuverbreiten. Im übrigen hoffe ich, daß Sie meinem Verfahren, das Ihre Philosophen als barbarisch bezeichnen, mehr Verständnis entgegenbringen, wenn Sie bedenken, daß in einer Stadt, wo unzählige Kinder, wie ich schon berichtet habe, ihr Leben bei den Pestepidemien verlieren, die mehrere Male innerhalb eines Jahrhunderts unsere Stadt heimsuchen, die Einbuße eines kleinen Teils des Körpers einen relativ geringen Verlust darstellt. Aber wie dem auch sei, mir geht es hier nur darum, die Aufmerksamkeit eines Gelehrten auf zwei Phänomene zu lenken, die ohne äußeren Zusammenhang sind, um ihn aufzufordern, sie einander näherzubringen an Hand eines Vergleichs, der möglicherweise unter Zuhilfenahme der vereinten Erkenntnisse von Lutetia und Parthenope der Wissenschaft neue Wege weisen könnte.

Bedenken Sie doch bitte Folgendes: Auf der einen Seite haben wir eine Materie, die, im Gegensatz zu allen Regeln der Verbrennung, wie sie Aristoteles in seiner Schrift über die Physik festgelegt hat, brennt, ohne an Gewicht oder an Substanz zu verlieren; auf der andern Seite eine Stimme, die nach dem Stimmbruch ihre kindliche Frische behält und trotz der Entwicklung des Thorax und der andern männlichen Körperteile – von den genitalen abgesehen – jene kristalline Transparenz behält, die zu keinem Geschlecht im besonderen gehört. Zwischen der Flamme, die von einer solchen Materie erzeugt wird, und den Tönen solch einer Stimme setze ich meine erste Analogie, indem ich sie unter dem gemeinsamen Nenner zusammenfasse, den ich *Atem* nenne. Hätten Sie etwas dagegen einzuwenden, mir bis hierher zu folgen? Wir haben also zwei

Sorten von Atem, die verwandt sind durch die Anmaßung, mit der sowohl der eine wie der andere die normalerweise in der Natur beobachteten Regeln herausfordert, denn eine gewöhnliche Flamme nährt sich nur auf Kosten der Materie, die sie verbraucht, während eine Männerstimme in ihrem hart gewordenen Timbre die Matamorphose der Organe widerspiegelt, die sie hervorbringen. Sollten Sie in diesem Punkt nicht mit mir übereinstimmen?

Im Hinblick auf die weitere Schlußfolgerung, die ich daraus ziehen zu können glaube, hoffe ich nicht weniger auf Ihre Zustimmung. Die Flammen in meinem Glasbehälter und die Stimme meines Knaben verstehe ich als zwei wunderbare Umgehungen der Naturgesetze; zwei Siege über die bestfundierten Grundregeln der Physik und der Physiologie; zwei Verstöße gegen die Schranken, die das Feld unserer Handlungen von allen Seiten einengen; zwei Brücken, die zwischen der menschlichen Begrenztheit und der Grenzenlosigkeit der Welten geschlagen wurden; zwei Hoffnungsstrahlen für ein unendliches, absolut freies, an keine irdischen Abhängigkeiten gebundenes Leben; zwei Antizipationen, wenn Sie mir diese kühne Hypothese gestatten wollen, zwei Vorwegnahmen des Tages, an dem ein neuer Kopernikus und ein neuer Galilei – Ihr Lagrange vielleicht? – unseren Globus, nachdem es ihnen gelungen ist, ihn aus den Zwängen der Gravitation zu befreien, in das Weltall schleudern werden, wie ein von der Sonne unabhängiges Gestirn ...

Verzeihen Sie mir, wenn ich etwas ins Träumen geraten bin: ich wollte Ihnen nichts vorenthalten, und so wissen Sie nun, welche Überlegungen mich verfolgten: allerdings nicht so weit, daß ich darüber den Versuch vergessen hätte, die Materie wieder anzuzünden, weil ich sehen wollte, ob sie bei einem neuen Brennvorgang das Privileg, nicht an Gewicht zu verlieren, behalten würde: ohne dies wären meine Träume – Ihrer Aufmerksamkeit unwürdig – nur Hirngespinste gewesen. Ich wollte also eine Art Kerze formen und nahm einen Teil der Substanz, die sich in einem der drei Glasbehälter befand, und füllte ihn in eine kleine Röhre, die sich mit einem in der Mitte durchlöcherten Deckel verschließen ließ. Ich führte dahinein einen Docht aus gewissen Fasern, von denen die Physiker wissen, daß sie sich im Feuer nur schwer verzehren, aber obwohl ich das Ende, das aus dem Docht hervorragte, reichlich mit Öl getränkt hatte, war es mir unmöglich, den Docht anzuzünden.

Nachdem ich mich hingesetzt hatte, kam mir der Gedanke, es sei vielleicht die zu geringe Menge der Materie, die ein Brennen verhinderte, und ich wollte dies ausprobieren. Nachdem ich den Deckel gelüpft hatte, um ihn von der Röhre zu entfernen, legte ich das Ganze auf eine Waage und füllte nach und nach neue Substanz mit meinem gewöhnlichen Ohrlöffel hinzu. Und dieses Mal war meine Erwartung nicht vergeblich; denn sobald die Materie ein Gewicht von einer viertel Unze weniger siebenundzwanzig Gran erreicht hatte – das Gewicht des Dochtes nicht mitgerechnet –, entzündete sich der Docht, wenn ich die Flamme einer Kerze in seine Nähe brachte. Ich faßte also wieder Mut, und um sicher zu sein, daß diese Menge notwendig sei, damit der Docht Feuer fangen könne, zog ich ihn etwas weiter heraus und hob den Deckel wieder an. Dann begann ich nach und nach die Substanz in ebensolchen Mengen zu entnehmen, wie ich sie zuvor hinzugefüllt hatte. Sobald ich etwas mehr als ein Gran an Gewicht fortgenommen hatte, begann die Flamme zu flackern, so als ob sie verlöschen wollte. Ich beeilte mich, die kleine Menge der Materie, die ich soeben herausgenommen hatte, in die Röhre zurückzutun. Die Flamme bekam sofort wieder ihre frühere Kraft zurück und flackerte nicht mehr.

Die Flamme war sehr viel kleiner als diejenige einer Wachskerze oder einer gewöhnlichen Lampe, und sie war, wie ich Ihnen schon sagte, gelblich gefärbt. Wenn ich ihr meine Hand auf eine Entfernung von vier Finger Breite näherte, verspürte ich ein scharfes Brennen, das ich nicht auszuhalten vermochte, und es gelang mir, ohne Schwierigkeiten an ihr ein Licht zu entzünden, als sei sie eine Kerze. Hielt ich ein weißes Blatt Papier über die Flamme, wurde es bräunlich vom Rauch, und, obwohl das Licht, das sie spendete, kaum hell zu nennen war, genügte es durchaus, um dabei alle möglichen Schriften zu lesen. Nachdem ich diese Dinge mit Aufmerksamkeit beobachtet hatte, wollte ich auch die Menge der Substanz vermehren, denn ich nahm an, daß dieses Licht, wenn es bei einer Verringerung der Materie erstarb, bei einer Vermehrung vielleicht an Kraft und Helligkeit gewinnen könnte. Deshalb füllte ich in die Röhre alle Substanz, die noch in meinem Glasbehälter vorhanden war, der insgesamt eine viertel Unze und zwanzig Gran enthalten hatte; ich füllte also siebenundvierzig Gran neue Substanz zu, aber ich konnte feststellen, daß die neue Materie überflüssig war, denn die Flamme blieb immer gleich und ebenso schwach wie zuvor.

Ich nahm das Glas, in dem sich die brennende Substanz befand, vorsichtig auf, um es in mein Arbeitszimmer zu tragen, aber ich tat dies nicht, ohne mich mit Hilfe eines Stücks Karton, das ich wie einen Lampenschirm formte, versichert zu haben, daß kein Luftzug auf dem Weg vom Kellergeschoß in den ersten Stock die Flamme gefährden konnte. Ich hatte am unteren Rand des Pappzylinders ein kleines Loch gebohrt, das ich um der Luftzufuhr willen für unentbehrlich hielt. Wie groß aber war meine Verblüffung, als ich sah, daß die Flamme sich in die Horizontale bog und ihre Spitze mit ganzer Kraft zu dem Loch hin streckte, wie man es bei den Lampen beobachten kann, derer sich die Goldschmiede zum Löten bedienen. Diese Kraft wuchs in wenigen Augenblicken so an, daß ich eilends meinen Finger auf die Öffnung drückte. Die Flamme richtete sich unverzüglich wieder auf, und ich gelangte ohne weitere Schwierigkeiten in mein Arbeitszimmer.

Ich war von diesem neuen und eigenartigen Sieg so befriedigt, daß ich, nachdem ich mich gesetzt hatte, bis zum Morgengrauen das leuchtende Phänomen mit der gleichen Freude beobachtete, mit der ein zärtlicher Liebhaber das Porträt seiner Geliebten betrachtet. Es gibt seither keine Stunde, in der ich dem neuen Gegenstand meiner Leidenschaft keinen Besuch abstatte, allerdings nie ohne die Angst, ich könnte die Flamme erloschen finden. Nichts ist jedoch so gewiß wie die Tatsache, daß ich sie seit Ende November bis zum fünfzehnten Tag des gegenwärtigen Monats stets brennend gefunden habe, ohne daß sie die geringste Bewegung gezeigt hätte; auch ist sie ebenso groß und so kräftig geblieben wie zu Anfang, überdies – und das steigert meine Begeisterung bis aufs Äußerste – konnte ich am Morgen des heutigen Tages nicht die geringste Veränderung des ursprünglichen Gewichts feststellen, das die Substanz vor vier Monaten gehabt hat, als ich sie anzündete.

Aber bevor ich fortfahre, sollte ich für dieses Licht einen Namen finden, der es von allen existierenden Lichtarten unterscheidet! Ich, für meine Person, wüßte es nicht anders als ‹ewig› oder, wenn Sie es vorziehen, ‹immerwährend› zu nennen. Manche haben gewisse Lampen so bezeichnet, die man zufällig in antiken Gräbern fand, in denen sie mehrere Jahrhunderte lang gelegen hatten. So in der Nähe von Viterbo, wo man ein Grab entdeckte, das eintausendsechshundert Jahre alt war und in seinem Inneren eine Lampe barg, deren Flamme verlöschte, sobald sie der frischen Luft ausgesetzt war. Aber, wie man sich dies auch erklären mag (und ich werde später meine Meinung hierüber sagen), es bleibt, daß jene Lampe der Alten bei einem Vergleich mit der meinigen immer unterlegen sein würde, kann ich diese doch ohne jede Gefahr des Verlöschens der freien Luft aussetzen, während jene andere nur in geschlossenen Räumen brennt.

Es ist auch wahr, daß der Doktor Plott, wie in der Enzyklopädie des Doktor Chambers nachzulesen ist, nicht nur die Meinung vertritt, die immerwährenden Lampen oder ewigen Lichter seien herstellbar, er ist sogar so weit gegangen, hierfür einige Hinweise zu geben. Allerdings hat niemand eine dieser erwähnten Lampen, so wie er sie plante, in der Öffentlichkeit brennen sehen, und es scheint so, als habe er nichts anderes vorgeschlagen, als einen Docht aus Amiantfasern (auch Asbest genannt) und dazu Naphtha oder flüssiges Erdpech zu nehmen, das man in den Kohlenminen von Pitkhser in der Provinz von Shrop gewinnt. Dabei hat er sich nicht einmal die Mühe gemacht, nachzuweisen – obwohl dies seine erste Sorge hätte sein müssen –, daß dieses Erdpech die Eigenschaft hat, sich nicht zu konsumieren. Andererseits urteilt der gleiche Autor im Hinblick auf die Lampen der Antike, daß es möglich sei, sie nachzubilden, indem man etwas flüssigen Phosphor in den Behälter einer Luftpumpe füllt, allerdings müsse etwas Luft in dem Behälter verbleiben. Ich jedoch, ich spreche nicht von Plänen, und ich proponiere auch keine Imitationen: ich bin meiner Sache so sicher, daß ich in Kürze dem Publikum nicht eine, sondern gar zwei dieser ewigen oder immerwährenden Lampen vorführen werde.

Ist es jetzt aber nicht an der Zeit, Ihnen die bedeutsamste Eigenheit der Zusammensetzung meiner Wunderlampe kundzutun? Die Materie besteht aus den Knochen des edelsten Tieres, das es auf Erden gibt, und da die kostbarsten dieser Knochen jene des Kopfes sind, habe ich nur sie verwandt. Ein solches Material erklärt nicht nur die kleinen Flämmchen, die man häufig auf Kirchhöfen oder auf Schlachtfeldern, ja, auf den Häuptern jener Missetäter beobachten kann, die gehängt wurden und deren Körper in der Luft hin und her schwingen; sie erklärt auch jenes Leuchten, das man bei der Öffnung antiker Gräber beobachten konnte. Da die meisten Menschen die Vorstellung von Licht mit der einer Lampe verbinden, haben die unwissenden Bauern, die jene Gräber freilegten und dabei ein Licht sahen, später, wenn sie das Vorhandensein von Lampen feststellten, geglaubt und hinterher behauptet, daß diese Lampen gebrannt hätten, dann aber sofort erloschen seien.

In Wirklichkeit haben sich die in den Knochen enthaltenen Salze bei der Berührung mit der Luft entflammt und sind sofort wieder erloschen. Dieses Leuchten muß man darum eher ein flüchtiges Aufflammen nennen und nicht ein wirkliches Brennen. Sie wissen, daß man den besten künstlichen Phosphor aus dem Urin gewinnt, in dem vielerlei Salze enthalten sind. Da aber Salze dieser Art aus einem Exkrement des menschlichen Körpers stammen, können sie wohl etwas Phosphor, niemals aber ein wirkliches Feuer erzeugen.

Die unserer Substanz beigemischten Salze können bisweilen plötzlich aufflammen, auch wenn sie von unzähligen unreinen, d. h. nichtbrennbaren Teilchen umgeben sind: dieser Sorte von Salzen sind alle die spontanen Feuer zuzuschreiben, die man entweder auf Schlachtfeldern oder im Umkreis der Galgen beobachten kann, an denen die Leichen bestrafter Übeltäter hängen.

Wenn es aber gelingen sollte, aus unserem Körper *alle* Salze zu gewinnen und diese von allen unbrauchbaren Partikeln zu säubern, dann könnte man sie so aufbereiten, daß sie nicht nur richtige, sondern immerwährende Flammen hervorbringen. Jetzt kennen Sie fast das ganze Geheimnis meiner Lampe.

Es bleibt noch ein letztes Rätsel zu lösen, und das ist die unbegrenzte Dauer der Flamme, die ohne den geringsten Verlust an Material brennt. Was soll man von einer so geheimnisvollen Eigenschaft halten? Wahrhaftig nichts anderes, als daß diese Lampe, einmal angezündet, in jedem Augenblick der sie umgebenden Luft ebensoviel Nahrung entnimmt, wie sie durch die Verbrennung an

Materie verbraucht, dergestalt, daß der Gewinn dem Verlust gleich ist. Wie aber könnte dies vor sich gehen? Hören Sie meine Meinung zu diesem Punkt.

Die Physik hat glaubhaft nachgewiesen, daß unsere Atmosphäre mit einer Unzahl winziger, feuriger, unzerlegbarer Partikeln durchsetzt ist. Ich für mein Teil verspüre keine Abneigung dagegen, mir vorzustellen, daß die nach meinem Verfahren aus dem Salz der Knochen hergestellte Materie mit freudiger Energie jene winzigen verstreuten Feuerpartikeln an sich zieht. So versorgt sie sich, während sie brennt, mit neuer Substanz, darum brennt meine Flamme schöner, wenn sie sich in freier Luft befindet; darum wandte sie ihre Flamme der seitlichen Öffnung zu, die ich in dem Pappzylinder angebracht hatte.

Es scheint mir außer jedem Zweifel zu stehen, daß die Substanz meiner Lampe das minimale Gewicht, das sie verliert, mit all diesen kleinen Partikeln ausgleicht, die in der Atmosphäre umherschwimmen, vor allem auch mit den winzigen glasigen und schwefligen Teilchen, an denen unser Land dank seiner Solfatara und des Vesuves so reich ist. Bin ich nicht häufig des Nachts in Ekstase geraten angesichts eines unerwarteten Funkenregens, der im Dunkeln durch eine einfache Reibung von Atomen vulkanischen Ursprungs zustande gekommen war?

Stellen Sie sich vor, wie meine Begeisterung und mein innerer Jubel sich steigern, wenn ich bei der Inspektion der tags und nachts erleuchteten Säle in allen Etagen meines Palastes meine Diener beobachte, die ständig damit beschäftigt sind, die ausbrennenden Kerzen zu erneuern. Ich muß innerlich über soviel und auf so komische Art unnützen Eifer lachen, denn das Wachs ist seiner undankbaren Natur nach ja zu nichts anderem bestimmt, als zu schmelzen und zu verschwinden. Danach kehre ich in mein Arbeitszimmer zurück, um mit einer dem feurigsten Liebhaber unbekannten Inbrunst still die unerschütterliche Tapferkeit meiner kleinen Lampe zu bewundern, die sich auf geheimnisvolle Weise keck über die gewöhnlichen Gesetze des Feuers hinwegsetzt: über Aufflammen, Anstrengung und Verbrennen, über Siechtum und Tod – ganz so, wie die Stimme meines Knaben sich mit ihrer kristallinen Transparenz den Zwängen widersetzt, denen sie durch die Charakteristiken des Geschlechts und die Abhängigkeit vom Alter unterworfen sein müßte.

Welche Bestimmung ich dieser wunderbaren Erfindung geben will, und warum ich auf meine Kosten den Sänger ausbilden lasse, das werden Sie erfahren, Monsieur, wenn das große Werk, an dem ich arbeite, weit genug fortgeschritten sein wird. Ich bezweifle nicht, daß Sie beim Lesen meines Berichts über meine Ängste und über meine Freuden gelächelt haben und mich vielleicht für einen jener Chemiker, um nicht zu sagen Quacksalber, halten, deren Phantasie beim geringsten Anlaß wilde Blüten treibt. Sie werden aber gewiß anders darüber denken, sobald Ihnen das herrliche Ziel bekannt sein wird, für das ich meine Lampe bestimmt habe und das in keinem Zusammenhang mit der Nutzbarkeit steht, die von Anbetern des öffentlichen Wohlergehens daraus für die Straßenbeleuchtung abgeleitet werden könnte.

Erlauben Sie mir, Monsieur, daß ich hier meinen Bericht abbreche. Dieser Brief ist zu lang. Verzeihen Sie, daß ich mir nicht die Zeit nahm, mich kürzer zu fassen, es wäre aufdringlich, wollte ich noch länger zögern, ihn zu beenden.

Ich habe die Ehre, mich Ihnen zu empfehlen als Ihr sehr ergebener Kollege

Raimondo di Sangro
Fürst von Sansevero

Naschlust

Feliciano, ich habe dich vom ersten Tag an leidenschaftlich bewundert. Deine gute Laune, deine Unverfrorenheit und das unerschütterliche Vertrauen in deinen guten Stern haben mich betört. Genau wie wir warst du arm nach Neapel gekommen, aber der Gedanke, daß du um deiner Karriere willen deinen Wohltätern verpflichtet seist, ist dir nicht ein einziges Mal in den Sinn gekommen. Und das war keine Undankbarkeit. Du warst von übersprudelnder Freundlichkeit, du warst voller Aufmerksamkeiten gegen alle Welt. Erschienst du in einem Raum, wandten sich dir sofort alle Blicke zu. Störtest du uns lachend bei unseren Übungen, hielten wir ein und machten dir Platz: neben dir wirkten wir so phantasielos, so verbissen! ‹Fühlt ihr euch nicht wohler, wenn ich bei euch bin?› schienst du zu fragen, während du absichtlich unsere Notenblätter durcheinanderwirbeltest. Du konntest uns zur Verzweiflung bringen, aber du warst uns unentbehrlich. Mit fünfzehn, ja mit zwanzig Jahren noch warst du wie ein Kind, das sich in einer Menge verloren hat und sich an jeden Vorübergehenden klammert und fragt: «Hast du mich gern?»

Du schlendertest langsam zwischen den Betten des Schlafsaals umher und sprangst unversehens mit einem Satz auf ein Bett, warfst dich bäuchlings in die Kissen, dein Gesicht war nicht mehr zu sehen; dein Mund, dein Blick fehlten uns plötzlich. Keiner wußte, ob du lachtest, ob du weintest, ob du dir beim Fallen weh getan hattest, oder ob du nicht sogar tot warst.

Du sagtest zu einem, der gerade Violine spielte: «Bring mir das Violinspiel bei.» – «Das ist nicht so einfach», gab der andere, halb ärgerlich, halb geschmeichelt, zurück. «Versuch's nur, du wirst schon sehen.» Und richtig, nach einem Monat gelang es dir, dem Instrument ganz passable Töne zu entlocken. Dein Lehrer begann die Sache ernst zu nehmen und war stolz darauf, daß du ihn bevorzugtest; er sah sich schon als deinen Freund. Aber gerade diesen Augenblick wähltest du, um mit dem Violinspiel und der Freundschaft Schluß zu machen. So versuchtest du es nacheinander mit Cembalo, Flöte und Oboe. Du warst für alles begabt. Der Geiger sah dich Flöte spielen und sann traurig darüber nach, daß du wie durch ein Wunder in sein Leben getreten warst und ihn schon wieder verlassen hattest. Länger als vier Wochen konnte dich niemand mit der gleichen Beschäftigung an sich fesseln. Deine Feinde sagten, es fehle dir an Charakter. Sie meinten, du hättest Angst, ein Studium durchzuhalten, bei dem du wahrscheinlich am Ende nicht besonders gut abschneiden würdest. Besser hätte man vielleicht sagen können, daß du dich aus Zartgefühl von deinen Kameraden entferntest. Du wolltest nicht, daß sie leiden müßten, wenn sie schließlich begreifen würden, daß sie den Platz, den sie in deinem Herzen einnahmen, überschätzt hatten.

Die Tür zu deinem Zimmer blieb Tag und Nacht offen für jedermann. Ununterbrochen kam Besuch, man konnte bei dem ständigen Ein und Aus nur selten ruhig mit dir reden. Aber du hattest die Gabe, jedem genau das freundliche oder liebevolle Wort zu sagen, das er gerade in diesem Augenblick zu hören wünschte. Mich, deinen Zimmernachbarn, ließest du nie fort, ohne mich bis zu meiner Tür zu begleiten, und du gabst mir auf dem Flur einen Kuß, damit ich nicht traurig sei, wenn ich in mein Zimmer ging.

Ordnung halten, Betten machen und unsere Zimmer einmal in der Woche ausfegen, das mußten wir selbst besorgen. Du allein brachtest es fertig, der Hausordnung zu entgehen. Bei dir wurde gefegt, für dich wurde das Bett gemacht. Wenn der Direktor dir die Leviten lesen wollte, kam er selbst in dein Zimmer. «Ich merke schon, Sie mögen mich nicht», sagtest du dann traurig seufzend. «Was soll aus mir werden, Herr Direktor, wenn Sie mich nicht leiden mögen?» Er blickte dich streng an, bevor er ging, du aber folgtest ihm bis in sein Arbeitszimmer. Weiß Gott, wie du es fertiggebracht hast, daß du wiederkommen durftest, wann immer du wolltest, um diesen so vielbeschäftigten Mann mit deinen Einfällen zu stören.

Dich nicht zu verteidigen, war deine beste Verteidigung. Du schwänztest den Unterricht, kamst zu den Proben fast immer zu spät, verbrachtest mehr Zeit mit dem Auswählen der Leckereien bei Startuffo als mit deinen Solfeggien, und das alles tatest du nicht im verborgenen. Und wenn der Maestro glaubte dich tadeln zu müssen, konntest du so entwaffnend lächeln! «Werfen Sie mich hinaus, wenn ich mich nicht zu den Glücklichen zählen darf, die Ihnen gefallen.» Und dann war dein Blick voller Trauer, und du wirktest so klein, so verloren! Dein Zimmer war kahl und leer geblieben wie am Tag deines Einzugs. Du besaßest auch nach mehreren Jahren nicht mehr als bei deiner Ankunft. All dein Hab und Gut paßte in das kleine Bündel, das du vom Lande mitgebracht hattest. Wo waren die Geschenke des Herzogs? Du hättest gut von einer Minute zur anderen fortgehen und in den Straßen verschwinden können, ohne eine Spur zu hinterlassen.

Das war deine Stärke: alle, die dich liebten und für dich sorgten, hatten Angst, sie könnten dich bei der geringsten Lieblosigkeit dir gegenüber augenblicklich verlieren. Hätten sie dir ein hartes Wort gesagt, hättest du an ihrer Miene abgelesen, daß du ihnen nicht mehr unentbehrlich warst: adieu! Wenn sie nichts mehr von dir wollten, dann wolltest du ganz gewiß nichts mehr von ihnen. Du wärst davongegangen, hättest dir ein anderes Dach, eine andere Familie gesucht. O ja, du hättest sehr gut an irgendeine Tür klopfen, in ein fremdes Heim treten, dich an den Tisch setzen und bei fremden Menschen, wenn sie nur gütige Augen hatten, bleiben können. Du hättest dich aber auch, wenn dich niemand aufnahm, zwischen Bettlern an einer Mauer ausstrecken und, von ihren Lumpen gewärmt, einschlafen können.

Du hattest uns nötig, um zu spüren, daß du lebtest, du brauchtest das Publikum, das wir Tag und Nacht um dich herum bildeten. Du wärst zugrunde gegangen ohne die ständige Aufmerksamkeit, mit der wir dich umgeben mußten. Es ist dir gelungen, uns völlig in deinem Bann zu halten. Du hast uns in der ständigen Furcht leben lassen, du könntest dich unter unseren Blicken verflüchtigen oder plötzlich auf geheimnisvolle Weise in Neapel verschwinden...

Sieben Jahre lang habe ich vor Angst gezittert, Feliciano könne vergessen, mir beim Verlassen seines Zimmers einen Kuß zu geben. Es fiel mir schwer, auf dem Flur nicht stehenzubleiben, um mich vor der Schwelle meines Zimmers einholen zu lassen...

Meine Haare machten mir Sorgen. Ich konnte nicht ohne Schaudern an eine meiner ersten Unterhaltungen mit Don Raimondo in Anwesenheit des mir so verhaßten Barons von Roccazzurra zurückdenken. Der Fürst blickte erst auf, wenn ich an der Tür seines Kabinetts angelangt war, Roccazzurra hingegen ließ mich nicht aus den Augen, sobald ich den ersten Salon am andern Ende der Zimmerflucht betreten hatte. Unter seinem stechenden Blick mußte ich ein doppeltes Spalier von Fackeln passieren, die Tag und Nacht in den Fäusten von unbeweglich dastehenden Lakaien brannten, eine Suite von riesigen, mit Marmor und Samt ausgekleideten Sälen durchqueren, ohne über einen der Teppiche zu stolpern... Der Fürst hatte lange mein damals noch lockiges, goldblondes Haar gestreichelt und schließlich gesagt:

«Ich habe es durchgesetzt, daß es dir nicht abgeschnitten wird. Wenn der Friseur kommt und sich auf die Hausregeln beruft, sag ihm, daß du eine Sondererlaubnis vom Direktor hast. Ich möchte, daß dein Haar so lang wie möglich wird. Das ist für meine Versuche sehr wichtig.»

«Jedenfalls», warf der Baron mit seiner unangenehmen Baßstimme ein, «brauchen Sie nicht zu befürchten, Don Raimondo, daß dieser schöne Knabe jemals so kahl wird wie ich.» Der Baron hatte tatsächlich eine abscheuliche Glatze mit einem tief im Nacken sitzenden dichten Kranz aus drahtigem, pechschwarzem Haar.

«Schon Hippokrates hat bei ihnen den gleichen starken frontoparietalen Haarwuchs beobachtet wie bei Frauen und Kindern», murmelte der Fürst.

«Bei Männern aber», fügte der Baron hinzu, «die das Vorrecht ihrer Männlichkeit ausüben, bleibt nur der Hinterkopf behaart.»

Ich musterte verstohlen meinen Wohltäter. Er trug eine gepuderte, silbergraue, bläulich schillernde Perücke, die über den Ohren in zwei übereinanderliegenden Rollen endete. Die Perückenmode hatte sich in Neapel auszubreiten begonnen, seit der französische Einfluß die spanischen Sitten verdrängt hatte. Man konnte von Don Raimondos Haarschmuck nicht behaupten, daß er ihm besonders gut zu Gesicht stand, freilich auch nicht, daß er ihn verunstaltete. Sein einziger Sinn schien darin zu liegen, jede Vermutung über das Alter des Fürsten unmöglich zu machen. War er jung? Oder alt? Sein Gesicht war offen und breit, mit wenig markanten Zügen, einem schwach ausgeprägten Kinn und leicht hervorstehenden Augen. Die sehr lange gerade Nase knickte am Ende seitlich weg, und diese eigenartige Abweichung machte es schwierig, das Gesicht richtig zu beurteilen.

Der Baron fuhr sich mit einer eitlen Geste seiner kurzen feisten Hände über den kahlen Schädel und sagte mit einem vertraulichen Augenzwinkern, das mir gar nicht gefiel:

«Du wirst deine Locken immer sichtbar auf dem Kopf tragen. Und das ist, alles in allem, vielleicht besser, als sie an einer Stelle zu verbergen, wo man sie, ohne indezent zu sein, niemandem zeigen kann.» Dabei kicherte er zufrieden vor sich hin.

«Genug davon», sagte Don Raimondo. «Immer prahlst du mit deiner Glatze, das ist zu dumm. Ich frage mich, warum ich dich weiter an meinen Forschungen teilnehmen lasse. Wahrscheinlich, weil du alles das verkörperst, was ich aus ganzer Seele verabscheue. Dein Schädel glänzt wie ein Kupferkessel, weil du dich die Nächte hindurch wie ein geiler Affe in den Häusern der Chiaia herumtreibst.»

«Wie ein Affe!» wiederholte der Baron ärgerlich. «Du wirst, wenn du die Entwicklung seit der Zeit der Höhlenbewohner beobachtest, nicht bestreiten können, lieber Freund, daß die Natur dazu neigt, die Haare von den edelsten Partien des Körpers verschwinden zu lassen, angefangen bei der Stirn, dem Symbol des Gedankens. Daß ich einen Gelehrten wie dich an dieses Gesetz der Entwicklung erinnern muß! Unsere Vorfahren hatten kein unbehaartes Stück Haut auf dem Körper. Die Stirn, Sitz und Symbol der edelsten Tätigkeit des Menschen, hat sich zuerst frei gemacht; dann die Fußsohle, Symbol seiner Herrschaft im Universum. Dann die Handfläche, Symbol seiner handwerklichen Fähigkeit. Ja, es ist nicht ausgeschlossen, daß eines Tages der ganze Schädel ein solches Vorrecht genießen wird, wenn unsere Entwicklung abgeschlossen ist und wir hundertprozentig Mensch geworden sind.»

«Hundertprozentig Mensch! Gott möge verhüten, daß ich es je mit einer solchen Brut zu tun bekomme! Aber Neapel wird die Welt retten. Ja, auf Neapel kann man sich verlassen!» Der Fürst strich mir über den Kopf und flüsterte mir zu: «Du bist das Salz der Erde! Laß dir unter keinem Vorwand die Haare schneiden!»

Der Rückweg aus dem Arbeitszimmer führte mich wieder an den in zwei Reihen aufgestellten Lakaien vorüber, von denen jeder eine Fackel in der Hand hielt. Sie alle trugen die gleiche Perücke wie ihr Herr. Je zwei Rollen über den Ohren, die graue Farbe, der blaue Schimmer: alles war gleich. Auch sie schienen ohne Alter, sie wirkten zeitlos, und das um so mehr, als sie absolut unbeweglich, mit starren Gesichtern dastanden.

Draußen auf der Straße blieb ich stehen, weil mir plötzlich die Frage durch den Kopf schoß:

«Wie ist es zu erklären, daß der reichste Fürst von Neapel, der seinen Palast am hellichten Tag beleuchten läßt, um sich noch großartiger zu geben, und seine Perücken in Paris bestellt, nicht daran denkt, sich von seinen Dienern zu unterscheiden?»

Zwei Jahre später verlor ich leider trotz der Voraussagen von Don Sallusto meine Locken. Der Fürst bemerkte es und sagte traurig zu mir:

«Wie denn? Auch du veränderst dich? Bist auch du dem unerbittlichen Zwang der Natur unterworfen, zieht sie auch dich auf den törichten Weg, auf dem sich die menschliche Gattung fortbewegt?»

Ich weiß nicht, ob der Fürst noch weitere Bemerkungen gemacht hat oder ob ich mich instinktiv im Gewirr seiner Spekulationen zurechtzufinden begann, jedenfalls betrachtete ich mich besorgt im Spiegel. Meine Locken waren fast völlig verschwunden, und das schöne Blond verwandelte sich in Kastanienbraun, erst eine Strähne, dann eine andere. ‹Daß sie nur nicht schwarz werden wie die Haare des Barons›, dachte ich mit Schrecken, ‹Don Raimondo würde es mir nicht verzeihen!›

Ich sah wohl, daß mein Gönner mit mir nicht zufrieden sein konnte und war darum nicht wenig stolz darauf, seine Frage, ob ich mit einem Sopranisten des Konservatoriums gut bekannt sei, der Feliciano heiße, und über den er viel Lobendes gehört habe, mit Ja beantworten zu können. Nachher erst fiel mir auf, daß seine Frage eigentlich überraschend war. Wer mochte ihm von Feliciano berichtet haben? Noch dazu viel Lobendes? Über seine Stimme gewiß nicht. Ich hätte ihm zehn Schüler des Konservatoriums nennen können, die besser sangen. ‹Er ist also schon in der Stadt bekannt›, dachte ich bei mir. ‹Wir andern bemühen uns unauffällig, unserer Begabung entsprechend zu arbeiten, er aber zieht mühelos die Blicke auf sich, er gefällt, und ob er gut singt, ist in den Augen des Adels nicht so wichtig.›

Zu meinem großen Kummer war das Interesse des Fürsten keineswegs ein Ereignis, das Feliciano eines Kommentars für würdig erachtete. Ich hatte gehofft, in seiner Wertschätzung zu steigen, weil ich ihn bei dem berühmtesten Herrn von Neapel einführte, aber er schien weder von der prächtigen Zimmerflucht beeindruckt zu sein, noch von der Laune, diese am hellen Tag durch Fackeln erleuchten zu lassen, und ebensowenig von den zwei Reihen tadellos ausgerichteter Lakaien. Er trat gelassen auf sie zu, musterte

jeden einzelnen mit größter Unverfrorenheit aus nächster Nähe und zwang die Unglücklichen, seinem forschenden Blick standzuhalten, ohne mit der Wimper zu zucken. Ich litt Qualen. Hatte er vergessen, daß auch er, wie sie, aus armer Familie stammte? An der Tür des Laboratoriums angelangt, sagte er laut, noch bevor er eintrat:
«Don Raimondo, ich beglückwünsche Sie zu der Haltung Ihres Personals. Es ist wirklich ein Vergnügen, zu Ihnen zu kommen.»
Der Fürst lachte schallend über Felicianos Unverschämtheit. Ich redete meinen Gönner noch jetzt, nach drei Jahren, mit ‹Exzellenz› an! Feliciano machte es sich in einem Sessel bequem, schlug die Beine übereinander, streckte die Hand nach einer Schale mit Süßigkeiten aus und begann, Zuckerwerk zu knabbern.
«Hoffentlich kommt alles von Startuffo. Wissen Sie, Don Raimondo, der Herzog ist unverbesserlich. Er wagt es, bei einem Konditor zu kaufen, den niemand kennt.»

Der Fürst hatte damals gerade das Geheimnis der immerwährenden Lampe entdeckt. Der Brief, den er dem Abbé Nollet an der Akademie der Wissenschaften zu Paris geschrieben hatte, ging in Europa von Hand zu Hand. Die einen lobten die Erfindung über alle Maßen, andere hielten Don Raimondo für unglaubwürdig, noch andere beschuldigten ihn gar der Täuschung. Schließlich ärgerte ihn das viele Gerede.
«Vier Jahre lang habe ich ununterbrochen daran gearbeitet», vertraute er mir einmal an. «Irgendwas hielt mich auf der Schwelle zu dieser Entdeckung zurück.» Und in einem Ton, als spräche er zu sich selbst, fuhr er fort: «Ich frage mich, ob ich nicht lieber das Geheimnis der immerwährenden Nacht entdecken würde. Mir scheint, meine Phantasie brächte mich schneller zum Ziel. Eine große, nicht enden wollende Nacht! Eine einzige, von einem Ende der Welt zum andern sich ausbreitende Nacht, und wir schweben, aller Bürden ledig, im Auf und Ab der Gezeiten dieses dunklen Ozeans...»
Solch träumerische Anwandlungen waren beim Fürsten nicht selten. Aber ich bemerkte mit einiger Befriedigung, daß sie nie in Gegenwart von Feliciano auftraten.

Um von der Piazza dei Gerolomini zum Palazzo Sansevero zu gelangen, ging ich die Via dei Tribunali hinunter, die viel zu eng war für die sich hier zu jeder Tageszeit zusammendrängende Menge. Dann bog ich nach links in eine kleine Gasse ein, Passagio del Sole genannt, deren Fassaden sich so nah gegenüberstanden, daß sich ihre Giebel fast berührten. Aus der Wahl des lächerlichen Straßennamens, der in porösen Tuffstein gemeißelt war, sprach neapolitanischer Witz: Die Sonne drang niemals auch nur bis zu den Fenstern der Wohnungen. Familien mit zehn oder zwölf Kindern hausten in den *bassi* zu ebener Erde. Die feuchte Luft benahm mir den Atem. Ich schritt schneller aus. Ich hatte wirklich keine Lust, mich vom Elend dieses Viertels anrühren zu lassen, aber es gelang mir auch nicht, wie Feliciano, meine in Armut verlebte Kindheit zu verleugnen: das Sammelsurium von schäbigen Geräten, die im Halbdunkeln schimmerten, die riesigen Betten mit den blitzblank geputzten Messingkugeln; die ernsten, hohlwangigen Kindergesichter; die Frauen, die mit dem Rücken zur Gasse gewandt auf der Schwelle saßen; den Geruch von Tomaten und Öl; die Fischgräten, die man für die Katzen in den Rinnstein geworfen hatte; die Fliegen, den Abfall und die Pfützen ...

Die letzte Mauer, die linker Hand die Gasse begrenzte, gehörte zur Fassade des Palazzo Sansevero, dessen massiger Bau die Ecke der Piazza San Domenico Maggiore bildete. Inmitten der Piazza stand ein mit Figuren und Stuckreliefs reichgeschmückter Obelisk, der nach den Pestepidemien im vergangenen Jahrhundert zur Erinnerung an die Tausende von Kindern errichtet wurde, die während jener Epidemien zugrunde gegangen waren, weil die Waisenhäuser sie nicht alle hatten aufnehmen können.

In die Kirche San Domenico bin ich oft gegangen. Ich trat durch eine Seitentür ein und kletterte über eine Wendeltreppe hinauf auf die Empore, die um das ganze Kirchenschiff herumführte. Dort oben standen aufgereiht die Särge der Aragonesen. Welche Idee, diese Ruhestätte für sie zu wählen! Man hätte meinen können, es seien alte, auf einem Dachboden abgestellte Reisekoffer. Die Samt- und Damastverkleidungen der Bretter waren verschlissen, die Farben verblichen, Staub bedeckte alles mit einer grauen Schicht. Und es waren doch Edelleute hoher Abkunft, ja Könige und Königinnen, die hier ruhten! Da lagen Johanna IV. von Aragonien und ihr Gemahl Ferrandino, dort Ferrante, dort Alphons der Großherzige, daneben Isabella von Aragonien, die Herzogin Sforza und Maria Enriquez de Ribera und Caterina di Moncada und dort Ferdinand d'Avalos, Marquis von Pescara und Gemahl der Vittoria Colonna, der in Pavia den französischen König besiegt hatte! Nicht wie eine Trophäe, sondern wie ein simples verrostetes Werkzeug hing das Schwert von François I. an einem Nagel vom Sarg herab. Wieviel glanzvolles Leben war hier wie Gerümpel in alten Kästen aufgebahrt worden! Seltsame Gedanken beschäftigten mich, während ich dort auf der Empore umherging. Selbst wenn ich eines Tages berühmt werden sollte, würde ich also am Ende eines Lebens voller Erfolg, voller Empfänge und Feste schließlich in die kargen Verhältnisse zurückkehren, aus denen ich hervorgegangen war, beraubte der Tod doch sogar Könige und Sieger über Könige all ihrer Herrlichkeit! Mein Gewissen würde mir nicht vorwerfen können, ich hätte die Armut meiner Herkunft verleugnet, ich hätte mich von San Donato lossagen, meine Eltern verraten wollen. Angesichts der verkommenen Ruhestätte dieser königlichen Toten fühlte ich mich weniger schuldig, daß ich so hastig an den düsteren Behausungen der Leute, die in der «Sonnengasse» leben mußten, vorübergeeilt war.

Übrigens waren diese Dahingegangenen, die Aragonesen, alle Spanier, ihre nachträgliche Erniedrigung mußte Don Raimondo gefallen!

Nachdem ich mich aufmerksam umgesehen hatte, ging ich zu Feliciano zurück. Er, der Glückliche, hatte es nicht nötig, daran zu denken, daß aller Ruhm zu Staub zerfällt, um sich gierig seinen Versuchungen hinzugeben...!

Die Kirche San Domenico war verkehrt herum gebaut, die Apsis dem Platz zugewandt.

«Das hat einen einfachen Grund», erklärte uns Cimarosa. «Derselbe Ort kann nicht Gott und dem Teufel gleichzeitig geweiht sein. Startuffo, der seinen Laden am unteren Ende des Platzes hat, bäckt zu gute Kuchen. Folglich hat Gott sich geschlagen gegeben und beschlossen, seinem Rivalen den Rücken zuzukehren, um nicht mit ansehen zu müssen, daß meine Freunde Porporino und Feliciano

als junge Leviten im Tempel der Naschsucht ein- und ausgehen.»
Armer Mimmo! Wir konnten ihm nichts als kleine tragbare Leckereien mitbringen. Er kannte nur vom Hörensagen, durch unsere Beschreibungen, die ihm die Tränen in die Augen trieben, die unwahrscheinlichen Bauten aus Zuckerwerk und Creme, die Köstlichkeiten aus Schokolade, die mit kandierten Früchten gefüllten Teekuchen, die Windbeutel, die Kaffee- und Mandelcremes, die riesigen mit Antillenrum getränkten Biskuittorten, alle die auf der Zunge zergehenden, klebrigen, tropfenden und kleckernden Herrlichkeiten. Denn der Geschmack von damals bevorzugte das Schmelzende, Weiche; Knuspriges war nicht gefragt. Es gab auch Sorbets: Zitronensorbet, Brombeerensorbet oder Heidelbeerensorbet, eine Spezialität, was sage ich, eine Exklusivität von Startuffo. Eine Neuigkeit: das erste jemals in Italien hergestellte Eis. Startuffo schickte jeden Winter Schiffe bis nach Schweden, damit sie in ihren Laderäumen Schnee zurückbrächten. Dieser Schnee wurde in einer Art Zisterne konserviert, die er in dem eigens zu diesem Zweck hinter der Konditorei angelegten kleinen Garten hatte ausheben lassen.
Im ersten Raum der Konditorei waren alle Kuchen ausgestellt: Pyramiden aus Creme und Zuckerguß, Baumkuchen, Biskuits und Sandkuchen, Mohrenköpfe, Buttercremetüten und Törtchen aller Art, wie z. B. die Vesuvjana und die Pompejana. Was sollte man unter all diesen Farben und Düften wählen? Jedem von uns folgte auf Schritt und Tritt eine Verkäuferin, einen Teller in jeder Hand. Feliciano konnte nicht lange genug betasten, wählen und beschnuppern. Hie und da hob er gar den Deckel eines Liebesknochens auf und tauchte seinen Finger in die Vanillecreme. Verzehren konnte man alles im hinteren Saal. Die drei Wände dieses Raums und auch die Decke waren mit Spiegeln verkleidet, und durch diese Spiegel wurde die kunterbunte Fülle von Cremes, kandierten Früchten und Obstsäften, das Grün der Pistazien, das Rot der Kirschen, das Violett der kandierten Veilchen, vervielfältigt. In diesem Schimmern der Farben, die durch das Hin und Her der Hände vom Teller zum Mund in ständiger Bewegung waren, hatte man den Eindruck, selbst inmitten eines gigantischen, wohlig gepolsterten, klebrigen Kuchens zu sitzen. Einen ähnlichen Genuß empfand

ich nur noch im Inneren der Kirche San Gregorio Armeno, wenn ich mich in das blau, grün und golden ausgemalte Kirchenschiff setzte, in dem es warm war und duftete, und vor mir die pausbäckigen Stuckengel aus der Kuppel herabschwebten, die aussahen, als seien sie aus Zuckerwerk und ihre gebauschten Röcke aus geschlagener Sahne.

Die Kundschaft des Konditors bestand aus eleganten Herren gesetzten Alters, die meist allein kamen. Sie saßen mit aufgestützten Ellbogen an kleinen Marmortischen, ohne die vergoldete, verschnörkelte Rückenlehne ihres Stuhls zu berühren, und aßen, in andächtiges Schweigen gehüllt, ganz langsam. Da gab es einen, der mit seiner Gabel ebenso umsichtig in dem lockeren Teig seines Biskuits nach kandierten Früchten forschte wie ein römischer Opferpriester, der den Bauch eines Lämmchens durchsucht, um bestimmte Eingeweide hervorzuholen. Ich sah in den Spiegeln zehn, ja zwanzig Hände zu gleicher Zeit das gleiche Opfer vollbringen; zehn, zwanzig kleine Leckereien verschwanden in zehn, zwanzig Mündern, wo sie mit priesterlicher Bedächtigkeit zerkaut wurden. Daß man mit Süßigkeiten einen so gepflegten Kult treiben konnte, flößte Feliciano einen ungeheuren Respekt ein.

Bis zu meinem fünfzehnten Lebensjahr war meine einzige Sorge, ich könnte dick werden und aus der Kategorie der schlanken Kastraten in die der feisten hinüberwechseln. Farinelli, dessen Porträt im Sprechzimmer des Konservatoriums hing, war ein herrliches Vorbild für einen schlanken ‹musico›.

«Hast du keine Angst», fragte ich Feliciano einfältig, «daß du an diesen Leckereien zuviel Vergnügen finden könntest?»

«Ich wüßte nicht, mein Lieber, welche andern Freuden uns noch bleiben. Alles durch den Mund, nur durch den Mund.»

Die Antwort mag als ein weiteres Beispiel für das gelten, was ich als Kastratenwitz bezeichnen möchte.

Feliciano, der ebenfalls schlank zu bleiben versprach, konnte Unmengen von Kuchen in verblüffender Geschwindigkeit vertilgen. Kamen wir dann aus der Konditorei, marschierte er mit Riesenschritten drauflos. Er könne spüren, so behauptete er, wie nach und nach in der aufsteigenden Hitze der Bewegung alle bei Startuffo verschlungene Buttercreme dahinschmelze. ‹Ich möchte ihn mit fünfundzwanzig sehen›, murmelte ich dann vor mich hin, um mich darüber hinwegzutrösten, daß ich es nicht gewagt hatte, noch ein Stück Marzipantorte zu essen. Später, als ich meine ersten Anfälle von Melancholie bekam, hörte ich auf, mich zu überwachen, und wir feierten wahre Orgien mit Sahnebaisers und Biskuittorten: er aus Lebensfreude, Übermut und Heißhunger, ich mit dem selbstquälerischen Gedanken, daß es in meiner Lage lächerlich wäre, auf meine Linie Rücksicht zu nehmen.

‹Was macht es schon aus, ob ich fett und dickbäuchig bin, ich werde ja doch niemals lieben können!› sagte ich mir, wenn ich die feurigen Blicke auffing, die der Milchmann der Kassiererin zuwarf.

Des Abends horchte ich auf die Geräusche, die von der Straße heraufdrangen: auf das Pfeifen der jungen Leute, wenn sie unter den Balkons vorbeischlenderten, auf das Knarren der Fenster, die vorsichtig geöffnet wurden; auf Gemurmel, Lachen und Neckereien. Ich fuhr nachts auf, wenn zwei Katzen im Hof maunzten. Der Lärm des Regens, der durch die Dachrinne strömte, ließ mich in meinem Bett frösteln, und vor einem Brunnen konnte ich stundenlang regungslos auf den nie versiegenden Wasserstrahl starren und auf die Ringe, die er auf der dunklen Wasserfläche des Beckens entstehen ließ. Manchmal schlich ich mich in die Küche und blieb vor einem der Herde stehen. Die Milch wurde in großen Kesseln gekocht, und ich wartete mit Herzklopfen auf den Augenblick, wo die bis dahin unbewegliche weiße Masse der Flüssigkeit anfing zu sieden. Ein seltsames Leben begann sich da zu rühren. Leichte Blasen zerrissen die Oberfläche, immer häufiger, immer unruhiger, immer schneller, als ob ein kämpferischer Wille sich aus fernen Tiefen Bahn brechen wollte. Dann geriet die bebende Materie unversehens in Bewegung, stieg blitzschnell bis zum Rand des Behälters. Ich hatte keine Lust, die unmittelbar bevorstehende Katastrophe zu verhindern: sprudelnd kochte die Milch über, dieweil ich wie gebannt vor Entzücken und Entsetzen davorstand und mit Tränen in den Augen zusah, wie der weiße Schaum über die bauchigen Wände des Kessels rann.

Zu alledem kam noch, daß auch Feliciano anfing, der jungen Kassiererin von Startuffo schönzutun. Er beugte sich über die Theke, hinter der die junge Person thronte. Er nahm ihre Hand, strich kosend über den Stoff ihres Ärmels. Was mochte er ihr zuflüstern? Versuchte er gar sie zu verführen? Welch eine Dreistigkeit! Ich war sprachlos. Und wenn sie ihm, nachdem sie genug gelacht und mit ihm geschäkert hatte, durch ein unmißverständliches Zeichen zu verstehen gäbe, er solle nicht auf halbem Wege einhalten, was dann? Mich hätte allein schon der Gedanke an eine solche Möglichkeit daran gehindert, mit der hübschen Kassiererin auch nur ein Wort zu wechseln . . .!

Mit sechzehn hatte ich meinen ersten großen Kummer.

Ich war eine ganze Stunde allein mit Feliciano in seinem Zimmer gewesen, weil wir uns einige Stimmübungen, einige Triller aus der Skala von Porpora vorgenommen hatten. Um zu trillern, muß man schnell nacheinander zwei Töne hervorbringen, den Atem anhalten und das Zäpfchen spielen lassen. Zuerst schauten wir dem andern in den Mund, um zu beobachten, ob das Zäpfchen auch mit der erforderlichen Beweglichkeit arbeite. Dann öffnete er das Fenster. Der Duft der umliegenden Gärten strömte herein. Ich trat neben ihn, und wir sangen abwechselnd unsere Übungen in den milden, violetten Abend hinaus.

Waren es wirklich Übungen? Lust, ja intensive Lust stieg aus innerster Tiefe in uns auf und strömte glockenhell in hinreißend geschliffenen Kaskaden aus unseren Kehlen. Die Töne wurden zu warmer Materie, zu einer lebendigen Verschmelzung; sie hatten die satte Fülle von Parfum, die Transparenz von Opal, die Weichheit von Damast, den sprühenden Schwung einer Fontäne. Dem nichtentmannten Sänger genügt es, die Töne einfach von der Lunge her in lockeren Arabesken hervorzustoßen. Ich hingegen spürte – wie soll ich es ausdrücken? –, daß sie unter der Zunge sich rührten, in der Feuchtigkeit der Mundhöhle geschmeidig wurden, sich am rosigen Gaumen färbten, am Elfenbein der Zähne abkühlten und schließlich anschwollen, um sich auf den Lippen zu entfalten. Sie klangen ebenso rein wie die Töne aus der zartesten weiblichen Kehle, doch besaßen sie darüber hinaus eine Festigkeit und eine Fülle, etwas Rundes und Weiches, als sei ihre Transparenz unlöslich mit etwas Körperlichem verbunden. Und wer sich verwundert, in einer menschlichen Stimme solche Eigenschaften zu finden, dem sage ich, daß die üblichen Stimmen ebenso farblos und unfühlbar sind wie die Luft, der sie ihre flüchtige Substanz verdanken, weil sie nur aus der Brust, aus dem Thorax kommen. Die Stimme eines Kastraten dagegen ist, schicksalsbedingt, sein einziges Organ, durch das er schöpferisch wirken kann, und ist darum mit all den Lebenssäften getränkt, die keinen andern Ausweg aus seinem Körper finden. In ihr schwingt nicht nur die Luft seiner Lungen, es haftet ihr auch die Schwere seiner Glieder an, der Geruch seiner Haut, die in den abgestorbenen Teilen seines Körpers verborgene Fruchtbarkeit. Seine Kehle gibt nicht nur das Ausatmen der Lungen weiter, sie vollbringt einen vollständigen Akt des Ausstoßens. Und das gibt den Frauen, die uns hingegeben lauschen, das Gefühl, sie ließen sich von unserer Stimme vergewaltigen.

Feliciano, mit seinem eher mittelmäßigen musikalischen Talent, war die Inkarnation des erotisierten Gesangs. Ich spürte in seiner Stimme etwas wie das Streicheln einer Hand, den flüchtigen Kontakt eines Mundes. Gotte möge mir verzeihen, ich spürte etwas wie eine Hingabe seines Leibes, eine erregende, die Sinne labende Ausstrahlung alles dessen, was seinen Körper so bezaubernd machte. Überwältigt von diesem Gefühlserguß brach ich ab.

Was hat mich plötzlich gepackt? Die Angst, begreifen zu müssen, daß ich dieser Stunde viel zuviel Bedeutung beimaß, während Feliciano doch nur aus Mangel an lustigerem Zeitvertreib bei mir geblieben war? Oder Beschämung, weil ich mir eingestehen mußte, daß ich bei einem wirklichen Freund mich nicht in jeder Minute gefragt hätte, ob es an der Zeit wäre, ihn allein zu lassen? Ich hielt das vor uns aufgeschlagene Notenblatt, er hatte einen Arm um meinen Hals gelegt. Vielleicht war das Glücksgefühl zu stark für meine mißtrauische Natur. ‹Morgen schon›, so sagte ich mir, ‹wird er vergessen haben, daß wir zum ersten Mal ohne die mir so verhaßten Besucher allein zusammen gesungen haben. Er wird vergessen, daß er seinen Arm auf meine Schulter gelegt, daß er sich auf mich gestützt hat und zusammen mit mir die übergroße Zärtlichkeit seines Wesens in die laue Abendluft verströmen ließ. Werde ich die Gewißheit ertragen können, daß dieser Augenblick der Vertrautheit kein ganz besonderes Datum in der Geschichte unserer Freundschaft darstellt? O möge dieser Augenblick eine Spur hinterlassen, irgendeine, und sei es auch eine für mich verhängnisvolle Spur!>

Plötzlich, ohne zu wissen, was ich tat, zerknüllte ich das Notenblatt, warf es auf sein Bett, riß mich von ihm los, rannte aus dem Zimmer und schlug die Tür hinter mir zu. Dort, hinter der Tür, die Hand auf dem Griff, blieb ich mit klopfendem Herzen einige Sekunden bewegungslos stehen. Lief er mir nach? Würde er kommen, um mir einen Kuß zu geben? Wäre es andrerseits nicht richtiger, mich ein für allemal diesen Küssen zu entziehen, das quälende Gefühl ein für allemal zu verbannen, er führe diese für mein Glück so wichtige Geste mit der gleichen zerstreuten Liebenswürdigkeit aus, mit der er alles tat?

In meinem Zimmer warf ich mich auf mein Bett und ließ mein Leben in düsteren Farben an mir vorüberziehen:

‹Primo: Ich bin arm, ich glaube an den Adel der Arbeit, ich glaube, daß man sein Glück verdienen muß, und komme von dem Gefühl meiner sozialen Minderwertigkeit nicht los.

Secundo: Ich bin schüchtern und bleibe am liebsten an dem Platz, den mein Wohltäter mir zugewiesen hat. Ich brauche die Ermunterung des Fürsten, bevor ich zu zeigen wage, daß ich eine schöne Stimme habe.

Tertio: Mein Vater hat mir zu oft gesagt, ich sei zu nichts nütze; woher die Kraft nehmen, ihm das Gegenteil zu beweisen?

Quarto: An dem Unbehagen, mit dem ich an den *bassi* der Sonnengasse vorbeigehe, merke ich deutlich, daß ich es mir doch zum Vorwurf mache, die Brücken zu meinem früheren Leben abgebrochen zu haben. Wie soll ich mich da in einer glänzenden Karriere je wohl fühlen?

Quinto: Ich schäme mich meines Zustandes, ich bin kein auf seine Stimme stolzer ‹musico›, sondern ein Entmannter, den der Gedanke an seine Verstümmelung nicht losläßt.

Sesto: Ich wäre mir all dieses Elends vielleicht nie bewußt geworden, wenn im Nebenzimmer nicht zufällig ein Freund wohnte, der, obwohl arm geboren und kastriert wie ich, dennoch mit dem Direktor von gleich zu gleich verkehrt, der ungezwungen mit dem Herzog umgeht, der es fertiggebracht hat, mit dem Fürsten auf vertrautem Fuß zu stehen, und der mit der jungen Kassiererin von

Startuffo herumschäkert. Denkt er auch nur eine Sekunde daran, in welche noch dunkleren Schatten er seine Eltern verbannt, während er in der elegantesten Konditorei von Neapel einen Schneeball verspeist? Er wird im San Carlo in einer großen Rolle debütieren, auch wenn zehn andere Schüler des Konservatoriums bessere Zeugnisse haben.

‹O ja›, sagte ich mir schließlich, ‹diese kleine Aufzählung aller deiner Kümmernisse beweist, daß du sie mit Fleiß, Methode und Willenskraft überwinden wirst. Aber was für ein Leben bereitest du dir damit! Wenn du dich mit Feliciano vergleichst, mußt du zugeben, daß du viel eher dafür geschaffen bist, den Pflug hinter einem Esel zu führen, als auf der Suche nach Beifall eine Bühne zu betreten!›

Mit solchen düsteren Gedanken verbrachte ich die halbe Nacht. Die Kerze an meinem Bett hatte ich brennen lassen.

Um zwei Uhr morgens kam Feliciano in mein Zimmer.

«Ich habe ganz vergessen, dir von diesen Bonbons anzubieten», sagte er einfach und setzte sich auf mein Bett, anscheinend ohne meine geröteten Augen zu bemerken.

Mein erster Gedanke war, ihm um den Hals zu fallen und ihm alles zu beichten. Aber nein, dachte ich gleich darauf, das wäre falsch. Wenn er dich jetzt, nach dem, was zwischen uns vorgefallen ist, zu dieser Zeit besucht, dann will er dir eine Gelegenheit geben, alles wieder in Ordnung zu bringen. Sei kein Spielverderber, Porporino! Und es gelang mir, vergnügt über den unterschiedlichen Geschmack der Bonbons zu plaudern.

Ich hatte mich dabei im Bett aufgerichtet. Er faßte mich bei den Schultern und drückte mich zurück. Dann streckte er sich neben mir aus und legte seinen Kopf auf das Kissen. Was? Er streichelte mein Gesicht? War ich bei Sinnen? Hörte ich recht? «Kleiner Dummkopf», flüsterte er mir zu, «kleiner Dummkopf» und fuhr mit einem Finger meinen Nasenrücken entlang, über meine geschlossenen Augenlider, über meine Lippen. «Du kleiner Dummkopf, du!»

Er stützte sich auf den Ellbogen und befahl mir, ich solle ihn ansehen. Und dann tat er etwas, was ich nicht voraussehen konnte, was ich nicht entgegenzunehmen wußte, was ich mir heute noch nicht zu erklären vermag, das mich in jener Nacht jedoch vor der Verzweiflung rettete und mich in eine unruhige Erwartung versetzte. Er beugte sich über mich, kam näher und näher, ich sah nur noch seine weitgeöffneten, auf mich gerichteten Augen, seine herrlichen, grünschimmernden Augen, ich spürte seinen Atem ganz nah, auf meinen Lippen, ich fühlte seinen Mund auf meinem. Er küßte mich, er gab sich mir durch einen Kuß, preßte seinen Mund auf meinen Mund. War es ein Kuß von menschlichen Lippen, oder war ein Engel erschienen? Der Mund blieb auf meinem Mund. Wir blieben so eine Minute oder eine Ewigkeit lang, vereint durch den zartesten und zugleich grausamsten Kontakt unserer reglosen, unlöslich verbundenen Lippen.

Dann hob er sein Gesicht ebenso langsam, wie er es genähert hatte, ohne mit seinem Blick meine Augen loszulassen, immer noch lächelnd; und nach und nach nahm er, zusammen mit seinem Lächeln, das Geheimnis seines Besuches mit fort, den Schlüssel zum Paradies, das er mir eröffnet, und auch das Grauen der Hölle, in der er mich gefunden hatte. Er stand auf, löschte die Kerze, ging schweigend zur Tür und verschwand ebenso lautlos, wie er gekommen war.

Der kleine Ritter

Musikalische Gesellschaft bei der Gräfin Kaunitz, der Gemahlin des österreichischen Botschafters, zu Ehren eines blutjungen Wiener Musikers, der sich in Wien und in den anderen Hauptstädten Europas schon einen Namen gemacht hatte. Jetzt kam er aus Rom, wo er vom Papst aufgrund eines außergewöhnlichen Beschlusses zum ‹Ritter vom Goldenen Sporn› ernannt worden war. Er war nach Gluck der zweite Musiker, dem diese Ehre zuteil wurde. Um den kleinen Cavaliere zu sehen und um sich auf seine Kosten zu belustigen, versammelte sich an jenem Abend die adlige Gesellschaft in den Empfangsräumen der Gräfin.

Graf Kaunitz hatte das Palais Sanfelice im Stadtviertel der Sanità gemietet. Wir fuhren durch dunkle Gassen nach Capodimonte hinauf. Übler Gestank. Zwei Lakaien des Fürsten liefen mit brennenden Fackeln in der Hand der Karosse voraus. Dreck spritzte von den Pferdehufen auf die Schwellen der umliegenden Behausungen. Was mochten die im Dunkeln zusammengepferchten Familien von uns denken? Was hätte ich an ihrer Stelle gedacht? Feliciano, der sich neben Don Raimondo den besten Sitz gesichert hatte, blickte mit Abscheu auf die armen Leute. Fünfzig Klafter vor dem Palast ließ der Kutscher die Pferde in Schritt fallen, eine lange Reihe von Wagen wartete darauf, in die Einfahrt einbiegen zu können. Die vor jeder Karosse hergehenden Lakaien löschten ihre Fackeln in den weitaufgerissenen Mündern der steinernen Faune, die auf jeder Seite der Einfahrt unter dem Torbogen hervorgrinsten.

Im Hintergrund des Hofes, vor der Front des Palastes, die berühmte Treppe von Sanfelice: keine einfache Treppe, nein, ein Bauwerk für sich, mit überdachten Aufgängen, die im Halbdunkel aussahen wie die Schwingen eines mächtigen, dreigeflügelten Vogels. Die leeren Bögen und schattigen Höhlungen wechselten mit massiven Pfeilern, schwarzer Tuffstein mit weißem Carraramarmor. Vier der Zimmer, die in der Via della Sanità von je zehn bis zwölf Personen bewohnt wurden, hätte man in der Halle unterbringen können, durch die man zur Beletage gelangte. Ich sehnte mich danach, mich in dieser verschwenderischen dunklen Weite zu verlieren und treppauf, treppab den maunzenden Katzen nachzustellen, die unter den breiten Stufen kauerten ...

Don Raimondo stellte mich der Fürstin von Belmonte vor, der großen Gönnerin aller Musiker. Sie hatte die Vierzig schon überschritten und war eine eher stattliche als wirklich attraktive Erscheinung, und doch stellte sie durch Eleganz und lebhaften Geist ihre blutjunge Tochter in den Schatten, obwohl Donna Isabella, die an diesem Abend zum erstenmal in der großen Gesellschaft erscheinen durfte, bezaubernd aussah. Ein polnischer, höchstens fünfundzwanzigjähriger Kavalier machte der Fürstin den Hof, und sie revanchierte sich mit Lächeln und bedeutungsvollen Augenaufschlägen. Lady Hamilton, die Gemahlin des englischen Gesandten, die Fürstin von Francavilla und die Herzogin von Calabritta warteten zusammen mit der Fürstin darauf, daß man ihnen das Wunderkind vorführe. Die Damen saßen in einem nach neuestem Geschmack mit chinesischem Porzellan dekorierten Boudoir. Casanova erzählte ihnen gerade sein letztes Abenteuer aus Venedig: einen nächtlichen Besuch im Frauenkloster von Murano. Dann ging er weiter. Feliciano, der stehengeblieben war, um dem Bericht von Casanova zuzuhören, ließ mich allein beim Fürsten zurück. Wohin ging er? Zu wem?

Lebhaft wurde das neueste Ereignis kommentiert: Venanziano Rauzzini, der Sopranist, der vor zwei Tagen in der *Armida* von Jommelli aufgetreten war, hatte Catarina Gabrielli, die *prima donna*, entführt, obwohl sie seit zehn Jahren von dem alten Herzog von Maddaloni ausgehalten wurde. Das Paar hielt sich irgendwo in Neapel verborgen. Außer Lady Hamilton schien keine der Damen sich über dieses Abenteuer zu verwundern. «Rauzzini mit einer Frau?» Nur die Fürstin von Francavilla, die nicht ganz so großzügig dachte wie ihre Freundinnen, schien es übelzunehmen, daß man einem Herzog einen Sänger vorziehen konnte.

«Das wird der kleinen Sarah Goudar den Mund stopfen», sagte die Fürstin von Belmonte lachend, «und wird ihr garstiges Bonmot, daß ‹Soprano› ein substantiviertes Adjektiv sächlichen Geschlechts sei, zurücknehmen müssen.»

«Sächlich?» fragte Lady Hamilton.

«Ja, meine Liebe, nur wenige Fremde haben so gut wie Sie begriffen, warum Neapel Neapel ist. Sarah Goudar glaubt als echte Französin logisch folgern zu können: Ein Kastrat ist ein Eunuch, ein Eunuch ist kein Mann, also ...»

«Aber was sagen Sie zum Papst?» warf die Herzogin von Calabritta ein. «Gaetano Guadagni hat ihm, um eine Heiratserlaubnis zu bekommen, eine Bittschrift unterbreitet und darin geltend gemacht, daß der Eingriff nur mangelhaft ausgeführt wurde. Worauf Seine Heiligkeit den Antrag mit der Bemerkung *Che si castri meglio* abgelehnt hat.»

«Dann soll man ihn besser kastrieren! Oh, liebenswerte Einfalt!»

«Apropos, glauben Sie, daß es Sarah Goudar schließlich gelingt, bei Hof empfangen zu werden?»

«Dazu müßte zunächst einmal die gute Gesellschaft bei ihr verkehren.»
«Es wissen zu viele, daß sie in Dünkirchen Bier ausgeschenkt hat, bevor der Ritter von Casanova, der sie später dem Herrn Goudar überließ, auf sie aufmerksam wurde.»
«Gewiß, aber wenn es nach dem König ginge ...»
Die Damen warfen sich vielsagende Blicke zu. Dann aber kehrten ihre Gedanken zurück zu dem alten, betrogenen Herzog. Würde er das Liebespaar verfolgen und Rauzzini ermorden lassen? Seine Ehre verlangte, daß er nicht in der Öffentlichkeit erschien, bevor die Schande gerächt war. Die Fürstin von Francavilla stand auf seiten der Ehre, die Fürstin von Belmonte konnte den Gedanken, daß ihrem Lieblingssänger ein Haar gekrümmt würde, nicht ertragen. Don Raimondo hörte schweigend zu. Die Ehre? Ich wußte, wie er darüber dachte. Donna Isabella stand verschüchtert in einer Ecke. Die Fürstin von Belmonte erzählte Lady Hamilton die Geschichte vom tragischen Tod des berühmten Giovanni Francesco Grossi, dem größten Sopranisten des vergangenen Jahrhunderts, der unter dem Namen Siface bekannt geworden war.

Er verkehrte in den feinsten Häusern von Rom, und die Damen des höchsten Adels rissen sich um die Gunst, von ihm unterrichtet zu werden. Auf diese Weise lernte er auch Palmetta kennen, die römische Geliebte eines neapolitanischen Edelmannes. Siface verliebte sich in sie. Er konnte mühelos seinen Rivalen ausstechen, entführte Palmetta und brachte sie nach Venedig, wo sich beide als Mann und Frau ausgaben. Der vor Wut rasende Neapolitaner setzte zwei Mörder auf ihre Spur, die ganz Italien durchstreiften und schließlich nach langem vergeblichen Suchen an dem Abend nach Venedig kamen, an dem Siface in der herrlichen Kirche San Pietro e Paolo in einem Oratorium singen sollte. Die Mordgesellen beschlossen, ihren Auftrag auszuführen, sobald die Menge aus der Kirche strömte. Einer von ihnen behielt den Sänger im Auge, der andere schlich von einem Pfeiler zum andern, um Palmetta zu suchen. Nachdem er sie endlich entdeckt hatte, zogen sich die beiden Kumpane in den Schatten einer Säule zurück, die Hand am Griff ihres Dolches.

Dann aber begann Siface zu singen, und kaum hatten die beiden einige Minuten lang der herrlichen Stimme gelauscht, da fühlten sie, wie ihre Herzen schmolzen. Reue überkam sie, ließ sie in Tränen ausbrechen. Schließlich dachten sie nur noch daran, wie sie die Liebenden, deren Verderben sie geschworen hatten, retten könnten. Sie warteten vor der Kirche auf Siface. Palmetta ging an seiner Seite. Sie sprachen ihn an, dankten ihm für den himmlischen Genuß, den er ihnen bereitet, und gestanden, daß er seine Rettung einzig dem unauslöschlichen Eindruck verdankte, den sein Gesang auf sie gemacht hatte. Sie setzten ihm auseinander, warum sie gekommen waren, und beschworen ihn, auf der Stelle mit Palmetta Venedig zu verlassen, damit sie dem Neapolitaner berichten könnten, sie seien zu spät gekommen...

Siface und Palmetta befolgten eilends diesen Rat. Sie flohen nach Turin, wo die regierende Herzogin, über das Abenteuer unterrichtet und über ihr Schicksal gerührt, dem Sänger die Stelle eines ersten Hofmusikers anbot und Palmetta einen sicheren Unterschlupf in einem Kloster verschaffte. Eines Abends aber, als Siface auf dem Rückweg vom Kloster den Stadtwall entlangging, wurde er von zwei Unbekannten überfallen. Sie ließen ihn, von Messerstichen durchbohrt, für tot zurück: der neapolitanische Edelmann, der sich auf seine Mittelsmänner nicht mehr verlassen wollte, hatte den Vater von Palmetta bewogen, mit ihm zusammen die Tat selbst zu vollbringen.

Entgegen allen Erwartungen genas Siface von seinen Wunden. Die mehr denn je für das junge Paar eingenommene Herzogin beschloß, um ihnen größere Sicherheit zu geben, die Verbindung zu legitimieren und das Paar zu verheiraten, damit Siface nicht mehr nachts auf die dunklen Straßen hinaus müsse. Danach lebte das Paar ein Jahr lang glücklich im Palast. Dann aber wurde die junge Frau des zurückgezogenen Lebens überdrüssig und bekam Lust, das Leben und Treiben im Hafen von Genua zu sehen. Siface begleitete sie in die Stadt ... Einen Tag später wurden beide erdolcht in ihrem Bett aufgefunden ...

«Ein Kastrat und eine junge Sängerin verheiratet wie Mann und Frau?» fragte Lady Hamilton.

Doch diesmal dachte niemand daran, über eine Frage zu lächeln, die offenbarte, mit welcher Naivität die Menschen aus dem Norden beurteilen zu können glaubten, was möglich oder was unmöglich war. Die Geschichte der Fürstin Belmonte hatte auf alle diese sonst so zynischen Zuhörer einen tiefen Eindruck gemacht. Die junge Donna Isabella trocknete sich mit einem Battisttüchlein die Augen. Plötzlich kam die Herzogin Carafa di Bovino eilig in das Boudoir und verkündete, daß ihr Cousin, der Herzog von Maddaloni, eingetroffen sei; sie hatte ihn soeben im ersten Salon gesehen. Seine Blässe, den Ausdruck von Verzweiflung auf seinem sonst so lebensfrohen Gesicht hätten ihr, so sagte sie, Angst eingeflößt. Überraschung und Verwunderung bei allen Anwesenden. Auch ich erinnerte mich nun, daß mir das versteinerte Gesicht eines betagten Herrn aufgefallen war, der in einer Fensternische stand und kaum die Begrüßungen der Vorübergehenden erwiderte. Mit roten, verschwollenen Augen hatte er müde und abwesend vor sich hin gestarrt. Die kleine Gesellschaft im Boudoir rätselte, warum er gekommen sein mochte. Er konnte doch wohl nicht erwarten, daß sich die Gabrielli und ihr Geliebter an diesem Abend zu zeigen wagten? Die Herzogin Carafa di Bovino machte sich Gedanken darüber, was man über ihren Vetter sagen würde, wenn er diese Leichenbittermiene beibehielt. Die Prinzessin von Francavilla beharrte auf ihrer Meinung, daß er sich nur zeigen dürfe, wenn er zur Rache entschlossen sei.

«Und du, mein Kind», fragte die Herzogin von Calabritta die schüchterne Donna Isabella, «was meinst du: warum gibt der Herzog sich diese Blöße?»

«Um sich selbst zu quälen», antwortete das junge Mädchen und wurde dabei über und über rot.

Diese Worte lösten bei den Damen große Heiterkeit aus. Die Fürstin von Belmonte warf sich in ihrem Sessel zurück und überließ ihre mollige Hand dem polnischen Kavalier, der sie ergriff und heftig an sich drückte. Ich versuchte Donna Isabella mit einem Lächeln anzudeuten, daß sie mit ihrer edlen Meinung vom Herzog nicht allein dastand, aber da erschien die Gräfin Kaunitz. Ihr folgten, den Dreispitz in der Hand, ein Herr im grünen Frack und ein ebenfalls grüngekleideter Knabe mit großen runden Augen.

«Der Kapellmeister Seiner Exzellenz des Fürstbischofs von Salzburg Leopold Mozart und sein Sohn Wolfgang Gottlieb möchten

Ihnen ihre Aufwartung machen», sagte sie mit vorgetäuschter Bescheidenheit.

Aber noch bevor die Damen den Knaben in ihre Mitte ziehen konnten, spielte sich eine kurze, merkwürdige Szene ab. Auf der Weste unter dem Rock trug Wolfgang Gottlieb einen auffallenden Orden: das ihm vom Papst verliehene Kreuz vom Goldenen Sporn. Während er sich vor der Fürstin von Belmonte verbeugte, zog er seinen Rock über der Brust etwas zusammen, und als er sich aufrichtete, war der Orden nicht mehr zu sehen. Seinem Vater, der ihn nicht aus den Augen ließ, war das Manöver nicht entgangen. Er zupfte seinen Sohn lebhaft am Ärmel: der Rock öffnete sich wieder, und das über dem Herzen befestigte Kreuz vom Goldenen Sporn glänzte vor den Augen der Fürstin. Der Knabe war bei dem väterlichen Griff zusammengezuckt, und doch versuchte er nicht, sich frei zu machen. Der Kapellmeister des Fürstbischofs flüsterte seinem Sohn einige deutsche Worte zu – bisher hatten sie auf französisch, in der Sprache des Adels geantwortet –, und Wolfgang Gottlieb warf seinem Vater einen Blick zu. Welch ein Blick! Ein vorwurfsvolles Funkeln, das aber sofort wieder einem gezwungenen, ergebenen Ausdruck Platz machte. Er trat auf die Fürstin zu und zwang sich zu einem Lächeln, obwohl ihm die Tränen in den Augen standen.

Die Damen wollten unbedingt wissen, was ihn seit seiner Ankunft in Italien am meisten beeindruckt habe. Sie erwarteten einen Bericht über den Empfang beim Papst, aber der Knabe erzählte ein Erlebnis aus Turin. Es gab dort am Hof die Regel, daß eine Aufführung, wenn ihr der König beiwohnte, eine bestimmte Dauer nicht überschreiten durfte. Bei der letzten Probe, die man in Turin «concerto generale» nannte, war ein Kammerherr zugegen, der die Dauer jedes einzelnen Musikstücks notierte. Dann addierte er die Zeiten und prüfte, ob die Gesamtlänge der Aufführung die vorgeschriebene Zeit nicht überschritt. Bei der auf das genaueste durchgeführten Kontrolle auf der letzten Probe des *Mitridate* war die Zeit um fünf Minuten überschritten worden.

«Der Kammerherr bat mich, diese fünf Minuten zu streichen. Und er nannte mir auch ein Stück, das ihm zu lang zu sein schien und bei dem ich sie einsparen könnte. Ich entschuldigte mich und sagte, das sei mir leider nicht möglich, ohne der ganzen Partitur zu schaden. Der Kammerherr bestand darauf, ich aber wollte nicht nachgeben; die Frage schien von einer solchen Wichtigkeit, daß wir beschlossen, sie dem König höchstpersönlich zur Entscheidung vorzutragen. Und Seine Majestät war so großzügig, mir auf Grund des Erfolges, den meine Oper in Mailand errungen hatte, die fünf Minuten zu gewähren.»

«Du erzählst das so ungeschickt», sagte Leopold Mozart tadelnd, «als wolltest du absichtlich den Eindruck hervorrufen, du seist ein schlecht erzogener, launischer, unlenksamer Junge. Die edlen Damen, die dir zuhören, werden mich bedauern, daß ich einen solchen Trotzkopf zum Sohn habe. Erzähl das Ende der Geschichte so, daß du Ehre damit einlegen kannst, eine solche Gelegenheit wird sich nie wieder bieten.»

Die Hände von Wolfgang Gottlieb zitterten leicht, aber auch diesmal beherrschte er sich und gehorchte dem väterlichen Befehl.

«Bevor wir aus Turin abreisten, ließen wir uns, wie es unsere Pflicht war, bei Seiner Majestät dem König melden. Die Aufführung war ein großer Erfolg gewesen, das vom Kammerherrn für zu lang befundene Stück hatte dem Hof nicht mißfallen, und die fünf zusätzlichen Minuten waren unbemerkt geblieben. Der König empfing uns sehr gnädig. Zum Abschied riet er uns, unsere Reise so zu planen, daß wir keinen Überfall zu befürchten hätten. Wir bedankten uns aufs wärmste, und ich erlaubte mir zu sagen: ‹Majestät, die Räuber sollten es sich übrigens zweimal überlegen, denn sie würden bei uns nichts finden, da wir nichts besitzen. Es sei denn, sie raubten uns die fünf Minuten, die Eure Majestät uns in ihrem Großmut zum Geschenk zu machen die Güte hatten.› Der König lächelte, reichte uns die Hand und wünschte uns eine gute Reise.»

Leopold strahlte beim Anblick der Heiterkeit, die der Bericht seines Sohnes unter den Anwesenden auslöste. ‹Mein Sohn ist wirklich geistreich!› dachte er. Aber seine Freude verflog schnell, als er den wahren Grund dieser Fröhlichkeit begriff. Die Fürstin von Belmonte sagte hell lachend:

«Ach, diese geizigen Piemonteser! Wußte ich's doch, daß sie Ihnen weder eine Uhr noch ein anderes wertvolles Geschenk machen würden! Fünf Minuten! Er muß überglücklich gewesen sein, so billig davonzukommen! Fünf Minuten als einziges Geschenk! Oh, nein, o nein!»

Erschrocken blickte Leopold von der Prinzessin von Francavilla zur Fürstin von Calabritta, zu Lady Hamilton, der Gräfin Kaunitz, dem Fürsten von Sansevero und zwei oder drei Edelleuten, die in der Nähe standen, um zu sehen, ob denn keine von diesen hochgestellten Persönlichkeiten mehr Ehrfurcht vor einem König hätte. Zu spät war ihm eingefallen, daß die Antwort seines Sohnes auch als Unverschämtheit ausgelegt werden konnte. Da aber alle Umstehenden herzlich lachten, gestattete auch er sich ein Lächeln, doch er war auf der Hut, für den Fall, daß der eine oder andere aus der Gesellschaft, nachdem er gelacht hatte, auf den Gedanken kommen könnte, dieser kleine Fremdling habe sich mit der Anekdote von dem Geiz eines Königs ganz einfach über sie alle lustig machen wollen.

Wolfgang Gottlieb benutzte die allgemeine Heiterkeit, um sich an Sesseln und Stühlen vorbei einen Weg zu Donna Isabella zu bahnen, die im Hintergrund stand. Bei den ersten Worten, die er an sie richtete, überzog eine zarte Röte die Wangen des jungen Mädchens. ‹Was hat er für ein Glück›, dachte ich bei mir, ‹sie gefallen einander, sie sprechen zusammen, er flüstert ihr weiß Gott was ins Ohr, was sie amüsiert oder verwirrt. Welch ein hübsches Paar! Und ich...› Der Knabe warf allerdings seinem Vater ängstliche Blicke zu. Wie eigenartig er den Kopf einzog! Plötzlich wirkte er alt, und nun sahen Vater und Sohn sich ähnlich: sie hatten die gleiche lange Nase, die gleichen unsteten Augen, den gleichen ängstlichen Gesichtsausdruck, und obendrein trugen sie den gleichen korrekten, zu korrekten grünen Anzug, als wollten sie durch die Bescheidenheit ihres Auftretens sich für die Vermessenheit entschuldigen, mit der sie in die große Welt eingedrungen waren.

Leopold, der ständig umherblickte, entdeckte seinen Sohn schließlich im Hintergrund des Boudoirs. Ohne zu bedenken, daß er die Fürstin von Belmonte und die übrigen Damen brüskieren könnte, sprang er unvermittelt auf, stürzte auf seinen Sohn zu und riß ihn von Donna Isabella fort, die reglos in ihrer Ecke stehenblieb. Würde Wolfgang sich sträuben? Nein, er protestierte nicht, er ging mit seinem Vater. Sie verbeugten sich vor der Fürstin und schritten in Richtung auf den Musiksaal davon. Ich folgte ihnen. Ein dunkles Zusammengehörigkeitsgefühl fesselte mich an den Knaben, der alles hatte, um zu reüssieren: für Musikkenner die Begabung; für junge Mädchen den Charme; für Damen die Frühreife; dazu einen aufmerksamen und ehrgeizigen Vater, und doch . . . Vielleicht war gerade dieser Vater . . . ?

Die Räume hatten sich inzwischen gefüllt. In Galalivree gingen Lakaien zwischen den Gästen umher und boten Gefrorenes und Süßigkeiten an. Ich sah den riesigen Casanova in Begleitung des winzigen Abbé Galiani. An die Tür des Musiksalons gelehnt, stand der Herzog von Cattolica und blickte uns hochmütig, wie es seine Art war, entgegen. Sein Schwager, der Fürst von Caramanico, stand neben ihm.

«Sollte ich die Ehre haben, Herrn Mozart vor mir zu sehen?» fragte der Herzog den Knaben und griff im gleichen Moment nach dem goldenen Kreuz auf dessen Brust.

«O nein», erwiderte Wolfgang lebhaft. «Mein Name ist Trazom.»

Wir waren alle sprachlos.

«Na gut», sagte der Herzog, der schneller als die Umstehenden das Anagramm erkannt hatte und sich offenbar über den Jungen lustig machen wollte: «Mein lieber Caramanico, wir müssen uns dieses Kreuz kommen lassen, damit wir zusammen mit Signor Trazom dem gleichen Orden angehören können. Was mag es kosten? . . . Drei Dukaten? . . . Braucht man eine Erlaubnis, um es zu tragen? . . . Vielleicht kostet diese Erlaubnis auch noch etwas? Ja, wir müssen uns dieses Kreuz kommen lassen.»

Wolfgang Gottlieb war blaß geworden, aber er schwieg und ließ die Hand des Herzogs mit dem Kreuz spielen. Ja, er hinderte sogar seinen Vater daran, den Bericht über den Besuch beim Papst anzubringen. Der Fürst von Caramanico lächelte dümmlich.

Der Herzog zog eine Tabakdose aus der Tasche.

«Einverstanden? Sie lassen mich das hübsche kleine Ding kopieren? . . . Nehmen Sie eine Prise darauf, Signor Trazom! . . . Also, ich schicke morgen jemand zu Ihnen, und Sie werden die Güte haben, mir das Kreuz für kurze Zeit zu leihen. Sie bekommen es

sofort zurück, ich brauche es nur, um mit meinem Goldschmied darüber reden zu können. Ich bin sicher, daß er den Wert auf ungefähr einen bayrischen Taler schätzen wird, wenn ich ihn danach frage. Mehr ist es bestimmt nicht wert, es ist ja nicht aus Gold, sondern aus Messing. Hahaha!»
«Gott bewahre!» gab der Knabe zurück. «Es ist nicht aus Messing, sondern aus Weißblech! Aber nehmen Sie doch bitte auch eine Prise, Herr Herzog», fügte er hinzu und zog seinerseits eine Tabakdose hervor.

Der Herzog glaubte, ihn treffe der Schlag. Zornesrot rief er seinen Diener und sagte, während er durch die Räume ging, so laut, daß alle ihn hören konnten:

«Ich verlange, daß man uns künftig mit mehr Respekt begegnet, wenn wir beide, mein Schwager und ich, das Kreuz von Signor Trazom tragen.»

Leopold machte einen Schritt, als wollte er dem Herzog nacheilen, um sich bei ihm zu entschuldigen. Wolfgang aber war inzwischen seelenruhig in den Musiksaal geschlendert und prüfte die Cembali.

«Trazom, welch komischer Name!» sagte ich.

«Gar nicht so komisch», gab er zur Antwort.

«Warum haben Sie sich dem Herzog nicht mit dem richtigen Namen vorstellen wollen?»

Er wandte sich zu mir um und sagte, während er seinen Rock so aufschlug, daß ich den päpstlichen Orden vor Augen hatte:

«Warum! Warum! Warum zwingen Väter ihre Söhne, sich ein kleines Stück Gold auf die Brust zu heften, um das sie nicht gebeten haben? Warum setzen sich Leute, denen Musik völlig gleichgültig ist, eine Stunde lang hier auf diese Stühle und tun so, als hörten sie mir zu? Warum muß ich für sie spielen? Und Sie, sind Sie ganz ehrlich mit sich selbst? Sind Sie mit allem, was Sie tun, einverstanden? Aber vor allem: wie heißen Sie eigentlich?»

Ich wurde rot. «Ach ich! Bei mir ist das ganz anders. Ich bin ganz unwichtig.»

«Warum unwichtig?»

«Ich heiße Porporino. Ich bin ein ... Kastrat, verstehen Sie?»

«Oh, laß dich umarmen!» rief er begeistert aus, drückte mich an

sich und küßte mich stürmisch. Dann trat er, ohne meine Hände loszulassen und ohne meine Betroffenheit zu bemerken, einen Schritt zurück und sagte folgende geheimnisvollen Worte:
 «Du bist kein Sohn mehr, für dich ist das ein für allemal vorbei! Oh, wie ich dich beneide! Porporino ... das ist ein Name, den du dir selbst gewählt hast, nicht wahr? Ich dagegen, was kann ich schon tun? Ich kann bestenfalls Mozart in Trazom umwandeln!»
 Mozart oder Trazom? Was wollte er damit sagen? Warum sollte er mich beneiden? Wenn er gewußt hätte ... Wie unglücklich er aussah! Mit jeder Sekunde wurde er mir sympathischer. Ich wollte ihm gerade meinerseits um den Hals fallen, als ich merkte, daß die Gäste inzwischen Platz genommen hatten und das Konzert beginnen sollte. Ein Lakai verteilte das Programm:
 1. Cembalokonzert von Antonio Sacchini, prima vista gespielt von Herrn Wolfgang Gottlieb Mozart. 2. Aria, komponiert von Herrn Mozart, gesungen von Giuseppe Aprile. 3. Sonate für Cembalo, komponiert von Herrn Mozart. Mit improvisierten Variationen von ihm selbst ausgeführt. 4. Wiederholung der Sonate in einer andern Tonart. 5. Konzert für obligate Violine, zweimal nacheinander gespielt. Herr M. übernimmt einmal den Violinpart, das zweite Mal den Cembalopart (mit Herrn Leopold Mozart). 6. Aria nach einem ihm bis dahin unbekannten Text, ad hoc komponiert und gesungen von Herrn Wolfgang Mozart, der sich selbst auf dem Cembalo begleitet. 7. Zweite Sonate für Cembalo nach einem Motiv von Maestro Sacchini, von Herrn Mozart ad hoc komponiert und ausgeführt. 8. Musikalische Fuge nach allen Regeln des Kontrapunkts über ein Thema, das ihm ad hoc gegeben wird, komponiert und am Cembalo ausgeführt von Herrn Mozart.
 Er spielte begeisternd schön. «Kein Wunder», rief jemand nach dem ersten Stück, «er trägt ja einen Ring am Finger!» Man flüsterte sich zu, dieser Ring strahle eine magische Kraft aus, und die Finger seiner kleinen Hand flögen darum so geschwind über die Tasten. Wolfgang streifte den Ring ab und legte ihn auf das Cembalo. Er suchte unter den Zuhörern nach Donna Isabella, ihre Blicke kreuzten sich, und sie lächelten einander zu. Das zweite Stück. Mein Maestro übertraf sich selbst bei dieser eigens für ihn komponierten Arie. Wie war sie aber auch gearbeitet! Eine wundervolle Musik!

Eine neue Empfindsamkeit, ein unseren Komponisten unbekannter neuer Ton! Weniger virtuos, mehr zu Herzen gehend. Don Raimondo hatte recht, als er vor sich hin murmelte: ‹Es ist vorauszusehen, daß dieser Knabe herrliche Dinge für die Kastraten schreiben wird, wenn die dummen Ideen, die sich außerhalb von Frankreich auszubreiten beginnen, ihn nicht eines Tages dazu zwingen, sie durch Tenöre zu ersetzen. Schon jetzt hat Gluck für die Pariser Oper die Rolle des Orpheus umschreiben müssen...›

Frömmelei, Spötterei

Abbé Ferdinand Galiani, der zehn Jahre in Paris verbracht hatte und untröstlich war, weil er nach Neapel hatte zurückkehren müssen, beklagte sich bitter über den Mangel an Zerstreuung. Er war klein, der Abbé, aber er untermalte seine Worte mit großen Gesten und bat mit schriller Stimme um eine Anekdote. Eine Anekdote für Madame d'Epinay! Was würde man in Paris von ihm denken, wenn er in seinem nächsten Brief an Madame d'Epinay nichts Pikantes zu erzählen wußte? Wer hatte eine Anekdote für ihn?

«Oder soll ich ihr vielleicht erzählen, was kürzlich unserem Polizeioffizier zugestoßen ist? Er war zu einem Festessen in den königlichen Palast geladen und brauchte zu diesem Zweck eine neue Perücke. Er bestellte sie. Am besagten Tag: keine Perücke! Ein Diener wurde losgeschickt, um sie zu holen. Der Perückenmacher entschuldigte sich tausendmal: Seine Frau habe vor zwei Tagen entbunden, das Kind sei tags darauf gestorben, die Mutter liege noch auf Leben und Tod. Sei es da verwunderlich, daß man in diesen Augenblicken der Verwirrung und Ratlosigkeit vergessen habe, dem gnädigen Herrn die Perücke zu bringen? Aber fertig sei sie, hier in diesem Karton! ‹Sie werden sehen›, sagte er, ‹welche Mühe ich mir gegeben habe.› Man öffnete den Karton vorsichtig, um die Perücke nicht zu beschädigen – und fand das am Vortage

gestorbene Kind! ‹Gott sei mir gnädig›, jammerte der unglückliche Vater, ‹die Priester haben sich geirrt. Sie haben die Perücke beerdigt!› Eine Anordnung des Erzbischofs war nötig, ein Protokoll, ein Beschluß des Stadtrats und ich weiß nicht was noch, um das Kind zu beerdigen und die Perücke wieder auszugraben.»
Um den Abbé hatte sich ein Kreis von Zuhörern gebildet. Der Baron de Breteuil, der neue französische Botschafter, erkundigte sich bei seinen Nachbarn, ob diese Geschichte für Neapel typisch sei.
«Warum gehen Sie nicht nach Paris zurück, wenn Sie sich hier bei uns so langweilen?» fragte der Fürst von Caramanico mit dem ihm eigenen hochmütigen, etwas dümmlichen Ausdruck.
«Würde ich Neapel verlassen, müßte ich in Paris betteln gehen. Ich müßte auf alle meine hiesigen Einnahmen, also auf die Hälfte meiner Einkünfte verzichten.»
«Es blieben Ihnen aber doch noch mindestens sechstausend Franken aus der Abtei von Amalfi.»
«Aber nein! Auch die würde ich verlieren. Man würde mir zwar die Abtei nicht nehmen, das ist wahr, aber keiner meiner Pächter würde mir je etwas zahlen.»
«Wieso das, bitte?»
«Wir leben in einer solchen Anarchie, daß niemand mehr den Arm der Gerechtigkeit fürchtet. Man fürchtet nur die Ungerechtigkeit, und da ich Magistrat bin, kann ich ungerecht sein. Ich werde gefürchtet, deshalb zahlt man.»
Der Abgesandte Ludwigs XV. war ganz benommen. Durfte man in einem Salon derartige Reden führen? Er schneuzte sich vernehmlich.
«Signor Abbate, erzählen Sie doch Seiner Exzellenz, wie Sie zu Ihrer Abtei gekommen sind.»
«Wenn es Sie interessiert . . . Ich habe immer die Manie gehabt, auf den Hängen des Vesuvs Steine zu sammeln. Als eine kleine Sammlung daraus geworden war, schickte ich sie dem Papst und schrieb dazu: *Beatissime Pater, fac ut lapides isti panem fiant.* Macht, daß diese Steine sich in Brot verwandeln. Ich sagte mir: Man kann nie wissen. Sie kennen doch die Anekdote von *lazzarone?* Ein armer Mann, ein Bettler, sieht eines Tages einen Bauern, der mit

einigen Rindern nach Neapel kommt. ‹Gibst du mir deine Kühe?› fragte er. Der andere faßt die Halfter fester und geht hastig weiter. Ein zweiter *lazzarone*, ein Freund des ersten, sagt daraufhin: ‹Du bist ja verrückt. Warum sollte er dir die Tiere geben?› – ‹Man kann nie wissen›, war die Antwort. Eine wundervolle Antwort! Seine Heiligkeit Benedictus XIV. hatte die Güte, meiner Bitte stattzugeben und mir für meine Steine die Abtei von Amalfi mit einem Einkommen von vierhundert Dukaten zuzusprechen.»

«Ich habe Tausende von diesen *lazzaroni* betteln und auf der Straße schlafen sehen», sagte der Baron de Breteuil. «Monsieur l'Abbé, Sie sind doch ein vorzüglicher Kenner der hiesigen Verhältnisse: Sagen Sie mir bitte, wovon die Leute leben und ob es für einen Staat richtig ist, sie so leben zu lassen.»

«Zehntausende sind es, Exzellenz, die Hälfte der Bevölkerung! Der König hat keine besseren Freunde, die Monarchie keine festere Stütze.»

«Ich akzeptiere diese Antwort, weil ich mich erinnere, daß Marmontel in Paris zu Ihnen gesagt hat, Monsieur l'Abbé, Sie seien der brillanteste Harlekin, den Italien je hervorgebracht habe, allerdings mit dem Kopf eines Machiavelli auf den Schultern.»

«Man sagt», warf der Baron von Roccazzurra ein, «daß in Kürze das Verbot der Maskenbälle aufgehoben wird.»

«Ist es das Wort Harlekin, das Sie an den Karneval denken läßt?» fragte Galiani vergnügt.

Der Botschafter errötete bis an die Haarwurzeln.

«Keine Sorge», fuhr der Abbé fort, «je mehr Gelegenheit wir haben, über uns selbst zu spotten, um so zufriedener sind wir Neapolitaner. Ist es nicht so, Roccazzurra?»

«Unser junger König Ferdinand ist großjährig geworden», sagte der Fürst von San Nicandro. «Aus diesem Anlaß will er den Karneval wiedereinführen.»

Galiani hob die Augen zum Himmel und faltete seine kleinen Hände.

«Gott segne unseren gnädigen Herrn! Der letzte Karneval hat hier im Jahre 1748 stattgefunden. Damals wurde ich gerade zwanzig Jahre alt. Welch eine Ausgelassenheit, welch eine närrische Wildheit in den Straßen! Ich erhoffe mir von der Wiedereinführung dieser Festlichkeiten viel Gutes für meine Heimatstadt. Seit mehr als zwanzig Jahren konnten die Neapolitaner ihre Gesichter nicht mehr verbergen. Die Galanterie ist der Schleifstein, der Nationen poliert.»

Lord Hamilton, der englische Gesandte, ein großer, braungebrannter, hagerer Mann mit einer Adlernase, fragte:

«Demnach hätte König Karl den Karneval verboten. Warum?»

«Ja, warum?» wiederholte Galiani. Und um die Verwirrung des Baron de Breteuil noch zu erhöhen, fügte er hinzu: «Leben wir denn nicht im Land des Harlekins und des Policinell?»

«Fragen Sie diesen Herrn, warum», warf plötzlich Don Raimondo ein, der unauffällig näher getreten war. Er hatte den Polizeioffizier am Arm gefaßt und schob ihn vor sich her in den Kreis.

Das Erscheinen des Fürsten hatte alle zum Schweigen gebracht. Der Polizeioffizier trug keine Kopfbedeckung, vergeblich suchten die Umstehenden die erwähnte, gegen ein totes Kind ausgetauschte Perücke. Galiani faßte sich als erster.

«Der Herr Polizeioffizier», sagte er mit einer Verbeugung, «wird sich gewiß nicht weigern, uns über die Beweggründe Seiner Erlauchten Majestät, des Königs Karl, aufzuklären.»

«Es war die öffentliche Sicherheit, Signor Abbate. Unsere *lazzaroni* nutzten die gelockerte Überwachung während des Karnevals, um in Häuser einzudringen und Läden zu plündern. Es gab zur damaligen Zeit nicht genug Polizei, und der Padre Rocco allein konnte die Kanaille nicht bändigen.»

«Padre Rocco?»

«Der populärste neapolitanische Volksprediger, Exzellenz. Schade, daß Sie ihn nicht gekannt haben. Er verfügte über eine Stentorstimme, er war groß und stark und durchstreifte die Stadt mit einem eisenbeschlagenen Stock in der Hand und einem schweren Kruzifix am Gürtel. Er hielt Diebe fest, zwang die Wucherer, ihren Zins zu senken, mischte sich in Schlägereien und trennte die Streitenden. Wenn man nicht auf ihn hörte, drohte er mit dem Stock oder mit seinem Kruzifix oder auch mit beiden und verprügelte jeden, der ihm Widerstand entgegensetzte. Man konnte ihn in den Kneipen, ja sogar in Bordellen finden. Er rief den Leuten zu: ‹Gebt mir einen Beweis Eurer Reue und Eurer guten Vorsätze. Wer sich bessern will, hebe die Hand!› Alle Arme hoben sich. Padre Rocco blickte eine gute Weile schweigend auf seine Zuhörer. Dann hob er sein Kruzifix an die Lippen, wandte sich dem an der Wand hängenden Bild der Heiligen Jungfrau oder eines Heiligen zu und rief schließlich: «O mein Gott! Hätte ich doch jetzt ein Schwert, um all diese Hände abzuschlagen, die Dich beleidigt haben, auf daß sie nicht mehr sündigen, nicht mehr stehlen, betrügen, wuchern, morden oder Unzucht treiben können!» Alle Hände sanken herab, die Anwesenden wußten nicht, wo sie sich verstecken sollten, und brachen in Tränen aus. Aber es war so, wie der Erste Minister Marquis Tanucci zu Seiner Majestät König Karl gesagt hat: ‹Von solcherart Predigt bleibt nur das Gefühl, daß man hinterher um so freudiger wieder sündigen kann.› Die Nächte des Karnevals waren zu Nächten der Ausschweifung und des Verbrechens geworden.»

«Nächte der Galanterie, Herr Polizeioffizier», sagte Galiani lachend.

«Des Verbrechens, Signor Abbate.»

Der Herzog von Serracapriola warb um Verständnis für Padre Rocco.

«Sie müssen zugeben, daß sein System der Straßenbeleuchtung das erste ist, das in Neapel funktioniert hat; ohne diese Beleuchtung würde sich unsere Stadt des Nachts in eine einzige Mördergrube verwandeln. Unsereins hat Fackelträger, die vor den Karossen herlaufen. Aber die Fußgänger, die im Dunkeln nach Hause finden müssen? Padre Rocco hat den *lazzaroni* empfohlen, in den finstersten Winkeln der Straßen, an den düstersten, verrufensten Straßenkreuzungen Tabernakel aufzustellen. Und seither versorgen die armen, von der Redegewalt des Geistlichen begeisterten Leute tatsächlich die Lampen, die vor den Heiligenbildern brennen, mit Kerzen und Öl. Mein lieber Fürst», fügte er zu Don Raimondo gewandt hinzu, «es ist bedauerlich, dies feststellen zu müssen, aber es kommt vor, daß blinder Aberglaube dem Fortschritt mehr nutzt als alle wissenschaftlichen Entdeckungen.»

Don Raimondo, der diese Vorwürfe schon hundertmal aus dem Munde einer gewissen den Freimaurern nahestehenden Adelsschicht gehört hatte, hob ärgerlich die Schultern.

«Der Herr Polizeioffizier wäre vielleicht, wenn ich ihn an seinen

Namen und das Land seiner Väter erinnern darf, nicht ganz so leicht bereit, den Entschluß König Karls einzig mit der Sorge um die öffentliche Sicherheit zu erklären. Sie alle wissen, daß der Herr Polizeioffizier Pedro Gutteriez heißt. Ihr Vater, mein Herr, von dem Sie diesen Posten geerbt haben, kam schon als Polizeichef aus Spanien, im Gefolge von König Karl, der damals noch Don Carlos hieß und von seinem Vater, König Philipp V., nach Italien geschickt worden war, um den neapolitanischen Thron zu erobern. König Karl, der jetzt nach Spanien zurückgegangen ist, hat sich immer als ein Vorkämpfer der kastilischen Moral gefühlt. Würde man ihn auf seinem Sterbebett fragen, was in seinen Augen die schönste Zierde seiner Krone sei, so könnte er antworten, es sei der monogamische Kult der angetrauten Gemahlin! In Neapel hatte er in seinen Gemächern nicht einmal ein Bett, so eifrig war er darauf bedacht, bei der Königin zu schlafen. Nun ist er seit bald zehn Jahren Witwer, und nie hat man ihn überreden können, sich mit einer der Töchter Ludwigs XV. wieder zu verheiraten. Man sagt, daß er in seiner Treue zu Marie-Amélie an manchem Abend in seiner Residenz in Madrid, im Escorial oder in Aranjuez aus dem Bett springt und wie ein Wahnsinniger barfuß durch die Flure wandert, bis in der kalten Nachtluft sein Fieber abgeklungen ist. Wer kann sich da wundern, daß die während des Karnevals geduldete Freizügigkeit ihm immer ein Greuel war?»

«Bravo, Exzellenz!» rief Abbé Galiani und klatschte Beifall. «Neapel wird erst wieder eine lustige Stadt, wenn man uns bei Liebesabenteuern uneingeschränkte Freiheit läßt. Oh, Paris! Paris! Ich habe erst kürzlich an Madame d'Epinay geschrieben, daß ich mich fühle wie Gulliver, der aus dem Land der Houyhnhnms zurückgekehrt ist und nur noch mit seinen beiden Pferden spricht. Hier gibt es nichts als Diebstähle und Mord und, trotz Padre Rocco, düstere Straßen, Schmutz, Abfälle und Häuser, die über den Passanten zusammenstürzen, in Paris dagegen kann man im Licht der Straßenlaternen mit erhobenem Haupt, sauberen Schuhen und Geld in der Tasche umhergehen und trifft dabei nur auf Angebote, die Menschheit zu vermehren, nicht aber auf Drohungen, sie zu vermindern.»

Über diese letzten Worte mußten alle Umstehenden lachen.

«Lassen Sie mich etwas erzählen, was Sie vielleicht beruhigen wird, Signor Abbate», sagte Lord Hamilton, nachdem auch er von Herzen gelacht hatte. «Ich war vor kurzem im königlichen Palast von Caserta zu einem festlichen Essen zu Ehren aller Botschafter eingeladen. Ich komme an, steige die große Treppe hinauf, gehe durch riesige, mit rotem Damast und Samt ausgeschlagene, herrlich erleuchtete Räume. Im größten dieser Säle sehe ich Stuhlreihen längs der Wände stehen. Jeder Gast setzt sich, wohin er will. Der Andrang ist so groß, daß man in der Mitte des Saals, Lehne gegen Lehne, noch zusätzlich eine doppelte Reihe Stühle aufgestellt hat. Der Zufall placiert mich gerade gegenüber der Königin, die auf dem ersten besten freien Stuhl Platz genommen hat. Warum sitzen alle Leute? frage ich mich. Was tun sie, worauf warten sie? In keinem Raum, auch nicht in dem größten, in dem der Hof nun versammelt ist, sehe ich auch nur den kleinsten Tisch. Die Königin lächelt und ordnet sorgfältig die Falten ihrer Robe. Als alle einen Platz gefunden haben, erscheint eine Reihe von prächtig gewachsenen Soldaten, die alles Nötige zum Essen hereinbringen, nur keine Tische. Die Soldaten bewegen sich mit einer Präzision, als sei das Ganze eine militärische Übung. Der erste trägt einen großen Korb, der mit reichgestickten Servietten gefüllt ist. Ein Page, der neben ihm hergeht, holt die Servietten heraus und breitet sie über die Knie eines jeden Gastes. Für die Königin übernimmt diese Aufgabe ein Edelmann. Der zweite Soldat bringt einen mit goldenem Geschirr gefüllten Korb. Im dritten Korb, vom dritten Soldaten getragen, sind Messer und Gabeln. Jeder Gast erhält aus der Hand eines Pagen Teller und Eßbesteck. Dann kommt ein vierter Soldat mit einer großen Nudelpastete. Der Vorschneider, der ihn begleitet, hält ein großes Messer in der Hand, mit dem er die Pastete zerteilt und jedem Gast eine stattliche Scheibe vorlegt. Ein fünfter Soldat folgt später, um die schmutzigen Teller einzusammeln. Die Getränke, Wein und frisches Wasser, werden von anderen Soldaten zwischen den einzelnen Gängen angeboten. Es wurde Fisch und Wildbret gereicht, gebratenes und geschmortes Fleisch zusammen mit Trüffel- und Wildschweinpasteten. Die Nachspeise war ein wahres Gebirge aus Biskuit, Cremekugeln und kandierten Früchten, von denen Sirup und Zuckerguß herabtropften. Ich will nicht beschreiben, was alles von den unsicher auf den Knien balancierten Tellern zum großen Schaden der weißseidenen Gewänder herabfiel. Ein Soldat las die größten Brocken vom Boden auf. Die Königin selbst aß nur von zwei Gängen, die ihre österreichischen Köche eigens für sie zubereitet hatten, und sie erwies mir die ganz besondere Ehre, mir durch einen Höfling von beiden Speisen eine Kostprobe bringen zu lassen. ‹Aber warum›, so fragte ich schließlich meinen Nachbarn, ‹müssen wir diese köstlichen Dinge auf so unbequeme Art genießen?› ‹Das wissen Sie nicht?› erwiderte er. ‹Der König gibt gern große Empfänge. Eine Bestimmung der spanischen Etikette aber untersagt es ihm auf das strengste, irgend jemand außer der Königin an seinem Tisch speisen zu lassen. Darum hat er angeordnet, daß bei Festessen alle Tische entfernt werden müssen und er selbst, die Königin und alle Gäste von ihren Knien essen.»

Abbé Galiani war entzückt. Er brannte darauf, nun auch seinerseits eine Geschichte zum besten zu geben.

«Der Fürst von Sansevero kann uns vielleicht bestätigen, daß die Last des Ererbten von Generation zu Generation leichter ist; jedenfalls möchte ich voraussagen, daß unser junger König Ferdinand die spanische Hofetikette nicht mehr lange beachten wird. Gestern war ich in Begleitung meines Freundes Casanova mit dem Hof in Portici. Übrigens, wo ist Casanova abgeblieben? Wir wollten uns doch nach dem Konzert wieder treffen ... Nun denn, in Portici hatte sich der junge Monarch mit der reizenden Königin schon bei allerlei Scherzen vergnügt, als er plötzlich Lust bekam, sich dem Gelächter der andern preiszugeben. Er ließ sich in die Luft werfen, wollte danach aber auch auf Kosten derer lachen, die sich über ihn amüsiert hatten. Die älteren Höflinge hatten sich unauffällig davongemacht, einige junge Edelleute aber gingen fröhlich auf das Spiel ein. Sie zeigten ihren Mut, während die Königin sich die Seiten hielt, und ihre Hofdamen und die übrigen Adeligen auf offene, echtneapolitanische Art lachten, nicht verstohlen wie in Madrid oder hinter der vorgehaltenen Hand wie in Paris, oder auch wie an den Höfen des Nordens, wo man sich auf die Lippen beißen muß, um nicht in Lachen auszubrechen. Während dieses Spiels entdeckte der König einen jungen buckligen, schüchternen Florentiner, der erst vor kurzem aus Toscana gekommen war. Er ging auf ihn zu und schlug ihm leutselig vor mitzumachen. Das kleine Gesicht des Ärmsten wurde lang, seine Augen weiteten sich vor Angst. Der König erklärte ihm, auch wenn er sich vor dem Lachen der Umstehenden fürchte, müsse er diese Angst überwinden, denn niemand könne sich gedemütigt fühlen, wenn er den König nachahme, der sich als erster dem Spiel unterworfen habe. Auf ein Zeichen seines Hofmeisters legte der arme Jüngling sein Jackett ab und stellte sich auf die Decke, deren eines Ende der König ihm zu Ehren selbst zu fassen geruhte. Es war sehenswert, wie der kleine Affe mit seinen langen Gliedern zappelte! Der ganze Hof prustete vor Lachen, während der arme Junge Tränen vergoß. Casanova ist mein Zeuge, Sie können ihn fragen!»

Der Fürst von San Nicandro, einst Ferdinands Erzieher, der immer so aussah, als schliefe er, und der seine Unterlippe gelangweilt hängen ließ, fühlte sich verpflichtet, in Gegenwart der Botschafter ein etwas vorteilhafteres Bild seines königlichen Zöglings zu geben.

«Seine Majestät wird wie sein Vater ein leidenschaftlicher Jäger», sagte er ernsthaft. «Wenn er einen Raum verläßt, in dem Wandteppiche hängen, auf denen ein Pferd zu sehen ist, macht er immer eine Bewegung, als wolle er in den Sattel springen. Einen Saal im Schloß hat er mit Teppichen aushängen lassen, auf denen unzählige Vögel abgebildet sind, und seine Hand ist so sicher, daß er mit Pfeil und Bogen selten das Auge des Vogels verfehlt, auf das er gezielt hat.»

«Und wissen Sie, was Seine Majestät seinem Vater geschrieben hat, als dieser ihm riet, er solle den Marquis Tanucci als Ersten Minister behalten?» fragte der Herzog von Cattolica, der Großkämmerer des Palastes. «Hören Sie: ‹Unter den vielen Dingen, die ich nicht verstehe, sind vier, die mich zudem überraschen: erstens, daß man den Grund und Boden der enteigneten Jesuiten nicht finden kann, obwohl man von ihnen behauptet hat, sie seien reich; zweitens, daß alle Anwälte in meinem Königreich sehr wohlhabend sind, obwohl sie nach dem Gesetz keinerlei Honorar annehmen dürfen; drittens, daß alle jungen Frauen, die einen jungen Mann haben, irgendwann einmal schwanger werden, die meine jedoch nie; und viertens, daß alle Menschen am Ende einer Karriere sterben, ausgenommen Tanucci, der wohl bis an das Ende aller Zeiten leben wird.»»

«Ich glaube wirklich, wir dürfen hoffen, daß der Karneval wieder erlaubt wird, Herr Polizeioffizier», fügte Abbé Galiani hinzu und rieb sich die Hände.

«Aber Sie irren sehr, Abbé Galiani, wenn Sie meinen, daß der Karneval vor allem den Liebesabenteuern der Neapolitaner dient», bemerkte Don Raimondo. «Zur kastilischen Moral der monogamen Ehre passen keine Maskeraden und keine Verkleidungen, aber aus anderen Gründen, als Sie denken. Der spanischen Steifheit die neapolitanische Libertinage entgegenzusetzen, heißt einer falschen Alternative Glauben schenken. Wir sind raffinierter, oder besser gesagt: wir sind ehrgeiziger. Aber Ihre französischen Philosophen haben Sie auf ein solches Geheimnis wohl nicht vorbereitet.»

«Wir sind ganz Ohr, Exzellenz!»

«Haben Sie sich nie gefragt, was unsere *lazzaroni*, unsere Bürger und unseren ganzen Adel dazu treibt, sich zu maskieren und während einer Nacht ihre Identität abzulegen?»

«Ich habe es Ihnen gesagt: der Wunsch, sich unerkannt zu verlustieren.»

«Ach, wirklich? Beobachten Sie doch einmal, was in jenen Nächten geschieht: Der Mann nimmt die Maske einer Frau, die Frau die Maske eines Mannes, das Kind verkleidet sich als alter Mann, der Alte als Kind. Die Geschlechter, das Alter, die sozialen Stellungen werden wie durch ein Wunder ausgewechselt. Jeder vertauscht seine Rolle mit der seines Nachbarn. Was könnte diesen Spaniern größeres Entsetzen bereiten? Der eigentliche Sinn des Karnevals liegt im Vertauschen der Rollen. Beobachten Sie die Männer und Frauen, wie sie in den Straßen umherlaufen und sich gegenseitig die Kennzeichen überlassen, durch die sie sich gewöhnlich voneinander unterscheiden. Könnte man nicht sagen, sie bringen es so weit, daß sie vergessen, wer sie sind? Oh, was für eine herrliche Freiheit, davon zu träumen, wie man sein könnte! Glauben Sie mir, Signor Abbate, Ihre schale Galanterie interessiert die Leute am allerwenigsten!»

Galiani hatte nur zerstreut zugehört, er spielte mit seiner Tabakdose: man mußte den Fürsten reden lassen, er war für seine bizarren Gedanken allgemein bekannt. Bei den Worten ‹schale Galanterie› aber fuhr der Abbé, empfindlich getroffen, auf und wollte gerade zur Erwiderung ansetzen, als ein neuer Gast in den Kreis trat. Der eng auf den schmalen Körper geschneiderte Anzug, die weißen Manschetten, die feinen Hände erinnerten mich an jemanden. Wo hatte ich diesen Mann schon einmal gesehen? Zierlich, hager, elegant, wer war er? Herrisch griff er den Herzog von Cattolica an.

«Ich höre, daß man über den Marquis Tanucci scherzt. Möge Gott dem Ersten Minister ein langes Leben schenken, zum Besten des Volkes und des Fortschritts im ganzen Königreich! Erst kürzlich hat er den Ankauf eines teuren Diamanten für den Kronschatz zu verhindern gewußt, indem er Seine Majestät darauf hinwies, daß der Wert eines Gegenstands stets im richtigen Verhältnis zu den Anstrengungen und Leiden derer stehen solle, die dafür arbeiten müssen. Und was wäre das für ein Verhältnis, wenn einem Diamanten die Plackerei von siebentausend Familien während eines ganzen Jahres gegenüberstünde?»

Aber ja, das war Antonio Perocades! Mir fiel alles wieder ein; er hatte sich seit seinem Auftritt in San Donato kaum verändert, nur trug er keine Soutane mehr. Ich hörte kaum, was er über das neueste Projekt des Marquis Tanucci, den Friedhof von Poggioreale, sagte. Er war es! Ich sah die Szene wieder vor mir: die Kirche, seine Predigt, die wütenden Frauen, sein Maultier, seinen Ritt ins Tal. Hier in den Räumen der Gräfin Kaunitz fühlte er sich natürlich wohler, hier war er eher an seinem Platz. Er sprach immer noch mit der gleichen zwingenden Überzeugungskraft. Seine schmalen Hände, seine makellose Kleidung, seine scharfe Stimme paßten wie der Marmor, das geschliffene Kristall und die glitzernden Gehänge der Kronleuchter zu der kalten, makellosen Pracht des Palazzo Sanfelice.

«... Verstehen Sie, man muß unbedingt durchsetzen, daß die Leute ihre Toten nicht mehr unter den Steinplatten der Kirchen beisetzen. Die Mönche bemächtigen sich der Leichen und ziehen einen unerhörten Gewinn daraus. Dank der Friedhöfe werden die Angehörigen ihr Geld nicht mehr für Seelen- und Gedenkmessen, Totenämter und Dies irae verschwenden. Es ist nicht damit getan, daß man die Jesuiten verbannt und ihre Güter eingezogen hat, man muß der Geistlichkeit auch das Geschäft mit dem Tode entreißen.»

Der Baron de Breteuil, der schon seit langem eine geistreiche Bemerkung über Neapel anzubringen versuchte, vielleicht in der Hoffnung, der Abbé Galiani werde sie in seinem nächsten Brief an Madame d'Epinay erwähnen, die sie dann in Paris verbreiten würde, sagte langsam:

«Der Tod, das Gefühl des Todes durchdringt hier alles, sogar das wirtschaftliche Leben!»

«Er begünstigt jedenfalls einige eigenartige Einrichtungen», sagte der Herzog von Serracapriola. «Die Adeligen lassen sich in ihren Kapellen beisetzen, und die Bürger werden in die Gräber unter dem Kirchenschiff geworfen, die Ärmsten aber beschließen ihren Lebenslauf außerhalb der Stadtmauern, wo sie von zwei Leichenknechten hingekarrt werden. Das ist die grausamste, erniedrigendste Strafe, die diese Unglücklichen treffen kann, die ihr ganzes Leben lang gegen das Elend der Armut haben kämpfen müssen und nun, nach ihrem Tod, wiederum von seiner Last erdrückt werden. Um der Schutthalde, den Leichenknechten und ihrem Karren zu entgehen, schließen sie sich zu ihren Lebzeiten in Bruderschaften zusammen. So gibt es im heutigen Neapel mehr als fünfzig Sterbevereinigungen, die jedem ihrer Mitglieder gegen einen kleinen monatlichen Obolus bei allen unumgänglichen und kostspieligen Festen des Lebens und des Todes ihre kostenlose Hilfe zusichern, bei Hochzeit, Taufe, Kommunion der Kinder, Letzter Ölung und Beerdigung. Vor allem bei der Beerdigung. Wenn ein Mitglied einer solchen Vereinigung seine Augen schließt, brauchen sich seine Verwandten keine Sorgen zu machen: die Formalitäten, die Kosten, die Anordnung der Zeremonie, all das übernimmt die Bruderschaft. Es gibt solche Vereinigungen für alle Schichten und für alle Berufsgruppen: für Adlige, für Beamte, Kaufleute, Handwerker: für alle.»

«Mich hat der eigenartige Pomp der Beerdigungen überrascht», warf der Baron de Breteuil ein. «Kürzlich bin ich in der Via Toledo einem Trauerzug begegnet. Voran schritt ein Bannerträger, den Hauptteil des Geleits aber bildete eine doppelte Reihe von Männern in roten Kitteln mit gelben Kapuzen.»

«Das war die Bruderschaft der Pilger, Exzellenz.»

«Zwölf Männer trugen auf ihren Schultern einen unglaublich kunstvoll ziselierten Sarg aus massivem Silber. Hinter dem Sarg ging ein wunderbar gekleideter Priester, der in der Hand einen Ebenholzstab mit elfenbeinernem Knauf hielt.»
«Das war der Prior der Bruderschaft mit den Insignien seines Ranges.»
«Aber, sagen Sie mir, was war das für eine Horde armer Menschen, die dem Zug folgten und alle in der rechten Hand eine mit einem schwarzen Wimpel verzierte Lanze trugen?»
«Das waren die Bettler des heiligen Gennaro.»
«Die Bettler des heiligen Gennaro?»
«Wenn ein Bedienter zu alt wird, um seinem Herrn noch weiterdienen zu können, tritt er in die Dienste des heiligen Gennaro. Er muß nur seine Dienstjahre oder seine Arbeitsunfähigkeit nachweisen, um vom Zahlmeister des Heiligen ein Diplom zu bekommen, das ihn in seine Rechte einsetzt. Dann braucht er sich um nichts mehr zu kümmern, er muß nur noch beten, daß der Himmel seiner Gemeinde möglichst viele Beerdigungen bescheren möge. Die Bruderschaft zahlt jedem von ihnen drei Kreuzer dafür, daß sie zum Sterbehaus gehen, um den Sarg von dort zur Kirche zu geleiten und die schwarzen Wimpel im Winde flattern zu lassen. Sie hätten dem Zug weiterfolgen müssen, Exzellenz! Es hätte sich gelohnt. Sie hätten dann gesehen, daß man den Bettlern des heiligen Gennaro scheinbar mit größtem Respekt, ja sogar mit einer Art von Verehrung begegnet, solange sie hinter dem Prior hergehen. Sowie aber der Zug in der Kirche verschwunden ist, wendet sich die Menge gegen sie. Sie werden unter Gespött, Geschrei und Hohn durch die Gassen verfolgt, als Lanzenträger des Todes beschimpft und müssen sich, so gut es geht, vor Kohlstrünken und faulen Tomaten schützen. Es ist verblüffend zu sehen, wie sie von einer Sekunde zur andern tiefster Verachtung anheimfallen, nachdem man sich, als sie vorüberzogen, mit allen Anzeichen überschwenglicher Frömmigkeit vor ihnen bekreuzigt hat.»

Perocades zuckte die Schultern.

«So ist es eben in Neapel. Anstatt wirklich zu bekämpfen, was ihnen Furcht einflößt, halten sich die Menschen an Sündenböcken schadlos. In unserer unglücklichen Stadt, die weder die Mittel hat, ihren Einwohnern ein Auskommen zu verschaffen, noch so großzügig ist, genügend Armenhäuser zu gründen, und auch nicht den Mut hat, sich aus ihrem Aberglauben zu befreien, in dieser Stadt spielen die Bettler des heiligen Gennaro eine dreifache Rolle: sie bannen die Angst vor der Armut, die Angst vor dem Alter und das Entsetzen vor dem Tod. Hat man die Bettler unter Beschimpfungen nach Hause gejagt, ist es so, als hätte man die bösen Geister aus der Gemeinde vertrieben. Bis zur nächsten Beerdigung, bei der man den Verstorbenen ehrt, auf die man im Grunde aber auch wartet, weil man sich auf die Bettler stürzen möchte, um sie und mit ihnen die beklemmenden Ängste zu vertreiben.»

«Und der Marquis Tanucci will diese segensreichen Einrichtungen abschaffen?» fragte Lord Hamilton.

«So ist es.»

«Ist er der Meinung, daß die Einwohner des Königreichs zuviel Geld für Totenfeiern ausgeben, oder daß Kohlstrünke nicht die rechte Belohnung für fünfzig Jahre guter, treuer Dienste sind?»

«Seine Exzellenz, der Erste Minister», gab Don Antonio zur Antwort, «bekennt sich zu den Prinzipien der Freimaurerei, wenn wir auch noch nicht die Ehre haben, ihn zu unseren Brüdern zählen zu dürfen. Sie sprachen vorhin vom Karneval. Der Marquis hatte tausendmal recht, als er König Karl riet, dieses Treiben zu untersagen. Ich hoffe nur, er wird dies auch bei König Ferdinand durchsetzen können.»

«Warum, bitte?»

«Warum? Ja, weil die Kosten eines solchen Festes in einem modernen Staat nicht vertretbar sind. Die Bäcker mußten jährlich zweitausend Dukaten zahlen, um der Maskerade fernbleiben zu dürfen. Nur so konnten sie zehnmal höhere Ausgaben vermeiden. Die Schlachter machten es ebenso. Der Fürst von Butera hat sich durch den Bau von Triumphbögen ruiniert, und das Erbe der Familie Bisignano wurde bis auf den letzten Heller verschleudert, weil zwölf mit extravagantem Prunk ausgestattete Wagen durch die Straßen ziehen mußten, die Mohammed II. als Besieger der Nationen zeigten: Da konnte man den Sultan samt seinem Gefolge, bestehend aus gefangenen Kalmücken, Tataren und Georgiern und dem Großmogul, in Konstantinopel einziehen sehen.»

«Signor Perocades», sagte Galiani leise, «meine Meriten sind gering, aber auf dem Gebiet der Ökonomie werden Sie mir vielleicht einige zugestehen.»

Alle Umstehenden wandten sich neugierig dem Verfasser der Schrift ‹Über das Geld› zu. Seine ‹Dialoge über den Kornhandel›, die er in Paris veröffentlicht hatte, waren von Voltaire, Diderot und d'Alembert begeistert aufgenommen worden.

«Signor Perocades, unter uns kann ich es sagen, denn es hört uns keine Dame zu. Haben Sie folgendes bedacht? Die kleine Indisposition, unter der die Damen in regelmäßigen Abständen leiden, ergibt eine Einbuße an Liebesfreuden von fünfzehn Prozent. Eine harte Steuer! Drei Zwanzigstel! Ein Monat Karneval vermag, auch wenn es dem Fürsten von Sansevero mißfallen sollte, diese Ungerechtigkeit etwas auszugleichen. Und dies auf die wissenschaftlichste, mathematisch genaueste Weise der Welt. Einer von zwölf Monaten, das ergibt etwas mehr als acht Prozent, die zugunsten des Glücks zurückgewonnen werden. Acht Prozent gegen fünfzehn Prozent, da bleibt immer noch ein Defizit. Wenn Sie es schon mit dem Budget so genau nehmen, müßten Sie uns wenigstens den Karneval zurückgeben!»

Verschwörung, Vorahnung

Vom Lachen angelockt, bahnten sich Lady Hamilton und die Gräfin Kaunitz den Weg zu uns.

«Man könnte meinen, wir seien im Fiorentini», rief Lady Hamilton.

«Das ist wahr», sagte der Herzog von Serracapriola, «Piccini hat nie so lustige Einfälle gehabt wie in *Den entlarvten Spitzbuben.*»

«Stimmt es, daß Paris uns Piccini abspenstig machen will?» fragte der Herzog von Cattolica den Baron de Breteuil.

«Neapel sollte die Wiener Herausforderung annehmen und auf

die Angriffe des Ritters von Gluck antworten», gab der Baron mit einer Verbeugung gegen die Gräfin Kaunitz zurück.

«Uns bleibt immer noch Paisiello», sagte der Abbé Galiani, «haben Sie im Nuovo den *Crédule détrompé* gehört? Ich habe große Lust, mit diesem jungen Mann eine Opera buffa zu schreiben, die ich ‹Den eingebildeten Sokrates› nennen würde.»

«Erzählen Sie!»

«Man stelle sich einen gutbürgerlichen Provinzler vor, der es sich in den Kopf gesetzt hat, die griechische Philosophie, den griechischen Sport, die Musik und alles Dazugehörige wiederzubeleben. Er glaubt, er sei Sokrates. Aus seinem Barbier hat er Platon gemacht. Seine zänkische Frau verfolgt ihn im Treppenhaus mit einem Stock: Xanthippe. Er berät sich in einer Grotte mit seinem Dämon und entfesselt einen Furienchor...»

«Aber das wird ja eine Parodie auf den *Orpheus* oder auf *Alceste*...»

«Nun ja, zum Schluß gibt man ihm ein Schlafmittel und redet ihm ein, daß es Schierlingssaft sei. Totenmarsch – und sofort darauf ein Allegro, mit dem das Geschwätz der Angehörigen ausgedrückt werden soll. Das Ganze im neapolitanischen Dialekt. Und das Pikante daran? Mein Sokrates wird eine Karikatur des Don Saverio Mattei. Sie kennen doch den hochgelehrten Florentiner, der überall behauptet, der Ritter von Gluck habe die griechische Tragödie, die edlen Gefühle, den tragischen Schmerz wieder zum Leben erweckt.»

«Sind Sie gegen den tragischen Schmerz, Signor Abbate?» fragte die Gräfin Kaunitz.

«Da sei Gott vor, gnädige Frau! Aber darf ich hinzufügen, daß ich auch gegen das moderne Vergnügen nichts einzuwenden habe? Die Neapolitaner, die alles, was ihnen gelingt, schlechtmachen müssen und sich nur zu gern selbst herabsetzen, sollten zumindest darauf stolz sein, daß sie die Opera buffa erfunden haben. Pergolesi, Sacchini, Piccini, Paisiello...»

«Und morgen Cimarosa», fügte Don Raimondo hinzu.

«Herbergen, Dienerinnen, Bauernburschen, Pfarrer und Ärzte auf der Bühne und nicht mehr die ewigen Götter und Könige! Wir haben sie alle satt: Achilles, Herakles, Artaxerxes, Dido und wie sie sonst noch heißen. Genug davon! Her mit der Straße, mit dem Leben und der Umgangssprache; dann wird niemand mehr, wie Saint-Evremont es getan hat, von der Opera behaupten: ‹Eine mit Musik, Tanz, Maschinen und Dekorationen überladene Dummheit ist herrlich, bleibt aber eine Dummheit.› Ich erinnere mich an die letzten Worte, die Voltaire zu mir sagte, als ich mich von ihm verabschiedete: ‹Glücklicher, Sie gehen in das Land des Pergolesi zurück. Spielt man in Neapel immer noch die bezaubernde *Serva padrona*? Hier in Paris ist die Oper ein öffentlicher Treffpunkt, wo man sich an bestimmten Tagen versammelt, ohne zu wissen warum. Es ist ein Haus, in das alle Welt geht, obwohl schlecht über den Hausherrn gesprochen wird und alle sich bei ihm langweilen.›»

«Ausnahmsweise bin ich Ihrer Meinung», sagte Antonio Perocades. «Eine Opera buffa ist bei weitem nicht so kostspielig wie die Opera seria. Ihr Sokrates braucht als Kulisse nur ein kleines Haus. Ein Stock und ein Becher für den Schierlingssaft genügen als Requisiten. Schluß mit all den unnötigen Ausgaben, die zu Lasten der Staatskasse gehen.»

«Noch dazu für ein oft lächerliches Ergebnis», fügte der Herzog von Serracapriola, ein anderer Freimaurer und Großmeister der Loge, hinzu. «Einer Ihrer Schriftsteller, Baron, hat sich übrigens auch über die großen Maschinerien lustig gemacht, die bei der Opera seria offenbar unentbehrlich sind:

    Ein Seil bremst oft den schönsten Wagen,
    Ein Gott wird zu früh fortgetragen,
    Ein Rest von Wald steckt fest im Meer,
    Der Himmel gibt das Licht nicht her ...»

«Seine Majestät, der König», sagte der Fürst von San Nicandro, «mag die lustigen Stücke im Nuovo oder im Fiorentini sehr viel lieber als die feierlichen Aufführungen des San Carlo. Das ist ein entscheidendes Argument.»

«Ist Ihnen auch der Grund für diese königliche Vorliebe bekannt?» fragte Galiani arglistig.

Der Fürst von San Nicandro hob beunruhigt den Kopf.

«Weil die Opera buffa im neapolitanischen Dialekt geschrieben ist und Seine Majestät, der das Volk seiner getreuen *lazzaroni* mit großer Güte regiert, des Italienischen nicht mächtig ist, sondern nur

Neapolitanisch versteht.»

Der Fürst, der den König erzogen hatte, wurde blutrot, während der Baron de Breteuil, äußerst irritiert durch die Freizügigkeit, mit der man über die Angelegenheiten des Hofes sprach, von einem zum andern blickte, um herauszufinden, wie er sich verhalten sollte.

«Die *lazzaroni* haben wirklich den König, der zu ihnen paßt», sagte Lord Hamilton, nachdem die allgemeine Heiterkeit sich gelegt hatte. «Vor einigen Tagen ist der König mit seinen Höflingen zum Fischen gefahren. Auf dem Rückweg wollte er unbedingt zu Fuß zum Markt gehen, um seinen Fang dort höchstpersönlich zu verkaufen, und als wir nicht schnell genug nachkamen, fing er in der Straße sogar an zu laufen. Der ganze Hof mußte hinterhergaloppieren! Nachdem er dann zur Freude der Marktfrauen einige seiner Fische verkauft hatte, wurde ihm die Sache zu langweilig; er zog sein Jackett aus, winkte seinen jungen Bediensteten und begann mit ihnen ‹Fische-Fangen› zu spielen. Er nahm einen Merlan und gab ihm einen kräftigen Tritt. Die Fischer, die Verkäufer und auch alle Kinder spielten mit. Bald war ein unglaubliches Tohuwabohu im Gange, Fischstücke flogen durch die Luft, Blut spritze umher, der König war von oben bis unten beschmutzt und lachte schallend. Als ihm zu heiß geworden war, ging er in eine Schenke und fragte nach der Küche. Dort sah er einen Korb mit Eiern, machte sich ein Omelett und riet uns, wir sollten es ihm gleichtun. Von Zeit zu Zeit rief er einen seiner Bediensteten bei seinem Spitznamen und warf ihm ein Stück Zucker direkt in den Mund. Ich frage mich, wie er es fertigbringt, daß er jeden einzelnen dieser jungen Leute, die ihn überallhin begleiten, kennt, mögen es Pferdeknechte, Treiber oder Küchenjungen sein.»

«Am Abend dieser bewußten Fischpartie», warf die Gräfin Kaunitz ein, «fand mein Mann in seiner Tasche einen Merlankopf, ein Geschenk des Königs!»

«Ist es nicht genau das, was man eine Opera buffa nennt?» fragte der Baron de Breteuil in der Hoffnung, etwas Geistreiches zu sagen.

Abbé Galiani, der schon seit geraumer Zeit geschwiegen hatte, wandte sich plötzlich an den Fürsten von Sansevero. Er legte eine Hand aufs Herz und sagte ironisch seufzend:

«Leider, leider wird das Ende der Opera seria auch das Ende der Kastraten bedeuten, die doch Neapel in den Augen der fortschrittlich gesinnten Geister Europas in ein so vorteilhaftes Licht setzen.»

«Da haben wir's», flüsterte mir Don Raimondo ins Ohr, «er rächt sich. Das war zu erwarten.» Und laut sagte er: «Würde der so rationalistische Signor Abbate die Königin Christine, die ihre schützende Hand über Descartes hielt, nicht zu diesen aufgeklärten Geistern zählen?»

«Es sei fern von mir, Exzellenz, eine solche Dummheit behaupten zu wollen.»

«Während des Kriegs gegen Sigismond III. von Polen schrieb sie diesem Fürsten, um ihn zu bitten, er möge ihr für vierzehn Tage den Kastraten Baldassare Ferri überlassen. Ihr waren solche Wunderdinge über diesen Sänger zu Ohren gekommen, daß sie alles dafür getan hätte, ihn auch nur einmal zu hören. Der König von Polen ging auf ihre Bitte ein, man verkündete einen Waffenstillstand, und der *musico* wurde, nachdem er die Fronten der beiden Armeen durchquert hatte, in Stockholm mit höchsten Ehren empfangen.»

«Ich gebe mich geschlagen, Exzellenz. Ich muß zugeben, daß die Szene, in der Senesino als Julius Cäsar tot am Fuß der Statue des Pompejus niedersank, in allen Punkten den Anforderungen eines kritischen Geistes entsprach. Er war herrlich anzusehen, der Herrscher von Rom, der dort am Boden lag, in schwarzen Lackschuhen mit blutroten Absätzen und blitzenden Schnallen, blumenbestickten Seidenstrümpfen und einer olivgrünen kurzen Hose. Auf dem Kopf trug er dazu eine gepuderte Lockenpracht, die ihm bis auf die Schultern fiel. Die Sopranisten haben ganz zweifellos am meisten dazu beigetragen, unseren lyrischen Tragödien jenen von allen so bewunderten Anschein der Wahrscheinlichkeit und Ernsthaftigkeit zu geben. Caffarelli verteilte, wenn er auftrat, zunächst Grüße und warf Kußhände zu den Logen seiner Freunde hinauf, und wenn ein anderer Sänger zusammen mit ihm auf der Bühne stand, der im Verlauf der Handlung sich mit einer Arie an ihn wenden mußte, so drehte er diesem ostentativ den Rücken zu und mokierte sich mit allen möglichen Grimassen über ihn. Solange er nicht an der Reihe war, nahm er eine Prise Schnupftabak, lutschte Bonbons oder sprach auch wohl laut mit seinen Pagen, um sich ein seidenes Band zurechtzupfen zu lassen. War er nicht Caffarelli, der unvergleichliche *Virtuoso*? Was hatte er mit der Figur zu tun, die er darstellen sollte? Was scherte ihn Neptun, dessen papierenen Dreizack er noch bald genug schwingen mußte?»

«Ich erinnere mich», sagte die Gräfin Kaunitz, «daß Gaetano Guadagni bei der Premiere des *Orfeo* von Gluck in Wien die unglückliche Eurydike mitten in ihrer großen Arie in den Hintern kniff. Sie sang daraufhin so falsch, daß er mühelos triumphieren und allen Beifall auf sich ziehen konnte.»

«Und was erzählt man sich von Pacchiarotti? Er verlangt, um seiner Wirkung sicher zu sein, daß er jedesmal bei seinem ersten Auftritt, ohne Rücksicht auf Thema und Schauplatz der jeweiligen Oper, in kriegerischer Rüstung mit riesigen Federn am Helm und von Fanfarenklängen begleitet, einen Hügel hinuntersteigt. Und das auch, wenn er die Liebesszene zwischen Dido und Äneis spielen soll, in der die beiden Liebenden sich heimlich in einer Grotte treffen...»

«Signor Abbate, auf dem Gebiet der Anekdoten werden Sie mir immer überlegen sein», sagte der Fürst von Sansevero. «Aber warum vergessen Sie, uns die folgende zu erzählen? Pacchiarotti, den Sie so hochschätzen, sang eines Abends die Rolle des Arbace im *Artaxerxes* von Metastasio und Porpora. Am Schluß der großen Arie, in der er seine Unschuld beteuert, soll ein kurzes Ritornell zur großen Reprise überleiten. Er wartet auf das Ritornell und seinen Einsatz, aber zu seiner Überraschung erfolgt nichts, das Orchester bleibt stumm. Er beugt sich über die Rampe, der Maestro sagt ihm: ‹Sieh nur, wir alle weinen.› Das ganze Theater hat geweint. Während fünf Minuten hörte man im Saal nichts als Schluchzen, so groß war die Rührung.»

«Welch eine Schande für unser Vaterland!» rief Perocades. «Wissen Sie, was Jean-Jacques Rousseau in seinem *Dictionnaire de musique* geschrieben hat? ‹Es gibt in Italien barbarische Väter, die der Natur den Reichtum vorziehen und ihre Kinder jener Operation ausliefern, um den genußsüchtigen, grausamen Menschen zu gefallen, die an dem Gesang dieser unglücklichen Wesen Geschmack finden.›»

«Da bliebe noch zu klären», gab Don Raimondo zurück, «wann

Ihr Jean-Jacques Rousseau ehrlich ist. Wenn er einen Artikel für sein *Dictionnaire de musique* verfaßt, will er seinen Pariser Lesern gefallen. Wenn er aber in Venedig ist, geht er ausschließlich seinem eigenen Vergnügen nach. Und hat er das nicht auch schriftlich niedergelegt? In Venedig hat er, bequem in einer Loge des Teatro San Crisostomo sitzend, den Kastraten Giovanni Carestini in Jommellis *Sémiramis* gehört und dabei alle seine Vorurteile gegen die italienische Oper vergessen, weil er ihm unbekannte Wonnen erlebt und begriffen hat, daß er bis dato nicht wußte, was Gesang überhaupt sei.»

«Auf jeden Fall wird die Geschichte den Kastraten unrecht geben», nahm Don Antonio wieder das Wort. «In der Opera buffa haben sie keinen Platz. Wenn es keine Opera seria mehr gibt, wird es auch für die Kastraten keine Rollen mehr geben. Scarlatti, Porpora, Jommelli, Gluck – das ist die Vergangenheit. Die Zukunft heißt Pergolesi, Piccini, Paisiello, Cimarosa.»

«Wenn die Italiener tragisch und feierlich sein wollen», fügte Galiani hinzu, «wirken sie linkisch und verdrossen. Wenn sie aber lustig sind, dann sind sie glänzende Pantomimen und ungemein charmant.»

«Die Opera buffa braucht echte Männer und echte Frauen», sagte Don Antonio mit seiner kühlen scharfen Stimme. «Sie braucht Wahrheit. Die *Serva padrona* von Pergolesi ist nicht nur ein Manifest der neuen Musik, sie ist auch ein Symbol für das neue Ideal der Gerechtigkeit und der Gleichheit, auf das unser Jahrhundert stolz ist.»

Ich suchte herauszufinden, wie diese Worte auf die umstehenden Adligen gewirkt haben mochten. Niemand schien sich über das Gesagte aufzuregen. Es bestand keine Gefahr, daß man ihn aus dem Salon verwies, wie damals, als die Frauen von San Donato ihn den Abhang hinunterjagten. Die Sympathie der Königin Maria Carolina für die Freimaurer, die Wahl des Fürsten von Caramanico zum Großmeister der Nationalen Loge, des Herzogs von San Demetrio zum Großmeister der Loge der Gleichheit, des Herzogs von Ferolito zum Obersten der Friedensloge und des Herzogs von Serracapriola zum Vorsitzenden der Freundschaftsloge waren eine Garantie für die Bewegung, auch wenn das Ganze sich offiziell noch wie eine mondäne Zerstreuung gab. Der Baron de Breteuil, der sich nur undeutlich an einen gewissen ‹Kampf der Buffonisten› erinnerte, den eine Aufführung der *Serva padrona* in Paris vor zwanzig Jahren ausgelöst hatte, fragte, warum diese kleine Komödie in den Augen von Monsieur Perocades so wichtig sei. Er glaube sich daran zu erinnern, daß die Königin Maria Leszczyńska großes Vergnügen an dem Stück gefunden habe ...

«Wir haben es vorhin schon erwähnt, Exzellenz: Ein Notar und sein Dienstmädchen auf der Bühne in einem bürgerlichen Haus, das ist einmal etwas anderes als Dido und Äneas in der Grotte, als Renaud und Armida in ihrem Garten, als Herakles und Omphale in ihrem Palast oder Achilles und Deïdameia auf ihrer Insel! Keine großen Maschinerien, kein Ballett, dafür Natürlichkeit, Einfachheit, Knappheit und Umgangssprache. Eine junge Dienstmagd sagt ihrem geizigen, brummigen Herrn die Meinung, und es gelingt ihr, dank ihrer Grazie und ihres Witzes geheiratet zu werden, das heißt ihre niedere Herkunft zu überwinden. Wenn der Herr in schlechten Ruf gerät und meint, er könne sich alles herausnehmen, nur weil er reich ist, dann soll der Bedienstete an seine Stelle treten! Es kommt allein darauf an, was man aus sich selbst macht. Und nun merken Sie auf: Es ist kein Zufall, daß Pergolesi und nach ihm alle anderen Komponisten von komischen Opern natürliche Stimmen, männliche Sänger verlangen anstelle der halb männlichen, der *evirati*. Wie sollte auch das Falsche, Unnatürliche, Künstliche ein Streben nach Gerechtigkeit unter den Menschen ausdrücken können? Wie sollten die vielen neuen Menschen, die zum erstenmal auf der Bühne stehen und im Kampf um persönliche Verdienste miteinander im Wettstreit liegen, nicht völlig natürlich, wie sollten diese Männer nicht echte Männer, die Frauen nicht echte Frauen sein? Beachten Sie bitte, daß ich die moralischen Gründe, die eine Verstümmelung als ein Verbrechen verdammen, einmal ganz beiseite lasse.»

Der Fürst von Sansevero, der die Freimaurer vielleicht noch mehr haßte als die Pariser Geistreicheleien, ergriff mit schneidender Stimme das Wort:

«Wenn man Ihnen zuhört, meine Herren, wie Sie mit rührender Einstimmigkeit gegen unsere schönen Stimmen zu Felde ziehen, könnte man meinen, Sie verschweigen das eigentliche Motiv Ihrer

Debatte. Ich möchte wetten, daß Sie aus Paris oder Mailand die Broschüre eines jener tiefsinnigen Philosophen erhalten haben, deren Grübeleien sich gegen unser Vergnügen richten. Jene Herren sind mit all ihrem demographischen Wissen auf ihre Lehrstühle geklettert, um uns zu verkünden, daß Italien bald menschenleer sein wird, wenn man mit unseren Knaben weiterhin so gewissenlos verfährt. ‹Überlassen wir›, so tönt es von ihren Kathedern herab, ‹den ehrbaren Damen der großen Städte das verstohlene Lächeln, den verachtungsvollen Blick oder die Scherze, deren ewiges Objekt diese Unglücklichen sind, und verschaffen wir dafür den Stimmen der Menschlichkeit Gehör, die sich gegen diesen infamen Brauch erheben. Die Fürsten, die solche Bräuche unterstützen, sollten schamrot werden bei dem Gedanken, daß sie der Erhaltung der menschlichen Art auf so vielfältige Weise Schaden zufügen. Die Bevölkerung wird zurückgehen, das Gras wächst bereits zwischen den Pflastersteinen der Via Toledo und auf der Promenade von Santa Lucia...› Oh, Himmel! Diese Herren müssen, nach ihrer Unempfänglichkeit für die schönen Künste zu urteilen, hervorragende Geister sein! Unglücklicherweise hat jedoch ein mindestens ebenso hervorragender Geist, der ihnen vielleicht sogar überlegen ist, ein Dr. Malthus, ein englischer Gelehrter...»

Der kleine Mozart, der sich von allen unbeachtet und vergessen seit geraumer Zeit zu uns gesellt hatte, unterbrach plötzlich Don Raimondo und sagte, zu Perocades gewandt: «Pardon, ich mag die Kastraten gern!»

Diese Erklärung löste großes Gelächter aus. Sogar der Fürst von Sansevero mußte schmunzeln.

«Ich bitte Sie ergebenst um Verzeihung», fuhr der junge Ausländer fort und hielt den Fürsten am Band des San-Gennaro-Ordens fest, das schräg über seine Brust lief. «Ich habe Sie unterbrochen. Aber wie könnte ich zulassen, daß etwas Schlechtes über meinen lieben Manzuoli gesagt wird, der mich in London auf den Knien gewiegt und mir gezeigt hat, wie man singen muß. Oder über meinen lieben Cicognani, der meine erste Oper in Mailand gesungen hat! Und Sie alle, die Sie vor kurzem die göttliche Stimme von Venanziano Rauzzini gehört haben, wie können Sie glauben, daß dort, wo so viel Schönheit ist, nicht auch die ganze Wahrheit zu finden wäre? Ich will für Kastraten schreiben! Die Wahrheit liegt nicht im ehrfürchtigen Respekt vor der Natur, sie liegt in der ehrfürchtigen Suche nach dem Märchenhaften und Wunderbaren. Italien wäre unserer Liebe und unserer Verehrung sehr viel weniger würdig, wenn . . .»

Er verlor den Faden und sagte schließlich, ohne zu merken, daß eine weniger zynische Gesellschaft seine Worte vielleicht hätte verletzend finden können:

«Die Kastraten sind Italiens wahre Söhne!»

Abbé Galiani war glücklich, daß er über die beiden Kategorien von Menschen, die er am meisten verabscheute, etwas Böses sagen konnte. Und so fragte er Mozart, ob er wisse, warum es in Italien so viele Kastraten gäbe und in welcher Stadt diese zuerst aufgetreten seien.

«In Rom, junger Mann, weil es in den päpstlichen Staaten den Frauen verboten ist, auf der Bühne zu stehen. Wenn die Priester dies dumme Verbot nicht erlassen hätten, wäre es den Eunuchen nie möglich gewesen, am Theater Karriere zu machen!»

«Und man hätte diesen Schandfleck auf dem Antlitz Italiens nie zu dulden brauchen», fügte Perocades hinzu.

«Bleibt zu erklären», sagte der Fürst von Sansevero, «warum denn nicht der päpstliche Staat, sondern das Königreich Neapel, in dem es dieses Verbot nicht gibt, das Monopol in der Rekrutierung und in der Ausbildung der Sopranisten innehat.»

«Monsieur l'Abbé», warf der kleine Mozart ein und blickte Galiani an, «der Hinweis, den Sie mir zu geben geruhten, würde mir sehr lehrreich sein, wenn die Kastraten nur weibliche Rollen sängen. Als ich aber im vorigen Monat in Mailand war, sang die Sängerin Antonia Bernasconi in der Oper *Cato in Utika* von Hasse die erste Frauenrolle und Ferdinando Tenducci den Cäsar. In Verona durfte ich einer Aufführung des *Artaxerxes* von Guglielmi beiwohnen, und auch hier wurden beide weiblichen Rollen von Frauen gesungen, außerdem aber gab es zwei Kastratenrollen, die eine für Artaxerxes, den großen König, die andere für Arbace, seinen Heerführer. Und vorgestern habe ich in der *Armida* von Jommelli einer echten Armida, der Caterina Gabrielli, Beifall geklatscht. Den Rinaldo sang Venanziano Rauzzini. Rinaldo, Arbace, Artaxerxes und Cäsar! Und nun möchte ich Ihnen auch meinerseits eine Frage vorlegen, Monsieur l'Abbé: Wenn man ursprünglich versucht hat, Männerstimmen zu erzeugen, die Frauenstimmen so ähnlich wie möglich sein sollten, um dem Verbot gerecht zu werden, das es Frauen untersagt, in römischen Theatern aufzutreten, warum nimmt man dann in allen anderen italienischen Städten, in denen dieses Verbot nicht besteht, Frauen für die Frauen- und Kastraten für die Männerrollen? Sagen Sie mir bitte, warum müßten gerade die Rollen, die für Kastraten geschrieben sind, eigentlich, wenn man dem gesunden Menschenverstand folgen würde, von tiefen Stimmen, von Männerstimmen gesungen werden. Ist Ihre Aufmerksamkeit nie auf den eigenartigen Umstand gelenkt worden, daß die Kastraten sich immer in den Rollen von Königen, Heerführern und Kriegern hervortun? Warum gibt man ihnen unablässig gerade solche Rollen? Warum greift man auf sie und nur auf sie zurück, wenn es darauf ankommt, die dem weiblichen Temperament fremdesten Eigenschaften wie Körperkraft, militärischen Mut, kämpferischen Geist und Machthunger darzustellen? Warum wählt man die unmännlichste Stimmlage, um die männlichsten Charakterzüge auszudrücken? Welch eine Beziehung gibt es zwischen dem besonderen Timbre dieser Stimmen und der finsteren Manneskraft, die sie für Tausende von Zuschauern verkörpern?»

Die Umstehenden hatten erstaunt diesem Redefluß gelauscht. ‹Er hat recht›, sagte ich mir, ‹die Stufen meiner Karriere werden Mars, Achilles, Herakles, Agamemnon, Cäsar und Alexander heißen; er hat recht, das ist eigenartig. Seltsam ist es aber auch, daß ich noch nie darüber nachgedacht habe; keiner unserer Lehrer hat je unsere Aufmerksamkeit darauf gelenkt.› Aber auch von den Gästen der Gräfin Kaunitz hatte nach dem Schweigen, dem Erstaunen zu urteilen, noch keiner sich auch nur eine der Fragen gestellt, die den jungen Fremden beschäftigten. Nur Don Raimondo, der verschiedentlich gelächelt und zustimmend mit dem Kopf genickt hatte, schien eine Antwort zu wissen.

Von der lebhaften Stimme seines Sohnes angelockt, war Leopold Mozart inzwischen eilig herangekommen. Er schickte sich an, seinen Sohn am Ärmel zu zupfen und fortzuziehen. Glücklicherweise war jedoch der von Wolfgang angesprochene Gast nur ein kleiner unbedeutender Abbé; Leopold stellte erleichtert fest, daß die Würdenträger des Hofes, die hochdekorierten Fürsten und Herzöge seinem Sohn überrascht und amüsiert zuzuhören geruhten.

«Ich bin dem Himmel unendlich dankbar, daß es uns möglich war, den großen Farinelli in Bologna zu besuchen. Sehen Sie, Sie haben mich vorhin gefragt, was mir den stärksten Eindruck in Italien gemacht hat. Wir haben den Sänger in seinem herrlichen Haus besuchen dürfen, das er am Rande der Stadt bewohnt.»

«Du könntest der Güte und Großzügigkeit Erwähnung tun, mit der Seine Exzellenz, Graf Pallavicini, uns seine Karosse zur Verfügung gestellt hat.»

Leopold verbeugte sich nach rechts und links, um den adligen Herrschaften deutlich zu machen, daß er ihnen auf immer dankbar und ergeben sein würde. Wolfgang aber fuhr fort, ohne auf seinen Vater zu hören:

«Farinelli saß in einem Sessel mitten in seinem Salon, versunken in den Anblick von mehr als fünfzig Tabakdosen, die, der Größe nach geordnet, vor ihm lagen. Auf dem Tisch brannte eine einzige Kerze, der übrige Raum war in Dunkelheit getaucht. Niemand war bei Farinelli, kein Verwandter, kein Freund, kein Bedienter, nicht einmal ein Hund oder eine Katze. Die kostbaren, in die Deckel der Tabakdosen eingelegten Steine funkelten hie und da im flackernden Kerzenschein. Er stand mühsam auf, um uns zu begrüßen. Er erschien mir immer noch groß und schön, wenn auch ein wenig gebeugt, und ich konnte sehen, wie bleich sein Antlitz war. Er lud uns ein, Platz zu nehmen, und fiel schwer in seinen Sessel zurück.

‹Leben Sie allein in diesem Haus?› fragte ich, erstaunt über die Stille und Dunkelheit, denn wir hatten die letzten drei Tage in Palästen verbracht, in denen viel Leben herrschte.

Er murmelte: ‹Ich bin nur noch ein trauriger, von Erinnerungen heimgesuchter alter Mann.›

‹Sie sind zusammen mit Padre Martini der Mann, den ich auf der Welt am meisten liebe und verehre!› rief ich in dem Wunsch, seinen Kummer nach Kräften zu lindern.

‹Sie verschwenden Ihre Verehrung, mein Kind. Wissen Sie, wen Sie vor sich haben? Ich habe fünfundzwanzig Jahre lang die Schwermut von zwei Königen bekämpft, indem ich jeden Abend vier Melodien sang, immer die gleichen. Sie haben mich meiner Kunst beraubt, geblieben sind mir nur ihre Tabakdosen...»

«Aber Gottlieb!» rief Leopold und zerrte, in die Runde lächelnd und sich verbeugend, am Arm seines Sohnes. Er, der Vater, vergaß nicht, daß es der Enkel und Neffe der beiden schwermütigen Könige war, der all den umstehenden Fürsten und Herzögen die Orden auf die Brust geheftet hatte.

«Lieber Vater», antwortete der Knabe, «Ihr habt mich in Österreich Gottlieb getauft. Und wenn es so ist, daß Ihr mir diesen Namen in dem Wunsch gegeben habt, daß Gott mit mir sei, dann erlaubt, daß ich mich in Italien Amadeo nenne.»

Leopold, der nicht wußte, ob sein Sohn ihm mit dieser neuen Laune ein Schnippchen schlagen wollte oder im Gegenteil hoffte, die Gunst des italienischen Adels zu gewinnen, suchte seinen Unmut hinter einem unterwürfigen Lächeln zu verbergen.

«Farinelli stand aus seinem Sessel auf, nahm den Leuchter und führte uns durch die verschiedenen Räume seines Hauses. In jedem standen ein oder zwei Cembali, die er von seinen Reisen durch die Welt mitgebracht hatte. Er strich über das Holz und sagte dabei seufzend: ‹Dieses hat mir der Markgraf von Bayreuth geschenkt; dieses der bayerische Kurfürst. Dieses die Zarin! Dieses ist ein Geschenk des Prince de Galles! Dieses bekam ich vom Großherzog von Toscana.›

Schließlich gingen wir in den ersten Salon zurück; er ließ sich in seinen Sessel fallen und starrte lange auf seine Sammlung von Tabakdosen. Trotz der unzähligen Fragen, die mir auf den Lippen lagen, wagte ich nicht, ihn zu stören. Endlich fragte er:

‹Sie wollen also Opern schreiben?›

‹Das ist mein größter Wunsch.›

‹Und wie wollen Sie vorgehen?›

‹Ich werde schreiben, was mir mein Herz diktiert.›

‹Haben Sie schon ein Thema?›

‹Ich habe den Stoff, die Personen und den Ablauf der Handlung. Sie spielt auf Kreta. Der König des Landes hat auf der Rückkehr aus dem Trojanischen Krieg vor der Küste Schiffbruch erlitten. Sein Sohn, der junge Idamante, glaubt seinen Vater tot und läßt seinem Schmerz freien Lauf.›

‹Mit welcher Szene soll Ihre Oper beginnen?›
‹Ich sagte es doch eben; mit der Arie des jungen Helden, der den Tod seines Vaters betrauert.›
‹Idamante soll der Held heißen?›
‹Ja.›
‹Das wäre demnach die erste männliche Hauptrolle?›
‹Ja, gewiß.›
‹Ein Sopranist also?›
‹Ein Sopranist.›
‹Junger Mann, Ihre Oper wird ein totales Fiasko!›
‹Warum denn, ich bitte Sie?›
‹Warum? Sie eröffnen die Szene mit dem wichtigsten Sänger, und Sie lassen ihn singen, während die Zuschauer kommen, Platz nehmen, Stühle rücken und reden. Keiner von uns wird das mitmachen!›
‹Gut›, sagte ich lachend, ‹dann kann ich ja den Chor der Fischer an den Anfang setzen oder den Bericht vom Schiffbruch aus dem Munde eines Überlebenden.›
‹Wieviel voci principali sollen es sein?›
‹Sieben.›
‹Sieben Hauptrollen?›
‹Idamante; sein Vater, den man totgeglaubt hat, der aber gerettet wurde und inkognito an Land gekommen ist; eine gefangene trojanische Prinzessin; eine in den Helden verliebte kretische Prinzessin; der Hohepriester des Poseidon; der junge Bruder von Idamante, der mit Hilfe der vom Helden zurückgewiesenen kretischen Prinzessin den Thron an sich reißen will, und die alte Amme, die den König erkennt. Idamante ist verliebt in die gefangene trojanische Prinzessin . . .›
‹Ich habe schon verstanden. Diese Oper wird ein noch schlimmeres Fiasko, als ich gedacht habe. Sie müssen den Bruder des Helden streichen.›
‹Aber die ganze Handlung des Stücks beruht doch auf der Rivalität der zwei Brüder! Der eine, Idamante, ist seinem Vater treu ergeben, aber er glaubt gerade darum, ungehorsam sein zu müssen. Er liebt die trojanische Prinzessin gegen den Willen seines Vaters. Besteht die Sohnestreue darin, daß man die Regungen seines Her-

zens unterdrückt? Er glaubt es nicht. Er glaubt sogar, daß man die Großherzigkeit des Vaters zu geringschätzt, wenn man einem im Zorn ausgesprochenen Verbot Rechnung trägt. Der andere Bruder dagegen . . .›

‹Sieben Hauptrollen, das sind zwei zuviel.›

‹Der König sagt zu Idamante: Entweder du verzichtest auf die trojanische Prinzessin und läßt den Gedanken an eine Heirat fallen, die den Interessen des Königreichs schadet, dann überlasse ich dir meine Krone, oder du bestehst auf deinem Plan, der meiner Politik zuwiderläuft, dann gebe ich den Thron deinem Bruder. Du mußt dich entscheiden: Willst du, umgeben von treuen Untertanen, reich und mächtig sein, oder, verfolgt vom ewigen Fluch deines Vaters, ein elendes Dasein in der Fremde führen? Von dir hängt es ab, ob die Nachwelt dich unter die großen Herrscher einreihen oder ob sie dich vergessen wird wie einen Hund, der unwürdig war, einen Platz im Gedächtnis der Menschen einzunehmen. Idamante aber . . .›

‹Sieben Hauptrollen, das sind zwei zuviel.›

‹Geht Ihnen meine Geschichte nicht zu Herzen?›

‹Zu Herzen wohl . . .›

‹Aber?›

‹Zunächst einmal ist dieser Stoff nie von Metastasio bearbeitet worden. Das bedeutet, daß ihn noch keine dreißig oder vierzig Komponisten in Musik gesetzt haben, und wenn man dem Publikum ein Drama vorspielt, das es noch nicht in allen Einzelheiten kennt, hat man dreißig- oder vierzigmal geringere Chancen, ihm zu gefallen.›

‹Ist das Ihr Ernst, Maestro?›

‹Dem Publikum zu gefallen, ist aber noch nicht einmal das wichtigste. Sie haben offensichtlich die Dichtungen von Aristoteles und Horaz eifrig studiert, und Sie kennen wohl obendrein das Werk des Euripides. Vielleicht hegen Sie auch unglücklicherweise in Ihrem Herzen große und edle Pläne. Aber, lieber junger Mann, wissen Sie denn nicht, daß man, um in Italien zu reüssieren, vor allem die Maschinisten und die Dekorateure beschäftigen muß. Was haben Sie für diese vorgesehen?›

‹Wie soll ich das verstehen?›

‹Ach ja, ich erinnere mich: den Schiffbruch. Aber der findet doch

gleich zu Beginn des Stückes statt?›
‹Ja, der Held singt seine erste Arie angesichts der Trümmer des Schiffes, mit dem sein Vater untergegangen ist.›
‹Und dann?›
‹Wie bitte?›
‹Kommt dann nichts Derartiges mehr? Kein Gewitter, kein Erdbeben, kein Vulkanausbruch? Keine Himmelserscheinung? Aber lassen wir das. Am wichtigsten ist es, den Sängern und Sängerinnen zu gefallen.›
‹Darum werde ich mich mit größtem Eifer bemühen›, rief ich aus. ‹Über meine Musik soll sich keiner beklagen können!›
‹Langsam, langsam! Beschränken Sie erst einmal die Zahl der Hauptrollen auf fünf, wenn Sie wollen, daß Ihre Oper aufgeführt wird.›
‹Aber warum gerade fünf? Warum nicht vier oder sechs?›
‹Wie, sollten Sie noch nicht gehört haben, daß eine Oper nicht weniger und nicht mehr als drei erste Hauptrollen umfassen darf: die erste Sängerin, den ersten Kastraten und den ersten Bassisten. Und nicht weniger, aber auch nicht mehr als zwei zweite Hauptrollen; die zweite Sängerin und den zweiten Kastraten? Aus wieviel Nummern soll das Werk denn bestehen?›
‹Ich werde so viel Nummern schreiben, wie ich brauche, um den Tumult der Gefühle auszudrücken, die meine Personen bewegen.›
‹Bringen Sie mich nicht zum Lachen, ich bekomme sonst Atemnot. Wissen Sie nicht, daß jeder der Hauptdarsteller nur insgesamt fünf Arien singen darf, zwei im ersten Akt, zwei im zweiten und eine im dritten? Für die zweite Sängerin und den zweiten Kastraten darf es nur drei und für die letzten Rollen eine oder höchstens zwei Arien geben. Achten Sie auch darauf, daß nie zwei dramatische Nummern aufeinanderfolgen! Genauso aufmerksam müssen Sie die Bravourarien verteilen, die dramatischen Arien, die Ariosi, die Menuette und Rondos. Vor allem aber denken Sie daran, niemals für eine zweite Rolle eine Bravourarie oder ein Rondo zu schreiben! Die armen Leute müssen sich mit dem begnügen, was wir ihnen übriglassen, sie dürfen sich auf keinen Fall hervortun.›
Ich war so verblüfft über alles, was ich gehört hatte, daß ich mich hinreißen ließ und ausrief:

‹Ja, ist es denn wahr, was man ...›
‹... über uns sagt? Über unsere Launen? Unsere Eitelkeiten? Unsere Arroganz? Ja, es ist wahr, den Niedergang der großen italienischen Oper haben wir selbst verschuldet. Es ist wahr, daß wir den Komponisten alle diese genauen, albernen Regeln aufgezwungen haben. Sie müssen wissen, daß ich selbst mich einmal geweigert habe, in einer Oper aufzutreten, weil der Komponist mir nur zwei- und nicht wie verabredet viermal die Gelegenheit geben wollte, einen bestimmten hohen Ton zu singen, den ich allein zu erreichen imstande war.›
‹Sie machen sich über mich lustig, Maestro! Die Musik war sicher unerträglich schlecht, und Sie haben diesen Vorwand ergriffen, um sich von der unerfreulichen Aufgabe zu befreien.›
‹Keineswegs, mein Sohn. Es war ein herrliches Werk. Hören Sie, ich bin alt und brauche nichts mehr zu beschönigen. Nur die eine Kerze, die hier vor Ihnen brennt, schützt mich noch vor dem Dunkel, das sich tagtäglich dichter um mich herum zusammenzieht. Ich sage Ihnen die Wahrheit: Nie hat es etwas Schöneres gegeben als unsere Stimmen, die Stimmen der Kastraten. Und vielleicht war meine Stimme noch ein wenig schöner als die der anderen. Niemand wird wieder ähnliches hören. Aber wissen Sie, was die Italiener tun, wenn sie etwas so Herrliches besitzen, daß sie außer sich geraten und sich gezwungen sehen, die Existenz von etwas anzuerkennen, das ihr Fassungsvermögen übersteigt? Sie versuchen es zu zerstören. Wir selbst haben durch unsere Launen und unsere Ansprüche damit angefangen, die Schönheit zu zerstören, die wir in uns bargen. Die Italiener ertragen es nicht, an das zu glauben, was sie bewundern. Sie hätten sich nicht von unseren Stimmen beherrschen und begeistern lassen, wenn wir ihnen nicht gleichzeitig die Möglichkeit gegeben hätten, uns zu verspotten. Da liegt das Geheimnis unserer pompösen Aufmachung, unserer Spitzenjabots und unserer Lackschuhe, unserer albernen Maskeraden und unseres unerträglichen Betragens. Darum haben wir alle die jungen Musiker tyrannisiert, die für uns, wie Sie, mit großer Begeisterung eine Musik schreiben wollten, die vom Herzen kam. Denken Sie an meine Worte: Noch bevor dieses Jahrhundert zu Ende geht, werden wir uns das Publikum entfremdet und bei denen, die

bereit waren, vor Wonne zu sterben, wenn sie uns hörten, eine Art Abscheu wachgerufen haben. Ja, Grauen und Abscheu vor so viel Schönheit . . .›

Was hätte ich darauf sagen können? Wie soll man sich einem Manne gegenüber verhalten, der sich mit solcher Verbissenheit herabsetzt? Vielleicht hätte ich aufspringen und zum Fenster eilen sollen, um die Läden zu öffnen, die den Salon künstlich verdunkelten. Ich konnte mir wohl vorstellen, was ihn dazu verleitete, so zu sprechen: Es mußte der Kummer sein, alt zu werden, der Abscheu vor den Angriffen, denen die Sopranisten ausgesetzt sind, der Gedanke, sich rechtfertigen zu müssen, der Wunsch, eine Kunst mit sich in den Tod zu nehmen, die er auf ihren höchsten Stand gebracht hatte, die Verbitterung, fünfundzwanzig Jahre seines Lebens zwei Kranken geopfert zu haben, und nicht zuletzt der dunkle Dämon, der uns alle am Ende unseres Lebens packt und uns ins Ohr flüstert: das einzige, was dir bleibt, ist das Vorrecht, dir darüber klarzuwerden, daß alles, was du unternommen hast, nichtig war.

Vergebens versuchte ich, ihn nach einigen Erinnerungen aus seinem Leben zu fragen. Ich hatte gehofft, ich könnte ihm beweisen, daß er sich und die andern Kastraten absichtlich schlechtgemacht hatte. Die Regeln, denen die Komponisten sich unterwerfen müssen, sind nicht so schlimm, wie er es mich glauben machen wollte. Wenn ich eine Oper höre, in der er gesungen hat und die durch ihn berühmt geworden ist, dann achte ich viel mehr auf die Zartheit oder die Heftigkeit der Gefühle, die darin zum Ausdruck kommen, als auf die Virtuosität, die ein zweigestrichenes c oder ein hohes g vom Sänger verlangen. ‹Warum›, fragte ich ihn, ‹sprechen Sie so bitter über eine Kunst, die ganz Europa verzaubert?›

Farinelli antwortete nicht. Seine Augen blickten starr auf das kleine Heer von Tabakdosen, Glanz und Sinnlosigkeit eines Lebens, das der schönsten aller Musen geweiht war. Wir saßen eine Weile schweigend da. Die Kerze war fast ausgebrannt, und ich hatte schon Sorge, sie könne verlöschen. Als der Diener eintrat, um eine neue Kerze anzuzünden, brachen wir auf. Tränen traten mir in die Augen bei dem Gedanken, daß dieser große Mann nun von der gleichen Schwermut befallen war, die er während eines Vierteljahrhunderts bei zwei Königen bekämpft hatte . . .»

Ein merkwürdiges Mißverständnis

Wie wir den Palast verließen, weiß ich nicht mehr. Galiani suchte Casanova und ich Feliciano. Der Herzog von Maddaloni hatte sich nicht von der Stelle gerührt. Wie ein Mann, der von einem tiefen Schmerz getroffen und nicht mehr fähig ist, auf den Eindruck zu achten, den er auf andere macht, stand er unbeweglich inmitten der zahlreichen Gäste, die zum Ausgang drängten. Eine graue Haarsträhne hing ihm über das eingefallene Gesicht herab. Die junge Donna Isabella war die einzige, die ihm einen mitfühlenden Blick zuwarf. Die Herzogin Carafa di Bovino, seine Cousine, und die Fürstin von Francavilla machten hinter seinem Rücken ungeniert boshafte Bemerkungen. Nach einem so schweren Affront in der Öffentlichkeit zu erscheinen, war schon ein Fehler gewesen; sich nicht unverzüglich an die Verfolgung zu machen, nachdem weder die Sängerin noch ihr neuer Liebhaber zu der musikalischen Gesellschaft erschienen waren, galt als eine Feigheit, die ihm nur wenige verzeihen würden.

Der Abbé Galiani fuhr heim. Ob es ihm paßte oder nicht, die geisterhafte, geheimnisumwobene Figur des großen Farinelli würde noch lange die Gedanken derer beschäftigen, die dem Bericht über sein Alter zugehört hatten. Um sich zu rächen, schrieb der Abbé an Madame d'Epinay:

«... Adieu, schöne Frau; möge es Ihnen wohlergehen. Auch mir geht es leidlich, aber ich langweile mich. Ich habe hier niemand, der es wert wäre, mir zuzuhören oder sich mit mir zu unterhalten. Es besteht auch keine Hoffnung mehr, daß die Entführung der Caterina Gabrielli uns einen schönen Mord beschert. Der Herzog Carafa di Maddaloni hat sich in einem erbärmlichen Zustand sehen lassen. Er hat kapituliert. Der jämmerliche Wunsch, zu Kreuze zu kriechen, stand in seinen erloschenen Augen und ließ jeden Ruf nach Rache verstummen. Habe ich Ihnen gesagt, daß der junge Mosar hier ist und daß er nicht mehr ein so großes Wunder, wenn auch immer noch ein Wunder ist? Aber er wird auch nie etwas anderes als ein Wunder sein. Das ist alles.»

Ich ging schlafen, ohne Feliciano noch gesehen zu haben. Am nächsten Morgen gab er mir ganz aufgeregt ein Zeichen, ich solle ihm nach draußen folgen. Warum kam er nicht in mein Zimmer, wenn er mit mir sprechen wollte? Ich war nahe daran, ihn darum zu bitten, aber mein Instinkt hielt mich zurück. Ich fürchtete, die Hoffnung auf einen neuen Kuß zu verlieren, wenn ich ihm durch meine Hast zeigte, wieviel mir der erste bedeutet hatte.

«Welch ein Abenteuer», sagte er, als wir im Hof angelangt waren, «ich habe dem Ritter von Casanova gefallen!»

Sollte ich ihm sagen, daß Casanova kein Ritter war? Es machte ihm so viel Freude, daß er einem Mann gefallen hatte, der nicht nur berühmt, sondern obendrein auch noch ein Ritter war! Und was machte es schon! Was aber sollte das heißen:

‹Ich habe ihm gefallen?› Ein kleiner Stich, den ich in der Herzgegend spürte, hinderte mich daran zu antworten.

Wir lehnten uns an den Palmenstamm.

«Ich hatte wohl gesehen, daß er mich seit einiger Zeit beobachtete und meine Nähe suchte, ohne es sich anmerken zu lassen. Aber ich wußte ja, wer er war und kannte auch seinen Ruf, darum kam mir sogleich folgender Gedanke. Er vermutet gewiß, sagte ich mir, auf Grund irgendeiner Ähnlichkeit mit einer der Frauen, die er früher geliebt hat, ich sei die Frucht einer seiner früheren Liebschaften. Hat er nicht in jeder Stadt Italiens oder Europas eine Tochter oder einen Sohn, der ihm zehn oder zwanzig Jahre, nachdem er dessen Mutter im Stich gelassen hat, über den Weg laufen könnte? Nie im Leben hätte ich das wirkliche Motiv seiner Neugier erraten! Schließlich kam er auf mich zu und schenkte mir das schönste Lächeln, das ein Sohn sich von seinem Erzeuger wünschen kann. Ich machte eine abwehrende Bewegung.

‹Feliciano›, sagte er und streckte seine Hand aus, ‹es ist unnütz, mir auszuweichen.›

‹Ich versichere Ihnen, mein Herr, Sie täuschen sich›, antwortete ich und trat etwas zurück.

‹Diese bezaubernde Zurückhaltung gereicht Ihnen nur zur Ehre›, sagte er und kam wiederum näher.

‹Aber, mein Herr, Sie irren sich!›
‹Setzen Sie sich ruhig zur Wehr! Auf diese Weise geben Sie mir ein noch vorteilhafteres Bild, als ich es mir von weitem habe machen können.›
‹Oh!› sagte ich. ‹Es kann sich nur um eine Einbildung handeln.›
‹Dann ist es die verlockendste aller Einbildungen›, gab er zurück und kam mir so nahe, daß mir unter seinen funkelnden Augen unbehaglich wurde.
‹Ich bewundere die Frau›, sagte ich, ‹die in Ihrer Erinnerung ein so unvergeßliches Bild hinterlassen hat, daß Sie sich heute, nach zwanzig Jahren, durch eine Ähnlichkeit täuschen lassen.›
Er wich zurück und blickte mich an, als verstünde er nicht, was ich gesagt hatte.
‹Ja›, fuhr ich fort, ‹Sie sehen in mir jemand anderen, und ich wiederhole, Sie täuschen sich.›
‹Wie Sie mir gefallen! Ach, wie gut Sie mir so gefallen!› rief er aus. Er hatte seine ganze Sicherheit wiedergefunden. ‹Es wäre mir, ehrlich gesagt, nicht recht gewesen, wenn Sie sofort nachgegeben hätten. Aber nun, da wir uns angefreundet haben, nun tun Sie mir den Gefallen: kommen Sie mit mir hinter den Vorhang, damit wir in Ruhe miteinander reden können.›
Ich folgte ihm, denn seine Überheblichkeit amüsierte mich. Er schien zu glauben, ich müsse vor Freude in die Luft springen und ihm um den Hals fallen, wenn ich erführe, daß er mein Vater sei. Aber zu meiner größten Überraschung sagte er, sobald wir in der Fensternische vor fremden Ohren sicher waren:
‹Hier können Sie mir alles gestehen, Feliciano. Sie sind doch nicht, was Sie zu sein vorgeben, nicht wahr?›
‹Jetzt verstehe ich Sie nicht.›
‹Gut, dann will ich deutlicher werden. Diese grünschimmernden Augen, diese korallenroten Lippen, dieses Haar, das sich ohne Brennschere so zierlich lockt, Ihre Haut, Feliciano, Ihre Art zu gehen und Ihre Haltung: all das paßt nicht zu einem jungen Opfer priesterlicher Grausamkeit, dafür lege ich meine Hand ins Feuer.›
‹Sollte er gehört haben, daß ich angeblich aus dem Beischlaf mit einem Priester hervorgegangen bin?› fragte ich mich. Ich wollte gerade über das etwas fade Kompliment und die arg verschnörkelte

Redeweise lachen, als mich plötzlich ein eigenartiges Gefühl überkam und mich warnte, daß der Ritter von Casanova sich vielleicht keineswegs aus väterlichen Gefühlen heraus für mich interessierte.
‹Feliciano›, fuhr er fort, ‹ich bin sicher, daß Sie und ich verschieden gebaut sind.›
Ich wollte immer noch nicht begreifen.
‹Sie sind eine travestierte Schönheit!›
‹Mein Herr›, gab ich zurück, ‹ich bin Feliciano Marchesi.›
‹Meine Liebe, Sie sind eine bezaubernde verkleidete Frau! Wenn meine Beobachtung mir darüber keine Gewißheit verschafft hätte, wäre ich niemals so unverfroren gewesen, Sie hinter diesen Vorhang zu locken.›
‹Sie sollten sich lieber um die bezaubernde Donna Isabella bemühen›, sagte ich. ‹Herr Leopold Mozart hat seinem Sohn untersagt, ihr zarte Worte ins Ohr zu flüstern. Sie ist ganz allein in ihrer Ecke zurückgeblieben.›
‹Wenn die Sonne aufgeht, verblassen die Sterne.›
‹Und ich habe geglaubt›, rief ich aus, ‹Sie hielten mich für Ihren Sohn!›
‹Ich bitte Sie, meine Liebe! Das ist ein bequemer Vorwand, um sich gewisse Komplimente sagen zu lassen.›
‹Ihr Irrtum wird unverzeihlich, wenn Sie ihn nicht zugeben›, sagte ich.
‹Und Ihr Widerstand wird unmenschlich, wenn Sie ihn nicht aufgeben.›
‹Auf einer Illusion bestehen, obwohl man eines Besseren belehrt wurde, heißt bewußt lügen.›
‹Weiterhin leugnen, wenn man überführt wurde, heißt unloyal handeln.›
‹Der einzige Ausweg aus diesem Durcheinander wäre das Eingeständnis, daß wir uns beide getäuscht haben: Sie haben mich für etwas anderes gehalten, und ich habe hinter Ihrer Neugier andere als Ihre wirklichen Motive vermutet.›
‹Das beste Mittel, um einem Manne die Heilung von einer beginnenden Leidenschaft unmöglich zu machen, besteht darin, ihn ständig zu reizen.›
Mit diesen Worten zog er seine Geldbörse aus der Tasche und

gab mir eine Dublone. Porporino, sag mir, was hättest du an meiner Stelle getan?»

«Ich?» rief ich aus. «Ich hätte seine Hand zurückgestoßen und wäre wieder in den Saal gegangen.»

«Das wollte ich auch, aber zunächst einmal habe ich die Dublone eingesteckt. Und dann hat er mich zurückgehalten. ‹Kommen wir zu den Beweisen›, sagte er. ‹Hier die meinen: Ihre Silhouette, Ihre Frische, der zarte Glanz Ihrer Augen, Ihr natürlich gelocktes Haar und dazu etwas, ich weiß nicht was, das mein Herz anrührt. Von einem Mann haben Sie nur die Kleidung, die auf das vollkommenste die weibliche Grazie Ihrer Formen zum Ausdruck bringt. Glauben Sie, ich könnte nicht mit einem Blick erfassen, was ein elendes Abfallprodukt der Menschheit von dem liebenswertesten Exemplar des schönen Geschlechts unterscheidet?›

‹Sie verschwenden Ihre Mühe, mein Herr, auch ich habe meine Beweise.›

‹Es gibt nur einen, der mich überzeugen könnte.›

‹Wenn's Ihnen darum geht: ich bin untersucht worden.›

‹Untersucht worden?›

‹Ich debütiere in vier Wochen im San Carlo.›

‹Und wer hat Sie untersucht?›

‹Der Beichtvater Seiner Eminenz des Bischofs, wie es Brauch ist.›

‹Lassen Sie sich auch von mir untersuchen.›

‹Das kann ich nicht. Denn es ist ja offensichtlich, daß Sie alles über mich wissen und dennoch auf Ihren Absichten beharren.›

‹Dem Beichtvater des Bischofs haben Sie nicht solche Schwierigkeiten gemacht.›

‹Das war ein alter Geistlicher›, sagte ich. ‹Er hat es übrigens bei einem flüchtigen Blick bewenden lassen.›

‹Ein Grund mehr›, gab er zurück, ‹sich dem Urteil eines jüngeren Richters zu unterwerfen, der zwei gesunde Augen im Kopf hat.›

Irritiert durch meinen Widerstand und entschlossen, ohne Umwege dorthin zu gelangen, wo die Lösung des Problems zu finden ist, streckte Casanova schließlich seine Hand aus, doch ich fing sie rechtzeitig ab.»

«Aber hör mal!» Ich konnte mich nicht länger zurückhalten. «Du hast diese Unverschämtheit hoffentlich ausgenutzt, um dem ekel-

haften Geplänkel ein Ende zu machen!»
«Warte ab, Porporino. Mir schwante etwas, und ich wollte sehen, ob meine Ahnung mich nicht täuschte. Ich lockerte also absichtlich meinen Griff. Ohne zu zögern fuhr er auf sein Ziel zu, nahm aber sofort seine Hand wieder zurück. Was er gespürt hatte, konnte keinen Zweifel mehr offenlassen. Es sei denn...»
«Es sei denn?»
«Meine Ahnung hatte mich nicht betrogen.»
‹Gehen wir als gute Freunde auseinander›, sagte ich lachend, ‹ich behalte die Dublone als Entschädigung für das «elende Abfallprodukt der Menschheit», das Ihnen im Zorn entschlüpft ist.›
Er gewann seine Fassung schnell wieder, trat einen Schritt zurück, musterte mich von oben bis unten, fing auch an zu lachen und sagte endlich:
‹Feliciano, so einfach kommen Sie mir nicht davon. Ich lasse mich nicht zum zweitenmal täuschen.›
‹Wie meinen Sie das, bitte?›
‹Ich habe vor Jahren in Ancona ein wunderhübsches Geschöpf kennengelernt, das in Begleitung seiner Mutter und seines Bruders reiste und bei musikalischen Veranstaltungen als Kastrat auftrat. Nachdem ich es gründlich beobachtet hatte, war ich davon überzeugt, daß die Reize, die meine Augen entflammten, in keinem Fall einem Knaben gehören konnten. Ich ließ meiner Fantasie darum freien Lauf und verliebte mich Hals über Kopf in Bellino – das war sein Name. Aber ich mochte noch so sehr drängen, der Mutter Geld und der schönen Kreatur, die sie für ihren Sohn ausgab, meine Protektion anbieten, man gab mir zur Antwort, ich sei ein Träumer, es gebe das Zeugnis eines Geistlichen, ohne das der Direktor des Theaters von Ancona, ein Untertan des Papstes, Bellino niemals die Erlaubnis zum Auftreten gegeben hätte. Aber weder dies noch zehn weitere Argumente gleicher Art machten auf mich den beabsichtigten Eindruck. Im Gegenteil! Sollte ich vielleicht auf dieses Geschwätz hören und auf Bellino verzichten und damit der süßen Wollust entsagen, die ich bei dem Glauben empfand, er gehöre dem Geschlecht an, das ich mir für ihn erträumte? Wie bei Ihnen, meine Liebe, wollte ich mich nur durch Tatsachen überzeugen lassen. Und auch damals wurde ich zunächst grausam für meine Hartnäk-

kigkeit bestraft. Meine Hand traf auf etwas, was keine Zweifel zuließ. Ich habe es vorhin nicht gesagt, aber ich sage es Ihnen jetzt, so sicher bin ich in meiner Überzeugung, daß Sie unendlich weit davon entfernt sind, selbst in dieser Lage zu sein: was mich ganz besonders abstößt, ist nicht so sehr die Erniedrigung, der man unglückliche junge Männer aussetzt, als vielmehr die Empfindungslosigkeit, zu der sie ihr trauriger Zustand verurteilt. Verstehen Sie, wie ich das meine? Nun gut, ich machte gute Miene zum bösen Spiel und bot der Mutter an, Bellino mit nach Venedig zu nehmen, um ihn dort mehreren Operndirektoren aus meinem Bekanntenkreis vorzustellen. Wir verabschiedeten uns von der Mutter, die sich überschwenglich bedankte. Am ersten Abend gelangten wir nach Sinigaglia und stiegen im besten Gasthof ab. Wir speisten in einer Ecke neben dem Kamin, und da es nur ein Bett im Zimmer gab, fragte ich Bellino mit der ruhigsten Miene der Welt, ob man für ihn in einem anderen Raum Feuer machen solle. Wie groß war meine Verwunderung, als er mit sanfter Stimme zur Antwort gab, er habe nichts dagegen, mit mir zusammen in einem Bett zu schlafen. Wir beendeten unsere Mahlzeit, und ich bereitete mich darauf vor, die Nacht angekleidet auf der einen Seite des Bettes zu verbringen. Doch plötzlich glitt etwas Liebliches und Sinnliches über das Gesicht meines Gefährten und ließ mich erraten, daß mein Instinkt mich doch nicht getäuscht hatte. Ich stellte mit Entzücken fest, daß Bellino im Begriff war, einer Rolle überdrüssig zu werden, die ihm ebenso unerträglich gewesen sein muß wie mir. Rasch zog er sich aus und schlüpfte ins Bett. Ich war sofort bei ihm. Die Hast und die Heftigkeit unseres Genusses vertrieb aus meinen Gedanken alle Neugier bis auf den Wunsch, zu erfahren, bis wohin uns der Überschwang unseres Glücks führen würde. Und wenn wir uns in dieser Nacht einmal Ruhe gönnten, so nur, um unserer Sinne wieder Herr zu werden und neue Spannkraft zu erlangen. Erst am frühen Morgen erfuhr ich des Mädchens Geheimnis: «Ich heiße Thérèse», erzählte sie mir weinend. «Ich bin siebzehn Jahre alt. Meine Familie ist sehr arm, und als mein Vater starb, gab meine Mutter mich in Bologna bei dem Kastraten Salimbeni in Stellung. Ein Jahr lang war ich bei ihm. Dann ging er nach Palermo. Ich konnte ihn dorthin nicht begleiten, weil ich für meine Mutter und meinen kleinen Bruder zu sorgen hatte. Da ich eine hübsche Stimme besaß, riet er mir, ich solle mich als Kastrat ausgeben. Man würde mich untersuchen; in den päpstlichen Staaten, wo es Frauen verboten ist, im Theater aufzutreten, auch Bologna also, würden diese Untersuchungen strenger sein als anderswo. Zwar nähmen die Geistlichen überall diese Untersuchungen vor, aber der Grund für eine solche Prüfung sei in den Städten, die der priesterlichen Gesetzgebung nicht unterstehen, weniger in dem gegen unser Geschlecht ausgesprochenen Verbot zu suchen, als in dem Mißtrauen der Operndirektoren, die einen Kastraten teurer bezahlen müssen als eine Sängerin und nicht betrogen werden wollen. Wie dem auch sei, fügte mein Wohltäter hinzu, bei deiner neuen Karriere wirst du häufig Untersuchungen über dich ergehen lassen müssen, die mehr oder minder gründlich von mehr oder weniger aufmerksamen Geistlichen durchgeführt werden. Du wirst dich auf folgende Weise aus der Affäre ziehen: Du mußt stets allein schlafen und dich allein ankleiden, und wenn du in ein oder zwei Jahren deinen Busen nicht mehr verbergen kannst, wird das als eine Fehlbildung gelten, die du mit vielen von uns Kastraten gemein hast. Außerdem werde ich dir ein kleines Instrument geben und dir zeigen, wie man es befestigt, so daß man dich jedesmal, wenn du untersucht wirst, dem anderen Geschlecht zuordnen wird! Mit diesen Worten verließ uns Salimbeni und kehrte am nächsten Tag mit jenem kleinen Instrument zurück, das meine Verwandlung vervollständigen sollte. In Gegenwart meiner Mutter zeigte er mir, wie ich es mit Tragantgummi befestigen konnte. Danach war ich meinem Freunde täuschend ähnlich. Geliebter», fuhr Bellino fort, «schwöre mir, dieses Geheimnis nicht zu verraten, und sei mir nicht gram, daß ich dich so lange warten ließ. Meine Mutter darf nicht erfahren, was zwischen uns vorgefallen ist. Sie weiß, daß meine Karriere in Bologna ruiniert wäre, wenn die Wahrheit entdeckt würde, und auch in Venedig, Mailand oder Neapel würden meine Gagen um die Hälfte zurückgehen ...»

‹Feliciano›, nahm Casanova das Gespräch einen Augenblick später wieder auf, ‹wenn ich heute meinen Schwur breche, dann einmal, weil Bellino sich inzwischen aus dem Theaterleben zurückgezogen hat, zum andern aber, weil ich Sie, meine Liebe, davon überzeugen will, daß Sie die einzige Frau sind, die würdig ist, in meinem Herzen Thérèses Stelle einzunehmen. Ich bin vielen Frauen begegnet, die fast ebenso schön waren wie Sie, Feliciano, keine aber hat mich so wie Sie von der Überlegenheit Ihres Geschlechts überzeugt.›

‹Und ich›, gab ich als Antwort auf die lange Rede des Ritters zurück, ‹ich habe viele Männer getroffen, die fast ebenso schön waren wie Sie und vorgaben, sie hielten mich für eine Frau, um mit mir die abscheulichste aller Neigungen zu befriedigen. Leider ist das eine der Gefahren, der wir armen Kastraten am häufigsten ausgesetzt sind, wenn wir zu allem Überfluß auch noch Frauen ähnlich sehen. Mancher Unglückliche, der es aus Angst vor der öffentlichen Meinung oder vor den Gesetzen nicht wagen würde, sich offen seinem Laster hinzugeben, verfolgt uns mit seinen abscheulichen Anträgen, indem er unsere Ähnlichkeit mit einem hübschen Mädchen als Vorwand benutzt. So sind wir ein willkommener Glücksfall und ein bequemes Alibi für schüchterne Lüstlinge. In Wirklichkeit sind wir weder vor den Frauen sicher, die uns wie Männer lieben, noch vor denen, die sich nichts Besseres erhoffen, als in uns Kreaturen ihres eigenen Geschlechts zu finden; und auch nicht vor den Männern, die uns wie Männer lieben, oder vor jenen, die so tun, als liebten sie uns als Frauen, weil sie verschleiern wollen, daß sie uns wie Männer lieben. Nein, ich bitte Sie, mein Herr, wenn Sie etwas Sympathie für mich haben ...›»

Ich unterbrach Feliciano heftig:

«Ist das wahr, was du sagst?»

«Daß es solche Männer gibt? Ja, wo lebst du denn!»

«Und wie ist es weitergegangen?»

«Casanova blieb ungläubig, oder er tat jedenfalls so. Er bat mich, sich nochmals von dem Beweis überzeugen zu dürfen. Denn, so behauptete er, in der ersten Erregung habe er vergessen, auf den Trick mit dem kleinen Instrument zu achten. Er drängte mich erneut zum Fenster.

‹Was kostet es Sie, Feliciano, mir diesen kleinen Gefallen zu tun? Habe ich recht, dann müssen Sie zugeben, daß ich es verdient habe. Bin ich im Unrecht, so seien Sie versichert, daß ich nichts anderes von Ihnen fordere, als etwas berühren zu dürfen, was dazu gemacht

wurde, um mich abzustoßen.›
‹Ja, Sie abzustoßen!› gab ich zurück. ‹Ich bin vom Gegenteil überzeugt. Sie versuchen vergeblich mir einzureden, daß es in meiner Macht liege, Sie zu heilen. Aber so geht das nicht. Sie sind in mich verliebt, ganz unabhängig davon, ob ich ein Mann oder eine Frau bin.›
‹Mit etwas Entgegenkommen hätten Sie es mir schon lange erlaubt, meiner Leidenschaft ihren Lauf zu lassen oder meinem Herzen Schweigen zu gebieten.›
‹Mein Herr›, sagte ich daraufhin, ‹diese Aufklärung würde sich, gäbe ich sie Ihnen, ganz gegen mich auswirken. Wie können Sie sich bei Ihrer Veranlagung einreden, Sie würden mit einem Schlage aufhören, mich zu verfolgen, wenn Sie wüßten, daß ich ein Mann bin? Ganz im Gegenteil! Die Reize, die ich in Ihren Augen besitze, würden doppelt so große Verheerungen anrichten, denn sobald Sie Ihren Wunsch als absonderlich erkennen müßten, würden Sie vor keiner Maßlosigkeit zurückschrecken.›»

«Aber du bist ja verrückt!» rief ich aus. «Weißt du denn nicht, wer Casanova ist? Die Fürstin von Belmonte hat sich ausführlich über alle seine Abenteuer in Venedig berichten lassen.»

«Ich war dabei.»

«Na und?»

«Ich habe ihm, wie du, zunächst geglaubt.»

«Hast du deine Meinung geändert?»

«Nach dem, was zwischen uns vorgefallen ist, ja. Meine Ahnung ist zur Sicherheit geworden, davon lasse ich mich nicht mehr abbringen.»

«Warst du dabei, als er den Damen seine Abenteuer im Kloster von Murano erzählte?»

«Ja, eben.»

«Wieso: ja, eben?»

«Auch ich habe seinen Bericht für bare Münze genommen. Aber heute nacht, im Anschluß an unsere Unterhaltung hinter dem Vorhang, habe ich darüber nachgedacht. Nonnen? habe ich mir gesagt, sieh mal an! Welch eigenartige Wahl für einen Mann, der uns zwanzigmal am Abend versichert hat, er interessiere sich nur für Frauen.»

«Ich sehe nicht, was dich an dieser Wahl so überrascht!»
«Wirklich nicht?»
«Nein.»
«Wie hat er den Gärtner des Klosters beschrieben?»
«Den Gärtner? Als einen jungen Kerl, gut gebaut, braungebrannt und kräftig. Er hatte sich eine scharlachrote Geranienblüte ins Knopfloch gesteckt und trug, kerzengerade aufgerichtet, einen großen Stein, der von der Mauer gefallen war, ja, er preßte ihn fest an die Brust. Aber was ist das für eine seltsame Frage, Feliciano?»
«Warte nur. Und der Gondoliere, der ihn bis zur Hintertür am Kanal gefahren hat?»
«Der war blond. Seine langen goldenen Wimpern bebten im Mondlicht. Als er anfing zu singen, ist Casanova aufgesprungen und hat ihm eine Hand auf den Mund gelegt aus Angst, sein Gesang, dessen helle Töne über die schläfrige Stille der Lagune hinweggetragen wurden, könnte die Nonnen aufwecken. Aber die Worte waren so schön, die Melodie so süß, daß er die Finger nur locker vor die Lippen des Gondoliere hielt, damit die bezaubernde Stimme gedämpft hindurchdringen konnte.»
«Erinnerst du dich, was am Landungssteg geschah?»
«Wie könnte ich es vergessen haben, die Beschreibung war so genau und so lustig: er sah eine menschliche Gestalt zusammengekauert auf der ersten Stufe über dem Wasser hocken. Ich bin verloren, dachte er und zog seinen Dolch. Er stand vorn in der Gondel, aber derjenige, der ihn erwartete, fing seinen Arm ab und flüsterte ihm hastig zu: ‹Signore, Sie wissen, wer mich geschickt hat. Ich soll Ihnen die Tür öffnen.› Er nahm seine Maske ab, unter der sich ein Knabe von ganz besonderer Schönheit verbarg: mandelförmige Augen, pralle Lippen, schwarze Locken, die Wangen von einem noch kindlichen Flaum kaum beschattet... Du siehst, ich erinnere mich an jede Einzelheit. Casanova rührte sich nicht. Der Schreck war ihm in die Glieder gefahren. Dann hob er einen Fuß, streckte ihn vor, vergaß, daß er noch im Boot stand. Er wäre ins Wasser gefallen, wenn der Jüngling ihn nicht umfaßt und an Land getragen hätte. Eine gute Minute lang blickten sie einander in die Augen, bevor sie wieder zu Atem kamen und sich auf den Weg zum Garten machen konnten. Dort haben sie dann den Gärtner getrof-

fen und mit seiner scharlachroten Geranienblüte und dem an die Brust gepreßten Stein.»
«Und die Nonnen?»
«Die Nonnen?»
«Ja, was hat er uns über sie erzählt?»
«Was gab es da zu erzählen, Feliciano?»
«Wieso, was gab es da zu erzählen? Er war doch ihretwegen gekommen!»
«Nun ja, er hat sie angetroffen.»
«Also jetzt frage ich dich: Kannst du sie mir beschreiben?»
«Er hat sie nicht beschrieben.»
«Und warum nicht?»
«Weil eine Nonne aussieht wie die andere! Sind sie nicht alle gleich gekleidet? Hat sie die Klosterregel nicht alle nach dem gleichen Muster geformt?»
«Du sagst es! Aber wenigstens ihre Gesichter, ihren Ausdruck, ihr Wesen; oder was sie gesagt haben; ein Wort, eine Geste, die sie voneinander unterscheidet ...»
«Unmöglich, Feliciano. Die Äbtissin oder eine der Schwestern, die nicht in die Verschwörung eingeweiht waren, konnten jeden Augenblick auftauchen. Also völlige Stille und so viel Dunkelheit, wie es in einer mondhellen Nacht gibt, keine Lampe ...»
«Ja, er verfluchte den Mondschein, der ihm so viel Freude gemacht hatte, als er auf das schöne Antlitz des Gondoliere fiel, weil die Zelle der Schwester B. taghell erleuchtet war und kein schattiges Dunkel die Wachschwester auf ihrem Rundgang täuschen konnte.»
«Das ist doch ganz natürlich. Ich weiß gar nicht, worauf du hinauswillst.»
«Es ist auch ganz natürlich, daß er sich beeilte, das Kloster wieder zu verlassen, und nicht einmal wußte, mit wem er geschlafen hatte, nicht wahr? Ganz natürlich auch, daß er glücklich war, Nacht, Mond und Garten wiederzusehen; dazu den Gärtner mit seiner scharlachroten Geranienblüte; den Jungen mit dem kindlichen Flaum, den schwarzen Locken und seinen Mandelaugen; den Gondoliere, dessen Mund er nun zum zweitenmal mit der Hand verschließen konnte ...»

«Die Nacht war wahrscheinlich herrlich schön und das Kloster kalt!»

«Nein, Porporino. Jedesmal, wenn Casanova sich seiner weiblichen Eroberungen rühmt, bringt er den Bericht schnell hinter sich, als ob er sich einer gewöhnlichen Arbeit entledigen will, die nicht von wirklichem Interesse ist. Dagegen beschreibt er uns die Männer, die ihm begegnet sind, ganz genau und erwärmt sich für sie, weil sie ihm einen viel größeren Eindruck hinterlassen haben.»

«Nun schön. Nehmen wir an, es stimmt, was du sagst. Das erklärt aber noch nicht, warum du vermutest, er sei in dich verliebt!»

«Er betet mich an!»

«Da habe ich meine Zweifel.»

«Ich würde sogar noch weitergehen: Er liebt nur uns, uns Kastraten! Wir flößen ihm eine ganz besondere Zärtlichkeit ein.»

«Aber du widersprichst dir ja! Was sind wir für einen Mann wie ihn? Weder Knaben noch Mädchen! Wir sind nichts! Nichts!» rief ich in einem Ton, der auf Feliciano ungeheuer naiv wirkte.

Er kniff die Augen zusammen, als müsse er einen Lachanfall unterdrücken. Dann hob er die Schultern:

«Was willst du, ich gefalle ihm. Frau oder Mann oder nichts von beidem, ich gefalle ihm, dafür lege ich meine Hand ins Feuer.»

Und ganz ungezwungen setzte er hinzu:

«Aber er gefällt mir gar nicht. Er ist nicht mein Typ.»

«Und wenn er dir gefallen hätte?» fragte ich und blickte dabei Feliciano mit entsetztem Staunen an.

«Ja, was meinst denn du? Ich bin fest entschlossen, keine Gelegenheit auszulassen, die mein guter Stern mir bietet. Soll ich ein Mann sein? So bin ich ein Mann. Soll ich eine Frau sein? So bin ich eben eine Frau. Wer anders auf der Welt erfreut sich solcher Privilegien, wie wir sie genießen? Wer hat wie wir ein doppeltes Leben, doppelte Möglichkeiten? Und das sollten wir nicht ausnutzen? Wir gehören weder zum einen noch zum andern Geschlecht, also gehören wir beiden zugleich an. Ist das nicht wundervoll? Doppelt so viele Abenteuer, doppelt soviel Vergnügen! Die ganze Welt gehört uns! Und obendrein haben wir noch die Möglichkeit, alle uns lästigen Anträge abzuwehren. ‹Ich merke wohl, daß Sie so tun, als hielten Sie mich für eine Frau, weil Sie mit mir ihre abscheulichen Neigungen befriedigen wollen, Signore›... und so weiter. Wie ich es in meiner Rede an Casanova getan habe. Oder auch, wenn eine Frau dich nicht in Ruhe läßt: ‹Aber Signora, wie können Sie so grausam sein, mir die Erfüllung von Wünschen vorzugaukeln, die mir mein elendes Schicksal auf immer versagt?› Du setzt dabei eine hoffnungslose Miene auf und denkst währenddessen an die reizende X oder Z, die dich in der vergangenen Nacht leidenschaftlich in ihre Arme geschlossen hat. Ja, aber was machst du denn für ein trauriges Gesicht, mein armer Porporino? Ich hab mir schon lange gedacht, daß mit dir etwas nicht in Ordnung ist. Was hast du denn? Der Salerno hat dir die Kanäle durchgeschnitten, schön. Aber du bist doch immer noch fähig, einen Steifen zu bekommen, oder? Du könntest einen Riesenerfolg haben, wenn du wolltest. Ich beglückwünsche mich jeden Tag, daß ich mich verwandeln kann, je nachdem, was man von mir verlangt. Es ist ein phantastisches Gefühl, in einen Salon zu kommen und zu sehen, wie alle Blicke sich auf dich richten, zu spüren, wie die Herzen in der Brust der anwesenden Herren und Damen rascher schlagen. Du sagst dir, daß jeder dieser Leute, die dich ansehen, sich vielleicht insgeheim fragt, ob es ihm gelingen wird, in dein Bett zu schlüpfen oder dich in sein Bett zu locken. Du hast sie alle in der Hand, du kannst mit ihnen machen, was du willst. Sie liegen dir zu Füßen, sie gehören dir, du besitzt sie. Jedes Geschlecht meint, daß du das andere bevorzugst, du aber bevorzugst keines, um ihr Herrscher zu bleiben. ‹Wer mag er sein? Was verbirgt er auf dem Grund seiner Seele? Was ist seine wahre Natur?› Auf dem Grund deiner Seele verbirgst du nichts. Eine wahre Natur hast du auch nicht. Du bist immer verfügbar, du bist nichts, deshalb bist du alles!»

Ein mißglücktes Debüt

Der Gedanke, Feliciano habe nur prahlen wollen, ist mir zunächst nicht gekommen. Ich war erschüttert. Ziellos streifte ich durch die Straßen. Seit ich im Konservatorium lebte, war ich mit dem Gedanken vertraut, daß wir Kastraten einer besonderen, einer verfluchten Art von Menschen angehörten, die zum Leiden, zu einem Leben in Schatten und Schande bestimmt war. Ausgeschlossen von den Freuden, die drei Viertel des menschlichen Lebens ausmachen, und nicht nur körperlich, sondern auch in unseren Empfindungen beschnitten, stehen wir vor dem bunten Treiben der Welt wie arme Kinder vor einem Schaufenster voller Spielzeug; unsere einzige Rechtfertigung ist unser Wissen um dieses Anderssein. Der junge Milchmann pfeift nachts unter dem Balkon des hübschen Nähmädchens: Wenn ich an ihr Glück denke, um das ich für immer betrogen wurde, werfe ich mich impulsiv in tiefster Verzweiflung auf den Boden. Aber warum eigentlich? Dieser junge Milchmann gleicht jedem anderen jungen Milchmann, jedem anderen jungen Mann überhaupt; die Kraft, die sie treibt, ist bei allen jungen Leuten seines Alters die gleiche; die auf eine triviale Weise despotische Natur übt ihre unerbittliche Macht an zehntausend, an hunderttausend anderen Orten der Welt aus; auf hunderttausend anderen Balkonen öffnen sich hunderttausend andere Fenster. Ich bin der einzige, der kraftlos am Boden liegt. Der einzige. Der einzige. Und während ich mir immer wieder vorsage, daß sie alle das gleiche Ziel verfolgen und nur ich allein abseits bleibe, weil ich für eine so seltene Aufgabe bestimmt bin, daß ich zu einem Auserwählten werde, spüre ich, wie ein unbekannter, berauschender Stolz in mir aufsteigt. Während ich daliege, lang hingestreckt in der Dunkelheit, erlebe ich etwas, was die andern nie erleben werden: eine nackte, abgrundtiefe Trostlosigkeit ergreift mich; ich bin am Ende; ich weiß, daß ich nichts bin; ich erwarte nichts und spüre darum so etwas wie eine vollkommene Freude; ich bin diesseits oder jenseits aller Tröstungen; ich kann nicht, wie die andern es tun, auf mehr Chancen, mehr Erfolg, mehr Glück hoffen. Mehr oder weniger als was? Ich stoße sofort an die äußersten Grenzen meiner Möglichkeiten, an meine eigenen Grenzen. Meine Zukunft steht wie eine massive, blinde Mauer unmittelbar vor mir. Meine Erfahrung im Unglück ist absolut, die Glückserfahrung der andern wird immer nur relativ sein. Ich bin ihnen also unendlich überlegen! Von all denen, die etwas zu erreichen versuchen, trennt mich der ganze Vorsprung dessen, der auf Besitz verzichtet hat. Welches Kind hat sich nicht des nachts im finsteren Zimmer einmal danach gesehnt, es könne jenen Augenblick unbeschreiblichen Entzückens festhalten, als in der Dunkelheit, die den Dingen ihre festen Konturen nimmt, sich mit einem Schlag die Ewigkeit vor ihm auftat?

Aber wir Kastraten, wir müssen alle solidarisch sein, um unsere Schande wie einen Schleier aus Größe und Schönheit über das Antlitz der Erde zu breiten. Wenn wir auch nur von einem der Unsrigen verraten werden, wenn auch nur einer sich auf die Jagd nach den Zielen der andern macht; wenn er mit ihnen in Wettstreit tritt, wenn die Natur ihn als einen ihrer Söhne betrachten soll, dann bringt er uns alle um unsern Ruhm. Dann sind wir wieder auf die Stufe derer zurückgefallen, die hoffen, vergleichen und nach dem Erfolg beurteilt werden. ‹Feliciano kommt gut voran, Porporino weniger gut.› Er hat mir gesagt, ich könnte Erfolg haben, wenn ich nur wollte! Sieht er denn nicht, daß wir, wenn wir auf unsere Erfolgsmöglichkeiten bauen, uns um unsere einzige Rechtfertigung bringen, um das stolze Gefühl der Zugehörigkeit zu der geheimnisvollen Kaste der Ausgeschlossenen? Was bleibt uns von der Überlegenheit der Ausgestoßenen? Wenn wir versuchen wollten, auch glücklich zu sein, wenn wir aufhören wollten uns abzusondern, würden uns alle sofort fühlen lassen, daß sie uns für nicht gleichwertig halten. Das Mehr und das Weniger sind unser abscheuliches Los. Feliciano, du hast uns verraten!

Wie lange ich mich mit solch bitteren Gedanken und wilden Schwüren herumgeschlagen habe, weiß ich heute nicht mehr. Ich selbst, das gelobte ich mir damals, würde es bestimmt fertigbringen, der Welt zu entsagen! Deshalb wählte ich auch stets die dunkelsten Straßen und Gassen, in die nie ein Sonnenstrahl drang. Es gibt keine noch so schwächliche Pflanze, die sich nicht im Wachsen der Sonne entgegenreckt; kein noch so unbedeutendes Tier, das sich nicht etwas Glück erhofft; keinen mißgestalteten, von der Natur noch so benachteiligten Menschen, der nicht die Gesetze seines Wachstums der Natur entlehnt. Alles, was im Universum lebt, strebt nach Entfaltung. Uns allein, uns Kastraten kommt es zu, die Vulgarität dieses Strebens nach Erfolg durch unsere unnachgiebige Weigerung aufzuwiegen. Geht eures Weges, Verführer, Schmeichler, Schaumschläger, Schönredner und Scharlatane, ich bin kein Saatkorn, das in euren Händen keimen könnte. Unsere Ziele sind so verschieden, daß es vergebliche Mühe wäre, euch zu erklären, wohin mich meine Neigung zieht.

Habt ihr schon einmal von Prometheus gehört? Die Götter herrschten im Olymp und zeigten den Sterblichen durch ihre Liebesabenteuer, wie sie leben sollten: Liebt euch, seid glücklich und erfolgreich! Erlaubt ist alles, nur nicht der Glaube, daß irgendeine eurer Neigungen verboten sei! Minos stellte allen Nymphen nach, Selene küßte den schlafenden Endymion auf die geschlossenen Augenlider. Kronos vermählte sich mit seiner Schwester Rheia, Zeus entführte Ganymed, Poseidon verwandelte sich in ein Pferd, um sich mit Demeter zu paaren, Dionysos vergnügte sich mit Ziegen und Böcken, Narkissos trieb es mit sich selbst... Folgt euren Neigungen, laßt nur das Verlangen nach voller Entfaltung gelten! Gelobt seien alle Galanterien, gelobt der Priapismus, die Blutschande, die Päderastie, die Bestialität, die Masturbation! Prometheus aber schüttelte den Kopf und sagte: ‹Euer Programm, o Götter, ekelt mich an.› Und er raubte ihnen das Feuer. Das zerstörende Feuer, die zersetzende Flamme; den Dämon, der die eben eingebrachte Ernte in der Scheune anzündet; die Plage, die das unendliche, natürliche Streben aller Dinge nach Erfüllung zunichte macht. Das war es, was er den Göttern raubte, um es den Sterblichen zum Geschenk zu machen. Aber die Menschen brachten es fertig, sogar das Feuer zu zähmen und es ihren trivialen Zwecken dienstbar zu machen: sie benutzten es zum Backen des Brotes, zum Heizen ihrer Häuser, zum Schmelzen von Metall, zur hundertfältigen Verbesserung ihres Lebens, weil sie außer den Gütern, die sie der Natur verdankten, auch noch den Gewinn aus der Herstellung von Waren haben wollten. Prometheus beobachtete sie beschämt. ‹Dies aber›, rief er und reckte sich empor, ‹dies werdet ihr mir nicht nehmen können!› Er wandte sich gleichermaßen an die Menschen und an die Götter und wies dabei auf die Wunde in seiner Leber, die ein Adler jeden Tag noch ein wenig vergrößerte, seit Zeus Prometheus zur Strafe für seine Tat an einen Felsen im Kaukasus geschmiedet hatte. ‹Liebt euch, seid glücklich, verwirklicht eure Pläne, seid erfolgreich, wenn das euer trauriger Ehrgeiz ist! Ihr werdet nicht verhindern, daß es irgendwo über euren Köpfen, verloren im steinernen Chaos der Berge, einen Mann gibt, der dazu verdammt ist, niemanden zu lieben und von niemandem geliebt zu werden, der aber euch alle, wie ihr daseid, ebenso weit überragt wie die schneebedeckten, im ewigen Glanz strahlenden Berggipfel eure flachen Täler überragen, eure wimmelnden Städte und die fieberhafte, unsäglich bedeutungslose Geschäftigkeit eurer Existenzen auf der Suche nach Entfaltung!›

Auch ich hatte meinen Adler: Wie schmerzlich war es, mit ansehen zu müssen, daß Feliciano dem seinen nicht treu blieb!

In der darauffolgenden Nacht hatte ich einen seltsamen Traum. Wie der Held der Oper, deren Handlung der junge Mozart uns erzählt hatte, befand ich mich bei Sonnenuntergang auf dem Strand einer Insel. Nicht weit vom Ufer entfernt schlingerte und ächzte ein großes Schiff im Sturm, Gischt stob über das Riff. Ein Mann im besten Alter lehnte, mit Krone und Zepter angetan, auf der Kommandobrücke am Fockmast. Mit seiner grauen, im Nacken durch eine einfache Schnur befestigten Perücke, seiner spitzen Nase und den verschlagenen Augen, deren unsteter Blick nicht zu den königlichen Attributen passen wollte, sah er Leopold Mozart zum Verwechseln ähnlich. Als ich aber genauer hinsah, stellte ich fest, daß er eine Glatze hatte wie mein Vater, mit einem schmalen Kranz dichter schwarzer Haare im Nacken und, auch wie mein Vater, von kräftiger Statur war. Ich stand wie festgenagelt da, weniger aus Überraschung als aus der abergläubischen Furcht, ich könnte den Untergang des Schiffes beschleunigen, wenn ich dem einzig Überlebenden zu Hilfe käme, und sah zu, wie mein Vater langsam in den Fluten versank. Dann, als er mit dem Wrack verschwunden war, blickte ich mich um und sah ihn auf einem mächtigen Felsen stehen, einen Arm nach vorn gestreckt, wie ein Redner, der zum Sprechen ansetzt. Er trug immer noch Zepter und Krone, aber die Krone war offenbar aus Eisen und nicht aus Gold. Sie schien verrostet vom langen Aufenthalt im Wasser, und der purpurne Mantel, der um seine Schultern flatterte, war vom Wind zerfetzt.

Ich senkte demütig den Kopf, als hätte ich irgendeine Sünde begangen, ohne allerdings zu wissen, was ich getan hatte. Mein Vater begann zu reden. Er sagte genau das, was er von mir dachte, als ich noch bei ihm in San Donato lebte. Die Worte aber, die er gebrauchte, und die feine, pompöse Art seiner Rede paßten nur zu einem König. Wie soll ich es sagen? Es war wohl mein Vater, der zu mir sprach, aber es war so, als hätte ein Zauberstab den armen Tagelöhner aus Kalabrien in einen König verwandelt. Einen Opernkönig, denn ich konnte fast wörtlich die ernsten Ermahnungen wiedererkennen, die dem jungen Idamante zuteil geworden waren. «Vincenzo», so hob er an (mein Vater wußte also offenbar nicht, daß ich meinen Namen geändert hatte), «es hängt von dir ab, ob deine Eltern reich und glücklich werden, oder ob sie, umgeben von ihren zerlumpten Kindern, in der großen Masse untergehen und nie ein Recht auf Wohlstand und auf die Achtung ihrer Nachbarn haben werden. Es wird davon abhängen, ob du es zu Ruhm und Reichtum bringst oder ob du von allen verspottet und verachtest wirst und unbekannt und mittellos stirbst. Womit habe ich einen solchen Sohn verdient?» rief er plötzlich aus und wandte sich an den Fürsten von Sansevero, der jetzt auch auf dem Felsen erschienen war. «Exzellenz, Eure Großzügigkeit wird leider auf unfruchtbaren Boden fallen. Vor Euch steht ein Tunichtgut, ein Nichtsnutz. Wenn er bei Euch bleibt, werde ich später die größte Mühe haben, ihm die Feldarbeit beizubringen. Aber ich bin sicher, daß er auch Eure Erwartungen enttäuschen wird, wenn Ihr die Güte habt, ihn mitzunehmen und ihm Eure Gunst zu gewähren. Seht ihn nur an, er hätte mich bei diesem Schiffbruch untergehen lassen, ohne mir ein Tau zuzuwerfen, nur allzu glücklich bei dem Gedanken, daß ich endlich ertrinken würde.»

Drohend wies er mit dem Finger auf mich, während er so sprach, aber ich dachte nicht daran, mich zu verteidigen, nein, ich wünschte sehnlichst, seine Voraussage möge sich auf die eine oder andere

Weise erfüllen. Ich brachte nur stammelnd hervor: «Vater, ich heiße jetzt Porporino.» Meine einzige Sorge war, das über mich gesprochene Urteil könne wirkungslos bleiben, und ich zitterte vor Angst bei dem Gedanken, daß auf diese grausamen, mir aber seltsamerweise so wohltuenden Worte vielleicht keine angemessene Strafe folgen würde.

Ich brauchte nicht lange zu warten. Das Bild verwandelte sich. Es war Premiere im San Carlo, ich debütierte in einer ersten Rolle, der Impresario hatte mir einen großen Erfolg versprochen. Wie viele Lichter, wieviel Geschmeide in den Logen! Ein Raunen ging durch den Saal, als ich auf die Bühne kam; ich trat an die Rampe, warf einen Blick auf den Maestro, holte Luft und öffnete den Mund... aber – entsetzlich! – meine Stimme erstickte in der Kehle, ich brachte keinen Ton heraus. «Das schadet nichts. Noch einmal von vorn!» rief der Maestro. «Reiß dich zusammen», flüsterte mir die erste Sängerin zu. Es war schon richtig, so etwas kam bei Novizen gelegentlich vor. Ich schloß also die Augen, um mich zu konzentrieren, nahm meinen ganzen Mut zusammen. ‹Nur jetzt nicht schwach werden! Du wirst doch deine Kameraden nicht im Stich lassen wollen? Denk an deine fernen Eltern, die überaus stolz wären, wenn sie sehen könnten, wie weit es ihr Sohn gebracht hat.› Der Maestro gab mir ein Zeichen; ich nickte; er begann von neuem, ich öffnete den Mund. Aber... Wie war das möglich? Es war, als stoße eine Kraft alle Töne, die herausdrängten, gebieterisch in meine Kehle zurück. Gleichzeitig empfand ich ein selbstquälerisches Wohlgefühl, wie jemand, der sich mit aller Kraft gegen ein wildes Tier gewehrt hat und sich nun besiegt fallen läßt, um seinen zitternden, erschöpften Körper der Bestie preiszugeben.

Das Publikum hielt den Atem an, im Theater herrschte tiefe Stille. Was dachten sie von mir? Wohin fliehen? Wo mich verstecken? Ich konnte mich nicht rühren; ich wartete. Dann, endlich, ein Murmeln, das zum Stimmengewirr wurde, zu Donnergetöse anschwoll! Welch eine unbekannte Freude überkam mich? Das war nicht der erhoffte Beifall, das war viel mehr! Ein wundersamer Frieden strömte wie Balsam durch meine Adern: Aus dem Saal erschallte ein einziges Hohngelächter, die vom Echo tausendfach vervielfältigte Stimme meines Vaters...

In diesem Augenblick wachte ich auf. Schweißgebadet. Feliciano stand auf der Schwelle meines Zimmers und rief, ich solle mich beeilen, wenn ich seinen Vater sehen wolle. Noch betäubt von meinem Traum stammelte ich: «Was? Was sagst du? Wessen Vater?» Aber er war schon davongelaufen. Er beugte sich aus dem Fenster, hüpfte von einem Bein auf das andere und wurde immer aufgeregter. «Komm schnell», rief er, ohne sich umzudrehen. Als ich neben ihm aus dem Fenster blickte, sah ich einen Mann über den Hof auf das Tor zugehen.

«Das war mein Vater», sagte Feliciano, als der Mann unter dem Torbogen verschwunden war.

«Und darum hast du mich geweckt?» murmelte ich schlecht gelaunt.

«Aber hör doch zu! Er ist heute im Sprechzimmer erschienen. In aller Herrgottsfrühe, als ob wir auf dem Lande lebten. Na gut, ich bin aufgestanden; ich ging hinunter und sah vor mir einen ängstlich zitternden Mann, der mir ein Schriftstück entgegenhielt.

‹Hier steht geschrieben, daß ich dein Vater bin›, sagte er. ‹Lies nur.›

‹Möglich›, sagte ich kühl und gab ihm das Schreiben zurück.

‹Wie schön du gekleidet bist›, sagte er.

‹Der Herzog versorgt mich mit allem Nötigen›, sagte ich.

‹Ich bin dein Vater›, fing er wieder an.

Und zu meiner Überraschung streckt er mir die Hand entgegen wie ein Bettler, der um Almosen bittet. Ich wich einen Schritt zurück.

‹Ich bin dein Vater›, sagte er zum drittenmal.

‹Sehr verbunden›, sagte ich.

‹Du bist reich geworden›, sagte er.

‹Eines Tages werde ich vielleicht wirklich reich sein›, sagte ich.

‹Wenn es soweit ist, komme ich wieder. Wir haben ja nun Bekanntschaft geschlossen. Bis dahin . . .›

‹. . . gestatten Sie mir, Ihnen einen guten Tag zu wünschen›, sagte ich und dachte, die Unterhaltung sei damit beendet.

‹Ich bin arm geblieben›, sagte er.

‹Gott möge Ihnen helfen›, sagte ich.

Er warf mir einen tückischen Blick zu und fing wieder an:

‹Ich habe mich daran erinnert, daß ich einen Sohn habe.›
‹Der Teufel soll ihn holen›, murmelte ich vor mich hin.
‹Was sagst du?› fragte er.
‹Daß ich zu Ihren Diensten stehe.›
‹Gib mir das Geld›, sagte er.
‹Wie bitte?›
‹Wenn ich mich früher nicht um dich gekümmert hätte, wärst du genauso arm geblieben wie ich.›
‹Jedem das Seine›, sagte ich.
‹Ich habe getan, was nötig war, um dir eine schöne Karriere zu sichern.›
‹Der Herzog hat Ihnen damals eine stattliche Summe gezahlt.›
‹Undankbarer! Hast du kein Herz? Du findest nach jahrelanger Trennung deinen Vater wieder, du bist reich geworden, du siehst ihn vor dir, so arm wie du ihn verlassen hast, und er muß dich noch um Geld bitten, nach allem, was er für dich getan hat!›
‹Gut›, sagte ich, ‹warten Sie hier auf mich.›
Ich bin in mein Zimmer gegangen. Rate, Porporino, welchen Streich ich mir ausgedacht hatte!»

Ich hätte lange und vergeblich rätseln können. Was mir Feliciano erzählte, erfüllte mich mit Bewunderung und Entsetzen zugleich. Ich war sprachlos darüber, mit welcher Unbekümmertheit, mit welcher Kälte er sich seines Vaters entledigt hatte. Später habe ich oft an diese Episode zurückdenken müssen, um mir die Verschiedenheit unserer Schicksale, das unterschiedliche Ergebnis unseres Strebens zu erklären. Wie ich ihn beneidet habe! Wie gern wäre auch ich den Ruinen Trojas, den Ruinen meiner Kindheit entflohen, leichtfüßig und frei, ohne die Last jenes Schattens, der schwerer zu tragen war als das Universum für die Schultern eines Atlas! Aber es stand geschrieben, daß ich, Äneas gleich, der seinen Erzeuger auf den Schultern durch die Flammen schleppte, meinen Anchises das ganze Leben mit mir herumtragen würde: drohend, unsichtbar, erdrückend; König meines Daseins, wie er mir in meinem Traum erschienen war, ein unersättlicher, von meiner Ergebenheit sich nährender Monarch.

«Nun, hast du's erraten?» fragte Feliciano nach einer Weile.
Ich schüttelte den Kopf.

«Ich habe in meiner Hand einen kleinen Gegenstand versteckt und bin wieder ins Sprechzimmer gegangen.
‹Ich bin bereit, Ihrem Wunsch nachzukommen›, habe ich gesagt.
‹Na endlich, mein Sohn.›
‹Sie haben mich also aufgesucht, weil Sie mir seinerzeit einen guten Dienst erwiesen haben?›
‹So ist es.›
‹Und Sie wollen nicht fortgehen, bevor Sie nicht gerechten Lohn für Ihre Zuneigung erhalten haben?›
‹So ist es.›
‹Sie meinen, die Dankbarkeit des Sohnes müsse den Opfern des Vaters entsprechen?›
‹Das sind goldene Worte.›
‹Und Sie erwarten, mit gleicher Münze bezahlt zu werden?›
‹Genau das.›
‹Schön›, habe ich gesagt, ‹genauso soll es auch sein.› Und dann habe ich ihm den kleinen Gegenstand in die Hand gedrückt, den ich aus meinem Zimmer geholt hatte.
‹Eine Geldbörse!› rief er erfreut aus.
‹Sehen Sie bitte hinein.›
‹Sie ist ja leer!›
‹Sie gleicht in allen Stücken der wunderbaren Wohltat, die ich der väterlichen Fürsorge von damals verdanke. Wie Sie sehen, mein Herr, sind wir nun quitt!›
Mit diesen Worten habe ich ihn im Sprechzimmer stehenlassen. Verblüffung und Wut hatten ihm die Sprache verschlagen; blöde starrte er auf die leere Börse in seiner Hand. Ich aber bin schnell hinaufgerannt, um ihn dir zu zeigen und um zu sehen, ob man nach einem solchen Schock noch gradaus gehen kann. Denn ein mächtiger Schock war es schon, meinst du nicht? Was für ein Mannsbild!»

Das Geheimnis der grauen Perücken

Der Fürst von Sansevero hatte, als er ein Jahr alt war, seine Mutter und mit fünfzehn Jahren seinen Vater verloren. Er verbrachte seine Schulzeit in Rom bei den Jesuiten im Collegio Clementino. Als er später nach Neapel zurückkam, waren die Jesuiten auf Befehl des Ersten Ministers Seiner Majestät aus dem Königreich vertrieben worden. Als Knabe verabscheute er die Grammatik, wurde deshalb von den Jesuiten eine Klasse zurückversetzt und rächte sich, indem er für Schüler der höheren Klassen Kurse in Geographie, Heraldik und Pyrotechnik einrichtete. War es Rache? Ich glaube, wir werden sein Motiv besser erkennen, wenn ich zunächst die anderen hervorstechenden Ereignisse aus dem Leben des Fürsten dargelegt habe. Vergleichen Sie, zum Beispiel, dieses Sichhinwegsetzen über die schulische Rangordnung mit dem, was ich an anderer Stelle im Zusammenhang mit den Perücken seiner Dienstboten gesagt habe, die wie seine eigene, zum gleichen Preis, in gleicher Farbe und gleicher Machart in Paris hergestellt wurden.

Seine ersten Erfindungen hatten praktischen Wert gehabt: das Druckverfahren, mit dem man gleichzeitig mehrere Farben drucken konnte, das Papier für Patronenhülsen, der wasserdichte Stoff, die hydraulische Pumpe. Ja, praktischen Wert, aber das war in seinen Augen nur ein ärgerlicher Zufall. Sobald er feststellen mußte, daß sie brauchbar waren, verlor er jedes Interesse an seinen Arbeiten. Das Druckverfahren überließ er dem König. «Ich habe ein Papier hergestellt, das nicht brennt, was kann ich dafür, wenn die Artilleristen es benutzen? Aus meinem wasserdichten Stoff macht man jetzt Regenumhänge für die Jagd!»

An seiner besonderen Neigung für das Mischen von Farben allerdings hielt er fest. Er entwickelte eine Farbe für Glasmalerei, eine andere für Marmor. Auch hatte er den alten Römern das Geheimnis ihres Zinnoberrots, den Chinesen das Geheimnis ihres Lacks entrissen und konnte aus ganz gewöhnlichen Glasstücken so herrliche, den echten zum Verwechseln ähnliche Lapislazuli herstellen, daß sogar der königliche Goldschmied keinen Unterschied feststellen konnte. Umgekehrt machte er sich ein Vergnügen daraus, Saphire und Rubine ihrer Farbe zu berauben; unter seiner Hand verblaßte das leuchtendste Rot oder Blau, und unermeßlich kostbare Steine verloren in seiner Werkstatt jeden Handelswert.

Wozu dieser Zeitvertreib? Aus Spaß daran, die Leute gerade auf dem Gebiet zu irritieren, das sie am besten zu beherrschen glaubten? Aus Spottlust? Gewiß, aber auch, um zu sehen, ob in ihrem aus allen Gewohnheiten aufgescheuchten Verstand nicht etwa völlig neue, unerwartete, seltsame, ja wunderbare Dinge aufkeimen könnten. Viele Kunstliebhaber baten darum, seinen Palast besichtigen zu dürfen. Er besaß zwei Caracciolo, drei Ribera, drei Stanzione und zwanzig oder dreißig Werke von seinem Lieblingskünstler Mattia Preti, dem Maler der Pestepidemien von Neapel, Bilder von Leichenbergen unter langen, dunklen Galerien: bleiches Licht liegt auf dem verwesenden Fleisch, dem Munde der Sterbenden entweicht der Hauch des Todes, und überall herrscht die kalte Unordnung der großen neapolitanischen Malerei. (Der Fürst verabscheute Giordano und Solimena.) Er pflegte seine Besucher zu begleiten, die immer wieder begeistert riefen: «Wie schön, wie herrlich!» Er hörte ihnen artig zu und forderte sie dann, mit immer gleichbleibender Höflichkeit auf, ihm in die gegenüberliegende Kirche San Domenico Maggiore zu folgen. «Dort, in der ersten Kapelle links vom Altar, dort werden Sie ein bedeutendes, ein wirklich großartiges Kunstwerk sehen», fügte er erklärend hinzu, «meine Bilder sind nichts daneben, meine Maler Stümper im Vergleich zu Caravaggio, dem größten aller Meister. Er hat dieses Werk geschaffen. Sie haben doch schon von ihm gehört, nicht wahr?»

Und ganz leise fügte er hinzu:

«Sie erinnern sich, er wurde an einem Strand in Kalabrien ermordet.»

Der Kunstliebhaber, meist ein geistvoller, kultivierter Mann, der sich gern an schönen Künsten ergötzte, betrachtete das Werk: ein in unruhigem Helldunkel gemaltes Christusbild, eine Geißelung Christi. Und auch wenn er diese grobe, volkstümliche Malerei nicht besonders schätzte, sagte er sich mit einer Befriedigung, die sich in seinen Zügen widerspiegelte: Was wäre mir entgangen, wenn ich auf meiner Reise dieses Meisterwerk der neapolitanischen Kunst nicht gesehen hätte, das mir um so wertvoller ist, als es mir von einem der gebildetsten und originellsten Fürsten des Königreichs in dieser Kirche gezeigt wurde, die ich sonst wohl nicht betreten hätte.

Der Fürst aber hatte auf diesen Moment gewartet, um seinem Gast die Hand leicht auf die Schulter zu legen und sich mit ihm der gegenüberliegenden Wand der Kapelle zuzuwenden. Dort hing eine genaue Kopie des Caravaggiobildes. Eine Kopie? Wie aber, wenn das erste die Kopie gewesen wäre? Welches Bild war die Wiedergabe des andern? Eine Fülle von peinlichen Fragen überfiel den in seinem Stolz getroffenen Reisenden. Hatte er unvorsichtigerweise eine wertlose Reproduktion gelobt? Er fragte den Fürsten. Dieser hob zweifelnd die Augenbrauen.

«Ich weiß es auch nicht, mein Lieber, ich hing so an diesem Bild, daß ich einen mir bekannten Maler mit der Anfertigung einer Kopie beauftragte. Aber dann geschah das Unglück: Kaum drei Tage, nachdem er seine Arbeit beendet hatte – die beiden Bilder standen noch in seinem Atelier –, geriet er mit Unbekannten in einen Streit, bei dem ihm beide Augen ausgestochen wurden, beide! Wie soll man nun mit Gewißheit die Kopie vom Original unterscheiden?»

Bei diesen im Halbdunkel der menschenleeren Kirche leise gesprochenen Worten überlief den Reisenden plötzlich ein kalter Schauer. Er drängte hastig zum Ausgang und stieß draußen im Freien einen Seufzer der Erleichterung aus.

Der große Goethe hatte bei einem Aufenthalt in Neapel Don Raimondo mit seinen edlen Ansichten über den Menschen, den Platz des Menschen in der Welt, die Rolle der schönen Künste auf seinem Weg zur Weisheit und anderen Betrachtungen über alle Maßen gereizt. Vor dem Bild des Caravaggio, das ihm in seiner bäuerlichen Derbheit und seinen kontrastierenden Farben nicht gefallen wollte, zog er sich mit einer Bemerkung über die Allgewalt des Genies aus der Affäre und sagte sentenziös: «Der schöpferische Mensch zwingt der Welt seine eigene Wahrheit auf.» – «Wenn das Bild aber eine Fälschung ist?» flüsterte ihm der Fürst zu und zeigte auf das Gemälde an der gegenüberliegenden Wand der Kapelle. Als überlegener Geist ließ sich der Deutsche von der Geschichte der ausgestochenen Augen nicht beeindrucken. Er erwiderte gelassen: «Was ist wahr? Was ist falsch?» In Wirklichkeit aber war er über den Streich, den ihm der Fürst gespielt hatte, doch verärgert. Lesen Sie es in seiner *Italienischen Reise* nach; er berichtet ausführlich von seinem Besuch im Palazzo Filangieri, über den Palazzo Sansevero verliert er kein Wort.

Don Raimondo hatte auch ein Verfahren erfunden, mit dem man Marmor weich wie Butter machen konnte. Und es war ihm gelungen, ohne die Hilfe von Bienen Wachs zu gewinnen. Er ließ verschiedene Kräuter und Blumen in Wasser kochen; dabei setzte sich eine Art Fett ab, das, wenn es lange genug eingekocht wurde, eine Materie mit der Konsistenz, den Eigenschaften und der Farbe von natürlichem Wachs lieferte. Wie sollte man danach noch bestimmen, wo das Reich des Pflanzlichen aufhört, wo das Reich des Tierischen beginnt? Lieber Himmel, jetzt fange ich schon an zu sprechen wie der große Goethe! Der Fürst zog niemals derartige Folgerungen. Er haßte die ‹großen Fragen›. Insgeheim arbeitete er daran, Meerwasser, das Gott salzig und bitter geschaffen hat, in Süßwasser zu verwandeln. Fast wäre ich versucht zu sagen, daß er es aus Freude am Scherz tat, aus purem Vergnügen, hätte nicht etwas Ernstes, Düsteres allen seinen Unternehmungen eine besondere Note gegeben. Als er mich in seinen Plan von der schwimmenden Karosse einweihte, zweifelte ich nicht daran, daß er alles, was wir über die Ordnung der Dinge und die Verteilung der Rollen in der Natur gelernt hatten, radikal umstoßen würde, wenn es ihm eines Tages gelänge, seinen Plan zu verwirklichen. Aber es war ganz offensichtlich, daß ihm dieses Vorhaben nie gelingen würde; und da der Fürst kein Hehl aus seinem Unterfangen machte, mußte man sich fragen, ob ihm sein zähes Bemühen um das Unmögliche nicht überhaupt dazu diente, auf alle seine Arbeiten das Gelächter und den Spott der Öffentlichkeit zu lenken . . .

Ich durfte ihn in einen der größten Klostergärten von Neapel begleiten, in den man nur mit besonderer Erlaubnis des Abtes eingelassen wurde. Auch die Kirche an der Piazza dei Gerolomini hatte einen Innenhof mit Bäumen und Statuen; dieser hier aber übertraf die Gärten aller anderen neapolitanischen Klöster durch die Vielfalt der Pflanzen und Sträucher, die Größe der Eukalyptusbäume, die Fülle der Volubilis, die Melancholie der immergrünen Eichen. Ein riesiger, verlassener Garten voller schattiger Geheimnisse; wuchernd, überquellend, mit verfallenden, von wildem Efeu umrankten Statuen und unter weißen Lotusblüten ruhenden, für immer verstummten dunklen Brunnen.

Majolikaplatten zierten die kleinen Stützmauern der Säulengänge und auch einige Bänke, die unter den Orangenbäumen standen; da gab es Szenen von der Jagd, vom Fischfang und aus dem Landleben in der volkstümlichen Art der komischen Opern des neapolitanischen Repertoires, dann aber auch mythologische Szenen wie in der ernsten Oper oder fantastische, wie zum Beispiel jene mit dem Wagen, vor den außergewöhnliche Tiere gespannt waren: Pfauen mit Krallen und Löwen mit menschlichen, tieftraurigen Augen, die mich ebenso in Verzweiflung stürzten wie den heiligen Johannes der Anblick des siebenköpfigen Leoparden, von dem in der Apokalypse die Rede ist.

Don Raimondo nahm mich beim Arm und zeigte mir ein anderes Bild: da schwamm ein mit Schaufelrädern versehener und von Pferden mit Delphinschwänzen gezogener Wagen auf den Fluten. Einen Wagen zu erfinden, der auf dem Wasser fahren konnte, war eine seiner fixen Ideen geworden. Er ließ im Hof seines Palastes die Teile eines unversenkbaren Wagens zusammensetzen, nachdem er sie lange in einigen nach seinen Angaben zusammengestellten Flüssigkeiten hatte wässern lassen. Was suchte er hier in diesem Klostergarten? Den Beweis, daß er, nach diesem auf die Majolikakacheln gemalten schwimmenden Wagen zu urteilen, so verrückt gar nicht war? Ich fragte mich, ob die vielen Stunden, die wir dort verbrachten, ihm nicht etwas Unbestimmteres, Unbestimmbareres und Wichtigeres brachten: eine Stimmung, eine Inspiration, die es ihm ermöglichte, seinen Gedanken außerhalb der gewöhnlichen Zwänge freien Lauf zu lassen. Er blieb nicht lange neben mir auf der Bank sitzen. Er ging ziellos im Schatten der Orangen- und Zitronenbäume umher, verließ den Hain, verlor sich im Dickicht der Tamarisken und Oleander, ein wenig vornübergebeugt, mit seiner in Paris gekauften Perücke, die aber auf seinem Kopf so gar nicht elegant wirkte, seinem weiten, unmodern geschnittenen Umhang und den nach einem alten Modell angefertigten Stiefeletten.

Er ging im wuchernden Durcheinander der Pflanzen umher, und wenn er sein seltsam weiches Gesicht über ein Brunnenbecken beugte, tat er es sicherlich nicht in der eitlen Absicht, auf der von Wasserrosen umgebenen Wasserfläche sein Spiegelbild zu überprüfen. Nein, er beobachtete das unmerkliche Wiegen der faulenden Blätter, hypnotisiert von der pflanzlichen Materie, die im Begriff war, sich im wäßrigen Bad aufzulösen.

Einen solchen Ort gab es nur in Neapel, aber ist es überhaupt richtig zu sagen, daß es ihn wirklich gab? Und Neapel die Stadt aus Quadern und Pflastersteinen, die Stadt ohne Bäume und ohne öffentliche Anlagen, mit einem Gewirr von stickigen Straßen, mit riesigen, von Mauern eingeschlossenen Gärten voller unnützem Grün, die gegen neugierige Blicke verbarrikadiert sind und von niemand betreten werden dürfen: gibt es diese Stadt wirklich, oder ist sie nur das Hirngespinst eines Verrückten? Don Raimondo, so alt in Eurer Kleidung, so jung in Euren Gedanken; ein Jahrhundert zu spät oder zu früh geboren; unschuldiger Wanderer, satanischer Experimentierer, leidenschaftlicher, von Ironie gequälter Träumer: was sollte ich mit Euch in jenem Klostergarten? . . .

Er hatte es immer abgelehnt, sich zu vermählen. Über die für ihn standesgemäßen Partien führte er jedoch genau Buch.

«Sie meinen, ich solle heiraten? Sehen Sie, unter welchen Frauen ich wählen könnte. Donna Margarita d'Avalos d'Aragona, Herzogin Carafa di Bovino, Donna Violante de Sangro Marquise de Cerchiara, Fürstin de Bisignano della Rovere, Herzogin von Nocera, Donna Lucrezia de Cardine Fürstin von Squillace, Fürstin von Avellino, Donna Isabella Gesualdo Gräfin von der Saponara, Donna Beatrice de Giovara Gräfin von der Rocca, Donna Giovanna del Tufo Gräfin von Marcone, Donna Cornelia Carafa Herzogin von Traietto, Donna Camilla von Afflitto. Warum soll ich das Blut einer dieser Damen mit dem des Don Raimondo de Sangro, Fürst von Sansevero, Herzog von Torremaggiore, Marquis von Castelnuovo, Fürst von San Donato, vermischen? Wozu? . . .»

Eigenartigerweise stammten die Musiker, mit denen er sich umgab, alle aus dem Volk. Bei uns jungen Kastraten verstand sich das gewissermaßen von selbst. Aber eines Tages, als er in Pozzuoli am Strand spazierengegangen war, hatte er einen jungen Fischer auf der

Mole singen hören, ihn in seine Karosse steigen lassen und ihn im Konservatorium untergebracht. Und aus diesem jungen Fischer, der ohne den Fürsten sein Leben lang Netze geflickt hätte, war der erste Komponist des San Carlo geworden, Antonio Sacchini, unser Maestro im Kontrapunkt. Auch Cimarosas traurige Jugend hatte Don Raimondo gerührt. Er war in einem *basso* von Aversa als Sohn eines Maurers und einer Wäscherin zur Welt gekommen. Sein Vater arbeitete am Bau des neuen Königspalastes in Capodimonte, stürzte vom Gerüst und starb. Mimmo wurde mit sieben Jahren ein Fürsorgezögling, bevor er einen Platz im Konservatorium bekam.

«Exzellenz», hatte er später zum Fürsten gesagt, «lassen Sie mich, bei allem schuldigen Respekt, erklären, warum in Italien die Schriftsteller nicht gelesen werden und wir, die armen Musiker, die Theater füllen. Die italienische Literatur ist langweilig, es gibt unter unseren Klassikern keinen, den ein Italiener, der ohne Hofmeister aufgewachsen ist, lesen könnte. Mit Hilfe des Konservatoriums aber kann der Sohn eines Fischers oder eines Maurers Musiker werden, Pergolesi, unser aller Meister, war der Sohn eines Feldmessers, der Enkel eines Schuhmachers. Ist es darum überraschend, wenn die italienischen Musiker die Sprache finden, die von Feldmessern, Schustern, Fischern, Maurern und Wäscherinnen verstanden wird?»

Der Baron von Roccazzurra war empört, daß ein Sohn des Volkes es wagte, so mit einem Fürsten zu sprechen, aber er wußte nicht recht, wie er sich verhalten sollte, als er sah, mit welchem Vergnügen Don Raimondo Mimmo zuhörte. Ich dagegen war von der Unbekümmertheit beeindruckt, mit der mein Freund seine Eltern erwähnt hatte. Sein Vater war tot, aber seine Mutter, die ihn der Fürsorge überlassen hatte ...

Pergolesi verehrten wir alle: mit zweiundzwanzig Jahren die ‹Serva padrona› zu schreiben, die erste Oper ohne Könige, ohne Helden, ohne Griechen oder Römer! Aber wir sprachen seinen Namen doch nicht ohne banges Zittern aus: welch ein erbarmungswürdiges Schicksal! Cimarosa hatte gut reden: die Adligen, die Reichen hatten Pergolesi hart, sehr hart bestraft, weil er gewagt hatte, sich über den ihm durch seine Geburt zugewiesenen Rang hinwegzusetzen. Ja, es war Maria Spinelli, die Tochter des Fürsten von Cariati gewesen. Verliebt, mit Pergolesi in der Kapelle des Palazzo ertappt, von ihren Brüdern aufgefordert, innerhalb von drei Tagen einen ebenbürtigen Gatten zu wählen oder durch das Schwert zu sterben, hatte sie ihnen nach drei Tagen geantwortet, sie haben den edelsten von allen, Gott, gewählt und wolle als Nonne in das Kloster von Sancta Chiara gehen. Ein Jahr später war sie gestorben. Die Messe zur Totenfeier in der großen Kirche des Klosters hatte Pergolesi geschrieben und selbst, vor dem schwarzen Katafalk stehend, dirigiert. Krank vor Kummer, starb er kurze Zeit danach, sechsundzwanzig Jahre alt, in dem Haus am Hafen von Pozzuoli, in das er sich zurückgezogen hatte. Das Rauschen des Meeres übertönte seinen letzten Seufzer...

Ja? Nein? Wird er zu mir kommen? Wird es ein anderes Mal geben? Soll ich meine Tür offenlassen? Aber wie wird das aussehen? Ich will mir doch nicht anmerken lassen, daß ich ihn erwarte! Wenn er aber auf ein Zeichen, eine Geste von mir wartet? Was wäre dümmer: so tun, als sei er mir gleichgültig und ihn womöglich enttäuschen, oder zeigen, wie sehr ich mich danach sehne, daß er wieder an mein Bett kommt, auf die Gefahr hin, seine Achtung zu verlieren?

Wie sehr sich mein Leben in wenigen Wochen verändert hatte! Früher war ich glücklich gewesen, wenn Feliciano mir auf dem Flur entgegenkam und mich umarmte. Und jetzt? Dabei war er ganz der gleiche geblieben, er kam mir weiterhin auf dem Flur entgegen und umarmte mich. Genau wie in den vergangenen Jahren. So als sei in der bewußten Nacht nichts vorgefallen. Aber ich hatte doch nicht geträumt! Ich spürte ihn noch, den Druck seiner Lippen auf meinen Lippen. War es an mir, die Initiative zu ergreifen? Im Grunde hatte ich den Kuß passiv entgegengenommen, er wußte nicht einmal, ob ich ihn genossen hatte. Hatte ich ihn denn überhaupt genossen? Nein, so konnte man über ein solches Ereignis nicht reden. Die Vorstellung von Genuß war unendlich weit von dem entfernt, was ich empfunden hatte, als er seinen Mund auf meinen Mund preßte. Hätte er mir das Gesicht gestreichelt oder wäre er nur neben mir liegengeblieben, wäre es das gleiche gewesen. Ein Teil des geheimnisvollen, herrlichen Wesens namens Feliciano hatte mir gehört.

Du hattest mir gehört, Feliciano. Vielleicht nur für eine Sekunde, aber du warst mein gewesen; du hattest mir etwas von dir gegeben, was niemand anderem gehören würde.

Von nun an ging ich wieder in dein Zimmer, ich gehörte zu deinen Besuchern, zu deinem Publikum. Zu behaupten, daß ich darunter gelitten habe, dich mit all den Leuten zu teilen, dich nicht mehr für mich allein zu haben, nein, das würde nicht der Wahrheit entsprechen. Ich war in deinem Zimmer glücklich. Ich sah dir zu, wie du auf und ab gingst oder etwas in deinem Schrank suchtest; was wohl? Gefunden hast du nie etwas. Oder wie du dich aus dem Fenster beugtest, um einen Kameraden aus dem Hof heraufzurufen, als hätten sich nicht schon genug andere um dich geschart, die auf deinem Bett und auf dem Boden saßen oder herumstanden, wenn kein Platz mehr war. Vielleicht ist das Liebe: in einer Ecke stehen, ohne etwas anderes zu spüren als die Freude, dazusein; zwei Schritte von der geliebten Person entfernt, die ihrer Beschäftigung nachgeht und es gern hat, daß man sie leben sieht. Jedenfalls gibt es keine andere glückliche Liebe außer dieser. Aber sich zu jeder Minute fragen müssen: Werde ich heute abend wieder auf einen solchen Kuß rechnen dürfen? Das läßt einem keine Ruhe. Ich konnte mich nicht mehr mitten im Lärm absondern und mitten in der Menge von dem Geheimnis träumen, das uns verband. Ein einziger Kuß? Sollte es ein Beweis sein, brauchte ich einen weiteren, zehn weitere, an zehn aufeinanderfolgenden Abenden; du und ich jeden Abend in meinem Zimmer. Ein vereinzelter Kuß ist nichts, und schlimmer als nichts, wenn er in mir die Vorstellung erweckt hat, etwas von dir habe mir gehört; wenn er in mir die Sehnsucht nach einem zweiten, ja, nach einem allabendlichen neuen Kuß wachgerufen hat.

Einen Kuß geben, das heißt, Recht auf weitere Küsse, auf tausend Küsse geben. Alle Welt weiß das. Ich schloß meine Zimmertür nicht mehr ab. Er brauchte nur zu kommen, wenn er wollte. Aber er kam nicht. Er ist nie wieder in mein Zimmer gekommen, obwohl er wußte, daß ich stets allein war. Ich aber bin wieder in sein Zimmer gegangen. Mein Gott, kennen die Liebenden, die einmal die Zeichen ihrer Gunst ausgetauscht haben, eine ähnliche Qual? Fragen sie sich ständig: Bekomme ich heute einen neuen Beweis?

Wird sie noch einmal wollen? Was tun, um sie dazu zu ermutigen? Was nicht tun? Mir scheint, daß man gern sein Leben dafür hergeben würde, dieses zweite Mal herbeizuführen. Die Erwartung des zweiten zerstört das Wunder des ersten Beweises. Ich trauerte der Zeit nach, da ich auf nichts hoffte, nichts erwartete und nicht einmal vermutete, daß etwas geschehen könnte. Habe ich ihr wirklich nachgetrauert? Diesen Kuß hatte ich doch bekommen, oder etwa nicht? Hatte er sich gedacht, wir könnten uns danach mit einer ruhigen Freundschaft begnügen, mit einem guten alten, schmerzlosen Gefühl? Oder wollte er mich auf die Probe stellen? Wir waren nun zwei, Feliciano: du und ich, du plus ich, ein aus uns beiden bestehendes Geheimnis. Oder hatte ich etwa geträumt? War es ein Phantom gewesen, das in mein Zimmer gekommen war und die Kerze gelöscht hatte?

Nachdem der Fürst erkannt hatte, daß meine Locken verschwanden und meine Haarfarbe zum Kastanienbraun hinüberwechselte, begann er sich von neuem Sorgen zu machen.
«Hoffentlich wird aus seinem Sopran, wenn er älter wird, keine Altstimme», sagte er zu seinem immer anwesenden Freund Roccazzurra, «das wäre eine böse Enttäuschung.»
«Eine Altstimme ist mehr wert als ein Sopran», gab der Baron zu bedenken. «Kannst du mir außer Senesino einen großen Altisten nennen? Man sagt ja sogar ‹Sopranist›, um einen operierten Sänger zu bezeichnen. Ein Kastrat mit einer Altstimme ist eine Seltenheit, die sehr teuer bezahlt wird.»
«Ja, gewiß, aber du kennst ja meine Ansicht. Mich interessieren die Sänger um so mehr, je weiter ihre Stimmlage von den ihnen durch ihr Geschlecht bestimmten Grenzen entfernt ist. So mag ich beispielsweise als männliche Stimmen die Tenöre am liebsten. Je höher eine Männerstimme ist, um so mehr zeugt sie von jenem Zwischenstadium – wie soll ich es nennen? Ich meine das Stadium, um das es mir bei all meinen Untersuchungen geht. Hinzu kommt, daß solche Stimmen immer seltener werden. Bässe gibt es, soviel du willst, aber der Direktor vom San Carlo hat die größte Mühe, Tenöre zu finden. Er läßt jetzt schon unter den Bauern im Süden des Königreichs danach suchen. Es steht leider zu fürchten, daß die

Tenorstimmen aussterben, wenn die Menschheit sich immer weiter auf eine deutliche Trennung der Geschlechter hin entwickelt.»

«Mit den tiefen Frauenstimmen ist es ebenso», warf Don Giuseppe Salerno ein, der das Gespräch mit angehört hatte. «Auch Altstimmen sind heutzutage schwer zu finden.»

«Was wollten Sie mir denn vorige Woche Interessantes über die Frauen sagen, als wir unterbrochen wurden?» fragte Don Raimondo seinen Arzt.

«Ich habe einige kleine Beobachtungen über Frauen in den Wechseljahren zusammengestellt. Jeder andere hätte das genausogut machen können, denn wer hat noch nicht eine gewisse Wandlung zum Männlichen bei Frauen um die Fünfzig bemerkt? Die Hypertrichose, das heißt der vermehrte Haarwuchs auf den bis dahin haarlosen Partien des Körpers wie zum Beispiel auf dem Oberkörper und den Gliedmaßen, zusammen mit einer Neigung zu stärkerem Haarausfall am Kopf; das Auftauchen von subkutanen Fettpolstern an Stellen, die während der Jugend mager waren, also an Schultern, Hals und Gesicht etwa, was die so typisch matronenhafte Silhouette erzeugt; das Absinken der Stimme in ein tieferes Register; die Entwicklung des Charakters – ich brauche wohl nicht alle diejenigen unter unseren Damen aufzuzählen, die plötzlich eine lebhafte soziale Tätigkeit außerhalb ihrer Familien entfalten: das alles sind Anzeichen, die den Schluß zulassen, daß die Frauen sich am Ende ihrer Entwicklung auf manche Weise der männlichen Konstitution nähern.»

«Seltsam, seltsam, was Sie mir da sagen», murmelte der Fürst, der sich Notizen gemacht hatte. «Was schließen Sie aus diesen Beobachtungen?»

«Unser Beruf zwingt uns, vorsichtig zu sein, Exzellenz. Es gibt zwei Möglichkeiten: Entweder tritt bei den Frauen etwas Neues auf, oder aber sie gelangen wieder in den Besitz eines Teils ihrer selbst, der während ihrer bisherigen Entwicklung nicht zu seinem Recht gekommen ist.»

«Wollen Sie damit sagen, Don Giuseppe, daß die Zeichen einer Vermännlichung, die Sie beobachtet haben, nicht einer Weiterentwicklung ihrer Morphologie zu verdanken sind, sondern eher einer Rückentwicklung auf ein Stadium, das am Ende der Kindheit, bei beginnender Reife verlassen wurde?»

«Exzellenz, ich überlasse es Ihnen, meine bescheidenen Hypothesen in ein System zu bringen. Vom rein medizinischen Standpunkt aus gesehen, ist es jedoch nicht undenkbar, daß die Aktivität der Eierstöcke eine gewisse Zahl von Jahren hindurch die jeder Frau eingeborene männliche Komponente überdeckt. Oder, sagen wir es mit aller gebotenen Vorsicht: daß die von Natur aus ambivalente Morphologie der Frau, die nur in einer Richtung, das heißt auf die Mutterschaft hin, entwickelt wurde, in den Wechseljahren einen letzten Versuch macht, ihre Vielfalt, ihr geheimnisvolles doppeldeutiges Wesen wiederzugewinnen.»

«Ihre Stimme sinkt in ein tieferes Register», wiederholte der Fürst nachdenklich. «Woran liegt es, daß eine weibliche Altstimme mich so viel tiefer bewegt als ein weiblicher Sopran? Und woran liegt es, daß ein männlicher Tenor mich rührt, ja mich erschüttert, während Bässe mich langweilen?»

«Wahrscheinlich, weil Sie bei den Männern das vorziehen, was an ihnen weiblich ist, so wie Ihnen bei Frauen das gefällt, was an ihnen männlich ist.»

Der Fürst war ganz in Gedanken versunken.

«Ja, ja», murmelte er, «aber es ist doch erstaunlich, daß die Männlichkeit der Frau am Ende ihrer Entwicklung zutage tritt, während die Femininität des Mannes am Anfang seines Lebens spürbar ist und dann für immer verschwindet.»

Er seufzte.

«Für immer. Ihre Beobachtungen, Don Giuseppe, entsprechen in gewisser Weise – wenn auch im umgekehrten Sinne – jenen Fakten, die wir bei meinen Dienern konstatiert haben.»

An diesem Tag erfuhr ich eines der Geheimnisse des Palastes. Don Raimondo wählte seine Diener aus den ärmsten Schichten von Neapel. Lupen und Zangen bereit, Doktor Salerno! Schnell Ihre Diagnose! ‹Lokalisierte Adipositas in der retromammären und in der hypogastrischen Region, um das Becken herum und – wie beim weiblichen Geschlecht – im oberen Teil der Oberschenkel; glänzende Haut; auf die Leistengegend beschränkte Behaarung, bei gleichzeitiger Unterfunktion der übrigen Talgdrüsen; Akrozyanose der Hände mit einer Neigung zu Frostbeulen; von subpubischem

Fett halbeingeschlossener Penis; latenter Krytorchismus›.: So sah das klinische Bild aus, das Don Giuseppe nach der Untersuchung von Hunderten von Knaben zusammengestellt hatte, die bis zu ihrem zwölften oder dreizehnten Lebensjahr bei ihren Eltern aufgewachsen waren.

«All dies ist sehr normal», sagte der Arzt. «Ohne die dunkle, eigenwillige Phantasie Eurer Exzellenz wäre ich nie auf den Gedanken gekommen, daß es sich lohnen könnte, darüber nachzudenken. Jeder Mensch trägt in sich ein Double des andern Geschlechts, das hat schon Hippokrates festgestellt.»

Die dunkle, eigenwillige Phantasie des Fürsten aber bestand in folgendem: Seine jugendlichen Diener blieben nicht lange in jenem Stadium zwischen Mann und Frau. Sie bekamen nach und nach männliche Formen, männlichen Haarwuchs und männliche Magerkeit, also ein männliches Aussehen. Sobald diese Entwicklung abgeschlossen war und sie ihren weiblichen Zwilling in sich getötet hatten, entfernte Don Raimondo sie aus seinem persönlichen Dienst. Mit gezielter Grausamkeit – es war dies der erste wirklich grausame Zug, der mir an meinem Wohltäter auffiel – ließ er ihnen eine graue Perücke aufsetzen, die sie alt machte. Er stellte sie in grader Linie durch alle Säle hindurch auf und ließ sie – zur Strafe dafür, daß sie sich zu ihrem Geschlecht hin entwickelt hatten – in hieratischer Haltung erstarren. Jene in doppelter Reihe bewegungslos dastehenden Lakaien, zwischen denen ich hindurchging, wenn ich ins Arbeitszimmer des Fürsten gerufen wurde, waren also junge Leute, fast Knaben noch, die durch ihren Gestaltwandel die Pläne ihres Herrn durchkreuzt hatten. Aber welche Pläne? Worum ging es dem Fürsten? Auf Grund der Perücken, die mich so überrascht hatten, gehörten die Diener nicht mehr in die Kategorie der Jugend. Ihre stolze, schöne Haltung, die vom Schimmer der Fackeln, die sie trugen, noch unterstrichen wurde, ließ sie alterslos erscheinen.

Und ich, was wollte der Fürst von mir? Was erwartete er? Würde er auch mich, weil ich meine Locken verloren hatte und mein Haar kastanienbraun geworden war, in eine Livree stecken und mich mit einer Fackel in der Hand zwischen seine Diener stellen? Ich schrak jedesmal zusammen, wenn er mich ansprach.

«Porporino», sagte er, «ich hoffe, daß deine Stimme recht hoch bleibt. Gibt es etwas Schöneres für die Phantasie, als einen männlichen Sänger mit einer Sopranstimme?»

Der Baron Roccazzurra, der auch zu Worte kommen wollte, warf ein: «Dir zuliebe bin ich durch ganz Kalabrien gereist und habe unzählige abgelegene Dörfer aufgesucht! Brrr! In wie viele Bauernkaten habe ich gehen müssen, um die dreckigen Familienväter zu überreden, uns ihre Söhne zu überlassen.»

«Der Fürst hat recht», meinte Don Giuseppe. «Wenn sich die Menschheit weiter auf eine größere Verschiedenheit der Geschlechter hin entwickelt, wird es mehr Baßstimmen als Tenöre geben und mehr Tenöre unter den Bauern als im dritten Stand. Es ist nicht einmal sicher, daß die kleine Operation, die ich an diesem Knaben vorgenommen habe, uns für immer männliche Soprane garantiert. Darum muß derjenige, der hohe Männerstimmen braucht, sie dort suchen, lieber Baron, wo diese Entwicklung der Menschheit noch nicht so weit fortgeschritten ist, also nicht in der Stadt, sondern unter der Landbevölkerung, und nicht bei den einigermaßen gutgestellten Familien, sondern in den bedürftigsten, zurückgebliebenen Schichten. Alle großen Sänger, angefangen bei Farinelli und Caffarelli, stammen aus den südlichen Regionen des Königreichs, Farinelli aus Andria in Apulien, Caffarelli aus einem Dorf nahe bei Bari. Wer Kastraten finden will, muß bei den Hütten anklopfen. Es ist ganz einfach so, daß nicht nur die Verstädterung des Königreichs die Gesangskunst töten wird, sondern auch der bessere Lebensstandard der Untertanen Seiner Majestät, für den sich unser kleiner Abbé Galiani mit seinen Reformplänen so einsetzt. Alles hängt zusammen, und Sie werden es auch schon bemerkt haben: seit er sich in Paris so oft mit Voltaire unterhalten hat, hält Galiani es für geistreich, sich über die Oper lustig zu machen und sie zu verachten.»

«Ach, wenn nur die Gesangskunst auf dem Spiele stände!» murmelte Don Raimondo, der immer nachdenklicher geworden war.

Die Unterhaltung ging noch lange weiter. Was gesagt wurde, verstand ich kaum zur Hälfte, aber ich entnahm dem allen, daß ich wieder einmal Gefahr lief, meinem Wohltäter zu mißfallen. Das Schicksal der Diener mit den grauen Perücken verfolgte mich bis in meine Träume. Eines Tages hielt ich es nicht mehr aus. Als ich mit

Don Raimondo allein war, sagte ich zu ihm:
«Exzellenz, ich fürchte, ich habe Sie enttäuscht. Sie täten besser daran, sich um Feliciano zu kümmern. Sie sprechen immer von Ihren Untersuchungen. Wenn ich es richtig verstanden habe, wollen Sie bestimmte Versuche mit mir machen. Aber ich bin nicht mehr blond, und ich habe keine Locken mehr. Feliciano aber ist noch blond, und er hat lockiges Haar. Darum wird bei ihm auch die Gefahr weniger groß sein, daß er eines Tages eine Altstimme bekommt. Nehmen Sie doch Feliciano unter Ihre Protektion.»
«Was sagst du da?» fragte der Fürst und zog mich zu sich heran. «Liegt dir Feliciano so sehr am Herzen? Weißt du, dein Freund ist mir sehr sympathisch, aber im Zusammenhang mit meinen Untersuchungen interessiert er mich überhaupt nicht. Er ist ein Star», fügte er hinzu, «er wäre für mich nur interessant, wenn ich untersuchen wollte, was einen Menschen zum Erfolg vorausbestimmt. Die Philosophen der Antike haben vier Grundtemperamente des Menschen unterschieden, den Melancholiker, den Phlegmatiker, den Choleriker und den Sanguiniker. Für den Auserwählten, für den Star, hatten sie keine Kategorie. Nein, Porporino, dich brauche ich, so wie du bist. Auch mit deinen Ängsten, ja gerade deswegen. Bei Feliciano habe ich das Gefühl, er sei niemals ein Kind gewesen, verstehst du? Er ist als Star auf die Welt gekommen.»
Er wiederholte: «Als Auserwählter, als Star» mit einer so tiefen Überzeugung, daß ich nicht an seiner Aufrichtigkeit zweifelte; er sagte es nicht nur, um mich zu trösten oder um mir Mut zu machen ...
Meine Stimme blieb ein Sopran, aber mit achtzehn, zwanzig Jahren hätte man mich, schmal und gut gebaut wie ich war, kaum von einem beliebigen, leicht aus der Fassung zu bringenden jungen Mann mit rosigen Wangen und guten Manieren unterscheiden können. Ich grübelte weiter darüber nach, warum ich wohl zu den zahlreichen Objekten gehörte, denen Don Raimondo seine geistvollen Studien widmete. Er liebte die Musik, aber ohne Übertreibung, geradeso wie er seine zahllosen Katzen liebte, und er überließ seine Loge im San Carlo häufig opernbesessenen Freunden. Ich hätte zählen können, wie oft er mich gebeten hatte, für ihn allein zu singen. Offenbar war meine Stimmlage und nicht meine stimmliche

Begabung der Grund dafür, daß ihm meine Anwesenheit angenehm oder nützlich war. Während ich langsam heranwuchs und er sah, wie ich die Größe, den Körperbau, das Aussehen eines Erwachsenen bekam, ließ Don Raimondo hin und wieder seinen Blick auf dem einen oder anderen Teil meines Körpers ruhen. Ich zitterte bei dem Gedanken, ich könnte mich zu weit von dem Bild entfernt haben, das er sich erträumt hatte. Und ich habe lange gebraucht, um zu merken, daß er mir meine Veränderung nicht nachtrug. Er war nur traurig darüber, daß auch ich trotz der Operation, die mich vor dieser Metamorphose hätte bewahren sollen, der morphologischen Unbestimmtheit der Kindheit entwuchs, daß auch ich präzise Formen und wenn auch nicht alle, so doch die meisten charakteristischen Züge meines Geschlechts annahm.

Er trug dies übrigens auch seinen Dienern nicht wirklich nach. Er litt nur darunter, daß sein Traum gescheitert war. Eine unendliche Melancholie ließ ihn oft stundenlang bei geöffneter Tür in seinem Laboratorium unbeweglich verharren, überwältigt, bedrückt, sehnsüchtig, untröstlich. Innerhalb weniger Monate hatte wieder ein in den Straßen von Neapel aufgelesener Knabe die weibliche Komponente seiner Doppelnatur verloren. Don Raimondo konnte sich nicht damit abfinden, daß der Mensch im Laufe seiner Entwicklung ärmer wird. Er drückte seinen Dienern eine Fackel in die Hand, um die zu kantigen Umrisse ihrer Figuren im flackernden Lichtschein der Flamme zu verwischen. Die Flamme: ungreifbare, unfaßbare, unkörperliche Materie. Es war ihm sogar gelungen, sie in etwas Ewiges zu verwandeln, sie dem Zeitlichen zu entziehen; er hatte die Lampe erfunden, die brannte, ohne sich zu verzehren, ohne Anfang und ohne Ende.

Eine Leidenschaft

Feliciano war ohne jede Voreingenommenheit gegen die Lebensart anderer, auch wenn sie ihm noch so fremd war; alles machte ihm Spaß, und nichts reizte seine Neugier mehr als die Verschiedenheit der Charaktere. Während mehrerer Tage war ihm sehr wohl aufgefallen, daß ein Mann, dem er einmal in den Räumen des Fürsten von Sansevero begegnet war, immer in der Nähe stand, wenn er das Konservatorium verließ oder zur Piazza dei Gerolomini zurückkehrte. Der Fremde war an seinen klaren blauen Augen und an seinem ungewöhnlich starren Blick leicht zu erkennen.

«Da ist ein Unbekannter, der mich bewundert», sagte er zu mir. «Willst du einmal einen Ausdruck zärtlichen Staunens in sonst eher hochmütig blickenden Augen sehen?»

«Wieso weißt du, daß er gerade dich bewundert?» fragte ich, «du bist doch nicht der einzige, der über den Platz geht.»

Für Feliciano gab es da gar keinen Zweifel. Er spürte instinktiv die Huldigungen, die ihm zugedacht waren; er nahm sie wie einen Tribut entgegen, den man ihm schuldete. Er antwortete mir lachend: «Das ist eine hübsche Frage» und umarmte mich. Eitelkeit? Hätte ich ihm vorgeworfen, er sei eitel, wäre er imstande gewesen, mich wegen so viel Dummheit fallenzulassen. Dieser Gefahr wurde ich mir im gleichen Augenblick bewußt, darum schwieg ich. Und er hätte recht gehabt: Eitelkeit war es nicht. Mir fehlt die richtige Bezeichnung dafür.

Wenn wir zusammen ausgingen, durfte ich den Fremden, der ihn beobachtete, nicht aus den Augen lassen. Er stand absolut unbeweglich an der einen oder anderen Ecke des Platzes, meist lehnte er an dem Eckstein der Via dei Tribunali, ohne auf die Menschen um sich her zu achten. Respektvoll wichen die Fußgänger ihm aus. Wenn er uns herankommen sah, rührte er sich nicht, sein Gesicht blieb eine unbewegliche Maske. Er sah uns mit weitgeöffneten Augen entgegen – Eis oder Feuer, je nachdem wie man es deutete.

Feliciano ging sehr aufrecht mit gesenkten Augen vorüber, und ich mußte ihm dann berichten: Wie lange hatte ihn der andere angeblickt? Von welchem Moment an? Sobald er, Feliciano, in seinem Blickfeld aufgetaucht war? Hatte ich die unglaubliche Farbe seiner Augen bemerkt? Nicht ein einziges Mal bat er mich darum, ihm das Aussehen des Mannes oder seine Kleidung zu beschreiben, oder in seinem Gesicht zu lesen, um seine Gefühle zu erforschen. Die Empfindungen dieses Mannes waren Feliciano gleichgültig oder vielmehr, er dachte nicht an sie; dieses Problem kam ihm nicht in den Sinn. Was konnte der Unbekannte wollen? Welches Ziel verfolgte er? Ich stellte tausend Vermutungen an, aber Feliciano fragte mich nicht ein einziges Mal nach meiner Meinung. Er wollte sich nur vergewissern, daß jemand auf ihn gewartet und ihn nicht aus den Augen gelassen hatte, während er den Platz überquerte. Sein Erscheinen erregte die Aufmerksamkeit eines Mannes – alles andere war ihm gleichgültig. Ein Paar blaue Augen, wie man sie in Neapel sonst nicht kennt, waren auf ihn gerichtet, er spürte, wie sie ihm in den Schatten der engen Straßen folgten, und wie ihr Blick über die Fassade des Konservatoriums irrte, um das Zimmer ausfindig zu machen, in dem er schlief.

Diese stumme Verehrung schien die Lebhaftigkeit, die Fröhlichkeit meines Freundes zu verdoppeln. Er ging schneller, er rannte fast an der Ecke vorüber, wo der andere wartete. «Warum erwiderst du nie seinen Blick?» fragte ich. «Du könntest ihm doch einmal dein Gesicht zuwenden.»

«Sonst noch was? Wie käme ich denn dazu? Soll ich etwa dir zu Liebe zur Bäckerin in die vierte Etage hinauflaufen, nur weil sie mir schöne Augen macht?»

Er hatte recht. Ihm Grausamkeit vorzuwerfen oder von ihm zu fordern, er solle den Gefühlen Rechnung tragen, die ihm entgegengebracht wurden, hätte keinen Sinn gehabt. Feliciano schwebte nur durch diese Welt. Mochten die andern zufrieden sein, wenn sich ihre und seine Wege kreuzten. Und wenn etwas von seinem Glanz unser Leben farbiger machte, um so besser für uns . . .

Zwei Tage lang hatte der Unbekannte sich nicht blicken lassen. «Hast du ihn nicht gesehen?» fragte Feliciano. «Wirklich nicht? Hast du die Augen auch gut aufgemacht? Bist du sicher, daß er sich

nicht irgendwo versteckt?»
 Er war verärgert. Und am zweiten Tag sagte er den herrlichen Satz:
 «Findest du nicht, daß er zu weit geht?»
 Das war weder Anmaßung noch Angeberei. Er beklagte sich mit leiser Stimme wie ein Kind. Der leichte, prickelnde Schauder, an den die geheimnisvolle Gestalt uns gewöhnt hatte, fehlte nun plötzlich. Es war, als hätte eine Wolke den Himmel von Neapel verdunkelt. Am dritten Tag wollte Feliciano nicht ausgehen, weil es sich nicht lohne, und blieb auf seinem Bett lieben.
 Dann bat er, ich solle mich im Palazzo Sansevero erkundigen, um wen es sich handeln könnte.
 «Du meinst wohl Graf Manuele Carafa», sagte der Fürst, nachdem ich ihm den Mann beschrieben hatte. «Manuele war in der letzten Zeit sehr sonderbar. Hoffentlich nimmt es mit ihm nicht das gleiche Ende wie mit seinem Vater, der sich zu Tode gegrämt hat, weil eine Sängerin ihn betrog. Hast du den Herzog Carafa di Maddaloni nicht neulich kennengelernt?»
 «War er nicht im vergangenen Monat bei dem Musikabend der Gräfin Kaunitz?»
 «Inzwischen ist er gestorben.»
 «Gestorben?» rief ich entsetzt. «Er sah wohl krank und alt aus, aber doch nicht...»
 «Krank vor Kummer. Sterbenskrank. Er hat es nicht über das Herz gebracht, sich zu rächen. Seine Mätresse ist mit einem Sänger auf und davon gegangen.»
 «Er ist tot», sagte ich vor mich hin.
 «Er war der brillanteste Kopf von Neapel. Und sein Sohn, der Graf, ist auch ein sehr kultivierter Mann. Er komponiert übrigens insgeheim Cembalomusik, aber behalte das für dich, er zeigt seine Arbeiten niemandem. Ich bin überzeugt, sie würden ihn berühmt machen, wenn man sie hören könnte... Also zur Zeit treibt er sich in der Nähe des Konservatoriums herum?»
 Ich war ganz stolz auf diese Neuigkeiten, aber Feliciano war mir schon zuvorgekommen. Ich traf ihn, wie er unter dem Torbogen auf der Lauer stand. Er hielt mir hastig den Mund zu und rannte dann los. Mit zwei Sätzen holte er den Grafen Carafa ein, der eben

bei der Kirche um die Ecke bog. Verblüfft sah ich, wie der Graf ihn beim Arm nahm und mit ihm in der nächsten Nebenstraße verschwand.

«Du, das ist ein wunderbarer Mann», erzählte er mir zwei Tage später (während dieser Zeit hatte ich ihn, weil ich etwas eifersüchtig war, gemieden). «Rate mal, wie alt er ist. Nun rate doch!»

«Dreißig», murmelte ich mit zusammengebissenen Zähnen.

«Zweiundvierzig, Porporino! Das würde man doch nicht glauben, oder? Und er liebt mich, weißt du, er liebt mich wirklich; nicht so wie die anderen Dummköpfe, die mich wegen meiner blonden Locken und meiner mandelförmigen Augen gern mögen. Er liebt meine Stimme, und was ich daraus machen werde, er liebt mich um meiner Kunst willen. Ich lerne bei ihm eine Menge wichtiger Dinge. Mit ihm zusammen zu sein, ist keine Zeitverschwendung. Er weiß auf alle meine Fragen eine Antwort.»

«Hat er dich singen hören?» fragte ich und freute mich insgeheim über meine kleine Bosheit.

«Dummkopf! Du mit deiner Logik! Er sieht in mich hinein, verstehst du, er sieht meine Zukunft; er weiß, wozu ich berufen bin!»

Feliciano war so vergnügt, daß es mir nicht geraten schien, ihm weiterhin böse zu sein, er hätte sein Glück sonst mit irgend jemand anderem geteilt. Und dann, Freundschaft ade!

«Stell dir vor, er hat mich ganz ernsthaft gebeten, beim Kuchenessen etwas aufzupassen! Aber er bezahlt mir so viel Kuchen, wie ich will.»

«Ihr seid in *unsere* Konditorei gegangen?»

Er sah den Vorwurf in meinen Augen, und ich dachte schon, er würde mir achselzuckend den Rücken kehren, aber im Gegenteil! Er schenkte mir ein bezauberndes, gutmütiges Lächeln und versicherte mir, daß der Graf mich bemerkt habe und ich sie an einem der nächsten Tage in die Konditorei begleiten solle.

«Aber ja, mein Alter, heute morgen ist viel Nettes über dich gesagt worden.»

Diese Einladung des Grafen hatte er ad hoc erfunden, davon bin ich überzeugt. Mit solchen kleinen Aufmerksamkeiten hat Feliciano mich immer von neuem betört.

Der Graf saß, angeblich Zeitung lesend, in der Konditorei und wartete auf uns. Mir fiel auf, wie unglücklich er aussah. In den vergangenen vierzehn Tagen hatte er sich stark verändert. Wo war die hochfahrende, finstere Miene geblieben, wo das Selbstvertrauen, das er zur Schau trug, als er noch nicht mit Feliciano gesprochen hatte; als er noch nicht einmal hoffen konnte, ihn kennenzulernen, und er ihm, nachlässig an den Eckstein der Via dei Tribunali gelehnt, über den Platz hinweg mit den Augen gefolgt war?

Jetzt sahen sie sich jeden Tag, wenn nicht gar zweimal täglich. Feliciano blieb gleich am Eingang bei der jungen Kassiererin stehen, die gerade einen kranken Kanarienvogel mit Körnern fütterte. Die Verkäuferinnen eilten alle herbei, obwohl doch eine genügt hätte. Feliciano musterte aufmerksam die ausgestellten Kuchen, bevor er sich für eine bunte Auswahl von Petits Fours entschied. Danach begrüßte er fröhlich den Grafen, ohne darauf zu achten, mit welch tieftrauriger Miene dieser darauf achtete, daß er endlich Platz nehmen würde. Er drehte seinen Stuhl etwas zur Seite und musterte die wenigen Gäste, die im Raum saßen. Der Stammgast war da, elegant und einsam saß er dort und stocherte im weichen Inneren seines Rumbiskuits, um mit der Würde eines römischen Priesters kleine Stückchen von Zitronat, Angelika und Sukkade daraus hervorzuholen; zarte, leichtparfümierte Eingeweide.

An jenem Tag war Feliciano unausstehlich. Er schnitt diesem Herrn Fratzen, die sich in den Spiegeln zwanzigfach wiederholten, und sagte laut und ungeniert zu dem Mädchen, das ihm den kleinen Berg von Petits Fours auf einem muschelförmigen Teller brachte: «Nicht gerade aufregend, was man hier sieht! Sagen Sie der Besitzerin, daß ich ihr kein Kompliment machen kann.»

«Aber Signor Feliciano, bitte nicht so laut!»

Er war selig, lachte schallend und biß herzhaft in einen seiner Kuchen. Die Verkäuferinnen standen umher und warteten auf einen Vorwand, sich unserem Tisch zu nähern. Der Graf saß steif und stumm da. Er wagte es kaum, Feliciano anzusehen.

‹Wie soll ich vergnügt aussehen können?› schien er sagen zu wollen. ‹War ich nicht, als ich ihn, ohne ihn zu kennen, im Vorübergehen bewundern konnte, tausendmal weniger zu bedauern als jetzt? Hier ist er, wir sitzen am gleichen Tisch, aber gewonnen habe ich nur die Gewißheit, daß er sich keinen Deut um mich schert.›

Feliciano ließ die Kassierin rufen und begann mit ihr ein ernsthaftes Gespräch über ihren kranken Vogel. Die Verkäuferinnen mischten sich ein. Der Graf sagte immer noch kein Wort, aber er zwang sich zu einem Lächeln. Feliciano hatte recht: So wie er aussah mit seinem schmalen Gesicht, den unruhigen Augen, den Wolfszähnen, dem dichten schwarzen Haarschopf und den langen, feinen Händen, mit denen er langsam die Zeitung zerriß, hätte man ihm zehn Jahre weniger gegeben. Ich fand ihn auf seine Art schön. Schöner sogar als Feliciano.

Er hatte sich eine Flasche Wein bringen lassen und schon zwei Gläser davon geleert. Feliciano, der nur Orangensaft trank, nahm die Flasche und goß den Inhalt in einen neben ihm stehenden Blumentopf. Er tat das auf eine so flinke, natürliche und komische Art, daß die Verkäuferinnen, die ihn zuerst entsetzt angestarrt hatten, in Lachen ausbrachen. Ärgerlich scheuchte er sie fort, wandte sich dem Grafen zu und sagte in strengem Ton:

«Ich habe Ihnen doch das Trinken verboten.»

Der Graf versuchte, Felicianos Blick festzuhalten, und antwortete:

«Was macht es dir schon aus, ob ich trinke oder nicht!»

«Der Wein bekommt Ihnen nicht. Sie haben mir versprochen, nicht mehr zu trinken.»

«Und du hast mir versprochen», erwiderte der Graf, «daß wir heute über das Stück von Scarlatti sprechen, das du gerade einstudierst.»

«Aber Sie haben doch, seit ich hier bin, noch keinen Ton gesagt! Stimmt es nicht, Porporino, daß er den Mund nicht aufgetan hat?»

«In diesem Hin und Her, bei diesem Lärm hier kann man doch nicht reden . . .»

«Das geht zu weit!» rief Feliciano. «Ich komme pünktlich zur vereinbarten Stunde, wir sitzen einander in einer Konditorei gegenüber, ich bin bereit, zwei Stunden mit Ihnen zu verbringen, und Sie sagen kein Wort. Und obendrein fangen Sie an zu trinken und tun mir weh, indem Sie sich weh tun. Sie sind heute aber wirklich nicht nett. Wenn Sie mich weiter so behandeln, werde ich Sie bald nicht

mehr leiden mögen.»
Das Gesicht des Grafen strahlte vor Glück. Er klatschte in die Hände und bestellte sich einen Orangensaft. Dann begann er, von Scarlatti zu sprechen, und Feliciano hörte mit großer Aufmerksamkeit zu. Ich aber bemerkte erstaunt, daß der Graf nicht Feliciano, sondern mich anblickte, während er sprach, und er sprach gewandt und schnell, vielleicht etwas zu schnell, so als fürchte er, sein Redestrom könne versiegen, sobald er unterbrochen wurde. Er holte eine Tabakdose aus der Tasche, legte sie vor sich auf den Tisch und spiegelte mit ihr. Feliciano nahm sie ihm lächelnd aus der Hand. Sie war wie ein mit Pistazien gespickter Kuchen mit Smaragden besetzt, die Feliciano offensichtlich faszinierten.

«Euch beiden wird man viel prächtigere schenken», sagte der Graf, erleichtert über die Ablenkung. Schon seit einiger Zeit hatte er gefürchtet, er könne uns langweilen.

«Wenn ihr nach Rußland eingeladen werdet, macht es die Caffarelli, der den längsten und mit den meisten Tabakdosen besäten Weg gewählt hat. Zunächst reiste er per Schiff nach Livorno. Der Großherzog von Toscana hatte einen Botschafter zu ihm geschickt und ihn eingeladen, in Florenz zu singen. Dort überreichte ihm der Großherzog persönlich eine goldene, mit zahlreichen Brillanten besetzte Tabakdose. Anschließend ging er nach Parma, wo er aus den Händen der Herzogin Maria Amelia, einer großen Musikliebhaberin, seine zweite Tabakdose entgegennahm, die mit einem großen Saphir geschmückt war. In Wien gab der Kaiser mehrere Feste für ihn, und es regnete Tabakdosen von allen Seiten. In Warschau schenkte ihm der König Stanislaus eine Dose aus Jaspis, auf der ein ungewöhnlich großer Diamant prangte. Die schönsten Tabakdosen aber bekam er in Sankt Petersburg.

Die Dose, die du gerade in der Hand hältst, hat eine besondere Geschichte. Geht nie nach Frankreich, hört ihr! In diesem Land weiß man eure Kunst nicht richtig zu schätzen. Der Gemahlin des französischen Thronfolgers war es einmal gelungen, Caffarelli nach Paris einzuladen. Wie er mir manches Mal erzählt hat, hatte er dort das schlimmste Erlebnis seiner Karriere. Er gab mehrere Konzerte am Hof, jedesmal mit ungeheurem Erfolg. Der Charme und die Innigkeit dieser überirdisch schönen Stimme gewinnen Sinne und

Herzen durch einen Zauber, dem sich auch die unmusikalischsten Menschen nur schwer entziehen können. Das hat einer der wenigen Franzosen, die etwas von Opernmusik verstehen, nämlich Diderot, geschrieben, nachdem er in der Kapelle des Louvre den ungewohnten Anblick eines andächtigen, auf jeden einzelnen Ton der Messe lauschenden Hofstaats genossen hatte. Louis XV. beauftragte einen seiner Kammerherren, dafür zu sorgen, daß der Sänger ein Geschenk bekam. Und der Kammerherr hielt es für angebracht, dem Sänger im Namen des Königs durch seinen Sekretär diese Tabakdose hier überbringen zu lassen.»

«Die Tabakdose eines Königs!» sagte Feliciano mit glänzenden Augen. Er drehte die Dose bewundernd hin und her und streichelte sie respektvoll und begehrlich.

«Ach, weißt du», sagte der Graf beiläufig, «es sind sehr gewöhnliche Steine. Caffarelli hat das auf den ersten Blick erkannt. ‹Was?› hat er protestiert. ‹Der König von Frankreich läßt mir eine solche Dose überreichen? Werfen Sie einen Blick in meinen Schrank; Monsieur: hier liegen dreißig Tabakdosen, von denen die einfachste den zehnfachen Wert der Dose hat, die Sie mir anbieten.› Und indem er die Dose zurückgab, fügte er hinzu: ‹Ich könnte sie annehmen, wenn sie zum Beispiel mit dem Porträt des Königs verziert wäre.› ‹Monsieur›, hat darauf der Sekretär kühl erwidert, ‹sein Porträt verschenkt der König von Frankreich nur an Gesandte.›»

«Ich finde die Geschichte herrlich», sagte Feliciano lachend, «das alles muß Caffarelli doch sehr peinlich gewesen sein.»

«Du kennst ihn nicht. Er hat darauf geantwortet: ‹Dann möge der König von Frankreich die Gesandten zum Singen auffordern. Alle Gesandten der Welt können es nie mit einem Caffarelli aufnehmen!»

«Der letzte Satz war zuviel», unterbrach Feliciano schroff die Erzählung des Grafen. «Wenn Sie das nächste Mal diese Geschichte erzählen, sagen Sie einfach: ‹Dann soll der König von Frankreich die Gesandten zum Singen auffordern.› Der Zusatz wirkt plump.»

Ich blickte wütend auf Feliciano: warum diese unnötige Bosheit? Der Graf war bleich geworden und schwieg einen Augenblick lang betroffen, bevor er sich wieder so weit gefangen hatte, daß er die

Geschichte schnell und lustlos zu Ende erzählen konnte; die Freude daran war ihm vergangen.

«Der König, dem man von dem Zwischenfall berichtete, lachte gnädig, die Gemahlin des Thronfolgers aber war verärgert. Sie ließ den Sänger rufen, machte ihm zunächst einige Komplimente über seine Kunst, reichte ihm dann einen Paß, der auf seinen Namen ausgestellt war und sagte: ‹Er ist vom König unterzeichnet. Das ist für Sie eine große Ehre. Sie müssen ihn aber schnell benutzen, denn er ist nur drei Tage lang gültig.›»

Nach diesen Worten verstummte der Graf. Er schüttelte den Kopf, als ob er sagen wollte: ‹Ich falle euch lästig, nicht wahr?› Ich überlegte gerade, wie das alles wohl enden würde, als Feliciano unerwartet eine Frage stellte.

«Caffarelli mußte also das Land verlassen? Diese Frist von drei Tagen kam einer Ausweisung gleich, das habe ich doch richtig verstanden, Don Manuele?»

Der Graf hob überrascht den Kopf. Er war geschmeichelt, daß Feliciano seiner kleinen Geschichte doch etwas Interesse abzugewinnen bereit war, und auch erregt, weil er ihn Don Manuele genannt hatte. Feliciano hatte ihn noch nie mit dem Vornamen angeredet, diesen Freundschaftsbeweis gab er ihm zu erstenmal. Aber der Graf wagte es nicht, sein Glück offen zu zeigen, sondern begnügte sich mit einem schüchternen Lächeln; er tat mir von Herzen leid.

Feliciano fragte ihn ausführlich nach der kommenden neuen Oper im San Carlo. Don Manuele schöpfte wieder Vertrauen und gewann nach und nach seine Sicherheit zurück. Er war brillant, ja überschwenglich, und brachte uns mehr als einmal zum Lachen.

«Hast du es bemerkt», sagte Feliciano, als wir durch die Straßen zurückgingen, «er weiß eine Menge, und ich kann viel von ihm lernen. Er könnte mir sehr nützlich sein, denn er hat eine Theorie über den Stimmansatz, die mich ungeheuer interessiert. Aber er hätte mir, wenn du nicht dabeigewesen wärst, auch nicht ein Viertel von dem gesagt, was du gehört hast. Wenn wir allein sind, bleibt er stumm; er sieht mich nur an. Und nimmt es mir übel, wenn ich Leute an den Tisch hole, um mich mit ihnen zu unterhalten. Ich kann ihm doch schließlich nicht einfach gegenübersitzen und mich anstarren lassen! Er ist nett, und ich glaube auch, daß er leidet, aber dafür kann ich nichts. Oder meinst du, daß ich doch schuld daran bin? Er ist der erste Mensch, den meine Gegenwart nicht fröhlich stimmt. Und ich muß sagen, ich fange an, mir Sorgen zu machen. Sollte ich ihn nicht so oft treffen? Ihn vielleicht überhaupt nicht mehr sehen?»

«Wenn du ihn so nett findest, warum hast du ihn dann vorhin so angefahren? Da bist du entschieden zu weit gegangen. Hast du sein Gesicht nicht gesehen?»

Feliciano blickte vor sich hin und sagte kalt:

«Er hat mich die Tabakdose bewundern lassen, ohne mir zu sagen, daß die Smaragde darauf *sehr gewöhnlich* sind. Das ist ein Fehler, den ich keinem anderen verzeihen würde. Als ich vor Jahren nach Neapel kam, benutzte ich mein Eßbesteck wie ein Bauer, ich legte das Messer mit der Schneide auf den Rand des Tellers, den Griff auf den Tisch. Der Haushofmeister des Herzogs hat mir dann gute Manieren beigebracht. Das Besteck muß überkreuzt auf dem Teller liegen, die Gabel mit den Zinken nach oben. Erst, wenn man fertiggegessen hat, legt man Messer und Gabel parallel zueinander auf den Teller, nun allerdings die Gabel mit den Zinken nach unten. Ich habe mir das gemerkt. Doch später habe ich den Herzog dazu gebracht, diesen Haushofmeister zu entlassen.

Aber reg dich nicht auf», setzte er mit einer plötzlich sanfteren Stimme hinzu, «ich mag den Grafen wirklich sehr gern. Wenn er den Mund aufmacht, gibt er mir ausgezeichnete Ratschläge.»

Tatsächlich hatte sich Feliciano spürbar verändert, seit er mit dem Grafen zusammenkam. Er stand morgens früher auf, trödelte nicht mehr so lange in den Korridoren herum, bevor er sich an seine Arbeit machte, und sprach weniger über Süßigkeiten, die er kaufen und mehr über Aufgaben, die er zu Ende führen wollte. Ich hörte ihn eine Stunde lang ununterbrochen Gesangsübungen machen. Aus der Bibliothek entlieh er das gesamte Werk von Metastasio, ja, er übernahm sogar die Pflichten eines *maestrino* bei den jüngeren Schülern, obwohl er bis dahin nur zur Mitwirkung an Aufgaben bereit gewesen war, wenn er mit Zuhörern rechnen und von den schmeichelhaften Bemerkungen träumen konnte, die sie in der Stadt verbreiten würden. Er opferte den Kindern täglich eine Stunde seiner Zeit, und zum erstenmal in seinem Leben fand er Gefallen an einer Beschäftigung, von der die Außenwelt keine Notiz nehmen konnte. Nur Don Manuele wußte Bescheid.

Der Graf hatte Feliciano vergeblich darum gebeten, von Zeit zu Zeit in sein Zimmer kommen zu dürfen. «Sind Sie denn nicht bei Sinnen? Was würde man von mir denken! Jeder könnte Sie zu mir kommen sehen!» Dafür hatte Feliciano aber versprochen, jedesmal ein Taschentuch am Fenstergitter zu befestigen, wenn er dem Grafen nachmittags eine oder zwei Stunden widmen konnte. Auf dieses Signal hin sollte der Graf gegen fünf Uhr in die Konditorei gehen, sich an einen Tisch setzen und dort auf ihn warten. Da Felicianos Zimmer, das neben meinem lag, auf den Hof hinausging, war der Graf gezwungen, durch den Torbogen in den Hof zu kommen und unter den Arkaden, die unseren Zimmern gegenüberlagen, auf und ab zu gehen. Manuele Carafa war bei den Musikfreunden der Stadt so bekannt, daß seine häufigen Besuche an einem Ort, wo man fast immer der Elite der Lehrer begegnen konnte, nicht besonders auffielen. Feliciano versäumte keine der auf diese Weise getroffenen Verabredungen. Aber oft wartete der Graf vergeblich auf das Zeichen. Feliciano knüpfte das Taschentuch entweder an das Fenstergitter, bevor der Graf den Hof betrat, oder er gab das Signal überhaupt nicht.

Nie öffnete er das Fenster, um sich zu vergewissern, ob sein Signal bemerkt worden war.

«Er steht schon seit einer Stunde da unten», sagte ich eines Tages. «er hat dein Taschentuch gesehen. Du könntest doch einmal wenigstens ans Fenster gehen.»

Feliciano wurde zornig.

«Du bist total verrückt. Ich werde doch nicht meinen Ruf aufs Spiel setzen, bloß weil es einen zweiundvierzigjährigen Mann danach gelüstet, mich anzusehen! Auch er täte übrigens besser daran, auf seinen Ruf zu achten. Ein Graf Carafa aus der Familie der Herzöge von Maddaloni müßte es sich zweimal überlegen, bevor er einem Jungen nachstellt.»

Wieder einmal überraschte mich Felicianos Reaktion. Die Sorge um den eigenen Ruf hätte ich aus seinem Munde nicht erwartet. Ich glaubte ihn über die Meinung seiner Umgebung weit erhaben. Aber er bebte vor Zorn. Später habe ich begriffen, daß er sich nicht am Anfang seiner Karriere mit einer zu ernsten Affäre belasten wollte. Jeder hat seine eigenen Verhaltensregeln. Die seinen verboten es ihm, sich mit einem Manne einzulassen, der für seine Zukunft vielleicht nicht der nützlichste war. Er machte sich aber auch ernstlich Gedanken über die Zukunft des Grafen. Da er der weitaus Vernünftigere war, sah er recht gut, wohin diese Leidenschaft, der nachzugeben er vielleicht geneigter war, als seine augenscheinliche Unbekümmertheit vermuten ließ, sie beide führen konnte. Er fürchtete nicht so sehr die Meinung anderer als die seelische Belastung und die überwältigende Macht der Leidenschaft.

Ich war es, der vom Fenster meines Zimmers aus das Auf- und Abgehen von Manuele Carafa unter den Arkaden beobachtete. Manchmal lehnte er sich an die Palme mitten im Hof. Nachdem er mich eines Tages gesehen hatte, konnte ich nicht mehr anders, ich mußte das Fenster öffnen und ihn grüßen. Er grüßte zurück, wandte den Kopf leicht zu Felicianos Fenster hin und hob die Augenbrauen. Durch ein wiederholtes Kopfnicken ließ ich ihn wissen, daß mein Freund in seinem Zimmer sei. Danach gewöhnte der Graf sich an, gleich unter die Palme zu kommen, wenn er den Hof betrat. Er blickte zu meinem Fenster hinauf, ich öffnete es und nickte langsam, dann zog er sich unter die Arkaden zurück. Ich sah ihn dort in lebhaftem Gespräch mit Giuseppe Aprile, Antonio Sacchini oder einem anderen Lehrer oder auch mit fortgeschrittenen Schülern, die zwischen zwei Kursen vorüberkamen. Wahrscheinlich setzte er ihnen seine neue Theorie über den Stimmansatz auseinander, die Theorie, über die er so wenig zu sagen wußte, wenn er mit Feliciano allein darüber sprach, obwohl sie nur für ihn bestimmt war.

Die vom Grafen erdachte Reform der Stimmschulung wurde einige Monate später am Konservatorium eingeführt, und Feliciano war einer der ersten, dem sie zugute kam. Die Diskussionen, aus denen die Reform hervorgegangen war, hatten nur wenige Schritte von seinem Zimmer entfernt stattgefunden. Wenn ich denke, daß der Graf, um in dieses Zimmer zu gelangen, auf alle Freunde, Diskussionen und Pläne, ja sogar auf die ganze Musik verzichtet hätte! Er hätte sich einfach Feliciano gegenübergesetzt. Aber das

Unvermögen, ihn auch nur einen Moment lang aus den Augen zu lassen, die Sorge ihn zu langweilen, die Furcht vor dem Zeitpunkt, da er aufstehen und das Zimmer verlassen müßte ... diese und andere Gründe hätten alle die Sätze, mit deren Hilfe er gefallen wollte, in seiner Kehle ersticken lassen.

Und man hätte weiterhin nach den alten Methoden unterrichtet, die Felicianos Stimme nur ungenügende Entfaltungsmöglichkeiten boten ...

Der Graf hatte genug Charakterstärke, um beim Auf- und Abschlendern unter den Arkaden jedesmal nur einen Blick auf das Fenster zu werfen. Und da er temperamentvoll für seine Ideen eintrat, glaubten alle, die ihn dort sahen, diesem Dilettanten liege einzig die Zukunft der Gesangskunst am Herzen. Später hat mir der Graf einmal anvertraut, daß er nie in seinem Leben so glücklich gewesen sei, wie zu der Zeit, als er unter den Arkaden mit Leuten diskutierte, die ihm völlig gleichgültig waren. Da er sich nicht davor zu fürchten brauchte, Dinge zu sagen, die sein Verhältnis zu Feliciano gefährden konnten, stand ihm seine ganze Überzeugungskraft zur Verfügung. Man umringte ihn, er war brillant. Er konnte Feliciano nicht sehen, aber Feliciano war in seinem Zimmer: entweder übte er nach den Ratschlägen, die er in der Konditorei bekommen hatte, oder aber er verbarg sich absichtlich, beide Vermutungen waren schmeichelhaft für den Grafen, denn Feliciano teilte nun, ob er es wollte oder nicht, einige Geheimnisse mit ihm. Sah er das Taschentuch am Fenster hängen, war Don Manueles Glück vollkommen. Aber zugleich trat ihm auch kalter Schweiß auf die Stirn, wenn er an das bevorstehende Treffen dachte und daran, daß er Feliciano um jeden Preis von den Plaudereien mit den Verkäuferinnen in der Konditorei ablenken mußte ...

Daß der Herzog von Stigliano als Mäzen meines Freundes die üblichen Rechte auf den jungen Kastraten geltend machte, störte den Grafen nicht. Der Großvater des Herzogs hatte Pergolesi zu seinem Kapellmeister ernannt, seither waren die Stigliano es sich schuldig, sorgfältig den jungen Mann auszuwählen, den sie unterhalten wollten.

«Warum trittst du nicht in die Dienste des Grafen?» fragte ich Feliciano. «Er brennt darauf, es dir anzubieten.»

«Nie im Leben! Ich habe keine Lust, unter den Blicken eines Mannes zu ersticken, der zweimal so alt ist wie ich und sich nicht entschließen kann, alt zu werden. Glaubst du etwa, ich finde es lustig, immer mein Fenster zuzumachen, wenn er im Hof herumläuft? Ich brauche Luft, ich bin ruhelos, ich lasse mich nicht festhalten! Der Herzog verlangt von mir nur, daß ich einmal in der Woche zu ihm komme. Wenn du's genau wissen willst: ich bin ihm herzlich gleichgültig. Und darum will ich dort bleiben. Dem Grafen fehlt es in erstaunlichem Maße an Fingerspitzengefühl, wenn er so etwas Einfaches nicht begreifen will.»

Bin ich damals meiner Aufgabe nicht gewachsen gewesen? Feliciano hätte den Herzog wohl trotz dieser Worte ohne weiteres verlassen, denn er kannte alle dessen Anekdoten auswendig und fand ihn langweilig. Und der Graf hatte mir des öfteren, wenn wir allein waren, sein Herz ausgeschüttet . . .

Eines Tages überraschte ich ihn im Palazzo Sansevero vor einem Spiegel, wie er seinen Backenbart musterte. Mit Zeigefinger und Daumen zog er die Haare auseinander und riß eines davon aus. Dann bemerkte er mich. Aber weder er noch ich machten Miene, darüber hinwegzugehen, im Gegenteil, er hielt mir das Haar hin, das er ausgerissen hatte. Es war weiß.

«Porporino», sagte er, «du hast ein gutes Herz. Du wirst Feliciano nicht erzählen, was du hier zufällig gesehen hast. Oder doch, es ist vielleicht besser, daß du es ihm sagst. Damit wäre vielleicht alles vorüber; ich wäre für ihn endlich, was ich wirklich bin: ein Verrückter, der nach weißen Haaren sucht, weil er weiterhin jung aussehen will . . . Das würde ihn abstoßen, nicht wahr, Porporino? Er würde nichts mehr mit mir zu tun haben wollen.»

Der Graf nahm mich heftig beim Arm.

«Er würde mich nicht mehr sehen wollen. Aber kann man etwas abbrechen, was eben erst entstanden ist, was gerade erst anfängt, sich zu entfalten? Glaubst du, daß ich ihn wirklich abstoße? Glaubst du, daß ich in seinen Augen alt bin? Aber was besagt schon das Alter, Porporino! Sag ihm, daß er nicht so leicht einen Ersatz für mich findet. Er braucht den Umgang mit einem älteren Mann. Er hat einen älteren Mann nötig. Ich bin sicher, daß ihr Gleichaltrigen einander nichts zu geben habt. Was gebt ihr euch schon, kannst du mir das sagen? Du siehst mich so eigenartig an, Porporino. Du sagst dir vermutlich: der ältere Mann, von dem er spricht, braucht keine schwarzen Haare zu haben, um einem Knaben das zu geben, was dieser Knabe von dem älteren Mann erwartet. Aber der Graf Manuele Carafa ist verrückt. Später wirst du sagen können, daß du an dem Tage, als der Graf Manuele vor einem Spiegel Jagd auf sein erstes weißes Haar gemacht hat, einen Mann gesehen hast, der im Begriff war verrückt zu werden.»

«Don Manuele», brachte ich schließlich hervor, «quälen Sie sich doch nicht so; Feliciano hat Sie wirklich gern. Er interessiert sich für Sie. Es macht ihm Spaß, mit Ihnen zusammen zu sein!»

Ich biß mir auf die Lippen: gerade das hätte ich nicht sagen dürfen. Der Graf fing an, mir angst zu machen. Vielleicht würde er sich später an mir rächen, weil er mich zum Zeugen seiner Verwirrung gemacht hatte? Ich war zu jung, um zu wissen, daß ein auf diese Art verliebter Mann demjenigen, der ihn teilnahmsvoll angehört hat, eine ewige Dankbarkeit bewahrt.

«Er interessiert sich für mich! Es macht ihm Spaß!» rief er und zerrte noch heftiger an meinem Arm. «Er glaubt wohl gar, daß es mir auch Spaß macht, mit ihm zusammen zu sein, und daß sich im Grunde keiner von uns beiden über die so *angenehmen* Stunden beklagen könnte, die wir miteinander verbringen!

Wie ist es möglich», fuhr er leise fort, als spräche er zu sich selbst, «wie ist es möglich, daß ich mich zu einem Wesen hingezogen fühle, das so wenig Verständnis für mich hat? Er denkt an das *Angenehme* unseres Beisammenseins, während es um mein und auch um sein Leben geht!»

Und laut fügte er hinzu:

«Ach, da erkenne ich die schreckliche, düstere Veranlagung wieder, die meinen Vater ins Unglück gebracht hat und die mich vernichten wird! Alles oder nichts!»

«Hören Sie», sagte ich plötzlich mit einer gewissen Autorität, «ich muß Ihnen etwas sagen, was Sie wissen sollten.»

Erstaunt lockerte der Graf seinen Griff, ließ aber meinen Arm nicht los.

«Feliciano hat noch niemandem ein Viertel der Zeit gewidmet, die er mit Ihnen verbringt. Sie sehen sich fast täglich, ist das wahr oder nicht? Und es gibt Leute, die er nicht mehr trifft, weil er Ihretwegen keine Zeit mehr für sie hat.»

Ich hatte mit einer gewissen Heftigkeit gesprochen, denn ein bitterer Gedanke war mir durch den Kopf geschossen: Wenn er für den Grafen, der ihm fast unbekannt war, jeden Tag Zeit fand, hätte Feliciano, wollte er mir gegenüber nicht ungerecht sein, jeden Abend in mein Zimmer kommen und einen Kuß auf meine Lippen drücken müssen...

«Ich weiß», antwortete der Graf seufzend. «Fast alle Tage. Hör mir gut zu, Porporino. Wenn das Ereignis, das ich kommen sehe, eintreffen sollte, wenn das Schicksal die Dinge so zu Ende führt, wie ich es fürchte, dann soll bekanntwerden, daß alles nur durch meine Schuld soweit gekommen ist. Feliciano ist daran vollkommen unschuldig, vollkommen unschuldig. Niemand wird ihn dafür verantwortlich machen dürfen, hörst du, Porporino? Ich wollte schon lange mit dir sprechen, um dir das zu sagen. Schwör mir, daß du die Worte, die du eben gehört hast, getreulich wiederholen wirst, wenn ein Unglück geschieht! Feliciano ist völlig unschuldig, alles ist meine Schuld, und alles, was geschehen wird, wenn das Schicksal es so will, wird allein meine Schuld sein. Ich kenne keinen aufrichtigeren Menschen als Feliciano. Er hat nie versucht, mich zu betrügen. Er hat mir nie übertriebene Hoffnungen gemacht, und er ist so gutherzig, daß er mich vor der Verzweiflung bewahren will. Behalte gut, was ich dir in diesem Augenblick sage. Sieh mich an, ich bin ruhig, ganz ruhig. Man wird versuchen, ihn anzuklagen. Man wird behaupten, er habe mich ausgenutzt, sich meiner bedient. Hiermit versichere ich feierlich: das ist nicht wahr. Er hat mir anfangs gleich gesagt, daß es nicht gut wäre, ihn so oft zu treffen. Aber sag mir, Porporino», fügte er unruhig werdend hinzu, «hätte ich es ertragen können, ihn nicht alle Tage zu sehen? Hat er mir nicht in den zwei Monaten, die wir uns nun kennen, Tag für Tag das Leben gerettet?»

«Er mag Sie sehr gern, Don Manuele. Lassen Sie ihm Zeit, sich an Sie zu gewöhnen. Nichts trennt Sie voneinander. Er will sich doch weiterhin mit Ihnen treffen.»

«Nicht wahr, ich müßte froh darüber sein! Warum bin ich nicht der glücklichste Mann auf Erden? Wer opfert einem Unbekannten, an den ihn nichts bindet, jeden Nachmittag zwei volle Stunden? Wer zwingt sich, jeden Nachmittag zwei Stunden lang das angstvolle Gesicht dieses Unbekannten zu ertragen? Wer ist großzügig genug, freundlich lächelnd hinzunehmen, daß man seinetwegen den Verstand verliert und ihn mit der elementaren, sinnlosen Heftigkeit eines Augustgewitters liebt? ‹Der Graf Manuele Carafa hat seine fünf Sinne nicht mehr beisammen. Dabei war er eigentlich nicht dumm›, wird man sagen, ‹und auch nicht unansehnlich.› Ach ja, so ist es nun einmal! Du kannst, wenn all dieser Wahnsinn vorüber sein wird, als Beweis dafür, wie sehr ich den Verstand verloren hatte, auf meinen Grabstein folgende Worte setzen lassen: Gehe nie in eine Konditorei und iß nicht einen einzigen Kuchen mit einem Menschen, der nicht bereit ist, dir jede Minute seines Lebens zu opfern.»

Nach diesen Worten ließ er meinen Arm los und begann auf und ab zu gehen. Auch mich hatte diese Szene heftig erregt. Bekam ich von Feliciano auch nur halb so viel, wie er dem Grafen gab? Die Tränen standen mir in den Augen, als ich hervorstieß:

«Feliciano hat mir aufgetragen, ich solle Ihnen sagen, daß er sie nur zu gern lieben würde ... Es läge ganz bei Ihnen ... Wenn Sie aber so weitermachen, wäre er gezwungen, die Einladung zu den Nachmittagsempfängen von Sarah Goudar anzunehmen.»

«Sarah Goudar?», wie von einer Tarantel gestochen fuhr der Graf herum. «Sarah Goudar? Du Unglücksrabe!» Er kam mit so zorniger Miene auf mich zu, daß ich aus Angst, er könne wirklich etwas Verrücktes tun, bis zur Tür zurückwich. Nebenan hörte man die Stimmen der Bedienten. «Du lügst! Er hat nicht gesagt, daß er zu Sarah Goudar gehen würde. Was könnte diese Person ihm schon bieten? Eine Abenteurerin ist sie, weiter nichts. Leute, die etwas auf sich halten, verkehren nicht bei ihr. O ja, sie wäre nur zu glücklich, Feliciano für sich zu gewinnen. Von der guten Gesellschaft hat sich noch niemand bei ihr sehen lassen. Ich werde verhindern, daß Feliciano zu ihr geht! Er würde seine Karriere aufs Spiel setzen. Sag ihm, daß er seine Karriere aufs Spiel setzt, wenn er bei dieser ... Schankwirtin verkehrt!»

«Don Manuele», sagte ich kühl und lehnte mich dabei an den Türrahmen, «geben Sie zu, daß Sie Sarah Goudar nicht als Schankwirtin bezeichnen würden, wenn ihre Empfänge nicht gerade um die Stunde stattfänden, zu der Sie gewöhnlich mit Feliciano in der Konditorei sitzen.» Betroffen blickte der Graf mich an. «Kommen Sie zu sich, Don Manuele. Wenn Feliciano beschlossen hat, zum Nachmittagsempfang von Sarah Goudar zu gehen, dann tut er es, weil er weiß, daß ein Graf Carafa aus der Familie der Herzöge von Maddaloni seinen Fuß nicht in den Salon einer Dame ihrer Art setzen würde. Aber daß er Ihnen aus dem Wege geht, ist ein gutes Zeichen: Sie sehen daraus, daß Sie seine Entschlüsse beeinflussen, denn er liebt und fürchtet Sie gleichzeitig. Sie halten nur nicht genug Abstand. Hören Sie auf, ihn zu belagern, und er wird sofort zu Ihnen zurückkommen.»

‹Nicht genug Abstand›, mit dieser Formulierung war ich sehr zufrieden. ‹Er hält nicht genug Abstand, das ist alles.› Aber hatte der Graf mir überhaupt zugehört? Er hob langsam den Kopf. Sein Gesicht war aschfahl.

«Er hat es beschlossen, sagst du?» Die Worte waren kaum zu verstehen. «Als er vor einigen Tagen kein Taschentuch an das Fenster geknüpft hatte, war er also schon dort? Und ich habe vier Stunden bei Startuffo auf ihn gewartet! Ich dachte, er hätte zu arbeiten, er mache Stimmübungen in seinem Zimmer...»

«Und Sie waren glücklich bei dem Gedanken, daß er eingeschlossen war, nicht wahr? Nein, nein und noch einmal nein! Feliciano haßt es, länger als eine halbe Stunde zwischen vier Wänden eingesperrt zu sein. Das müssen Sie doch begreifen können! Lieben Sie ihn so, wie er ist. Zwingen Sie ihn nicht dazu, daß er, um Ihnen zu gefallen, sich in seinem Zimmer einschließen muß und Sie infolgedessen zu hassen lernt. Machen Sie ihm keine Vorwürfe, wenn er in der Konditorei mit den Verkäuferinnen spricht. Oh, mein Gott, ich bin noch so jung, Don Manuele, und ich muß Ihnen Vorschriften machen! Ich gehe jetzt fort. Ich möchte Ihre Freundschaft nicht verlieren.»

«Bleib, Porporino, laß mich nicht allein. Bleib noch, bleib», stammelte er und blickte mich flehend an. «Mit wem sonst soll ich denn über Feliciano sprechen, wenn nicht mit dir? Sei mir nicht böse wegen vorhin. Sag mir nur eins: macht es Feliciano Freude,

mich zu sehen, oder nicht?»
«Ja, begreifen Sie das denn nicht? Merken Sie denn gar nichts? Feliciano würde zu den Verabredungen einfach nicht kommen, wenn er dazu keine Lust hätte. Ein Mensch mit seinem Charakter tut nichts aus reiner Gefälligkeit.»
«Ja», sagte er traurig, «vielleicht liebt er mich wirklich, so wie du es sagst. Der Unterschied ist nur folgender: wenn er bei Startuffo auftaucht, läßt er mich fühlen, daß er nur gekommen ist, weil es im Augenblick keine Zerstreuung gab, die ihn mehr reizte, ihm mehr Freude gemacht hätte; ich dagegen zeige ihm, sobald er mich sieht, daß mein Leben von den zwei nun folgenden Stunden abhängt. Er sieht, daß ich alle meine anderen Beschäftigungen opfern würde, um diese zwei Stunden mit ihm verbringen zu können. Er sieht, daß ich eine furchtbare Angst gehabt habe, er könnte nicht kommen. Ich für meinen Teil sehe, daß er an diesem Nachmittag nichts Besseres vorgehabt hat, als mit mir zusammen Kuchen zu essen. Er liebt mich vielleicht ebensosehr wie ich ihn, das heißt so sehr, wie er jemand lieben kann. Aber aus diesem Unterschied kann eine Tragödie entstehen.»

‹Kommen Sie›, hätte ich ausrufen mögen, ‹nehmen Sie sich ein Beispiel an ihm, seien Sie nicht so verkrampft! Machen Sie kein so finsteres Gesicht, das Leben ist auch so ernst genug.› Aber ich spürte, daß sich die Tür hinter mir auftat. Don Raimondo trat ein.

Wie mögen wir ausgesehen haben: ich an den Türrahmen gelehnt, der Graf regungslos, mit hängenden Schultern und abwesendem Blick mitten im Raum stehend. Er hatte vergessen, daß seine Finger noch immer das weiße Haar festhielten. Don Raimondo, der auf den ersten Blick die Situation erfaßt hatte, amüsierte sich über dieses Bild.

«Du wirst dicker, mein Lieber», sagte er und kniff den Grafen vertraulich in die Wange. «Man sieht deinen Wagen öfter vor Startuffo halten, als gut ist. Du solltest dich schämen, du Leckermaul! In deinem Alter!»

Don Manuele, der gern hager und leidend ausgesehen hätte, blickte verärgert zur Seite. Aber als weltgewandter Mann, der er war, solange der Gedanke an Feliciano nicht alle seine Sinne gefangenhielt, faßte sich schnell wieder.

«Raimondo», sagte er und hielt dem Fürsten das weiße Haar unter die Augen, «ich war gekommen, um deine Künste auf die Probe zu stellen. Du hast die ewige Lampe erfunden, und du suchst mit allen Mitteln nach einer Methode, einen Wagen auf dem Wasser fahren zu lassen. Warum nimmst du es hin, daß die Zeit das menschliche Antlitz zerstört und schwarzes in weißes Haar verwandelt? Ist das nicht eine unerträgliche Grenze für die Allgewalt deiner Erfindungsgabe? Die Natur fordert dich heraus, und sie erwartet, daß du diese Herausforderung annimmst. Finde ein Verfahren, das die Haare daran hindert weiß zu werden, und die Nachwelt wird sagen: der Fürst von Sansevero hat den Unterschied zwischen den Altersstufen aufgehoben, er hat das grausamste Menschenlos von uns genommen, er hat uns zu Göttern gemacht.»

Don Raimondo stieß einen leisen Pfiff aus und sagte: «Nicht schlecht, nicht schlecht!»

Wie schnell der Graf sich wieder gefangen hatte! Ich blickte ihn erstaunt an. Eben noch war er in einer lächerlichen Situation überrascht worden, und im Handumdrehen hatte er seine Überlegenheit zurückgewonnen. Aber nicht für lange Zeit. Don Raimondo zeigte an jenem Abend, daß er wirklich der Stärkere war.

«Du fängst an, mich zu verstehen, lieber Freund», sagte er mit einer leichten Verbeugung. «Du vergißt nur eins», und bei diesen Worten spielte wieder ein teuflisches Lächeln um seine Lippen, «eine Kleinigkeit. Meine immerwährende Lampe verbrennt nichts und brennt für nichts. Und der Wagen, den ich aufs Wasser schikken will, wird leer sein.»

Der Graf wurde blaß und murmelte:

«Was soll das heißen?»

«Du erinnerst dich an den Tag, an dem ich das Geheimnis meiner immerwährenden Lampe fand? Ich hatte alle Räume im Palast *a giorno* beleuchten lassen. Überall brannten alle möglichen Lampen. Ich bin selbst in die Keller hinuntergegangen, um mich zu vergewissern, daß kein Winkel im Dunkel geblieben war. Und ich bin auf den Dachboden hinaufgestiegen, um auch dort überall Licht machen zu lassen. Neben jede Kerze, jede Lampe, jeden Leuchter habe ich einen Diener gestellt und ihn beauftragt, Öl in die Lampen nachzufüllen und nach und nach die abgebrannten Kerzen zu erneuern. Andere Bediente liefen ständig mit brennenden Leuchtern treppauf, treppab durch das Haus und durch alle Säle. Es war herrlich, nicht wahr Porporino? Ich wußte, daß mir die Entdeckung nur gelingen konnte, wenn ich sicher war, daß ich weder für mich noch für die Beleuchtung meines Palastes den geringsten praktischen Nutzen daraus ziehen würde. Als die Flamme meiner Lampe endlich brannte, konnte ich ihr Licht in der allgemeinen Helligkeit kaum sehen. Sie brennt bis in die Unendlichkeit, aber sie ist nicht zur Beleuchtung da; ich sorge dafür, daß in dem Saal, in dem sie steht, Tag und Nacht zwanzig Kandelaber brennen. Der Anblick ihres weißen Scheins, der zwischen diesen so viel helleren Flammen fast unsichtbar ist, dieser Anblick ist eine reine Wonne für mich...»

Don Raimondo hatte uns vergessen, er war in seinem Traum versunken. Oh, wie liebte ich ihn, wenn er so vor sich hin phantasierte!

«Ich kann wohl sagen, daß ich Hunderte von Stunden meiner Zeit und Tausende Dublonen meines Vermögens geopfert habe, um zu diesem unbedeutenden, herrlichen Resultat zu kommen: eine Lampe, deren einziger Effekt darin besteht, daß sie zwischen gewöhnlichen Kerzen etwas blaß wirkt. Ihre Ewigkeit trägt sie in sich selbst, wie ein vor der Welt verborgenes Geheimnis. Glaubt ihr, ich würde auch nur einen Bruchteil des Vergnügens empfinden, das sie mir bereitet, wenn ich glauben müßte, daß sie eines Tages zur Verbesserung der öffentlichen Straßenbeleuchtung von Neapel, zur Vertreibung der Diebe oder zur Sicherheit der Bürger beitragen könnte? Glaubt ihr, daß ich mich nicht verfluchen würde, wenn ich wüßte, daß sie in der Hand des Verliebten brennt und die Schatten von dem nächtlichen Weg vertreibt, der über sein Glück entscheidet?

Meine Lampe wäre nicht die absolute Herrin der Nacht, wenn sie diesem oder jenem –» hierbei blickte er Don Manuele in die Augen – «den Besitz dessen ermöglichen würde, von dem die Ruhe seines Herzens abhängt.

Niemand darf mich dazu auffordern, ein Hindernis zu beseitigen, das den Weg zu einem Ziel verstellt.

Die Natur hat klare Wege vorgezeichnet und überall Grenzsteine gesetzt, die es dem Menschen möglich machen, bestimmte Richtlinien zu befolgen.
Ich aber beseitige die Grenzen aus reiner Freude am Träumen.»

DRITTER TEIL

Neapel

Kastrapolis

Wir hatten noch keine hundert Schritte in der Via dei Tribunali getan, als eine mir unbekannte, schwarzgekleidete alte Frau auf mich zustürzte. Sie kniete vor mir nieder, nahm meine Hände in die ihren und bedeckte sie mit Küssen; vergebens versuchte ich, mich frei zu machen. Sie küßte nicht die Handrücken, sondern die fleischigen Polster unterhalb der Fingeransätze und des Daumens in den Handflächen.

Sie verteilte ihre gezielten, schmatzenden Küsse mit der gleichen kindlichen Hingabe, wie ich sie bei gläubigen Frauen gesehen habe, die vor einer Heiligenfigur eine Reihe von Kerzen auf das eiserne Gestell drücken.

Ihr von einem schwarzen Schal umrahmtes Gesicht wirkte müde und verbraucht. Vom Alter, von Sorgen oder wovon sonst? Ihre Liebkosungen erinnerten mich an den Eifer, mit dem die Matronen von San Donato hinter Don Sallusto herliefen, um sein Ohr zu berühren.

Übrigens trug Antonio Perocades, der mich an jenem Morgen im Konservatorium abgeholt hatte, einen wunderschönen blauen Anzug. Er hatte nie erfahren, daß ich aus San Donato stammte.

Träume

Via dei Tribunali; Piazza San Pietro a Maiella; die Kirche San Pietro, ihre plötzliche Kühle und die Fresken des Mattia Preti. Der Maler hatte die Erinnerung an die großen Pestepidemien von Neapel auf den Wänden festgehalten: von grünlichem Mondlicht beschienen, lagen die Todesopfer aufgereiht unter mächtigen Torbögen. Don Antonio riß mich aus der Betrachtung dieser Bilder, die dort im Halbdunkel schimmerten, und drängte mich in die Menschenmenge der Via Toledo.

«In Paris oder London haben die Menschen ein Ziel», sagte er, während wir uns einen Weg durch das Gedränge bahnten, «sie gehen irgendwohin, sie kommen voran. In Neapel laufen sie nur in den Straßen umher, weil sie es nicht ertragen können, zwischen vier Wänden eingesperrt zu sein. Darin liegt das Unglück dieser Stadt, die ein großes Geschäftszentrum, eine Handels- und Industriehauptstadt sein könnte und statt dessen nur dahinvegetiert und ewig rückständig bleibt. Es ist zu einfach, die Schuld auf die Epidemien zu schieben. Diese Pest tragen wir in uns. Wir verstehen es nicht, erwachsen zu werden. Wie sollten wir auch, man bringt ja den Schulkindern nicht einmal das Stillsitzen bei. Sieh nur die Paläste: auch sie sind nicht ausgewachsen.»

Ich liebte die neapolitanischen Paläste, deren Fassaden abbröckelten oder nie vollendet wurden; die Balkone, die vor blinden Fenstern ins Leere ragten; die Höfe mit ihrem unebenen, moosüberwachsenen Pflaster; den Anblick der Familien, die in den Kellergewölben und den Lagerräumen der Erdgeschosse lebten; die riesigen Betten mit ihren Messingkugeln, die man durch die Kellerfenster sehen konnte; die inmitten von Abfällen haltenden Karossen und die mächtigen Treppen, die zur Beletage hinaufführten.

Welch eine Melancholie umgab diese riesigen Bauten; unten hauste das Elend, aber oben, in der Flucht von eiskalten, prunkvollen Sälen, die nur zweimal im Jahr geöffnet wurden und an deren Ende in einem kleinen Raum mit dem einzigen brauchbaren Ofen die Familie des Herzogs und des Fürsten lebte, da oben ging es meist auch nicht fröhlicher zu. Im Laufe von zwei Jahrhunderten voll Müßiggang und Verschwendungssucht waren die Vermögen verschleudert worden. Was übrigblieb, wurde gebraucht, um Porzellan zu kaufen, die Hofgarderobe zu erneuern, die Karosse instand zu halten und um die Loge im San Carlo zu bezahlen. Man begnügte sich mit einer warmen Mahlzeit am Tag; sie bestand meist aus Makkaroni, wurde mitten am Nachmittag von einem Diener in einer abgewetzten Livree serviert und von der Familie schweigend verzehrt. Die schweren Brokatvorhänge waren zugezogen, die altgoldenen, unter die Seide gemischten Fäden schimmerten matt. Die Vorhänge blieben geschlossen, weil man sich mit einem Anschein von Luxus umgeben wollte, obwohl man im Dunkeln aß, um Licht zu sparen.

Neapel – großartig und verfallen. Verfallen oder noch nicht ganz vollendet? Wie rührten mich diese schönen Anwesen, an denen immer irgend etwas fehlte: einige Steine oder eine Verzierung an der Fassade, die aber ebensogut auch schon herabgefallen sein konnten; der Balkon war möglicherweise eingestürzt, und niemand war auf den Gedanken gekommen, ihn wiederaufzubauen; vielleicht aber hatte man auch nie Zeit gefunden, ihn zu vollenden, oder das Geld war ausgegangen. Unmöglich festzustellen, ob diese Unordnung, diese Unbekümmertheit, dieser Eindruck des Verfalls auf Überalterung oder Vernachlässigung beruhte oder ob das ursprüngliche Projekt zu umfangreich, zu ehrgeizig, zu extravagant gewesen war.

Perocades kritisierte kühl und präzise: «Diese größenwahnsinnigen Treppen sind zu gar nichts nütze. Mit den Steinen, die zu ihrem Bau verwendet wurden, hätte man Wohnungen für die in den Kellern hausenden Familien bauen können oder Schulen für die im Straßendreck spielenden Kinder. Warum sechsstöckige Wohnhäuser errichten, die nie vollendet werden und Sonne und Luft fernhalten?»

Frauen lehnten aus den Fenstern und sangen; ich wäre gern geblieben, um ihren bezaubernden Stimmen zu lauschen, aber Perocades zuckte die Achseln: «Wenn das neapolitanische Volk erst einmal die neuen Ideen begriffen hat, die sich im übrigen Europa Bahn brechen, dann wird es genug haben von den Liedern, wie es genug haben wird von all den Scherzen und Späßen, die es schimpflicherweise von seinem Unglück ablenken. Dann wird es sich für staatsbürgerliche Aufgaben interessieren: für Schulbauten, Krankenhäuser und gesunde Wohnungen, für Straßenreinigung und Fabriken, für den menschlichen und sozialen Fortschritt.»

Ich hörte schweigend zu, während wir an den Fenstern des Fürsten von San Nicandro vorübergingen. Er gehörte zu den zwölf oder fünfzehn Adligen, die noch ein Vermögen von mehreren

Millionen besaßen. Die Leute, die auf der Via Toledo umherwanderten, blieben vor seinem Palast stehen. Man schaute und zeigte mit dem Finger auf das purpurne Wappen in seinem aus Marmor gehauenen Rahmen über dem Portal, dessen Sims abgebröckelt war. Was aber bewunderten sie eigentlich? Die schadhafte Fassade, deren Verputz überall abblätterte? Die seitlichen Arkaden, die mit Zement und Brettern ausgebessert waren, um den Einsturz dieses Flügels zu verhindern? Oder das Geld des Fürsten, sein angeblich immenses Vermögen? Vielleicht hättet Ihr hier, o Perocades, einen charakteristischen Wesenszug von Neapel erkennen können, wenn Ihr einen Augenblick lang von der Überzeugung abgelassen hättet, daß Euer Fortschrittsglaube, Eure Vorliebe für das Gelungene zwangsläufig von aller Welt geteilt werden müsse. Der Fürst von San Nicandro war unbeschreiblich reich, gewiß, aber er lebte freiwillig in diesem verfallenen Palazzo – sei es aus Widerspruchsgeist, sei es aus Laune oder sonst einem Grund, für den man eine Erklärung finden müßte. Das arme Volk von Neapel verkam in den ungesunden *bassi*, wanderte aber auf seinen Spaziergängen zu diesem Palast hinaus, denn seine Vorstellung von Schönheit war unlöslich mit dem Eindruck von Vernachlässigung, sein Traum von Reichtum mit einem Hauch von Schäbigkeit verbunden. Wohlhabend oder mittellos, Krösus oder Bettler: welcher Neapolitaner hätte sich in einem bis ins letzte vollendeten Bau wiedererkennen können? Sie beschränkten sich in ihren Träumen auf eine Mischung aus eingebildeter Größe und erbärmlicher Wirklichkeit und bewunderten San Nicandro, weil er sich trotz seines Vermögens mit der obskuren Niederlage solidarisch fühlte, die ihre Stadt erlitten hatte.

Das schneidende Schwert

Via Toledo: sie schneidet die Stadt in zwei Hälften wie ein Schwert. Der Statthalter Pietro di Toledo hat sie 1536, zu Beginn der spanischen Herrschaft, die bis zum Ende des siebzehnten Jahrhunderts dauerte, durchbrechen lassen.

Ja, auf jene Zeit kann man nicht nur die Spaltung der Stadt in zwei verschiedene Teile zurückführen, sie brachte auch die Spaltung der ursprünglich durch freundliche Beziehungen miteinander verbundenen Gesellschaft in streng hierarchisch gegliederte Klassen. Die Statthalter, die der spanischen Politik in Neapel ergebene Verbündete gewinnen mußten, vergaben zahlreiche neue Adelstitel und ermutigten die Neugeadelten, sich der übrigen Bevölkerung überlegen zu fühlen, indem sie bei Hofe eine strenge Etikette einführten, alle Zeremonien mit ungeheurem Pomp umgaben und die Besitzer einer Karosse zu prahlerischem Hochmut anspornten.

Als die Spanier Neapel verließen, hatten sie hundertneunzehn Fürsten, hundertsechsundfünfzig Herzöge und hundertdreiundsiebzig Marquis ernannt. Auf fünfhunderttausend Einwohner kamen bei ihrem Abzug zweitausend Personen von Stand.

Vor der Ankunft der Statthalter hatte es keine Wörter gegeben, um die Superlative der Höflichkeit auszudrücken, die sich nun zusammen mit Verschwendungssucht und Protzerei ausbreiteten. Die Anreden *Don, Signore, Signorina, Lei* sind den spanischen *Usted, Excellenza, Reverenza* und *Magnifizenza* nachgebildet worden. Ebenso einige Wörter der Umgangssprache, die den neuen Sitten Ausdruck verleihen sollten, wie *sfarzo* (Prunk), *complimenti* (zeremonielles Verhalten), *sussiego* (hochmütige Verachtung).

Und am anderen Ende der sozialen Stufenleiter hat die kastilische Sprache dem neapolitanischen Dialekt drei Wörter geliefert, die drei der charakteristischsten Vertreter des niederen Volkes bezeichnen: den *lazzaro* oder *lazzarone* (den für das *lazaret* – die Quarantänestation – reifen Bettler), den *quappo* (den etwas großmäuligen

Straßenjungen) und den *camorrista* (den in Banden organisierten Übeltäter).

In der Kirche Santa Maria la Nuova befindet sich das Grab von Pedro Navarro, einem aus Navarra stammenden Soldaten, der Neapel gezeigt hat, daß man eine Festung, die man einnehmen will, sprengen kann. Er wurde berühmt durch die Sprengung des Castel dell'Uovo. Die Verteidiger mußten entsetzt mit ansehen, wie die Befestigungen des kleinen Eilands samt schaumbedeckten Felsen in die Luft flogen, wie Steine und Erde zu zittern begannen, sich spalteten, unter den wütenden Flammen auseinanderfielen und die Gliedmaßen ihrer Kameraden durch die Explosion weit über das Meer verstreut wurden.

Dido und Policinell

Was war los mit Domenico Cimarosa? Wie ungeschickt er lief! Ich sah ihn atemlos auf uns zustürzen, und mir fiel auf, daß er sehr viel dicker geworden war. Er streckte uns seine Arme entgegen, ließ sie aber gleich wieder sinken; Arme und Beine gleichzeitig zu bewegen, dazu reichte seine Kraft nicht aus. Sein Herz war in Startuffos Creme gebettet. Lachte er? Weinte er? Er hatte mir doch vor kurzem erst gesagt, er habe nur zweimal in seinem Leben Tränen vergossen: das erste Mal auf einer Landpartie, als der für das Picknick vorgesehene Truthahn in den Fluß fiel, und das zweite Mal, als seine kleine Opera buffa, ‹Der fanatische Cartesianer›, im Teatro dei Fiorentini ausgepfiffen wurde ...

«Schnell, Freunde, versteckt mich», sagte er atemlos und verbarg sich hinter uns, so gut es ging. Perocades blickte mich überrascht an. Ich zuckte die Achseln, aber da fiel uns, dreißig Schritte entfernt, eine Frau auf, die sich energisch durch die Menge drängte und heftig gestikulierend auf uns zukam. Ich erkannte sie sofort: es war die erste Sängerin des San Carlo, Angela de Amicis. Sie kam angerauscht und versuchte uns auseinanderzudrängen, um Mimmo zu packen.

«Du Schurke!» rief sie.

«Angela, ich will dir's ja erklären ... Beschützt mich vor ihr ... Haltet sie fest ...» stotterte Mimmo mehr tot als lebendig, und doch schwang ein unverschämter Unterton in seiner Stimme mit.

Wahrscheinlich war sie im Recht. Sicher hatte er ihr, obwohl er vor drei Wochen noch behauptete, sie sei die Liebe seines Lebens, einen bösen Streich gespielt. Aber sie zeterte einfach zu laut, und obendrein bohrte sie mir ihre Fingernägel in die Schulter! Bis aufs Blut. Welch ein Temperament! Eine Furie! «Schurke, Feigling!» Mimmo zitterte wie Espenlaub. Aber als er den Mund auftat, klang es, als mache er sich über sie lustig. War er verrückt, wollte er sie bis zum Äußersten reizen?

«Angela, ich hab ein Geschenk für dich ... Laß mir Zeit ...»

O weibliche Schwäche! Bei dem Wort ‹Geschenk› strömte alle Hoffnung wieder in ihr Herz. Ihr Gesicht entspannte sich, sie preßte eine Hand auf den Busen und holte tief Luft, als wollte sie in Ohnmacht fallen. Das fehlte noch, daß sie mir in die Arme sank!

«Rate, woran hängt mein Herz am meisten ...»

«Am meisten? Mimmo, Liebling ...»

Was würde er sagen? Mich fröstelte. Angela war mir zornig fast lieber als so wie jetzt: dahinschmelzend, mit schlaffem Mund.

«Du weißt schon, die Spritztüte, die ich erfunden hab, um Makkaroni zu füllen ...»

Er ging entschieden zu weit, er war nicht mehr bei Verstand! Die Augen traten ihr fast aus dem Kopf. Sie versuchte seiner habhaft zu werden, indem sie um mich herumlief. Mimmo rettete sich hinter Perocades. Mein Gott, konnte er ihr denn kein beruhigendes Wort sagen, nachdem er sich so über sie lustig gemacht hatte? Eine Suada von Schimpfworten ergoß sich über ihn. Das Ganze war grotesk. Und während Mimmo sich an Perocades' Ärmel klammerte und fluchtbereit hin und her hüpfte, um nach rechts oder links ausweichen zu können, je nachdem welche Bewegung sie machte, hatte er noch die Stirn, vor sich hin zu singen:

«Die Nadel ist aus Gold, der Leib ist aus Kristall . . .»
«Zum letzten Mal: komm jetzt her, wenn du kein elender Feigling bist! . . .»
«Ta ra tata . . .»
«Du hast geschworen, mit mir nach Venedig zu gehen. Stehst du so zu deinem Wort, elender Lügner?»
«Angela» (welcher böse Geist flüsterte ihm diese Worte ein?), «Angela, du bist jetzt nicht Dido und nicht im San Carlo . . .»
«Ha, du willst mich kränken, mich herausfordern! Wofür hältst du dich? Warte, ich werde deiner kleinen Bäckerin die Augen auskratzen. Du irrst, nicht Dido, nein, Medea will ich sein! Ich bringe sie um, o ja, ich bring sie um. Weg da, laßt mich endlich durch, Feiglinge seid ihr alle, wie ihr daseid!»

Welch eine Energie! Sie riß mich so heftig am Arm, daß ich Mühe hatte, nicht hinzufallen. Mimmo machte kehrt und lief, so schnell er konnte, um die Ecke in eine Nebengasse. Die De Amicis raffte ihre Schleppe hoch und hastete ihm nach. Er hatte recht: sie bewegte sich und sprach wie eine Opernheldin. Aber die Arme vergaß, daß Cimarosa in ein anderes Repertoire, in die Opera buffa gehörte. Didos Zorn konnte Policinell nicht treffen.

«Leider ist es immer ein bißchen so», sagte Perocades.
«Ein bißchen wie, Don Antonio?»
«Unter Menschen gleichen Alters, gleicher Intelligenz und gleicher Stellung wirst du immer mehr Frauen finden, die sich wie Frauen, als Männer, die sich wie Männer verhalten.»
«Don Raimondo würde Euch mit Interesse zuhören.»
«Ach, Don Raimondo . . . Er würde sagen, daß jeder sich stets zu eng an die Charakteristiken seines Geschlechts hält.»
«Sie sind da anderer Meinung, nicht wahr?»
«Eine Kultur kann sich nur weiterentwickeln, wenn ein Mindestmaß an Übereinstimmung darüber herrscht, welche Rollen den einen und den anderen zufallen. Dein Freund benimmt sich wie ein Kind.»
«Es sieht ja fast so aus, als ob Sie Angelas Partei ergriffen!» rief ich erstaunt. «Finden Sie Ihr Verhalten denn besser als das von Mimmo?»
Ein Trompetenstoß enthob ihn einer Antwort. Wir beeilten uns,

um das Spektakel nicht zu versäumen. Sollte Dido ihren Policinell erwischt haben? Mir kam plötzlich ein seltsamer Gedanke: Mein Gott, vielleicht glich das Leben der Liebespaare einer ewigen Verfolgung des Frohsinns durch das Tragische...?

Wozu Statuen dienen

Foro Carolino, der Platz König Karls. Die Trompete kündigte eine Abteilung Soldaten an. Die Menge stand im Kreis um die Statue des Königs vor dem neuen Portikus mit seinen sechsundzwanzig Säulen. König Karl, der das Theater San Carlo und das Armenhospital hatte bauen lassen, war beim Volk beliebt gewesen. Bevor er nach Spanien zurückgegangen war, hatte er seinem Baumeister Vanvitelli befohlen, zur Verschönerung des Platzes, der seinen Namen tragen sollte, einen halbrunden Portikus zu errichten, und man sagte in Neapel, daß die sechsundzwanzig Statuen, die auf den sechsundzwanzig Säulen stehen, die sechsundzwanzig Tugenden dieses aufgeklärten Monarchen symbolisieren. Man sagte auch, daß er absichtlich so viele dieser Statuen in Neapel zurückgelassen habe, um den leichtfertigen Geist seines Sohnes zu beschäftigen und ihm etwas Stoff zum Nachdenken zu geben. Hieß es doch, daß der neue König weder so viele Tugenden auch nur beim Namen nennen, noch weiter als bis zehn zählen könne.

Von unbekannter Hand war in der vergangenen Nacht ein schwarzer Schleier über den Hut des Königs Karl geworfen worden. Unter dem schwarzen Tuch, das ihm bis auf die Schultern fiel, wirkte seine lange Nase noch länger, blickten seine traurigen Augen noch trauriger.

Zwischen den Hufen des Pferdes lehnte ein Schild mit einem Sündenregister der Regierung. Überall in der Stadt hatte man gleichzeitig an Straßenecken oder Hausvorsprüngen ähnliche Schilder angebracht, auf denen die Grausamkeit der Minister und die

Willfährigkeit des Senats von einem anonymen Schreiber angeprangert wurden. Beißende Ironie, Beschimpfungen, Drohungen, Spottverse – damit tröstete sich das erboste Volk über seine Ohnmacht hinweg.

Am Abend zuvor waren drei junge Bäcker auf der Piazza del Mercato gehängt worden, weil sie sich geweigert hatten, die neue vom Kornminister verordente Mehlsteuer zu zahlen. Und das Volk, das anders nicht protestieren konnte, brachte an den Straßenecken Inschriften an und ließ den König, der es im Stich gelassen hatte, Trauer tragen.

Auf dem Schild zwischen den Pferdehufen stand in roten Buchstaben zu lesen: «Es gibt Menschen, die sind so grausam, daß die Vorsehung sie zu Ministern machen mußte, um sie dem Urteilsspruch des Volkes zu entziehen.»

Der Satz ging von Mund zu Mund. Wer lesen konnte, wiederholte ihn laut. Aber war es nicht der schönste Trost, zu sehen, wie der Monarch, das traurige Antlitz vom Schleier verhüllt, mit seinem Volk zusammen weinte? Die Menge wurde von den Soldaten auseinandergetrieben, und der Hauptmann holte mit seinem Degen den Schleier von der Statue herunter.

Die Menschen liefen davon, blieben dann aber in sicherem Abstand von den Soldaten, die das Denkmal bewachten, stehen, holten aus ihren Taschen Feigen hervor und fingen an, die Statue damit zu bewerfen. Sollte doch der König, wenn man ihm nicht gestattete, mit seinem Volk zusammen die im Königreich herrschende Ungerechtigkeit zu beweinen, wenigstens an der Schmach seiner Untertanen teilhaben! Die Leute verschmierten die Statue des Monarchen mit Feigensaft, um sich dafür zu rächen, daß sie gegenüber der Tyrannei ihrer Regierung so schwach und angesichts der Nachlässigkeit ihres Senats so feige waren.

Sie bezeugten diesem König auf solche Weise die Liebe, die sie ihm bewahrt hatten: da sie sich nicht zu ihm erheben konnten, holten sie ihn zu sich herab, indem sie ihn erniedrigten.

Perocades sagte mir (warum so scharf? Wußte er nicht, daß ich auf der Seite der drei gehängten Bäcker stand?):

«Wenn man den Köpfen nicht verboten hätte, sich mit Politik zu beschäftigen, würden sich die Herzen nicht so ausschließlich der

Wollust hingeben. Sosehr die Sittlichkeit und das öffentliche Wohl unter diesem Zustand leiden, so förderlich ist er allerdings für die Entwicklung der Musik. Schon zu Neros Zeiten hat Seneca geklagt, daß in Neapel die Schulen zu leer, die Theater aber zu voll seien.»

Ruhm und Niedertracht

Während er mir auseinandersetzte, wie gut es sich in einem Lande mit einer freien Presse leben ließe, waren wir die Via Toledo hinuntergegangen. Vor uns lag rechter Hand der Vicolo Carminiello, wo Caffarelli wohnte. Wir gingen in das Gäßchen hinein, um uns die Inschrift anzusehen, die der neben Farinelli größte Sopranist des Jahrhunderts über seinem Portal hatte anbringen lassen. Caffarelli war nun über sechzig Jahre alt und lebte zurückgezogen in diesem Palast.

Zwei hohe Pfeiler, auf denen ein geschwungener Balkon ruhte, umrahmten das riesige Portal. Unter dem Balkon standen über der Eingangstür in einem Medaillon die Worte

AMPHION THEBAS

EGO DOMUM

«So eine Unverschämtheit!» Perocades war ärgerlich. «Sich mit keinem Geringeren als Amphion zu vergleichen! Auch wenn man eine noch so schöne Stimme hat...»

«Amphion?» fragte ich.

«Amphion und sein Bruder Zethos sollten die Stadt Theben bauen. Zethos machte Amphion Vorwürfe: ‹Du hängst zu sehr an deiner Lyra. Auch wenn sie ein Geschenk von Hermes ist: Sie hält dich von nützlicheren Taten fern!› Als sie dann aber Mauern bauen mußten, begannen die Steine des Amphion sich zu den Klängen seiner Lyra von allein zu bewegen und zusammenzusetzen, und Zethos, der nur mit seiner Arme Kraft arbeitete, blieb hinter seinem Bruder weit zurück. Amphion ist der mythische Urvater der Freimaurer, das Idealbild des Maurers, da werde ich seine Geschichte wohl kennen!»

«Und Caffarelli ...»

«... wagt es, über seine Tür zu schreiben: wie Amphion durch die Kunst seiner Lyra die für die Mauern von Theben bestimmten Steine um sich sammelte, so habe ich durch die Kunst meines Gesanges dieses Haus mir erbaut.»

«Er hat so viel Geld verdient», sagte ich, «daß er es sich leisten konnte, eine Tabakdose, die ihm der König Ludwig XV. von Frankreich schenken wollte, mit der Begründung abzulehnen, sie sei nur mit kleinen Smaragden anstatt mit Diamanten besetzt.»

In diesem Augenblick kam eine Horde Gassenjungen angerannt. Sie schleppten ein großes Schild mit sich, und einer von ihnen hielt eine Stange in der Hand. Sie sammelten sich vor dem Palazzo von Caffarelli und hängten mit Hilfe der Stange den Strick, an dem das Schild befestigt war, über einen Balkenvorsprung.

Neben der gravierten Inschrift

AMPHION THEBAS

EGO DOMUM

würde die ganze Stadt unter großem Gelächter nun lesen können:

ILLE CUM

TU SINE

Er (Amphion) mit, Du (Caffarelli) ohne ...

Ein schwieriger Fall

Vom Vicolo Carminiello gingen wir steil hinab zu der Straße, die sich dort entlangschlängelt. Wo die Römer in alten Zeiten einen Kanal gezogen hatten, um das Wasser von den zwei Hügeln aufzufangen, die rechts und links von der jetzigen Straße aufsteigen. Hier in der düsteren, engen, dichtbevölkerten Via Chiaia wimmelte es von Lakaien und Kutschern, die zwischen den Palästen der Via

Toledo und des Monte di Dio hin und her eilten, und von Matrosen, die vor den Kneipen herumlungerten und den Vorübergehenden freche Bemerkungen nachriefen oder in den mit einer rosa Lampe gekennzeichneten Hausfluren verschwanden. Die zwischen den hohen Häusern des Pizzofalcone und der Mortelle eingezwängte, turbulente Straße führte uns unter der Brücke Monteray hindurch bis zur Rampe, die zum Palazzo Cellamare hinaufführt.

Noch vor einigen Jahren, bevor unten am Meeresufer die Gärten der Chiaia angelegt wurden, war der Palazzo Cellamare, an dem die Straße nach Pozzuoli und Cumae vorbeiführt, das westlichste Bauwerk von Neapel. Wenn man übrigens von unten die Fassade aus rosa Ziegelsteinen betrachtete, die auf einem mächtigen Sockel aus großen braunen Steinquadern ruht, fiel einem zunächst das militärische Aussehen auf, als sei dieser Familiensitz, der zu den prunkvollsten von Neapel zählt, nur als Vorposten gegen die Piraten erbaut worden; Wachtturm und Festung zugleich, damit man die Feinde schon von fern auftauchen sehen und ihre Angriffe abwehren konnte.

Sobald man aber durch den Triumphbogen getreten war, der sich wie ein Pfau über dem schmiedeeisernen Eingangstor spreizte, und weiter über die glatten bemoosten Steine die leicht ansteigende Rampe hinauf bis in den etwas ansteigenden Innenhof ging, schien unter den Füßen alles weich, für das Auge alles zart zu werden: man schritt durch eine Welt aus verblichenem Altrosa; fast hatte man den Eindruck, die Steine könnten schmelzen, so wie jene rosa Kuchen von Startuffo, die einem im Munde zergingen.

Würden wir uns in den terrassenförmig angelegten Innengärten die berühmte Ananaszucht ansehen?

Der Fürst von Francavilla, der den Palazzo von seinen Besitzern, der Familie Caracciolo, den Fürsten von Cellamare, gemietet hatte, zahlte dafür jährlich eintausendsechshundert Dukaten. Seine Schmucksammlung wurde auf fünfundvierzigtausend Dukaten, sein Silber auf vierzigtausend geschätzt; auf vierzigtausend Dukaten auch sein Mobiliar, sein Porzellan und seine Wandteppiche. Allein die Fürsten von Sansevero und von San Nicandro konnten sich rühmen, so reich zu sein wie er. Der König hatte ihn erst zum Kammerherrn, dann zum Haushofmeister ernannt und schließlich zum Großkämmerer; das war eines der sieben höchsten Ämter des Königreichs. Er besaß die schönsten Stallungen von Neapel. Seine Pferde waren noch einmal fünfundzwanzigtausend Dukaten wert, und der Mann, der hierfür verantwortlich war, trug den Titel Oberstallmeister Seiner Exzellenz des Fürsten von Francavilla.

Der Sohn des Fürsten, Don Lelio, war im Alter von dreißig Jahren gestorben, nachdem seine Ehe auf Grund eines Verschuldens, von dem die Richter nur unter Ausschluß der Öffentlichkeit durch seine Gemahlin erfahren hatten, für ungültig erklärt worden war. Er hatte sich wie ein Kutscher gekleidet, sein Vermögen mit dem Personal seines Vaters vergeudet und sich in den Hafenvierteln herumgetrieben.

Der Zwerg des Fürsten kam uns entgegen. Unter einem der acht Torbögen der Fassade stehend, winkte er uns, ihm in die Ananasplantagen zu folgen. Er war siebenundzwanzig Jahre alt, drei Fuß und drei Zoll hoch und trug ein Paar rote Stiefel, die Domenico di Lorenzo, der erste Schumacher der Stadt, für ihn angefertigt hatte. Laut Perocades, der in diesem Palast ein und aus ging, war er nicht so klein und auch nicht so normal und gut gewachsen wie der polnische Graf Borowlacki, den Don Antonio in Paris gesehen hatte und der nur achtundzwanzig Zoll hoch war. Der Zwerg des Königs Stanislaus hingegen, Bébé genannt, war drei Fuß hoch. Im Hinblick auf die geistigen Qualitäten hielt der Zwerg des Fürsten etwa die Mitte zwischen den beiden andern, von denen der erste sehr klug und talentiert, der zweite aber fast blöde war.

Die Ananaszucht und der Zwerg waren aber nicht die exzentrischsten Liebhabereien des Fürsten. Er hielt sich außerdem noch einen Mönch, dessen Spezialität es war, sich in dem kleinen Bad am Meeresufer, das mit dem Palazzo zusammen vermietet wurde, ins Wasser zu stürzen. Der Mönch schwamm dann vor den Augen der Gäste wie ein Brett, ohne unterzugehen. Er konnte bewegungslos auf dem Wasser treiben, die Beine spreizen, sie wieder zusammenziehen, sich auf den Bauch oder auf den Rücken drehen und sich zur Kugel rollen, er blieb immer an der Oberfläche. Die Akademien von Neapel, London und Paris hatten sich für seinen Fall interessiert. Die einen sagten, er schwimme, weil sein Gewebe fetthaltiger sei und mehr Zellen habe als das der übrigen Menschen, andere meinten, es liege an einer Fettschicht, die seinen Magen umhülle. Wieder andere sahen die Erklärung in dem ungewöhnlichen Umfang seiner Lungen – dies glaubten z. B. auch die Gebrüder Montgolfier aus Paris, und eine weitere These behauptete, die Knie des Mönchs seien im Verhältnis zum übrigen Körper besonders leicht und wirkten wie Schwimmer, ähnlich den Korken eines Fischernetzes.

«Lassen wir dem Fürsten die Ananas», sagte Perocades zu mir, «sie tragen zum Fortschritt der Obstkultur bei; lassen wir ihm meinetwegen auch den Mönch, dessen Eigenart die Wissenschaft voranbringt. Ich habe auch nichts dagegen einzuwenden, daß ein Mann fünfundzwanzig Gärtner, fünfzig Pferdeknechte, zwölf Sekretäre, dreißig Hausdiener, sechzig weibliche Bedienstete und fünfundzwanzig Pagen beschäftigt, einen Zwerg vor der Verzweiflung rettet und jährlich für fünfhundert Dukaten Glasscheiben bestellt, um seine Treibhäuser in Ordnung zu halten. Die Feste, die der Fürst veranstaltet, ohne auf die Ausgaben zu achten, wenn er dafür jedesmal den Palast neu ausstatten läßt, diese Feste kommen den Porzellanmanufakturen und den Webereien zugute, den Goldschmieden, Jägern, Schuhmachern, Schneidern, Feuerwerkern, Kerzenziehern und Perückenmachern, dem Lebensmittelhandel, dem Lederhandwerk und den Nudelfabrikanten. Ich würde auch über seine epikureischen Neigungen hinwegsehen: in den Pantheon der Freimaurer würde Epikur mit Freuden aufgenommen werden...

Aber komm, laß uns umkehren, denn ich möchte nicht noch einmal einem Schauspiel beiwohnen müssen, wie er es vor einiger Zeit seinen englischen Gästen geboten hat. Nach den Schwimmversuchen des Mönchs hat er seine fünfundzwanzig Pagen zusammen ins Wasser springen lassen, alles junge Leute von fünfzehn bis siebzehn Jahren, einer schöner und schlanker als der andere. Diese braunen Adonisse, die alle fast gleichzeitig aus den Wellen auftauchten, schwammen splitternackt unter allerlei graziösen Drehungen und Wendungen vor unseren Augen hin und her, um ihre schönen Glieder zur Geltung zu bringen. Die Engländer mußten all ihre Kaltblütigkeit und ihren Humor aufbieten, um den Fürsten für dieses Schauspiel aufs liebenswürdigste zu danken. Die Herzogin von Kingston sagte, sie habe es sehr genossen, sich an einem so charmanten Bild ergötzen zu können. Sie möchte nur im Namen ihrer Begleiter darum bitten, man möge ihnen ein anderes Mal das gleiche Schauspiel bieten, dabei aber jeden Ganymed durch eine Hebe ersetzen ...

König Karl hatte übrigens erwogen, den Fürsten von Francavilla in Madrid zurückzuhalten; er hat ihn aber dann doch wieder nach Neapel geschickt aus Furcht, er könne den Prinzen von Asturias zu seinen Lastern verführen und die höfische Jugend verderben.»

Mochte Perocades sagen, was er wollte, es schien ihn doch zu stören, daß der Mann, der so viel verschiedene Handwerker mit Arbeit versorgte und in Neapel, ja in Italien die ersten Treibhauskulturen eingeführt hatte, derselbe war, der sich mit nackten Pagen vergnügte.

Eines Freimaurers taktlose, an einen Kastraten gerichtete Rede über Hunde

«Mein Junge, die Menschheit konstituiert sich in der Geschichte, ich will damit sagen, daß sie sich fortlaufend auf ein Ziel zubewegt, und zwar von dem Augenblick an, da das kleine Kind, nachdem es den Unterschied zwischen Vater und Mutter beobachtet hat, sich mit dem identifiziert, dessen Körper dem seinen gleicht. Unmöglich, weiterhin ein formloses, das Universum umschließendes Etwas zu sein. Das Kind muß jeden Tag von neuem erkennen, daß es Männer und Frauen gibt und kein Mittel, beides gleichzeitig zu werden.

Aber es macht noch manchen Umweg, ehe es sich eindeutig zum Mann oder zur Frau entwickelt. Die Fortschritte der biologischen Wissenschaft in diesem Jahrhundert erlauben die Feststellung, daß während der Kindheit und der Pubertät das sexuelle Verlangen sich ohne Unterschied auf das eine oder das andere Geschlecht richtet, ohne daß darin ein Symptom der Anormalität zu sehen wäre, das einen Zensor beunruhigen könnte. Wir brauchen uns nur auf unsere eigenen Erfahrungen zu besinnen, um zuzugeben, daß die ersten Schritte unseres Instinkts unsicher und zögernd waren. Im Leben des Schulkinds spielen die erotischen Gefühle für eine Person gleichen Geschlechts eine ebenso wichtige Rolle wie jene, die sich auf das andere Geschlecht richten. Beides, das Maskuline und das Feminine, üben die gleiche Anziehungskraft aus, solange die Körper des kleinen Jungen und des kleinen Mädchens einander ähneln. Sowohl bei der Kindheit des Menschen wie bei der Kindheit der Völker läßt sich dieses gleichzeitige, gleich starke Hingezogensein zu beiden Geschlechtern beobachten; es entspricht dem Urzustand der Menschheit, James Cook und Bougainville haben es gerade jetzt im Abstand von wenigen Monaten unabhängig voneinander nachgewiesen; jener aufgrund seiner Studien über die Eingeborenen Neuseelands, dieser in seinem Buch über die Bevölkerung der Inseln im Pazifischen Ozean.

Bei den zivilisierten Völkern verwandelt sich diese Unentschiedenheit der frühen Jugend später, unter anderen Einflüssen, in eine normale Sexualität, sofern sie nicht zur Perversion entartet. Und so berechtigt es ist, die Päderastie der Erwachsenen schwer zu ahnden, wie es in Italien geschieht, wo sie mit Gefängnis bestraft wird – wenn man nicht das Glück hat, als ein Francavilla geboren zu sein – oder in England und Deutschland, wo man dafür zum Tode verurteilt wird, sosehr muß der unparteiische Wissenschaftler für Milde plädieren, wenn es sich um eine Verfehlung handelt, die im frühen Jugendalter begangen wird.

Nach dieser ersten Stufe bleiben noch zwei weitere zu bewältigen, bevor das endgültige Ziel, die beständige, monogame Liebe, erreicht ist. Zunächst verliert das gleiche Geschlecht seine Anziehungskraft, die nun ausschließlich von Personen des anderen Geschlechts ausgeht. Das ist die Zeit, während der dem Jungen jedes beliebige Mädchen begehrenswert erscheint, und er errötet, sobald er eines von ihnen anreden soll. Entwickelt sich der Knabe weiterhin in Harmonie mit den Naturgesetzen, so richtet sich sein Impuls bald auf einen bestimmten Menschentyp des anderen Geschlechts.

So fühlt sich zum Beispiel ein junger Mann zuerst nur zu blonden Frauen hingezogen, dann nur zu Frauen mit blondem und gelocktem Haar, und so fort von einem charakteristischen Zug zum nächsten. Und je genauer er weiß, in welcher Gruppe er mit größter Wahrscheinlichkeit die Person findet, die ihm vollkommen entspricht, um so weniger wird er sich von denen angezogen fühlen, die nicht zu dieser Gruppe gehören. Das weibliche Geschlecht im allgemeinen wird ihn nicht mehr interessieren und in ihm nur noch eine flüchtige Erregung erwecken, wenn wir von Notfällen, von einem dringenden sexuellen Bedürfnis oder der Unmöglichkeit, innerhalb der bevorzugten Gruppe Befriedigung zu finden, einmal absehen wollen. Schließlich aber findet er sogar bei den Personen aus diesem engeren Kreis keine Befriedigung meht; sein Instinkt, seine Bedürfnisse werden immer spezieller, nur noch eine einzige Person wird ihn von nun an zufriedenstellen können: die von allen anderen verschiedene, einmalige Frau. Hat er sie gefunden, ist des Suchens ein Ende, und der Sieg des Geistes über das Dunkel, das den Embryo umschloß, ist errungen. Das ist die vierte und letzte Stufe.

Du wirst mir nur schlecht folgen können, wenn du deine Erfahrung auf das beschränkst, was du bei uns beobachten kannst. Die Neapolitaner sind auf einer der Zwischenstufen des großen menschlichen Abenteuers stehengeblieben. Diejenigen, die den blonden Ausländerinnen nachlaufen, sind auf der dritten Stufe angelangt; die meisten jedoch stehen auf der zweiten, rein geschlechtlichen Stufe; ihr Liebesleben ist dem der Tiere ähnlich. Ein läufiges Tier, das ein Weibchen wittert, achtet auf nichts anderes. Es hat ein Weibchen vor sich, basta! Der prüfende Blick ist unter den fünf Sinnen der edelste, der Geruchssinn der niedrigste, was durch die Tatsache bewiesen wird, daß er beim Menschen verkümmert ist, seit dieser nicht mehr auf allen vieren läuft, sondern aufrecht geht. Schon Lucrez hat gesagt, wer seinen Weg nur mit der Nase suche, ohne aufzublicken, sei einem Tier ähnlicher als der aus göttlichem Lehm geformten Kreatur. Und unsere Mitbürger? Haben viele von ihnen dieses Entwicklungsstadium überwunden, das ich das ‹zynische› Stadium nennen möchte – sowohl wegen seiner animalischen Essenz (‹zynisch› kommt vom griechischen kunos, der Hund) als auch seiner moralischen Bedeutung wegen? Und dabei tue ich vielleicht sogar den Hunden noch unrecht, denn das organische und psychologische Durcheinander ist eher für Amöben und Plankton bezeichnend.

Welche Bestrafung aber sieht unser Gesetzbuch vor? Welche Mißbilligung kann man von der öffentlichen Meinung erwarten? Ich verurteile die Päderastie nicht etwa auf Grund eines Vorurteils, das unseres Jahrhunderts unwürdig wäre. Nein, ich verurteile sie, weil der Mensch, der sich ihr hingibt, auf einer primitiven Stufe seiner Entwicklung verharrt und die Pflichten mißachtet, die seine Qualität als biologisch und intellektuell überlegenes Säugetier ihm auferlegt. Wenn die Menschheit sich zur Vollkommenheit erheben und sich der Hoffnungen, die Gott in sie gesetzt hat, würdig erweisen will, möge jeder in seinem Fleische alles ausmerzen, was noch vom entgegengesetzten Geschlecht in ihm schlummert und sich der Rolle bewußt werden, die ihm zugedacht ist. Die Strafen sollten milder sein für jeden, der einen Schritt nach vorne gemacht hat, der die Stufe eins hinter sich lassend, die Stufe zwei erklommen hat. Aber ein Mensch, der so weit entfernt ist von der menschlichen Vollkommenheit wie der Neapolitaner, muß wissen, daß er eines Tages vor den Instanzen des aufgeklärten Geistes zur Rechenschaft gezogen wird.

Du hast vor einigen Tagen den Abbé Galiani gehört. Je mehr Frauen ein Mann um sich versammelt, je ähnlicher er einem Hunde ist, um so größer ist sein Ansehen in Neapel!

Unsere Königin Maria Carolina wurde durch folgendes Spiel populär, das sie einmal ihrer ersten Hofdame, der Herzogin de Montefiascone, vorgeschlagen hatte: Beide Damen verkleideten sich als Hafenmädchen, verschleierten ihr Gesicht und versuchten, an der Ecke der Via Toledo mit allen Mitteln die Aufmerksamkeit der Passanten auf sich zu lenken. Im Dunkeln waren sie für jedermann unkenntlich geworden. Es ging darum, wer die meisten Erfolge verbuchen könnte. Die Geschichte sagt nicht, wer die Wette gewann, aber ein Höfling, den sie in ein Zimmer gelockt hatte, erkannte die Herzogin. Und was meinst du: anstatt den Interessen des Hofes zu schaden, hat dieses tunlichst ausgeplauderte Abenteuer nur dazu beigetragen, die Monarchie zu festigen!»

Vater und Sohn

Ein langer Trauerzug überquerte den Largo de Santa Maria a Capella und begann den Aufstieg zum Pizzofalcone. Sechs Pferde mit schwarzen Überwürfen zogen die Trauerkarosse, die den Sarg des Herzogs von Maddaloni aus den Katakomben von Santa Caterina, wo der Tote in der Vulkanerde mumifiziert worden war, zum Palazzo Maddaloni am Monte Dio brachten. Dort sollte er in der Krypta der Familienkapelle beigesetzt werden.

Die Bruderschaft della Pietà di Dio, in violetten Gewändern und grünen Kapuzen, folgte in Zweierreihen dem Katafalk, allen voran der Prior, der in der Hand einen Ebenholzstab mit einem Knauf aus Elfenbein trug. Dann kam Don Manuele Carafa, der einzige Sohn des Herzogs, barhäuptig, in einem schlichten schwarzen Anzug. Der Graf, durch den Tod seines Vaters zum Herzog geworden, war leichenblaß. In den ihm folgenden Karossen saßen die Mitglieder der Familie. Von Zeit zu Zeit beugte sich jemand heraus und forderte Don Manuele auf, vor dem steilen Weg zum Pizzofalcone in den Wagen zu steigen. Don Manuele wandte nicht den Kopf: hörte er überhaupt, was man zu ihm sagte? Er strich gedankenverloren mit einer Hand über die silberne Kette, die seinen schwarzen Rock zierte.

Unglaublich, wie er dem Bild glich, das mir von seinem Vater im Gedächtnis geblieben war: unempfänglich für alles, was um ihn herum vorging, ganz mit seinen quälenden Gedanken beschäftigt – geradeso wie damals der alte Herzog bei der Abendgesellschaft der Gräfin Kaunitz.

Ich erinnerte mich: eine weiße Strähne hatte an jenem Abend über die Stirn des verschmähten Liebhabers der Caterina Gabrielli herabgehangen. Das Haar von Don Manuele war noch schwarz, er wirkte vielleicht sogar jünger, seit er der Chef des Hauses geworden war, aber auch ihm hing eine Strähne in die Stirn. Das war noch nie vorgekommen. Wußte er überhaupt, wo er war, was er tat, wohin er ging, warum er Trauerkleider angelegt hatte, warum er diesem Trauerzug folgte? Er blickte verstohlen auf seine Uhr und quälte sich wohl mit dem Gedanken, ob Feliciano sich nicht gerade in diesem Augenblick bei Sarah Goudar ankündigen ließ. Sollten Feliciano und Sarah vielleicht . . .?

Hinter den Wagen, in denen die Verwandten saßen, gingen die Diener, und danach kamen die Bettler von San Gennaro, die ihre schwarzen, an Lanzen befestigten Wimpel schwenkten. Neben den Bettlern her lief eine große Schar von Frauen und Kindern, die alle ein kleines Säckchen mit Küchenabfällen in der Hand trugen, aber alle verbeugten sich vor den Bettlern und flehten mit lautem Geschrei den Segen Gottes auf sie herab.

Die Landsknechte des Todes, wie man sie nannte, wurden verehrt, ja angebetet, solange sie für die drei *carlinos*, die ihnen die Bruderschaft zahlte, den Sarg begleiteten; in Wirklichkeit waren sie zerlumptes Gesindel, Invaliden. Einige humpelten, anderen fehlte ein Arm. Ausschlag bedeckte ihre Gesichter, ihre Augen trieften. Sobald man ihnen als ‹Landsknechten des Todes› die gebührenden Ehren erwiesen hatte, würde man sie als Ausschuß der Menschheit verhöhnen.

Der Ablauf war unabänderlich: der Tod mußte erst verherrlicht, dann konnte er verhöhnt werden. Es war die Armee des finsteren Pluto, die in kläglichen Reihen vorüberwankte. Hatte der Zug den Palazzo Maddaloni erreicht, waren die Karossen erst unter dem Torbogen verschwunden, dann würden die mitgebrachten Abfälle auf die Köpfe der Bettler herabprasseln. Die Bannerträger des Todes würden sich in elende Krähen des Tartaros verwandeln und davonlaufen, verfolgt von Kohlstrünken und Kartoffelschalen, von den Spottliedern der Kinder und den Verwünschungen der Frauen, von der ganzen lärmenden Vitalität des neapolitanischen Volkes, das sich von der bedrückenden Angst vor dem Tode befreien wollte.

Für Don Manuele aber würde es nicht so leicht sein. Ich zitterte bei dem Gedanken, daß sich vor ihm, wenn er allein in der Familiengruft zurückgeblieben war, das Gespenst der väterlichen Majestät aufrichten würde: *Wenn man ein Maddaloni ist und von einem geliebten Wesen verraten wird, darf man sich nicht durch vergebliches Flehen erniedrigen. Schande über den abgewiesenen Liebha-*

ber, der weiterhin Hoffnung im Herzen bewahrt. Ich habe mich aus Kummer sterben lassen, nachdem ich begriffen hatte, daß alles vorbei war, daß sie nicht wiederkommen würde. Eine unglückliche Leidenschaft hat nichts Entehrendes für den, der daran stirbt. Dies würde der Sohn in der feierlichen Stille der Gruft aus dem Munde seines Vaters vernehmen. Und er würde glauben, daß diese hochmütige Warnung, diese doppeldeutigen Worte sich auf ihn bezogen. Er würde den Kopf senken, einige beruhigende Worte murmeln und die erregten Totengeister anflehen, ihn nicht zu verfluchen, wenn er weiterlebte und weiterhoffte ...

Ein Paar

Ja, wirklich, da kamen sie: Angelo Goudar, der französische Abenteurer mit der schönen Sarah, seiner Frau, die in einer Kaschemme in Dünkirchen Bier ausgeschenkt hatte, bevor sie von Casanova entdeckt wurde, der sie dann später mit Goudar zusammenbrachte. Es wäre falsch, so zu tun, als hätte ich sie nicht gesehen. Andererseits: sollte ich sie grüßen, obwohl sie erst vor einigen Tagen, nach einer Aufführung, in der Pacchiarotti aufgetreten war, in aller Öffentlichkeit gesagt hatte: «Ich weiß nicht, vielleicht liegt es daran, daß ich eine Frau bin, aber Eunuchen sind mir zuwider?» Ich war ganz erleichtert, daß sie an diesem Tag keinen Empfang gab und Feliciano sich nicht bei ihr in dem Haus auf dem Posillipo vergnügte, während Don Manuele hinter der Leiche seines Vaters in die Tiefe der Familiengruft der Maddaloni hinabstieg.

Wie schön sie war! Ein triumphierendes Lächeln umspielte ihre Lippen. Das Paar ging schnell, obwohl es die Zeit der Promenaden war. Sie ließen alle anderen weit hinter sich. Was hatten sie wohl vor? Wohin so eilig?

Ganz Neapel kannte ihre Geschichte. Und ganz Neapel redete über sie. Angelo Goudar hatte seine Frau zunächst nach Paris gebracht in der Hoffnung, sie könne die Dubarry in der Gunst Ludwigs XV. ablösen. Auf Grund eines königlichen Befehls wurde das Paar ausgewiesen und flüchtete nach London. Der Chevalier d'Eon, der sie dort traf, schrieb an Monsieur de Beaumarchais, daß eine Art öffentlicher Schreiber, der mehr *pro fame* als *pro fama* arbeite, in London Zuflucht gesucht habe. «Er schreibt hungrige Literatur und stellt seine vom Fasten abgemagerte Feder in den Dienst der erstbesten Kost, die sich seines leeren Magens erbarmt und ihn von seiner täglichen Abstinenz erlöst.»

Einige Jahre später hat sich Angelo Goudar nach seiner Ankunft in Neapel die Frage vorgelegt, ob er diesen Brief, von dem er eine Kopie besaß, verheimlichen oder verbreiten sollte. Er ließ ihn von Hand zu Hand gehen. Soll man einen solchen Mann wegen seiner Ungeniertheit tadeln oder vielmehr den Scharfblick bewundern, mit dem er sofort den Charakter der Neapolitaner erfaßt hatte? Sie nahmen den Fremden, der sich mit so viel Eleganz dem Gelächter preisgab, mit offenen Armen auf.

Zunächst aber war das Paar von London nach Wien gegangen. Herr von Scalenburg hatte einige seiner Leute zu ihnen geschickt, um zu fragen, ob Goudar mit der schönen Dame verheiratet sei. Er bejahte es. Die Beamten verlangten Beweise. Goudar gab zur Antwort, sie könnten diese sofort bekommen, sie möchten nur für einen Augenblick aus dem Zimmer gehen. Sie gehorchten. Zwei Minuten später rief er sie zurück. Sie traten ein und sahen Goudar mit Sarah in unzweideutiger Umarmung. «Das ist mein Beweis», rief der glückliche Kämpe, «einen andern habe ich nicht.» Er bekam den Befehl, Wien sofort zu verlassen. In Venedig fand er Unterschlupf und ließ Sarahs Stimme ausbilden, bevor er vor nunmehr zwei Jahren mit ihr in Neapel erschien. Die Wiener Episode war schnell stadtbekannt, und was ihm anderswo zur Schande gereicht hätte, machte ihn hier populär.

Man sah das Paar in der Oper, in den Spielsälen, im Café Gambrinus und auf dem Korso, aber der Adel verkehrte nicht im Hause einer ehemaligen Kellnerin, mochte sie auch eine schöne Stimme und eine noch schönere Figur haben, mochte der Mann noch so witzig und geistreich sein und das Paar, um seine Ziele zu erreichen, noch so raffiniert vorgehen.

Vier Wochen nach ihrer Ankunft in Neapel war die neue Promenade, die Chiaia, mit ihren Gartenanlagen am Meeresufer dem Publikum zugänglich gemacht worden. Zum erstenmal erstreckte sich die Stadt über den Palazzo Cellamare hinaus in Richtung Cumae und Pozzuoli und entwuchs den alten, zur Zeit der kastilischen Herrschaft errichteten Stadtgrenzen. Man hatte das Ufer, das bis dahin sumpfig, unzugänglich und gegen die noch im vergangenen Jahrhundert häufigen Übergriffe der Türken befestigt war, mit fünf Reihen von Linden bepflanzt, zwischen denen Wein rankte und zwei Pavillons errichtet, in denen Erfrischungen feilgeboten wurden.

Am Abend der Eröffnung fuhren die Damen gemächlich in ihren Karossen die gepflasterte Allee an der Küste entlang, während die Herren sie auf dem Wasserweg, in Feluken sitzend, bis am Ende der Promenade begleiteten und Musiker, die ihnen in Barken folgten, mit heiteren Serenaden die Melancholie der heraufziehenden Nacht milderten. Zurück gingen alle zu Fuß durch die Anlagen, unter überreifen Trauben hindurch, deren Saft auf die kostbaren Roben tropfte.

Sarah Goudar, die man zusammen mit dem einfachen Volk hinter die letzte Baumreihe zurückgedrängt hatte, verschwendete ihre Zeit weder mit dem Gedanken an die Kränkung noch mit der Bewunderung des herrlichen Schauspiels in der Bucht und auch nicht damit, den betäubenden Duft von Tamarisken und Oleanderblüten zu genießen. Sie erkannte sofort den Vorteil, der sich aus den Hügeln ziehen ließ, die am Ende der Promenade lagen. Der Posillipo sah unwirtlich, steinig und zerklüftet aus. Wenn man aber das Gestrüpp entfernte, Pinien pflanzte, unter ihrem Schatten hübsche Häuser über das Gelände verteilte, ließ sich das Gelände in eine begehrte Sommerfrische verwandeln.

Sie kaufte den Hügel, ließ roden, pflanzen, Säulenvillen mit flachen Dächern bauen und die Fassaden orange, grün oder schwarz anstreichen, mit Farben, die zu dem braunen Waldboden und zu der rostroten Rinde der großen, sich im Winde wiegenden Pinien und auch zu dem pompejanischen Geschmack paßten, der damals en vogue war.

Es war die Zeit, da die neapolitanischen Herren sich nach Pompeji oder nach Herkulaneum fahren ließen, um ein Stück von einer Statue, eine Amphore oder eine Alabasterlampe zu kaufen, die Bauern bei den Ausgrabungen gestohlen hatten. Die Wiederentdeckung der Antike hatte zu einer Renaissance der strengen Formen geführt. Die Architekten Vanvitelli, Vater und Sohn, zügelten bei ihren Bauten die verschwenderische Üppigkeit des römischen Barocks und ersetzten sie durch strenge klassizistische Linien. Der gelehrte Winckelmann, Goethes Freund Tischbein, der Landschaftsmaler Hackert, Angelika Kaufmann, die offizielle Hofmalerin, und die anderen deutschen Gelehrten und Künstler, die Maria Carolina, die Tochter von Maria Theresia, an den Hof geholt hatte, dämpften die vulkanische Glut mit dem eisigen Hauch alpiner Gletscher. Und alle Gäste bewunderten Lady Hamilton, die schöne Frau des englischen Gesandten, weil sie antike Reliefs imitierte, wie man sie auf Sarkophagen gefunden hatte. In eine lange griechische Tunika gehüllt, posierte sie mit gelöstem Haar und zwei seidenen Schals, die sie auf verschiedene Art drapierte, wechselweise als Omphale, Venus, Aspasia, Medea, Andromache: bald hingegebene Odaliske, bald entfesselte Furie, hochmütige Kurtisane oder elegische Witwe, hingesunken auf einem Diwan, aufrecht stehend, oder auch kniend an eine Säule gelehnt, um die sie ihr Haar gewunden hatte wie ein Klageweib des Euripides. Don Raimondo sagte mir, daß sie als Apollo vom Belvedere hinreißend sei ...

Sarah Goudar beging nicht den Fehler, mit Lady Hamilton zu rivalisieren. Sie verkaufte die Häuser am Posillipo, behielt eines für sich – nicht das größte und auch nicht das luxuriöseste –, setzte sich eine Frist von drei Monaten und wartete, daß der Adel ihr die Ehre geben möge, zu ihren Nachmittagsempfängen zu kommen. Als diese Zeit verstrichen war, verwandelte sie, da die Gesellschaft nicht bei ihr verkehren wollte, ihre Empfangsräume in einen Spielsalon.

Angelo Goudar veröffentlichte in französischer Sprache ein kleines Buch unter dem Titel «Die Geschichte der Griechen oder derer, die es verstehen, dem Spielglück nachzuhelfen». Wer weiß, welche Überlegungen ihn dazu bewogen hatten, selbst preiszugeben, wie man beim Spiel betrügen kann. Vermutlich war es der Wunsch, die Gäste von vornherein mit einer beruhigenden Versicherung über die Ehrlichkeit seines Unternehmens anzulocken. Warum aber zog er die Griechen in diese Angelegenheit hinein, wenn nicht aus einer gewissen Unverschämtheit gegenüber den Aristokraten, die in alles Griechische vernarrt waren und das Haus der Goudar nicht betreten wollten?

«Man kann in meinem Buch eine Aufzählung aller Gaunereien finden, mit denen Spieler ihrem Glück nachhelfen wollen und dazu ein Register, das alle Ausdrücke der Gaunersprache enthält und Abbildungen aller Maschinen, Werkzeuge, Hilfsmittel und Zutaten, die zur Ausrüstung eines ‹Griechen›, d. h. eines Falschspielers, gehören.»

Der Scherz war ausgezeichnet. Entweder bewies Goudar mit der Offenlegung seiner Kenntnisse auf dem Gebiet der Gaunereien seine Ehrlichkeit, oder aber er machte sich auf seine Art auch zum Griechen. Und wer wollte es ihm übelnehmen, daß er sich zum Volk eines Perikles, eines Demosthenes bekannte? Das Genie von Athen, das sich unter seinem edlen Aspekt in jenen, Skulpturen nachgebildeten Posen und in den hingebungsvollen Attitüden einer Lady bewundern ließ, kam in seiner trivialen Form auf ebenso natürliche und legitime Weise an den Spieltischen eines nicht gesellschaftsfähigen Paars bei den Kartenspielen Pharao und Biribisso zum Ausdruck.

Die Erschließung des Posillipo, der Verdruß der Stadtväter, denen eine Frau diese Gelegenheit zur Bereicherung weggeschnappt hatte, das Buch von Goudar und die Berichte, die man ihm über die Nachmittagsempfänge zukommen ließ, bei denen zahllose Fremde und Abenteurer ein und aus gingen, all das bereitete dem König großes Vergnügen. Er hatte oft durch sein Opernglas die Schöne in einer Loge des San Carlo thronende Sarah Goudar beobachtet. Daß Angelo Goudar, dem es nicht gelungen war, seine Frau an die Stelle der Dubarry zu bringen, sich mit der Hoffnung trug, er könne für sie in Neapel Ferdinands Gunst gewinnen, war stadtbekannt. Und Ferdinand, der sehr viel weniger streng auf Etikette bedacht war als seine Höflinge, hätte gern im Haus am Posillipo verkehrt. Fühlte er sich nicht auch in der Gesellschaft seiner Küchenjungen und seiner Pferdeknechte wohl? Ein Mann, der Fische auf dem Marktplatz verkaufte, fand nichts Abstoßendes an einer Frau, die einst Bier ausgeschenkt hatte.

Der gescheiterte Sokrates

In der Bucht, bewegungslos auf dem flimmernden Wasser, einige Fischerboote. Die Männer scheinen zu schlafen. Sie haben den großen Strohhut tief in die Stirn gezogen und den im Wasser treibenden Korken den Rücken gekehrt. Die meisten Boote sind auf den Strand gezogen. Ein junger, halbnackter dunkelhäutiger Mann hockt schläfrig neben einem zerrissenen Netz.
«Seid gegrüßt, hohe Herren», sagt er und stützt sich auf seinen Ellbogen.
«Was machst du da?» fragt Perocades.
«Ich ruhe mich aus, Exzellenz.»
«Siehst du nicht, daß dein Netz zerrissen ist?»
«Ebendrum.»
«Wieso? Wäre dein Netz geflickt, könntest du fischen.»
«Ja, und dann?»
«Dann würdest du Fische heimbringen.»
«Das ist wahr, Exzellenz.»
«Deine Fische könntest du verkaufen.»
«Auch das stimmt.»
«Mit dem Geld könntest du dir ein neues Netz kaufen, ein festeres, größeres, mit dem du mehr Fische fangen könntest, und das brächte dir mehr Geld.»
«Daran hab ich auch schon gedacht, Exzellenz.»
«Und vergiß nicht, daß du mit dem Geld, das du mit dem neuen Netz verdienst, dir ein kräftigeres Boot kaufen könntest, mit dem du aufs hohe Meer hinausfahren würdest, wo es reiche Fischgründe gibt.»
«Von den Fischgründen träum ich oft.»
«Du würdest beinah reich werden.»
«Beinah reich!»
«Du könntest dir neue Kleider kaufen.»
«Und dann?»

«... ein richtiges Haus bauen. Ich wette, du schläfst in deinem Boot.»
«Und dann?»
«... eine Frau in dein Haus holen, die dir Kinder schenkt. Möchtest du nicht auch gern Frau und Kinder haben?»
«Und dann? Was könnte ich dann noch tun?»
«Du könntest Angestellte mit deinem Boot hinausschicken, die du mit dem Geld bezahlst, das dir vom Verkauf übrigbleibt, und du könntest derweil zu Hause bleiben.»
«Und was täte ich zu Haus?»
«Du würdest dich ausruhen, das hättest du redlich verdient.»
«Auch daran hab ich schon gedacht, Exzellenz.»
«Na also, dann geh doch an die Arbeit!»
«Nein.»
«Nein?»
«Exzellenz, soll ich mir wirklich so viel Arbeit machen für etwas, was ich schon habe?»
«Was du schon hast? Du träumst. Nicht einmal dein Netz ist in Ordnung. Was tust du denn da, so faul ausgestreckt? Wo ist dein Haus, wo sind Frau und Kinder?»
«Was ich tue? Sie haben gesagt, für meine Mühe hätte ich das Recht, mich auszuruhen. Nun bitte, ich ruh mich aus.» Der junge Mann läßt sich wieder in den Sand fallen. «Und das ist viel schöner, wenn man es sich nicht erst verdienen mußte.»

Fische

Der hochmütige Herzog von Cattolica fragte einmal auf einem Hofball, warum der Fürst von San Nicandro sich bei all seinem Reichtum die Mühe mache, selbst zu tanzen ...
Ich dachte, Don Antonio würde gegen die Faulheit, die Unbekümmertheit der Neapolitaner zu Felde ziehen, aber er fragte mich,

sobald wir uns entfernt hatten:
«Hast du gesehen, was in dem Korb war, der neben ihm stand?»
«Ich habe nichts bemerkt.»
«Holzstücke, kleine Bretter und Späne.»
«Wozu braucht er die denn?»
«Der Mann, der dir wie ein Tagedieb vorkam und der sich ein Vergnügen daraus macht, diesen Eindruck zu erwecken, dieser Mann hat in Wirklichkeit einen Teil der Nacht damit verbracht, Treibholz zu sammeln. Da hast du ganz Neapel!»
«Das verstehe ich nicht.»
«Zuerst hat er heute in aller Herrgottsfrühe im Hafen bei den Werften Hobelspäne aufgelesen, die beim Kalfatern abfallen. Dann ist er am Strand entlanggegangen und hat sich ununterbrochen gebückt, um angeschwemmte Holzstücke zu sammeln. So ist er schließlich zu dem Platz gekommen, wo wir ihn eben getroffen haben, todmüde von einer Beschäftigung, die außerordentlich mühsam und fast unnütz ist, die ihn viel mehr anstrengt, als das Flicken eines Netzes und ihm sehr viel weniger Geld einbringt, als wenn er zum Fischen hinausfahren würde.»
«Was macht er denn mit dem Holz?»
«Er geht damit später in die Stadt hinauf und bietet es den fliegenden Händlern an, die es ihm abkaufen und damit das Feuer unter dem Kessel heizen, in dem sie die Tintenfische kochen.»
«Es scheint Sie zu ärgern, Don Antonio, daß die Händler ihr Feuer der Arbeit dieses Mannes verdanken.»
«Arbeit! Das ist doch keine Arbeit, das ist verschwendete Energie, unproduktive Mühe, aber keine Arbeit! Von Arbeit kann man nur sprechen, wenn man auf der einen Seite eine Kraft hat, die etwas erzeugt – das wäre der Mensch –, und auf der anderen Seite eine Sache, deren Marktwert gesteigert wird – das wäre das Produkt. Du wirst in Neapel nur selten jemanden finden, der nicht mit irgend etwas beschäftigt ist; kein Volk ist betriebsamer, aber mit all seinem guten Willen bringt es nichts zustande, was einer Vermehrung des öffentlichen Wohlstandes gleichkäme.»

Wir gingen durch die kleinen Gassen am Hafen entlang zum Largo del Castello hinauf. Überall herrschte emsige Geschäftigkeit: Kinder beluden einen Esel mit Artischockenstielen und Kohlstrünken, die sie aus dem Abfall herausgesucht hatten; andere liefen den feineren Damen nach, um ihnen den Staub von der Schleppe zu klopfen; Straßenhändler siedeten in kochendem Öl kleine rosa Auberginenstückchen. Über die Straßen waren Girlanden aus bunten Papierblumen gespannt. Kaufleute legten die letzte Hand an ihre Auslagen. Gelbe Zitronen prangten neben scharlachroten Tomaten, Truthühner hingen unter dem Schutzdach der Geschäfte, in den Schwanzfedern eine rote Schleife. Würste aller Art waren im Kranz um rote Paprikaschoten herumgelegt. Mimosensträußchen belebten die bleichen Käsepyramiden. Frauen betasteten, befühlten, drehten und wendeten mit ihren Händen die kunterbunte Fülle der zur Schau gestellten Lebensmittel. Zu teuer! Alles war ihnen zu teuer! Sie schrien es lauthals dem Verkäufer zu. Der Verkäufer versuchte sie mit seinem Gebrüll zu übertönen. Und wenn sich jeder so recht verausgabt hatte, fing das Feilschen an, bis man sich auf einen Preis einigte. Und alle Welt war zufrieden, denn jeder war überzeugt, den anderen übervorteilt zu haben.

Aber warum war es dort hinten so still? Warum hatten sich dort so viele Menschen versammelt? Frauen standen um einen Thunfisch herum, musterten stumm die blutige Fleischmasse, von der einige Scheiben abgeschnitten, aber noch nicht verkauft waren. Hunderte von Fliegen steckten ihre kleinen Rüssel in das Fleisch, obwohl ein Junge ununterbrochen mit einem viereckigen Lappen wedelte, den er an einem Stock befestigt hatte, und ein anderer mit der hohlen Hand Wasser aus einem Eimer schöpfte und über den Fisch spritzte.

Der Thunfisch lag auf einem Gestell, von dem ein Gemisch aus Blut und rosa Wasser herabtropfte. Der Vater der beiden Jungen, ein großer, kräftiger Mann in einer blutigen Schürze, blickte schweigend auf das Tier, das in der Sonne dampfte, auf die Fliegen und auf die Frauen, die sich wortlos um den Fisch versammelt hatten. Die Jungen ließen allmählich nach in ihrem Bemühen, die Insekten zu verjagen. Alle hatten sie resigniert: der Händler würde heute nichts verkaufen, und die Frauen wollten noch einige Tage warten, bis die Fliegen, die Sonne und die innere Zersetzung diese kostbare Nahrung so verdorben hatten, daß sie billig abgegeben werden mußte.

Aber sie würden morgen wiederkommen, fasziniert von dem sehr langsamen Fortschreiten des Verfalls, und sich fragen: ‹Wird das Fleisch noch eßbar sein, wenn der Preis genügend gesunken ist?›

Ich wäre gern bei ihnen geblieben, um mit ihren Augen das Bild unser aller Hilflosigkeit zu betrachten, aber Perocades zog mich lebhaft mit sich fort.

«Wie willst du», sagte er, «einen einigermaßen beständigen Fischmarkt organisieren und eine gewisse Stabilität der Preise erreichen, wenn die Fischer nicht zum Fischfang fahren, sondern Treibholz sammeln? Eine Gesellschaft kann sich nur formen und entwickeln, wenn jeder, der zu dieser Gesellschaft gehört, auf dem Platz bleibt, den ihm sein Beruf zuweist: der Fischer in seinem Boot, der Schlachter in seinem Laden, der Schmied vor seinem Amboß. Wenn aber jeder jedes Handwerk ausüben will, dann wird Planung unmöglich, weil die Preise schwanken. Die wirtschaftliche Entwicklung verlangt von jedem Bürger, daß er seine Aufgabe in der Gemeinschaft bewußt übernimmt, sie verlangt Verantwortungsgefühl und ein Gespür für die eigenen Grenzen.

In Frankreich gibt dir ein Fischer, wenn du ihn nach seinem Beruf fragst, zur Antwort: ich *bin* Fischer. Der Neapolitaner sagt: ich *arbeite* als Fischer. Begreifst du den Unterschied? Er hält einen gewissen Abstand zu dem, was er tut. Er tut heute dies und morgen jenes. Ergebnis: der Fisch, der heute einen halben Carlino kostet, ist morgen auf eine Unze gestiegen. Wie soll unter diesen Umständen die Hausfrau ihr Geld einteilen? Sie bewundert den herrlichen Thunfisch, aber sie kauft ihn erst, wenn er verdorben ist.

Frankreich hat einen Voltaire hervorgebracht, weil zwischen dem Voltaire, der seine moralische Philosophie auf dem menschlichen Gewissen aufbaut, und dem Fischer, der jeden Morgen etwa die gleiche Menge Sardinen im Hafen von Boulogne auslädt, und der Hausfrau, die zweimal in der Woche Sardinen auf den Tisch bringt, eine tiefe Übereinstimmung herrscht, weil sie sich alle, vom Gebildeten bis zum einfachen Handarbeiter, über das Prinzip der Identität einig sind: Ich bin, was ich bin; die Dinge sind, was sie sind; auf gewisse Ursachen folgen gewisse Wirkungen. Die ganze Nation zieht Gewinn daraus. In Neapel heißen die Philosophen

Campanella, oder auch Vico ... Aber das sind Utopisten, Träumer ...»

Ich ließ ihn reden, ich war mit meinen Gedanken bei den Fliegen geblieben, die auf dem Thunfisch saßen und ihn mit ihren kleinen Rüsseln durchwühlten. Welch ein Ende für den Herrn der Meere! Am eindrucksvollsten war die Stille gewesen; der stumme Kreis der Frauen; ihre Solidarität mit dem entwürdigenden Fleisch; die Angst, die ein Rest von Majestät einflößt; die ängstliche Erwartung der ersten Anzeichen einer Zersetzung, die den Zauber aufheben würde ...

Fleisch

In der Nähe des Largo del Castello gab es keine Fischstände mehr, dafür aber um so mehr Schlachtereien. Ochsenviertel, ganze Hammel und Schweine lagen und hingen prachtvoll zurechtgemacht in den Auslagen. Hier schien die ausgestellte Ware nicht zum Verkauf bestimmt, denn die Tiere waren, ägyptischen Mumien gleich, in Unmengen von Silber- und Goldpapier verpackt und mit Bändern und allem möglichen anderen Zierat umwickelt.

Die Schlachter standen mit verschränkten Armen in der Tür und blickten stolz auf die Schaulustigen, die schweigend aber mit einem seltsam befriedigten Gesichtsausdruck diese Berge von unerreichbarer Nahrung bestaunten.

Mir fiel auf, daß hier viele Männer im Gewühl zu sehen waren. Die Entbehrung hatte ihre Gier auf Fleisch angestachelt. Aber sei es, daß die feste Überzeugung, dieses Fleisch werde niemals auf ihren Tisch gelangen, sie von dem ohnmächtigen Gelüst ablenkte, sei es aus einem andern, mir unbekannten Grund, ihre leidenschaftlichen Blicke waren nicht von Entmutigung getrübt, ich sah keine Schatten der Verzweiflung, wie ich sie auf den Gesichtern der lauernd um den Thunfisch versammelten Frauen beobachtet hatte.

Die Menge wich einen Augenblick zur Seite, um einem berittenen Gendarm Platz zu machen. Ihm folgte ein Soldat zu Fuß, der in der einen Hand eine Trompete, in der anderen eine große, mit Zahlen bedeckte Schiefertafel hielt. Er forderte die Menge mit lauter Stimme auf, sich mit ihm über die Freigebigkeit des Königs zu freuen, die er ihnen jetzt in Erinnerung rufen wolle. Dann zählte er mit eintöniger Stimme auf, wie viele Hunderte von Ochsen und Kälbern, wie viele Tausende von Lämmern und Schweinen und welche noch unwahrscheinlichere Zahl von Gänsen, Hühnern, Enten, Truthähnen und sogar Tauben im vergangenen Jahr um diese Zeit auf Befehl des Königs, der sein Volk ergötzen wollte, geopfert worden waren. Alles hörte zu. Die Augen glänzten vor Vergnügen. Die Litanei, die wie ein Bericht über den Kampf zweier fahrender Ritter psalmodiert wurde, rief jedem in Erinnerung, wie er selbst an dem Sturm auf die Nahrungsmittel teilgenommen hatte und ließ ihm bei dem Gedanken an das unmittelbar bevorstehende Fest das Wasser im Munde zusammenlaufen.

Mitten auf dem Largo del Castello arbeitete eine Gruppe von Schreinern und Zimmerleuten an einem riesigen Gerüst aus Brettern und Balken. Das Fest, das hier unter den Augen des Hofes stattfinden sollte, war der Höhepunkt der jährlichen Volksbelustigungen. Perocades meinte, der große Reisende und Forscher Bougainville würde es nicht verschmäht haben, seinen Reiseberichten ein Kapitel über diese Sitte hinzuzufügen, die eine legitime Reaktion des Volkes auf dreihundertvierundsechzig Tage voll Entbehrungen und Hunger, aber auch ein entwürdigender, blutiger Brauch voller Grausamkeiten sei...

Die Regierung kaufte aus diesem Anlaß von den Schlachtern alles Fleisch auf, das sich in deren Auslagen stapelte. Außerdem ließ sie auf eigene Kosten vom Lande weitere Herden in die Stadt treiben. Ochsen- und Kälberviertel, ganze Hammel und Schweine wurden an den Balken und Brettern des Gerüsts mitten auf dem Largo festgemacht. Das Geflügel hing an den Masten bis hinauf an die Spitze der Aufbauten, die über dreißig Fuß hoch waren. Bewaffnete Soldaten standen rings um das Gerüst herum Wache. Sobald der Hof auf dem Balkon des Schlosses Platz genommen hatte und ein Kanonenschuß vom Castel Sant Èlmo ertönte, stürzte sich die

Menge zwischen den Soldaten hindurch auf die Tiere. Die Schlachter ebenso wie alle andern.

Das Gerüst stellte jedes Jahr eine historische oder mythologische Szene dar. Perocades erinnerte sich daran, daß es im vorigen Jahr ‹das Goldene Zeitalter› gewesen und daß es dabei ganz besonders wild und schrecklich zugegangen war. Alle Tiere, auch die Ochsen, hatte man lebend an das Gerüst gebunden. Dazwischen umrankten die aus Zweigen und Flitterwerk gebundenen Girlanden die Balken auf wunderhübsche, kunstvolle Art. Die *lazzaroni* kümmerten sich stets selbst um die Dekorationen. Bei jenem Fest hatten sie eine riesige Figur des Saturn auf die Spitze des Gerüstes gesetzt. Der Gott der ländlichen Fruchtbarkeit präsidierte aus der Höhe den grausigen Taten der entfesselten Menschenmasse.

Als der von der Menge lang erwartete Kanonenschuß ertönte, hatten sich die Soldaten eiligst in das Schloß zurückgezogen, weil sie fürchten mußten, man könnte sie zugleich mit den Ochsen, den Hammeln und den Schweinen abstechen. Mit Messern, Dolchen, ja manchmal mit Scheren oder einfachen Sticheln versehen, hatten sich die Männer, gefolgt von ihren kreischenden Frauen, auf das Gerüst gestürzt und im Handumdrehen das Vieh erschlagen, zerteilt oder in Stücke gerissen, unempfindlich gegen das Brüllen und Röcheln der gequälten Tiere, berauscht vom Anblick des strömenden Blutes. Sie warfen die einzelnen Stücke ihren Frauen zu, die das Fleisch in ihre Körbe stopften; bisweilen aber verschlangen sie auf der Stelle ein Stück rohes Fleisch.

Der Hof und mit ihm ein großer Teil des neapolitanischen Adels hatte dem Gemetzel zugesehen. Aber der ekelhafte Geruch des Blutes, das in Bächen bis unter den Balkon des Schlosses geflossen war, und das entsetzliche Gebrüll der bei lebendigem Leibe verblutenden Ochsen hatte die junge österreichische Königin empört. Sie hatte verlangt, daß der Grausamkeit dieser Sitte Grenzen gesetzt würden, und der König hatte befohlen, daß in Zukunft die Ochsen und Kälber zuvor von den Schlachtern nach allen Regeln der Kunst zu töten und nur in Vierteln an das Gebälk zu binden seien...

Was stellten die Aufbauten dar, die diesmal vor unseren Augen errichtet wurden? Ein Gebirge aus Thrakien, auf dessen Gipfel, rot-

und goldbemalt, ein riesiger Orpheus aus Pappe erscheinen sollte. Der Gott der Musik. Er würde eine Leier in der Hand halten und gleichsam durch seine süßen Melodien die Tiere anlocken, die unter ihm aufgehängt waren, als sprächen sie von Felsblock zu Felsblock oder als flögen sie von Zweig zu Zweig zu ihm hinauf. Don Antonio bestätigte mir, daß die *lazzaroni* dieses Thema allein ausgewählt hatten, so wie sie im Vorjahr auf den Gedanken gekommen waren, ihr bacchantisches Fest unter den Schutz des Saturn zu stellen. Sie gingen, wie alle Welt, in die Oper, und das Bild anmutiger Szenen hatte sich ihrer Phantasie eingeprägt.

Die Ochsen und Kälber würden also tot und zerlegt sein. Die Hammel, die Lämmer, Ziegen und Schweine aber würde man der Volkswut lebendig preisgeben. Man würde das Gebrüll dieser armen, angestochenen Opfer hören; man würde Männer sehen, die ihre Messer in die zitternden Flanken der Tiere stießen, und Frauen, die sich über ihren gefüllten Körben die Finger leckten. Die Gänse, Hähne, Enten und Tauben würden, an Bindfäden in den oberen Regionen des Gerüstes hängend, wild umherflattern. Junge Leute, noch behende Männer und von ihren Müttern angefeuerte Knaben würden an den Masten empor und der Beute entgegenklettern. Um die Fäden nicht aufknoten zu müssen, würden die Körper vom Flügel gerissen werden und die Flügel zerbrochen an den Masten hängenbleiben. Es würde kaum zu verhindern sein, daß hie und da im Gedränge unter dem wilden Ansturm ein Teil des Gerüstes einstürzte und im Sturz die Kühnsten oder die Ungeschicktesten mit sich riß. Glücklich derjenige, der nur mit Quetschungen und Wunden unten am Boden ankam und nicht im blutigen Gewühl zertrampelt, erstickt, zermalmt wurde. Man würde sich auch nicht wundern dürfen, wenn ein *lazzarone* plötzlich nicht mehr mit dumpfen Stößen auf den Bauch eines Schweines einstach, sondern trunken und wild vom Geruch des Blutes, vom Geschrei, vom Ekel über das, was er tat, berauscht von der ihn blendenden Sonne, vom Beifall und von den Hochrufen des Hofes, seine dampfende Klinge hochriß und sie in das Herz seines Nachbarn stieß.

Armer Orpheus, hilfloser Zuschauer dieses Gemetzels! Wozu sind deine Lieder gut, wenn deine Leier, anstatt die friedlichen Herden mit ihrer Grazie zu bezaubern, nicht einmal mehr die

Agonie der gequälten Tiere mildern kann? Mögen sie wenigstens ihre brechenden Augen nicht zu dir wenden und sich voller Kummer sagen müssen, daß auch die Musik eine Täuschung ist, wenn der Geliebte der Eurydike, der selbst Felsen zu Tränen gerührt hat, ein solches Blutbad duldet.

Die Niederlage der Vernunft

Perocades schrak plötzlich zurück und fuhr hastig mit einer Hand in die Tasche. Auch ich hatte, wie er, Don Nicolà Valletta gesehen, den Professor der Jurisprudenz, der uns hinkend entgegenkam, aber ich hätte nie gedacht, daß selbst mein Begleiter das Gerede um diesen Menschen ernst nehmen könnte.

«Don Antonio», sagte ich, kaum daß wir an Valletta vorübergegangen waren, «soll ich etwa glauben, daß auch Sie . . .»

«Um Himmels willen, schweig, und nimm dies hier!» sagte er, zog aus der Tasche einen Splitter von einem Büffelhorn, eine Knoblauchzehe sowie einen Schlüsselbund und drückte mir diese Dinge in die Hand.

«Ach, wissen Sie», gab ich zur Antwort, «wir Kastraten brauchen uns nicht zu fürchten. Kann man uns etwas Wichtigeres nehmen als das, was man uns schon genommen hat?»

«Psst! Verschlimmere deine Lästerung nicht noch durch Prahlerei! Bist du wenigstens sicher, daß er dir nicht auf die Kehle geblickt hat?»

«Auf die Kehle, Don Antonio?»

«Um dir die Stimme zu rauben. Auch nicht auf deinen Brustkasten?»

«Auf meinen Brustkasten?»

«Um dir den Atem zu nehmen. Auch nicht auf die Füße?»

«Auf die Füße? Daß ich nicht lache, Don Antonio!»

«Auf die Füße, damit du bei deinem ersten Auftritt stolperst.»

«Aber Don Antonio!»
Perocades schien ein heftiges Lachen zu unterdrücken, obwohl sich auf seinem Gesicht deutlich Besorgnis abzeichnete. «Du ahnst nicht, wie mächtig sie sind, Porporino! Weißt du, wie es ans Licht gekommen ist, daß der Mensch, dem wir eben begegnet sind – nenne nie seinen Namen, hörst du! –, eine ungeheure Macht ausübt?»
«Nein», sagte ich, nun doch etwas beunruhigt.
«Er war beim Fürsten Butera zu Gast. Vor einer wundervollen chinesischen Porzellanvase blieb er stehen und fragte den Hausherrn, wo er sie gekauft habe. Der Fürst hebt die Vase hoch, sie entgleitet seinen Händen, fällt zu Boden und zerbricht in tausend Stücke. Es werden Erfrischungen gereicht, *er* streckt die Hand nach einem Tablett aus: im gleichen Augenblick stolpert der Bediente und schlägt der Länge nach hin. Der Fürst merkt, daß die anderen Besucher in den Garten zurückweichen. Er bleibt mit seinem Gast im Salon und unterhält sich, als sei nichts geschehen. Dann fordert er ihn auf, mit in den Garten zu kommen, wo ein herrlicher Imbiß bereitsteht. Kaum sind sie im Freien, bedeckt sich der bis dahin strahlend blaue Himmel mit Wolken. Ein Platzregen ergießt sich über die Gäste. Man flüchtet hastig in den Salon: dort fällt der Kronleuchter herab. Alle Gäste benutzen dies als Vorwand, um sich zu verabschieden.
Der Fürst, der den ganzen Abend ohne Zögern an der Seite des unheimlichen Gastes verbracht hatte, wachte am nächsten Morgen mit Fieber auf. Drei Tage später war er tot. Acht Tage danach entdeckten die Notare, daß er gewaltige Schulden hatte. Der Palast wurde versteigert, die Familie Butera mußte sich in die Provinz zurückziehen.»
«Aber, Don Antonio, Sie glauben doch nicht an solche Dummheiten!»
«Ich glaube daran, und ich glaube auch wieder nicht daran», sagte Perocades, der seine Selbstsicherheit verloren hatte und mit einem eigenartigen Ausdruck vor sich hin starrte. «Siehst du, mein Junge, wir haben von den französischen Enzyklopädisten und den Freimaurern den Glauben an die Rationalität des Universums übernommen, wir haben gelernt, daß der Mensch, wenn er vom Licht

der Vernunft erleuchtet wird, Veränderungen bewirken kann. Und dennoch können wir uns nicht verheimlichen, daß in Neapel alles der Vernunft zuwiderläuft, und dies mit einer Regelmäßigkeit und Beharrlichkeit, die unseren Glauben an die Vernunft immer wieder erschüttern. Das fortwährend auf der Stadt lastende Mißgeschick, das alle Anstrengungen der Menschen guten Willens systematisch zu verhöhnen scheint, konzentriert sich im bösen Blick des *jettatore*. Wir brauchen den *jettatore*, verstehst du? Wir müssen der im verborgenen wirkenden, unheilvollen Kraft, die unsere Anstrengungen zunichte macht, einen Namen geben können. Um deine Frage zu beantworten: Nein, als Leser von Bacon und Voltaire glaube ich nicht an die Macht des bösen Blicks. Ich habe mich als Schüler von James Anderson und Jean-Théophile Désaguliers sogar dazu verpflichtet, jeglichen Aberglauben zu bekämpfen. Aber als Bürger einer Stadt, in der das Elend täglich zunimmt und die wirtschaftliche Lage sich allen unendlichen natürlichen Reichtümern zum Trotz ständig verschlechtert, als Neapolitaner brauche ich den Glauben, daß die Hexerei noch einen gewissen geheimnisvollen Einfluß ausübt.»

Wir gingen schweigend ein paar Schritte weiter.

Dann nahm er das Gespräch wieder auf: «Bedenke einmal folgendes: Es ist bekannt, daß vom Auge eine magische Kraft ausgeht, denn von alters her messen sich Menschen, wenn sie einander begegnen, mit den Augen und versuchen, den andern durch das Feuer, das ihre Pupillen ausstrahlen, zu bezwingen. ‹Wer einen Gegenstand bewundert›, sagt bereits Campanella, ‹hebt die Augenbrauen und versucht die Augen so weit zu öffnen, daß der bewunderte Gegenstand hineinpaßt, auf daß er ihn kennenlernen und genießen kann.› Bei den glücklichen Völkern ist diese Kraft des Auges ausschließlich positiv und der Liebe gewidmet. Bei uns konzentriert sie sich mit bösartiger Hartnäckigkeit auf die Zerstörung.»

Wir wurden abgelenkt durch die Klagerufe einer jungen Frau, die einen rachitischen Säugling an ihre Brust drückte. Perocades wandte den Blick ab.

«Was sollen wir den Müttern sagen, wenn ihre Milch versiegt, wenn der Tod ihr ausgemergeltes Kind dahinrafft? Wer hätte den

Mut, ihnen klarzumachen, daß es nicht anders sein kann in einer Stadt, wo Muttermilch die einzige Nahrung des Neugeborenen ist, weil es keine gutfunktionierenden Molkereien gibt; wo die Hygiene so schlecht ist, daß jede auf dem Markt gekaufte Nahrung Gift für ihr Kind wäre; wo die Spitäler unter so katastrophalen Bedingungen arbeiten, daß der Säugling dort keine größere Überlebenschance hat als in der vertrauten familiären Umgebung? Und wer wäre so unmenschlich, ihnen außerdem zu erklären, daß ihre Milch versiegt, weil sie zuviel Kinder geboren haben und daß dies wiederum mit dem Müßiggang ihrer Männer und dem chronischen, hoffnungslosen Elend ihrer Behausung zusammenhängt? Du siehst, unter diesen Umständen würde die Sprache der Vernunft ihnen das wenige nehmen, das ihnen noch bleibt, nachdem ihnen die Kinder, eins nach dem anderen, gestorben sind. Da ist es besser, man spricht mit ihnen die Sprache der Unvernunft und läßt sie bei dem Glauben, sie seien auf der Straße einem teuflischen *jettatore* begegnet, einem Ausgestoßenen, einem Hexer, der sie um ihr Glück und ihre blühende Mütterlichkeit beneidet und seinen Blick auf die Spitze ihrer Brust geheftet hat, um ihnen die Milch zu rauben.

Gegen den bösen Blick schützen sie sich, so gut sie können. Sie stopfen sich die Taschen voll mit Knoblauch und Schlüsseln. Zu Hause hängen sie eine Schere an die Wiege, die den bösen Blick abschrecken soll, wenn er es wagt, sich der Wiege zu nähern. Auf ihrem Busen tragen sie, unter dem Umschlagtuch, eine Zeitung, denn die Zeit, die der böse Blick braucht, um die Zeichen zu entziffern, und die Mühe, die ihm das bereitet, werden dem *jettatore*, so hoffen sie, ihre Brust verleiden. Rührende Überlegung! Du mußt wissen, daß diese Frauen nur mit großer Mühe buchstabieren, falls sie überhaupt lesen können, und deshalb glauben sie an diese List. Aber wie dem auch sei, alle diese schützenden Riten beschäftigen sie, halten ihre Energien wach. Man täte ihnen nichts Gutes, wollte man ihnen ein objektives Bild der Lage in Neapel geben, so wie sie in Wirklichkeit ist, das heißt: verzweifelt, hoffnungslos und aussichtslos. Neapel tötet die Kinder, die es die Mütter zu gebären zwingt.»

«Aber auch Sie haben in Ihren Taschen mehr als einen Talisman», warf ich ein.

«Ich könnte an dem Tage darauf verzichten», sagte er grübelnd, «an dem ich sehe, daß die Kräfte der Vernunft im Königreich Neapel irgend etwas bewirken; an dem Tage, an dem mir jemand erklärt, warum Hannibal, anstatt siegreich in Rom einzuziehen, seine Armee zehn Meilen von Cumae entfernt dem üppigen Leben von Capua überließ und so seine Niederlage selbst vorbereitete; an dem Tage, an dem ich verstehe, warum Neapel, die sonnenreichste Stadt Europas, die meisten Straßen besitzt, in die niemals ein Sonnenstrahl dringt, die dunkel, feucht und ungesund sind; an dem Tage, an dem das fischreichste Meer Europas die Fischer reich beschenkt, die sich heute abschinden müssen für eine Ausbeute, mit der sie kaum ihre Familie ernähren können; an dem Tage, an dem das Schicksal der Monarchie, die eine der mächtigsten der Erde sein könnte, nicht mehr von Frankreich, Österreich, England oder Spanien bestimmt und sie dabei nicht einmal zu Rate gezogen wird. Mit ihren fünfhunderttausend Einwohnern ist Neapel nach London und Paris die volkreichste Stadt Europas. Wir haben mehr Einwohner als Wien und Madrid und dennoch nicht mehr Einfluß, als wenn wir eine Handvoll Dorfbewohner wären!»

«Aber, Don Antonio, all dieses Unglück schreiben Sie doch wohl nicht irgendeinem unseligen *jettatore* zu, der meistens ein armer, von aller Welt gemiedener, Schlucker ist, den niemand je einlädt...»

«... und der ein Bein nachzieht», fügt Perocades lachend hinzu. «Denn ein *jettatore* hinkt immer, oder er hat einen Klumpfuß, und er ist immer häßlich. Offenbar muß der Mensch, der den Leuten solche Angst einflößt, gleichzeitig abstoßend wirken. Sie lachen über ihn, denn der Neapolitaner muß über das, was ihn ängstigt, lachen können. Wenn er erst darüber gelacht hat, kann er wieder Angst bekommen, ohne daß man sich über ihn lustig macht oder ihm vorwirft, er sei auf eine abergläubische Einbildung hereingefallen.»

«Aber warum daran glauben? Warum? Dieser Voltaire, den Sie immer im Mund führen, glaubt er daran?»

«Du hast den wunden Punkt berührt», sagte Perocades, plötzlich ernst werdend. «Wir hier in Neapel können nie wirkliche Schüler Voltaires sein. Wir werden uns nie wie Voltaire eindeutig für den

Rationalismus und gegen Aberglauben und Hexerei entscheiden können. In uns allen, auch in denen, die mit den Enzyklopädisten vertraut sind und einer Freimaurerloge angehören, wird es immer eine Schattenzone geben, eine Furcht, die *jettatore* heißt, die aber auch eine andere Form, einen anderen Namen haben könnte. Ist es wirklich allein unsere Schuld? Voltaire konnte sich auf ein reiches, blühendes, wirtschaftlich aufstrebendes Frankreich stützen, auf ein Land, in dem der Glaube an die Vernunft jeden Tag greifbare Früchte trägt. Schon ein Jahrhundert früher haben Francis Bacon in England und Descartes in Frankreich die Alternative zwischen Magie und Vernunft aufgezeigt, und sie konnten der Vernunft zum Sieg verhelfen, weil schon damals in Frankreich und England Handel und Industrie vom Bürgertum regiert wurden. Diese aktive, kraftvolle, unternehmensfreudige Klasse arbeitete im Rahmen eines rege expandierenden nationalen Staates. Und Neapel? In Neapel liegt aller Reichtum in den Händen einiger großer Familien, die ihn lediglich verschwenden, ohne neue Werte zu schaffen. Die Aristokratie würde sich erniedrigt fühlen, wenn sie arbeiten sollte; das Volk aber ist zu arm, um an den kommenden Tag zu denken. Alles stagniert, alles verfällt. Die Aufklärung scheitert an der überall sichtbaren chronischen Mißwirtschaft. Solange es im Königreich kein Bürgertum gibt, das Handel und Industrie betreibt und die Verantwortung einer wirklich führenden Klasse auf sich nimmt, solange wird der beste Wille der Welt hier nur die Niederlage der Vernunft feststellen können.»

Perocades verstummte plötzlich. Er sah abgespannt und müde aus.

«Welch eine Bankrotterklärung», fuhr er dann leise fort, «ein Freimaurer, der wie ein altes, unwissendes Weib eine Knoblauchzehe mit sich herumträgt! Die Philosophie wird in die Flucht geschlagen, die Vernunft immer wieder gedemütigt. Keiner von uns wird es zugeben, Porporino, daß er die Macht des *jettatore* ernst nimmt. Du und ich, wir haben nur gescherzt, das ist schon richtig. Wir sind Freigeister und Neapolitaner. Verstehst du, was ich sagen will?» Er blickte mich ironisch lächelnd an.

«Don Antonio...»

«Wenn man von dir wissen will», setzte er erklärend hinzu, «was

du vom bösen Blick hältst, dann gib eine ausweichende Antwort. Ich lache über den Professor Valletta, aber ich berühre meinen Büffelhornsplitter, wenn ich ihm auf der Straße begegne. Das Lachen befriedigt die Forderungen der Logik, das Horn mildert die Ängste des Aberglaubens.»
Er blieb mit einem Seufzer stehen. Ich aber hatte ihn endlich verstanden: Für die Freigeister von Neapel verkörperte der *jettatore* ihre eigene Machtlosigkeit gegenüber dem Zusammenbruch der neapolitanischen Wirtschaft.

Die Söhne der Sirene

«Aber Neapel ist auch die Stadt der Musik und des Gesangs», sagte ich, um ihn auf andere Gedanken zu bringen, «die hübsche Marmorfigur hier erinnert uns daran.»

Bevor man durch die kleinen Gassen hindurch zu der Kirche San Domenico Maggiore hinaufgelangt, führt der Weg am Ende der Via Medina um einen kleinen Parthenope-Brunnen herum; Parthenope, die Sirene, ist das Wahrzeichen der Stadt.

Oh, hätte ich diese Bemerkung doch für mich behalten! Ich kannte wie jeder andere die Legende von der Gründung unserer Stadt. Giuseppe Aprile hatte uns eines Tages nach Positano geführt: die drei Felsen, die in einiger Entfernung vom Ufer im Meer liegen, galten nach alter Überlieferung als die drei Inseln der Sirenen, jener übernatürlichen, wunderschönen Geschöpfe, welche mit ihren zauberhaften Stimmen die gen Griechenland fahrenden Seeleute betörten und ihre Schiffe an den Felsen der Küste zerschellen ließen. Wir lernten am Konservatorium, daß die Liebe zur Musik in dieser Stadt und besonders die Neigung zum Musiktheater auf jene von Homer bezeugten Zeiten zurückzuführen seien, als Parthenope mit ihren zwei Schwestern die blauen Fluten der Bucht beherrschte.

Verführung durch Gesang: ich hätte den Gedanken weiterspinnen und mir sagen können, daß Parthenope, die älteste und erste Sängerin, es wohl nicht verschmäht hätte, in uns ihre entfernten Nachkommen zu sehen. Waren wir nicht gewissermaßen die Sirenen der Neuzeit? Lockten wir nicht mit der Vollkommenheit unserer Stimmen Reisende aus ganz Europa nach Neapel? Ließ die melodiöse Virtuosität unserer Arien sie nicht den Kopf verlieren? Hieß die Stadt, der die Welt Musiker verdankte wie Scarlatti und Hasse, Porpora und Jommelli, Leo und Durante, Traetta und Vinci, Piccini und Sacchini, Pergolesi und Paisiello und Cimarosa und Farinelli und Caffarelli, Pacchiarotti und Tenducci, Rauzzini und bald auch Feliciano ... hieß diese Stadt nicht zu Recht Parthenopolis?

Man hatte uns, so sagte mir Perocades, die Hälfte der Legende verschwiegen. Die drei Sirenen hatten zwar göttlich schön gesungen, das war richtig, aber ihr Ende war so bitter gewesen wie das der ärmsten unter den armen Menschengeschöpfen. Und die Stadt Neapel war nicht zur Zeit ihres Ruhmes entstanden, als sie mit ihrem süßen Gesang die gebannt lauschenden Schiffsmannschaften verzauberten, sondern nachdem Scham und Erniedrigung ihren Ruf, ja ihr Leben vernichtet hatten.

Odysseus, dessen Schiff vor ihren Inseln kreuzte, war ihrem Gesang gegenüber gleichgültig geblieben, und sie hatten sich von der Höhe ihrer Felsen ins Wasser gestürzt, weil sie lieber ertrinken als eine solche Schmach überleben wollten. Ihre Leichen wurden von den Fluten davongetragen. Leukosia, ‹die Weißarmige›, wurde am Strand von Paestum angeschwemmt, zu Füßen der drei dorischen Tempel, von denen aus die Götter ungerührt auf ihren erniedrigten Körper herabblickten. Ligeia, ‹die Singende›, war weiter nach Süden getrieben, bis an die Küste von Kalabrien, wo die Menschen ihr eine Säule errichteten und ihr Profil auf Münzen gravieren ließen. Und Parthenope, ‹die Jungfräuliche›? Die Wellen spülten ihren Leichnam dort an den Strand, wo später – nicht als Huldigung für ihre große Kunst, sondern eher aus Erbarmen, wegen der Grausamkeit ihres Schicksals – die ersten Häuser von Neapel errichtet wurden.

Gesang und Verführung durch Gesang, beides gehörte also wohl zu dem Abenteuer, das sich Neapel nannte. Aber auch das Scheitern am Gesang, Selbstmord und Tod wegen der Unzulänglichkeit des Gesangs, auch das gehörte dazu.

Welch ein Symbol! Warum hatte man überhaupt Parthenope zum Wahrzeichen gewählt? Gewiß, man stellte sich im Königreich beider Sizilien gern unter den Schutz eines Menschen, der seinen Nachruhm teuer erkauft hatte: Palermos Patronin war die heilige Agathe, die auf einem Tablett ihre beiden vom Henker abgeschlagenen Brüste vor sich her trägt. Syrakus' Heilige was Lucia, der man die Augen herausgerissen hat. Eine Heilige, die nicht verstümmelt worden war, wollte kein Bewohner des Südens zur Schutzpatronin. Aber Agathe und Lucia waren geradenwegs zum Himmel aufgefahren, sie thronten im rosigen Licht der Auserwählten, das traurige Gespenst der Parthenope hingegen war für immer in die Hölle der Selbstmörder verbannt.

Es gab wohl keinen Neapolitaner, der sich zu meiner Zeit nicht auf die eine oder andere Weise als Sohn der Sirene gefühlt hätte, der nicht gezeichnet war durch jene geheimnisvolle Verbindung zwischen außerordentlicher Begabung und fruchtloser Anstrengung. Wenn es uns vorbestimmt war, daß unser Schicksal mit der Entwicklung der Musik verknüpft sein sollte, warum haben wir dann nicht Euterpe, Amphion oder Orpheus angefleht, uns den rechten Weg zu weisen? Warum haben wir Parthenope gewählt, die nicht so sehr die Königin, sondern eigentlich ein Opfer des Gesangs war? Parthenope, der die Tonkunst weniger Glück als Leid, weniger Ruhm als Schande und Spott gebracht hat!

Der unheimliche Zauber, den sie zu Beginn unserer Geschichte in unsere Adern geträufelt hatte, kreiste noch immer in unserem Blut. Von Anfang an war uns ein Fiasko bestimmt. Ein melodiöses Fiasko vielleicht, aber ein Fiasko.

Achilles auf Skyros

Für die große Frühlingsgala des San Carlo war die Oper *Achilles auf Skyros* ausgewählt worden. Maestro Tommaso Traetta hatte die Musik, und damit die dreißigste Vertonung dieses berühmten Versdramas von Pietro Metastasio geschrieben.

Metastasio war vor mehr als vierzig Jahren nach Wien gegangen und Hofdichter der Kaiserin Maria Theresia geworden. Er war nun alt und berühmt, aber das alles konnte ihn nicht darüber hinwegtrösten, daß er Neapel verlassen hatte; «meine Kinderstube, wo meine Träume sich so köstlich auf den sanften Meeresfluten wiegten», schrieb er dem Fürsten von Francavilla in einem Brief, der in der ‹gazzetta civica› abgedruckt wurde. Pietro Metastasio sprach in seinen Briefen wie seine Opernhelden. Er schilderte sich dem Fürsten als einen Mann, «dem sogar die Steine von Neapel gegenwärtiger sind, als es diejenigen von Athen dem im Exil lebenden Themistokles je waren; der im kalten Nordwind noch nach so vielen Jahren eifersüchtig darauf bedacht ist, sich Eure geliebte Mundart zu bewahren, und für den es nichts Schöneres gibt, als sich ihrer zu bedienen, wenn Reisende von den parthenopeischen Gestaden hierherkommen»...

Der berühmte Pacchiarotti, der auf der Höhe seines Ruhms stand, sollte die Rolle des Achilles singen. Der griechische Held tritt in diesem Drama in Frauengewändern auf. Seine Mutter Thetis hat ihn auf Skyros unter den Töchtern des Königs Lykomedes versteckt, weil er nicht in den Krieg gegen Troja ziehen soll. Ganz Neapel fragte sich: was Pacchiarotti, der stets hoch zu Pferde mit einem riesigen Federbusch auf dem Kopf auf der Bühne erschien und eine Schar von Trompetern vor sich her ziehen ließ, wohl tun würde, wenn er als Jungfrau auftreten müßte, mit einer Leier und nur wenigen Schmuckstücken statt all der militärischen Trophäen?

Feliciano, der Schmuck über alles liebte, hatte sofort erkannt, was man aus einer solchen Rolle machen konnte. Er selbst sollte an diesem Abend im San Carlo debütieren. Als zweiter Kastrat. Das war an sich schon ein unglaublicher Glücksfall für einen Sänger, der noch nie öffentlich aufgetreten und noch Schüler des Konservatoriums war. Er aber wollte die Hauptrolle singen! Ein geradezu närrischer Gedanke. Er ging zum Justizhauptmann, dessen Loge, von der aus er die Ordnung im Saal überwachte, neben der des Königs lag. Der Hauptmann erklärte ihm, er sei für solche Fragen nicht zuständig. Die gleiche Antwort bekam er vom Fürsten von San Nicandro, dem ehemaligen Erzieher des Königs, und auch vom Herzog di Francavilla, dem Großkämmerer des Königs, dem es erlaubt war, die königliche Loge zu betreten. Feliciano bat daraufhin den Herzog von Stigliano, er möge sich beim König für ihn verwenden.

Der Herzog aber fragte ihn, ob er die beiden hierfür zuständigen Männer, den Leiter des Konservatoriums und Giuseppe Aprile, seinen Gesanglehrer, um Unterstützung gebeten hätte. Feliciano blickte den Herzog lächelnd an und sagte, die Rolle des zweiten Kastraten, die Rolle des Odysseus, gefalle ihm eigentlich doch am besten. Nun erst begriff ich, daß er niemals wirklich mit der Rolle des Achilles gerechnet hatte. Ihm war es nur darauf angekommen, mit dem Justizhauptmann und zwei bei Hof wohlangesehenen Fürsten Verbindungen anzuknüpfen. Vielleicht hatte er sich sogar Hoffnungen auf eine Audienz beim König gemacht. In dem Augenblick aber, wo er den üblichen Weg einschlagen und sich dem Urteil zweier so unbedeutender Männer unterwerfen sollte, wie es der Leiter des Konservatoriums und sein Gesanglehrer waren, ließ er seinen Plan fallen. Ich an seiner Stelle wäre fast gestorben vor Scham, einen so kindischen Ehrgeiz gezeigt zu haben, Feliciano aber sah nur den Vorteil, daß er für drei Vertraute des Königs nun kein Unbekannter mehr war.

Der Herzog von Stigliano war sehr alt und sehr krank. Er würde bald, um mit Metastasio zu sprechen, Charon bitten müssen, ihn mit seiner Barke auf das andere Ufer des Styx überzusetzen...

War es Feliciano oder war ich es, der sich verändert hatte? Schon lange ersehnte ich keine Küsse mehr. Die Hoffnung, geliebt zu werden, hatte ich ein für allemal begraben. Ich wartete in meinem

Zimmer nicht mehr auf meinen Freund. Er war im Begriff, berühmt zu werden, und mein Platz war nicht mehr an seiner Seite. Er war nett, ja fast liebevoll zu mir. Er behandelte mich wie ein Haustier. Als ob ich seine Katze sei oder sein Hund. Und seltsamerweise war ich dabei glücklich. Seine Küsse hatten mich in eine Welt versetzt, für die ich nicht geschaffen war. Eine Welt der Rivalitäten und des Kampfes. Täglich sah ich ihre Opfer. Aber auch ohne Opfer gab es doch bei jedem Paar immer einen, der dem andern Zugeständnisse entriß, die nur aus Müdigkeit, Mitleid oder Feigheit gemacht wurden. Warum sollte ich mich weiterquälen, wenn ich den Milchjungen unter dem Balkon des Nähmädchens pfeifen hörte? Was würde aus ihrer Liebe werden? Eine kleine Geschichte aus Begierde, Mißverständnissen, Überdruß und Verrat.

Zehntausende in Neapel, Millionen auf der ganzen Erde glaubten ein großes Abenteuer zu erleben, wenn sie sich anschickten, einer Frau, die sie schon nach einigen Monaten langweilen würde, Küsse und Liebkosungen zu entlocken. War es ein so entsetzliches Unglück, anders zu sein als sie? Wer war am Ende mehr zu bedauern: sie, die von ihrem Geschlechtstrieb zu einer solchen Jagd angestachelt wurden, oder ich, der auf wunderbare Weise von diesem Zwang befreit war?

«Es ist ein entsetzliches Klischee, das den Männern die Überzeugung aufzwingt, sie müßten sich in eine Frau verlieben», meinte Don Raimondo. Sagte er das, um mich zu trösten? O nein, er lebte selbst ohne Frau, in absoluter geschlechtlicher Askese, obwohl es ihm in keiner Weise vorbestimmt war, enthaltsam zu leben. «Menschlicher Konformismus», lautete sein Urteil. «Nie sieht man einen Mann, der sich quält, weil er nicht intelligent genug ist, oder weil ihm eine bestimmte Begabung fehlt. Aber der intelligenteste oder künstlerisch begabteste, der an kostbaren Gütern reichste Mann quält sich, wenn er allein schläft, wenn er sich nicht bei der alltäglichsten aller Übungen verausgabt.»

Mir schien, daß ich schon darüber hinaus war. Hinaus über was? Ich lebte in einem Schwebezustand; an manchen Tagen fühlte ich fast so etwas wie Glückseligkeit. Ich hatte mich aus dem Kampf zurückgezogen. Feliciano erheiterte mich; ich quälte mich seinetwegen nicht mehr. Auch Cimarosa erheiterte mich. Ich beneidete die andern nicht mehr um ein Leben, das für mich kein Geheimnis mehr barg und nur aus Sorgen, Nichtigkeiten, Geschrei und Kümmernissen bestand. Die Studenten, die ich hier am Neckar entlangschlendern sehe, würden verstehen, was ich meine! Mit welcher Natürlichkeit schenken die jungen Mädchen den Jünglingen Blumen, mit welcher Artigkeit geben die Jünglinge ihnen diese Blumen in Form von Gedichten zurück! . . .

Mir war die dritte Kastratenrolle angeboten worden, die Rolle des Königs Lykomedes. Ich lehnte ab; ich sang lieber in Chören oder bei Prozessionen und Gottesdiensten. Feliciano beglückwünschte mich, daß ich ein für meine Selbstachtung so beleidigendes Angebot ausgeschlagen hätte. Zweiter Kastrat, ja, aber eine dritte Rolle – nie im Leben! Er täuschte sich. Ich hatte abgelehnt, weil ich mir einfach nicht vorstellen konnte, wie ich aus den Kulissen hervortreten und vor dem überfüllten Saal singen sollte. Auch hier hatte ich mich, wenn ich so sagen darf, vom Kampf zurückgezogen. Mir war der Traum immer noch gegenwärtig, in dem mir ein ungeheures Hohngelächter aus dem Theater entgegengeschlagen war, weil kein Ton aus meiner verkrampften Kehle kam; ein Hohngelächter, das aus der vom Echo tausendfach verstärkten Stimme meines Vaters bestand. Und wie damals in meinem Traum Scham und Verzweiflung von einem unvorstellbaren Gefühl des Friedens aus meinem Herzen verdrängt worden waren, so erwartete ich auch heute nichts anderes vom Leben als die Erlaubnis, mich abseits halten zu dürfen.

Die Erstaufführung der neuen Oper von Maestro Tommaso Traetta sollte in Anwesenheit König Ferdinands stattfinden. Feliciano äußerte seinem Lehrer gegenüber, wie sehr er sich freue, in Anwesenheit des Hofes debütieren zu können. Giuseppe Aprile aber fragte mit sanfter Stimme zurück, ob er sich über die Unannehmlichkeiten einer Galaaufführung im klaren sei. Sänger und Kapellmeister betrachteten ein solches Ereignis als ein Verhängnis. An diesen Abenden brannten im Saal eintausendzweihundert Kerzen, deren Rauch allen in die Augen stieg und den Sängern das Atmen erschwerte. Auch durfte man den Hof nicht warten lassen und mußte darum die Symphonie bei offener Szene spielen, was den Eingangschor ungemein beeinträchtigte. Dem Publikum war es verboten zu applaudieren, bevor der König es tat, und der König applaudierte nie. Es war auch verboten, eine Wiederholung zu verlangen, bevor der König sie verlangte, und der König, der sich bei jeder *opera seria* langweilte, hätte eher nach einem Mittel gesucht, das Schauspiel abzukürzen.

«Sie sind abscheulich!» sagte Feliciano zu seinem Lehrer.

Etwas so Herrliches wie den Innenraum des San Carlo hatte ich bis zu dem Augenblick, da ich hinter Don Raimondo die Loge des Fürsten betrat, noch nie gesehen. In den sechs Rängen sah man zahllose kleine Flammen, die in goldenen Kandelabern brannten. Die im Hintergrund der Logen angebrachten Spiegel vervielfältigten die eintausendzweihundert Kerzen. Don Raimondo hatte den Baron Roccazzurra eingeladen, dazu Doktor Salerno, Don Manuele, drei weitere Edelleute und vier Damen aus der höchsten Gesellschaft. Don Manuele trug noch Trauer um seinen Vater.

Ein Tisch wurde hereingebracht und in der Mitte der Loge aufgestellt. Die Hälfte der Gäste setzte sich zum Kartenspiel nieder. Don Manuele nahm auf einem Sessel Platz, der mit der Lehne zur Bühne stand. Er wollte, wie er sagte, in seinen Trauerkleidern nicht erkannt werden. Das Spiel begann. Die Karten in Don Manueles Hand zitterten leicht. Er blickte starr auf den Hintergrund der Loge. Ich stellte mich hinter seinen Sessel und merkte, daß er in der Spiegelverkleidung der Logenrückwand die ganze Bühne genausogut übersehen konnte, als wenn er direkt in den Saal geblickt hätte. Der Vorhang war schon aufgezogen. So wie er dasaß, vom Licht abgewandt und anscheinend in sein Kartenspiel vertieft, würde es kaum auffallen, wenn er bei Felicianos Auftritten blaß wurde und seine Lippen zitterten. Unten im Parkett wimmelte es von Advokaten und Geistlichen, die umherstanden und lebhaft gestikulierend auf den Hof warteten. Sie hielten alle bedruckte Zettel in den Händen und klopften mit ihren Stöcken vernehmlich auf den Boden. Sie waren wirkliche Musikkenner oder benahmen sich jedenfalls wie Richter über den guten Geschmack, indem sie für gewöhnlich ihre Meinung mitten in einer Arie laut von sich gaben und die Sänger ebenso heftig wie grob mit Lob oder beißendem Spott unterbrachen. Auf den Zetteln, mit denen sie in der Luft herumfuchtelten, standen fertige Sonette oder Epigramme, die auf den Maestro gemünzt waren, der die Aufführung leiten sollte, oder auch auf die *prima donna* oder den *primo uomo*. In Anwesenheit des Hofes durften sie sich nicht laut äußern, aber auch der Justizhauptmann konnte sie nicht daran hindern, Zettel in den Saal zu werfen.

Vorn im Parkett standen zehn Sitzreihen. Einige der Plätze waren trotz des Gedränges der Advokaten und der Geistlichen noch unbesetzt. Sie waren wie die Logen für ein ganzes Jahr gemietet. Die Sitze ließen sich herunterklappen und durch ein Schloß sichern. Ich sah, wie ein Mann, der auf einem der Sessel Platz genommen hatte, einen Stichel hervorholte und ihn mit Hilfe eines ebenfalls mitgebrachten Hammers in die Lehne des vor ihm stehenden Sessels schlug. Als er fertig war, stülpte er seinen Hut über den so geschaffenen Kleiderhaken.

Angela De Amicis sollte die Rolle der Deidameia singen. *Achilles auf Skyros* ist die einzige von Metastasios Dichtungen, in der es nur eine weibliche Rolle gibt. Die *prima donna*, die erste Sängerin, ist auch die einzige. Dieser Verstoß gegen alle Regeln geht auf die erste der dreißig Achilles-Opern zurück, die am Abend des 4. November 1737 zur Eröffnung des Theaters gespielt wurde. Zu dieser feierlichen Gelegenheit hatte man zwei gleich berühmte Sängerinnen engagiert: Vittoria Tesi und Anna Peruzzi. Die erste Textfassung sah zwei Frauenrollen vor, die Gemahlin des Königs Lykomedes und seine Tochter Deidameia, wie es die Tradition verlangte.

Vittoria Tesi hätte die Königin singen sollen, aber nachdem sie ihre Rolle bekommen hatte, zählte sie die Noten und Wörter und stellte fest, daß es weniger waren als in der Rolle der anderen *virtuosa*. Sie versuchte Dichter und Kapellmeister zu zwingen, beide Rollen in Noten- und Wortzahl anzugleichen. Und auch sonst wollte sie der Rivalin in nichts nachstehen, weder in der Länge der Schleppe, in der Zahl der Schönheitspflästerchen oder in der Art des Schminkens noch in Trillern, Koloraturen und Kadenzen. Der Justizhauptmann mußte Metastasio aus Angst vor dem drohenden Skandal schließlich bitten, die Rolle der Königin zu streichen. Zum Ausgleich bot man Vittoria Tesi die Rolle des Achilles an. Die beiden Rollen von Achilles und Deidameia wurden in Wortzahl

und Noten sorgfältig ausgewogen.
 Nun aber ergab sich eine weitere Schwierigkeit. Caffarelli, der die Rolle des Achilles hätte singen sollen, war mit der Rolle des Odysseus nicht einverstanden und erklärte, man möge sich an einen weniger berühmten Kastraten wenden. Metastasio aber, geschmeidig wie ein Höfling, schneiderte auch diese Partie den Ansprüchen des Sängers gemäß zurecht.
 Der zweite Kastrat, der von der Rolle des Odysseus auf die des Lykomedes zurückgedrängt worden war, weigerte sich nun seinerseits zu singen, wenn er nicht mindestens eine Charakterarie und zwei Bravourarien bekäme ...
 Diesmal aber, mit Pacchiarotti als Achilles, gab es nur eine Frauenrolle, dafür aber drei Kastraten (Achilles, Odysseus, Lykomedes), einen Tenor (den Prinzen Theagenos, den offiziellen Verehrer von Deidameia) und zwei Bässe ...
 Die Brüder Bibiena hatten sich mit dem Dekor selbst übertroffen. Die Szene stellte einen von einem Halbkreis weißer Marmorsäulen umschlossenen Platz dar, der auf beiden Seiten bis an die Rampe reichte. Eine ebenfalls aus weißem Marmor bestehende Treppe unterbrach diesen Halbkreis. Sie führte zum Vorplatz eines Tempels hinauf, dessen reich mit vergoldeten Bronzefiguren geschmückter Giebel auf gewundenen Säulen ruhte. Die Kapitelle und Deckplatten aus dunkelrotem Basalt bildeten einen prächtigen Kontrast zum blendendweißen Carraramarmor. Am schönsten anzusehen waren die in der Manier des Trompe L'Oeil dekorierten Räume hinter den Säulen zu beiden Seiten der Treppe. Links ein junges Tamariskenwäldchen, dessen Bäume ganz echt wirkten; dahinter die Burg von Skyros, präzise wie eine Festung des großen Friedrich und unwirklich wie ein himmlisches Jerusalem in Blau, Rot und Rosa; überall flatterten Standarten in einer Brise, die von einem Luftgebläse hinter der Bühne erzeugt wurde. Rechts, am Fuße eines Berges, von dem ununterbrochen silbriges Wasser herabströmte, sah man den Strand der Insel mit dem Hafen.
 Auf dem Strand lagen oder standen Porphyrblöcke in Form und Größe von Straußeneiern wie einfache Kiesel umher.
 Don Raimondo machte mich auf einen stattlichen, prunkvoll gekleideten Herrn aufmerksam, der im Tamariskenwäldchen auf-

tauchte und sich, so gut es ging, hinter den rosa Blütenzweigen zu verbergen suchte. In seinen Armen hielt er einen kleinen gelockten, mit Bändern geschmückten Hund. Es war der Herzog von Cattolica, der Mäzen der Sängerin. Er hatte die *virtuosa* nur mit Mühe dazu überreden können, so erzählte mir Don Raimondo, ihre zwei Katzen, ihre Nachtigall, ihren Affen und ihre zwei Papageien zu Hause zu lassen. Der Affe war das besondere Sorgenkind des Herzogs, er machte ihm mehr zu schaffen als selbst Cimarosa.

Kaum war der Herzog erschienen, betrat von der andern Seite her eine kleine dicke Frau mit einem federgeschmückten Hut auf dem Kopf die Bühne: die Mutter der Sängerin. Selbstbewußt stellte sie einen kleinen Wärmeofen zwischen die Steine am Strand, setzte sich auf einen Klappstuhl, den ein kleiner Junge neben einer Säule aufgestellt hatte, und nahm aus einer großen Markttasche verschiedene Sachen, die sie wie eine Händlerin vor sich ausbreitete: weiße Taschentücher, Schals, Pantoffeln, Fläschchen, Gurgelwasser, Nadeln, Schönheitspflästerchen, Handschuhe, einen Spiegel und schließlich ein Buch, das Repertoire aller erdenklichen Koloraturen, mit Ausführungsanweisungen je nach Klima, Saaltemperatur, guter oder schlechter Disposition der Stimme und dergleichen mehr . . .

Die Porphyreier und das Koloraturenbuch in dem klassischen Dekor, das die federgeschmückte Alte in ein Stück Marktplatz verwandelt hatte – das alles belustigte Don Raimondo ungemein.

Die Chöre stellten sich auf. Tommaso Traetta, ein kleiner, schwarzgekleideter Mann, zwängte sich durch den Orchestergraben, setzte sich an das Cembalo und gab mit dem Kopf das Zeichen zum Einsatz. Die Musik begann, während der König, gefolgt von zwanzig Edelleuten und Damen, seine Loge betrat. Gleichzeitig öffneten sich auf der Bühne die Tore des Tempels. Eine Prozession aus weißgekleideten Mystagogen und Bacchantinnen in roten Gewändern schritt die Treppe herab. Dann erschienen Achilles und Deidameia. Pacchiarotti, ein Kastrat der feisten Art, trug einen Reifrock und goldene Schuhe; in seiner nach griechischer Mode frisierten Haartracht funkelten bunte Steine. Ein Page folgte ihm auf den Fersen und wedelte über seinem Kopf mit einem Büschel von drei Fuß langen Federn – jenem berühmten Federbusch, ohne den der Sänger keine Bühne betrat.

Das Liebesduett von Deidameia und Achilles rührte die Damen fast zu Tränen. Alle hatten sie ihr Spiel unterbrochen, um dem berühmten Paar zuzuhören. Welch anderer Sopranist hätte auch die Koloraturen so vollendet ausführen, den Abschluß seiner Kadenzen mit so glockenreinen Doppeltrillern verzieren können?

Pacchiarotti stieg majestätisch die Treppe wieder hinauf und verschwand unter Trompetenklängen, die der *maestro* eine Stunde vor Beginn der Aufführung noch rasch in die Partitur eingefügt hatte, wieder im Tempel. Und Angela De Amicis? Sie saß währenddessen auf dem Klappstuhl, den ihr die Mutter überlassen hatte, nahm einen Schluck Gurgelwasser und spuckte ihn ohne jede Scheu neben sich auf den Boden. Wir konnten sehen, wie sich der Herzog von Cattolica vorsichtig an den Säulen entlang von der einen Seite der Bühne auf die andere schlich und der Sängerin das Hündchen hinhielt. Sie drückte dem Tier einen Kuß auf die Schnauze, und der Herzog schlich tief gebückt den gleichen Weg zurück, um im Tamariskenwäldchen wieder seinen Wachtposten einzunehmen.

Die Zuschauer hatten sich in den Logen von neuem ihren Spielen zugewandt, denn jetzt trat Achilles' Vormund Nearchos auf, ein Bassist. Er würde in einem endlosen Rezitativ die Situation erklären, das hatte man schon zwanzigmal gehört. Und danach kam seine Arie, die scherzhaft die Sorbet-Arie genannt wurde, weil die Besitzer oder Mieter der Logen nun Eis oder Erfrischungen für ihre Gäste bringen ließen. Jede Loge war mit einem Vorhang versehen, mit dem man sie zum Saal hin schließen konnte. Und die Damen baten oft darum, man möge den Vorhang zuziehen, weil der Lärm, der von der Bühne heraufklang, ihre Unterhaltung störte. Der König allerdings dachte diesmal nicht daran, den Vorhang seiner Loge schließen zu lassen, er beobachtete durch sein Opernglas die schöne Sarah Goudar, die eine Seitenloge gewählt hatte, um im Blickfeld des Königs zu sein. Dort saß sie, halb in den Sessel zurückgelehnt; ihre schneeweißen Arme ruhten wirkungsvoll auf den roten Samtpolstern der Armlehnen.

Beim Klang der Trompeten, die Odysseus' Auftritt ankündigten, erbebte das ganze Theater. Der König von Ithaka hatte erfahren, daß sich Achilles, als Frau verkleidet, auf Skyros verbarg und wollte den Helden zurückholen, der für den Erfolg des trojanischen Feldzugs unentbehrlich war.

Feliciano hatte es fertiggebracht, aus seinem Debüt das Ereignis der Saison zu machen, obwohl er dem Publikum gänzlich unbekannt war. In den Logen, im Parkett und in den Gängen sprach man nur von dem neuen Kastraten, und die Geistlichen hielten Sonette für und gegen ihn bereit. Ich machte mir Sorgen, daß er, um Pacchiarotti auszustechen, in irgendeinem lächerlichen Aufzug erscheinen könnte. Aber bei seinem Auftritt ging ein Raunen der Bewunderung durch den Saal. Jung und schön trat er auf den Strand hinaus, von Kopf bis Fuß in enganliegenden weißen Satin gekleidet; eine purpurne Sonne war auf seine Brust gestickt, sein Haar fiel in langen natürlichen Locken auf den bloßen Nacken.

Er war so geschickt, halb verborgen hinter einer Säule stehenzubleiben und dort seine erste Arie zu singen, so daß die Zuschauer ganz damit beschäftigt waren, die Schönheiten zu erraten, die sie nicht in allen Einzelheiten begutachten konnten und von der Unausgeglichenheit mancher Triller abgelenkt wurden.

Nachdem er seine Arie beendet hatte, trat er in die Mitte der Bühne vor, grüßte zu den Logen hinauf und ging dann mit einer Lässigkeit, die seine jungen elastischen Gliedmaßen wundervoll zur Geltung brachte, in die Ecke zu den Tamarisken; dort nahm er dem Herzog, ohne ihn um Erlaubnis zu fragen, den Hund aus den Armen und brachte ihn der *prima donna*, die immer noch auf ihrem Klappstuhl saß. Er legte ihr den Hund in den Schoß und lehnte sich unbefangen neben ihr an eine Säule. Sie streichelte den Hund und lächelte dem jungen Mann zu. Uns allen wurde nun klar, wie dumm es von Pacchiarotti gewesen war, sich unter Fanfarenklängen in den Tempel zurückzuziehen, anstatt mit seiner Rivalin zusammen auf der Bühne zu bleiben.

Don Manuele hatte sich bis jetzt gezwungen, das Schauspiel nur im Spiegelbild zu verfolgen. Aber gerade als Feliciano zu Sarah Goudar hinaufgrüßte, wandte er sich der Bühne zu. Arkades, Odysseus' Vertrauter, ein Baß, trat auf, um zu beschreiben, wie die Liebe zu Deidameia und der sehnliche Wunsch nach Waffenruhm im Herzen des Achilles miteinander im Streit lagen. Würde der Held sich weiterhin feige in Weiberkleidern verstecken, um bei der jungen Prinzessin bleiben zu können? Oder würde er mit dem griechischen Heer vor die Tore Trojas ziehen? «Das ist doch gar nicht das Problem! Metastasio hat nichts verstanden», sagte Don Raimondo ärgerlich.

Wir waren wohl die einzigen, die das Rezitativ des Arkades verfolgt hatten; Don Raimondo aus einem Grunde, den er uns später am Abend erklärte, und ich, weil ich meine Augen nicht von Feliciano losreißen konnte, der sich von Don Manuele beobachtet wußte und unentwegt zu Sarah Goudar hinaufblickte. In den Logen hatte man sich wieder dem Kartenspiel zugewandt, denn auf den Monolog des Arkades folgte ein Duett zwischen dem dritten Kastraten und dem Tenor, zwischen wenig interessanten Sängern also, denen nur der Impresario des Theaters, die jeweiligen Mäzene und einige Lokalreporter der ‹gazzetta› zuhörten. Der König Lykomedes, der Achilles für ein Mädchen hielt, erklärte dem Prinzen Theagenos, daß er ihm Deidameia zur Frau geben wolle.

Ein Majordomus der englischen Gesandtschaft trat währenddessen in unsere Loge und kündigte Don Raimondo überraschend den Besuch von Lord Hamilton an. Der englische Gesandte hielt, als er eintrat, einen Brief in der Hand und lachte so sehr, daß sein schon von Natur aus rosiges Gesicht dunkelrot war. Er reichte den Brief Don Raimondo mit den Worten: «Exzellenz, hier habe ich ein Dokument, das alle Anwesenden, insbesondere aber Sie selbst interessieren wird. Gestatten Sie?» Das Kartenspiel wurde sofort unterbrochen. Die Damen rückten auf dem Sofa zusammen, um Lord Hamilton Platz zu machen. Es war ihnen anzusehen, daß sie sich einen großen Spaß versprachen.

«*Ich, Charles-Geneviève-Louis-Auguste-André-Thimothée, Chevalier d'Eon, außerordentlicher Gesandter Seiner Majestät Louis XIV, am Hof von Saint James...*»

Lord Hamilton hielt inne, um die Wirkung zu beobachten, die dieser Name hervorrief. Die Damen auf dem Sofa kicherten, Don Raimondo und Doktor Salerno schoben ihre Stühle näher heran, der Baron Roccazzurra schmunzelte. Das Gespött über das *terza gamba* des Chevalier d'Eon war bis nach Neapel gedrungen. Besonders Abbé Galiani erzählte gern von dem Chevalier, den er in Paris kennengelernt hatte.

«Er ist schmal wie eine Frau. Seinen Körper könnte man oberhalb der Hüften mit zwei Händen umspannen, seine Wangen sind glatt wie die einer Jungfrau, und dennoch: daraus zu schließen, daß sein drittes Bein (dieses Bild hatte der Abbé erfunden) nicht mehr Konsistenz habe als der Besen einer Hexe ...»

In Gegenwart von Casanova hatte der kleine Abbé einmal die Verteidigung des Chevaliers übernommen:

«Um der Wahrheit die Ehre zu geben, mein Lieber, das dritte Bein meines Freundes Charles-Geneviève hat weder die außerordentliche Kraft noch die athletische Muskulatur eines so unermüdlichen Wanderers, wie du einer bist. Aber auch ein Platz hinter dem Kräftigsten ist immer noch ein guter Platz.»

Der Chevalier d'Eon hatte seinen Brief in einem klaren, bitteren Ton abgefaßt. Er wolle nicht leugnen, daß er sich früher einmal, als er in geheimer Mission in Moskau weilte, der Zarin Elisabeth in Frauenkleidern habe vorstellen lassen. Boshafte Zungen bedienten sich nun aber dieser Episode, um ihn zu verleumden. Die Klatschereien, die in allen englischen Salons, ja sogar in der Öffentlichkeit über ihn in Umlauf seien, zwängen ihn dazu, offiziell Protest einzulegen und die englischen Gesandtschaften zu bitten, ihm dabei behilflich zu sein, einem infamen Gerücht entgegenzutreten. Dieses Gerücht verbreite sich wie ein Lauffeuer über Europa und schade nicht nur seiner Ehre, sondern ebenso dem chevaleresken Ruf, auf den das englische Volk bis dato mit Recht so stolz gewesen sei ...

«Mit Kummer muß ich alle die unglaublichen Berichte hören und in den englischen Zeitungen lesen, die aus Paris, Neapel, Wien und sogar aus Sankt Petersburg kommen und die Ungewißheit meines Geschlechts zum Thema haben; Berichte, die bei einer temperamentvollen Nation wie der Ihren sogar dazu führen, daß man bei Hofe und andernorts über diese indezente Frage Wetten mit hohen Einsätzen abgeschlossen hat. Man setzt auf mich à la hausse oder à la baisse, ich werde notiert wie ein Wertpapier, gehandelt wie ein Schuldschein, in bar oder auf Kredit übernommen wie ein Termingeschäft. Ich bin zu einem Börsenwert in Höhe von hunderttausend englischen Pfund geworden ...

Lange Zeit habe ich nichts dazu gesagt. Da aber mein Schweigen den Verdacht und die Wettlust bisher nur geschürt hat, bin ich schließlich am vergangenen Samstag in voller Uniform auf die Börse und in die umliegenden Kaffeehäuser gegangen, wo die Wetten abgeschlossen werden, und habe dort, mit dem Stock in der Hand, den Bankier Bird, der als erster eine so infame Wette angenommen hatte, gezwungen, mir Abbitte zu leisten. Ich habe den wagemutigsten oder den unverschämtesten unter den Anwesenden, die mehrere tausend sein mochten, aufgefordert, mit einer Waffe seiner Wahl gegen mich anzutreten. Alle waren ausgesucht höflich zu mir, aber es hat nicht ein einziger dieser mannhaften Gegner gewagt, gegen mich zu wetten oder sich mit mir zu schlagen, obwohl ich von zwölf bis zwei Uhr bei ihnen geblieben bin, um ihnen Zeit zu lassen, sich untereinander abzustimmen. Schließlich habe ich ihnen öffentlich meine Adresse gegeben für den Fall, daß sie sich noch anders besinnen sollten.

Hinzufügen muß ich, Exzellenz, daß ich vorgestern meinen Stock auf dem Rücken zweier Ihrer Landsleute zerbrochen habe, die gegen mich unverschämt geworden waren. Seit meinem Ausflug in die City und seit diesem Zwischenfall wagt es am Hof und in der Stadt niemand mehr, Wetten über mein Geschlecht abzuschließen, das ich auf sehr männliche Art den beiden Frechlingen eingebleut habe...»

Die Damen konnten sich über diese Geschichte gar nicht beruhigen und schlugen vor, man solle das langweilige Kartenspiel *biribisso* beenden und eine Lotterie über das Geschlecht des Chevaliers abhalten. Der Baron von Roccazzurra erbot sich, die Bank zu übernehmen, und alle Gäste Don Raimondos schlossen Wetten ab, der Fürst selber aber stand mit Doktor Salerno abseits und flüsterte ihm einige Worte zu.

Die Herzogin von Villamarino hielt ihre gefalteten Hände Lord Hamilton entgegen und rief ihm zu, daß ihr die Engländer wirklich leid täten, wenn sie sich nicht einmal mehr mit einem so pikanten Thema beschäftigen könnten, ohne diesem bedrohlichen Stock zu begegnen...

«La quarta gamba des Chevaliers!»

Dieses Bonmot hatte einen unerhörten Erfolg. Es machte sofort im Theater die Runde, und noch am selben Abend lachte ganz Neapel darüber.

Lord Hamilton war entzückt über die Wirkung, die der Brief auf die Damenwelt ausgeübt hatte und meinte, die Natur bringe noch viel Erstaunlicheres zustande als die zweideutige Figur des Chevaliers. Und dann erzählte er zur allgemeinen Belustigung die wahre Geschichte des Kastraten Tenducci, wie er sie von dem Betroffenen selbst gehört hatte.

«Ich befand mich eines Tages im Covent Garden, wo der berühmte Sänger mich überraschenderweise seiner angetrauten Frau vorstellte, mit der er zwei Kinder hatte. Er mokierte sich über die Leute, die glaubten, als Eunuch könne er nicht zeugen. Tatsächlich hatte die Natur ihn zum Monstrum gemacht, um ihm seine Manneskraft zu erhalten: er war mit drei Hoden auf die Welt gekommen, und da man in seiner Jugend nur zwei davon sterilisiert hatte, war ihm der dritte geblieben, und dieser hatte sich als völlig ausreichend erwiesen ...»

Die Gesellschaft lachte noch, als ein Raunen im Saal sie aufhorchen ließ. Alle wandten sich der Bühne zu, um die Szene zwischen Achilles und Odysseus, einen der Höhepunkte des Abends, nicht zu versäumen.

Die Handlung spielte in den Gemächern der Töchter des Lykomedes. Der Dekor war der gleiche geblieben, man hatte nur in die Mitte der Bühne ein paar Stühle gerückt und vor den Säulen einige Statuen aufgestellt, die Szenen aus dem Leben des Herakles illustrierten. Die *prima donna* saß immer noch auf ihrem Klappstuhl, ihre Mutter fächelte ihr kühle Luft zu, der kleine Hund schlief zusammengerollt auf ihrem Schoß.

In einem neuen Kostüm stolzierte Pacchiarotti pompös die Treppe hinab, diesmal schwebte über seinem Kopf, vom Pagen getragen, ein Büschel weinroter Federn. Odysseus, der Achilles erkannt hatte, ging ihm entgegen. Er tat so, als habe er eine der Töchter des Lykomedes vor sich. Im Saal regnete es plötzlich kleine bedruckte Zettel: irgendein Epigramm war von den Rängen herabgeworfen worden. Ein Blatt blieb auf der Brüstung der Loge liegen. Der Fürst griff danach. Es war ein Auszug aus der neuesten Satire des dichtenden Abbate Parini auf die Kastraten. Er nannte sie ‹Kapaune›, ‹dicke Eier›, ‹tönende Elefanten› ... Die Geistlichen im Parkett griffen nach den Blättern und ließen sie lachend von Hand zu Hand gehen.

Der Justizhauptmann läutete heftig mit seiner Glocke, um sie zum Schweigen zu bringen.

Odysseus verneigte sich vor der federgeschmückten Person und begann mit Komplimenten über die Schönheit der Statuen, die den Palast ihres Vaters zierten. Feliciano sang mit maliziös geschürzten Lippen. Diese doppelsinnige Arie, in der sich hinter jedem Wort eine Falle verbarg, gelang ihm wundervoll.

«Ist dies nicht Herakles, der die Hydra erschlägt? Oh, wie der kriegerische Mut ihm gut zu Gesicht steht! Welch unbändige Kraft! Wie verständlich, daß die griechische Jugend darauf brennt, es ihm gleichzutun!»

«Ach, leider...!» seufzte Achilles.

«Hier hebt er Antaios vom Boden auf, um ihn zu zerschmettern. Der Bildhauer hat sich selbst übertroffen! Ein solches Beispiel, Prinzessin, ist ansteckend. Oh, ich wollte, ich wäre Herakles. O großzügiger, großmütiger Held! Dein Name wird noch in tausend und abertausend Jahren lebendig sein...»

«Ach Ihr Götter», sagte Achilles leise für sich, «von mir wird das niemand sagen...»

«Wedel mit den Federn, du Dummkopf!» fügte er, sich plötzlich zum Pagen wendend, hinzu. «Merkst du nicht, daß ich vor Ungeduld zittern muß?»

«Aber, Prinzessin, was sehe ich da? Der Schrecken des Erymanthos trägt Frauenkleider und liegt zu Füßen der Omphale? Nein, hier hat der Künstler unrecht getan. Er hätte seinen Meißel nicht herabwürdigen sollen, um diese Pflichtvergessenheit für die Ewigkeit festzuhalten. Herakles tut einem leid. Hier ist er nicht er selbst.»

«Das ist wahr, nur zu wahr! O Scham, o Verzweiflung!» murmelte Achilles, der sich nur noch mühsam beherrschen konnte.

Der Page schüttelte den Federbusch mit aller Kraft. Nearchos stürzte herbei, um seinen Schützling zur Vorsicht zu ermahnen. Strengster Befehl von Thetis! Arkades, der auf der anderen Seite der Bühne stand, und Odysseus waren mit ihrer List zufrieden: Achilles würde ihnen nicht mehr lange widerstehen können. Aber für diesmal scheiterte ihr Plan am Auftreten des Königs Lykomedes, der dem König von Ithaka Soldaten und Schiffe für den Feldzug gegen Troja anbieten wollte.

«Diese Szene war grotesk», sagte der Herzog von San Demetrio. «Mein lieber Fürst, ich weiß, daß Sie für die Kastraten eintreten. Aber dann sollte man ihnen doch wenigstens Rollen geben, die zu Ihrem Aussehen und zum Timbre Ihrer Stimme passen. Ich möchte wissen, welchen Zusammenhang das scharfe Auge von Lord Hamilton zwischen dem edlen Stolz eines Achilles und allem, was er über dessen militärische Tugenden weiß einerseits und dem geschminkten Gesicht und dem weichlichen Gehabe dieses Unglücklichen andererseits entdecken könnte.»

Dazu wollte jeder etwas sagen. Einige Damen meinten, die Schönheit der Stimme mache die Unwahrscheinlichkeit der Situation erträglich. Im Gefolge des Herzogs von San Demetrio, des Großmeisters der Gleichheitsloge, wurden mehrere Stimmen laut, die die Ansicht vertraten, das besondere Timbre der Kastraten könne nur Sanftheit und Sehnsucht inspirieren, und man müsse ihnen, wenn man sie nicht abschaffen wolle, in Zukunft wieder die weiblichen Rollen zuweisen, für die sie ursprünglich vorgesehen waren.

«Sie schweigen, Exzellenz?»

«Mein Gott, ja», gab Don Raimondo zur Antwort, «die Oper, die wir eben gesehen haben, spricht gleichzeitig für und gegen das, was ich dazu sagen möchte.»

«Wie ist das möglich?»

«Das Werk ist Metastasio mißlungen.»

«Metastasio!?»

«Warum zögert, Ihrer Meinung nach, Achilles so lange, ehe er sich Odysseus zu erkennen gibt? Warum ergreift er nicht sofort die günstige Gelegenheit, die Frauenkleider loszuwerden, die seine Mutter ihm aufgezwungen hat? Finden Sie nicht, daß es reichlich lange dauert, bis seine wahre Natur wieder hervorbricht?»

«Das ist doch ganz einfach», warf die Herzogin von Villamarino ein. «Er hat sich in Deidameia verliebt. Und wenn er Odysseus folgt, verliert er sie.»

«Genau das! Metastasio hat aus dem Kampf zwischen Liebe und Pflicht den dramatischen Knoten seines Gedichts geknüpft.»

«Und Sie wollen behaupten, er habe sich geirrt, und darum sei

sein Werk mißlungen?»
«Er hätte nicht andeuten dürfen, daß Achilles den Zeitpunkt, an dem er wieder Männerkleidung anlegt, nur darum hinausschiebt, weil er in Deidameia verliebt ist.»
«Ihre Sätze sind so klar wie die eines Orakels, Exzellenz.»
«Hören Sie. Erinnern Sie sich noch daran, was der junge Mozart uns bei der Gräfin Kaunitz gesagt hat? Er wunderte sich darüber, daß er in den Rollen von Alexander, Cäsar und Artaxerxes nur Kastraten gehört habe. ‹Wieso›, fragte er, ‹singen sie immer Rollen von Kaisern, Königen, Feldherren und Kriegshelden? Warum greift man auf diesen und ausschließlich auf diesen Sängertyp zurück, wenn es gilt, die dem weiblichen Temperament entgegengesetzten Eigenschaften wie Kraft, Mut, Begehren und Ruhmsucht darzustellen? Warum wählt man die unmännlichste Stimmlage, um das Männlichste eines Charakters auszudrücken?›»
«Ich erinnere mich in der Tat an die Fragen, die dieser Knabe uns gestellt hat», sagte der Herzog von San Demetrio. «Und keiner von uns wußte eine Antwort darauf.»
«Er hat uns nachdenklich gemacht», sagte die Herzogin zustimmend.
«Neben Alexander, Cäsar und Artaxerxes gehören auch noch Achilles und Herakles zu den großen Vorbildern der Oper», nahm Don Raimondo seinen Gedanken wieder auf. «Achilles ist immer ein Kastrat, ebenso wie Herakles, den Metastasio vorhin erwähnt hat. Was hätte Mozart gesagt, wenn er gewußt hätte, daß der wilde, homerische Achilles, die Personifizierung des Kämpferischen, und Herakles, der Gott der Muskelkraft, ein Prototyp der Männlichkeit, daß diese beiden Rollen auch von Kastraten gesungen werden?»
«Das ist wirklich absurd!»
«Im Grunde ist es gar nicht so verwunderlich, mein lieber Herzog. Die Episode mit der Verkleidung des Achilles ist keine Erfindung unserer Zeit. Sie gehört zum legendären Hintergrund der griechischen Mythologie. Was brachte die Griechen dazu, sich auszudenken, daß Thetis ihren Sohn unter Frauenkleidern verbirgt? Warum erfanden sie einen Kriegshelden, der in seinem männlichen Prinzip verhöhnt und erniedrigt wurde? Wenn wir die

Antwort auf diese Frage wüßten, wären wir, glaube ich, der Lösung des Geheimnisses einen großen Schritt näher gekommen. Homer hat in der Legende von Achilles auf Skyros der Deidameia überhaupt keinen Platz eingeräumt. Und wir werden natürlich nicht den Verdacht äußern, die Griechen hätten schon vor fünfundzwanzig Jahrhunderten die Institution der Kastraten vorausgeahnt. Wir müssen die Dinge also von einer anderen Seite aus betrachten. Warum werden Achilles und Herakles in Frauen verwandelt? Warum gefiel es den Griechen, die Männlichkeit ihrer Helden in Zweifel zu ziehen? Warum ließen sie den Besieger des Zerberus die geblümte Tunika der Omphale anziehen? Warum mußte er spinnend zu Füßen der Königin sitzen, während sie, in ein Löwenfell gehüllt, ihn mit ihrer Sandale schlug, um ihn zur Arbeit anzuhalten?»

«Mein lieber Fürst, so wie die gegen Zeus rebellierenden Titanen Pelion auf Ossa türmten, so stapeln Sie Rätsel auf Geheimnisse.»

«Glücklicherweise hat die sensationelle Entdeckung von Pompeji und Herkulaneum überall den Sinn für archäologische Untersuchungen geschärft. Man hat sich daran erinnert, daß der junge Dionysos von König Athamas als Mädchen verkleidet in den Frauengemächern aufgezogen wurde. Bei neuerlicher, aufmerksamer Lektüre des Plutarch sind manche seltsame Bräuche aus dem Altertum wieder bekanntgeworden. In Argos, zum Beispiel, legt sich die Braut für die Hochzeitsnacht einen Bart um. Auf Kos war es der Mann, der als Frau gekleidet seine Braut empfing. Ein anderer Historiker, Oppian, beschreibt den jungen Bräutigam, wie er sich in weiße Gewänder gehüllt mit einer Krone aus purpurnen Blüten und mit Myrrhenduft parfümiert dem Brautgemach nähert. Andere griechische Legenden berichten von ganz ungewöhnlichen Gemeinschaftszeremonien. Da verkleideten sich die heiratsfähigen jungen Männer zunächst als Frauen. Dann legten sie diese Gewänder ab, um wieder ihre Manneskleidung anzuziehen; und die jungen Mädchen machten es umgekehrt. Gemeinsam ist all diesen Verkleidungszeremonien, daß sie am Ende des Jünglingsalters oder am Vorabend der Heirat stattfinden.»

«Und Ihre Meinung dazu, Exzellenz?»

«Es läßt alles darauf schließen, daß es sich um Übergangsriten handelt, bei denen ein Kandidat, bevor er ein neues Stadium seiner

Entwicklung erreichte, seine Treue zum vorhergehenden Stadium betonte. Der Knabe, der im Begriff stand, ein Mann zu werden, in den Rang eines *vir* aufzusteigen, verzichtete nicht ohne weiteres auf die andere Hälfte seines Wesens. Die Gelehrten, die sich mit diesen Bräuchen beschäftigt haben, sind natürlich nicht alle einer Meinung. Für die einen lag der Sinn des Verkleidens darin, den jungen Mann von jeder weiblichen Essenz zu befreien, bevor er endgültig zum Erwachsenen wurde. Ich für meinen Teil denke, daß Winckelmann recht hat. Er meint, daß die Kostümierung einen positiven Wert hatte: jedes der beiden Geschlechter erhielt etwas von der Macht des anderen, bevor es den ihm bestimmten, spezifischen Weg einschlug. Der Knabe nahm auf der Schwelle zum Mannesalter seinen Anteil an weiblicher Natur in sich auf, und das junge Mädchen, das im Begriff war, sich in eine Frau zu verwandeln, bekam einen Anteil von der männlichen Natur. Und nun sagen Sie mir, war es mit Achilles anders?»

«Ah ja, Achilles! Es ist Zeit, daß wir wieder zu ihm zurückkehren.»

«Sie wissen ebensogut wie ich, was sich im zweiten Akt abspielt. Odysseus hat unter die Geschenke, die er vor den Töchtern des Lykomedes ausbreitet, auch ein Schwert gelegt. Und Achilles wirft bei diesem Anblick seine Leier fort und greift zur Waffe. Die Symbole sprechen doch wohl eine deutliche Sprache, meinen Sie nicht auch? Leier und Schwert haben um das Herz des Achilles gerungen wie die beiden Geschlechter, die in jedem menschlichen Wesen nebeneinanderwohnen.»

«Ich glaube mich daran zu erinnern», warf der Baron von Roccazzurra ein, «daß Odysseus etwas später den neuen, wieder zum Mann gewordenen Achilles mit . . . einer Schlange vergleicht.»

«Ja, Odysseus beglückwünscht den Helden und sagt, so schlüpfe auch die unter den Sonnenstrahlen erstarkte Schlange aus ihrer alten Haut. Du möchtest wohl gern, mein lieber Baron, daß ich unsere Damen mit ungehörigen Einzelheiten über das Bild der Schlange zum Erröten bringe, nicht wahr? Sie mögen nur beachten, daß diese Verwandlung im Leben des Achilles, geradeso wie die von Plutarch und Oppian aufgezeichneten Verkleidungsbräuche, zu einem bestimmten Zeitpunkt, nämlich am Ende seines Jünglingsalters, stattfindet. Die Sitten und Gebräuche seiner Zeit, die Anforderungen des Krieges, das Ansehen seiner Familie und alle die Zwänge des Erwachsenseins haben ihm keine andere Wahl gelassen. Wie aber unversehrt eine solche Entscheidung überstehen? Wie sich für das männliche Prinzip seiner Natur entscheiden und gleichzeitig der anderen, entgegengesetzten Hälfte die Treue halten? Dafür gab es nur ein Mittel: sich als Frau zu verkleiden, und kurz bevor er vor die Mauern von Troja geschickt wurde, als Frau zu leben...»

«Sehen Sie nur unsere arme Deidameia!» rief die Herzogin von Villamarino dazwischen. «Man möchte meinen, sie hätte verstanden, daß Sie, lieber Fürst, sie von dem Thron verjagt haben, von dem aus sie zu herrschen glaubte!»

«Meiner Treu, das ist ja wahr! Mit Ihren Ideen über die beiden Geschlechter, die sich im Innern eines Mannes bekämpfen, haben Sie Deidameia kurzerhand aus dem Herzen des Achilles vertrieben!»

«Ja, tatsächlich», fügte die Fürstin von Serracapriola hinzu, «sie scheint ganz aufgebracht zu sein. Ich glaube, sie wird nicht mehr lange auf ihrem Klappstuhl sitzen bleiben. Welch böse Blicke sie dem armen Herzog zuwirft, der es schon gar nicht mehr wagt, über die Bühne zu gehen. ‹Wenn er mir nur erlaubt hätte, meinen Affen mitzubringen! Mit meinem Affen hätte ich einen ganz anderen Eindruck gemacht! Anstatt wie ein Schaf hier zu sitzen und von niemand beachtet zu werden.›»

Nicht möglich! Als wäre zu ihr gedrungen, was die Fürstin gesagt hatte, stand die *prima donna* plötzlich auf. Sie gab ihrem kleinen Hündchen einen Tritt, daß er jaulend hinter den Kulissen verschwand, raffte ihre Schleppe auf und verließ hoch erhobenen Hauptes die Bühne, gefolgt von ihrer Mutter, die mit Fächer, Koloraturenbuch, Schminktöpfen und der Flasche Gurgelwasser eilig hinter ihr her trippelte.

«Ich habe den Eindruck, mein Lieber», sagte der Herzog von San Demetrio, nachdem sich alle wieder einigermaßen beruhigt hatten, «daß Sie zwischen diesen altgriechischen Bräuchen und der Tatsache, daß man heute bestimmte Rollen von Kastraten singen läßt, eine Verbindung sehen.»

«So ist es», sagte der Fürst.

«Aber was gibt es Gemeinsames zwischen dem damaligen Athen und unserem heutigen Neapel? Das möchte ich doch gern wissen. Ihnen zufolge hätte Achilles nicht seine Feminität herausgekehrt, wie er es auf Skyros getan hat, wenn er nicht gespürt hätte, daß der bevorstehende Krieg die Gegensätze zwischen den Geschlechtern vertiefen würde, indem er die Frauen in die Frauengemächer verwies und bei den Männern die militärischen Eigenschaften förderte. Aber, Don Raimondo, Kastraten gibt es in Neapel erst seit dem siebzehnten Jahrhundert, also erst nachdem die Spanier festen Fuß gefaßt hatten. Die Blütezeit der Kastraten fällt mit einer für das Königreich noch nie dagewesenen Epoche des Friedens zusammen.»

«Ja, die Spanier! Da haben Sie etwas ausgesprochen, was vielleicht des Rätsels Lösung bringt. Aber wirklich, ich will die Damen nicht mehr langweilen.»

Nein, nein, nun sagen Sie schon, was Sie meinen. Genug mit der Geheimniskrämerei!» sagte die Herzogin von Villamarino.

«Der Traum von einer ungeteilten Menschheit, die ewig jung und schön bliebe, dieser Traum wird immer stärker in Zeiten, in denen man weiß, daß man nicht mehr daran glauben kann. Achilles zog die Frauenkleider am Vorabend eines Krieges an, der die Männer dazu zwang, ausschließlich Krieger zu sein. Und wenn sich die jungen Griechen, wie Plutarch und Oppian berichten, noch im vierten Jahrhundert als Mädchen verkleideten, so taten sie es, meiner Meinung nach, als Antwort auf Platon. Hatte der große Philosoph von Athen nicht im *Gastmahl* den Mythos von der Entstehung der Menschen erzählt? Anfangs war die Erde nur von androgynen Wesen bewohnt. Sie bildeten jedes für sich ein harmonisches Ganzes, bis eine plötzliche Katastrophe sie aus diesem Glückszustand riß und sie alle in zwei Hälften geschnitten wurden. So entstanden Mann und Frau; so hat die Entwicklung der Menschheit begonnen. Und gerade der Bericht Platons über die dramatischen Umstände, die zur Teilung der Geschlechter und zur Unabänderlichkeit dieser Teilung geführt hatten, brachte die Jugend dazu, sich so lange wie möglich an die Verkleidungsbräuche zu klammern. Sie sollten die ursprüngliche Dualität ihrer Natur betonen.»

«Das mag richtig sein», sagte der Herzog. «Aber die Neapolitaner haben unter keinem Zwang gestanden, und sie lebten ganz friedlich vor sich hin, als sie zu ihrem Vergnügen – aus Langeweile und aus Lasterhaftigkeit – die Kastraten erfanden.»

«Der Traum von einer ungeteilten Menschheit!» Die Herzogin mußte lachen. «Nein, mein lieber Fürst, es ist zu komisch, Ihnen zuzuhören, nachdem eben der fette Pacchiarotti wie ein Elefant vor uns umherstolziert ist.»

Don Raimondo wollte gerade antworten, wahrscheinlich, um genauer zu formulieren, was er über die Spanier hatte sagen wollen, als der König aufstand und seine Loge verließ, ohne das Ende des ersten Aktes abzuwarten. Sofort brach auch die Gesellschaft auf und folgte dem Monarchen zu den Spieltischen im Foyer.

Die Spaghetti des Königs

Cimarosa, der sich in einer Fensternische verborgen hatte, legte einen Finger auf die Lippen. Seit vierzehn Tagen tat er sehr geheimnisvoll. Sein komisches Intermezzo *Livietta und Tracollo* sollte an diesem Abend zwischen den beiden Akten des *Achilles* aufgeführt werden. Ich ging auf ihn zu und wollte ihm Mut zusprechen: Wenn er sich vor einem neuen öffentlichen Wutanfall seiner Angela fürchtete, konnte er beruhigt sein Versteck verlassen, denn die von Feliciano in den Schatten gestellte Sängerin hatte jetzt sicherlich einen Nervenzusammenbruch und ließ sich von der Mutter, die für solche Fälle Riechsalz bereithielt, und vom Herzog von Cattolica umsorgen, der wegen des zu Hause gelassenen Affen ein schlechtes Gewissen hatte.

«Als ob es mir darum ginge», sagte Cimarosa.

«Was gibt es denn sonst?» fragte ich.

«Ich habe nicht genug Zeit gehabt, meine Musik zu Ende zu schreiben.»

«Was erzählst du da? Gestern war doch Generalprobe. Und

nichts hat gefehlt, die Sänger machten alle einen zufriedenen Eindruck.»
«Sie wissen es eben noch nicht», sagte er mit einem tiefen Seufzer.
«Was wissen sie nicht?»
«Daß ich die erste Arie der Livietta aus einem alten Zwischenspiel von Hasse abgeschrieben habe. Und daß die erste Arie des Tracollo aus der *Zigeunerin* von Rinaldo da Capua stammt und das Duo aus der *Kleinlauten Marquise*!»
«O je, Pergolesi, das ist unangenehm.»
«Die zweite Arie der Livietta habe ich von Vinci, und von Paisiello . . .»
«Auch Paisiello!»
«Paisiello auch!»
«Du hast Glück, daß der Hof der Aufführung beiwohnt.»
«Sonst wär ich verloren. Das Parkett würde unentwegt die Aufführung mit Bravorufen unterbrechen. ‹Bravo, Hasse!› – ‹Bravo, Rinaldo!› – ‹Wie inspiriert du heute bist, Pergolesi!› – ‹Du hast dich selbst übertroffen, Paisiello!›»
«Aber der König ist ja da. Du brauchst also nichts Derartiges zu befürchten.»
«Gewiß, aber es wird Zettel regnen. Und alle Welt wird darauf lesen können ‹Bravo, Pergolesi!› ‹Bravo, Paisiello!›. Und wie sitze ich dann da, an meinem Cembalo?»
«Ach, du wirst sehen, der König wird sich seine Spaghetti bringen lassen. Das tut er doch gewöhnlich um diese Zeit. Dabei wird weniger auf die Musik geachtet.»
«*Der fanatische Cartesianer*, meine letzte, viel besser geschriebene Oper ist durchgefallen, erinnerst du dich noch?»
«Natürlich! Kein Wunder bei dem Thema! Du kannst nicht erwarten, daß die Leute sich für eine Person erwärmen, die beweisen will, daß eine Katze nur ein Uhrwerk ist.»
«Übrigens: übermorgen heirate ich.»
«Du heiratest?» rief ich überrascht aus.
«Ja, die Köchin von Startuffo. Du ahnst nicht, wie gut ihre Fleischpasteten sind!»
«Und . . . weiß Angela das schon?»

«Bist du verrückt? Ich heirate, weil ich meine Ruhe haben will, und dazu ein warmes Bett und kleine Fleischpasteten.»

Um den König von den Spieltischen fortzulocken, mußte man ihm ankündigen, daß nun seine Spaghetti ins kochende Wasser geworfen würden.

Cimarosas schnelle, lebhafte Musik versetzte gleich mit den ersten Takten die Zuhörer in eine vergnügte Stimmung: meilenweit war man vom feierlichen Stil des *Achilles* entfernt. Wie unkompliziert! Wie natürlich! Da steht Livietta auf der Bühne, ein junges Mädchen vom Lande, das sich als Bauer verkleidet hat, denn sie will Tracollo, einen windigen Burschen, überlisten. Er steckt derweil in Frauenkleidern, weil er stehlen will. Livietta legt sich ins Gras und stellt sich schlafend. An ihrem Hals, an ihren Armen prangt falscher Schmuck. Tracollo, ein als schwangere Polin verkleideter Bassist, tritt auf und bittet um Almosen. In dem Augenblick, in dem er nach Liviettas Schmuck greift, springt diese auf und ruft um Hilfe. Er wird gefaßt. Sein Stammeln und Flehen ist um so komischer, als die Kehle, aus der diese Seufzer kommen, nur ganz tiefe, dunkle Töne hervorbringt. ‹Du hast nicht das Herz›, sagt er zu Livietta, ‹den Mann, der dich liebt, am Galgen zappeln zu sehen, wie ein Huhn, das man erwürgt.› ‹Doch, doch›, gibt sie zurück. ‹Es wird ein Heidenspaß sein, dich am Galgen zappeln zu sehen wie ein Huhn, das man erwürgt.›

Während die Schauspieler sich für den zweiten Teil umkleideten, wurde dem König eine große silberne Schüssel gebracht und vor ihm auf die Logenbrüstung gestellt. Seine Majestät nahm höchstpersönlich den Deckel ab und stocherte mit einer wappenverzierten goldenen Gabel in den Nudeln herum.

Sarah Goudar saß nicht mehr in ihrer Loge. Es war Don Manuele anzusehen, daß er Qualen litt: er glaubte zweifellos, sie sei irgendwo hinter den Kulissen oder im Künstlerzimmer mit Feliciano zusammen. Er ging auf den Gang hinaus, und ich folgte ihm, denn in diesem Zustand konnte man ihn nicht allein lassen. Kaum waren wir draußen, sahen wir Feliciano und Sarah auf Zehenspitzen den Gang entlangkommen wie Leute, die nicht gehört werden wollen. Sie hatten sichtlich Mühe, ihre Heiterkeit zu unterdrücken. Don

Manuele packte mich am Arm. Feliciano, der immer noch sein weißes Odysseus-Kostüm trug, ging vorüber, ohne uns einen Blick zuzuwerfen. Dann, ein paar Schritte von uns entfernt, legte er Sarah die Hand auf die Schulter und flüsterte ihr etwas ins Ohr. Sie blieb stehen, zog aus ihrem Busen einen angefangenen Brief und benutzte Felicianos Rücken als Schreibunterlage, um einige Zeilen hinzuzufügen. Danach faltete sie den Brief wieder zusammen, schob ihn wortlos Feliciano in die Hand, lächelte ihm verschmitzt zu und ging leichtfüßig zu ihrer Loge zurück.

Auch Feliciano lächelte, während er den Brief zwischen den Fingerspitzen hin und her wendete. Er spürte wohl, daß wir ihn beobachteten, aber er blickte nicht ein einziges Mal zu uns herüber. Schließlich ging er nachdenklich in Richtung auf die königliche oder eine der anderen Logen davon, die auf der gegenüberliegenden Seite des Theaters lagen ... vorausgesetzt, daß Sarah Goudar ihn tatsächlich gebeten hatte, irgendeinem Zuschauer eine Nachricht zu überbringen. Es war ja auch möglich – und ich merkte, daß Don Manuele von diesem für ihn so schrecklichen Gedanken nicht loskam –, daß die Nachricht für Feliciano selbst bestimmt war. Das allerdings würde bedeuten, daß der junge Mann den Umweg um das Theater herum nur machte, um ganz in Ruhe die Vorfreude auf ein in dem Brief versprochenes Rendezvous auszukosten, bevor er wieder in das Künstlerzimmer zurückging. Ich war wütend. Diese Qual hätte er Don Manuele wirklich ersparen können, auch wenn der Brief für ihn selbst bestimmt war.

Von einer plötzlichen Inspiration ergriffen, riß ich die Tür zu unserer Loge auf.

«Sehen Sie, Don Manuele, dort sitzt sie.»

Sarah Goudar thronte wieder vorn in ihrer Loge und blickte unverwandt zum König hinüber. Dieser war mit den Spaghetti beschäftigt, sein Gesicht mit Tomatensauce beschmiert. Er langte direkt in die Schüssel und wickelte die Nudeln um seine Gabel, brachte es aber nicht fertig, sie alle auf einmal in den Mund zu schieben. Die Enden der Spaghetti hingen auf sein Kinn herab. Er neigte sich über die Brüstung, als habe er Sorge, er könne sein Jabot aus Messinaspitzen beschmutzen, tatsächlich aber tat er es, um das Parkett und die Ränge zu belustigen. Er warf auch einmal einen

Blick auf Sarah Goudar, aber ohne nach seinem Opernglas zu greifen oder sich sonst durch ein auffälliges Zeichen interessierter zu zeigen als zuvor. Ich hatte gehofft, der Brief sei für ihn bestimmt gewesen, und wußte nun nicht mehr, was ich Don Manuele sagen sollte, der schweigend an seinen Fingernägeln kaute. Der zweite Teil des Intermezzos kam gerade zur rechten Zeit, um ihn aus seinen traurigen Gedanken zu reißen.

Diesmal ist Tracollo als Astrologe verkleidet. Livietta erkennt ihn, er aber versucht ihr einzureden, er sei nur der Schatten des Tracollo, der ungerächte Schatten des Erhängten, und suche eine gute Seele, die ihn in das Königreich des Acheron bringen könne. Livietta glaubt, er sei verrückt geworden. ‹Vielleicht bin ich zu weit gegangen› sagte sie sich, ‹hoffentlich entfleucht mir dieser Vogel nicht.› Schon lange hat sie mit dem Gedanken gespielt, ihn zu heiraten. Allerdings nur, wenn er aufs Wort gehorcht. Sie wird ohnmächtig oder tut jedenfalls so und sinkt in seine Arme. Tracollo ist überglücklich, daß sie ihn überhaupt noch haben will. «Wie ein Schaf seiner geliebten Schäferin, werd ich dir immer folgen, denn du hast mich am Bä-Bä-Bä-Bändel, für jetzt und immerdar.»

Diese animalische Lautmalerei war der einzige eigene Einfall von Cimarosa. Alles andere hatte er wirklich rechts und links aus den Werken seiner Vorgänger zusammengeklaubt. Nur die Anwesenheit des Königs hatte ihn gerettet. Die *lazzaroni*, die sich über die Brüstung der Ränge beugten, um den König essen zu sehen, und die *abbati* im Parterre, die damit beschäftigt waren, sich die aus der königlichen Loge herabgetropfte Sauce vom Finger zu schlecken, alle hatten sie vergessen, ihre Plagiatsvorwürfe in den Saal zu werfen.

Antonio Perocades konnte zufrieden sein: die kleine komische Oper des jungen Komponisten entsprach ganz dem neuesten Geschmack. Sie spielt in einer Straße von Venedig und nicht in einem griechischen Tempel; die Hauptfiguren waren weder Könige noch Prinzessinnen oder Kriegshelden, sondern ein Bauernmädchen und ein Dieb. Ihre Sprache war die Sprache der Fischer, Handwerker und Kutscher, hie und da sogar untermischt mit etwas neapolitanischem Dialekt. Für das Theater war eine neue Zeit angebrochen. Das Volk hatte die Bühne erobert. Und man konnte sich gut vorstellen, daß es sich von dort nicht so schnell wieder verdrängen lassen würde. Fast keine Vokalisen, kaum einige Koloraturen ... Die große Gesangskunst würde in diesen unverbildeten Kehlen lächerlich wirken. Das war Realismus: man machte den Mund nur auf, um etwas Bestimmtes zu sagen. ‹Wie bringe ich es fertig, dieses muntere Bauernmädchen mitsamt ihrem Schmuck zu heiraten?› fragt sich Tracollo. ‹Wie kann ich den errungenen Vorteil nutzen, um das Heft in der Hand zu behalten?› fragte sie Livietta. Jeder kann in diesem Kampf ums Dasein nur auf sich selbst bauen: das ist die Gleichheit der Freimaurer. Ein Mann und eine Frau versuchen sich recht und schlecht durchzuschlagen und sich so gutzustellen, wie es für Leute ohne Namen, ohne Vermögen und ohne Beziehungen möglich ist. Bei Metastasio hingegen ist man zunächst Prinzessin oder Königin, dann erst eine Frau.

Eine Frau? War Deidameia eine Frau? Tochter des Lykomedes, ja; Geliebte des Achilles, ja; aber eine Frau? Ein menschliches Wesen mit einem eigenen unabhängigen Willen? Ich verstand den Kummer der De Angelis. Während sie auf ihrem Klappstuhl vergeblich versucht hatte, sich bemerkbar zu machen, mußte ihr klargeworden sein, daß sie ohne ihren Affen und ohne ihre Papageien für niemanden mehr interessant war. Wo waren die Frauen bei Metastasio? Man vergleiche Aristea, die Tochter des Königs von Sikyon *(Olympiade)*; Dirke, die Gemahlin des Königs von Thrakien *(Demophon)*; Vitellia, die Tochter des Kaisers Vitellus *(La Clemenza di Tito)*; Marzia, die Tochter des Cato *(Cato in Utica)*; Cleophide, die Königin von Indien *(Alexander)*; Mandane, die Schwester des Artaxerxes *(Artaxerxes)*; Cleonice, die Königin von Syrien *(Demetrios)* und Dido, ja sogar Semiramis, mit den Dienstmägden eines Pergolesi, den Bäuerinnen eines Hasse, den Zigeunerinnen eines Rinaldo da Capua, den Wirtinnen eines Paisiello, mit der Livietta von Cimarosa, und sofort wird sichtbar, was den tragischen Heldinnen fehlt. Die Frauen aus der komischen Oper brauchen nicht vorgestellt zu werden. Es ist uninteressant, wessen Frau, wessen Tochter sie sind. Sie sind sie selbst. Sie sind aus eigener Kraft etwas geworden. Mit Unverschämtheit, gewiß, aber in erster Linie, weil sie Charakter hatten. ‹Das Vordringen der *opera buffa* auf Kosten der *opera seria* bedeutet nicht allein, daß sich das Volk die Bühne erobert hat, es geht noch um etwas anderes›, sagte ich mir, während ich darüber nachdachte, was Don Antonio vor kurzem bei der Gräfin Kaunitz ausgeführt hatte. Er war davon ausgegangen, daß es keine Kastratenrollen mehr geben würde, sobald die *opera seria* von der komischen Oper verdrängt worden sei. Es war also kein Zufall, daß Pergolesi, Paisiello und die anderen anstelle der kastrierten Stimmen, anstelle der Kunstfiguren natürliche Stimmen und echte Sänger forderten. Ja, gewiß: Realismus, Natürlichkeit... Das Trachten danach war überall zu spüren. Aber war da nicht noch etwas anderes? Ich sann darüber nach: In der *Serva Padrona* erobert sich eine Dienstmagd ihren Herrn. In der *Bäuerin* von Hasse umgarnt ein Landmädchen einen reichen Grundbesitzer. In der *Zigeunerin* von Rinaldo da Capua erzwingt eine Bärenführerin die Heirat mit einem wohlhabenden Kaufmann. War das nicht immer die gleiche Situation? Der Inhaber der Macht, der starke Mann, dessen tiefe Stimme (diese Rollen werden immer von einem Bassisten gesungen) seine Autorität und sein Prestige unterstreicht, dieser Mann wurde hintergangen, lächerlich gemacht und herabgesetzt. Diese Verspottung männlicher Autorität durch weibliche List und Koketterie war das Hauptthema aller dieser neapolitanischen Opern. Und wenn die wachsende Beliebtheit dieses Genres die Entwicklung der Sitten widerspiegelte, dann wurde mir begreiflich, warum die Zeit der Kastraten vorüber sein sollte. Sogar mit einer tiefen Stimme, mit einem Bart und allen sonstigen Attributen seiner Männlichkeit war der neue Mann, der Mann der modernen Zeit in den Händen der Frauen kaum mehr als ein Spielzeug. Warum sollte man in einer Zeit, in der die Frauen endgültig ihre Vorherrschaft in der Gesellschaft durchgesetzt haben würden, die Männer ein zweites Mal ihrer Männlichkeit berauben? Ein Jahrhundert, in dem die Frauen die Macht in Händen haben, braucht keine Kastraten mehr...

Ein Tumult in der königlichen Loge riß mich aus meinen Grübeleien. Deutlich hörte man die Stimme der Königin, die offenbar sehr verärgert war. Der König stieß plötzlich heftig seinen Sessel zurück und verließ, gefolgt von allen Höflingen, seine Loge. Wie wir später erfuhren, war der Brief, mit dem Sarah Goudar Feliciano fortgeschickt hatte, an den König gerichtet. Feliciano hatte ihn dem

Fürsten von Francavilla ausgehändigt, der wiederum auf eine Gelegenheit warten mußte, um ihn heimlich dem König zuzustecken. Dieser Brief nun, in dem sie sich alle möglichen Liebesdienste erbat, schloß mit den zwei eilig hingeworfenen Zeilen:
Ti aspettero nel medesimo luogo, ed alla stessa ora coll' impazienza medesima che ha una vacca che desidera l'avvicinamento del toro. («Ich erwarte dich am gleichen Ort und zur gleichen Stunde mit der Ungeduld einer Kuh, die den Stier herbeisehnt.»)
Der König hatte beim Lesen dieser Mitteilung so laut gelacht, daß die Königin Verdacht geschöpft und ihm den Brief aus der Hand gerissen hatte. Ohne Rücksicht auf alle Schicklichkeit hatte sie laut ausgerufen, sie werde dafür Sorge tragen, daß diese Kuh ab sofort nur noch außerhalb des Königreichs, dessen Königin sie sei, auf Stiersuche gehen könne ...
Don Manuele, der nicht ahnte, warum der Lärm entstanden war, nutzte den Aufbruch des königlichen Paars, um sich von Don Raimondo zu verabschieden. Er brachte nur mit Mühe einige höfliche Worte über die Lippen. Hätte man ihm in diesem Augenblick gesagt, wozu Felicianos Rücken gedient hatte, ich glaube, es wäre nicht einmal ein Lächeln über seine Züge gehuscht, so sehr war er in seinen wirren Gedanken befangen. Auch ich bat gerade, mich zurückziehen zu dürfen, als ein Bote meldete, daß der alte Herzog von Stigliano gestorben sei. Sofort wurde jemand ausgeschickt, um Feliciano zu suchen. Ich begleitete währenddessen Don Manuele zu seinem Palast. Und auf diesem Weg hat er mir dann den Plan auseinandergesetzt, der uns allen hätte Frieden und Glück bringen können, statt dessen aber die drohende Katastrophe nur noch schneller herbeiführte.

Ein Mann am Fenster

Einige Tage später fragte Don Manuele, ob Feliciano nun, da der alte Herzog von Stigliano verstorben sei, nicht bei ihm wohnen wolle, und Feliciano nahm das Angebot ohne Zögern an.

«Sehen Sie», sagte ich zu Don Manuele, «Sie glauben ganz zu Unrecht, daß er Ihnen nicht zugetan sei.»

«Er ist meinem neuen Titel zugetan. Durch den Tod meines Vaters bin ich Herzog geworden.»

«So etwas dürfen Sie nicht denken!» rief ich ärgerlich. «Wenn Sie so weitermachen, wird er Sie eines Tages hassen.»

«Porporino, willst du nicht auch zu mir ziehen? Deine Ausbildung ist so gut wie abgeschlossen. Mein Palast ist riesengroß und steht fast leer.»

Warum hatte er mich eingeladen? Es dauerte nicht lange, bis ich meine Ahnungen bestätigt fand. Der Palazzo Maddaloni lag am obersten Ende einer abschüssigen Gasse in Monte di Dio. Die vier Flügel waren um einen viereckigen Hof gebaut, den man durch einen Torbogen betrat. Don Manuele gab Feliciano ein Zimmer, das ein Fenster zur Gasse und ein anderes zum Hof hinaus hatte. Er ließ vor beiden Fenstern eine Lampe anbringen, und ein Diener, der jeden Abend unter dem Torbogen auf Feliciano warten mußte, bekam den Auftrag, ihn nach oben zu geleiten und die beiden Lampen anzuzünden. Das Zimmer von Don Manuele lag auf der anderen Seite des Hofes, Felicianos Fenster gegenüber. Ich wurde in einem Zimmer zwischen diesen beiden im dritten Flügel untergebracht.

Was der Herzog befürchtet hatte, traf bald ein. Feliciano war von bezaubernder Liebenswürdigkeit, wenn er sich im Palast aufhielt. Aber um der Wahrheit die Ehre zu geben, muß gesagt werden, daß er sich nur selten zeigte. Er stand morgens spät auf und verließ den Palast, ohne Bescheid zu sagen. Und oft kehrte er den ganzen Tag über nicht zurück. Was tat er während dieser Zeit? Die Nacht war schon lange angebrochen, und das Fenster auf der anderen Seite des Hofes war immer noch dunkel. Der Herzog saß in seinem Zimmer, blickte auf den Hof hinaus und wartete auf das Signal. Ich mußte mich zu ihm setzen. War es noch früh am Abend, unterhielten wir uns angeregt. Das Fenster gegenüber konnte jeden Augenblick hell werden. Selbst wenn Feliciano nicht käme, um uns einen guten Abend zu wünschen, könnte man an seine Zimmertür klopfen und vor dem Schlafengehen noch einige Worte mit ihm wechseln. Aber die nahe Kirchturmuhr verkündete eine Stunde nach der anderen, und der Diener zündete die Lampen nicht an. Don Manuele wurde immer einsilbiger. Allein das Schlagen der Glocken unterbrach schließlich die Stille. Bald würde es zu spät sein. Wenn er dann heimkam, war Feliciano so todmüde, daß er sich auf sein Bett fallen ließ und, ohne sich auszukleiden, sofort einschlief.

«Feliciano», sagte Don Manuele eines Morgens im Gang zu ihm, «man sieht dich gar nicht mehr.»

«Soll das ein Vorwurf sein, Don Manuele?»

«Wollen wir nicht wieder einmal zu Startuffo gehen?»

«Wo denken Sie hin! Ich arbeite an meiner neuen Rolle. Und überhaupt, zweimal im gleichen Fluß baden...»

«Du arbeitest... sogar noch abends... sogar nachts?»

«Don Manuele, wenn Sie mich hier untergebracht haben, um mich besser überwachen zu können, dann packe ich lieber gleich meine Sachen zusammen!»

«Nicht doch, Feliciano! Fühlst du dich hier nicht wohl?»

«Die Standuhr da drüben ist wirklich scheußlich, Don Manuele. Warum schicken Sie sie ihrem Uhrmacher nicht wieder zurück?»

Diese Ablenkungsmanöver waren auf die Dauer ermüdend, aber der Herzog ging immer wieder darauf ein.

«Man wird sich in Ihrem Salon bald schämen müssen; solche Vorhänge sind heute ganz unmodern. Sie lassen sich gehen. Wirklich, es macht keinen Spaß, das mit ansehen zu müssen.»

Diese wenigen Worte genügten, um Don Manuele eine Woche lang glücklich zu machen. Er ging von einem Geschäft ins andere und kaufte, in der Hoffnung, noch einmal zurechtgewiesen zu werden, alle häßlichen Dinge, die er auftreiben konnte. Aber Feliciano ging durch den Salon, ohne etwas zu bemerken. Er hatte inzwischen völlig vergessen, was er eine Woche zuvor über die Einrichtung seines Gastgebers gesagt hatte ...

Wenn wir abends am Fenster saßen, versuchte ich dem Herzog, so gut es ging, die Zeit zu vertreiben. Ich erzählte ihm die Neuigkeiten des Tages. Cimarosa, der mit seiner Köchin verheiratet war, hatte innerhalb von sechs Wochen seinen Leibesumfang verdoppelt. Er lag meist im Bett und arbeitete an seiner neuen Oper ... «Stellen Sie sich vor, Don Manuele, vor einigen Tagen war Generalprobe im San Carlo. Der erste Geiger spielte sehr schlecht, aber Mimmo hat nicht gewagt, etwas zu sagen, weil er in ihm den Barbier erkannt hatte, der ihn jeden Morgen rasiert, den Mann, der mit dem schrecklichen Messer seine Kehle entlangfährt ... Die Frau von Cimarosa hat ihrem Mann neue Pantoffeln gestickt ... und sie hat ein neues Rezept für gefüllte Koteletts erfunden ...»

Ich wollte den Herzog auf andere Gedanken bringen, aber alle diese Anekdoten hinterließen, ich weiß nicht warum, in meinem Mund einen bitteren Nachgeschmack. Plötzlich ging hinter Felicianos Fenster das Licht an. Don Manuele und ich hatten es zu gleicher Zeit gesehen und starrten schweigend zu dem erleuchteten Viereck hinüber. Ich spürte, wie falsch mein Geschwätz geklungen hatte. Nun waren wir auf unsere Weise glücklich: ich, weil ich immer am liebsten Zuschauer gewesen bin, und er, weil seine Qual ein Ende hatte.

Leider gewöhnte er sich sehr bald an, tagsüber in das leere Zimmer von Feliciano zu gehen, und davon hätte ich ihn abhalten sollen.

Das Zimmer wirkte unbewohnt. Wenn der Herzog geglaubt hatte, er könne Feliciano halten, indem er ihm eine Wohnung gab, mußte er tief enttäuscht sein. Jeder, der sich in einem Zimmer einrichtet, rückt wenigstens hier und dort ein Möbelstück an einen andern Platz, ordnet die Nippsachen anders, stellt eigene Dinge auf. Feliciano hatte sich nicht die Mühe gemacht, die vorgefundene Einrichtung nach seinem Geschmack zu verändern. Don Manuele öffnete einen Schrank: die Fächer waren leer. Der ehemalige Schüler des Konservatoriums hatte nicht einmal das Bündel aufgeschnürt, in dem er seine Sachen mitgebracht hatte. Ebenso kurz entschlossen wie er eines Tages gekommen war, hätte er jeden Augenblick davongehen und in Neapel verschwinden können. Der Herzog versuchte, ihn mit Geschenken an sich zu fesseln. Er legte ihm ein Paket aufs Bett. Am nächsten Tag war das Paket verschwunden. Und es war unmöglich herauszubringen, wo es geblieben sein mochte, ob es gefallen hatte oder ob es voller Verachtung weggeworfen, weiterverschenkt oder gar mit Gewinn verkauft worden war.

Don Manuele ging langsam im Zimmer auf und ab. Er strich mit der Hand über die Möbel, setzte sich in einen der Stühle. Ja, einmal streckte er sich sogar auf dem Bett aus. Kehrte erst bei Anbruch der Dunkelheit in seine Räume zurück. Was konnte ich tun, um ihn aus diesem Zustand herauszureißen?

«Legen Sie doch Ihre schwarzen Kleider ab.»

«Ich trage Trauer um meinen Vater.»

«Gehen Sie unter Menschen. Besuchen Sie Ihre Freunde.»

«So wie ich aussehe, mache ich allen Angst.»

«Auch Feliciano gefallen Sie so ganz gewiß nicht. Er mag Sie tausendmal lieber, wenn Sie vergnügt sind.»

Manchmal versuchte er sich aufzulehnen:

«Der Altersunterschied! Etwas anderes kann er gegen mich nicht einzuwenden haben. Aber genügt denn das? Ich weiß, daß er zwanzig Jahre jünger ist. Ja, und? Was nützen denn Don Raimondos Lehren, wenn man weiterhin an solche Dummheiten glaubt? Glaubst du noch daran, Porporino? Alter, Geschlecht – hat das für dich noch irgendeine Bedeutung?»

Das Geschlecht! Er wußte nicht mehr, was er sagte, der Arme, als er mir diese Frage stellte. Ich konnte es ihm nicht übelnehmen. Er tat mir nur leid. In seinen aussichtslosen Versuchen, die Liebe eines jungen Mannes zu gewinnen, der sein Sohn hätte sein können, war er wirklich Don Raimondo nicht unähnlich: Der Fürst, dem es gelungen war, Bienenwachs aus pflanzlichen Stoffen herzustellen und eine Materie zu finden, die brannte ohne zu verbrennen, der von Wasserpferden und einer nichtsinkenden Karosse träumte und außerdem jenem anderen Traum nachjagte, dessen finsterer, grandioser Wahnsinn sich bald enthüllen sollte, der Fürst zog gegen das Universum, ja gegen den Himmel zu Felde, so wie Don Manuele gegen die Regeln des Anstands und die Vorurteile der Gesellschaft aufbegehrte. Aber wer hätte daran gedacht, sich deshalb über Don Raimondo lustig zu machen? Gott allein weiß, welch gigantischen Kampf gegen die Schöpfung er geplant hatte, und man konnte sich gut vorstellen, daß dieser Kampf, der in den Kellerräumen des Palazzo San Severo unter geisterhaftem Blitzen begonnen hatte, sich nach dem Tode von Don Raimondo irgendwo in einem Winkel des Weltraums fortsetzen würde. Das Ziel hingegen, das Don Manuele vor Augen hatte, trat hinter seinen Worten nur zu deutlich zutage; er sagte, es sei engstirnig und phantasielos, die vom Alter gesetzten Grenzen zu respektieren, aber in Wirklichkeit dachte er: Wie gewinne ich Feliciano? Wie bringe ich es fertig, daß er meine Falten übersieht? Wie überzeuge ich ihn davon, daß zwischen ihm und mir kein Hindernis steht? Der Eigensinn, mit dem der Herzog sein Verhalten zu rechtfertigen suchte, wirkte auf mich wie eine verkleinerte, pathetische Ausgabe der genialen Utopie des Fürsten. Der Herzog kämpfte nicht gegen die tragische Begrenzung des Lebens, das von Geburt und Tod eingeengt und von der Zeit entstellt wird, er suchte nur nach einem Vorwand, um als dreiundvierzigjähriger Mann sich in ein Zimmer schleichen, sein Gesicht auf das Kopfkissen legen und nächtelang das Fenster eines jungen Mannes beobachten zu können, ohne damit etwas Ungehöriges zu tun.

Als Feliciano eines Nachts um zwei Uhr morgens noch nicht heimgekommen war, trug Don Manuele eigenhändig einen Stuhl herbei und stellte ihn in den Gang vor Felicianos Zimmertür. Dort wartete er. Er wollte mich zu Bett schicken, aber ich bestand darauf, bei ihm zu bleiben. Die finstere Entschlossenheit auf seinen Zügen beunruhigte mich. Feliciano kam bei Morgengrauen. Ihm voraus ging der Diener mit einem Leuchter. Feliciano sah uns von weitem, drehte sich auf der Stelle um und wollte davonlaufen. Aber Don Manuele war mit zwei Sätzen bei ihm. Feliciano wehrte sich nicht, im Gegenteil, er ließ den Kopf hängen wie ein geschlagenes Kind. Don Manuele nahm ihn bei den Schultern und schüttelte ihn. Er ließ es mit geschlossenen Augen geschehen. Sein Kopf fiel von einer Seite auf die andere. Konnte er ihn nicht gerade halten?

«Ich weiß nicht, was du verdient hättest!» sagte Don Manuele erregt.
«Befehlen Sie, ich werde gehorchen.»
Diese unerwartete Fügsamkeit machte den Herzog ärgerlich.
«Sieh mich an!»
Er hob Felicianos Kinn, wollte ihn zwingen, ihm in die Augen zu blicken. Feliciano ließ den Kopf in den Nacken fallen, hielt aber die Augen geschlossen.
«Sag mir, wo du dich so spät herumgetrieben hast? Bei wem? Was hast du gemacht? Antworte! Doch merke dir: Deine Zuneigung ist mir gleichgültig. Denk von mir, was du willst, das ist mir gleich!... Aber ich muß wissen, woher du kommst, wo du gewesen bist. Seltsame Leute, die sich so spät noch herumtreiben!»
Die Antwort kam wie eine Ohrfeige.
«Nicht so laut, bitte!»
Sprachlos wich der Herzog einen Schritt zurück. Feliciano ließ seinen Kopf auf die Brust fallen.
«Don Manuele...»
«Ja, was ist?»
«Ich muß sterben.»
«Das möchte ich sehen.»
Wie ein Stein ließ er sich zu Boden fallen, und zwar so plötzlich, so bewundernswert schnell, daß er zusammengerollt am Boden lag, ehe noch der Herzog eine Bewegung machen konnte. Das Gesicht in der Armbeuge verborgen, blieb Feliciano regungslos liegen.
«Hilf mir», sagte der Herzog.
Wir hoben Feliciano auf. Er ließ sich bis zum Stuhl tragen. Der Herzog machte noch immer ein böses Gesicht, aber ich merkte, daß er sich erweichen ließ.
«Wo bin ich?» fragte Feliciano und hob langsam die Augenlider.
Er erkannte den Herzog und drückte sich ängstlich gegen die Stuhllehne.
«Warum quälen Sie mich, Don Manuele?»
«Feliciano, du redest Unsinn. Geh jetzt schlafen. Wir werden morgen weitersprechen.»
«Es gibt kein Morgen mehr», sagte Feliciano seufzend.

Er sprach so leise, daß der Herzog sich zu seinem Mund hinabbeugen mußte.
«Bist du verrückt? Was soll das heißen?»
«Sie lieben mich nicht, Don Manuele. Niemand liebt mich. Sie sind böse zu mir, Sie mögen mich nicht leiden.»
«Was sagst du da! Du bist völlig durcheinander!»
«Ich bin alt. Und krank. Und müde. Ich werde sterben... Halt, nein!» rief er plötzlich. «Ich werde nicht in einem Hause sterben, in dem man mich nicht liebt!»
Was würde er sich noch einfallen lassen? Er stand auf, ging schwankend über den Gang, streckte die Hände aus, stieß gegen die Tür seines Zimmers, tastete nach dem Griff, öffnete, trat ein und ließ die Tür hinter sich weit offenstehen. Don Manuele stand wie versteinert an seinem Platz und blickte ihm nach.
Feliciano stieß wie ein Schlafwandler an verschiedene Möbel, und als er wieder in der Tür erschien, hatte er sein Bündel unter dem Arm. Er blieb einen Moment auf der Schwelle stehen, dann betrat er den Gang und ging in Richtung auf die Treppe davon.
«Wo geht er hin? Was ist mit ihm los? Er ist verrückt. Halt ihn fest!», flüsterte Don Manuele mir hastig zu.
Ich lief Feliciano nach. Spielte er Theater? Wollte er wirklich fortgehen? Ja, er hätte uns durchaus mitten in der Nacht verlassen können, sein Zimmer, uns, den Palast, Monte di Dio; er hätte sich auf gut Glück in den Gassen verlieren, vielleicht in ein Haus eintreten, sich bei einer unbekannten Familie einrichten können. Aber hätte er nicht auch hier vor uns sterben können, ganz plötzlich, hier zu unseren Füßen? Bei ihm war alles möglich...
Am Ende des Ganges wandte er sich um. Der Herzog sah ihn schweigend an.
«Bitten Sie mich, daß ich bleiben soll, Don Manuele?»
Don Manuele blickte zur Seite.
«Werden Sie nie wieder böse mit mir sein?»
Er ging langsam auf den Herzog zu.
«Ich habe ein besseres Herz als Sie, Don Manuele! Ich will Ihnen nicht weh tun. Ich bleibe.»
Und nun wurde ich Zeuge einer unglaublichen Szene: zwei Tränen liefen über die Wangen des Herzogs herab, und Feliciano

streckte die Hand aus, um sie fortzuwischen! Er hatte mir sein Bündel in die Hand gedrückt. Am anderen Ende des Gangs stand Gian-Giacomo, der Diener, kerzengerade, mit dem Leuchter in der Hand vor einem der runden Fenster.

«Sie müssen sich jetzt zur Ruhe legen», sagte Feliciano mit einer unglaublichen Selbstsicherheit zu dem völlig verstörten Herzog. «Es ist nicht gut für Sie, so lange aufzubleiben. Sie machen nichts als Dummheiten. Porporino», fügte er hinzu und wandte sich zu mir, «sei so nett und begleite Don Manuele. Der Herzog braucht jetzt Ruhe. Gian-Giacomo, geh mit dem Licht voraus!»

Dieses nächtliche Ereignis hatte ihr Verhältnis zueinander verändert. Der Herzog wagte nun nicht mehr, kurz nachdem der Diener die Lampe angezündet hatte, an Felicianos Tür zu klopfen, um ihm einen guten Abend zu wünschen. Er saß noch bis spät in die Nacht hinein still an seinem gewohnten Platz, wenn die Lampe schon lange wieder gelöscht und Felicianos Fenster dunkel geworden war. Wie oft bin ich bei ihm geblieben ohne es zu wagen, durch ein Wort oder eine Geste die Aura traurigen Glücks, die ihn umgab, zu durchbrechen. Welchen Träumen hing er nach? Warum legte er sich nicht zur Ruhe? Wozu verharrte er in dieser schweigsamen Wachsamkeit, wenn Feliciano doch schon fest schlief?

Eine neue Angewohnheit, die er annahm, sollte weit schlimmere Folgen haben. Er stand auf, verließ sein Zimmer und ging leise, eine brennende Kerze in der Hand, die Gänge entlang bis zu Felicianos Zimmer. Der Stuhl war seit der bewußten Nacht der Tür gegenüber stehengeblieben. Er stellte die brennende Kerze auf diesen Stuhl, öffnete vorsichtig die Tür, näherte sich auf Zehenspitzen dem Bett und betrachtete Felicianos vom fernen flackernden Lichtschein erleuchtetes Gesicht.

Feliciano hatte das Laken bis zum Kinn hinaufgezogen. Die im Schlaf entspannte Oberlippe stand wie bei einem kleinen Kind über die untere vor. Er lag auf dem Rücken. Unter seinen regelmäßigen Atemzügen hob und senkte sich seine Brust, deren Umrisse sich unter der dünnen Leinenhülle deutlich abzeichneten. Ich wußte, daß ich Don Manuele daran hätte hindern sollen, neben dem Bett zu bleiben, der Anblick konnte seine quälenden Phantasien nur noch anstacheln. Aber als ich leise hinter ihm an das Bett trat, wurde auch ich von der Schönheit des Gesichts ergriffen, das trotz seiner Ruhe von geheimem Leben erfüllt zu sein schien. Die langen blonden Wimpern auf der gebräunten Haut, die wirren Locken, die leicht bebenden Nasenflügel – das ganze Geheimnis von Jugend, Anmut und Hingabe wirkte im Licht der Kerze noch zerbrechlicher.

Eines Nachts, als sich Don Manuele an das Bett gesetzt hatte und mit aufgestütztem Kopf, den Rücken Feliciano zugewandt, vor sich hin grübelte, fühlte er eine Berührung an der Schulter. Der Herzog schrak zusammen. Feliciano blickte ihn ruhig an. Dann setzte er sich auf, reckte sich und lehnte sich an die Rückwand des Bettes. Das fallende Laken zeigte, daß er bis zur Taille nackt war. Ein seltsames Lächeln stand auf seinem Gesicht. Ich fragte mich, ob er wach sei.

«Nun, Don Manuele, es ist soweit.»

Der Herzog verstand nicht.

«Worauf warten Sie, um sich auszuziehen?»

«Feliciano ... Ich war gekommen, um dir gute Nacht zu sagen ... Wenn ich dich störe ...»

Er tat, als wolle er aufstehen, aber Feliciano zog ihn zu sich herab.

«Sie sind gekommen, um mir gute Nacht zu sagen? Wie können Sie nur! Ein reifer Mann kommt auf Zehenspitzen in das Zimmer eines schlafenden kleinen Jungen? ... Schämen Sie sich nicht ein bißchen? ... Schickt sich das? ...»

Während er so redete, knöpfte er Don Manuele das Hemd auf und zog es ihm von den Schultern. Don Manuele stand mit nacktem Oberkörper vor ihm.

«Und nun ... das übrige! Machen wir schnell ... Ach, Don Manuele», fügte er plötzlich mit schmachtender Stimme hinzu, «ich muß wirklich sagen, Sie haben mich lange warten lassen!»

Der Herzog griff, um Zeit zu gewinnen, nach seinem Hemd, aber Feliciano knüllte es zusammen und warf es mir zu. Don Manuele bemerkte mich.

«Nicht so ... nicht jetzt ...» murmelte er hastig.

«Nicht so? Nicht jetzt? Ach, Don Manuele, ich finde das alles wahnsinnig lustig. Doch, jetzt sofort! Sie brennen ja darauf! Nicht wahr, Porporino, er kann es gar nicht erwarten!»

Ich konnte mich nicht enthalten, scharf zu sagen:

«Feliciano, genug jetzt!»
«Du, Kleiner», gab er lachend zurück, «du brauchst gar nicht so ein Gesicht zu machen. Es ist bekannt, daß dich diese Dinge nicht interessieren. Du bist auf die andere Seite übergewechselt...»
Wie konnte er das sagen! Nach allem, was zwischen uns vorgefallen war!... Ich machte auf der Stelle kehrt und ging hinaus.
«Don Manuele brennt darauf, daß ich ihm diesen kleinen Dienst erweise! Beeilen Sie sich doch mit dem Ausziehen... Ich bin unmöglich, nicht wahr, Don Manuele? Ach, mir macht das alles einen Heidenspaß...»
Sein Lachen verfolgte mich bis an das Ende des Ganges. Ich will nicht behaupten, daß ich nicht eifersüchtig war, aber es war wie etwas Vergangenes, eine Erinnerung aus der Zeit des Konservatoriums, als ich mich die ganze Nacht im Fieber auf meinem Lager hin- und hergewälzt hatte.
Übrigens hätte mich das, was danach mit Don Manuele geschah, von jeder Eifersucht gründlich geheilt. Wenn er geglaubt hatte, daß diese Viertelstunde im Bett ihm ein Recht auf Feliciano geben würde, war er sofort grausam enttäuscht worden. Feliciano verschwand am nächsten Morgen. Tagelang setzte er keinen Fuß mehr in den Palast und ließ sich, als er dann schließlich zurückkehrte, immer nur für einige Augenblicke und zu den ungewöhnlichsten Zeiten sehen, war vergnügt und charmant und brachte Don Manuele damit vollends zur Verzweiflung. Feliciano ging ihm nicht aus dem Weg, warum auch? Er hatte Don Manuele nichts Wertvolles gegeben. Es war genau wie damals bei mir mit diesem einzigen Kuß, ich erinnerte mich noch genau. «Haltung, Haltung!» hätte ich Don Manuele jedesmal zurufen mögen, wenn er seine brennenden Augen auf Feliciano heftete. Er wagte kaum ein Wort an ihn zu richten, war wieder fast so schüchtern geworden wie früher, als er schweigend und unbeweglich im Strom der Passanten an der Ecke der Piazza dei Gerolomini gewartet hatte. Feliciano wirbelte zwischen den Möbeln im Salon umher, als hätte jene Nacht keinerlei Bedeutung gehabt, und der Herzog hätte nicht so deutlich zeigen dürfen, wie sehr sie sein Leben verändert hatte.

Er wurde, weiß Gott, wirklich verrückt. Er wagte es nicht mehr, am Fenster zu warten aus Angst, der Morgen könne anbrechen, ohne daß der Diener die Lampe angezündet hatte, und er wagte auch nicht mehr durch die Gänge zu schleichen, um nicht den Eindruck zu erwecken, er schleiche Feliciano nach. So schloß er sich in seinem Zimmer ein und stellte kindische Berechnungen an. Zum Beispiel zog er während einer Viertelstunde die Vorhänge vor seinem Fenster zu; lange genug, um sich einbilden zu können, Feliciano sei gekommen, habe das Licht gelöscht und sich schlafen gelegt. Danach konnte er dann beruhigt das Viereck des dunklen Fensters auf der gegenüberliegenden Seite des Hofes betrachten.

Kurzer Aufschub!

Bald darauf sagte er zu mir: «Du lügst» (ich hatte den Mund nicht aufgetan). «Er ist nicht zu Hause. Zieh wieder zu!»

Wenige Minuten später sprang er plötzlich auf.

«Schnell, zieh auf! Seine Lampe brennt vielleicht!»

Ich flehte ihn an: «Don Manuele!»

Was konnte ich ihm sagen? Was tun? Er weigerte sich, sein Zimmer zu verlassen. Wenn ich ihm vorschlug, er solle ausgehen, auf die Straßen hinausgehen, weil frische Luft ihm guttun würde, zuckte er nur mürrisch die Schultern. «Guttun, mir? Möchte ein Mann in meiner Lage sich etwas Gutes antun?»

Lange blieb er standhaft. Aber ich mahnte beharrlich, und als er endlich nachgab, ahnte ich nicht, daß ich im Begriff war, ihn in eine neue Falle zu treiben.

Unser erster Spaziergang fiel zusammen mit der beginnenden Hitze. Die Monte-di-Dio-Gasse führte direkt vom Palazzo Maddaloni bergab. Als wir unten angekommen waren, wandte der Herzog sich um, denn auch zu dieser Seite hin hatte Felicianos Zimmer ein Fenster. Fast wäre er umgekehrt. Ich zog ihn mit Gewalt hinter mir her. Die Kirchenuhr schlug ein Uhr. Vom Meer her fuhr ein Windstoß in die Haufen von Abfällen, die vor den Häusern lagen.

Wir schlenderten ziellos durch die Straßen. Wenn er nur müde in den Palast zurückkehrte, war schon etwas gewonnen. Jedenfalls anfangs hatte er, glaube ich, kein genaues Ziel, er wollte nur gehen, sich müdelaufen auf den zahllosen Treppen, in den steilen, zum

Meer hinunterführenden Gassen. Aber seine fixe Idee verfolgte ihn überallhin. Plötzlich packte er mich am Arm.

«Vielleicht ist er jetzt zu Hause? Vielleicht sitzt er allein und traurig am Fenster und denkt, daß auf den Herzog von Maddaloni kein Verlaß ist?»

«Um so besser! Soll er eifersüchtig sein.»

«Er wäre froh, wenn er mich loswäre!»

«Sagen Sie doch so etwas nicht, Don Manuele. Seien Sie nicht ungerecht!»

«Glaubst du wirklich, daß er mich ein wenig gern hat?»

«Er mag nicht sehen, wie Sie sich quälen.»

«Ja, das muß ich zugeben, bösartig ist er nicht.»

Er nickte mit dem Kopf und fügte hinzu:

«Man wird eines Menschen nicht überdrüssig, weil er kindisch, gedankenlos, selbstherrlich, launisch oder unberechenbar ist. Man wird seiner überdrüssig, weil er neidisch oder nachtragend ist. Wie ist es aber mit dem Egoismus, Porporino? Was meinst du?»

Leise sagte ich:

«Ich würde sagen, Don Manuele, daß Feliciano eigentlich nicht egoistisch ist.»

«Da magst du recht haben. Vielleicht wartet er auf mich. Vielleicht ist er traurig, weil ich fortgegangen bin, während er auf mich wartet.»

Dieser Gedanke gab ihm wieder Mut, und unsere Spaziergänge dehnten sich aus. Eines Abends gingen wir bis zur Piazza dei Gerolomini. Um diese Uhrzeit war das Portal des Konservatoriums geschlossen. Wir setzten uns auf die Stufen vor der Kirche und blickten schweigend vor uns hin. Plötzlich bog ein Mann leise um die Straßenecke und glitt wie ein Schatten an den Mauern entlang. Don Manuele sprang auf und lief ihm nach. Der Unbekannte wandte sich um. Eine Maske verbarg sein Gesicht. Er verschwand eilig in einer Nebengasse.

«Das war er», sagte Don Manuele atemlos, als er wieder vor der Kirche angelangt war.

«Sie konnten ihn doch gar nicht erkennen», sagte ich.

«Warum wäre er sonst davongelaufen, als er mich gesehen hat?»

«Don Manuele! Was sollte er denn mitten in der Nacht auf

diesem verlassenen Platz von Ihnen denken?»
«Pst! Hör doch!»
Ich lauschte. Kein Geräusch.
«Kommen Sie! Es ist doch ganz sinnlos, hier zu warten», fügte ich etwas unbesonnen hinzu.
«Aha!» rief er aus und schüttelte mich. «Du weißt also, wo er ist?»
«Nein, ich schwöre es Ihnen, Don Manuele ...»
Traurig ließ er den Kopf sinken.
«Und ... du ahnst es auch nicht?»
An jenem Abend wagte ich nicht zu antworten.
«Siehst du da oben das Fenster?» fragte er mich nach einer Weile. Er zeigte auf ein Dachfenster. «In dem Zimmer hinter diesem Fenster hat am 15. Juni 1590 Don Carlo Gesualdo, der Fürst von Venosa seine Frau, die Fürstin Maria von Avalos, zusammen mit Fabrizio Carafa, dem Herzog von Andria, ertappt. Am 15. Juni 1590...»
Er wiederholte das Datum mehrmals wie jemand, der mit seinen Gedanken ganz woanders ist.
«Seine Frau hatte ihn betrogen, verstehst du?»
«Und was tat der Fürst?»
«Er brachte seine Frau und den Herzog um. Er hat ihnen beiden eigenhändig das Schwert ins Herz gestoßen.»
Warum erzählte er mir diese Geschichte?
Wir gingen die Via dei Tribunali hinunter. Wenn er ein erleuchtetes Fenster sah, schlich sich der Herzog auf leisen Sohlen heran. Ein Schatten, der unseren Weg kreuzte, ließ ihn zusammenfahren. Als wir am Palazzo Sansevero vorüberkamen, blickte er suchend in die Kellerfenster. Vor Startuffo las er ein schmutziges Stück Kuchenpapier auf, knüllte es zusammen und steckte es in die Tasche. Wenn er noch wie ein Automat gehandelt hätte! Aber nein, er war trotz seines Wahnsinns bei klarem, bitterem Bewußtsein.

Jeden Abend, wenn wir ausgehen wollten, fürchtete ich, er werde den Wagen anspannen lassen und sich auf den Posillipo fahren lassen. Es war nicht schwer, sich die Szene auszumalen: das Haus der Goudar im Schatten der mächtigen duftenden Pinien, die lärmende Ankunft der von zwei galoppierenden Berberhengsten gezogenen Karosse; die herausstürzenden Bedienten, die den Schlag aufreißen; die erhobenen Köpfe der Anwesenden, die freudig den Neuankömmling begrüßen wollen; der schweigende Auftritt des Herzogs; sein finsteres Gesicht; seine suchend umherschweifenden unruhigen Augen; die Überraschung der Spieler; leise gewechselte Worte; kaum unterdrücktes Lachen; Sarah, die mit halbentblößtem Busen atemlos herbeieilt... Wer hätte beschwören mögen, daß er sich nicht im Grunde nach dieser Erniedrigung sehnte? Ja, vielleicht hoffte er, wenn er sich mit hastigen Schritten einem Fremden an die Fersen heftete, bis dieser davonlief, daß er damit die Aufmerksamkeit der Wache erregen und wie ein Dieb festgenommen werden würde.

Er ging auch auf Landstreicher zu, die in ihre Lumpen gehüllt im Freien schliefen, und drehte sie um, damit er ihnen ins Gesicht sehen konnte. Mir wurde immer angst bei dem Gedanken, einer von denen, die der Herzog mit fiebernder Hand aus dem Schlaf gerissen hatte, könnte eine nächtliche Bande von Bettlern gegen ihn aufhetzen.

Gewiß, Feliciano hätte recht gut aus Trotz, aus einer Laune oder auch aus einer plötzlichen Verachtung für das Wohlleben heraus sein Bündel in einen Hauseingang werfen und mit dem harten Straßenpflaster als Schlafstätte vorliebnehmen können. Aber es war tausendmal wahrscheinlicher, daß er sich an den Spieltischen im Salon der Goudar vergnügte, während wir ihn unter den Bettlern suchten. Ich weiß nicht, wie lange Don Manuele der Versuchung, die Pferde anspannen zu lassen, noch widerstanden hätte, wäre nicht ein anderes, unvorhergesehenes Ereignis eingetroffen. Eines Abends waren wir auf dem Heimweg, als der Herzog am Fuße der zum Palast emporführenden Gasse plötzlich stehenblieb. Das Fenster dort oben war erleuchtet! Ja, die beiden Kerzen brannten weithin sichtbar nebeneinander. Als der Herzog sich wieder gefangen hatte und die Straße hinaufeilen wollte, beugte sich hinter dem Fenster ein Schatten über eine der Lampen, dann über die andere; beide Lichter erloschen. Don Manuele war untröstlich.

«Er hat auf mich gewartet! Diese beiden Lampen waren ein Signal! Ein Ruf! Ich habe ihn enttäuscht. Er hat die Lampen gelöscht, sobald er mich gesehen hat. Das werde ich mir nie verzeihen!» ...

Ich konnte mir noch soviel Mühe geben, den Herzog zur Vernunft zu ermahnen, er beschloß, den Palast nicht wieder zu verlassen. Von neuem verbrachten wir unsere Nächte damit, das gegenüberliegende Fenster zu beobachten. Und wieder brach der Morgen an, ohne daß der Diener die Lampen angezündet hatte. Don Manuele wußte nicht einmal, worauf er eigentlich wartete. Er hoffte nicht mehr, er siechte dahin. Wenn er den Mund aufmachte, wiederholte er ganz mechanisch immer die gleichen Sätze.

«Lösch die Lampe aus! Wenn er heimkommt und mein Fenster erleuchtet findet, wird er sich ärgern, daß ich auf ihn gewartet habe.»

Nach einer Weile:

«Zünde die Lampe an! Er wird glauben, ich habe ihn im Stich gelassen und sei spazierengegangen.»

Ich löschte aus, ich zündete an. Es wurde unerträglich. Und doch hätte ich ihm unter keinen Umständen gestatten dürfen, jener neuen Laune mit der Familiengruft nachzugeben – es war die letzte, bevor die Katastrophe über uns hereinbrach.

Die Kapelle ging auf den Hof hinaus. Hinter dem Altar führte eine Wendeltreppe hinab in die Krypta. Fußboden und Wände waren hier mit schwarzem Marmor ausgelegt. Mir war unheimlich zumute. Don Manuele hob die Lampe, um die Sarkophage in den Nischen zu beleuchten. Bleiche Gesichter blickten mit strengen Mienen auf uns herab. Der Sarkophag des letzten Herzogs, des Vaters von Don Manuele, war noch schmucklos. Ich wagte es nicht, als erster den Mund aufzumachen. Was wollte Don Manuele hier? Anfangs hatte er mir gesagt, ihn beschäftige die Frage, wie er die letzte Ruhestatt seines Vaters angemessen ausschmücken könne. Die besten Bildhauer von Neapel arbeiteten damals für Don Raimondo an der Neugestaltung der Kapelle von Sansevero. Und wie alle seine Unternehmungen umgab er auch diese mit geheimnisvollem Schweigen. Er hätte den Künstlern, die für ihn arbeiteten, niemals erlaubt, gleichzeitig einen anderen Auftrag anzunehmen. Ich war der einzige, der die Baustelle betreten durfte, und ich ging einen um den andern Tag gegen Abend dorthin. Ob Don Manuele gehofft hatte, ich könnte Don Raimondo umstimmen? Die Tage oder vielmehr die Nächte vergingen, aber der Herzog machte nicht die geringste Andeutung in dieser Hinsicht.

Kaum war die Sonne untergegangen, stiegen wir in die Krypta hinab. Don Manuele begrüßte langsam nacheinander seine an der Wand aufgereihten Ahnen. Vielleicht suchte er Halt in dem Bewußtsein, einer alten Familie anzugehören. Hatte Feliciano ihm nicht eines Tages gesagt: «Wenn man ein Maddaloni ist, erniedrigt man sich nicht derart vor einem jungen Mann»? Don Manuele stellte die Lampe in einen Winkel der Nische, in der der Sarkophag seines Vaters stand. Dann setzte er sich mit dem Rücken zur Wand ein wenig vornübergebeugt mit gekreuzten Armen und gesenktem Kopf auf den Boden. Eine Viertelstunde verging. Welche Gedanken mochten ihn quälen? Von Zeit zu Zeit griff er unvermutet zur Lampe, hastete die Treppe hinauf, lief durch die Kapelle und blieb erst stehen, wenn er das Fenster von Feliciano sehen konnte. So eilten wir wohl zwanzigmal in der Nacht hinauf und wieder hinunter. Der Herzog, der den Palast nicht verlassen, aber auch nicht im Zimmer sitzen und vergeblich auf das Signal warten wollte, gab sich lieber der Illusion hin, daß er das Fenster erleuchtet finden würde, nachdem er eine Viertelstunde in der Krypta verbracht hatte.

Wenn mich irgend etwas warnte, dann war es die Art, wie er die Schultern hochzog, wenn er sich, unter dem Sarg seines Vaters sitzend, an die Wand lehnte. Zunächst verstand ich nicht, welchen Zusammenhang es zwischen Feliciano und den seltsamen Fragen geben könnte, die Don Manuele mir stellte.

«Gefällt dir Caterina Gabrielli als Sängerin?»

«Als Sängerin?» sagte ich und betonte jede Silbe, «als Sängerin ist sie die Größte.»

«Ah!»

Hatte ich ihn verletzt? Aber nein, die Frage war offenbar nur als Einleitung gedacht, denn er fragte sofort weiter:

«Sie ist doch blond, oder täusche ich mich?»

«Don Manuele, ich meine, sie hat dunkles Haar.»

«Glaubst du?»

Er blickte mich so seltsam an, daß ich schnell hinzufügte:

«Oh, wissen Sie, wie soll man da sicher sein. Sie trägt doch immer Perücken.»

Jedesmal lenkte er jetzt das Gespräch auf die Gabrielli, jede Nacht, am gleichen Ort, im Dunkel der Krypta, unter dem Sarkophag seines Vaters. Ich mußte die Rollen aufzählen, die sie gesungen, die Kostüme beschreiben, die sie getragen hatte. Mit welchen Sängern trat sie am liebsten auf?

«Gaspar Pacchiarotti, Giuseppe Aprile, Allessandro Tenducci.»

«Venanziano Rauzzini», berichtigte er mich scharf.

«Don Manuele, quälen Sie sich doch nicht mehr damit. Sie haben getan, was Sie tun konnten. Es war Schicksal.»

«Ja, es war wohl Schicksal!»

Ein unglücklich gewähltes Wort.

«Don Manuele, finden Sie es hier nicht erstickend? Diese Dunkelheit, die Gräber ...»

Er blickte mich betrübt an, als habe ich etwas Dummes gesagt. Ich fügte dann schnell hinzu:

«Im Grunde bin ich ganz gern hier ... ich fürchte nur, daß Sie in einer solchen Umgebung alles nur noch schwärzer sehen ...»

Er hatte nicht zugehört und fragte unvermittelt:

«Bist du sicher, daß sie nicht blond ist? Ich sehe sie mit blonden Locken vor mir ... Erinnerst du dich noch an ihren Gang? Mit drei Sätzen stand sie mitten auf der Bühne.»

«Das verwechseln Sie mit Feliciano!» entfuhr es mir.

«Mit Feliciano?»

Er schien aus seinem Traum zu erwachen.

«Warum hat mein Vater sie so geliebt?» sagte er langsam und so leise, daß ich ihn kaum verstehen konnte. «Er hat gut daran getan zu sterben. Er hat sich doch sterben lassen, nicht wahr?»

«Sie haben nicht das Recht, so etwas zu sagen», protestierte ich.

«Doch, doch, er hat sich sterben lassen.»

«Don Manuele!»

Er blickte auf, als ob ihm etwas eingefallen wäre.

«Erinnerst du dich noch an den Tag, an dem ... Caterina Gabrielli meinen Vater ... endgültig verlassen hat?»

«Auf dem Empfang der Gräfin Kaunitz wurde von nichts anderem gesprochen.»

«Ach so, und vorher?»
«Vorher?»
«Seit wann . . . ich meine, seit wann trafen sie sich?»
«Rauzzini und sie?»
Ohne auf meine Frage zu achten, fuhr er fort:
«Ich überlege mir, wieviel später ich . . . Feliciano kennengelernt habe. War's lange nachdem sie zusammen fortgegangen sind?»
«Wo ist da ein Zusammenhang?» fragte ich unbesonnen. «Sie haben eines Tages zufällig an der Ecke der Piazza dei Gerolomini gestanden . . .»
«Aber das war doch nach dem Konzert, nicht wahr?»
«Nicht viel später, Don Manuele.»
«Das ist eigenartig. Das war mir noch gar nicht aufgefallen.»
«Und jetzt machen Sie sich Vorwürfe, weil Sie meinen, Sie hätten versuchen sollen, Ihren Vater zu rächen, anstatt . . .»
Ich hielt rechtzeitig ein und fügte schnell hinzu:
«Wie der Fürst von Venosa, von dem Sie mir erzählt haben.»
Lebhaft fuhr er auf: «Aber nein! Mein Vater hätte nie von mir verlangt, daß ich die Schuldigen töten solle. Solche Gedanken waren ihm ganz fremd!»
«Ja, warum ist denn dann der Zeitpunkt so wichtig, an dem Sie Feliciano getroffen haben?»
«Das kannst du nicht verstehen.»
Und dann leise:
«Es gibt so viele Arten, seinem Vater treu zu sein . . . Wäre Feliciano mir vor dem Konzertabend überhaupt aufgefallen?»
Sein Vater . . . Ja, er wurde seinem Vater von Tag zu Tag ähnlicher. In seinen Bewegungen, seiner Steifheit, seinem Schweigen. Ich war fast erleichtert, wenn er sich dann plötzlich aufrichtete und die Treppe hinauf bis in den Hof lief. Leider tat er es immer seltener. Es war, als hindere eine unsichtbare Macht ihn daran, seinen Platz an der Wand im Schatten des väterlichen Sarkophags zu verlassen. Er schien jetzt kaum noch an Feliciano zu denken. Er fragte mich weiter nach Caterina Gabrielli. Besaß sie Hunde und Papageien? Und so fort, eine Reihe zusammenhangloser Fragen, deren eigentlicher Sinn mir unverständlich blieb und die mich das Schlimmste fürchten ließen.

Orpheus

Der Entschluß, die neue Saison des San Carlo mit dem *Orpheus* von Gluck zu eröffnen, entfachte in Neapel von neuem den Streit um die Kastraten.

Bei der Uraufführung in Wien vor zehn Jahren war Gaetano Guadagni, ein Kastrat, in der Hauptrolle aufgetreten. Für die an der Pariser Oper auf französisch gesungene Fassung aber hatte Gluck die Rolle umschreiben und auf einen Tenor zurückgreifen müssen, da Kastraten auf französischen Bühnen nicht auftreten durften. Für welche Version würde man sich nun in Neapel entscheiden? Die Stadt war in zwei Lager gespalten. Antonio Perocades erklärte, die Wahl eines Tenors als Gemahl der Eurydike würde der zivilisierten Welt beweisen, daß auch Neapel im Zeitalter der Aufklärung endlich zu einer modernen Stadt geworden sei.

Abbé Galiani verkündete, heftig mit seinen kleinen Armen rudernd, in allen Salons, daß er sich in seine Abtei bei Amalfi zurückziehen und sich von seinen Landsleuten endgültig lossagen wolle, wenn sie sich diese Gelegenheit entgehen ließen, einen Mann in einer Männerrolle auftreten zu lassen. Er habe in Paris mehr als genug unter den ständigen Fragen des Präsidenten de Brosses zu leiden gehabt, warum die Italiener wohl eine solche Vorliebe für Kapaune hätten!

Der Herzog von San Demetrio, der Fürst von Caramanico und der Herzog von Serracapriola, die Großmeister der neapolitanischen Logen, machten sich anheischig, mit Unterstützung der Königin die Wahl eines Tenors beim Theaterdirektor durchzusetzen.

Dieser jedoch wollte einen Kastraten engagieren, um den *lazzaroni* auf den oberen Rängen gefällig zu sein und aus Angst vor den *abbati* im Parkett. Unterstützt wurde er dabei von fast allen Musikkennern. Die Komponisten machten geltend, daß man es dem Maestro gegenüber an Ehrerbietung fehlen lasse, wenn man nicht die Originalfassung seiner Oper aufführe.

Aber davon abgesehen: Wo wäre denn ein Tenor zu finden, der eine solche Hauptrolle mit allen Trillern, Koloraturen und Verzierungen singen könnte? In Neapel gewiß nicht, wahrscheinlich in ganz Italien nicht, denn diese Stimmlage wurde nicht sehr geschätzt. Sollten die neapolitanischen Sänger deshalb vielleicht mit einem Franzosen oder Deutschen zusammen auftreten? O nein, vielen Dank, dazu würden sie sich nicht hergeben!

Die Damenwelt war entschlossen, lieber ihre Logen nicht zu betreten, als einer Aufführung ohne Kastraten beizuwohnen. Die Fürstin von Belmonte bildete sich ein, den König für die Kastraten gewinnen zu können. Sie lud die feine Gesellschaft in ihren Palast und bat den Fürsten von Sansevero, ihr Anwalt zu sein. Man hörte sogar, sie hätte, allen gesellschaftlichen Regeln zum Trotz, Sarah Goudar eingeladen. Der König hatte versprochen zu kommen. Was aber würde sein, wenn er in Begleitung der Königin kam? Welch entsetzlicher Skandal!

Ich sah an diesem Abend zum erstenmal die Herzogin von Sanfelice. Mit ihrem makellosen, alabasterweißen Hals, mit der Kühnheit ihres Ausschnitts, der Lebhaftigkeit ihrer Bewegungen und mit einem für eine Sechzehnjährige ungewöhnlich entschlossenen Auftreten zog sie alle Blicke auf sich.

Das Herrscherpaar, das man gegen zehn Uhr erwartete, erschien nicht. Und um ein Uhr nachts gab Don Raimondo schließlich den Bitten der Fürstin nach.

Er sei wirklich erstaunt, sagte er, vom Herzog von San Demetrio zu hören, daß die Besetzung der Hauptrolle mit einem Kastraten die dramatische Wahrheit einer Dichtung zerstöre. Der *Orpheus* von Gluck sei vielleicht der einzige Fall in der ganzen Operngeschichte, wo eine solche Wahl nicht nur der Wahrscheinlichkeit keinen Schaden zugefügt habe, sondern dem besonderen Wesen der Figur, ihrer innersten Wahrheit durchaus entspreche.

Alle Anwesenden wüßten, fuhr Don Raimondo fort, daß Gluck die italienische Oper reformieren und mehr Menschlichkeit, mehr Wärme, mehr Gefühl in eine Kunst habe einführen wollen, die bis dahin ausschließlich als Ohrenschmaus gedacht war. Sie alle wüßten auch, daß der 1762 in Wien uraufgeführte *Orpheus* in den Augen des Ritters von Gluck eine Demonstration sein sollte, ein

Protest gegen die reine Kunst, und damit auch gegen die Kunst der Sopranisten. Niemand könne ihn also verdächtigen, er habe den Kastraten Gaetano Guadagni aus Rücksicht auf die Mode, aus Angst vor dem Publikum oder aus Angst vor dem Fiasko gewählt. Man müsse die Wahl eines Kastraten vielmehr als eine realistische Wahl ansehen; als eine Wahl, die nicht der Sorge um die Virtuosität, sondern dem Bemühen um die Wahrheit entsprungen sei. Der Abbé Galiani hebe spöttisch die Augenbrauen? Don Antonio schürze verächtlich die Lippen? Sie möchten dennoch die Güte haben, ihm einige weitere Minuten lang ihre Aufmerksamkeit zu schenken.

Man könne natürlich, in der Gestalt des Orpheus vor allem, den Mann, den Gemahl, den Witwer, den Helden eines menschlichen Geschehens sehen; man könne ihn aber auch in erster Linie als Künstler, als Dichter, als Magier der Töne begreifen, dessen Musik eherne Naturgesetze umstieß, den Tieren Tränen entlockte und die Bäume des Waldes in Bewegung versetzte. Darüber hatte Gluck nachgedacht – und sich entschieden. Hätte er die Rolle einem Tenor anvertraut, dann hätte er in Orpheus den Vorkämpfer für die eheliche Treue gefeiert, seine Eigenschaft als Geliebter, als Mann hervorgehoben. Mit der Wahl eines Kastraten habe er gezeigt, daß er sich mehr für den Sänger und dessen göttlichen Auftrag interessierte als für den Menschen und seine irdische Geschichte. Wie aber sollte man sich das Wesen vorstellen, das Felsen zum Weinen brachte, Berge erbeben ließ und durch seine unglaubliche Macht alle den Menschen gesetzten Grenzen überwand: als Mann oder als Frau, jung oder alt? Wie sollte man ihn einordnen, wie ihm eine Identität, bestimmte physische und seelische Züge geben?

«Die Sopranstimme des Orpheus entstellt ihn nicht, sie zeigt an, daß er über der Natur steht. *musico* – Musiker: hier entsprechen die Wörter wirklich einmal einer tiefen Wahrheit.»

Don Raimondo sah wohl, daß nicht alle überzeugt waren. Wieso? Wenn jemand als das Symbol für männliche Gradheit in die Legende eingegangen sei und den Liebhabern und Ehemännern als Vorbild dienen könne, dann sei es doch wohl Orpheus? Seine männliche Natur sei nicht deutlich genug zum Ausdruck gekommen? Nun ja, er für seinen Teil bezweifle, daß diese Natur so ausschließlich männlich, und er bezweifle auch, daß man in der Antike so sehr davon überzeugt gewesen sei. In einer der Darstellungen von Orpheus' Tod komme die unbestimmte Natur des Halbgottes deutlich zum Ausdruck. Die Bacchantinnen hatten sich in ihrer Wut auf den untröstlichen Gemahl der Eurydike gestürzt und ihn in Stücke gerissen, weil er sie abgewiesen und ihre Reize verschmäht hatte, denn seit er Witwer war, hatte er auf jegliche Liebesbeziehung zu Frauen verzichtet. Man könne nun natürlich behaupten, daß er der Erinnerung an Eurydike treu bleiben wollte. Aber wenn man Ovid lese, könne man auch zu einer ganz anderen Auffassung kommen. Orpheus hatte mit seiner Leier die Reize des Ganymed und den Charme des Hyakinthos gepriesen und dadurch in Griechenland die Liebe zu den schönen Jünglingen verbreitet. Dies alles sage er aber nicht, um etwas anzudeuten, was er keineswegs im Sinn habe. Der Fürst von Francavilla, der sich mit seinen nackten Pagen vergnüge, dürfe sich keineswegs auf Orpheus berufen! Orpheus hatte Eurydike geliebt, und er liebte sie weiterhin, er war auch nach der Trennung ihr Gemahl geblieben. Aber sei das denn so schwer zu verstehen? Orpheus war gleichzeitig männlicher und weiblicher Natur, er war weder an das eine noch an das andere Geschlecht gebunden; und niemand hatte das Geheimnis dieser zweideutigen Natur besser ergründet als Gluck. Zweideutig, also zwiefach; eine Natur, die in zwei Richtungen strebte, welche einander eigentlich ausschließen.

«Verstehen Sie nun? Orpheus hatte eine Natur, die nicht den Beschränkungen unterlag, die sonst jedem einzelnen durch die Zugehörigkeit zu einem einzigen Geschlecht auferlegt werden.»

Antonio Perocades antwortete mit einigen kurzen Sätzen. Dem Ritter von Gluck habe es vielleicht nicht an Vorwänden gefehlt. In Neapel aber könne die Wahl eines Kastraten für die Rolle des Orpheus nur die eine Bedeutung haben, daß man sich vom Belcanto nicht lösen und damit das Königreich wieder einmal aus dem Kreise der Kulturnationen ausschließen wolle.

Der Herzog von San Demetrio nickte zustimmend, und Abbé Galiani verkündete laut und vernehmlich, daß Paris mit gutem Beispiel vorangegangen und die Frage somit entschieden sei. Würde das San Carlo als einziges Theater in Europa dem Publikum weiterhin so alberne Aufführungen bieten?

Die Fürstin von Belmonte verwahrte sich gegen diese abfällige Kritik. Der Baron de Breteuil warf eilfertig ein, auch er sei mit dem gleichen Vorurteil nach Neapel gekommen, aber der Zauber der herrlichen Stimmen habe es dahinschmelzen lassen.

Der Herzog von San Demetrio machte Don Raimondo darauf aufmerksam, daß er selbst den *Orpheus* von Gluck als eine Ausnahme bezeichnet habe; damit wolle er doch wohl sagen, daß auch er in allen anderen Opern das Auftreten dieser unglücklichen Figuren für einen unglaublichen Anachronismus, für unpassend und absonderlich halte?

Alle Anwesenden mußten über die arglistige Frage lächeln.

«Nein», gab der Fürst ruhig zur Antwort. «Wenn die Verwendung von Kastraten sich im Hinblick auf die Wahrheit und den Realismus bei allen Opern ebenso rechtfertigen ließe wie im *Orpheus* von Gluck, dann würde ich mich kaum für diese Art Sänger, für die Probleme, die sich im Zusammenhang mit ihnen stellen, und für den Zauber, der von ihnen ausgeht, interessieren. Nein, mich beschäftigt vielmehr die Frage, warum Neapel – Italien, ganz Europa, aber vornehmlich Neapel (das sogar ein Konservatorium für sie eingerichtet und ihre Ausbildung zu einer Art neapolitanischer Spezialität gemacht hat) –, warum dieses Neapel einen solchen Kult mit Menschen treibt, die eine Herausforderung an alle Logik und an den guten Geschmack sind und die jeder Glaubwürdigkeit entbehren. Das neapolitanische Volk ist nicht dümmer als andere. Und es bedurfte auch nicht der Predigten der Freimaurer, Don Antonio, um zu merken, daß seine Helden dem gesunden Menschenverstand widersprechen.»

«Ja, und?» fragte Perocades.

«Es ist darum anzunehmen, daß der Grund für den Erfolg der Kastraten eher in einem versteckten Bedürfnis ihrer Bewunderer zu suchen ist und nicht so sehr in ihrer Kunst. Finden Sie es nicht seltsam, daß man nie versucht hat, sich dieses Bedürfnis zu erklären?»

Die Damen rückten ihre Sessel näher. Die umstehenden Herren klappten ihre Tabakdosen zu und folgten der Diskussion mit größerer Aufmerksamkeit. Man erwartete zwar, etwas Ungewöhnliches zu hören, aber nach den ersten Worten von Don Raimondo waren dennoch alle völlig verblüfft.

«Verzeihen Sie», sagte der Fürst, «wenn ich Ihnen zunächst eine ... etwas heikle Frage stelle: Italien gilt als das Land, in dem der Kult der Männlichkeit und des sexuellen Stolzes die Beziehungen zwischen Mann und Frau bestimmt. Wie verträgt sich diese Vorstellung mit der mehr als zweihundert Jahre alten Herrschaft der Kastraten, die sowohl vom Volk wie von den Mächtigen des Landes angebetet werden?»

Ein undeutliches Gemurmel wurde laut. Aber Don Raimondo hob die Hand, um Einwänden zuvorzukommen: ‹Im Altertum durften Frauen nicht auf der Bühne auftreten, ihre Rollen wurden also Männern übertragen. Und da den ersten italienischen Opernkomponisten die griechischen Tragödien als Vorbild dienten – so heiße es seit jeher –, hätten weder Jacopo Peri noch Claudio Monteverdi eine andere Wahl gehabt. Außerdem hätten auch die Päpste den Frauen das Auftreten in einem Theater verboten. Und so weiter, und so fort. Er habe bereits die Ehre gehabt, alle diese Argumente zu widerlegen, um die Neugier des jungen Mozart zu befriedigen. In Wahrheit müsse man zugeben, daß die italienische Oper sich ohne jeden äußeren Zwang freiwillig einen Spaß daraus gemacht habe, die Geschlechter zu vertauschen.

Don Antonio möge sich doch, anstatt nur spöttisch zu lächeln, einmal die *incoronazione di Poppea* genauer ansehen. Monteverdi habe die Rollen des Nero und des Ottone für Kastraten mit Sopranstimmen, die Rollen der Octavia und der Poppea für weibliche Altstimmen geschrieben; die männlichen Figuren hatten also einen größeren Stimmumfang als die weiblichen und wirkten fraulicher. Oder auch *Heliogabalus* von Francesco Cavalli mit Kastratensopranen für die Rollen von Heliogabalus, Alexander und Cäsar und einem Tenor in der Frauenrolle! Oder man denke an den *Triumph der Ehre* von Alessandro Scarlatti: hier sang ein Kastrat die Rolle des Liebhabers, während die weibliche Rolle von einem Alt gesungen wurde, einer weiblichen Stimme also, die jedoch männlicher klang als die Stimme des Kastraten!

Was lasse sich aus diesen und vielen anderen Beispielen, die er noch hinzufügen könne, schließen? Seit zwei Jahrhunderten sei die italienische Oper der öffentliche Schauplatz für die Darstellung von unerfüllbaren Wünschen, von verbotenen Träumereien. Man könne die lange Herrschaft der Kastraten nicht erklären, ohne eine der falschesten Vorstellungen zu revidieren, die über Italien im Umlauf seien.› «Was suchten die Menschen, die ins Theater gingen, um der Frau im Manne Beifall zu klatschen, besonders wenn dieser Mann Julius Cäsar, Alexander oder Xerxes hieß? Im Theater konnten sie sich dafür schadlos halten, daß sie sich täglich dem ermüdenden, verlogenen Kult der männlichen Ehre unterwerfen mußten ...»

Hier unterbrach Abbé Galiani den Fürsten. Er lasse seine Landsleute nicht so verleumden! Die Italiener seien wohl in den Wissenschaften, in der Wirtschaft, in der Gesetzgebung, in der Politik und in der Praxis des täglichen Lebens noch rückständig, das habe er selbst oft genug beklagt. Aber auf dem Gebiet der Männlichkeit sollten es die andern ihnen erst einmal gleichtun! Welche Nation konnte ihnen die Überlegenheit auf dem Gebiet der Galanterie und der Mannhaftigkeit streitig machen? Schon Ovid in seiner *Liebeskunst* ...

Don Raimondo wandte sich mit einem Lächeln Antonio Perocades zu:

«Fragen Sie doch Don Antonio, ob der Wunsch, alle Frauen zu verführen, wirklich ein Beweis für starke ... Männlichkeit ist. ‹Den männlichen Mann›, predigt er uns doch ständig, ‹erkennt man an der Differenziertheit seiner Wahl und daran, daß er seine Liebe geheimhält. Das fieberhafte Werben um jede Frau, die Polygamie und auch das skandalöse Ausposaunen der errungenen Erfolge, alles dies gehört zum jugendlichen Alter. Beim reifen Mann zeugt es von einer geschlechtlichen Unentschlossenheit, die nicht gerade ... männlich ist.› Und das sagt Don Antonio!»

«Worauf wollen Sie hinaus?» murmelte Perocades.

Don Raimondo überhörte die Frage und blickte aufmerksam zum Fürsten von San Nicandro hinüber. Der Erzieher des Königs, der für gewöhnlich in seinem Stuhl schlief, wirkte seit einiger Zeit unruhig und ließ die große Eingangstür nicht aus den Augen.

«Was quält Sie denn so?» fragte Don Raimondo teilnahmsvoll lächelnd, aber mit einem spöttischen Unterton. «Diese Tür scheint den Fürsten von San Nicandro ungeheuer zu beunruhigen ... Er fragt sich vielleicht, wohin der König sich nun wieder verirrt haben mag? ... Mein Gott, lieber Fürst, Ihr Zögling ist erst neunzehn Jahre alt ... Er wird auf der Jagd sein ... oder in San Leucio. Herr Botschafter, Seine Majestät, König Ferdinand, hat zwanzig Meilen außerhalb von Neapel eine eigenartige Siedlung gegründet, etwas ganz Besonderes: eine Seidenfabrik, wo er seine unehelichen Sprößlinge von ihren Müttern aufziehen läßt, denen er gutbezahlte Arbeiter zu Ehemännern gegeben hat ... Die Gemeinde funktioniert vorzüglich, man webt selbst die Stoffe für die eigene Kleidung, und ein Mustergut liefert Milch, Fleisch und Eier. Aale aus dem Bach trocknen über den Kaminen und bilden nebst Büffelkäse und geräuchertem Schinken die Wintervorräte. Sooft er seiner Staatsgeschäfte überdrüssig ist, reitet der König nach San Leucio. Vielleicht blickt er in diesem Augenblick hingerissen auf die zwei Dutzend Kinderwiegen, die in dem Kindergarten aufgereiht nebeneinanderstehen ... Er ist erst neunzehn Jahre alt! Er ist jung, er ist in Italien aufgewachsen und verliebt ... O reizende Sorglosigkeit, die ihn zum liebenswertesten aller Könige macht! Er hat noch Zeit genug, um eines Tages in seines Vaters Fußstapfen zu treten, meinen Sie nicht auch? ...»

Nach einer Weile fuhr er fort: «Erinnern Sie sich an Karl, Karl von Spanien, der kein Bett in seinem Zimmer hatte, weil er so versessen darauf war, in dem seiner Frau zu schlafen, und der nun als Witwer des Nachts mit nackten Füßen über die kalten Fliesen der Gänge des Escorial läuft ... Wie wenig hat doch dieser Monarch zu uns gepaßt, mein lieber Abbé ... Wie sehr empfanden wir, daß sein Land, seine Sitten und seine Ideale nicht die unseren waren ... Wir haben nie geglaubt, daß die Monogamie oder die eheliche Treue für die Entfaltung unserer Natur günstig ist. Das überschäumende italienische Temperament fügt sich schlecht in zu strenge Formen. Die Spanier haben uns die ... männliche Form aufzwingen wollen ... und sind gescheitert!»

«Wenn man Sie so hört», gab Galiani spitz zurück, «müßte der wahre italienische Held eigentlich ein ... Kastrat sein!»

«Langsam, langsam! Ich frage mich, ob die Förderung der Kastraten nicht die Antwort war, die der italienische Geist ersann, um die zu strengen Vorschriften des kastilischen Ehrenkodex zu umgehen. Es ist bemerkenswert, daß der erste Kastrat erst aufgetaucht ist, nachdem sich die Spanier auf unserer Halbinsel festgesetzt hatten und daß Neapel, wo sie – ohne die Regierungszeit von Karl mitzurechnen – zweieinhalb Jahrhunderte geblieben sind, gewissermaßen das Monopol in der Auswahl und Ausbildung der Kastraten erworben hat. Italien und vor allem das Königreich Neapel wurden einem Ehrenkodex unterworfen, auf den die Menschen ganz und gar nicht vorbereitet waren. Die Erfindung der Kastraten und ganz allgemein die Verbreitung der Transvestitenmode auf der Bühne waren ein typisch neapolitanischer Einfall, eine instinktive List des Volkes, ein Aufbegehren gegen die unerträglichen Regeln der kastilischen Moral. Indem sie Kastraten und Frauen in Männerrollen bewunderten, nahmen sie sich gewissermaßen das Recht, in der sexuellen Unbestimmtheit zu verharren und die Aufgaben, die einem erwachsenen Menschen gestellt sind, zu vergessen. Wie sollte man sich daran erinnern, daß man die Pflicht hatte, ein Mann zu sein, wenn diejenigen, deren unvergleichlichen Stimmen man Beifall zollte, von dieser Verpflichtung ausgenommen waren! Ein großer Soldat, ein König, ein Eroberer, Cäsar, ja sogar Alexander waren alle ihrer männlichen Kraft beraubt, ihre verführerische Macht aber hatten sie behalten: welch ein Glücksfall für Menschen, deren subtile, vielschichtige, zögernde Sinnlichkeit sich so schlecht mit den rücksichtslosen Vorschriften eines undifferenzierten Kodex› vertrug, der ihnen obendrein von einem fremden Eroberer aufgezwungen worden war.»

Abbé Galiani, der sich von der Bemerkung erholt hatte, daß die italienische Galanterie kein Beweis für Männlichkeit sei, tat so, als halte er die ganze Rede des Fürsten für einen ausgezeichneten Scherz. Er fragte ihn, ob er nicht in der Art des ‹*Paradoxon über den Schauspieler*› von Diderot ein ‹*Paradoxon über die Kastraten*› schreiben wolle, das ganz gewiß der parthenopeischen Literatur zur Ehre gereichen würde.»

«Dafür wird es bald zu spät sein», gab Don Raimondo zur Antwort, ohne auf die Ironie einzugehen. «Die spanische Herrschaft ist seit fünfundsiebzig Jahren vorüber. Es gibt zwar weiterhin Kastraten, aber wie lange noch? Die Sitten haben sich so gelokkert, daß sie kaum noch vonnöten sind. Außerdem beschenkt uns

Seine Majestät, König Ferdinand, wieder mit dem Karneval, den sein Vater, als würdiger Sohn Philipps V., verboten hatte. Die Männer werden wieder als Frauen verkleidet auf die Straßen gehen können. Der Tag, an dem die Kastraten endgültig verschwinden werden, ist nicht mehr fern. Ihr werdet ihnen den Garaus machen, Ihr Herren Freimaurer, aus Angst, die Entvölkerung könnte sonst unbestellte Felder zur Folge haben. In kurzer Zeit wird man gar nicht mehr verstehen können, warum es sie je gegeben, und man wird sich schämen, daß man ihnen Beifall geklatscht hat. Ich sage voraus, daß sie in weniger als einem halben Jahrhundert in Vergessenheit geraten sein werden. Wenn der letzte Kastrat gestorben ist, wird sich ein großes Schweigen über sie senken. Man wird das Leben der Botaniker beschreiben, das Leben der Physiker oder des Entdeckers der Kartoffel, nicht aber das Leben der Kastraten. Und als erste werden die Italiener diese große Zeit aus ihrer Erinnerung verbannen.»

«Warum, lieber Fürst», fragte die Prinzessin von Belmonte und sah dabei auf mich, «warum sorgen Sie nicht dafür, daß man ihr Andenken bewahrt? Ein umfangreiches Werk, in dem alle Ereignisse aus dem Leben der Kastraten aufgezeichnet wären, die Erklärung ihrer Eigenarten, die Gründe für ihren Erfolg und alle die Betrachtungen, zu denen dieses ungewöhnliche Thema Sie anregen würde... Aber es ist wahr, Sie beschäftigen sich schon mit so vielen Dingen!»

Don Raimondo schüttelte den Kopf.

«Habe ich nicht schon genug Feinde? Eine ernsthafte Geschichte der Kastraten zu schreiben, hieße in aller Offenheit darlegen, daß Italien keine besonders empfehlenswerte Schule für... Mannhaftigkeit ist, wie der Abbé sich ausdrücken würde. Bei vielen Fremden ist unser Land allerdings gerade darum so beliebt. Sie sind der Meinung, daß unser Volk mit einem entschlosseneren Charakter und entschiedeneren Neigungen weder den einzigartigen Charme noch die künstlerische Begabung hätte, die es so faszinierend machen. Die international verbreitete Mode des Kastratentums beweist übrigens, daß nicht nur die Italiener den Wunsch hegen, einem zu strikten Ehrenkodex zu entkommen. Überall empfinden Männer einen großen Widerwillen, dem reinen Ideal der Männlichkeit zu dienen, und die Verpflichtung, nur einem Geschlecht anzugehören, wird als Verarmung empfunden.»

Diese Worte wurden mit tiefem Schweigen aufgenommen.

«Das Werk, das ich schreiben möchte, Fürstin, würde die Menschheit von ihren Anfängen an erfassen. Ich würde von einer Altersstufe zur nächsten die Anstrengungen zu zeigen versuchen, die angewandten Listen und die eingeführten Bräuche, die es jedem ermöglichen sollten, sich irgendwie der Rolle zu entziehen, die ihm von den biologischen Gesetzen, von den Bräuchen der Gemeinschaft, von den Erfordernissen der Familie, dem sozialen Rang und anderen Gegebenheiten aufgezwungen wird. Ich würde mit der Antike beginnen und bei den neapolitanischen Kastraten, der letzten Stufe dieses tausendjährigen Kampfes, enden. Mein erstes Kapitel wäre den Verkleidungsfesten der jungen Athener gewidmet, jenen kollektiven Zeremonien, bei denen der heiratsfähige junge Mann Frauenkleider anlegte, bevor er in das Mannesleben eintrat. Wir haben kürzlich darüber gesprochen, als wir Achilles in Frauenkleidern unter den Töchtern des Lykomedes sahen. Dem griechischen Helden ist es auf diese Weise gelungen, sich seine weibliche Natur, die er ablegen sollte, um vor den Mauern von Troja dem militärischen Ehrgeiz seines Landes zu dienen, noch eine Weile zu erhalten. Zweitausend Jahre später hat ein ähnlicher Wunsch unser Volk dazu gebracht, die Kastraten zu erfinden. Bis zur Ankunft der Spanier hat es eine strenge Trennung zwischen den Geschlechtern nicht gegeben; die männliche Ehre war unbekannt. Die Spanier haben mit ihrem unbeugsamen Kodex und ihrer despotischen Autorität alles vollständig umgewälzt. Die einen nach rechts, die andern nach links! Im Gleichschritt, marsch! Jeder soll den Pflichten seines Geschlechts nachkommen und sich davor hüten, die Privilegien des anderen anzutasten! So wie Achilles von seinem Kriegsherrn aufgefordert wird, von seiner Jugend Abschied zu nehmen, so wurde Neapel, so wurde ganz Italien zu Beginn des siebzehnten Jahrhunderts aufgefordert, erwachsen zu werden und sich auf genauso deutliche, dramatische Art, wie sie Platon im *Gastmahl* beschreibt, in Männer und Frauen zu spalten.»

Nur mit Mühe konnte ich einen Ausruf unterdrücken. Der Fürst hatte fast die gleichen Worte gebraucht wie Don Sallusto damals auf dem kleinen Platz in meinem Dorf, als er dem Steuereinnehmer die in der Kirche entdeckten Inschriften erklärte. Hundert sonderbare Einzelheiten aus dem Leben in San Donato fielen mir auf einmal wieder ein. Ich sah den Geistlichen so deutlich vor mir, als ginge ich noch mit ihm durch die Dorfstraße und als träte er vor mir in eines der kleinen unfertigen Häuser – ja, ich streckte, ich weiß nicht warum, den Zeigefinger aus, wie an dem Tage, an dem Luisilla von mir verlangt hatte, ich solle ihn auf die Mauer hinter der Kirche legen.

«Aber lassen wir die Spanier einmal beiseite. Die kastilische Moral forciert, mit militärischer Übertreibung, nur den Willen zur Trennung, der jedem Erziehungssystem innewohnt. Der Knabe muß sich von dem Mädchen trennen, das in ihm schlummert, der junge Mann muß sich von dem Kinde trennen, das er noch ist, der Reiche muß sich von dem Armen trennen, mit dem er als Kind gespielt hat. Das Geschlecht, das Alter, die soziale Kategorie schließen jeden in eine Rolle ein, die er anzunehmen gezwungen ist. Wir begehen an der anderen Hälfte unserer selbst Verrat über Verrat, um der Welt gegenüber eine Identität zu erwerben, die uns, indem sie uns verstümmelt, unseren Platz zuweist. Ich hoffe, Fürstin, Sie werden es mir nicht übelnehmen, wenn ich Ihnen sage, daß in der Geschichte der Menschheit immer die Frauen die hartnäckigsten Verfechter des so verstandenen Fortschritts waren. Ohne die Frauen würden die Männer heute noch den Schlaf des Paradieses schlafen. Wie Adam vor der Erschaffung Evas würden sie beide Geschlechter in sich vereinen, sie hätten kein bestimmtes Alter, keinen Beruf zu ergreifen, kein Erbe zu bewahren. Ohne die Frauen gäbe es keine Kultur!»

«Diese Huldigung nehmen wir dankend entgegen», sagte die Fürstin lachend.

«Auch hier wieder drängt sich der Gedanke an Orpheus auf», fuhr Don Raimondo fort. «Orpheus, der immer noch das Vorbild des Opernhelden ist, nicht nur, weil er in den ersten und reinsten Meisterwerken der Oper auftritt, sondern weil in seiner zweideutigen Natur sich das Sehnen nach einer Epoche widerspiegelt, in der die Trennung der Geschlechter noch nicht die Grundlage des sozialen Lebens war. Zwischen dem Halbgott, der gleichzeitig als Witwer herzzerreißend klagen und begeistert die Epheben besingen konnte, und den Bacchantinnen, die seinen Körper zerfetzten, weil sie ihn dafür strafen wollten, daß er sie abgewiesen hatte, spielte sich etwas wie eine Generalprobe des Dramas ab, das noch unsere heutige Zeit bewegt. Auf der einen Seite das musikalische Prinzip, der melodiöse Anspruch auf das Recht, in der ursprünglichen Unbestimmtheit verharren zu dürfen; auf der anderen das realistische Prinzip, der weibliche Wille, der den Mann zwingt, sich als Mann aufzuführen, und die Drohung, er werde sonst durch Spott, Verleumdung, wütende Angriffe oder andere Mittel vernichtet werden. Daß Orpheus sich danach sehnte, zwiefach zu sein, empfanden die Frauen aus Thrakien als Treulosigkeit und Hohn; ebenso kann die Stimme der Kastraten eines Tages wie ein Hohn wirken, sobald die endgültige Anpassung der Männer an ihre männliche Rolle nicht mehr als Verarmung empfunden wird.»

Abbé Galiani fuhr wie ein Kampfhahn in die Höhe, aber Don Raimondo sprach weiter: «Oh, ich will nicht behaupten, daß die Funktion der Kastraten sich nicht mit der Zeit von ihrer anfänglichen Bedeutung entfernt habe. Die Mode der Sopranisten hat sich um niedrigerer Motive willen erhalten. Freude an einer etwas fragwürdigen Sinnlichkeit, zusammen mit einer Vorliebe für das außergewöhnlich Schöne und für das Monströse mag gut und gern an die Stelle des mythischen Strebens nach Vollkommenheit getreten sein. So ist es mit allen Dingen, die mit dem sexuellen Leben zusammenhängen: entweder bringen sie ein geheimnisvolles Streben nach Vollkommenheit und Einheit zum Ausdruck, oder sie entarten zu Späßen. Die Späße verraten übrigens nur das Nachlassen einer Spannung, sobald die Gründe für Bewunderung und Identifizierung nicht mehr verstanden werden. Unsere Freigeister machen sich über die Kastraten lustig; der Präsident de Brosses vergleicht sie mit Kapaunen, der italienische Nationaldichter Parini beleidigt sie als melodiöse Elefanten. Und Gott weiß welche schmückenden Beiworte unserem Abbé Galiani aus der Feder fließen, wenn er sie in seinen Briefen an Madame d'Epinay erwähnt! Im Grunde wissen diese Herren gar nicht, wie recht sie haben. Sie müssen sich nur daran erinnern, daß in dem bekanntesten der orphischen Mythen von der Entstehung der Welt das ursprüngliche Chaos mit einem riesigen Ei verglichen wird, in dem es weder Dunkel noch Helligkeit, weder Feuchtigkeit noch Trockenheit, weder Hitze noch Kälte, weder rechts noch links gab, sondern alle Dinge uneingeschränkt und auf ewig miteinander verbunden waren. Diese Urform der menschlichen Träumerei wieder zum Leben zu erwecken und in heutigen Zeiten zu verwirklichen, scheint nur der italienischen Oper gelungen zu sein: natürlich meistens verfälscht und auf die erbärmlichen Proportionen einer peinlichen Zurschaustellung im Licht ärmlicher Öllampen und im Glitzern bunten Flitters reduziert! Aber so ist es nun einmal: Unsere Epoche hat den Sinn für das Heilige verloren. In dem dicken Pacchiarotti, in diesem aufgeschwemmten Koloß haben Sie vor einigen Tagen die letzte Verkörperung des mythischen Eis gesehen. Jeder Kastrat hat etwas vom Wesen des Orpheus: er ist nur ein halber Mensch, aber zugleich auch ein halber Gott.»

Man hörte den Abbé spöttisch auflachen.

«Recht so!» rief er aus. «Ein aufgeschwemmter Koloß – das gefällt mir!»

«Können Sie mir sagen», mischte sich Perocades ein, «wie man später, wenn die Kastraten erst einmal Ihrer Voraussage nach verschwunden sind, die Kastratenmode wird anders erklären können, als mit dem entarteten Geschmack eines Volkes, das den in ganz Europa aufkommenden aufklärerischen Ideen gegenüber blind war... O unglückliche Nation, die den Beweisen ihrer Dekadenz Beifall zollt und ihre Verworfenheit in aller Öffentlichkeit auf den Brettern zur Schau stellt!»

Zur allgemeinen Überraschung suchte Don Raimondo nicht sich zu verteidigen.

«Meine Voraussage ... Sei's drum ... Meine Herren, Sie haben tausendfach recht.»

«Aber nein!» rief die Fürstin von Belmonte, «Sie werden doch jetzt nicht einfach aufgeben!»

Für sie als Gastgeberin war es ein allzu dankbares Thema!

«Warten Sie ... Die Zeit der Kastraten ist vorüber, das kann man den Herren zugestehen. Aber die Sehnsucht, die sie verkörpert haben und die sie, das ist wahr, nicht mehr befriedigen können, wird in einer anderen Form wiederaufleben. Mein letztes Kapitel wird sich ebendarum mit der Voraussage der Zukunft beschäftigen ... Sie werden verstehen, daß alle meine Ideen sich in Nichts auflösen würden, wenn der große Traum, den ich der Menschheit zuschreibe, an ganz bestimmte Institutionen gebunden wäre, die natürlich vom Geschmack einer Epoche geprägt sind und beim Heraufziehen der nächsten verfallen. Ich muß also weiter vorausschauen, muß fünfzig, hundert, zweihundert Jahre vorausdenken und versuchen, mir vorzustellen, was geschehen wird, wenn es keine Kastraten und keine neapolitanische Oper mehr gibt, wenn die kulturellen Zentren der Erde andere sind und Neapel selbst zu einem winzigen Punkt des Universums geworden ist...»

«Nun, und was sehen Sie?» fragte die junge Herzogin von Sanfelice.

«Ich sehe zunächst einmal», antwortete der Fürst und blickte zu Don Antonio hinüber, «eine unglaubliche Ausbreitung der Manufakturen. Die Webstühle werden Tag und Nacht Stoffe herstellen, Schornsteine werden bis tief in die Täler vordringen, die Städte werden mit ihren Vororten zusammenwachsen und sich vergrößern: überall Arbeit, überall Maschinen...»

«... Und eine entsprechende Zunahme des öffentlichen Reichtums», setzte Perocades hinzu.

«Ganz recht, ein Zustrom neuen Geldes, dessen freier Umlauf die Theorien des Abbé Galiani über die Wohltaten bestätigen wird, die man sich vom Handel zwischen den Nationen erhoffen kann.»

«Und nachdem die Menschheit so lange die Kastraten erduldet hat, wird sie endlich den entgegengesetzten Weg einschlagen, den Weg des Fortschritts, der Vernunft und des irdischen Glücks.»

«Ja, Monsieur l'Abbé», sagte der Fürst, «wenn es denn wahr ist, daß die Menschen, um immer mehr Reichtümer zu schaffen, sich immer mehr auf eine Tätigkeit spezialisieren, sich immer strengeren Zeitplänen unterwerfen, sich dort ansiedeln, wo die Fabriken sind, die sie beschäftigen, und mit der Aufgabe, die ihnen zugeteilt wird, immer stärker verwachsen müssen.»

«Sie könnten es nicht besser sagen!» rief Don Antonio lebhaft.

«Aber ich habe erst einen Teil des Bildes beschrieben! Die Menschen, die auf diese Weise ihrem Beruf ausgeliefert und nach ihren Fähigkeiten eingeteilt wurden, werden sich sehnsüchtig einer Welt zuwenden, in der es solche Gesetze nicht gibt: der Natur, der Musik und vor allem der Kindheit. Sie werden sich mit Begeisterung an ihre eigene Kindheit erinnern und gebannt auf die der anderen blicken. Wir interessieren uns nicht für Kinder, weder für das Kind, das jeder von uns gewesen ist, noch für jene, die wir um uns herum sehen. Für uns ist die Kindheit ein unwichtiger Zeitabschnitt des Lebens. Das neunzehnte Jahrhundert, in dem es keine Kastraten mehr geben wird, wird die Kindheit entdecken. Sie wird nicht mehr das Vorzimmer des Lebens, sie wird das Paradies sein. Und je härter die Gesetze des Gewinnstrebens werden, um so intensiver wird man in der Kindheit zurückblicken auf der Suche nach der verlorenen Glückseligkeit.

Ich stelle mir sogar, vielleicht für das darauffolgende Jahrhundert, eine ganz unmenschliche Epoche vor», sagte er nach einer kleinen Pause, «die ganz den Zwängen des Ertrags unterworfen sein wird. Städte mit mehreren Millionen Einwohnern, in denen jeder nur noch um der Aufgabe willen zählt, die er erfüllt wie ein Zahnrädchen in einem riesigen Getriebe. Dann wird man nicht nur die Kinder anbeten, nein, die göttliche Doppeldeutigkeit dieses Alters wird das kostbarste Gut sein, das jeder sich bewahren möchte. Die jungen Leute werden sich nicht wie heute danach drängen, in das Leben der Erwachsenen eintreten zu dürfen, sondern sie werden versuchen, so lange wie möglich den eisernen Vorschriften der neuen Gesellschaft zu entgehen. Sie, meine Freunde, können ihnen die Oper nehmen, Sie werden nicht verhindern, daß die Menschen sich zehn andere Möglichkeiten ausdenken. So kann ich mir beispielsweise gut vorstellen, daß beide Geschlechter sich für eine einheitliche Mode entscheiden, für gleiche Kleidung, gleiche Fingernägel, gleiche Haartracht und gleiche Schminke. Die verschärfte Arbeitsteilung wird das entgegengesetzte Bedürfnis nach Angleichung der sexuellen Attribute wachrufen, und wer weiß, ob es nicht eines Tages schwer sein wird, Jungen und Mädchen zu unterscheiden . . .

Anstatt der Kastraten-Helden, die von der Gemeinschaft den Auftrag bekamen, den Traum von einer ungeteilten, geeinten Menschheit zu verkörpern, den Traum von einer Menschheit, die frei ist, alles zugleich zu sein – anstatt dieser Kastraten wird sich eine Art allgemeiner Kastration über den Erdball ausbreiten. Keiner Gesellschaftsschicht wird sie erspart bleiben, und ein Gefühl des Unbehagens wird um sich greifen, an dessen Folgen ich nicht ohne Schaudern denken mag. Das, meine Herren, werden Sie gewinnen, wenn Sie der Oper den Garaus machen. Man vergreift sich nicht ohne Schaden für die Völker am Schatz ihrer Mythen...»

Die zweite Taube

Am liebsten würde ich Don Raimondo ins Leben zurückrufen, um ihn hier unter meinem Fenster am Ufer des Neckars einen Anblick genießen zu lassen, der den ersten Teil seiner Voraussagen bestätigt: Natur und Musik, Blumen, Erzählungen oder Gedichte über die Kindheit... Aber um in meiner Geschichte fortzufahren, muß ich berichten, daß am Eingang zu den Empfangsräumen ein großer Tumult entstanden war. Alle Köpfe wandten sich dem Vorzimmer zu, und sofort war der Fürst vergessen.

Der Erste Haushofmeister erschien und kündigte an:

«Seine Majestät, der König.»

Der König! So, von nahem, hatte ich ihn noch nie gesehen. Seine aus grauem, zottigem Stoff gefertigte Jacke, deren Taschen bis zu den Knien herabhingen, roch nach Wald und feuchtem Laub. Ein langes, bajonettähnliches Messer steckte in seinem Gürtel. Mit Wolle gefütterte Lederstrümpfe ringelten sich um seine Waden und schlugen über seinen schmutzbedeckten Galoschen dicke Falten. Ein altes spanisches Gewehr hing von seiner Schulter, und als einziger Schmuck baumelte an einem Knopfloch seiner Lederweste eine Sammlung silberner Hundepfeifen. Er war groß, ging leicht vornübergebeugt mit federnden Knien. Die Beine wirkten zerbrechlich unter seinem wohlgenährten robusten Körper. Auch sein Kopf war geneigt, als würde er vom Gewicht der Nase nach vorn gezogen. *Il nasone*, die berühmte Nase, wurde von der Stirn auf ihrem geraden Weg zum Mund dicker und dicker. Die stark hervortretende Unterlippe hing kindlich schmollend herab.

Während der Adel stehend den Souverän empfing, sprangen sechs englische Rassehunde, deren Fell vom nächtlichen Lauf noch dampfte, mit ihren schmutzigen Pfoten über die seidenbespannten Sessel, und Pferdeknechte und Treiber, die alle jünger als ihr Herr und ebenso nachlässig gekleidet waren, machten sich im Salon breit, als sei es der Pferdestall.

Der König blieb vor der Fürstin von Belmonte stehen und reichte ihr eine rauhe, schmutzige Hand zum Kuß.

«Gute Jagd, Majestät?»

«Hmm. Ich habe das Wild nicht auftreiben können, Fürstin!» gab er auflachend zur Antwort. «Ich komme eigentlich, um nachzusehen, ob es sich nicht zufällig hier versteckt. Such, such!» setzte er plötzlich hinzu, gab einem seiner Hunde einen leichten Schlag und ließ seine Augen über die Anwesenden schweifen. Die verlegenen Gesichter seiner Höflinge schienen ihn ungeheuer zu belustigen. Jeder hatte sofort die versteckte Anspielung in seinen groben Worten erfaßt.

«Welch eine Nacht!» fuhr Ferdinand fort. «Ich bin bis nach Caserta geritten und bis nach Portici. Die Luft war frisch. Unterwegs habe ich zwei Tauben geschossen. Hier!» setzte er hinzu und zog aus der Jagdtasche, die an seiner Seite hing, zwei schon steife Vögel hervor.

Es waren keine Wildtauben. Er hielt sie zögernd in der Hand. Dann entdeckte er Don Manuele, der unbeweglich in einer Ecke stand.

«Der liebe Herzog!» rief er mit strahlendem Lächeln aus, als sei er ebenso überrascht wie erfreut. «Warum sieht man Sie nicht mehr bei Hofe?»

Und in einem Ton, der einer königlichen Majestät wohlangestanden hätte, wenn er nicht im Gegensatz zu Aufzug, Benehmen und jugendlicher Unverschämtheit gestanden und des Königs Spottlust nicht so deutlich verraten hätte, setzte er feierlich hinzu: «Wir wollen Euch vergeben, Monsignore!»

Dabei blies er die Backen auf, blickte erhobenen Hauptes um sich, schwenkte die Tauben in der Hand und warf sie quer durch den Saal dem Herzog vor die Füße. Don Manuele, der bei den ersten Worten des Königs tiefrot geworden war, bückte sich, um die Vögel aufzuheben. Noch bevor er sich wieder aufrichten konnte, trat der König näher heran. Er beugte sich mit falscher Leutseligkeit zu ihm herab und sagte leise, aber doch so laut, daß man ihn ringsum verstehen konnte:

«Ganz unter uns, mein lieber Herzog, zu diesen Tauben muß ich Ihnen etwas erzählen. Ich bin einen Teil der Nacht auch auf dem Posillipo umhergeritten. Warum gerade auf dem Posillipo? Wahrscheinlich hat mein Pferd eine besondere Vorliebe für den Pinienduft, der dort in der Luft liegt. Sie müßten das einmal des Nachts erleben. Es gehen dort seltsame Dinge vor. Mein Pferd hat ein außergewöhnliches Gespür. Da hat es mich doch unverhofft in einen Garten gebracht, unter die Fenster eines Hauses, das jedem andern Haus zum Verwechseln ähnlich sieht. Nun ja, ich sah kein Licht, hörte kein Lebenszeichen. Nichts. Halt doch ... ein leises Geräusch, wie ein Flüstern ... Lachen ... Mehr als zwei Personen gewiß nicht! Ob ich geträumt habe? Wer könnte denn in einem Haus, das nicht einmal erleuchtet ist, so lachen? Es wird der Brunnen gewesen sein, der das Geräusch machte ... Mein Pferd hatte Durst und trank daraus ... Wie man sich doch täuschen kann! Ich wette, daß dieses kleine Erlebnis Sie traurig gestimmt hätte, mein lieber Herzog! Ich weiß allerdings nicht warum, ich jedenfalls war kreuzfidel. Ich bin wie der Wind zurückgeritten und habe die zwei Tauben erlegt. Bei einer Taube weiß ich auch, warum. Er hatte das wohl verdient, der törichte, königliche Ferdinand! Aber die andere? War denn noch jemand gerupft worden? Ich ritt und ritt, und es fiel mir nichts ein. Haben Sie keine Idee, mein lieber Herzog? Ach, das ist doch alles sehr komisch. Erst als ich Sie gesehen habe, ist mir plötzlich durch den Kopf geschossen, daß die zweite Taube für Sie bestimmt war und daß es Ihnen vielleicht Spaß machen würde, sie aus meiner Hand entgegenzunehmen ... Und warum dann nicht die andere noch obendrein? Nehmen Sie beide, mein Lieber ... Meine mag Sie über die Ihre hinwegtrösten ... Und entschuldigen Sie mich, wenn ich mich getäuscht haben sollte ... Bei der zweiten Taube, nun ja, da wird San Nicandro vielleicht wieder sagen, ich sei ein unbesonnener Leichtfuß ...»

Mit diesen Worten drehte sich der König um und ging laut lachend hinaus, gefolgt von seinen Pferdeknechten und seinen Treibern. Wie alle andern machte auch ich eine tiefe Reverenz. Die Hunde sprangen rücksichtslos über die am Boden ausgebreiteten seidenen Roben. Als wir uns wieder aufrichteten, kniete der Herzog noch neben den beiden Tauben. Ich half ihm auf, nahm schnell die Tiere an mich und zog ihn zur Seite. Nach dieser schmachvollen Szene wagte ich nicht, ihn anzublicken. Sein Arm zitterte in meiner Hand. Es gelang mir, ihn in eine Fensternische zu bringen. Die anderen Gäste nahmen die Unterhaltung wieder auf.

«Seine Majestät scheint sich nicht viel daraus zu machen», bemerkte der Fürst von Caramanico.

«Der König lacht über alles, auch wenn es nicht zu seinem Vorteil ausgeht.»

«Wer den Kopf verliert, sobald er sich verliebt, müßte ja auch ein Narr sein», warf eine Stimme unbedacht ein. Die Fürstin von Belmonte legte warnend einen Finger auf die Lippen und wies auf die Nische, in der ich mit Don Manuele stand.

«Die Königin braucht nun die Verbannung nicht mehr zu fordern», sagte der Herzog von Serracapriola.

«Ich weiß nicht, ob eine Verbannung nicht doch besser wäre», meinte die Fürstin nachdenklich.

«Warum?» fragte die Herzogin von Sanfelice.

Die Fürstin warf einen Blick zu uns herüber, zog die Herzogin zu sich heran und flüsterte ihr etwas ins Ohr. Die Herzogin konnte einen Aufschrei nicht unterdrücken.

«Aber jetzt wird der König darauf bestehen, daß sie das Königreich verläßt!» rief sie aus.

«Dann müßte unser Souverän sich sehr verändert haben», gab die Fürstin zurück.

«Hat die Goudar sich nicht ebenfalls verändert?» warf der Fürst von Caramanico ein. «Wer hätte gedacht, daß ihre Wahl nach dem, was sie in aller Öffentlichkeit über Pacchiarotti gesagt hat, auf einen von denen fallen würde. Sie erinnern sich doch noch: ‹Ich mag keine ... Eunuchen!›»

«Oh, die beiden sehen sich doch wirklich überhaupt nicht ähnlich!» rief die junge Herzogin arglos aus.

Don Manuele zitterte wie Espenlaub, aber er ließ sich kein Wort entgehen. Ich machte mir Vorwürfe, weil ich ihm nicht schon früher begreiflich gemacht hatte, daß sein Unglück stadtbekannt war. Aber vielleicht, so sagte ich mir, zwang der heutige Skandal ihn endlich dazu, eine Entscheidung zu treffen. Auch schien mir beim Anblick der düsteren Kraft, mit der er seine Fäuste ballte, als zittere er nicht nur aus Scham, sondern auch aus Zorn.

«Der König hätte nicht so laut gelacht», warf der Herzog von San Demetrio ein, «wenn er nicht eine Enttäuschung hätte verbergen wollen.»

«Ach was», meinte Don Raimondo, «niemand hat ihn gezwungen, hierherzukommen und uns sein Mißgeschick zu erzählen.»

«Und es zwingt ihn auch niemand», mischte sich der Abbé Galiani ein, «überall das Briefchen herumzuzeigen, in dem auf seine Vorliebe für Kühe angespielt und er als Stier bezeichnet wird.»

Diese Bemerkung löste allgemeines Gelächter aus. Don Antonio hob seufzend die Augen gen Himmel. Ich wußte, daß er bei den Neapolitanern und insbesondere beim König diese Angewohnheit, sich selbst herabzusetzen und zu verspotten, beklagte, weil er unter anderem Selbsterniedrigung und Selbstverspottung wegen der dabei verschwendeten Energie, die man zum Erreichen eines bestimmten Ziels hätte nutzbar machen können, für die unglückliche Geschichte und die permanente Rückständigkeit Neapels verantwortlich machte.

«Sie, mein lieber Abbé, haben uns doch kürzlich erzählt, wie gern er in Portici mit sich und anderen seinen Spaß getrieben hat», sagte die Fürstin von Belmonte.

«Nur Könige können sich solchen Zeitvertreib erlauben», warf der Herzog von Serracapriola in einem wie immer etwas belehrenden Ton ein.

«Und nur ein neapolitanischer König bringt es fertig, angesichts der Erfolge seiner Rivalen nichts von seiner Lustigkeit einzubüßen», fügte der Herzog von San Demetrio hinzu.

«Eine verloren, zehn gewonnen», warf jemand ein.

«Gut gesagt!» rief der Abbé. «Sie kennen doch wohl die Geschichte von Ferdinands erster Verlobung?»

Der Fürst von San Nicandro, der nach dem Abschied des Königs wieder in seine gewohnte Dumpfheit zurückgefallen war, richtete sich auf und machte eine Bewegung, um den Abbé zurückzuhalten. Sofort schwiegen alle und gruppierten sich um den Sprecher. Das besorgte Gesicht des Fürsten versprach eine pikante Geschichte.

«Wie Sie wissen», begann der Abbé, «sollte Seine Majestät zunächst die fünfte Großherzogin aus dem österreichischen Haus Habsburg, Maria Josepha, heiraten. Vierunddreißig Reisekutschen, neun Karossen, vier Gepäckwagen und vierzehn Sänften standen in Wien bereit, die mit großem Pomp durch Italien reisen sollten. Das Datum für den Aufbruch war auf den sechzehnten Oktober festgelegt. Neapel lebte im Freudentaumel. Auf allen Plätzen gab es große Festgelage für das Volk. Der König, bis über die Ohren verliebt, wie man es nur mit fünfzehn Jahren ist, küßte in aller Öffentlichkeit das Portrait seiner Geliebten, das ihm ein Gesandter von Maria Theresia in einem mit Diamanten besetzten Medaillon überreicht hatte. Eine Woche vor dem Aufbruch stieg die Kaiserin mit ihren Kindern in die Kapuzinergruft hinab, um am Grabe ihres Gemahls und der übrigen Mitglieder der kaiserlichen Familie, die kurz zuvor einer Pockenepidemie zum Opfer gefallen waren, ein Gebet zu sprechen. Die Leiche einer der Prinzessinnen war noch im offenen Sarg aufgebahrt. Als sie wieder hinaufkamen, fröstelte Maria Josepha. Die fatalen Flecken breiteten sich blitzartig über ihren Körper aus, und am fünfzehnten Oktober hatte die Krankheit sie dahingerafft.

Am gleichen Tage, noch bevor die Nachricht Neapel erreicht hatte, trat der Vesuv in Tätigkeit. Rote Flammen loderten die ganze Nacht hindurch aus dem Krater. Lord Hamilton wird sich noch daran erinnern, daß er die Güte hatte, mich trotz der Gefahr bei der Suche nach bestimmten Steinen, mit denen ich meine Sammlung zu vervollständigen hoffte, zu begleiten. Als der glühende Lavastrom nur noch anderthalb Meilen von den Toren der Stadt entfernt war, steckte das aufgebrachte Volk die Karosse des Erzbischofs in Brand, weil Seine Eminenz sich geweigert hatte, die Reliquien des heiligen Gennaro auszustellen. Der König und die königliche Familie, die in ihrer Residenz von Portici zu Ehren des österreichischen Botschafters eine große Jagdgesellschaft gaben, mußten in aller Eile mit ihren Gästen aufbrechen und nach Neapel zurückkehren, weil der Aschenregen den Palast zu verschütten drohte. Der König war unglücklich bei dem Gedanken an die Enten, die er in den Sümpfen von Portici hatte aussetzen lassen, tröstete sich aber mit dem Gedanken an die Wildschweine, die er am kommenden Tag in den Wäldern von Caserta zu jagen gedachte. Um sich auf andere Gedanken zu bringen, befahl er dem Erzbischof, er solle die Kathedrale öffnen und die Reliquien des heiligen Gennaro in einer Prozession heraustragen lassen. Wie auf ein Zauberwort kam der Vulkanausbruch zum Stillstand. Und nachdem sie mit dem Heiligen ins Gericht gegangen waren, weil er es dem Vulkan gestattet hatte, sie in Angst und Schrecken zu versetzen, warfen sich die fünfzigtausend Menschen, die auf die Reliquien warteten, nun vor ihnen auf den Boden und sangen Lieder zum Lobe des Heiligen, aus Dank für das Wunder, das er vollbracht hatte.

Unterdessen war aus Wien ein Bote mit der entsetzlichen Nachricht eingetroffen. Und es zeigte sich, daß die Erziehung durch den Fürsten von San Nicandro doch nicht ganz unnütz gewesen war: Ferdinand sagte, ohne sich lange bitten zu lassen, auch die Jagd in Caserta ab. Aber dieses Opfer fiel ihm sehr schwer, und er überlegte, wie er sich wohl dafür entschädigen könnte. Seine Kammerherren hatten Trauerkleidung angelegt. Er schickte sie fort und ließ aus der Küche die lebhafte Schar der Küchenjungen kommen. Zunächst vergnügten sie sich mit Billardspielen und Bockspringen. Danach schlug der König mit ernster Miene vor, die Beerdigung der armen Erzherzogin zu feiern.

Er verglich das Portrait im diamantenbesetzten Rahmen mit den Gesichtern der lustigen Burschen und wählte den Küchenjungen aus, dessen Züge denen der Verstorbenen am ähnlichsten waren. Der Junge wurde auf ein weißes Laken gelegt, ein niedriger Tisch diente als Katafalk. Einer der Spitzbuben pfiff einen Trauermarsch, und die Prozession zog durch die Gänge des Schlosses. Der König, der dem Zug voranschritt, weinte heftig, und die Küchenjungen, die ihm folgten, schneuzten sich geräuschvoll, um ihm nicht nachzustehen. Als der Zug bei der Küche angelangt war, stieg dem König ein verlockender Duft in die Nase. Ein großer Topf heißer Schokolade stand für die Vespermahlzeit bereit. Als verspüre er plötzlich Gewissensbisse, griff Ferdinand zu einem Löffel und träufelte wie bei einer frommen Handlung auf Gesicht und Hände der Verstorbenen einige Tropfen Schokolade, die auf das vollkommenste die Pocken nachahmten.

Nachdem auf diese Weise das Andenken der Erzherzogin geehrt worden war, tranken alle aus großen Tassen dampfende Schokolade und aßen Kuchen dazu. Vier Monate später vermählte sich der König mit Maria Carolina.»

Alles oder nichts

Hatte ich nicht mit Don Manuele schon genug Sorgen? Nun gab mir auch Don Raimondo noch Grund zur Beunruhigung. Wurde er alt, oder was war los? Er zerbrach sich neuerdings den Kopf über ganz unwichtige Kleinigkeiten. So fragte er mich nach dem Empfang bei der Fürstin von Belmonte, welchen Eindruck sein Frack mit den grauen Rockschößen inmitten der glänzenden Garderoben der Adligen gemacht habe.

«Sie tragen seit Jahren denselben Anzug, Don Raimondo, und ich schwöre Ihnen, keiner der Anwesenden achtet darauf.»

«Nein, nein, du verstehst mich falsch. Ich lege Wert darauf, daß meine Kleidung den Leuten auffällt.»

Ich wagte nicht, ihm zu sagen, daß er in seiner etwas altmodischen Garderobe am besten daran tat, unbemerkt zu bleiben, und hielt diese Anwandlung von Eitelkeit für eine senile Laune (ein Irrtum, wie sich später herausstellte). Sie überraschte mich um so mehr, als der Fürst zu jener Zeit im Begriff war, die Kapelle seines Palazzo von Grund auf neu zu gestalten. Dieses Werk – eines der wenigen, die er zu Ende führte und vielleicht das einzige, das vor der Nachwelt bestehen wird – zeugt ganz für sich allein von der Größe seines Genies.

In dieser Kapelle, einem einfachen rechteckigen Kirchenschiff mit nackten Wänden, wurden seit dreihundert Jahren die Mitglieder der Familie beigesetzt. Der Fürst hatte beschlossen, die Decke mit einem Fresko ausmalen und eine bunte Stuckgirlande am Sims entlang legen zu lassen; außerdem bestellte er bei den bekanntesten Bildhauern der Stadt die Grabdenkmäler für seine Ahnen. Der erste, ein Cecco di Sangro, wurde über der Eingangstür verewigt, wie er unter dem starren Blick eines Adlers in voller Rüstung mit einem Bein aus seinem Sarg steigen will, auf dem Kopf einen Helm mit Federbusch und in der Hand ein kurzes Schwert. An den Mauern rechts und links von der Tür waren die anderen Mitglieder der Familien Sangro und Sansevero verewigt, jeder im Kostüm seiner Zeit. Ging man auf den Altar zu, kamen erst Halskrause und Pumphosen, dann der breitkrempige Filzhut zusammen mit hohen Stulpenstiefeln, und schließlich die Lockenperücke der zuletzt verstorbenen Ahnen. So reichten sich die Jahrhunderte im Tode die Hand, und die verschiedenartigen Epochen lagen im Frieden der Grabstätten brüderlich nebeneinander.

Don Raimondo hatte den für die Statuen bestimmten Marmor mit einer polychromen Lösung getränkt und mit eigener Hand die Farben für die Maler zubereitet, die das Fresko ausführen sollten.

Je einen leeren Platz gab es noch auf beiden Seiten des Altars, und in der Mitte des Kirchenschiffs fehlte eine längliche Platte im Steinboden.

Nachdem er Francesco Queirolo aus Genua und aus Venedig Antonio Corradini hatte kommen lassen, zog er noch den Neapolitaner Giuseppe Sammartino hinzu, so daß nun die drei berühmtesten Bildhauer der Halbinsel zu gleicher Zeit unter seiner Anleitung arbeiteten.

Die Kapelle stand auf der gegenüberliegenden Seite der kleinen Straße, die am linken Flügel des Gebäudes entlangführte. Der Fürst ließ eine Hängebrücke bauen, die den ersten Stock des Palastes mit der Orgelempore der Kirche verband. Die drei Bildhauer gingen von ihren Wohnräumen direkt auf die Baustelle, ohne die Straße betreten zu müssen. Der erste, der die Kapellentür öffnen wollte, um draußen einige Schritte zu tun, fand sie verschlossen. Er glaubte, der Fürst lasse zu Recht eine gewisse Vorsicht walten, indem er alle Neugierigen vom Arbeitsplatz fernhielt, und ging über die Brücke in den Palast zurück. Eine Tür trennte den Flügel, der den

Bildhauern vorbehalten war, von der Haupttreppe. Auch diese Tür fand er verschlossen. Er rüttelte am Griff, klopfte, verlangte laut rufend, man solle ihm öffnen. Ein Diener erschien, verbeugte sich tief, forderte ihn mit einer Handbewegung auf, ihm zu folgen, und führte ihn in die Kapelle zurück. Von diesem Tag an wurde jeder Bildhauer ständig von einem Diener begleitet, der ihn morgens über die Brücke brachte, bis abends neben ihm stand, ihn in seinen Schlafraum zurückführte und in seinem Zimmer schlief. Vergeblich versuchten die drei Künstler, eine Erklärung dafür zu bekommen; keiner der Diener machte den Mund auf.

Der Fürst hatte diese jungen Leute unter jenen ausgewählt, die er so seltsam ausstaffierte, wenn sie in seinen Salons Spalier stehen mußten. Ich erkannte die gleichen grauen Perücken, in ihren Fäusten brannten die gleichen, vergoldeten Fackeln, und geradeso, wie sie bewegungslos in Habachtstellung verharrten, wenn der Fürst in seinem Kabinett arbeitete, so hatten sie auch hier den Befehl, nicht einen Augenblick ihre stumme Starrheit aufzugeben.

Don Raimondo verbrachte einen Teil der Nacht an der Arbeitsstätte. Er empfing die Bildhauer frühmorgens und gab ihnen bis ins einzelne gehende Anweisungen für den weiteren Verlauf ihrer Arbeit, ohne sie dabei zu Worte kommen zu lassen. Sie hörten sich widerspruchslos seine Bemerkungen an, sei es, daß sein Ruf sie eingeschüchtert hatte, sei es, daß die Begeisterung des Fürsten für ein Werk, das ohnegleichen sein würde, auch in ihnen den Ehrgeiz, die Hingabe und Opferbereitschaft geweckt hatte, ohne die kein großes Werk entsteht. Ich war die einzige Person, die mit ihm zusammen die Kapelle betreten durfte, und anfangs sah es so aus, als hätten sie sich darauf geeinigt, mir ihre Bitten vorzutragen. Aber ich war in ihren Augen wohl zu unbedeutend, um etwas durchsetzen zu können, denn sie verzichteten alsbald darauf, bei mir Hilfe zu suchen und unterwarfen sich offensichtlich freiwillig dem Willen ihres Tyrannen. Und doch sah ich manches Mal, wie sie ihren Meißel aus der Hand legten, die Hände gedankenvoll abwischten und sich gegenseitig angstvolle Blicke zuwarfen.

Ich weiß nicht, ob sie sich an die grausige, mit dem in der Kirche hängenden Bild zusammengehörende Geschichte erinnerten. Vielleicht grübelten sie, während sie miteinander wetteiferten, um die

Wünsche des Fürsten zu befriedigen und um ihren eigenen Ruhm in Italien zu vergrößern, mit Entsetzen darüber nach, ob Don Raimondo, um den Entstehungsprozeß dieser Werke geheimzuhalten, ihnen womöglich zum Lohn die Augen ausstechen lassen würde, sobald die Skulpturen fertig wären ...

Eines Morgens zeigte er mir einen Brief, den der Abbé Nollet von der Académie des Sciences aus Paris als Antwort auf seinen langen Bericht über die Entdeckung der immerwährenden Lampe geschrieben hatte.

«Es ist beschlossene Sache», sagte der Fürst zu mir, «ich bestelle mir einen neuen Anzug.»

Wurde auch er verrückt? Abbé Nollet beglückwünschte ihn zu dem Beitrag, den er zum Verständnis des Verbrennungsproblems geleistet habe. «Ihre Erfindung gehört nicht in das XVIII. Jahrhundert, mit Ihnen sind wir in das XIX. Jahrhundert eingetreten.» Er bahne die Wege zu einer neuen Wissenschaft; sein Werk sei für den Fortschritt der Nationen von keinem geringeren Nutzen als das Werk eines Newton oder Lavoisier (daß ein solches Kompliment ihn ärgerte, wußte ich schon); er sei ein Mann der Zukunft, eine Leuchte der Pyrotechnik, der Bannerträger der Luminologie und so fort ... Ich erwartete, daß der Fürst auf diese übertriebenen, mit so faden Metaphern gewürzten Lobesworte mit sarkastischem Humor reagieren würde. Aber zu meiner Überraschung stellte sich heraus, daß er die Bezeichnung «Mann der Zukunft» keineswegs als schmeichelhaft, sondern als eine Beleidigung empfand. Gerade dieser Abschnitt des Briefes vom Abbé Nollet war es, der ihn so aufgebracht hatte.

«Ich ein Mann der Zukunft! Ein Mann des XIX. Jahrhunderts! Warte nur, ich werde meinen Schneider antworten lassen!»

Einige Tage später zeigte er sich in seinem neuen Anzug. Seine graue Hose wurde an den Knien durch große Schleifen zusammengehalten, wie sie seit fünfzig Jahren aus der Mode gekommen waren. Sein Gehrock war über den Hüften weit geschnitten, obwohl man ihn jetzt eng anliegend trug. Anstelle des Dreispitzes, der sich überall durchgesetzt hatte, trug er einen breitkrempigen Filzhut. Und seine hochhackigen Schuhe mit ihren eckigen Kappen wären am Hofe Ludwigs XIV. nicht aufgefallen.

Ich starrte sprachlos auf diese Maskerade. Er sah mein entsetztes Gesicht und meinte, er sei mit allem, besonders mit seinem Schuhmacher, sehr zufrieden. Dann senkte er seine Stimme und sagte in einem geheimnisvollen Ton, der mich noch mehr verwirrte, die immerwährende Lampe, die nichtsinkende Karosse und der wasserdichte Stoff, seine drei wichtigsten Erfindungen, sollten dazu dienen, die Materie zu erhalten. Auf politischem Gebiet sei er übrigens konservativ. Neuerungen könne er nicht ausstehen.

«Aber das soll niemand erfahren! Wenn die Leute das wüßten, würden sie mir ihre Achtung versagen», fügte er mit schrillem Lachen hinzu. «Findest du, daß diese Schleifen zu einer Leuchte der Wissenschaft passen? Werden sie fortan mein Werk datieren und festlegen können, welchem Jahrhundert ich angehört habe? Die Gelehrten sind ein törichtes Gesindel. Das ist für den Bannerträger der Luminologie!» schloß er und steckte eine riesige Musketierfeder an seinen Hut.

Von den drei Bildhauern war Giuseppe Sammartino in seiner Arbeit am weitesten fortgeschritten. Die Figur, der er den letzten Schliff gab, war für den leeren Platz mitten in der Kapelle bestimmt. Es war ein toter Christus. Er lag auf dem Rücken, das Haupt ruhte auf einem doppelten, mit Quasten verzierten Kissen, ein Arm war neben dem Körper ausgestreckt, der andere lag auf dem Leib. Die Adern, Muskeln, Sehnen und Finger- und Zehennägel waren auf Verlangen des Fürsten mit äußerster Genauigkeit wiedergegeben. Aber die Geschicklichkeit des Künstlers hätte nicht einen so unglaublichen Eindruck gemacht, und von den anatomischen Einzelheiten wäre keine so makabre Wirkung ausgegangen, wenn nicht ein Marmorschleier, durchsichtig wie Gaze, den Körper von Kopf bis Fuß eingehüllt hätte. Die Nase, das Kinn, die Rippen und auch die Knochen von Händen und Füßen traten durch den ihre Magerkeit betonenden Schleier hervor. Die Augenhöhlen, die Nasenlöcher versanken in grausigen Schatten.

Was mochte Don Raimondo wohl im Sinn gehabt haben, als er das Bild unseres HERRN verschleiern ließ? Wenn er das Grauen hatte mildern wollen, das von der abgezehrten Bewegungslosigkeit eines Leichnams ausgeht, dann hatte der Bildhauer sein Ziel verfehlt.

Der Fürst sagte mir, er wolle seine immerwährende Lampe vor diesem Grabmal brennen lassen.

«Selbst der Abbé Nollet wird begreifen», warf ich lebhaft ein, «daß die Verbesserung der öffentlichen Straßenbeleuchtung Sie nicht interessiert!»

Wir standen schweigend vor der Figur. Ohne es zu wollen, streckte ich eine Hand aus und versuchte, getäuscht von der wundervollen Nachbildung, einen Zipfel des Schleiers zu heben. Don Raimondo ergriff meine Hand und zog sie heftig zurück.

«Du hörst zuviel auf Don Antonio Perocades!» sagte er zornig.

Ich brachte stotternd irgendeine Entschuldigung hervor.

«Was meinst du, warum habe ich Christus wohl verschleiern lassen?»

«Das wollte ich Sie gerade fragen, Don Raimondo.»

«Was hat Christus deiner Meinung nach den Menschen gebracht?» fragte er und blickte dabei immer noch finster vor sich hin.

«Die Nächstenliebe, die Liebe...»

«Und außerdem?»

«Hat er nicht gesagt: ‹Liebet Euch untereinander›?»

«Ja, die einen und andern sollen einander lieben. Aber wer sind die einen, und wer sind die anderen?»

«Aber, Don Raimondo...»

«Verstehst du nicht, daß er mit diesen Worten erst die Trennung unter die Menschen gebracht hat? Zwischen die einen und die andern, zwischen dich und mich? Christus hat zuerst gesagt: Seid ihr selbst! Du, Paul, sei Paul! Und du, Peter, sei Peter! Er ist auf die Erde gekommen, um jeden zu lehren, daß er ein Mensch für sich ist, der eine eigene Seele hat, für die er verantwortlich ist. Er ist gekommen, um zu trennen, was ursprünglich geeint, und um zu teilen, was ein Ganzes war. Wir sind Christen, Porporino, weil du du bist, und weil ich ich bin. Wer weiß, ob wir ohne das Christentum nicht der eine und der andere zugleich hätten sein können, und der eine in dem anderen, und wir beide in allen Dingen, die uns umgeben, und alle Dinge und alle Wesen mit uns zusammen in der ursprünglichen Einheit!»

Ich wechselte einen Blick mit Sammartino, der mit unbeweglichem Gesicht aus respektvoller Entfernung zuhörte.

«Christus hat den Menschen das Prinzip der Identität gebracht, das zum Angelpunkt ihrer Kultur geworden ist. Du bist dieser und kein anderer! Gott hat dich erwählt, damit du dich selbst verwirklichst! Die wahren Verkünder der christlichen Religion sind heute die Freimaurer, obwohl sie glauben, sie verleugneten sie! Ich bin froh darüber, daß in der gleichen Stadt, in der Antonio Perocades einen jeden unter dem Bewußtsein der eigenen Verantwortlichkeit zu ersticken sucht, gleichzeitig das Evangelium Christi in der Kapelle der Sansevero eine erste Niederlage erleidet. Der Schleier, Porporino! Ich erkenne das Prinzip der Identifikation nicht an! Ich habe Christus verschleiert! Er ist unter dem Schleier nicht mehr ganz derselbe! Er ist nicht mehr ganz er selbst! Sieh hin! Er verflüchtigt sich vor unseren Augen! Er verschwindet!»

So war es nicht. Das Tuch bedeckte den Körper mit einem so durchsichtigen Schleier, daß es anstatt einen Teil des nackten Körpers zu verbergen und die Spuren der Agonie zu verwischen, mit furchtbarer Deutlichkeit die Wirkung des Leidens am Kreuz hervorhob. Ich blickte mit Entsetzen auf den Fürsten. Seine unbewußte Grausamkeit war schlimmer als jede überlegte Handlung. Wenn er Sammartino aus Abneigung gegen das rationelle Denken und aus Rache an den Freimaurern den Auftrag gegeben hatte, dieses Zerrbild Christi zu verschleiern, so hatte er gleichzeitig dem Künstler beim genauen Herausarbeiten der grausamsten Einzelheiten die Hand geführt.

Vielleicht glaubte er, wenn er mit einer flackernden Kerze in die Kapelle, in die Ruhe und Besinnlichkeit des großen nächtlichen Friedens hinabstieg, er erfreue sich an seinem philosophischen Sieg über seinen Feind, in Wirklichkeit aber kam seine ganze Freude daher, daß er sich nicht satt sehen konnte an dem Bösen, das man diesem angetan und an den Wunden, die man seinem Körper zugefügt hatte.

«Porporino!»

Ich fuhr zusammen.

«Das ist nicht dein ursprünglicher Name, nicht wahr?»

«Das wissen Sie doch, Don Raimondo.»

«Wie hast du in San Donato geheißen?»

«Vincenzo, Vincenzo del Prato.»

«Ah ja, jetzt erinnere ich mich.»

Seltsamerweise fragte mich Don Raimondo, je älter er wurde, um so häufiger nach der einen oder anderen Lebensgewohnheit aus San Donato. Es war mir unvorstellbar, daß die kleinen Ereignisse unseres Dorfes auch nur einen winzigen Teil der Aufmerksamkeit dieses Mannes verdienen sollten, der so hochmütig vor einer Prozession herschritt, daß er nicht einmal darauf achtete, ob sein feiner Schnallenschuh im Schmutz versank.

«Ich möchte, daß du mir heute sagst, warum du den Namen gewechselt hast. Was bedeutet der Name Porporino?»

Ich rief mir den fernen Tag in Erinnerung, an dem der Fürst ärgerlich geworden war, weil ich auf seine Frage falsch geantwortet hatte. Auf seine Frage, warum Carlo Broschi und Gaetano Majorano sich Farinelli und Caffarelli nannten, hatte ich geantwortet, daran erinnerte ich mich noch genau, daß sie gegen ihre Wohltäter nicht undankbar sein wollten. Und der Fürst war aus mir unverständlichen Gründen sehr böse geworden. Jetzt schien mir der Sinn seiner Frage klarer zu sein. Aber ich schwieg, um ihn nicht noch mehr zu irritieren.

«Sag mir, hast du lieber Vincenzo del Prato geheißen, oder gefällst du dir besser als Porporino?»

Aus Furcht, er habe mir eine Falle gestellt, machte ich nur eine unbestimmte Bewegung mit den Schultern.

«Du hast beide Identitäten, verstehst du? Du bist gleichzeitig weniger, aber auch mehr als Vincenzo. Der Schleier, Porporino, der Schleier! Das Pseudonym, das ist der Schleier! Oh, ich liebe Menschen deiner Art!»

Und dann, nach einem seiner brüsken Stimmungswechsel, die ihn plötzlich viel menschlicher machten, blickte er mich liebevoll an und fragte: «Sag mal, wie wirst du eigentlich mit deinem... Zustand fertig? Bist du glücklich, Porporino?»

«Ich bin Ihnen für alles unendlich dankbar!» rief ich.

«Das wollte ich nicht hören. Bist du mit deinem Leben rundum zufrieden? Oder hast du manchmal das Gefühl, es fehle dir etwas?»

«Ich weiß, daß ich nie ein großer Sänger werde», gab ich zur Antwort. «Aber, wissen Sie, Don Raimondo, ich bin nicht wie Feliciano. Ich habe keine Angst vor Nebenrollen.»

«Ja, gewiß», sagte der Fürst nachdenklich.

Er ging tiefer in die Kirche hinein, warf einen prüfenden Blick auf die farbigen Stuckdekorationen an der Decke über dem Altar, kam dann mit festen Schritten zurück, stellte sich vor mich hin und sagte:

«Ich möchte nicht, Porporino, daß du deine Sorgen für dich behältst!»

«Ich sage Ihnen die Wahrheit.»

«Du hast keine Familie, niemanden, dem du dich anvertrauen kannst...»

«Sie sind wie ein Vater zu mir gewesen!»

Ich wollte ihm die Hand küssen, aber er trat einen Schritt zurück, warf mir einen kühlen Blick zu und sagte:

«Du bist ein junger Kastrat.»

«Gott hat es so gewollt.»

«Denkst du oft daran?»

«Daß ich ein Kastrat bin?»

«Daß du nicht ganz so bist wie die andern.»

«Don Raimondo, wenn ich nicht von selbst daran dächte, würden die andern Leute schon dafür sorgen, daß ich es nicht vergesse! In den Salons wird über nichts anderes geredet! Wir werden angegriffen oder verteidigt. Auf mich nimmt dabei niemand Rücksicht.»

«Weil du zu bescheiden bist, Porporino. Darüber mache ich mir Gedanken.»

«Das ist nicht nötig, Don Raimondo.»

«Du willst mir doch nicht erzählen, daß du nie unter dem Vergleich mit jungen Leuten deines Alters gelitten hast!»

«Anfangs schon, aber jetzt...»

«Also anfangs doch?»

«Nun ja, manchmal habe ich nachts am Fenster meines Zimmers gestanden und geweint. Die Palme, die sich im Hof wiegte, sah so wehmütig aus.»

«Du hast geweint?»

«Ich hörte die jungen Leute auf der Straße rufen, ich hörte die knarrenden Fensterläden und das leise Geflüster von den Balkonen herab. Ich war fünfzehn Jahre alt.»

«Versuch, dich noch genauer zu erinnern.»

Ich hob überrascht den Kopf. Machte es ihm Spaß, mich jetzt, wo ich meine Ruhe gefunden hatte, mit solchen Erinnerungen zu quälen?»
«Wir hatten viel zu tun, Don Raimondo. Da blieb nicht viel Zeit, mich mit der Frage zu beschäftigen, ob ich glücklich sei!»
«Aber nachts hast du geweint.»
«Nicht jede Nacht. Ein- oder zweimal vielleicht.»
«Wie alt bist du jetzt?»
«Einundzwanzig.»
«Für einen Einundzwanzigjährigen bist du reichlich resigniert.»
«Wie sollte ich denn sein?»
«Ich werfe mir vor, daß ich dich so lange allein gelassen habe, Porporino.»
«Sie dürfen sich keine Vorwürfe machen!»
Der Fürst packte mich plötzlich am Arm und schüttelte mich heftig. Ein rotes Glimmen trat in seine Augen.
«Du hast doch gesagt, ich sei wie ein Vater zu dir gewesen?»
«Ja, gewiß», sagte ich erschrocken.
«Ein Sohn hat nicht das Recht, seinem Vater die Dinge zu verbergen, unter denen er insgeheim leidet.»
«Welche Dinge, Don Raimondo?»
«Du mußt mir alles sagen. Ich befehle es dir!»
Er packte mich noch einmal und ließ mich dann so unvermutet los, daß ich rückwärts auf einen Marmorblock fiel, der in einer Ecke abgestellt war. Am anderen Ende der Kapelle steckten die Bildhauer, die uns beobachtet hatten, die Köpfe zusammen.
Nachdem er mich von oben bis unten mit blitzenden Augen gemustert hatte, schien der Fürst wieder zu sich zu kommen. Er setzte sich neben mich auf den Stein. Ohne mich anzublicken, fragte er mit milder Stimme:
«Hast du daran gedacht, daß du dich niemals verheiraten kannst?»
«Verzeihen Sie, aber das sind sehr eigenartige Fragen!»
«Und . . . tut es dir nicht leid?»
«Daß ich nicht heiraten kann?»
«Ja.»
«Ach, wissen Sie, das Beispiel von Cimarosa mit seiner Köchin

hat mir genügt!»

«Heiraten», fuhr Don Raimondo fort, «das ist die wirkliche Verstümmelung, Porporino! Apropos, was gibt es Neues von Don Manuele?»

«Immer das gleiche», gab ich zurück und breitete betrübt die Arme aus.

«Der Geschlechtstrieb. Da siehst du, was das ist.»

Und nach einer Weile:

«Du hast wirklich keinen Grund, dich zu quälen!»

«Aber ich quäl mich ja auch nicht, Don Raimondo!»

Ich warf ihm einen schnellen Seitenblick zu. Die Kerze, von einer unbeweglichen Hand in zwei Schritten Entfernung gehalten, warf den riesigen Schatten seiner Nase auf die Wand.

«Doch. Du bist viel zu resigniert. Du machst ganz den Eindruck eines Menschen, der sich sagt: Mein Leben ist verpfuscht! Dein Leben ist nicht verpfuscht, Porporino! Dein Leben ist das schönste, das es geben kann. An deiner Statt wäre ich stolz! Die andern, ja, die andern sind verstümmelt. Alle andern! Betrachte das menschliche Leben: Wo ist es reicher, geheimnisvoller, angefüllter mit Möglichkeiten als in der Höhle des mütterlichen Leibes, bevor es noch begonnen hat? Der Embryo ernährt sich nicht durch den Mund, atmet nicht durch die Lungen: er ernährt sich und atmet als Ganzes durch die gesamte Oberfläche seines Körpers, der noch keine unterschiedlichen Organe besitzt. Sein Geschlecht ist noch nicht festgelegt. Kein Teil seines Wesens ist vom Ganzen abgetrennt, um eine besondere Funktion auszuüben, weil jeder Teil alle Funktionen auf einmal ausübt. Er ist in sich ein nahtloses Ganzes. Um geboren zu werden, muß er auf diese wunderbare Einheit verzichten: er muß sich in Beine und Arme, Mund und Verdauungsapparat unterteilen. Die Geburt ist die erste Verstümmelung. Das Neugeborene erinnert sich noch lange an den Zustand vor der Geburt. Es schläft soviel als möglich, eingerollt in das wohlige Dunkel, das sein Universum vor der unbegreiflichen Trennung von Tag und Nacht erfüllte. Es verwechselt seine Glieder, lutscht unterschiedslos an allem, was ihm in die Nähe kommt, unterscheidet nicht zwischen sich und den anderen. Es hält sich für die Welt. Noch *ist* es die Welt. Aber von allen Seiten wird es bedrängt: es soll heranwachsen, das heißt, sich von andern unterscheiden. Man kleidet Mädchen als Mädchen, Knaben als Knaben. Man bringt ihnen bei, daß der Tag in Abschnitte für mehrere deutlich voneinander unterschiedene Aufgaben wie Spielen, Essen und Schlafen unterteilt ist und daß nicht alle Stunden gleich gut für jede dieser Beschäftigungen geeignet sind. Mit sieben Jahren sagt man ihnen, jetzt bist du in dem Alter, wo du vernünftig sein mußt. Und das bedeutet: hör auf, Daumen zu lutschen, der Daumen ist für andere Zwecke da! Alles ist von nun an für andere Zwecke da. Das Kind lernt, Ordnung in die Aufgaben seines Körpers zu bringen, sie alle zu dem Zweck zu gebrauchen, für den sie bestimmt sind. Dann beginnt die Schulzeit: nun nimmt man sich seines Denkens an. Genug gespielt! Wenn du geglaubt hast, die Welt sei zu deinem Vergnügen da, dann wird es Zeit, daß du die Wahrheit kennenlernst. Du hast Lust, mit der Faust auf diesen Stein einzuschlagen? Tue es, und sieh dir danach deine Hände an! Die Welt ist etwas Reales, mein Kind. Die Welt existiert, und du mußt dich ihr anpassen. Achte vor allem auf das Feuer! Das Kind, das gebannt in die schönen Flammen geblickt hat, bekommt jetzt Angst vor den Funken, die es verbrennen könnten. Schluß mit den Träumen! Aber sei beruhigt, das Feuer kann auch nützlich sein, wenn du damit umgehen kannst! Es wird deine Nahrungsmittel kochen, zukünftige Hausfrau! So wird alles erschreckend, hoffnungslos real. Mit fünfzehn Jahren sagt man zu dem Knaben: was du schon für ein stolzer kleiner Mann bist! Du wirst ein Schwerenöter werden! Mit achtzehn muß er sich um seinen Beruf kümmern. Mit zwanzig um das Heiraten. Wählen, wählen! Des Menschen Weg führt von einer Verstümmelung zur andern, bis zum Tode ... Was ist deine kleine Verstümmelung gegen diese weltweite geistige und körperliche Kastrierung?»

‹Er verwendet so viel Energie auf diese eigenartige Rede, wie sein Urahn Cecco di Sangro auf den Versuch, aus seinem Sarg zu steigen›, dachte ich. Weiß der Himmel, warum mir dieser Vergleich durch den Kopf schoß. Meine Blicke irrten ziellos über die verschiedenen Grabdenkmäler, und das Hämmern am andern Ende der Kapelle verschmolz mit dem Rumpeln eines auf der Straße vorbeifahrenden Karrens. Don Raimondo starrte vor sich auf den Boden.

«Oh, ihr elenden Menschen!» rief er plötzlich aus. «Jeder von euch mißt seinen Erfolg an dem kleinen Stück Land, das er sich erobern konnte. Aber du, Porporino, du gehörst keinem Geschlecht an, das heißt, du vereinst in dir beide Geschlechter. Du wirst nie einen festen sozialen Rang innehaben, also wird dein Platz überall auf Erden zugleich sein. Du wirst niemals die Reife erlangen, deine Lebenszeit wird nicht von der unendlichen Zeit des Universums abgetrennt sein, die kein Alter, keine Abstufungen, keine Entwicklung, keine Entfaltung kennt. Kind oder Greis, Mann oder Weib, wer bist du? Du bist nirgends, du bist niemand, du bist nichts; das heißt: du bist alles! Weißt du, daß zwischen dir und mir weniger Abstand ist, als man glauben könnte? Bei allen meinen Arbeiten geht es um den Versuch, die ursprüngliche Einheit des Kosmos durch das Aufheben jener Unterscheidungen wiederherzustellen, mit der die Gelehrsamkeit der Menschen die Dinge voneinander zu trennen sucht. Ich interessiere mich nur für die Ursprünge! Wir beide könnten, wenn du wolltest, das Paradies wiederfinden. Ja, das Paradies! Der Fürst von Sansevero und der kleine Konservatoriumszögling könnten gemeinsam direkt in den Himmel aufsteigen!»

Ich hätte alles dafür hingegeben, um nicht den heißen Atem des Fürsten in meinem Nacken zu spüren und nicht auf seine absurden Vorschläge antworten zu müssen. Entweder machte er sich über mich lustig, oder aber er würde mir, sobald er seine Fassung wiedererlangt hatte, diese verrückte Schwärmerei nie verzeihen. Ich ahnte – leider – noch nicht, daß diese irren Phantasmagorien mehr und mehr von seinem Geist Besitz ergreifen sollten und er wirklich versuchen würde, sie mit wissenschaftlicher Genauigkeit ins Werk zu setzen.

Und was die begeisterten Lobesworte anbetraf, die seinen zärtlichen Ausbruch begleitet hatten, so beruhigten sie mich keineswegs. Dazu war mir die grausame Hartnäckigkeit, mit der er mir das Geständnis entreißen wollte, daß ich in meinem Zimmer geweint hatte, weil ich ein Kastrat war, noch allzu gegenwärtig.

Glücklicherweise verbrachte er sehr viel Zeit damit, die Fortschritte der Arbeit an den zwei letzten Statuen zu überwachen. Corradini arbeitete an dem Stuckmodell einer Frauenfigur. Sie stand links neben dem ersten Pfeiler, nahe dem Altar und sollte, wie mir der Fürst sagte, eine Allegorie der Schamhaftigkeit sein. Ein Schleier (noch ein Schleier!) verhüllte die ganze Gestalt mit Ausnahme der Füße. Sie hatte den Kopf seitlich geneigt und das ganze Gewicht auf ein Bein verlagert, eine Haltung, die die Rundung ihrer Hüften und die Fülle ihres Beckens schön zur Geltung brachte. In der rechten, herunterhängenden Hand hielt sie das eine Ende einer Rosengirlande, deren anderes Ende über dem angewinkelten linken Arm hing; die linke Hand stützte eine schräg gegen den Pfeiler gestellte Marmorplatte, die ihr bis zur Taille reichte. Der Fürst ließ eine Ecke der Platte abbrechen und in die Mitte eine lange Grabinschrift setzen. Er widmete die Figur dem Andenken seiner Mutter, Donna Cecilia Caietani dell'Aquila d'Aragona, die mit fünfundzwanzig Jahren gestorben war.

Ein seltsames Netz, eine Art Fangnetz aus dicken Seilen und großen viereckigen Maschen war um die männliche Figur geschlungen, die Francesco Queirolo für den rechten Pfeiler gearbeitet hatte. Ein kleiner Knabe half einem Mann, sich aus dem Netz zu befreien, indem er einen Zipfel davon emporhielt und so Brust, Gesicht und den über den Kopf gehobenen Arm freilegte. Der Mann blickte starr auf den Knaben, der ein Band in seinen Locken und wie ein Engel Flügel auf seinem Rücken trug. Don Raimondo erklärte mir, daß sein Vater, vor Kummer dem Wahnsinn nahe, nach dem Tod seiner Frau auf der ruhelosen Suche nach Abenteuern die Welt durchstreift habe, bis er sich eines Tages, von der Gnade berührt oder des mondänen Lebens überdrüssig, in ein Kloster zurückzog und seinen Sohn den Jesuiten im Collegio Clementino anvertraute. Der Fürst wollte darum aus dieser Figur eine Allegorie der Enttäuschung machen. Ich blickte Don Raimondo ungläubig an. Ein Werk zum Ruhme der christlichen Reue hätte er niemals in Auftrag gegeben. Ich hatte den Eindruck, er verberge mir etwas oder er halte den Zeitpunkt noch nicht für gekommen, um mich einzuweihen.

Er interessierte sich übrigens mehr für die andere Statue, jene große, die Schamhaftigkeit darstellende Frauenfigur. Wenigstens konnten die Leute, die behaupteten, er paktiere in seinem Laboratorium mit dem Teufel, ihm nicht vorwerfen, er lasse es seiner Mutter gegenüber an Ehrfurcht fehlen.

Er hatte dem Bildhauer einen Kupferstich in einem Ebenholzrahmen mitgebracht, der ihm als Modell dienen sollte. Donna Cecilia lehnte stehend mit der Grazie einer antiken Tänzerin an einer Säule aus Pompeji: sie war schmal und zierlich gebaut, ja in den kaum angedeuteten Linien ihres Körpers lag noch – wie soll ich es ausdrücken? – etwas mädchenhaft Unbestimmtes. Der Bildhauer hatte meiner Meinung nach die Beine etwas zu kräftig, das Becken zu breit gemacht, und ich war sicher, daß er sich eines Tages von Don Raimondo einen Tadel und den Befehl holen würde, diese Teile noch einmal zu bearbeiten. Im Augenblick aber überwachte der Fürst die Ausführung der Rosen, deren Girlande sich, auf dem Leib ruhend, in weicher Wellenlinie rundete. Rosen und Schleier waren Symbole für Donna Cecilias Reinheit und Bescheidenheit, das abgebrochene Stück der Grabplatte ein elegischer Hinweis auf die kurze Dauer ihres Lebens.

Die junge Brust war unter dem Schleier kaum zu sehen. Hier, in dem Bemühen, seine Mutter zur Jungfrau, zur androgynen Figur hin zu idealisieren, fand ich Don Raimondo wieder ganz im Einklang mit sich selbst.

Während er mit seinen Fingern über die wunderbar ziselierten Rosenblätter fuhr, fragte Don Raimondo ganz unvermittelt Corradini, ob er mit der Beckenpartie zufrieden sei.

«Exzellenz», antwortete der Bildhauer, «ich bin mir schon lange darüber klar, daß ich daran noch arbeiten muß. Es ist nicht gut, daß Donna Cecilia sich nur auf ein Bein stützt. Dadurch, daß der Leib seitlich verschoben wird, wirkt er zu schwer ...»

Der Fürst unterbrach ihn heftig.

«Dummkopf! Du verstehst nichts davon. Sieh her!»

Er griff mit beiden Händen in den Kübel mit Stuckmasse, modellierte mit unglaublicher Geschwindigkeit einen enormen, geschwollenen, gespannten Bauch und sagte dann, auf sein Werk zeigend, lachend zum Bildhauer:

«So. Nun los!»

«Aber gern, Exzellenz», erwiderte der Bildhauer.

Er war der Meinung, der Fürst habe, um seinen Irrtum hervorzuheben, absichtlich übertrieben. Er nahm also sein Werkzeug wieder zur Hand, aber nach wenigen Minuten begann Don Raimondo wieder von neuem:

«So nicht, hab ich dir gesagt! Du machst das Becken eines jungen Mädchens, aber es ist meine Mutter», fügte er hinzu und betonte jedes Wort, «meine Mutter, meine Mutter!»

Antonio Corradino blickte, unsicher geworden, den Fürsten an. Zoll für Zoll zeigte Don Raimondo ihm, was er tun sollte. So verbreiterten sie die Hüften, gaben dem Becken mehr Volumen, verstärkten die Oberschenkel, spannten den Schleier über dem Bauch, vertieften den Spalt zwischen den Beinen: nach einigen Tagen war aus der jungfräulichen Kore eine füllige Matrone geworden. Mehr als einmal griff der Fürst selbst zum Spachtel. Ich verstand nicht, was vorging, besonders da er von Zeit zu Zeit innehielt und lange unartikulierte Klagelaute ausstieß. Die Rosengirlande rekelte sich wie ein obszönes Tier auf dem fülligen Leib.

Danach kamen die Brüste an die Reihe.

«Hol sie heraus!», befahl er dem Bildhauer.

Diesmal ging die Arbeit Corradini leicht von der Hand.

«Noch mehr, noch mehr!» drängte Don Raimondo mit rotunterlaufenen Augen.

Er wirkte wie ein Mann, der endlich Rache nehmen kann. Der Schleier, der zunächst locker über den Körper gefallen war und ihn züchtig verbarg, betonte nun mit unkeuscher Deutlichkeit dessen Rundungen. Das war nicht mehr die Donna Cecilia von dem Kupferstich, das war eine mächtige mütterliche Gebärerin mit einem kräftigen Unterleib und von Milch strotzenden Brüsten.

«Kannst du dir das vorstellen!» Don Raimondo schrie mich fast an; in einem solchen Zustand der Erregung hatte ich ihn noch nie gesehen. «Was hat mir Donna Cecilia für einen bösen Streich gespielt! Aus dem Schoß dieser Frau bin ich hervorgegangen!»

Er stockte, und seiner Kehle entrang sich ein seltsamer Klagelaut; entsetzt hockte sich der Bildhauer in eine Ecke, um sein Werkzeug zusammenzuräumen.

«Sie hat mich betrogen! Sie hat mich hereingelegt! Sie hat mich für immer in die Ordnung der menschlichen von Menschen geborenen Kreaturen gezwängt! Die Eltern müßten abgeschafft werden! Glaubst du», fuhr er fort, nahm mich beim Kragen und stieß mich zu der Figur seines Vaters hinüber, «glaubst du, daß ich mich genügend gerächt habe? Ich habe den Sohn dargestellt, wie er den Schleier der väterlichen Allmacht lüftet. O nein, das ist noch nicht genug! Er hätte das Netz völlig herunterreißen, seinen nackten Vater von oben bis unten mustern und sich satt sehen sollen an dem widerwärtigen Anblick des Organs, mit dessen Hilfe er gezeugt wurde! Gibt es etwas Schrecklicheres, Erniedrigenderes, Hoffnungsloseres als den Gedanken, daß wir Sklaven der natürlichen Fortpflanzungsgesetze sind? Aber diese da», fügte er hinzu und zog mich wieder vor die Statue seiner Mutter, «die ist mir wenigstens nicht mißlungen! Sie soll mir noch in fernen Jahrhunderten für das Verbrechen büßen, daß sie mich geboren hat. Wenn ich bedenke, daß ich ihr mein Leben verdanke! Wurden die Winde, die über die Erde wehen, zwischen den Schenkeln einer Frau geboren? Wurden die Wellen, die sich singend am Ufer ausbreiten, an den Brüsten einer Mutter gesäugt? Warum können wir nicht unser eigener Ursprung sein? Warum müssen wir, um zu existieren, den einengenden Regeln eines biologischen Vorgangs unterworfen sein? Welch ein unerträgliches Ärgernis ist doch die Geburt! Ach, diesen reifen Ammenkörper habe ich gehörig gegeißelt, nicht wahr? Ich werde also nicht vergebens gelebt haben... Arme Rosen... Sie haben diese Behandlung vielleicht nicht verdient...»

Er gab zwar zu, daß er gegenüber dem Ärgernis der Geburt hilflos war, aber sein gestörtes Hirn ließ ihn glauben, er könne mit dem Ärgernis des Todes, der unseren irdischen Weg auf ein winziges Stück innerhalb der Ewigkeit beschränkt, fertig werden.

Eines Abends, als ich zur gewohnten Stunde im Palast erschien, faßte er mich bei der Hand und flüsterte mir hastig zu, die Gelegenheit sei günstig, das Fieber habe gerade eben zwei seiner Bedienten dahingerafft. Von einer entsetzlichen Ahnung befallen, sah ich mich um. Die Leichen, ein Mann und eine Frau, lagen im Halbdunkel des Souterrains mit offenem Mund und weit aufgerissenen Augen auf einem einfachen Gestell. Der Tod mußte erst vor einigen Minuten eingetreten sein. Instinktiv streckte ich eine Hand aus, um ihnen die Augen zu schließen.

«Nur das nicht», sagte der Fürst. «Nimm diese Schalen, schnell, wir dürfen keine Zeit verlieren.»

Mit einem kleinen spitzen Messer öffnete er geschickt die Venen am Handgelenk und dann die Arterien am Oberschenkel. Schwärzliches Blut sprudelte hervor. Er ließ die Schalen nicht aus den Augen; sobald sie vollgelaufen waren, leerte ich sie in einen Eimer. Währenddessen hatte Don Raimondo ein Glas von einem Bord genommen. Mit einem elfenbeinernen Löffel holte er eine silbrig glänzende Substanz daraus hervor, die wie eine Flüssigkeit zitterte. Er ließ einige Tropfen davon in seine Hand fallen: sie formten Kugeln, die umherrollten wie Perlen. Als die beiden Körper ausgeblutet waren, füllte der Fürst die silbrige Substanz in eine Spritze, die er dann mir zum Halten gab. Er nahm indes ein Schlachtermesser vom Haken, stach es in die Brust der einen Leiche, spaltete den Brustkorb, drückte die Rippen beiseite, tauchte seine Hände in den noch warmen Körper und legte das Herz frei. Das alles tat er mit einer Geschicklichkeit, die mir wunderbar vorgekommen wäre, hätten Ekel und Abscheu nicht alle Überlegungen ausgelöscht. Ich bildete mir ein, daß die Augen beider Toten beharrlich meinen Blick suchten.

Don Raimondo betastete das Herz von allen Seiten, während er sorgfältig darauf achtete, weder die elastischen Bänder, mit denen es an den Rippen befestigt war, noch die Adern, die den Impuls auf das übrige Zirkulationssystem übertragen, zu beschädigen. Dann griff er zur Spritze, stach die Nadel mitten in eine der Herzkammern und preßte die silbrige Flüssigkeit ins Herz. Als er auch mit dem zweiten Toten fertig war, reinigte er das Messer, hängte es wieder an den Haken und tauchte seine Hände in den Eimer mit Blut. Die gallertartige Masse zitterte wie Gelee. Schließlich fuhr der Fürst ganz langsam mit gespreizten Fingern an den Flanken der Leichen entlang und hinterließ auf ihren Körpern zehn schwarze Streifen, während er leise eine Beschwörungsformel murmelte.

Danach half ich ihm, die Leichen in einer Wandnische des Souterrains unterzubringen.

«In drei Tagen», sagte er, «werden sie wieder lebendig sein.»

Drei Tage vergingen. Ich wagte niemandem zu erzählen, was ich gesehen hatte.

Don Manuele wiederholte mir noch zweimal, als sei es ein magischer Zauberspruch, bei dem die Worte weniger wichtig sind als der Ton, daß Don Carlo Gesualdo, der Fürst von Venosa, der seine Gemahlin Maria d'Avalos mit Fabrizio Carafa zusammen überrascht hatte, beiden eigenhändig das Schwert ins Herz gestoßen habe.

Am Abend des dritten Tages eilte ich in den Palast. Wir öffneten die Nische.

«Sieh nur! Siehst du, wie ihre Augen glänzen?» flüsterte Don Raimondo atemlos.

Wir zogen sie vorsichtig aus der Nische heraus.

Kein Geruch. Sei es, daß in den drei Tagen das Fleisch von der Vulkanerde resorbiert worden war, sei es, daß es sich unter dem Einfluß der vom Fürsten eingespritzten Droge verflüchtigt hatte – es waren nur noch die Skelette und, o Wunder, das gesamte Blutkreislaufsystem da: die Venen und Arterien und jedes kleinste, haardünne Äderchen: alles war intakt, verhärtet und wie metallisiert. Nicht nur Arme, Beine, Kopf, Hals und Rumpf wurden von diesem Netz ihrer erstarrten Blutgefäße zusammengehalten; auch die inneren Organe wie Herz, Lungen, Magen, Nieren, Leber, Eingeweide – ja sogar der im Bauch der verstorbenen Frau zusammengekrümmt ruhende Embryo – hatten ihre vom Geflecht der Adern gezeichnete Form behalten. Ich stand wie angewurzelt da, die makabre Phantasie eines Uhrmachers hätte keine so täuschend ähnlichen Automaten ausdenken können; es schien, als könnte ein Tropfen einer warmen Flüssigkeit, wenn er in dieses Röhrensystem geträufelt würde, nach und nach das Ganze wieder beleben, wie bei chemischen Versuchen, wo die Flamme des Brenners den Alkohol in den Röhren des Destillierapparates schneller kreisen läßt.

«Gib mir deinen Arm», sagte Don Raimondo plötzlich. Ich war so betäubt, daß ich ihm meinen Arm reichte. Ich spürte einen scharfen Schmerz. Don Raimondo hatte die Nadel seiner Spritze in meine Vene gestoßen. Er entnahm mir Blut – hatte ich seinen Gedanken erraten? – und injizierte es in das Herz der Leiche.

«Gleich wird er sich bewegen! Er bewegt sich!»

Es war der Widerschein seiner Lampe, der über das starre Auge des Toten huschte. Das intakte Auge, mit Hornhaut, Iris und

Pupille, und mit all seinem Glanz.

Tag für Tag, Nacht für Nacht wiederholte der Fürst seinen Versuch. Dazu brauchte er frisches Kastratenblut. Bei meinem Eintreffen nahm er ein rotes, kaum angebratenes Stück Fleisch vom Feuer und zwang mich, es fast blutig zu essen. Ich fürchtete mich vor den Leichen, die aussahen wie unheilvolle, von einem irren Einbalsamierer eingeschläferte Puppen; ihre Münder standen immer noch offen, und die Gedärme, die eine silbrige Farbe angenommen hatten, schimmerten im schwachen Licht unserer Kerzen.

Lange nachdem er sich überzeugt hatte, daß dieses Experiment gescheitert war, ja sogar, als er schon ein neues vorzubereiten begann, ging Don Raimondo noch auf Zehenspitzen durch das Souterrain, in der Hoffnung, die starrblickenden Augen könnten sich bewegen, die Toten könnten sich auf ihren Gestellen aufrichten, ihre Herzen könnten anfangen zu schlagen, und rotes Blut könnte von neuem durch ihre Adern pulsieren.

Gott oder Tier

«Gift oder Pistole», murmelte er, «ist das wichtig?» Er zuckte mit den Achseln. «Die Entscheidung ist getroffen.» Er blickte sich um. «Alles übrige ist unbedeutend... Und doch muß ich wählen.» Er drückte die Mündung der Pistole an seine Schläfe und zuckte bei der Berührung des kalten Metalls zusammen. «Nein, nicht die Pistole...» Er sah das Blut vor sich, Stücke der geplatzten Schädeldecke, kleine Häufchen Hirn auf dem Teppich... «Du willst also unversehrt hinübergehen? Gefällt dir dein Gesicht so gut?» Nein, das war es nicht. Welchen Anblick er nach seinem Tode bieten würde, war ihm gleichgültig. Er hatte übrigens klare Anweisungen hinterlassen: keine offiziellen Benachrichtigungen, keine Aufbahrung, keine Feierlichkeiten. Eine sofortige, unauffällige Beisetzung. Warum also keine Pistole? Im Nu war alles vorüber.

Hopp, mit einem Sprung in den Tod. Ja, warum nicht? Es lohnte sich, dieser Abneigung auf den Grund zu gehen.

Don Manuele legte die Pistole auf den Tisch. Schweißperlen standen auf seiner Stirn. Es wurde ihm klar, daß er niemals auf den Abzug drücken könnte. Fehlte es ihm an Mut? Darum ging es nicht; an seinem Entschluß würde er in jedem Fall festhalten. Er brauchte nur das Mittel zu wählen. «Wenn nicht die Pistole, dann eben Gift.» Die kleine Phiole glänzte in Reichweite vor ihm auf dem Tisch. Er nahm sie in die Hand, wendete sie zwischen den Fingern, führte sie zum Munde und hätte fast den Stöpsel herausgezogen. «Langsam, langsam.» Er stellte die Phiole wieder zurück. Warum hatte er gesagt: «Langsam?» Das Gift entsprach genau der von ihm gewünschten Todesart. Ein sanfter Tod sollte es sein. Es war nicht gut, hastig zu sterben, und das Gift würde nicht auf einen Schlag töten. Aber warum wollte er nicht mit einem Schlag getötet werden? Gab es einen Unterschied zwischen einem Tod durch die Pistole und einem Tod durch Gift? Einen ungeheuren Unterschied, das spürte er instinktiv, auch wenn er dafür noch keine Erklärung finden konnte.

‹Mit der Pistole zertrümmerst du etwas. Du bietest dem Leben, das du nicht mehr leben willst, die Stirn. Du greifst es an. Du schlägst ihm ins Gesicht. Und wenn du nun gerade das nicht willst? Du suchst ja nicht den Bruch. Die Todesart, die dir zusagt, hat nichts von einer Herausforderung. Du möchtest... Du möchtest verschwinden, verlöschen... Eine Art Schlaf... Wie ein dichtes Dunkel, in dem du dich auflösen, dich wieder vereinen könntest mit... ja, womit? Mit wem? Das Dunkel, ja das ist es... Eine Art schwarzen Wassers, in dem ich langsam versinken würde... und es wäre wie eine Heimkehr... Eine Heimkehr wohin? Es wäre das gleiche Gefühl, das du empfindest, wenn du in die Krypta hinuntersteigst... Dort hast du wirklich den Eindruck, an deinem Platz zu sein: mit dem Gift wäre es etwas Ähnliches, aber auf eine vollkommenere Art, denn du würdest nie wieder fortgehen... Du möchtest deinen Platz wiederfinden, du willst sterben, um deinen Platz wiederzufinden... Das ist auch der Grund, warum ich mich nicht bei Tagesanbruch töten werde... Man tötet sich bei Tagesanbruch, wenn man zum Leben nein sagen, wenn man ihm seine

Absage entgegenschleudern will ... und dann wäre die Pistole das richtige Mittel – laut und zerstörerisch ... Man tötet sich bei Anbruch der Nacht, wenn man den Tod, das Dunkel, die Nacht bejaht ... Keine brutale Bewegung ... Man muß sich aufnehmen lassen ... Ich werde auf den heutigen Abend warten, um mich zu töten ... Ich werde so leise wie möglich in die Nacht hinabsteigen, wie auf einer großen Treppe, die endlos in das Innere der Erde hinabführt ... Hinab, hinab ... Niemals die letzte Stufe erreichen, das ist die Erlösung.›

Er holte tief Atem. Eigenartig, dieser Vergleich: zweimal nacheinander hatte er seinen Selbstmord mit der Wendeltreppe verglichen, die in die Krypta der Kapelle hinabführte, in der sein Vater ruhte. ‹Mein Vater ... Sollte ich ...› Eine große Erregung packte ihn. ‹Wie war das noch? Ich habe Feliciano kennengelernt, kurz nachdem Caterina mit dem Sänger fortgegangen war ... Mein Vater hat sterben wollen, und ich habe derweil ...› Plötzlich hob er den Kopf und rief laut: «Ich ja auch!» Er wußte selbst nicht, warum ihm dieser Ausruf entfahren war.

‹Versuch dich zu erinnern! Du liefst kreuz und quer durch die Stadt und suchtest vergebens vom Gedanken an deinen Vater loszukommen ... Der Kummer richtete ihn langsam zugrunde, und du ranntest wie ein Narr durch die Straßen, weil du nicht wußtest, wie du ihm in seiner Not helfen konntest ... Du liebtest ihn mehr als alles andere auf dieser Welt, du hättest dich ihm zu Füßen werfen und ihm zurufen wollen: ‹Sieh mich an! Ich, dein Sohn, ich lasse dich nicht im Stich!› Aber ich hatte nichts, was ich ihm hätte schenken, nichts, was ich hätte opfern können, um ihm meine bedingungslose Ergebenheit zu beweisen ... Und er ist gestorben, ohne zu ahnen, wie gern ich mein Leben für ihn hingegeben hätte, wenn dies der Preis für Caterinas Rückkehr gewesen wäre.›

Er blickte einen Augenblick still vor sich hin.

‹Eines Tages hat mich also der Zufall in die Nähe des Konservatoriums geführt. Feliciano ging über die Piazza dei Gerolomini. Ich hatte ihn noch nie gesehen. Er fiel mir in der Menge sofort auf ... Und ...› Er hielt inne, bevor er leise weitersprach: «Was versuche ich eigentlich herauszufinden? ... Ist es nicht natürlich, daß er mir auffiel? Kann eine solche Schönheit unbemerkt bleiben? Alle Welt blickt doch auf ihn!» Das stimmte, aber würde er sich nur um der Schönheit willen mit solcher Heftigkeit an Feliciano geklammert haben? «Ich konnte keinen seiner Blicke auf mich lenken. Er zeigte mir ganz offen seine Verachtung. Er spürte es wohl, daß ich am Ausgang des Konservatoriums auf ihn lauerte und ihn nicht aus den Augen ließ, während er über den Platz ging. Oh, ich erinnere mich genau an jede Einzelheit. Er ging absichtlich auf mich zu und blickte dabei woanders hin . . . Er kam näher; er war da; ganz nah, in Reichweite . . . Er ging vorüber! Er war vorübergegangen! Er hatte mir nicht das Gesicht zugewandt! Und ich stand da und war unfähig, eine Bewegung zu machen, und alle Tage mußte ich diese Demütigung einstecken, die um so größer wurde, je intensiver ich mit den Augen verfolgte, wie er sich gleichgültig in der Menge verlor . . .›

Warum überfielen ihn gerade heute die Erinnerungen an jene Zeit? Welche Verbindung gab es zwischen Caterinas Verrat und seinen Erfahrungen mit Feliciano? Er hatte Feliciano getroffen und sich wahnsinnig in den jungen Mann verliebt. Und Feliciano war gutmütig genug gewesen, ihn nicht sofort zurückzuweisen, obwohl der Altersunterschied allein ihm einen ausreichenden Vorwand geliefert hätte . . . Und dann . . . Dann hatte er den Kopf verloren. Und das Ende dieser unseligen Geschichte . . . «Hier ist es!» rief er und legte seine Hand auf die Giftflasche.

‹Ja, aber warum hast du dich gerade an ihn geklammert? Warum hast du keinen andern gewählt?› – ‹Du Narr! Hat man die Wahl, wen man liebt?› – ‹Vielleicht nicht, aber dennoch . . .› – ‹Was willst du sagen?› – ‹Nun, als er dich im Hof des Konservatoriums stundenlang warten ließ, ohne sich je am Fenster zu zeigen . . .› – ‹So war es doch verabredet! Da mußt du bessere Argumente finden!› – ‹Ach nein, es war also zwischen euch ausgemacht, daß du dir vor dem Fenster die Beine in den Leib stehen und daß die Lehrer des Konservatoriums sich über dich lustig machen sollten?! Und die Schüler auch und sogar der Pedell, wenn du es ganz genau wissen willst!› – ‹Der Pedell! Was hatte ihm denn verraten, daß ich nicht dorthin kam, um musikalische Fragen zu diskutieren?› – ‹Was? Das Taschentuch natürlich, das am Fenster im ersten Stock hing und das du nicht einen Augenblick aus den Augen gelassen hast.› – ‹Und weiter?› – ‹Weiter? Bei Startuffo, wenn er die Verabredung nicht einhielt...› – ‹Schweig!› – ‹Da war noch Zeit, dich wieder zu fangen, wenn dir wirklich dein eigenes Glück etwas bedeutete.› – ‹Was willst du damit sagen?› – ‹Warte! Anstatt mit dieser aussichtslosen Leidenschaft Schluß zu machen, hast du ihn in deinen Palazzo eingeladen.› – ‹Eben! Doch nicht um mich zu bestrafen. Du kannst doch nicht behaupten, daß ich nicht um ihn geworben hätte!› – ‹Ganz im Gegenteil, du suchtest Beweise dafür, daß er dir nie angehören würde.› – ‹Warum hätte ich nächtelang an meinem Fenster gesessen?› – ‹Weil du insgeheim ein Ziel verfolgtest, das nichts mit Feliciano zu tun hatte.› – ‹Schweig!› – ‹Aber, aber! Als ob du nicht von Anfang an gewußt hättest, wo er seine Nächte verbringt!› – ‹Schweig, ich flehe dich an!› – ‹Und als ob du nicht auch gewußt hättest, daß sich alle hinter deinem Rücken über dich lustig machen...› – ‹Alle außer dem König, der mir ins Gesicht lacht!› – ‹Siehst du!›

Don Manuele merkte zu seiner großen Verwirrung, daß er laut vor sich hin lachte. Er faltete die Hände und wandte sich mit bittend erhobenem Gesicht Felicianos Portrait zu, das an der Wand hing: «Verzeih, Feliciano... Wie habe ich nur so etwas denken können?... Verzeih... Du warst der Schönste... Ich habe in meinem Leben nur dich geliebt, und was auch geschehen mag, du bist mein einziges Glück auf dieser Welt gewesen... Niemand wird mich zu dem Geständnis zwingen können, daß ich nicht nach Kräften versucht habe, mit dir glücklich zu sein!» rief er und ließ dabei seine Fingergelenke knacken. Schwer atmend stützte er sich auf die Tischkante. Er wußte nicht, warum ihn dieser Gedanke so quälte und warum er sich so heftig dagegen wehren mußte. ‹Habe ich ihn nicht bis zum Wahnsinn geliebt? Liebe ich ihn nicht immer noch tausendmal mehr als mich selbst? Würde ich nicht alles für ihn hergeben? Warte ich nicht immer noch auf ihn? Hatte mein Leben einen Sinn, bevor ich ihn traf? Und beweist das Gift, das ich nehmen will, nicht auch, daß...› Er fuhr zusammen. Wieder waren seine Gedanken in eine unerwartete Richtung abgeglitten. Zum drittenmal nahm er die Phiole in die Hand und konnte lange den Blick nicht von ihr wenden.

‹Warum will ich mich heute abend töten?› Eine Stimme antwortete aus der Stille heraus: «Könntest du sagen, warum?» Und nun hörte er sich die geheimnisvollen Worte aussprechen: «Dein Vater erwartet dich.» Er blickte sich um, als fürchte er, jemand könne ihn belauschen. ‹Dein Vater erwartet dich›, was sollten diese Worte bedeuten? Er konnte nicht entdecken, welche Stimme sie ihm eingegeben hatte, aber sie drängten sich ihm mit einer furchtbaren Klarheit auf. Furchtbar? Nein, sanft, sanft und einleuchtend. Alles wurde plötzlich einfach. Er würde das Gift nehmen, während die Dämmerung sich über die Stadt senkte; eine Schwere würde sich nach und nach in seinen Adern ausbreiten, und er würde beginnen hinabzusteigen; und ganz am Ende des tiefen, schwarzen Abgrunds würde eine große Gestalt ihm die Arme öffnen und ihn ans Herz drücken.

«Er erwartet dich. Du weißt doch selbst sehr gut, daß man sich mit Gift nicht wirklich tötet. Bist du jetzt bereit, dich mit ihm zu vereinigen?» Don Manuele neigte den Kopf. «O Vater! Bitte vergib mir, daß ich so lange gezögert habe.» Ein Lachen. «Du brauchst dir keine Vorwürfe zu machen. Du hast dich nie anders verhalten, als er es gewollt hätte.» Er hob den Kopf und blickte starr geradeaus. «Was sagst du? Bin ich nicht irren Gedanken nachgejagt, hab ich nicht monatelang lächerliche Hoffnungen gehegt?» – «Lächerlich, das ja.» – «Hab ich nicht während all dieser Zeit meine Sohnespflichten vernachlässigt?» – «Überhaupt nicht, Don Manuele.» – «Überhaupt nicht? Aber wenn du selbst mich fragst, ob ich endlich bereit sei, mich wieder mit ihm zu vereinigen?» – «Du hast ihn nie wirklich verlassen.» – «Als ich Feliciano nachlief...» – «Es war gar nicht Feliciano, den du geliebt hast!»

Er ging nun, von Entsetzen getrieben, auf und ab. «Nicht Feliciano...?» – «Nein. Du hast die Demütigungen geliebt, mit denen er dich quälte. Damals wußtest du das nicht, aber jetzt wirst du es verstehen.» – «Ich glaube dir nicht!» Doch die Stimme fuhr kalt fort: «Hör zunächst einmal auf, so umherzulaufen! Versuch dich zu fassen! Du erinnerst dich doch noch gut daran, daß du in den ersten Tagen, als Feliciano an dir vorüberging und absichtlich deinen Blicken auswich, fest entschlossen warst, nie wieder in diese Gegend zu kommen.» – «Das ist wahr», murmelte er. «Und doch bist du wiedergekommen.» – «Weil er so schön war. Ich konnte meine

Augen nicht von ihm losreißen.» – «Wie bist du hartnäckig! Du bist wieder zur Piazza dei Gerolomini zurückgekehrt, weil ich dir eingeflüstert habe: das ist die Gelegenheit, um deinem Vater zu beweisen, daß du ihm treu bleibst.» – «Du hast mir das gesagt?» Er blickte sich angstvoll nach allen Seiten um. «Du hast Angst vor der Wahrheit. Ich muß zugeben, daß du es ausgezeichnet verstanden hast, sie zu verschleiern. So viel Leidenschaft!» Wieder ein Lachen. Don Manuele drehte sich lebhaft um. «Such nur!» sagte die Stimme. «Ich bin weder hinter dir noch vor oder neben dir ...» – «Wo bist du denn?» rief er aus. «Überall, wo auch du bist. Ich war zum Beispiel mit dir bei Startuffo, dem ausgezeichneten Konditor, in dem Raum mit den vielen Spiegeln. Erinnerst du dich noch an den Herrn, der seine Biskuittorte verzehrte, indem er erst mit seiner Gabel die kandierten Früchte herauspickte? Wer weiß, ob ich nicht dieser Mann war! Du hattest ein Stück Vesuviana bestellt, mmm! Meine Torte erschien mir plötzlich fade, der Duft von Bergamotte und die herrliche Karamelsauce machten mir den Mund wäßrig. Alle dreißig Sekunden hast du auf die Uhr gesehen; und ich hab mich zu dir gebeugt und dir ins Ohr geflüstert: ‹Worüber willst du dich beklagen? Du lebst, du kannst dir sogar einen Kuchen bestellen!› Und weißt du, was du geantwortet hast?» Er schüttelte den Kopf. «Du hast mir geantwortet: ‹Wir sind auf jeden Fall quitt, denn er kommt ja nicht.› An wen hast du gedacht, als du das sagtest? An *wen sonst*?»

Don Manuele breitete die Arme aus. «Und in deinem Palast, wenn du am Fenster gewartet hast ...» – «Habe ich ihm nicht gerade damit», sagte er heftig, «den größten Liebesbeweis gegeben, den ...» Er wurde von demselben mokanten Lachen unterbrochen. «Wem *ihm*?» – «Aber ...» – «Siehst du, du zögerst!» – «Ach, ich weiß nichts mehr!» sagte Don Manuele müde und fuhr sich mit der Hand über die Stirn. «Na schön! Ich aber, ich weiß es», antwortete die Stimme, «denn ich habe dir alles eingeflüstert, auch wenn du so getan hast, als hörtest du mich nicht. Wenn Feliciano nicht im Palazzo schlief und du verzweifelt auf das Zeichen wartetest, dann habe ich leise zu dir gesagt: *Er* ist tot! Welche Qualen du auch erduldest, vergiß nicht, daß die Strafe, die du verdienst, noch viel größer ist. *Schande über den Sohn, der den schändlichen Tod seines*

Vaters überlebt. Bei diesen Worten senktest du den Kopf. O ja, ich glaube, es hat seit Abraham keinen so ergebenen Isaak gegeben!» – «Und darum, sagst du, hab ich die Geschichte mit Feliciano . . .» – «Ja.» – «Von Anfang an?» – «Von Anfang an.» – «Und jetzt?» – «Jetzt», sagte die Stimme ernst, «jetzt ist die Stunde der höchsten Huldigung gekommen.»

Don Manuele stand lange schweigend und unbeweglich mitten im Raum.

«Nein, nein und noch mal nein!» rief er plötzlich laut. Was wollte er damit sagen? In der einen Hand hielt er immer noch die Phiole. Plötzlich warf er sie, ohne zu wissen, warum er das tat, an die gegenüberliegende Wand, wo sie in kleine Stücke zersprang. «So . . .» Erleichtert seufzte er auf. Er hatte das Gefühl, als erwache er aus einem langen Alptraum. «Ich will leben.» Leben? «Nicht *ich* bin überzählig auf dieser Welt», entschied er ruhig. «Jetzt habe ich alles verstanden.» Mechanisch griff er zur Pistole. «Darum ist mir die Geschichte vom Fürsten von Venosa, an die ich sonst nie gedacht habe, in letzter Zeit wieder eingefallen.» Er mußte lächeln. «Ich brauchte vielleicht ein Zeichen.» Er hob die Pistole und schoß ziellos geradeaus. Ein Porzellanbär aus der Manufaktur von Capodimonte zerstob auf dem Kaminsims in tausend Stücke. Er hatte diese Figur in der Hoffnung gekauft, Feliciano würde ihn zwingen, sie zurückzugeben, aber Feliciano, dem sie nicht einmal aufgefallen war, hatte nichts gesagt, und der Bär war geblieben. Don Manuele schoß ein zweites Mal. Die Kugel schlug in eine Sessellehne. Das weiche Geräusch war entsetzlich. Seine Hand zitterte, als er die Pistole auf den Tisch zurücklegte. Nein, unmöglich, das selbst zu tun. So einfach waren die Dinge nun auch wieder nicht. Er kreuzte die Arme, um besser nachdenken zu können, und ging mit gesenktem Kopf ganz langsam auf und ab. Draußen glitzerte der Golf, nachdem die letzten Nebel sich verflüchtigt hatten, im blendenden Sonnenlicht. Don Manuele blieb an einem Fenster stehen.

Selbstverständlich habe ich mir erst später, nachdem alles vorbei war, vorstellen können, was an jenem Morgen in Don Manuele vorgegangen war. Heute noch, fast ein halbes Jahrhundert später, schreckt mich manchmal des Nachts die Frage auf, ob nicht auch ich einen Teil der Verantwortung an der Tragödie trage, die dieser

Geschichte ein Ende setzte. Der Herzog und Don Raimondo besuchten einander bald sehr viel häufiger, als sie es bisher getan hatten. Wie es dazu kam, daß sie sich in ihren Wahnvorstellungen einig wurden, könnte uns nur der Teufel oder einer seiner höllischen Helfershelfer sagen. Mir fiel erst nachträglich wieder der irre Plan ein, den mir der Fürst eines Abends auseinandergesetzt hatte. Leider Gottes war es kein Scherz gewesen. Folgendes hatten sie während ihrer geheimnisvollen Zusammenkünfte geplant – nachdem das Unglück geschehen war, konnte man es sich zusammenreimen:

Don Raimondo beschrieb dem Herzog sein neuestes Experiment. Bediente sollten ihn bei lebendigem Leib in Stücke schneiden, dann seinen Körper wieder zusammenfügen und in eine Kiste legen, aus der er drei Tage später dank eines Elixiers, dessen Formel er gerade gefunden hatte, im Besitz aller seiner Lebensfunktionen wiederauferstehen würde. Aber dieser Plan konnte nur gelingen, wenn ein Kastrat daran beteiligt war. Er fragte darum Don Manuele, ob er ihm Feliciano ausleihen wolle. Sie würden zusammen den magischen Trank zu sich nehmen; danach würden sich die Bedienten auf sie stürzen und sie beide in Stücke zerlegen. Sie würden drei Tage Seite an Seite im großen Salon liegen. Am vierten Tag würden sie sich in ihren Kisten aufrichten, und das ewige Leben würde ihnen sicher sein.

Ob Don Manuele einen Augenblick lang diesen Phantastereien eines Wahnsinnigen geglaubt, oder ob er von vornherein nur die Gelegenheit ergriffen hatte, die er selbst nicht herbeizuführen wagte, diese Frage will ich offenlassen. Warum nahm er mich am festgesetzten Tage mit? Verließ er sich darauf, daß ich ihn im letzten Moment wachrütteln und ihm helfen würde, das Verbrechen zu verhindern? Ich sage mir, um mein Gewissen zu erleichtern, daß diese Vorsichtsmaßnahme in jedem Fall unnütz gewesen wäre. Im Handumdrehen hätten die zwanzig oder dreißig Diener von Don Raimondo mich überwältigt. Und wie hätten wir selbst mit vereinten Kräften dem, was geschah, Widerstand leisten können?

Der Herzog hatte Feliciano, um ihn anzulocken, gesagt, der Fürst lade ihn zu einer nächtlichen Veranstaltung ein, während der außergewöhnliche Dinge gezeigt würden. Bei Anbruch der Nacht machten wir drei uns auf den Weg. Don Raimondo erwartete uns in seinem großen Salon. Zum erstenmal waren seine Bedienten nicht in doppelter Reihe aufgestellt, sondern standen im Kreis um uns herum, aber wie gewöhnlich hielt jeder eine brennende Fackel in Augenhöhe vor sich. Bis dahin fiel mir nichts Ungewöhnliches auf. Zwar standen in einer Ecke auf einem Gestell zwei längliche Kisten, die mich an die Leichen erinnerten, die noch im Souterrain lagen, aber ich regte mich nicht weiter darüber auf. Auch ließ uns der Fürst keine Zeit für irgendwelche Fragen. Er nahm von einer Konsole zwei schon gefüllte Gläser. Eines davon bot er Don Manuele, das andere mir an. Feliciano machte eine Bewegung, mir das Glas fortzunehmen. Don Raimondo runzelte ärgerlich die Stirn und drückte es mir fest in die Hand. Feliciano wandte sich daraufhin beleidigt ab und ging auf das Fenster zu, aber Don Raimondo vertrat ihm den Weg. Er hatte inzwischen zwei andere, ebenfalls volle Gläser von der Konsole genommen und gab eines davon Feliciano, das andere behielt er für sich. Nun erst fiel mir auf, daß die Diener eine Hand hinter dem Rücken verborgen hatten. Der Fürst hob sein Glas. Wir tranken schweigend. Kaum drei Worte waren bisher gewechselt worden.

Dann gab Don Raimondo ein Zeichen, die Diener stellten ihre Fackeln auf den Boden und stürzten, nun plötzlich mit einem Messer bewaffnet, auf uns zu. Vor dem Fürsten schienen sie zu zögern. «Gehorcht meinem Befehl!» rief er. Daraufhin wandten sich alle gleichzeitig zu Feliciano um. Von allen Seiten stießen die Klingen auf ihn ein, sein Körper wurde von Messerspitze zu Messerspitze geschleudert. Er starb ohne eine Klage, ohne einen Schrei, aber er fand noch Zeit, Don Manuele anzusehen, der sich in eine Ecke geflüchtet hatte. Als die Diener zurücktraten, fiel er mit ausgebreiteten Armen zu Boden. Auf seinen Lippen stand ein Lächeln.

Was danach geschah – welche Worte könnten es beschreiben? Der Fürst mochte seinen Dienern noch so streng befehlen, ihn nun auch zu töten, sie gehorchten nicht. Neben der Leiche kniend, zerlegten sie Feliciano in Stücke. Mehrere von ihnen hatten ihre Perücke verloren, junge Männer kamen zum Vorschein, deren Gesichter von sadistischem Eifer entstellt waren. Man hätte meinen können, daß sie sich in dieser Nacht für alle im Dienst von Don Raimondo erlittenen Demütigungen rächen wollten. Zunächst versuchten sie den Körper mit ihren Messern zu zerschneiden, dann aber warfen sie in ihrer Hast diese Werkzeuge beiseite und zerrten mit bloßen Händen an den blutigen Fleischfetzen. Eine wortlose Raserei hatte sich ihrer bemächtigt; ohne es zu merken, respektierten sie das ihnen von Don Raimondo auferlegte Gebot, keinen Laut von sich zu geben. Um so entsetzlicher war der rauhe Schrei, den sie ausstießen, als sie mit ihren ruchlosen Händen das Herz gefunden hatten und es wie eine Trophäe vor uns in die Höhe hielten. Bei diesem Anblick wurde ich ohnmächtig.

Als ich wieder zu mir kam, war ich allein im Salon. Don Manuele, der Fürst und die Diener waren verschwunden. Die zurückgelassenen Fackeln waren fast ausgebrannt. Mühsam richtete ich mich auf. Die kleinen Flammen, die eine nach der anderen erloschen, waren Felicianos einzige Totenehrung. Ich faltete die Hände. Von seiner irdischen Gestalt waren nur einige unbestimmte blutige Überreste geblieben, so wie von jenen Tieren, die der König in seiner Großzügigkeit anläßlich eines der großen Volksgelage seinen Untertanen gestiftet hatte . . .

Epilog

Feliciano war tot; der Fürst, nun wirklich geistig umnachtet, wurde nach San Martino gebracht. Don Manuele starb, ohne Hand an sich legen zu müssen, aus Kummer, Reue und Entsetzen über das begangene Verbrechen. Cimarosa verlor, sooft er der guten Speisen seiner Köchin überdrüssig war, in einer kindischen, dramatischen, flüchtigen Liebschaft mit einer Schauspielerin einige Pfunde und warf sich dann weinend und Trost suchend in meine Arme. Doktor Salerno gelang es auch weiterhin nicht, die androgyne Anlage des Embryos nachzuweisen. Ich aber nahm das Angebot des Landgrafen von Heidelberg an, das mir durch den Gesandten des Großherzogs von Baden übermittelt wurde.

Seit fast einem halben Jahrhundert lebe ich nun hier inmitten der rötlichen Häuser. Ich überwache die Geschicke des hiesigen Opernhauses und bemühe mich, der neuen deutschen Mode zum Trotz dem italienischen Gesang einen kleinen Platz zu bewahren.

An Nachrichten aus Neapel hat es mir nicht gefehlt. Die Königin konnte die Verbannung von Sarah Goudar durchsetzen, und Angelo Goudar nahm dies zum Vorwand, sich von seiner Frau zu trennen. Er blieb in Neapel, sie ging nach Venedig zu Casanova zurück. Der neue Stadtteil, den sie am Posillipo gebaut hatten, verkam. Die Häuser wurden baufällig, mehrere stürzten ein. Angesichts dieser Geschehnisse wiederholte Antonio Perocades seinen Leitsatz, daß die Voraussetzung für jede wirtschaftliche Entwicklung nur eine auf der Institution der Ehe beruhende Kultur sein könne. Und dennoch florierte die von König Ferdinand für seine unehelichen Kinder gegründete Siedlung in San Leucio, für die ausgerechnet ein Freimaurer, Ritter Planelli, nach dem Vorbild englischer Manufakturen eine moderne Verfassung ausgearbeitet hatte: die schönsten Seidenstoffe des Königreichs wurden dort hergestellt ...

Aber bald überstürzten sich die Ereignisse. In Paris triumphierte die Revolution, und die Soldaten des Directoire zogen bis nach Neapel; Perocades wurde einer der zehn Kommissare der Parthenopeischen Republik. Der König aber ließ, nachdem er seinen Thron wieder zurückgewonnen hatte, alle Jakobiner hinrichten. Mehrere Blutgerüste wurden mitten auf der Piazza del Mercato aufgebaut. Der Herzog von San Demetrio wurde enthauptet, der Fürst von Caramanico gehängt. Der Herzog von Serracapriola hatte rechtzeitig fliehen können. Die Herzogin von San Felipe wartete, geschwängert vom französischen General Championnet, im Kerker auf ihre Niederkunft. Das Neugeborene wurde vor ihren Augen erdrosselt, sie selbst ebenfalls aufs Schafott geschickt. Ihr Hals, der trotz der Jahre seine alabasterne Schönheit bewahrt hatte, wurde vom Seil des Henkers zusammengeschnürt. Die *lazzaroni*, die ihrem Herrscher die Treue gehalten hatten, feierten große Feste. Der am Galgen hängende Leichnam von Don Antonio pendelte drei Tage lang wie eine Stoffpuppe hin und her, und das Volk drängte sich, um ihn zu bespucken. So wurde in Neapel die Vernunft endgültig besiegt und Mündigkeit und Reife des Königreichs *sine die* aufgehoben.

Es stimmt, Knaben werden heutzutage nicht mehr kastriert. Das hat die Aufklärung erreicht. Die Zeit der Sopranisten ist vorüber. Aber man könnte auch sagen, daß mit dem Ende des achtzehnten Jahrhunderts ihr historischer Auftrag beendet war. Der Genuß, ihrem Gesang zuzuhören, erklärt für sich allein nicht den unglaublichen Erfolg der Kastraten. Nein, wir entsprachen einem tieferen Bedürfnis – das hat der Fürst mir klargemacht. Die große Menge, die sich erhob, um uns Beifall zu klatschen, befriedigte eine geheimnisvolle, auf dem Grunde ihrer Seelen verborgene Sehnsucht, wenn sie uns lauschte. Auf den Aushängeschildern der Bader wird nicht mehr geschrieben stehen: ‹Hier werden Knaben verbessert›, weil das neue Jahrhundert diesen Brauch zu einem Verbrechen erklärt hat – vor allem aber auch deshalb, weil die Aufgabe der Kastraten heute von anderen und mit anderen Mitteln erfüllt wird.

Heute morgen kam mir, während ich auf einer Bank sitzend das sonnige Ufer des Neckars betrachtete, jeder einzelne Ausspruch von Don Raimondo in den Sinn. Am andern Ufer zeichnete sich hinter vorüberziehenden Nebelschwaden die rosa Festung vor dem Hintergrund eines dunklen, waldigen Hügels ab. Studenten schlenderten umher und rezitierten Verse von Hölderlin und Novalis. Die neuen deutschen Dichter haben, ohne es zu ahnen, die unverstanden gebliebene Botschaft des Fürsten aufgegriffen. Das Schaudern vor der Realität; die Verherrlichung des Traums; die Flucht in die Kindheit; das Gefühl, die Rolle, die jedem von den Gesetzen der Biologie und von der Gesellschaft zugewiesen wird, komme einer wirklichen Verstümmelung gleich; die Weigerung, sich in die engen Grenzen der individuellen Identität zwängen zu lassen; der Wunsch, mit dem Universum in einer mystischen Gemeinsamkeit zu verschmelzen – dies alles ist so weit nicht entfernt von Don Raimondos Bemühungen um die Verwandlung der Materien oder die Wiederauferstehung der Körper bis hin zu dem Begehren, sich durch die eigene Vernichtung Gott gleichzustellen.

Was anderes taten übrigens die Bauern von San Donato im Halbdunkel ihrer kleinen Häuser am Tage der Niederkunft ihrer Frauen und an den darauffolgenden Tagen? Sich die Aufgaben des anderen Geschlechts anzueignen, entspricht der antiken Sehnsucht der Männer, die von der Freiheit, sich fortzupflanzen, ausgeschlossen sind. Und Luisilla? Sie bat mich, meinen Finger bluten zu lassen, als sie im Blut das einseitige Kennzeichen ihrer Weiblichkeit erkannt hatte. Warum hätte sie mir aufgetragen, diese Zeremonie bei jedem Vollmond zu wiederholen, wenn sie mich nicht auf die eine oder andere Weise an dem kleinen periodischen Geheimnis beteiligen wollte, das die Mädchen endgültig von den Knaben scheidet?

Das Sehnen nach dem ursprünglichen Eden, wo alles in allem ist und alles mit allem und das weibliche mit dem männlichen verbunden ist, ohne Unterschied von Geschlecht oder Person, dieses Sehnen lebt von Generation zu Generation wieder auf, es setzt sich über die von jeder neuen Kultur entwickelten Sitten hinweg: Der Ritus des Brütens der Männer von San Donato, die Ausbildung der Kastraten in Neapel, das Wandern der Studenten am Ufer des Neckars – und wer weiß, ob wir nicht eines Tages, wie Don Raimondo es prophezeit hat, erleben, daß junge Leute sich für ihre Haartracht und ihre Kleidung eine eingeschlechtliche Mode ausdenken, die durch den Untergang der Oper notwendig geworden ist?

Wie nachdenklich sie den Uferweg entlangschlendern! Wie wenig sie dieser Welt anzugehören scheinen! Bevor die Zwänge des Erwachsenseins sie vor eine Reihe von einschränkenden Entscheidungen stellen, sind sie noch im vollen Besitz ihrer menschlichen Wesenheit. Ihre Lieblingsdichter sprechen von unerreichbaren Frauen, von verbotener Liebe. Sie träumen vom Unerreichbaren! Einzige der Götter würdige Leidenschaft! Eine leichte Brise spielt auf ihrer Stirn mit den blonden Locken. Das leise plätschernd vorüberziehende Wasser trübt das Spiegelbild der Häuser. Dunst steigt von dem Hügelstreifen auf, den ein blasser Sonnenstrahl erhellt. Das Schloß aus hellroten Ziegeln scheint inmitten der schwarzen Tannen zu schweben.

O Zartheit der nordischen Nebelschleier, die der Dinge Umrisse verwischen! Aber auch im gleißenden Licht von San Donato hatte die alte, ländliche Weisheit Mittel und Wege gefunden, um die verstümmelnde Wahl zu umgehen. Die Türen, die nie geschlossen wurden, die Küchengeräte, die niemandem gehörten, das in allen Häusern gleiche Mobiliar, die Vorräte, die von den Frauen ausgetauscht wurden, die Messer, die von den Vätern wie zur Entschuldigung unter den Betten versteckt wurden, wenn eine Doppelgeburt ihre Zeugungskraft pries; die Sterbenden, die man auf die Straße hinaustrug; die Toten, die nackt begraben wurden, auf daß sie zu Erde würden ... Heute verstehe ich, warum Don Sallusto meine Aufmerksamkeit auf alle die kleinen Merkwürdigkeiten des Lebens in San Donato lenkte: ihm kam es darauf an, in mir ein Gefühl der Zusammengehörigkeit mit dieser archaischen Lebensform zu wecken, so sehr fürchtete er, man könnte mich später in den großen, von den bürgerlichen Ideen und der aufklärerischen Philosophie eroberten Städten beschämen, wenn ich nicht genau angeben könnte, wer ich sei.

Und es ist wahr, daß ich anfangs gelitten habe; es ist wahr, daß ich mir meiner Jugend beraubt, benachteiligt und ausgestoßen vorkam, und es ist wahr, daß ich nachts meine Tränen heruntergewürgt und mich auf meinem Lager hin und her gewälzt habe. Ich habe lange Zeit gebraucht, bis ich lachen konnte über alle Dummheiten, die ich zu hören bekam, angefangen bei der römischen Dame, die mich fragte: ‹Werden bei Ihnen die Berufsgeheimnisse auch vom Vater auf den Sohn vererbt?› bis zu der Baronin de Breteuil, einem frommen Pariser Drachen, die mich ihren Freundinnen mit den hinter dem vorgehaltenen Fächer gesäuselten Worten vorstellte: ‹Sie wissen doch, der Kleine, der von einem Schwan gebissen wurde.› Wie oft bin ich nach meiner Meinung über die Anekdote von Montesquieu gefragt worden, in der von zwei jungen Kastraten aus Rom die Rede ist, von Mariotti und Chiostra, den beiden schönsten Kreaturen, die er je gesehen hatte und die selbst in ganz unverderbten Menschen, so schrieb er, die Neigungen eines Sodom erwecken konnten...

Ich habe Zeit gebraucht, um mich hinzunehmen, so wie ich war. Mein Vater hatte zu oft zu mir gesagt: ‹Du wirst dein Leben lang nichts taugen!›, und dieses weit zurückliegende vernichtende Urteil hat mich daran gehindert, nach Ruhm zu streben; es erklärt die Bescheidenheit meiner Karriere. Wie froh bin ich heute darüber, daß es mir nicht gelungen ist, mich durchzusetzen! ‹Jemand› werden, sich einen Namen machen, alle Welt rennt diesem Trugbild nach! Ebenso ist es mit dem Geschlechtstrieb: An meinem Lebensabend müßte ich mir wie der unglücklichste aller Menschen vorkommen, habe ich doch keine der Freuden genießen können, von denen sie so unendlich viel Aufhebens machen. Aber alle Liebhaber, die vor Ungeduld vergehen, nur um ihr Ziel zu erreichen, sie kommen mir so klein, so armselig vor, ich dagegen bin so unvorstellbar reich, weil ich der Pflicht, ein Mann zu sein, enthoben war.

In dieser deutschen Erde soll mein Leichnam ruhen. Gott weiß, daß ich Neapel geliebt habe: den Golf des Posillipo, die herrlichen Sonnenuntergänge über Capri, die Grotte von Cumae mit ihrem geheimnisvollen Echo, die dunklen Gassen mit den herrlichen Palästen, die moosbewachsenen Höfe mit den mächtigen Treppen, die Klostergärten, die Stuckverzierungen in den Kirchen, den Hufschlag der Esel auf dem schwarzen Pflaster, den Ruf der Wasserträger in den kühlen Morgenstunden – und die zwölfhundert in goldenen Kandelabern brennenden Kerzen im San Carlo! Die Musik, ja, die Musik! Leider hat auch auf diesem Gebiet Deutschland die Nachfolge meines Landes angetreten. In dem Augenblick, da es keine Kastraten mehr gibt, die sie singen, wird die italienische Gesangsmelodie zu einer zu engen Begrenzung für eine von Natur aus grenzenlose Kunst. Platz dem unbestimmten Wohlklang, wie ihn die großen Orchester hervorbringen. Er allein wird, indem er die Töne im symphonischen Verschmelzungsprozeß verbirgt, das antike Streben des Orpheus in Ehren halten.

Warum sollte ich in dieser Stadt die Tradition der italienischen Oper bewahren? Das Orchester des Landgrafen spielt unaussprechlich schöne Symphonien von mir fast unbekannten Meistern. Die Flöten ziehen mich zu sprudelnden Wasserspielen; mit den Klarinetten gleite ich wie eine Forelle durch goldene Gewässer; ich harre des Gewitters, das in den Celli grollt, und ich verliere mich zitternd, dem Horn folgend, mit den Wölfen im dunklen Wald. O könnte ich so in einer Woge untergehen, die mich auf das Meer hinausträgt! Möge mein Herz mit dem letzten Schlag der Zimbeln zu schlagen aufhören. Dann hätte ich den Tod besiegt und Don Raimondos Herausforderung erfüllt. Wie ein vom Wasser getragener Körper sich vom Ufer entfernt und weiter und weiter in der blauen Unendlichkeit verschwindet, so würde ich auf der ungestümen Flut der Violinen entschlummern ... Kein Bruch, sondern die unmerkliche Rückkehr in das Paradies des Unbestimmten ...

Als ich diesen Bericht begann, wußte ich wohl, daß ich eine vergangene Welt, überholte Sitten und eine veraltete Kunst beschreiben würde. Wie aber konnte ich ahnen, welche wunderbaren Schößlinge auf diesem alten Stamm von neuem grünen würden? Wer hätte voraussehen können, daß die Geschichte des letzten Kastraten zusammenfallen würde mit den Erlebnissen des ersten Romantikers?

Irwin Shaw
Abend in Byzanz

In seinem neuen Roman schildert Irwin Shaw Milieu und Menschen während der Filmfestspiele in Cannes. Unerwartet taucht hier auch der 48jährige Produzent Jesse Craig, der Held des Buches, auf. Obwohl er schon länger keinen Film mehr herausgebracht hat, ist er noch immer eine Berühmtheit. Mit den Großen der Filmwelt, denen er hier wieder begegnet, verbinden ihn zahlreiche Siege und Niederlagen. Der Film-Zar, der sich mit einer großzügigen Freundin und einer hübschen Reporterin über eine zerstörte Ehe hinwegzutrösten sucht, sieht sich wieder von jener Clique dekadenter Byzantiner umgeben, die ihn bewundern oder ausnutzen und oft beides zugleich. Inmitten des grellen Filmkarnevals erkennt er, daß er seiner Vergangenheit nicht entfliehen kann und daß hier an der Mittelmeerküste im französischen Frühling die Entscheidung über sein zukünftiges Leben fallen wird.
«Bittersüß, hart, zärtlich, kenntnisreich. Seit Francis Scott Fitzgerald hat es in keinem Roman einen so lebendigen, glaubwürdigen Film-Tycoon mehr gegeben.» *San Francisco Chronicle*
Roman. 448 Seiten. Geb.

Außerdem liegen vor:
Aller Reichtum dieser Welt
Roman. 640 Seiten. Geb.

«Guter amerikanischer Tradition folgend, hat Irwin Shaw einen fesselnden, faszinierenden Familienroman geschrieben, dessen Spannung schon nach ein paar Seiten die Angst vor dicken Wälzern besiegt.» *Welt am Sonntag*

Liebe auf dunklen Straßen
Erzählungen. 296 Seiten. Geb.

Stimmen eines Sommertages
Roman. 248 Seiten. Geb.

Rowohlt

Erzählungen großer Autoren unserer Zeit in Sonderausgaben

GOTTFRIED BENN · Sämtliche Erzählungen

ALBERT CAMUS · Gesammelte Erzählungen

ROALD DAHL · Gesammelte Erzählungen

ERNEST HEMINGWAY · Sämtliche Erzählungen

KURT KUSENBERG · Gesammelte Erzählungen

D. H. LAWRENCE · Gesammelte Erzählungen

SINCLAIR LEWIS · Gesammelte Erzählungen

HENRY MILLER · Sämtliche Erzählungen

YUKIO MISHIMA · Gesammelte Erzählungen

ROBERT MUSIL · Sämtliche Erzählungen

VLADIMIR NABOKOV · Gesammelte Erzählungen

JEAN-PAUL SARTRE · Gesammelte Erzählungen

JAMES THURBER · Gesammelte Erzählungen

JOHN UPDIKE · Gesammelte Erzählungen

THOMAS WOLFE · Sämtliche Erzählungen

Rowohlt

Vladimir Nabokov

Maschenka
Roman. ca. 160 Seiten. Geb.

Ada oder Das Verlangen
Roman. 576 Seiten. Geb.

Fahles Feuer
Roman. 342 Seiten und 116 Seiten Marginalien. Geb.

Pnin
Roman. 208 Seiten. Geb.

Gesammelte Erzählungen
Sonderausgabe. Hg. von Dieter E. Zimmer. 352 Seiten. Geb.

Lolita
Roman. Sonderausgabe. 448 Seiten. Geb. / Taschenbuchausgabe: rororo Band 635

Andere Ufer
Ein Buch der Erinnerung. 244 Seiten. Geb.

Das Bastardzeichen
Roman. 288 Seiten. Geb.

Das wahre Leben des Sebastian Knight
Roman. 232 Seiten. Geb.

Einladung zur Enthauptung
Roman. 216 Seiten. Geb. / Taschenbuchausgabe: rororo Band 1641

Verzweiflung
Roman. rororo 1562

Gelächter im Dunkel
Roman. rororo Band 460

Lushins Verteidigung
Roman. 264 Seiten. Geb. / Taschenbuchausgabe: rororo Band 1699

König. Dame. Bube
Ein Spiel mit dem Schicksal. Taschenbuchausgabe: rororo Band 353

Rowohlt

Robert Crichton
Die Camerons

Dieser große Roman voll dramatischer Ereignisse und unvergeßlicher Szenen erzählt die Geschichte der Camerons, die Geschichte von Maggie und Gillon und ihren sieben Kindern. Er erzählt von ihren Hoffnungen und Enttäuschungen, ihren Siegen und ihren Niederlagen in der dunklen und in der schönen Welt Schottlands um die Jahrhundertwende. «Ein weithin gültiges Zeitbild, ein Erzählwerk von Rang.» *Welt am Sonntag*

Roman. Geb. 456 Seiten

Wer verzweifelt unter Hunderten von Büchern nach einem «richtigen Roman» sucht – hier ist er: mitreißend und bewegend. «Ein Juwel unter tausend unechten Steinen.» *New York Times*

Rowohlt

*«Ein literarischer Sturm
auf die Bastille des Big Business»*
La Croix

René Victor Pilhes

Panik in der rue Oberkampf

«Ich will hier die Geschichte vom Einsturz und Zusammenbruch der französischen Filiale der multinationalen Gesellschaft Rosserys & Mitchell erzählen, deren Gebäude aus Glas und Stahl sich bis vor kurzem in Paris an der Ecke der Avenue de la République und der rue Oberkampf, unweit vom Ostfriedhof, erhob. Denn ich habe die Gewißheit gewonnen, daß die Experten sich irren.» So beginnt der Direktor für Human Relations der Firma und Protagonist dieses mit dem «Prix Fémina» ausgezeichneten Romans seinen Bericht über eine Kette rätselhafter Ereignisse, die in eine alptraumhafte Katastrophe münden.

«Eine philosophische Erzählung, geschrieben wie ein Kriminalroman, ein minuziöser Alptraum, eine Komödie – ein wirklich großer Roman.»
Les Nouvelles Littéraires

«Ein einzigartiges, ein überwältigendes Werk – ein Geniestreich!»
Claude Mauriac, *Le Figaro*

340 Seiten, Geb.

Rowohlt